本书由 集美大学学科建设经费 资助出版
集美大学文学院行健学术基金

宋代帖子词研究

张晓红 著

人民出版社

责任编辑：王志茹
装帧设计：朱晓东

图书在版编目(CIP)数据

宋代帖子词研究/张晓红 著.—北京：人民出版社，2019.12
ISBN 978-7-01-020405-5

Ⅰ.①宋…　Ⅱ.①张…　Ⅲ.①宋诗-诗歌研究　Ⅳ.①I207.22

中国版本图书馆 CIP 数据核字(2019)第 028833 号

宋代帖子词研究
SONGDAI TIEZICI YANJIU

张晓红 著

人民出版社 出版发行

(100706　北京市东城区隆福寺街99号)

北京中兴印刷有限公司印刷　新华书店经销

2019年12月第1版　2019年12月北京第1次印刷
开本：710毫米×1000毫米 1/16　印张：22.5
字数：331千字

ISBN 978-7-01-020405-5　定价：68.00元

邮购地址：100706　北京市东城区隆福寺街99号
人民东方图书销售中心　电话：(010)65250042　65289539

版权所有·侵权必究
凡购买本社图书，如有印刷质量问题，我社负责调换。
服务电话：(010)65250042

代 序

  张晓红曾将宋代的帖子词收集在一起,加以校勘和注释,我给她的书写了序。现在,她又补充了一些资料,并加强了论述,成为《宋代帖子词研究》专著,准备出版。因为我曾经指导过她的论文写作,所以义不容辞地再为她的这部著作写一篇序言。这个任务应承下来之后,却发现序言并不好写。

  关于帖子词的起源、用途、写作情况、在宋代的发展演变,以及形式、内容等方面的特点,晓红的这部著作已经论述得很详尽了,实在找不出可以置喙的地方。帖子词是一种诗歌体式,形式上仍然是诗,而且是格律很严格的一种诗体,只是因为它的特殊用途,是被悬挂和张贴出来,营造一种节日气氛的,因此才被称为帖子词。为什么帖子词单单兴盛于宋代?为什么帖子词基本上都是用于立春和端午这两个节日?这些问题其实并不是好回答的。宋代的节日文化高度繁荣,远非其他任何朝代可比,这只要翻一翻《东京梦华录》《西湖老人繁胜录》《梦梁录》等书就可以知道。所以,和节日活动密切相关的帖子词独盛于宋,就不奇怪了。帖子词又是从传统节日习俗中的粘贴或悬挂活动转变而来。《荆楚岁时记》载:"立春之日,悉剪彩为燕以戴之,贴宜春二字。"唐韦庄《立春》诗:"殷勤为作宜春曲,题向花笺帖绣楣。"可知传统的立春节日便有粘贴写有"宜春"字句的习俗。五月五日端午节的一些活动与避邪有关,如悬挂避邪符或有避邪作用的植物。《后汉书·礼仪志中》便记载:"故以五月五日朱索五色印为门户饰,以难(傩)止恶气。"《荆楚岁时记》则载:"采艾以为人，悬门户上，以禳毒气。"其他节日并没有这些大张旗鼓地张贴或悬挂的活动，所以也就没有帖子词。至于帖子词和楹联的关系，梁章钜《楹联丛话》卷一说"尝闻纪文达师言：楹帖始于桃符，蜀孟昶'馀庆''长春'一联最古。但宋以来，春帖子多用绝句，其必以对语，朱笺书之者，则不知始于何时也"。其实，将除日（即春节前一天）题桃符的行为改为贴春词不就是贴春联吗？将除日题桃符和立春贴春词两者结合起来，取题桃符习俗的在除日进行、用对仗语，取立春帖子词的张贴功用，贴于门户或楹柱，就形成了贴春联的习俗。春帖子变为春联，这种时间与用场的转换肯定是在不经意之间完成的，而且肯定是在民间完成的，所以也没有具体的记载。上述这些问题的解答，不是我的发明，我只是提要式地总结了这部著作中有关的阐述而已。除了上述之外，所有关于帖子词的疑问，我想也都可以在此书中找到令你满意的答案。

张晓红的这部书就要出版了，这可以扩大它的影响，使更多的人了解帖子词是怎么回事。晓红对中国的节日文化与习俗文化非常感兴趣，也收集了不少资料。习俗文化也是中国传统文化的一部分，虽然已有很多学者对中国的俗文化做了大量研究工作，但是有待开发和深入进行的课题仍然很多。作为一个有志于此的年轻的文学研究工作者，相信她能获得更多的成就。

尹占华于西北师大寓所
2018年4月

目 录

引言 …………………………………………………………………… 1

第一章 宋代帖子词的概念与体制 ………………………………… 6
第一节 帖子与帖子词考源 ……………………………………… 6
第二节 宋代帖子词的类型与称名 ……………………………… 18
第三节 宋代帖子词的写作体制 ………………………………… 29

第二章 宋代帖子词兴起之因 ……………………………………… 44
第一节 宋代帖子词产生的社会文化背景 ……………………… 44
第二节 宋代帖子词的文学渊源 ………………………………… 53

第三章 北宋时期帖子词的发展演进 ……………………………… 65
第一节 真宗时期:帖子词的初创及其示范性 ………………… 67
第二节 仁宗时期:帖子词的成熟与创变 ……………………… 79
第三节 英宗至哲宗元祐时期:帖子词的繁盛 ………………… 90
第四节 哲宗绍圣至钦宗时期:帖子词的衰落与中断 ………… 100

第四章 南宋时期帖子词的发展演进 ……………………………… 108
第一节 高宗时期:帖子词的恢复 ……………………………… 108
第二节 孝宗时期:帖子词的中兴 ……………………………… 116
第三节 光宗至度宗时期:帖子词的延续与终结 ……………… 129

第五章 宋代帖子词的题材内容 …………………………………… 140
第一节 纪述节序 ………………………………………………… 140
第二节 应时纳祜 ………………………………………………… 152

第三节　歌功颂德 …………………………………………… 159
　　第四节　纪写时事 …………………………………………… 169
　　第五节　寓含规谏 …………………………………………… 179
第六章　宋代帖子词的艺术特征 ………………………………… 191
　　第一节　形态鲜明，结构雷同 ……………………………… 191
　　第二节　辞藻富艳，风格雅丽 ……………………………… 199
　　第三节　善用典故，关联节令 ……………………………… 214
　　第四节　声韵谐美，格律谨严 ……………………………… 224
第七章　宋代帖子词的价值 ……………………………………… 231
　　第一节　文学价值 …………………………………………… 231
　　第二节　史料价值 …………………………………………… 247
　　第三节　风俗价值 …………………………………………… 265
第八章　宋代帖子词的影响 ……………………………………… 278
　　第一节　对民间帖子词的影响 ……………………………… 278
　　第二节　对后世宫帖的影响 ………………………………… 294
　　第三节　对国外帖子词的影响 ……………………………… 303
　　第四节　对节序诗的影响 …………………………………… 318
附录 ………………………………………………………………… 325
　　表1　宋代帖子词作者作品与使用时间简表 ……………… 325
　　表2　《全宋诗》所载帖子词简表 ………………………… 333
参考文献 …………………………………………………………… 335
后　记 ……………………………………………………………… 350

引 言

一

本书是就宋代帖子词这一文体所作的专题研究。

我对帖子感兴趣,首先是因为它的风俗价值,此后逐渐关注到它在文体、文学和历史资料等方面的价值。在阅读中,我发现关于帖子词的很多问题都悬而未决,很有研究的必要,故在十年前将其确定为申请学位论文的研究对象。

宋代从公元 960 年建立,至 1279 年南宋灭亡,统治长达三百馀年,与汉、唐一起被称为"后三代"①。王国维先生认为:"天水一朝,人智之活动,与文化之多方面,前之汉唐,后之元明,皆所不逮也。"②陈寅恪先生说:"华夏民族之文化,历数千载之演进,造极于赵宋之世。"③顾易生等人也指出:"以国势强大而论,宋代显不如汉、唐,而其政治、经济自有独特成就,尤其文化的发展更多超轶前朝而为后世所不及者。"④宋代文化的繁荣表现在各个领域,也促进了文学的发展,帖子词便是宋代节日文化孕育出的一种独特的诗歌类型。

帖子词是皇宫节日门帖用诗,属于应用性文体。两宋众多的诗人参与

---

① (元)赵汸《东山存稿》卷一《观舆图有感五道》,后均简称影印《文渊阁四库全书》本。其五自注,台湾商务印书馆影印《文渊阁四库全书》本,第 1221 册,第 167 页。
② 王国维:《静安文集续编·宋代之金石学》,《王国维遗书》第 5 册,上海书店 1983 年版,第 70 页。
③ 陈寅恪:《邓广铭宋史职官志考证序》,《金明馆丛稿二编》,上海古籍出版社 1980 年版,第 245 页。
④ 顾易生、蒋凡、刘明今:《宋金元文学批评史》(上),上海古籍出版社 1996 年版,第 2 页。

了帖子词的撰写工作，这些帖子词大部分散佚，少部分得以留存，我们今天还能看到的有夏竦、宋庠、宋祁、胡宿、王珪、孙抃、欧阳修、司马光、苏轼、苏辙、苏颂、许将、李清照、曹勋、汪应辰、周必大、崔敦诗、许及之、真德秀、周南、洪咨夔、许应龙、刘克庄等40多人的1000多首作品。与大多数应用性文体不同，帖子词本质上是节日应制诗，其使用对象、时间、场合的独特性造成了帖子词写作的特殊性和这一诗体的独特性。帖子词出现于宋代进入繁盛时期的真宗时代，此后绵延两百多年，对当时和后代的中国门帖诗和门帖文化产生了深远的影响。因此，对宋代帖子词的研究，具有一定的学术意义。

首先，通过对宋代帖子词的研究，可以看到一种文体在宋代具体发生发展的形态，以及它与其他诗歌的交互影响和渗透，从而扩大宋代文学研究的视野，并推动文学史的研究走向深入。

其次，宋代帖子词的出现与宋代鼓吹升平、歌功颂德、注重节日娱乐的风气密切相关，对帖子词深入探讨，有助于具体地把握政治、文化和风俗与文学的关系。

再次，宋代帖子词内容广泛，除广泛表现了宋代立春、端午节日文化风俗外，还反映了宋代的许多历史事件，因此，对帖子词的研究也有助于更好地了解宋代历史和节日风俗文化。

最后，宋代帖子词对民间帖子词与后世、国外的帖子词都产生了重大影响，对其进行深入研究也有助于考察节日的流变、中国文化的影响力以及诗歌传播的相关问题。

二

帖子词在宋代出现之后，就受到了当时人的关注，惠洪《冷斋夜话》、朱弁《曲洧旧闻》、张邦基《墨庄漫录》、叶梦得《石林燕语》、吕希哲《吕氏杂记》、蔡絛《西清诗话》、葛立方《韵语阳秋》、周辉《清波杂志》、洪迈《容斋五笔》、周必大《玉堂杂记》、袁文《瓮牖闲评》、刘克庄《后村诗话》等都有对帖子词的零星记载，涉及帖子词的写作体制、使用方法、内容、风格以及用典和用字等问题。元代的袁桷（1266—1327）、明代王直（1379—1462）都注意到宋代立春翰林学士进春帖的典章制度①。杨慎（1488—1559）注意到宋代帖子词的作者身份和撰写时间以及作品特点，以为宋时翰苑"八节撰帖子"②"于丽语中寓规谏意"。将帖子词作为一种独立文体予以关注的是明人徐师曾（1517—1580），他提出了"贴子词者，宫中黏贴之词也"的概念，并对其特征做了概括和评论："宋时每遇令节，则命词臣撰词以进，而黏诸阁中之户壁，以迎吉祥。观其词乃五七言绝句诗，而各宫多寡不同，盖视其宫之广狭而为之，抑亦以多寡为等差也。然此乃世俗鄙事，似不足以烦词臣，而宋人尚之，岂所谓声容过盛之一端欤？"③清代赵翼也注意到了帖子词的撰写时间和作者身份问题，认为"宋时八节内宴，翰苑皆撰帖子词"④。

现代学者对帖子词的关注最早是王仲闻先生。他在注李清照《春帖子》时说："清赵翼《陔馀丛考》卷二十四云：'宋人八节内宴，翰苑皆撰帖子词。'非也。宋时只有立春和端午帖子词，他节无之，亦非用于内宴。赵氏殆以致语与帖子词混为一谈而误。又据《岁时广记》卷八引《司马文正公日录》，帖子词乃剪贴于禁中门帐者。今人或以为悬于墙壁者，不知何据也。"⑤他对赵翼将帖子词混同于致语进行指正，并对后人误以帖子为悬挂物表示了疑惑。自觉地从文体学、历史学的角度对帖子词进行较为深入研究，是近十几年才出现的。在笔者提交博士学位论文的2010年之前，论著很少。陈元锋在《北宋馆阁翰苑与诗坛研究》第七章"翰林学士之职任"六"乐语、致语与贴子词"中承袭了徐师曾的观点，认为帖子词

---

① 元代袁桷有《翰林故事莫盛于唐宋聊述旧闻拟宫词十首》，其四写立春故事，中有"春帖分裁阁分多，宫娥争馈缬绡罗"句。（《清容居士集》卷一六，影印《文渊阁四库全书》本）王直在《立春日分韵诗序》中云："昔宋之时，翰林以是日进春帖于禁中，写时景而美德意。今虽不行，因时纪事以歌咏盛美，而垂之后世者，本儒臣职也。于是取唐杜甫《立春日》诗'忽忆两京梅发时'之句，书为丸，投探中，各探一言为韵，赋诗一首。而直借为之序云。"（《抑庵文集》卷四，影印《文渊阁四库全书》本）
② （明）杨慎：《升庵集》卷六八，影印《文渊阁四库全书》本，第1270册，第665页。
③ （明）徐师曾：《文体明辨序说》，人民文学出版社1962年版，第168页。
④ （清）赵翼：《陔馀丛考》卷二四，中华书局1963年版，第483页。
⑤ （宋）李清照著，王仲闻校注：《李清照集校注》，人民文学出版社1979年版，第125页。

"亦由词臣于节令时为宫中所撰,均为五七言绝句。帖者,粘贴之意也",并论及"致语、乐语、贴子词一般比较轻松,用于渲染喜庆吉祥气氛,但亦有借此讽谏者";在第十三章又谈到"宋代宫廷流行的帖子词,皆由翰林学士撰写,形式为五七言绝句,用于元日与端午粘贴于后宫诸阁,其性质实与应制、宫词相类"①。此书对帖子的写作者、写作时间及帖子词的内容、特色做了简单的论述,主要沿用前人观点,没有结合具体作品分析,对写作时间说法前后也不一致。值得关注的是几篇专论帖子词的论文。一是发表于《重庆邮电学院学报》(社会科学版)2006年第5期的唐春生的《学士院与宋代内廷帖子词》,此文主要从宋代学士院与帖子词的关系角度探讨了帖子词的写作时间、使用对象、诗歌体裁以及诗歌内容等。论文分春帖子和端午帖子两部分,论春帖子部分论及学士院有供帖子的义务,并谈到春帖子的数目及寓规谏的特点;论端午帖子部分则从振兴大宋基业、求贤才纳忠言、借鉴唐代故事及其他四个角度论述其内容特征。此文能结合作品分析帖子词的具体内容特色,惜比较粗略。二是发表于《文学评论》2008年第2期的任竞泽的《简论帖子词》,文章从文体角度比较全面地论述了帖子词的特点、初作者、帖子词发展以及内容和艺术特点等。作者认为帖子词非粘贴,而是"张挂于宫中诸阁";提出晏殊是最早的帖子词作者;勾勒了帖子词兴起于宋,中断于靖康,衰落于元明,复兴于清的整个发展历史,并认为帖子词的内容是"'写时景而美德意'及颂盛世升平和富贵气象的";用典与节日相关;体例上有正变之分;等等。此文论述全面,提出了许多新见,但由于对作品本身的考察不足,所以不少观点还值得商榷。贾先奎《论北宋前期的帖子词》(《常州大学学报》社会科学版2010年第3期)主要分析北宋前期帖子词的内容,探讨其文化价值和意义,比较简略。另外,2012年有两篇硕士论文对宋代帖子词进行了专门研究,分别是湖南大学张多娇的《宋代端午帖子词研究》和安徽大学徐利的《宋代帖子词研究》,能结合作品做比较深入的论析。

---

① 陈元锋:《北宋馆阁翰苑与诗坛研究》,中华书局2005年版,第109—110页、193页。

三

本书以现存宋人帖子词为考察对象，是对宋代帖子词的综合研究。拟在充分吸收前贤时彦研究成果的基础上，在以下几个方面有所创获：

第一，追溯宋代帖子词的起源，以明了帖子词作为应用性文体的基本特征。

第二，探讨宋代帖子词的产生和兴盛的原因，从而认识社会政治、制度、仪式、风俗、文化对帖子的影响。

第三，考察两宋帖子词的具体创作时间和作者构成，并在此基础上勾勒帖子词的发展演变历史、写作体制等问题。

第四，对宋代帖子词作品进行具体的文本分析，概括其内容和艺术特征。这是帖子词研究的重点。

第五，从文学、历史、风俗等角度出发，考察帖子词的价值及其影响。

由于本人才疏学浅，本书必然存在很多疏漏和错误，敬请方家多多指教！

第一章 宋代帖子词的概念与体制

宋代大量帖子词的创作，是宋代诗坛独特的文化现象。从创作过程、诗题名称、诗歌内容及写作时间来看，宋代帖子词已成为一种专门的诗歌类型。那么，什么是帖子词、为什么称作帖子词、它具有怎样的特征，这是首先需要解决的问题。

第一节 帖子与帖子词考源

最早确定帖子词为一种文体并加以定义的是明人徐师曾。他在《文体明辨序说·贴子词》中说：

> 按贴子词者，宫中黏贴之词也。古无此体，不知起于何时。第见宋时每遇令节，则命词臣撰词以进，而黏诸阁中之户壁，以迎吉祥。观其词乃五七言绝句诗，而各宫多寡不同，盖视其宫之广狭而为之，抑亦以多寡为等差也。然此乃世俗鄙事，似不足以烦词臣而宋人尚之，岂所谓声容过盛之一端欤？今姑采录，以备一体。①

按，贴子词，即帖子词。徐师曾定义为"宫中黏贴之词"，但也有认为是悬挂于墙壁者。王仲闻先生说："据《岁时广记》卷八引《司马文正公日录》，帖子词乃剪贴于禁中门帐者。今人或以为悬于墙壁者，不知何据也。"② 近有任竞泽君持此观点，认为帖子词"张挂于宫中诸阁"③。看来，

---

① （明）徐师曾：《文体明辨序说》，人民文学出版社1962年版，第168页。
② （宋）李清照著，王仲闻校注：《李清照集校注》，人民文学出版社1979年版，第125页。
③ 任竞泽：《简论帖子词》，《文学评论》2008年第2期。

要准确定义帖子词，先须明确什么是帖子。

一、宋代宫廷帖子的制作与使用

宋代宫廷帖子词是一种诗，但它被称为"帖子词"，显然是与"帖子"有直接关联。那么，"帖子"为何？让我们先来看看宋人的记载。北宋司马光《司马文正公日录》云："翰林书待诏请春词，以立春日剪贴于禁中门帐。"① 这里的"春词"就是春帖子词。吕希哲《岁时杂记》云："学士院立春前一月撰皇帝、皇后、夫人阁门帖子。送后苑作院，用罗帛缕造，及期进入。"② 此"门帖子"亦即春帖子词。南宋周密《武林旧事》卷二"立春"云："学士院撰进春帖子。帝后贵妃夫人诸阁各有定式，绛罗金缕，华粲可观。"卷三"端午"条亦云："先期，学士院供帖子如春日。"③ 这些记载因作者所处时代不同，说法稍有不同，此稍做梳理。

综合各种资料，可以明确，帖子是一种用罗帛金缕制作的宫廷节日用品，其制作由几个部门合作完成。翰林学士负责撰写帖子所需的诗歌——帖子词，翰林书待诏或后苑作院负责书写和制作。翰林书待诏，即翰林御书院书写待诏，其职务为"掌行书写，三元八节奉献祖宗神御表词并大礼毕奏谢诸宫观寺院表词……题写诸王字头、春贴子、端贴子"④。这一职务隶属于翰林御书院。御书院建立于太平兴国七年（982），元丰（1078—1085）改制后称书艺局，南宋初复称御书院，南宋建炎三年（1129）罢，绍兴十六年（1146）复置，三十年（1160）又罢。后苑的全称是"后苑作、制造御前生活所"，始建于咸平三年（1000），专掌制造宫廷生活所需及皇族婚娶名物。所内有81作，如生色作、缕作、金作、烧朱作等。后

---

① （宋）胡仔纂集：《苕溪渔隐丛话》后集卷二二，人民文学出版社1962年版，第158页。
② （宋）吕希哲：《岁时杂记》，（宋）陈元靓编：《岁时广记》卷八，《丛书集成初编》本，第83页。
③ （宋）周密：《武林旧事》，（宋）孟元老等：《东京梦华录》（外四种），古典文学出版社1956年版，第368页、379页。
④ （清）徐松辑：《宋会要辑稿》职官三六之九六，中华书局1957年影印本。

苑在南宋一直存在①。由司马光所记神宗熙宁三年撰写春帖子词事可知，在元丰改制前，帖子词当由翰林御书院书写，具体"剪贴"由哪个部门负责，语焉不详，似乎也由御书院负责。从职责来说，翰林书待诏当只负责书写，不负责剪贴，剪贴工作当由后苑完成。当然，翰林御书院应当也可以完成这一工作，因为它的各种祗应人中就有"镞作一名，剪字一名"②。吕希哲为司马光晚辈，其《岁时杂记》所记"送后苑作院，用罗帛缕造，及期进入"应当是元丰改制后的做法。元丰改制后，翰林御书院翰林书艺学代替了御书待诏的工作③。大约是由学士撰写帖子词后交由翰林书艺学书写，再交付后苑作院制作，也有可能是学士院写好帖子词后直接交付后苑作院制作。周密所记为南宋学士院撰写帖子词情况，未说明制作部门，让人误以为是学士院在完成这一工作，其实不然，其具体制作当与北宋末基本相同。由于翰林御书院于绍兴三十年罢，则帖子词应当由学士院写作后直接交由后苑制作了。这样，我们对宫中帖子的整个制作过程大致可以得出这样一个观点：第一步，由学士院翰林学士提前（北宋哲宗时通常提前一月）撰写帖子词。第二步，元丰改制前，由翰林书待诏负责抄写学士所写帖子词，由后苑制造所或者御书院负责剪贴制作；元丰改制后，学士院将帖子词交给翰林书艺学书写（或无须书艺学书写），再交给后苑作院，由他们用"罗帛缕造"；南宋则学士院撰写帖子词，后苑作院负责制作。最后，节日当天由最终的制作者负责将制作好的帖子贴于禁中门帐。

学士院撰写的帖子词写于什么材质之上？任竞泽认为是"书之帛上，张挂于宫中诸阁，以迎吉祥"④。这一说法不完全正确。如前文所论，学士院所写帖子词并非直接张贴，而是要进行加工制作。为了字体美观，北宋元丰改制前要经由翰林书待诏的专业抄写，因此，学士写作帖子词不可能直接题写在帛上。王安中于徽宗政和七年（1117）、重和元年（1118）撰写

---

① 龚延明：《宋代官制辞典》，中华书局1997年版，第68页。
② （清）徐松辑：《宋会要辑稿》职官三六之九五，中华书局1957年影印本。
③ 龚延明：《宋代官制辞典》，中华书局1997年版，第71页。
④ 任竞泽：《简论帖子词》，《文学评论》2008年第2期，第149页。

过帖子词。他回忆自己在学士院的生活时写道："二年白玉堂,挥翰供帖子。风生起草台,墨照澄心纸。"① 从"墨照澄心纸"来看,毫无疑问是写在纸上的。《石渠宝笈》卷五所载苏轼《春帖子词》是苏轼元祐三年春帖子词的副本,为素笺本,也可以间接证明这一点。南宋时期,帖子词撰写时间无须提前很长时间,则有可能直接题写于事先做好的帖子牌上。

宫中帖子的制作材质比较讲究。从前引"罗帛缕造""绛罗金缕"来看,制作帖子的主要材质是罗、帛、彩丝、金缕。北宋所用罗帛不详,南宋则专用绛罗,即一种深红色的"质地轻软、经纬组织显椒眼纹的丝织品"② 做底衬,然后将帖子词所用字用金箔剪出后粘贴在绛罗底上,或者以金丝彩线绣出,四周还可能用彩线加以装饰,显得"华粲可观",富有喜庆色彩。宋徽宗《宫词》"巧簇罗牌翰苑词"③ 正是对帖子制作方式的描述,其称罗制底衬的帖子为"罗牌"。苏颂《春贴子·皇帝阁》其六"每岁惟呈镞金帖"④、岳珂《宫词》"端辰帖子缕黄金"⑤ 也透露了宫廷帖子的制作方式。镞金、缕金都是用金线刺绣为饰。这也是帖子为什么要交由后苑制作的原因,因为后苑专门负责宫廷用物的制作,分工精细,有八十一作,譬如缕作、金作、镞镂作、绣作、金线作、糊粘作、裁缝作等⑥,可以完满完成帖子制作的剪彩、粘贴、缕金、刺绣等工作。

帖子绣作、贴作都非常精美,也极其费工,因此帖子词需要提前撰写。据《岁时广记》卷八"撰春帖"和卷十二"作门帖"条引《岁时杂记》载,当时春、端帖子词须提前一月撰进。《石渠宝笈》卷五载苏轼《春帖子》题为"(元祐)二年十二月五日",据《三千五百年历日天象》,

---

① (宋)王安中:《象州上元诗》,周辉著、刘永翔校注:《清波杂志校注》卷六,中华书局1994年版,第244页。
② 《辞源》,商务印书馆1988年版,第2486页。
③ 傅璇琮等主编:《全宋诗》第26册,卷一四九一,北京大学出版社1996年版,第17044页。
④ (宋)苏颂:《苏魏公文集》卷二八,中华书局1988年版,第387页。后文所引苏颂帖子词皆出此书第386—391页,不再另标注。另,绝大多数帖子词亦可见《全宋诗》,参书末附录。
⑤ (宋)岳珂:《棠湖诗稿》,线装书局2004年影宋临安陈宅书籍铺刻本,第697页。
⑥ 龚延明:《宋代官制辞典》,中华书局1997年版,第68页。

元祐三年（1088）立春为正月四日①，则苏轼帖子词写作恰好提前一月。一个月为绣作提供了时间保障，但也有例外，如欧阳修《春帖子词》自注写作时间为"至和元年十二月二十九日"。至和元年十二月二十九日所写帖子为至和二年（1055）立春所用，至和二年立春在正月一日庚申日，则所写帖子词仅提前两日。欧阳修《端午帖子词》写作时间自注为"三月二十五日"，则又提前端午整整40天。可见，进帖子的时间并不十分严格。如果提前两天写帖子词，绣作的可能性就小，而剪贴金箔字的可能性大。可以想象，随着帖子词数量的确定，帖子大小基本定型，后苑作院完全可以提前将"罗牌"做好，等学士撰写好帖子词后直接剪贴于上。这样，帖子词的撰写就无须太早，提前一两天也行。南宋周密《武林旧事》中提及撰写帖子时就没有提前一月之说。宋人的诗也可以说明这一点，如张公库的《宫词》云"北斗回杓欲建寅，宫嫔排备立春时。镂花贴子留题处，只待金銮学士诗"②，非常明确地说"镂花帖子"已经做好，只剩下学士们的诗还没有到位。显然，这里的"诗"就是帖子词。而从立春日"镂花帖子"只待学士诗来看，诗是立春当日才写的。另外，韩维的"镂成宝字题宫户"（《太皇太后阁六首》其四）、真德秀的"宝字泥金帖，工夫剪刻纯"（《皇后阁春贴子词五首》其二）皆说明帖子词是剪贴于罗牌上的。由"绛罗金缕、华灿可观"的描写可知，学士在制作好的罗牌上直接用墨题字的可能性较小，但是也有用金粉题写的可能性，如卫泾《寿成惠圣慈祐太皇太后阁端午帖子》其六云"学士大书金字帖，宫中巧篆绛绡缯"③。这里理解为题写金字也是可以的。

制作好的帖子在节日期间被粘贴在门、帐等处。《司马文正公日录》明言春帖子词"以立春日剪贴于禁中门帐"。宋徽宗《宫词》"巧簇罗牌翰苑词，宜春相向贴门楣"，明言"贴"于门楣处。从前文所引关于帖子制

---

① 张培瑜：《三千五百年历日天象》，河南教育出版社1990年版，第271页。
② 傅璇琮等主编：《全宋诗》第9册，卷五一五，北京大学出版社1992年版，第6257页。
③ （宋）卫泾：《后乐集》卷二〇，影印《文渊阁四库全书》本，第1169册，第759页。后引卫泾帖子均出自此书第759—760页，不再另注。

作的记载来看，帖子没有轴，材质较软，应以方形为主，所以粘贴较为方便，且以贴于门楣为常。欧阳发等记载其父欧阳修事迹时提到一件事：

> 先公在翰林，尝草春帖子词。一日，仁宗因闲行，举首见御阁帖子，读而爱之。问何人作，左右以公对。即悉取皇后、夫人诸阁中者阅之，见篇篇有意，叹曰："举笔不忘规谏，真侍从之臣也！"①

这个故事在宋人笔记中多有记载，以此条为最详。"举首见"，则在门楣无疑。贴在门楣的方式，有可能非整块粘贴，而只粘住上面一道，令其自然下垂，如同今人贴门笺一般。

二、宋代帖子与帖子词溯源

帖子词是帖子的组成部分。宋代宫廷何以用帖子为门帐之饰，帖子又缘何发展演变而来？

帖子从本质上来说是一种门户装饰物品，源于古人驱邪除恶、祈求康泰的原始信仰。门户饰品最早主要应用于一些特殊日子，其中一些日子后来发展演变为节日，作为节日习俗组成部分的饰品也随之而发展丰富。古代使用门饰的节日主要是除夕、元日、立春和端午，它们的源流既有共同处，又有不同处。宋代帖子主要应用于立春和端午，故我们仅对立春和端午帖子作一考述。

（一）春帖子溯源

从本质上来说，春帖子就是一种春幡胜、一种祈禳之物，是晋代贴宜春字习俗在宋代发展演变的一种独特形态。早在汉代，就有立春之日"立青幡"②于门外的习俗，这种幡取五行上与立春相对应的青色，没有图案花纹装饰。发展到晋代，出现了剪彩为燕、贴"宜春"字以迎春的习俗。

---

① （宋）欧阳修：《欧阳修全集》附录二，中华书局2001年版，第2636页。
② （晋）司马彪撰，（梁）刘昭注补：《后汉书》志第四《礼仪志上》，中华书局1965年版，第3102页。

傅咸《燕赋》曰："四时代至，敬逆其始。彼应运于东方，乃设燕以迎至。羣轻翼之岐岐，若将飞而未起。何夫人之工巧，式仪形之有似。御青书以赞时，著宜春之嘉祉。"①可见，当时立春要用人工所制作的"燕"来迎春，御书青字来赞襄春时。青书为何字，没有明言。南朝梁宗懔《荆楚岁时记》则明确记载："立春之日，悉剪彩为燕以戴之，贴'宜春'二字。"②。燕形和"宜春"字是两种不同的幡胜，燕形用以佩戴，"宜春"字则用以帖。另外，元日、人日皆有剪彩贴于门户、屏风等处的习俗，如元日"贴画鸡，或斫镂五彩及土鸡于户上"，人日则"剪彩为人，或镂金箔为人，以贴屏风，亦戴之头鬓。又造花胜以相遗"。③这些不同形态、材质的剪贴之物都是巫术性质的压胜之物，因为多为裁剪丝缕金帛而成，故称"剪彩"。由于立春或在腊月，或在正月，与元日、人日时间上比较接近，所以在后来的发展演变中，这些造型各异、适用于不同节日的画鸡、五彩、人胜、华（花）胜、彩燕、宜春胜等渐趋融合。发展到唐代时，剪彩以人日、立春为盛，造型更为多样且逐渐融合，如徐延寿《人日剪彩》诗就写到花、叶、燕、鸡等各种幡胜："闺妇持刀坐，自怜裁剪新。叶催情缀色，花寄手成春。帖燕留妆户，黏鸡待饷人。擎来问夫婿，何处不如真。"④原属元日的鸡形胜被挪用到了人日。苏颋《人日重宴大明宫恩赐彩缕人胜应制》中的人胜也叫宜春胜："初年竞贴宜春胜，长命先浮献寿杯。"⑤李适《人日宴大明宫恩赐彩缕人胜应制》诗云"宝帐金屏人已帖，图花学鸟胜初裁"⑥，可见人日既有人胜，也有花鸟状胜，其中鸟状胜应该就是立春的燕形胜。李远《剪彩》写立春剪彩也有鸟、有人、有

---

① （梁）宗懔撰，杜公瞻注，宋金龙校注：《荆楚岁时记》，山西人民出版社1987年版，第19页。按，《全晋文》傅咸《燕赋》无此。
② （梁）宗懔：《荆楚岁时记》，第19页。按，杨琳：《春联起源考》，《文博》1999第6期，第44—45页一文认为此处的"二"字当为"之"字之误，据后世帖子看，此说有一定道理，但早期似仍当以"宜春"二字为是。
③ （梁）宗懔：《荆楚岁时记》，山西人民出版社1987年版，第15页。
④ （清）彭定求等编：《全唐诗》卷一一四，中华书局1960年版，第1166页。
⑤ （清）彭定求等编：《全唐诗》卷七三，中华书局1960年版，第804页。
⑥ （清）彭定求等编：《全唐诗》卷七〇，中华书局1960年版，第777页。

花:"剪彩赠相亲,银钗缀凤真。双双衔绶鸟,两两度桥人。叶逐金刀出,花随玉指新。愿君千万岁,无岁不逢春。"其《立春日》还写到"春虫":"钗斜穿彩燕,罗薄剪春虫。"①

值得注意的是,荆楚所写"宜春"字的立春幡胜在唐代也得到了发展,它书写或剪彩的文字不再局限于"宜春"二字,凡"宜春"的吉祥语皆可,甚至出现了诗的形式。日本正仓院保藏有两枚唐肃宗时期的人胜,其中"一片系于浅碧罗之上,粘有金箔蔫成十六字云'令节佳辰,福庆惟新,变(当为燮字之讹)和万载,寿保千春'"。傅芸子认为:"考人胜为用有二,一以金箔镂成,人日贴于屏风;一剪彩为之,戴于头鬟。今观正仓院所存残片,可知乃屏风贴用之物。"② 按:傅说不全对。如上所言,唐代人胜已非仅指人日贴用之人形胜,而是个泛称,也可以贴于门、帐等处,前引孙思邈言可证。这个胜准确地说就是宜春胜,其上剪贴为文字而非人形,呈方形,边长约12厘米,贴于屏风似嫌小,很可能贴于门楣、帐楣等处。晚唐韦庄《立春》云:"殷勤为作宜春曲,题向花笺帖绣楣。"③ 这种贴于门楣的花笺就是宜春胜,而其上面题写的"宜春曲",应当就是诗歌。敦煌遗书斯坦因第六一〇卷背面有一些诗,分别录于"岁日"和"立春日"下,其中《立春日》曰:"铜浑初庆轨,玉律始调阳。五福除三祸,十善消百殃。宝鸡能僻(辟)邪,瑞燕解呈祥。立春题户上,富贵子孙昌。"又"三阳始布,四猛(孟)初开。凶随故往,逐吉新来。年年多庆,月月无灾。鸡能僻(辟)恶,燕复宜财。门神护卫,厉鬼藏堆。书门左右,吾傥康哉!"④ 从中可以看出立春贴鸡形胜用以辟邪除恶,燕形胜以求取富贵吉祥、子孙繁衍昌盛的习俗。这些诗,谭蝉雪以为便是我国最早的楹联⑤,也就是说,

---

① (清)彭定求等编:《全唐诗》卷五一九,中华书局1960年版,第5930页。
② 傅芸子:《正仓院考古记》,辽宁教育出版社2000年版,第39页。
③ (清)彭定求等编:《全唐诗》卷六九六,中华书局1960年版,第8013页。
④ 谭蝉雪最早释文,后郝春文进行了订补,杨琳又进行了校释,此参照了三家观点。参谭蝉雪《我国最早的楹联》(《文史知识》1991年第4期)、郝春文主编《英藏敦煌社会历史文献释录》第1编第3卷(社会科学文献出版社2003年版,第279—280页)、杨琳《春联起源考》(《文博》2009年第6期)。
⑤ 谭蝉雪:《我国最早的楹联》,《文史知识》1991年第4期。

这是现存最早的春联。笔者认为，在当时这些都应被称为宜春帖或者宜春胜。

唐代春帖的制作方式也互相融合，可以剪彩，也可以书写。皇室贵族的春胜制作极为讲究。前面提到的日本正仓院所存肃宗时期的人胜，便是剪彩而成，其底衬为浅碧罗，其字则为金箔。苏颋《立春日侍宴内出剪彩花应制》中写彩花的制作有"剪刀因裂素，妆粉为开红"句，说明还要进行染色。赵彦昭《奉和圣制立春日侍宴内殿出剪彩花应制》中还写道"嫩色惊衔燕，轻香误采人"[①]，似乎还要薰上香气。普通的宜春帖也通常是剪贴布帛而成，如晚唐崔道融《春闺二首》其二云"佳人持锦字，无雁寄辽西。欲剪宜春字，春寒入剪刀"[②]。这位思妇所剪为锦帛之类丝织品。相比而言，直接题写于纸更为简单便捷，韦庄所言"题向花笺帖绣楣"的春帖是写在花笺上的。李商隐《骄儿诗》云："请爷书春胜，春胜宜春日。"[③] 这应当也是直接书写于纸上的。有的可能还直接题写于门上。如前面所言敦煌春帖子，其中有"书门左右，吾傥康哉"之言，应是直接书写于门之左右的。此帖抄于《启颜录》背面，《启颜录》抄于唐开元十一年（723）八月五日，谭蝉雪认为这是上限，下限可定为晚唐。这种形式的春帖应当是唐代民间最为常见的形式。

唐代春帖使用方式上也交相融合，可以贴挂于门、帐、屏风、树等处，如"立春日贴宜春字于门"[④]、"宝帐金屏人已帖"[⑤]；可以簪戴于头，如"唯有裁花饰簪鬘，恒随圣藻狎年光"[⑥]、"娉婷何处戴，山鬓绿成丛"[⑦]、"遥知

[①] （清）彭定求等编：《全唐诗》卷一〇三，中华书局1960年版，第1087页。
[②] （清）彭定求等编：《全唐诗》卷七一四，中华书局1960年版，第8202页。
[③] （清）彭定求等编：《全唐诗》卷五四一，中华书局1960年版，第6245页。拙文《春幡·春胜·春帖》（《文史知识》2009年第1期）有详论，可参看。
[④] （唐）孙思邈：《千金月令》，（元）陶宗仪纂：《说郛》卷六九上，影印《文渊阁四库全书》本，第879册，第725页。
[⑤] （唐）李适：《人日侍宴大明宫应制》，《全唐诗》卷七〇，中华书局1960年版，第777页。
[⑥] （唐）马怀素：《奉和立春游苑迎春应制》，《全唐诗》卷九三，中华书局1960年版，第1009页。
[⑦] （唐）李远：《立春日》，《全唐诗》卷五一九，中华书局1960年版，第5930页。

双彩胜,并在一金钗"①等。君王也常以春胜赏赐大臣,如崔日用有《人日赐王公以下彩缕人胜》诗,中有"此日叨陪侍,恩荣得数枝"②句。

宋代立春习俗承袭唐代而更加重视,贴、戴春幡胜极为流行,且作为节日礼物互相赠送。"公卿家尤重此日,莫不镂金刻缯,加饰珠翠,或以金银,穷极工巧,交相遗问焉。"③朝廷赐王公大臣春幡胜也成为制度,《宋史》《东京梦华录》《武林旧事》《梦粱录》等均有载。正是在这种环境中,宫中门帖所用宜春胜最终制度化,由词臣专门呈进皇帝、皇后、夫人诸阁门帖子诗,由后苑作院造作,称之为立春帖子,简称春帖子。夏竦"彩幡红镂宜春字"(《内阁春帖子》其四)、王珪"年年金殿里,宝字帖宜春"(《立春内中帖子词·皇帝阁》其一)、周美成"夹辇司花百士人,绣楣琼璧写宜春"(《内制春帖》)④等春帖子词中所写的"宜春"当都是指宫中帖子。

(二)端午帖子溯源

端午帖子从本质上来看,是一种符箓,源于汉代的桃印。《后汉书·礼仪志》载:"五月五日,朱索五色印为门户饰,以难止恶气。"⑤朱索在晋时发展为佩戴的彩索,"一名长命缕,一名续命缕,一名辟兵缯,一名五色缕,一名五色丝,一名朱索,名拟甚多"。据说"以五彩丝系臂,名曰'辟兵',令人不病瘟"。⑥桃印则演变为各类门户饰。南朝齐魏收《五日》云:"辟兵书鬼字,神印题灵文。"⑦可见,有题字的辟兵符和桃印符。唐代端午门挂符箓见诸敦煌写卷本。伯3835写卷背面有一幅符箓,高国藩命名为"端午驱鬼符"。唐代敦煌悬挂这种符要有一定的仪式。此图左面有说明,

---

① (唐)张继:《人日代客子是日立春》,《全唐诗》卷二四二,中华书局1960年版,第2724页。
② (唐)刘宪:《奉和圣制立春日侍宴内殿出剪彩花应制》,《全唐诗》卷七一,中华书局1960年版,第779页。
③ (宋)庞元英:《文昌杂录》卷三,中华书局1985年新1版,第21页。
④ (宋)陈元靓编:《岁时广记》卷八,《丛书集成初编》本,第83页。
⑤ (晋)司马彪撰,(梁)刘昭注补:《后汉书》志第五《礼仪志中》,中华书局1965年版,第3122页。
⑥ (梁)宗懔著,杜公瞻注:《荆楚岁时记》,山西人民出版社1987年版,第50页。
⑦ (宋)蒲积中编:《古今岁时杂咏》卷二〇,辽宁教育出版社1998年版,第233页。

"已前符端午日取来，日出时书就，砚台内醅磨黑土，含一几（点）醅，直至书了。更用为牙珠笔符上书勅子（字）痰阿稻伽药涂磨身，蛊毒自深，休赖方内。不出外，人达本源，万事兴。又方：每日吃杏七八，枣三个，渴特吃人参伏令渴止渴"①。据此，端午符箓必须在日出前写好，而且书写时要放"醅"（即消石粉）磨黑土，写符时口中也含一点消石粉，同时还有用药涂抹身体、不外出及饮食方面的要求。另，斯七九九《隶古定尚书》写卷后有"五月五日天中节，一切恶事尽消灭，急急如律令"。北八三七八（腾字六号）《大乘五门十地实相论》背亦有"五月五日天中节，亦（赤）口亦（赤）舌自消灭，葱葱姶（急急如）"。后杂写中还有"故和尚天福拾年正月一日敦煌"字样。北六〇三六（龙字九号）《妙法莲花经观世音菩萨普门品廿五》背写"五月五日天中"六字，又有"天福拾肆年九月二十六日灵图寺僧戒昌如法"等字。②天福为后晋石敬瑭年号，天福十年即开运二年（945），距宋很近。从敦煌卷本多处记载来看，晚唐五代的敦煌非常流行这种端午道教符箓，这应当也是一种时代风习。这种端午符箓在宋代同样流行，《梦粱录》即载"仕宦等家以生朱于午时书'五月五日天中节，赤口白舌尽消灭'之句"③。宋代禅籍多引录，如释宗杲《大慧普觉禅师语录》卷十"五月五日午时书，赤口毒舌尽消除。更饶急急如律令，不须门上画蜘蛛"，《续古尊宿语录》卷三《圆悟勤禅师语》"五月五日天中节，万祟千妖俱殄灭。眼里拈却须弥山，耳里拔出钉根楔。钟馗小妹舞三台，八臂哪吒嚼生铁。勅摄截，急急如律令"④。《岁时杂记》亦云："民间以朱书诗或符咒作门贴。"⑤民间符咒比较简单，种类很多，贴于门、壁、柱等处。《陈氏手记》载："今人端午日多写'赤口'字贴壁上，以竹钉钉其口字中，云断口舌。不知起自何代。闽俗又端五日以二纸写'官府上天，口舌入地'，

---

① 高国藩：《敦煌古俗与民俗流变》，河海大学出版社1989年版，第118—120页。
② 徐俊纂辑：《敦煌诗集残卷辑考·敦煌遗书诗歌散录》，中华书局2000年版，第857页。
③ （宋）吴自牧：《梦粱录》卷三，（宋）孟元老等：《东京梦华录》（外四种），古典文学出版社1956年版，第157页。
④ 徐俊纂辑：《敦煌诗集残卷辑考·敦煌遗书诗歌散录》，中华书局2000年版，第857页。
⑤ （宋）陈元靓编：《岁时广记》卷二二，《丛书集成初编》本，第251页。

颠倒贴于壁间，亦皆无据。"《琐碎录》云："五月五日写'风烟'二字，贴窗壁下，辟蜓蝣蚊蚋。一云书'滑'字。"又"端五日午时以朱砂书'荼'字倒贴屋壁间，蛇蝎蜈蚣，皆不敢进。一云：用倒流水研墨写'龙'字贴四壁柱上，亦验"。又"端五日午时多写'白'字，倒粘贴柱上四处，可以辟蝇子"。《提要录》云："端五日书'仪方'二字，倒贴于柱脚上，能辟虫蛇。"① 有的被认为可以辟兵，名辟兵符，如宋人词有"爱他午日午时书。惟应三五字，便是辟兵符"②、"研丹聊作厌兵符"③ 等。挂艾人、门书符皆为宋人端午最重要的门饰，正如吴潜《二郎神》词所言"恰就得端阳，艾人当户，朱笔书符大吉"④。端午符篆通常为黄底朱书，然而亦有朱底黄书者，如项安世《重午记俗八韵》就有"朱揭横楣牓，黄书闯户符"⑤ 的明确描述。

宋代宫中端午帖子便是由这种符篆发展而来，材料由廉价的纸张变为昂贵的丝帛彩缕。《岁时广记》"桃印符"条引《续汉书》刘昭"桃印本汉朝，以止恶气"句，后即云"今世端午以彩缯篆符，而相问遗，亦以置帐屏之间"，并引了元绛《端午皇后阁帖子》"桃印敞金扉，鸣环茧馆归""玉轸薰风细，朱符彩缕长""赤符神印穿金缕，团扇鲛绡画凤文"等。⑥ 另宋庠"朱索连荤种，仙缯篆秘符"（《皇后阁端午帖子词》其二）⑦、胡宿"命缕灵符粲宝文"（《皇帝阁端午帖子》十一）、"香缯争点画，彩缕竞垂舒"（《皇后阁端午帖子》其一）⑧、刘才邵"云篆摹仙印"（《端午内中帖子词·

---

① （宋）陈元靓编：《岁时广记》卷二一，《丛书集成初编》本，第245—246页。
② （宋）刘辰翁：《临江仙》，唐圭璋：《全宋词》，中华书局1965年版，第3104页。
③ （宋）王之道：《南歌子》，唐圭璋：《全宋词》，中华书局1965年版，第1163页。
④ 唐圭璋编：《全宋词》，中华书局1965年版，第2753页。
⑤ 傅璇琮等主编：《全宋诗》第44册，卷二三七一，北京大学出版社1996年版，第27252页。
⑥ （宋）陈元靓编：《岁时广记》卷二一，《丛书集成初编》本，第243页。
⑦ （宋）宋庠：《元宪集》，影印《文渊阁四库全书》本，第1087册，第516页。后引宋庠帖子词均出此，不再另注。
⑧ （宋）胡宿：《文恭集》，《丛书集成初编》本，第343页。后引胡宿帖子词均引自此书第341—345页，不再另注。

皇帝阁》其一)①等,都是宫中用端午符箓之证。《武林旧事》卷三"端午"还提到宫中"又以青罗作赤口白舌帖子,与艾人并悬门楣,以为禳禬"②。当宫中端午符箓上面的文字图画不再与民间门帖一样采用符箓气息很重的道教符号图画,而改变为富有艺术审美趣味的诗歌时,其迷信色彩减弱而喜庆气氛加浓,遂成为宋人特称的端午帖子,简称端帖。卫泾的端帖"学士大书金字帖,宫中巧篆绛绡缯"(《寿成惠圣慈祐太皇太后阁端午帖子》其六),岳珂的《宫词》"端辰帖子缕黄金,词苑题来禁御深"③都写到宋时宫中制作使用端帖的情形。与立春帖子一样,端午帖子最核心部分的诗歌——端午帖子词,其撰写便成为学士院每年必不可少的一项工作。

春胜也好,符箓也罢,它们都是古人驱邪求吉的节日饰品。春胜侧重于求吉,如迎春、宜春、延祥、祝寿、纳福等;符箓则侧重于驱邪,如辟邪、辟恶、辟兵、辟蚊虫等。当然,辟邪的最终目的仍然在于求吉。古代节日大多有饰品,但以立春、人日、端午为最盛,宋时人日转衰,其部分习俗逐渐转移至立春和元日。宋代宫廷用春、端帖子就是当时节日盛行装饰的一种表现,正所谓徐师曾所言"声容过盛之一端"。

第二节　宋代帖子词的类型与称名

一、宋代帖子词的类型

宋代帖子词主要用于节日,因此可根据节日的不同来对其进行分类,如用于元日的称"元日帖子"、用于立春节的称"春帖子"、用于端午的称"端午帖子"。关于用于何节,宋以后人多有不同看法。徐师曾说:"第见宋

---

① (宋)刘才邵:《檆溪居士集》,影印《文渊阁四库全书》本,第1189册,第439页。后引刘氏帖子词均出此书第438—440页,不再另注。
② (宋)周密:《武林旧事》卷三,(宋)孟元老等:《东京梦华录》(外四种),古典文学出版社1956年版,第379页。
③ (宋)岳珂:《棠湖诗稿》,线装书局2004年影宋临安陈宅书籍铺刻本,第697页。

时每遇令节，则命词臣撰词以进，而黏诸阁中之户壁，以迎吉祥。"① 杨慎《升庵集》卷六八"翰林撰致语"条云："宋时御前内宴，翰苑撰致语，八节撰帖子。"② 清人赵翼《陔馀丛考》卷二四"帖子词"条亦云："宋时八节内宴，翰苑皆撰帖子词。"③ 或以为"每遇令节"，或以为宋代八节（指立春、元日、元宵、清明、端午、中秋、重阳、冬至），说法不一。今各种词典多沿袭徐、杨、赵的说法，多以为帖子词为所有节日或八节所用④，有的对八节还解释为"立春、春分、立夏、夏至、立秋、秋分、立冬、冬至"⑤，这是不正确的。王仲闻先生早就有过探讨，他说：

> 清赵翼《陔馀丛考》卷二十四云："宋人八节内宴，翰苑皆撰帖子词。"非也。宋时只有立春和端午帖子词，他节无之，亦非用于内宴。赵氏殆以致语与帖子词混为一谈而误。⑥

王先生以为赵翼之所以以为宋人八节皆有帖子词，乃其将致语与帖子词相混同所致。今人任竞泽《简论帖子词》亦持此论。⑦

笔者通过对宋代现存帖子词的考查，发现宋代帖子词确实以立春、端午两节为主，但也有例外，如晏殊有《元日词》十首为元日帖子。此后元日未见撰有帖子词，其原因：一是元日与立春时间相隔不远，有时甚至是同一天，而写作帖子词、制作帖子都很麻烦，没有必要；二是元日的节日内涵与立春相近，都是辞旧迎新，因此取消了元日帖子词。另外，还有非令节写的帖子，如南宋曹勋有《癸未御前帖子》三首，其一云"上天不似人间热，夏木阴阴六月凉"，知其写于六月。又如宋陈世崇《随隐漫录》卷一

---

① （明）徐师曾：《文体明辨序说》，人民文学出版社1962年版，第168页。
② （明）杨慎：《升庵集》卷六八，影印《文渊阁四库全书》本，第1270册，第665页。
③ （清）赵翼：《陔馀丛考》卷二四，中华书局1963年版，第483页。
④ 如《简明中国古典文学辞典》（1983）、《文艺创作知识辞典》（1987）、《中国文体学辞典》（1988）、《新编诗词曲赋辞典》（1989）、《中国古典文学辞典》（1990）、《中国古典文艺实用辞典》（1991）、《古今公文文种汇释》（1992）、《中国实用文体大辞典》（1993）、《中国诗词曲赋辞典》（1997）等皆如此。
⑤ 乔继堂、朱瑞平主编：《中国岁时节令辞典》，中国社会科学出版社1998年版，第24页。
⑥ （宋）李清照著，王仲闻校注：《李清照集校注》，人民文学出版社1979年版，第125页。
⑦ 任竞泽：《简论帖子词》，《文学评论》2008年第2期，第149页。

载宋度宗所题《瞻箓堂帖子》和《凝华殿帖子》，前者为五、七言对句："归仁由克己，学道在存心""尧舜传心惟以一，禹汤受命本乎中"，后者为四言诗："帝德巍巍，温恭允塞。心传精微，惟尧是则。"① "凝华殿""瞻箓堂"为东宫建筑，可见这些帖子是宋度宗为太子时所题。要之，宋代帖子词基本上是立春和端午帖子，只有极少数的例外。一般而言，帖子都有确定的限定语，如"春""端午""元日""御前"等，收入诗文集时立春和端午帖子词合称"春端帖子词"或者"帖子词"。

以帖子适用者的殿阁分类，帖子词又分为皇帝阁帖子、太皇太后阁帖子、太上皇帝阁帖子、太上皇后阁帖子、皇太后阁帖子、皇太妃阁帖子、贵妃（贤妃、淑妃）阁帖子、夫人阁帖子、东宫帖子、郡王阁帖子、公主阁帖子等②。每一组帖子词的阁类依当年宫内重要人物而定。

二、宋代帖子词的称名

（一）"帖"与"贴"

最早将宋代皇宫立春和端午门帖所用之词称为帖子词的人是夏竦。其《春帖子》《端午帖子》皆作于真宗时期。在诗文中，帖子词或称春词、宫中春词、宫词、帖子诗等，从诗作标题来看，除了晏殊的几组"元日词""立春日词""端午词"外，多称帖子词或贴子词。关于帖子词的得名，徐师曾解释为"黏贴之词"，而任竞泽则认为徐师曾的解释是错误的。他说："徐氏之释名显然仅是据'贴子词'之'贴'字来训诂的。但事实上，历代文献中称'贴'子词者寥寥，而以'帖'子词为名者才是主流。也就是说，徐氏对帖子词的阐释一开始便陷入了偏颇。"③

笔者通过对现存帖子词的统计，发现用"帖子词"者居多，但用"贴子词"者也不少，如司马光、韩维、真德秀、周邦彦、周麟之等人的作品

---

① （宋）陈世崇：《随隐漫录》，中华书局2010年版，第1页。
② "阁"亦作"閤"。阁指楼阁，閤原指大门旁的小门。在帖子词中，本指门，后则兼指宫殿，当以阁为是。与贴、帖一样，宋人阁与閤二字通用。本书行文均称"阁"。
③ 任竞泽：《简论帖子词》，《文学评论》2008年第2期，第149页。

皆作"贴子词",数量占到宋代全部帖子词的30%左右。看来,任竞泽"历代文献中称'贴'子词者寥寥,而以'帖'子词为名者才是主流"的说法有失偏颇。笔者以为,宋人虽多写作"帖子词",但在用"贴"还是"帖"上,并无本质区别。贴、帖二字常换用,没有严格区别。宋人笔记称"贴子"者也多见,如张邦基《墨庄漫录》载"东坡为翰苑,元祐三年供端午贴子"①,"故事,供贴子,皇太后、皇帝、皇后阁各有词"②。洪迈《容斋五笔》卷第九有"端午贴子词"条③。释惠洪《冷斋夜话》:"欧公、王禹玉俱在翰苑,立春日当进诗贴子。"④而魏泰《临汉隐居诗话》曰:"温成皇后初薨,会立春进诗帖子。"⑤可见,"帖"与"贴"可换用。苏颂帖子词《文渊阁四库全书》本《苏魏公文集》作"春帖子",而苏廷玉刻本作"春贴子"。笔者通过四库检索,发现在帖子词的众多名称中,大多数"帖"与"贴"可换用,如帖子词、帖子、门帖、门帖子、帖子诗、诗帖子、春端帖子、春帖、春帖子、春帖子词、立春帖子、端午帖子、端午帖子词等,只有翰林帖子、端帖子、五日帖子、端五贴子、端午贴门诗等为独见,但出现频率低,多为个例。足见宋人虽多写作"帖子词",但在用"贴"还是"帖"上,并无严格区别,完全可以互换。我们有理由相信,宋人对"帖子"和"贴子"已经完全混同。

  为什么会出现这种现象呢?看来有必要对"贴""帖"二字作一探讨。贴、帖二字古同韵,含义有所不同。《说文》"贝部":"贴,以物为质也。从贝占声。他叶切。""巾部":"帖,帛书署也。从巾占声。他叶切。"⑥段玉裁注"帖"云:"《木部》曰:'检,书署也。'木为之,谓之检;帛为之,谓之帖。皆谓幖题,今人所谓签也。"⑦后来二字各引申出其他含义。"贴"

---

① (宋)张邦基:《墨庄漫录》卷三,中华书局2002年版,第93页。
② (宋)张邦基:《墨庄漫录》卷四,中华书局2002年版,第128页。
③ (宋)洪迈:《容斋随笔·容斋五笔》卷九,中华书局2005年版,第941页。
④ (宋)释惠洪:《冷斋夜话》卷二,中华书局1988年版,第21页。
⑤ (宋)魏泰:《临汉隐居诗话》,何文焕辑:《历代诗话》,中华书局2004年第2版,第330页。
⑥ (东汉)许慎:《说文解字》,中华书局2013年版,第127页、156页。
⑦ (清)段玉裁:《说文解字注》,上海古籍出版社1988年第2版,第359页。

字今皆读阴平。《辞源》对"贴"的释义有三：一是典质。这是最初含义。二是黏附。三是靠近，依附。"帖"的含义则有十项之多。一是古代未有纸，写字用竹木或布帛，写在布帛上的叫帖。这是最初含义。二是铭功纪事的石刻叫碑，书疏叫贴，石刻的拓本也称帖。三是联语、对联，如春帖、楹帖。这是后起之意。四是用简短言辞书写的柬帖。五是唐宋元时的试题。六是安定，顺从。七是连附、贴近。八是黏，贴。九是典押。十是中药房，后用作量词，一剂药称一帖。① 一、二、三义今读去声，四、五两义今读上声。六至十义今读阴平。比较而言，贴、帖二字的原初意义不同，但后来的引申义却有相同处，都有粘贴和连附的含义。

对"帖子"，《辞源》的释义有二：一是官方文书，即堂帖子；二是票券，收支财物的登记单子。这两义皆不符合春端帖子的特征。检索四库，发现在宋代文献中出现的"帖子"除了诗歌帖子外，还有作为文书的小帖子②、发榜用的金花帖子、泥金帖子③、端午辟邪用的赤口白舌帖子、娶妇用的帖子④等。这些帖子表现出一些共同特征：一是它们都是纸帛之类的写有文字的实用之物，二是形制不大而文字较少，基本符合《辞源》对"帖"的释义之四，即"用简短言词书写的柬帖"。

那么，这种粘贴于门帐等处的"帖子"究竟应该称"帖子"还是"贴子"呢？我们以为称"帖子"最准确。春端帖子作为一种立春、端午二节

---

① 《辞源》，商务印书馆1988年版，第2956页、973页。

② 官方公文所用堂帖、小帖子，多见于宋人集，如李纲《梁溪集》卷七二载有《小帖子》，文字不长。

③ 金花帖子、泥金帖子为唐代进士登科所用，宋初尚沿用。《锦绣万花谷》前集卷二二引《开元天宝遗事》："新进士及第，以泥金帖子附家书，谓之泥金信。"（影印《文渊阁四库全书》本，第924册，第276页）洪迈《容斋随笔·续笔》卷一三详细记载了他家所藏咸平元年孙仅榜盛京所得金花帖子，"以素绫为轴，贴以金花，先列主司四人衔，曰翰林学士给事中杨，兵部郎中知制诰李，右司谏直史馆梁，秘书丞直史馆朱，皆押字。次书四人甲子，年若干，某月某日生，祖讳某，父讳某，私忌某日。然后书状元孙仅。……别用高四寸绫，阔二寸，书'盛京'二字，四主司花书于下，粘于卷首。"（中华书局2005年版，第378页）周必大《文忠集》卷四四"承协奉砚"录王扶登科榜帖，认为"以黄花笺为之，故名金花帖子"。（影印《文渊阁四库全书》本，第1147册，第475页）

④ 娶妇用的帖子，今虽不见宋时原样，然基本等同于后世的请帖、请柬之类。《清俗纪闻》所画清代请帖可见大概，与今之请柬形制相差不远。（日）中川忠英：《清俗纪闻》，中华书局2006年版，第393页。

贴在门上的节日用品，形体不会太大，上面有文字，符合"帖"的本义，与宋代文献中出现的柬帖、堂帖子、金花帖子、泥金帖子、赤口白舌帖子也有相似之处，当称为"帖子"。

由于帖子作为一种门帖粘贴于门，而帖、贴二字字形相近，义项有交叉，尤其是都有"粘贴"义，所以宋人在书写的时候便没有进行严格的区分，以致"帖""贴"混用了。帖、贴二字古音同，但在现代汉语中"帖"是多音字，只在用作"粘贴"之义时与"贴"同音，皆读阴平。"帖子"之"帖"应读去声。

关于帖子之称，任竞泽有新说，此处略做辨正。他说：

> "贴"之含义可能更近于同样新兴的宋杂剧这一文体之角色"贴旦"之"贴"，即"正色之外"之义，反映了其文体之卑。此外，奏帖也叫帖子。翰苑词臣这种"供帖子"之职，虽然所撰写为"王言之制"的馀事，却也可看作是某种形式的供奉"奏帖"，这也是帖子词称为"帖子"的一个原因。①

笔者认为，由翰苑词臣所写，用于宫廷节日的文体不可能被视为卑贱。"奏帖"更不可能是命名之因，因为翰林学士所撰词皆有专名。《锦绣万花谷》前集卷十一"著撰文名"载：

> 学士所著撰，拜免公王、将相、妃主曰"制"，赏赐、恩宥曰"赦书"、曰"德音"，处分事曰"敕"，曰"御札"，五品以上曰"诏"，六品以下曰"敕"，批群臣表曰"批答"，奖励劳曰"奖谕"，赐外国曰"蕃书"，醮曰"青词"、曰"密词"，释曰"斋文"，教坊致语曰"白话"，土木兴建曰"上梁文"，宣赐曰"口宣"，此外有祝文、祭文、碑铭、神道碑、乐章、诗颂、春帖子之

---

① 任竞泽：《简论帖子词》，《文学评论》2008年第2期，第150页。

类，撰讫进入。……又《谈苑》大号令曰"御札"，馀皆同。①

如果说帖子词是奏帖的话，其他不少门类也属于奏帖，但为什么不叫帖子词呢？显然，帖子词之名是根据其特征、用法命名的，而非因其为奏帖之故。

（二）帖子之"词"

帖子是春、端节日用品，而"帖子词"就是指帖子所用之"词"。从广义的角度来说，似乎只要是帖子所用文词皆可为帖子词，但是作为一种文体，此处所用为"词"之狭义。"词"原为乐府诗题名。元稹《乐府古题序》云：

> 《诗》讫于周，《离骚》讫于楚，是后，诗之流为二十四名。赋、颂、铭、赞、文、诔、箴、诗、行、咏、吟、题、怨、叹、章、篇、操、引、谣、讴、歌、曲、词、调，皆诗人六义之馀，而作者之旨。由操而下八名，皆起于郊祭、军宾、吉凶、苦乐之际。在音声者，因声以度词，审调以节唱。句度短长之数，声韵平上之差，莫不由之准度。而又别其在琴瑟者为操、引，采民氓者为讴、谣，备曲度者，总得谓之歌、曲、词、调，斯皆由乐以定词，非选调以配乐也。②

元稹以为"词"作为诗体，是配乐的歌词。严羽《沧浪诗话·诗体》中也将"词"视作一种诗体，并举例说"《选》有汉武《秋风词》，《乐府》有《木兰词》"③。然而唐时除乐府歌辞题以"词"外，有些以"词"命名者为不可歌之诗，如"宫词"。宋代帖子词非乐歌之词，与"宫词"相类，宋人即有此观点，如吕希哲言"学士院立春前一月撰皇帝、皇后、夫

---

① （宋）佚名：《锦绣万花谷》前集卷一一，影印《文渊阁四库全书》本，第924册，第137—138页。《新编古今事文类聚》新集卷二〇"只日降麻"条引《翰林志》文字与本段文字大致相同，唯"密词"前少一"曰"字，"祭文、碑、铭"后为"碑文"，"撰讫"为"撰述"，且以此句结束。《翰林志》为唐李肇所著，并无此文字，引书当有误。
② （唐）元稹：《元稹集》卷二三，中华书局1982年版，第254页。
③ （宋）严羽著，郭绍虞校释：《沧浪诗话校释》，人民文学出版社1961年版，第72页。

人阁门帖子。……前辈诸学士所撰但宫词而已"①。周辉亦言帖子词"自政、宣以后,第形容太平盛事,语言工丽以相夸,殆若唐人宫词耳"②。孙应时《胡元迈集句作宫词二百求题跋为书两章》反过来说:"宫体故宜供帖子。"③ 两相比照,帖子词与宫词确实有很多相似之处,主要表现为四个方面:一是语言及风格上相似,皆尚典雅,前面例子中宋人所关注的主要也是这个方面。二是体裁形式上的相似,皆为绝句组诗形态;宫词为七言绝句,帖子词虽然在定型后多为五七言绝句混杂的形态,而早期的帖子词,如夏竦、晏殊的作品,皆为七绝组诗,与宫词相似。三是表达方式相似,多以叙述纪事为主,且皆表现宫廷生活。四是皆为不可歌之诗。帖子词为帖子用诗,非歌咏之辞;"宫词之作旨在铺张事物,非为表现声、容","如王建诸篇及花蕊夫人之辑,各达百首,但纪事而作,从无调名,其非歌辞,一望而知"④。因此,帖子词与"教坊词"不同,与"小词"亦无关。

帖子词是从门帖所用"祓除祈祝"之词发展而来。宋人綦崇礼即云:"若春日帖子,盖宫禁门户间祓除祈祝之词。"⑤ 祓除祈祝乃古代巫术之遗留。今所见祝以《伊耆氏蜡辞》为最早,后世祝文由此而来。"及周之太祝,掌六祝之辞"⑥,后世演变,形态多样。然主持者口诵祝词,为其主要特征。帖子乃书写之词,诉诸视觉,与其有别。祈禳之举,最重门户。祈禳初用物而不以文辞,如夏后用苇茭、殷人以螺首之类;以文字来祈禳,乃始于汉代攘除厉殃之五色桃印。这种桃印长六寸、方三寸,上面用五色书写文字。⑦ 可见,"祓除祈祝之词"初为简短文辞,后则演变为诗

---

① (宋)陈元靓编:《岁时广记》卷八引《皇朝岁时杂记》,《丛书集成初编》本,第 82 页。
② (宋)周辉著,刘永翔校注:《清波杂志校注》卷一〇,中华书局 1994 年版,第 425 页。
③ 傅璇琮等主编:《全宋诗》第 51 册,卷二六九八,北京大学出版社 1998 年版,第 31799 页。
④ 任半塘:《唐声诗》,上海古籍出版社 1982 年版,第 51 页、58 页。
⑤ (宋)綦崇礼:《论德宗不能用陆贽》,《北海集》卷二二,影印《文渊阁四库全书》本,第 1134 册,第 670—671 页。
⑥ (南朝梁)刘勰:《文心雕龙·祝盟》。周振甫:《文心雕龙今译》,中华书局 1986 年版,第 92 页。
⑦ (唐)杜佑:《通典》卷五五,中华书局 1988 年版,第 1550—1551 页。

歌。立春门帖用祓除祈祝之词，以西晋傅咸《燕赋》"御青书以赞时，著宜春之嘉祉"中所记"青书"为最早，青书所书何词则不详。从《荆楚岁时记》所载来看，南北朝时期多用"宜春"二字。这一习俗流行甚远，唐段成式《酉阳杂俎》载"北朝妇人，……立春进春书，以青缯为帜，刻龙像衔之，或为虾蟆"①。《辽史·礼志》载辽代习俗与此相同，"立春，妇人进春书，刻青缯为帜，像龙衔之，或为蟾蜍，书帜曰'宜春'"②。此"春书"实为幡胜，起初或只是书"宜春"之类简短的文字于纸或绢帛上，贴于门、帐、屏风等处，故多称宜春胜、春胜，如李商隐《骄儿诗》云"请爷书春胜，春胜宜春日"③。后来则不限于"宜春"之类简短文字，有的扩展为吉庆迎祥的诗语。前引日本正仓院所保藏唐肃宗至德二年（757）的华胜实物上所粘金箔剪成的十六字为"令节佳辰，福庆惟新，变（当为燮字之讹）和万载，寿保千春"，已然为诗。韦庄《立春》"殷勤欲献宜春曲，题向花笺帖绣楣"中的"宜春曲"显然也为诗类。这种习俗在宋代民间流行，并未成为宫廷惯例。宋白《宫词》云："律管飞灰报早春，寿阳梅淡落香烟。词人竞进新诗入，俊思无过白舍人。"④诗中仅提到立春有群臣献诗的惯例，而不像后来张公庠、宋徽宗等人宫词中都提及撰写帖子词事。从现存文献来看，帖子词出现于真宗后期，以夏竦、晏殊的作品为最早。他们的帖子词就是近体绝句，且为组诗形态。经过进一步发展，最终形成了每年立春、端午前专由学士院翰林学士给皇宫诸阁撰写帖子词的制度，且体例数量固定，通常太上皇帝、太皇太后、皇太后、皇帝诸阁六首，皇后阁五首，夫人阁四首或五首。

　　帖子词由词臣撰写，与古代节日之时词臣献诗、应制赋诗的传统有关。魏晋时期节日宴会常赋诗，以上巳节而言，从张华的《太康六年三月三日后园会》，沈约的《三日林光殿曲水宴》《三日率尔成篇》《三日侍奉

---

① （唐）段成式：《酉阳杂俎》，中华书局1981年版，第8页。
② （元）脱脱等：《辽史》卷五三《礼志》，中华书局1977年版，第877页。
③ （唐）李商隐：《骄儿诗》，（唐）李商隐著，（清）冯浩笺注：《玉谿生诗集笺注》卷二，上海古籍出版社1979年版，第414页。
④ 傅璇琮等主编：《全宋诗》第1册，卷二〇，北京大学出版社1991年版，第280页。

光殿曲水宴》、陈后主的《上巳宴丽晖殿各赋一字十韵》《上巳玄圃宣猷堂禊饮同共八韵》《春巳禊辰尽当曲宴各赋十韵》《祓禊泛舟春月玄圃各赋七韵》以及《上巳玄圃宣猷嘉辰禊酌各赋六韵以次成篇》①即可知。唐代节日应制诗更多,如许敬宗的《奉和元日应制》、崔日用等六人的《奉和立春游苑迎春应制》、韦承庆的《寒食应制》、张说的《端午三殿侍宴应制探得鱼字》、杜审言的《奉和七夕侍宴两仪殿应制》、贺敳的《奉和九月九日应制》等。前引宋白诗可证宋初仍有节日群臣献诗的惯例。但仁宗之后渐少,南宋刘克庄甚至说"可惜禁中无应制,等闲老却谪仙才"②。宫中春端帖子词是特殊形式的节日应制诗,正如苏颂《春贴子·皇帝阁六首》其六所说"四时嘉节宴游稀,盛德先从学士知。每岁惟呈镂金帖,新春不和彩花诗"。因为帖子词为节日用诗,所以早期也常直接在节日后加词来称呼,如晏殊有"立春日词""端午词"以及"元日词"(按,元日帖子仅此一例),宋祁称春帖子为"宫中春词"③,司马光称之为"春词"等。

  帖子词在相当长的时间内一直为宫廷专用,且在仁宗时期只有皇帝、皇后、夫人阁有帖子词。神宗以后,又增加了太皇太后、皇太后、皇太妃诸阁。徽宗以后,帖子运用范围更大,甚至影响到国外。徐兢于宣和六年(1124)作为国信所提辖官出使高丽,在高丽王府广化门上就看到春帖子,归而载诸其所上《宣和奉使高丽图经》中。据金迈淳(1776—1840)《洌阳岁时记》载,李氏朝鲜时期,承政院正三品以下官员和侍从每人在立春几天前要给国王呈五言绝句一首,然后再择好句贴于宫内柱子上,就是立春帖。初期只有两班贵族府邸和宫廷才会贴立春帖,后来才流传到民间。朝鲜表达"格格不入"有个俗语是"店铺门前的立春帖",可间接证明帖子始自宫廷,而且在相当长的时期内为宫廷专用。受宫中帖子词影响,文人也开始自撰帖子。从现存诗作来看,以北宋徽宗政和六年(1116)廖刚的《丙申春帖子八首》为最早。南宋时有范成大的《代门生作立春书门贴

---

① (宋)蒲积中编:《古今岁时杂咏》卷一六,辽宁教育出版社1998年版,第195—202页。
② (宋)刘克庄:《跋方寔孙长短句》,《后村先生大全集》卷一八,《四部丛刊》影旧钞本。
③ (宋)宋祁《余在北门时每立春必前索宫中春词十馀解今逢兹日块坐州阁追怀旧题续作六章》诗中"宫中春词"即春帖。

子诗四首》《代儿童作立春贴门诗三首》《代儿童作端午贴门诗三首》、姜夔的《戊午春帖子》、程珌的《春贴》等。民间立春"或用古人诗，或后生拟撰"①，端午"以朱书诗或符呪作门帖"②。据《西湖老人繁胜录》《梦粱录》记载，南宋街市上"有百馀家赏春贴子，有十数般春幡、春胜"③，除夕要"帖春牌"④，方岳《除夜》其三"醉题帖子等春来"⑤亦写除夕更换帖子。南宋末年，民间春帖已渐移用到元日。元代宫廷、地方府治、私人皆有春帖，如蒲道源（1260—1336）《闲居丛稿》卷九就载有《内府》《翰苑》和《秋谷》（按，指李孟，秋谷为其号，至元中为平章政事）等14对春帖。正德《松江府志》载张之翰为松江府郡守之时，元日郡治门揭春帖云"云间太守过三载，天下元贞第二年"。泰定改元，府治春帖云"官清莹彻三江水，民乐和熏两县春"⑥。元贞为元成宗年号，即公元1296年；泰定为元泰定帝年号，泰定元年即公元1324年。而王恽、杨宏道、胡只遹等的集子中有很多元日门帖子诗。明初似仍有供帖子事，高启（1336—1374）《端阳写怀》诗有"去岁端阳直禁闱，新题帖子进彤扉"⑦句。后则稀见文献载录，可见未成制度⑧。清代乾隆时宫中帖子再次兴起，春、端帖子词之外，还出现了中秋帖子；除军机大臣、南书房撰进帖子之外，乾隆皇帝也亲自动笔撰写，但仅为他一人写作；大臣帖子并不张贴，乾隆自己的作品装裱后陈设于"乾清宫西暖阁温室内案上"⑨，乾隆之后只供春帖子。需要说明的是，元代以后民间春帖逐渐与桃符融合，演

---

① （宋）陈元靓编：《岁时广记》卷八，《丛书集成初编》本，第82页。
② （宋）陈元靓编：《岁时广记》卷二二，《丛书集成初编》本，第251页。
③ （宋）佚名：《西湖老人繁胜录》，（宋）孟元老等：《东京梦华录》（外四种），古典文学出版社1956年版，第124页。
④ （宋）吴自牧：《梦粱录》卷六，（宋）孟元老等：《东京梦华录》（外四种），古典文学出版社1956年版，第181页。
⑤ （宋）方岳：《秋崖先生小稿》卷七，《宋集珍本丛刊》本，第84册，第208页。
⑥ （明）顾清：《松江府志》卷三二，明正德七年刊本。
⑦ （明）高启：《大全集》卷一五，影印《文渊阁四库全书》本，第1230册，第198页。
⑧ 王直（1379—1462）《立春日分韵诗序》云："昔宋之时，翰林以是日进春帖于禁中，写时景而美德意。今虽不行，因时纪事以歌咏盛美，而垂之后世者，本儒臣职也。"可证。（《抑庵文集》卷四，影印《文渊阁四库全书》本，第1241册，第69页）
⑨ （清）官修：《国朝宫史》卷八，影印《文渊阁四库全书》本，第657册，第144页。

变为对联形式，成为除夕、元日特有的风俗文化；端午帖子则逐渐衰落，只零星留存于个别地方，《节序同风录》中所载"黄纸朱书诗句贴屏上，谓之端午帖子"①之语可证。

总之，帖子词是门帖祓除祝颂之吉语与前代宫廷进献诗、应制诗相融合的产物，是春、端帖子所用之诗。

综上所述，帖子词是宋代宫廷节日门帖用诗。单从诗体而言，帖子词是宋代词臣为宫中节日（通常是立春、端午两节）门帖所撰写的五、七言绝句组诗，习惯上称为"某词"，如"宫中春词""春词""立春日词""端午词""翰苑词"等；从具体运用来看，它是春、端帖子所用之祓除祝颂吉语，剪贴于罗帛之上，粘贴于宫中门帐等处，故又称帖子、春帖、端帖、春端帖子、帖子诗、诗帖子、帖子词、门帖、门帖子等。"帖子词"又作"贴子词"，乃是因为帖子粘贴于门，而"帖""贴"二字均有粘贴之义，故宋人混用之，后人遂沿袭不辨，应以"帖"为确。

帖子词有广义和狭义之分。广义的帖子词指所有的门帖诗，狭义的帖子词特指宫中帖子词。在北宋相当长的时间内，帖子（词）仅指宫中帖子（词）。这可从不少宋人诗文得到印证。②北宋徽宗以后，地方、私人门帖诗也称"帖子"。现在保存下来的绝大多数是宫廷帖子词，民间帖子词所存甚少。本书所讨论的是狭义的帖子词，即宫中帖子词，简称宫帖。

第三节 宋代帖子词的写作体制

帖子词是宫廷节日文化习俗的产物，具有不同于其他诗类的特殊性，其体制上的独特性体现在以下几个方面。

---

① （清）孔尚任：《节序同风录》，浙江人民美术出版社2016年版，第131页。
② 如"好遣秦郎供帖子"（苏轼《次韵秦少游王仲至元日立春三首》）、"三年白玉堂，挥翰供帖子"（王安中《象州上元诗》）、"忘却玉堂供帖子"（刘克庄《和方时父立春》）、"不解玉堂供帖子，双扉聊与换桃符"（陈天麟《除夕偶成呈同舍兼简陈仲恕》）等明言"供帖子"，可见为宫中帖子，详见第七章。

一、写作性质：应制性

帖子词虽然没有"应教""应命""应制"等普通应制诗所具有的显著标题，但帖子词的写作仍然是一种应制性写作。这种应制性写作从三方面可以见出。

首先，帖子词的产生是皇帝旨意的产物。帖子词作为宫廷应用性文字，它的产生必然与皇帝及皇室的需求有关。真宗时期是帖子词的产生时期（详见第三章），晏殊的《端午日词》即明确注明"奉圣旨进"字样，足见帖子词是应皇帝命令而写。

其次，帖子词特例的出现更是皇帝旨意的结果。特例有三：其一是欧阳修和王珪"温成皇后阁帖子词"的写作。温成皇后是仁宗贵妃张氏。为已故之人写作帖子词史无前例，如非有仁宗的特意要求，是绝对不会出现这样大大超出常规的事情的。其二是"妃嫔阁帖子"的创作。学士院通常不专为某一位妃嫔而专作一阁类帖子词，所有妃嫔共用"夫人阁帖子"，然而宋代有好几位妃嫔都享有过专门的帖子词，如真宗杨淑妃、仁宗张贵妃、哲宗刘贤妃、高宗吴贵妃、理宗贾贵妃等，这些嫔妃都极受皇帝宠爱，她们有的后来成了皇后，如刘贤妃、吴贵妃，有的虽然终身为贵妃，但受宠度超越了皇后，如贾贵妃。给这些人写作帖子词，如非出于皇帝特殊旨意，则很难想象学士们会自作主张去写。当然，学士们有建议权，但决定权在皇帝，学士通常只是奉命行事而已。其三是刘克庄的"公主阁帖子"。给公主写作帖子也是超乎寻常的事，如非出于理宗对爱女的极端宠爱而有所暗示或命令，刘克庄亦不可能自作主张来写作这一阁类帖子的。这些特例的写作均可见出帖子词写作的应制性。

最后，帖子词写作时间的规定性、帖子阁类的限制性更是皇室需求的结果。帖子词每年立春、端午节前写作，在北宋后期曾一度为提前一月创作，时间是被限定的。帖子词的阁类和数量都有明确的规定（详见第六章），也就是说，为谁而作、作多少也都有规定。作为宫廷节日门帖用诗，其内容和风格与普通应制诗一样，也非常受限。

总之，帖子词的写作是一种应制性写作。然而与普通应制诗有所区别的是：帖子词虽然发端于具体的应制，但是当其成为宫廷惯例后无则须旨令，按时撰供即可，只有个别特殊情况才会有所旨令或暗示。可以说，帖子词写作是一种常规化了的应制性写作。因此，帖子词的作者、写作时间被固定化，而诗歌类型、内容、风格也显得更为单一和狭窄。

二、写作机构与作者：学士院当直学士

从宋代文献记载来看，帖子词的撰写机构一直是学士院。无论是北宋最早记载帖子词撰写情况的《岁时杂记》①，还是南宋时期的《建炎以来系年要录》《宋史全文》②《玉海》③《墨庄漫录》《曲洧旧闻》④《武林旧事》等，皆有帖子词由学士院供进的记载。

帖子词何以由学士院承担？因为学士院是专掌朝廷制诰诏敕的中央秘书机构。学士院之设，始自唐玄宗开元二十六年（738），是从翰林院分离出来的机构⑤。唐时学士院并非正式组织，宋代沿置，成为正式官司名。宋代又有翰林院，但分属不同机构。翰林院属于内侍省，"总天文、书艺、图画、医官四局"⑥；而学士院直接隶属于皇帝，"掌制、诰、赦、敕、国书及宫禁所用之文词"⑦，"凡文官至太中大夫（从四品）、武官观察使（正五品）以上草制、诰，立皇子、后妃，封亲王，拜相、枢密使、三公、

---

① 吕希哲《岁时杂记》已佚，《岁时广记》多处引用此书，卷八立春"撰春帖"和卷二二端午"作门帖"均引及学士院于立春、端午前一月撰皇帝、皇后、夫人阁门帖子。
② 《宋史全文》卷二一"中"与《建炎以来系年要录》卷一四八所载同，均为"辛丑，立春节，学士始进贴子词，百官赐春幡胜。自建炎以来久废，至是始复之"。
③ 《玉海》卷九〇"绍兴赐春幡胜"："绍兴十三年正月辛丑立春节，学士院始进贴子词，百官赐春幡胜。自建炎以来久废，至是始复。"影印《文渊阁四库全书》本，第943册，第438页。
④ 宋朱弁《曲洧旧闻》卷七云："欧公与王禹玉、范忠文同在禁林。故事进春帖子自皇后、贵妃以下诸阁皆有。"禁林即学士院。中华书局2002年版，第180页。
⑤ （宋）欧阳修等：《新唐书》卷四六《百官志》，中华书局1975年版，第1183页。唐韦执谊《翰林院故事》同，（宋）洪遵：《翰苑群书》，《丛书集成初编》本。
⑥ （元）脱脱等：《宋史》卷一六六《职官六》，中华书局1977年版，第3941页。
⑦ （清）徐松辑：《宋会要辑稿》职官六之五〇，中华书局1957年影印本。

三少、使相、节度使等草制，统由皇帝宣召学士院翰林学士典掌，且不须经中书门下（元丰改制后则不必经三省）"①。此外，还要撰写宫禁所需各类名目繁多的文辞，《锦绣万花谷》载其"著撰文名"有二十馀种，其中就有春帖子（端帖与春帖性质相同，故仅列春帖）。

帖子词的作者皆为翰林学士吗？答案是否定的。宋代学士院的设官有翰林学士承旨、翰林学士、直院、权直院、兼直院等。"承旨，不常置，以学士久次者为之。凡他官入院未除学士，谓之直院；学士俱阙，他官暂行院中文书，谓之权直。"②可见，承旨常以资历最老者担任，不常设，学士院缺人，则设直院、权直院代行文书。直院、权直虽无学士之名，但履行的是学士职责，正如沈括所言，直院"但以资浅者为之，其实正官也"；权直为暂时摄领，"有长兼者，即同正官"③。元丰改官制，学士院机构职能依旧④，但设官和人数有所调整。宋初"学士院：翰林学士承旨、翰林学士、翰林侍读侍讲学士。承旨不常置，以院中久次者一人充。学士六员"⑤；元丰改官后，"（学士院）官：学士二人"⑥。据杨果《中国翰林制度研究》，院中实际情况与制度规定有出入，学士少则一人，多达六七人。⑦ 概言之，北宋时多为翰林学士，以六员为常；元丰改制后减为二员，仍为翰林学士；南宋时以二员为常，但真除学士者少，多为直院、权直、兼直。南宋甚至有翰林权直、学士院权直之职称。可见，两宋学士院的官职较为复杂，不仅只有翰林学士而已。因此，帖子词的作者身份在不同时期也有所差异。从今存帖子词作者来看，北宋时有夏竦、晏殊、宋庠、宋祁、孙抃、胡宿、欧阳修、王珪、司马光、元绛、韩维、吕惠卿、李清臣、邓润甫、苏轼、许将、苏颂、苏辙、赵彦若、梁焘、蔡京、蒋之

---

① 龚延明：《宋代官制辞典》，中华书局1997年版，第42页。
② （元）脱脱等：《宋史》卷一六二《职官志二》，中华书局1977年版，第3812页。
③ （宋）沈括：《梦溪笔谈》卷三，辽宁教育出版社1997年版，第8页。
④ 《宋史·职官志二》："自国初至元丰官制行，百司事失其实，多所釐正，独学士院承唐旧典不改。"（第3812页）
⑤ （清）徐松辑：《宋会要辑稿》职官六之四六，中华书局1957年影印本。
⑥ （清）徐松辑：《宋会要辑稿》职官六之五一，中华书局1957年影印本。
⑦ 杨果：《中国翰林制度研究》，武汉大学出版社1996年版，第175页。

奇、周邦彦、王安中、李邦彦、赵野、傅墨卿及佚名等28人，除佚名不详外，其馀仅夏竦、晏殊、周邦彦未曾入院。夏、晏作帖子词于真宗大中祥符间，其时初创而体制未备，尚不专由学士院写作①；仁宗之后帖子词写作常规化，作者皆为翰林学士；周邦彦系代某学士所作。南宋时有李清照、刘才邵、周麟之、陆升之、曹勋、洪适、汪应辰、周必大、崔敦诗、洪迈、许及之、卫泾、周南、真德秀、洪咨夔、许应龙、刘克庄、罗公升等18人，其中李清照、曹勋、陆升之、周南、罗公升皆未入院，陆升之为代直院刘珙所作，李清照因"亲联为内夫人"②而进，曹、周、罗三人写作原因不明，馀人写作时皆在院，多为直院、权直院、兼直院。孝宗时崔敦诗入学士院，因资历浅而新创翰林权直以称，淳熙五年再入院，因"议者以翰林乃应奉之所，非专掌制诰之地，更为学士院权直"③，其作淳熙元年、二年帖子时即为翰林权直。当然，有人多年写作帖子词，身份会有所变化，如周必大自乾道七年至淳熙八年多次写作，经历了权直院、直院、翰林学士及翰林学士承旨四种身份的变化。由此可见，帖子词作者的身份在北宋为翰林学士，在南宋则较为复杂，只能泛称为"学士"。要之，帖子词撰写由学士院承担，其作者为学士院任职的学士——翰林学士承旨、翰林学士、直学士院、权直学士院、兼直学士院、翰林权直、学士院权直等。

宋代翰林学士不再是唐代"无一定品秩"的官员，而是位居中书舍人之上的正三品官④。他们地位清切贵显，所谓"真为翰林学士者，职始显贵，可以比肩台长，举武政路矣"⑤。据研究统计，宋代88%的翰林学士为进士出身，而历翰林学士而位列宰执者占到48.6%⑥。宋太宗甚至认为

---

① 拙文《宋代帖子词的始作及作者身份考论》有详论，可参看。载《重庆师范大学学报》（哲学社会科学版），2010年第1期。
② （宋）周密：《浩然斋雅谈》卷上，中华书局2010年版，第9页。
③ （元）脱脱等：《宋史》卷一六三《职官志二》，中华书局1977年版，第3812页。
④ （元）脱脱等：《宋史》卷一六八《职官志八》，中华书局1979年版，第3988页。
⑤ （元）马端临：《文献通考》卷五四，中华书局1986年版，第491页。
⑥ 参杨果《中国翰林制度研究》第二章"宋代翰林学士的组织机构"，武汉大学出版社1996年版，第61，74页。

"词臣，实神仙之职也"①。有极个别一些人因才华出众而被皇帝特赐出身后进担任翰林学士，因为少而显得更为荣耀。《梁谿漫志》卷二"北门西掖不以科第进"条记载："北门、西掖之除，儒者之荣事也；其有不由科第，但以文章进者，世尤指以为荣。"②作者列举的不以科举出身的翰林学士仅韩维、林彦振、徐俯、吕本中数人。翰林学士为天子私人，职清位重，为时所重。

帖子词虽为宫禁文字中无关紧要的文字，但因为是最高统治者及其家庭重要成员使用，故而由学士院负责，具体则由当直学士承担，也并非人人有机会。帖子词虽然微小，但其皇家身份以及作者的学士化使写作者颇有几分自豪感。王安中"二年白玉堂，挥翰供帖子"③的追忆，刘克庄首次入院"幸不当笔"背后"恨不得当笔措词，以续古人"④的遗憾与企慕心态，以及二次入院写作帖子词后"老子从来宠利轻，于棋待诏昧平生。内中称赏秦郎帖，御笔批依不必更"⑤的得意，皆说明学士们对写作帖子词的看重。然而帖子词毕竟是一种应制诗，限制颇多，有时还可能因措辞不当而致罪，因此，学士们对此类文字又心存畏惧，如《萍洲可谈》记载大观间某学士所撰春帖为"神祇祖考安乐之，草木鸟兽裕如也"，因以鸟兽对祖考不当而得罪。⑥杨万里庆幸自己"一生幸免春端帖"⑦；刘克庄也差一点因用事"出格"而受到责难。《后村先生大全集》卷一一二记载：

　　辛酉夏，余进《皇太子宫端午帖子》云："错繇术进何裨汉，伍以棋亲亦累唐。圣代尊经崇理学，讲堂燕子日初长。"外议以

---

① （宋）苏易简：《续翰林志》，（宋）洪遵辑：《翰苑群书》，《丛书集成初编》本，第42页。
② （宋）费衮：《梁谿漫志》卷二，上海古籍出版社1985年版，第18页。
③ （宋）周辉撰，刘永翔校注：《清波杂志校注》卷六，中华书局1994年版，第244页。
④ （清）卞永誉：《式古堂书画汇考》卷一〇，《文渊阁四库全书》本，第827册，第592页。
⑤ （宋）刘克庄：《记辛酉端午旧事二首》其一，《后村先生大全集》卷四四，《四部丛刊》本。
⑥ （宋）朱彧：《萍洲可谈》卷一，中华书局2007年版，第125页。
⑦ （宋）杨万里：《端午独酌》，杨万里著，辛更儒笺校：《杨万里集笺校》卷四一，中华书局2007年版，第2149页。

错、伾事不当用，丞相以为问，余曰："遍考前人所作此，如寒食必用介子推事，端午必用屈原。事在上两句，下二句却颂到本朝之美，似此者不可胜举。又杨诚斋老于文学，于大蓬兼光宗谕德，《贺东宫生日》'橘中延绮皓，瓜处屏伾文'，何尝不用王、伾事？某下三句归美今日，抑彼所以扬此也。"众议乃息。

按，刘氏所言帖子乃景定二年春帖，其中"繇"原作"由"，"累"作"误"，盖后来追记有误。刘氏此诗由于用事不同于前，当时就引发争论，甚至受到宰相的质问，经解释说前两句用鼂错与王伾事，而后两句颂美本朝，此为欲扬先抑之常法，并举例论说才停息众议。可见，写作帖子词忌讳甚多。时隔多年，刘克庄还有"最怕摛词与草麻，朝朝传布竞攻瑕"①、"已怕词头趋坡老，更禁帖子累秦郎"②的感慨。

学士作为天子私人，他们对宫廷生活的了解较之常人为多，写作帖子词有很大优势。尽管帖子词的写作属于"为文而造情"，很难出新，但很多学士亦能结合宫廷生活进行如实的描写和恰如其分的歌颂。而更重要的是，学士们作为朝廷大臣，不少人都有强烈的济时救世、以天下为己任的精神，他们心系国家，即使是小小帖子，也试图寓含讽谏，使之发挥社会政治功能，所谓"因颂寓规，不但求工乐府而已"③。

三、写作模式：程式化

翰林学士的草词与文字撰写，大多都是应用性很强的应制性写作，具有一定的可以遵循的写作模式。周必大《玉堂杂记》卷下云：

内制名色不一，爆直时或未详其体式，故凡词头之下者，院

---

① （宋）刘克庄：《记辛酉端午旧事二首》其二，《后村先生大全集》卷四四，《四部丛刊》本。
② （宋）刘克庄：《和季弟韵二十首》其四，《后村先生大全集》卷一九，《四部丛刊》本。
③ （清）厉鹗《宋诗纪事》卷二一"苏轼"引"春帖子"引《式古堂书考》中仇远评语。（上海古籍出版社 1983 年版，第 512 页）

吏必以片纸录旧作于前，谓之屏风儿。予尝跋王岐公、苏文定公诏草及谢表备言之，至今不废，盖其来久矣。国初陶谷谓"一生依本画葫芦"，殆谓是耶？①

内制名色太多，学士们也难以驾轻就熟，因此将前人的文字作为范本，加以参考。此处所言陶谷为宋初人，因久居学士而心有不满。宋太祖说："颇闻翰林草制，皆检前人旧本，改换词语，此乃俗所谓依样画葫芦耳，何宣力之有？"陶谷因此作诗书于玉堂之壁以自嘲，曰"官职须由生处有，才能不管用时无。堪笑翰林陶学士，年年依样画葫芦"②。其实，草制并非易事，《墨客挥犀》引郑希仲云"凡仕官有三难：一谓统十万之众而为帅，二谓翰林学士，三谓宰剧邑。三者苟非其材，则事必隳废。除是三者，虽宰相犹可以常才兼之"③。翰林学士非饱学之士、富有文采者难以胜任。翰苑文字众多，学士们也难免穷于应付，因此，便出现了"依样画葫芦"的事情。

帖子词的写作与其他内制文字相似。司马光《日录》抄录的三首帖子词，便是作为"玉堂之楷式"④的。宋代有编录保存翰苑各类文字的良好传统。欧阳修认为："学士所作文书，皆系朝廷大事。示于后世，则为王者之训谟；藏之有司，乃是本朝之故实。"欧阳修之前学士院多自行编录，门类不全，编次混乱。鉴于"自明道以前，文书草稿，尚有编录。景祐以后，渐成散失"的情形，嘉祐三年（1058）欧阳修上书朝廷，建议"将国朝以来学士所撰文书，各以门类，依其年次，编成卷帙，号为《学士院草录》。有不足者，更加求访补足之。仍乞差本院学士从下两员，专切管勾，自今已后，接续编联。如本行人吏不画时编录，致有漏落，许令本院举察，理为过犯"⑤。在欧阳修的建议下，《学士院草录》修成，而且形成了

---

① （宋）周必大：《玉堂杂记》卷下，影印《文渊阁四库全书》本，第 595 册，第 568 页。
② （宋）魏泰：《东轩笔录》卷一，中华书局 1983 年版，第 5 页。
③ （宋）彭乘：《墨客挥犀》卷一，中华书局 2002 年版，第 283 页。
④ （宋）周辉撰，刘永翔校注：《清波杂志校注》卷一〇，中华书局 1994 年版，第 425 页。
⑤ （宋）欧阳修：《论编学士院制诏札子》，《欧阳修全集》卷一一一，中华书局 2001 年版，第 1685—1686 页。

很好的编录制度。然而经靖康之乱，典籍散佚严重，《学士院草录》及其他玉堂所编文字也亡佚殆尽，以致后人难以为例。周必大即云："欧阳文忠公《学士院草录》，世已不传，近岁有《玉堂集》，云是李汉老邴编类，亦差讹，非全书。其中却载《皇太子府春端帖子》，盖政和、宣和间所供。"①《玉堂集》为北宋后期所编，约略可见徽宗时期玉堂文字的大致情形，而帖子词作为翰苑文字中的一个小类，也在编录之列，可知帖子词的写作也是有样可参的。

表面看来，学士们有"屏风"为参照，"依样画葫芦"，而且与制、诰、敕、赦等相比，帖子词又属于非常次要的文字工作，似乎可以轻而易举地完成，其实不然。刘克庄《后村诗话》对此有所暗示：

> 春帖子，前辈有绝工者，有不甚工者。坡云："欲使秦郎供帖子。"岂非以其才思尤宜用于此耶？少游不历此官，无以验工拙。周美成亦有才思者，集中有代内制作春帖子三十首，皆平平无警策。余尝忝瀑直，幸不当笔耳，否则亦露拙矣。偶读诚斋诗云："玉堂着句转春风，诸老从前亦寓忠。谁为君王供帖子，丁宁绮语不须工。"使此老为之，必有可观。②

以刘克庄之才，尚觉得帖子词不易写作，他人亦当如此。可见帖子词的写作并非易事，请人代写正可见有人难以胜任此工作，而无数诗人的帖子词平平无警策更是事实。可见，"依样画葫芦"是难以出好诗的。

帖子词写作的应制性以及写作模式的程式化使得帖子词呈现出非常典型的诗体特征，如标题鲜明、结构雷同、风格典雅、格律谨严等，加之帖子词作为节日门帖诗的特殊性，还表现出一些其他特征，如内容上的应时纳祜、歌功颂美，审美情感上的祥和欢愉，语象、用典的集中等。在第五、六章节有专门论述，兹不赘述。

帖子词写作的程式化会泯灭诗人的创作个性，导致诗歌创作成就整体

---

① （宋）周必大：《玉堂杂记》卷上，影印《文渊阁四库全书》本，第595册，第558页。
② （宋）刘克庄：《后村诗话》后集卷一，中华书局1983年版，第54页。按，《后村先生大全集》卷一七五题为"春端帖子"。

不高，但其作者毕竟是学士，还是留下了不少优秀的作品。有所制约的同题写作正可见出诗人各自水平的高低。而对每个作者来说，超越前人也是他们的自我期望，促使其写出更好的作品，也促使帖子词在两百多年的历史中不断发展变化，呈现出新的特色和面貌。

四、写作方式：从独作到合作

与大多数应制性写作的集体参与有所不同，帖子词往往是一二人完成。从北宋到南宋，帖子词的写作经历了由独作到二人合作的变化。北宋时一组帖子词均由一人完成，宋庠、宋祁、胡宿、欧阳修、王珪、韩维、司马光、苏轼、苏辙、苏颂等所存整组的帖子皆可证；南宋孝宗之后则多由两人合作，诗文集中单人存有整组帖子者较为少见，而乾道七年至淳熙八年间（1171—1181）帖子词的写作情况（见表1）就很能说明这一情况。

表1　乾道七年至淳熙八年帖子词作者

使用时间	帖子类型	在院学士	各阁类作者			
			太上皇帝阁	太上皇后阁	皇帝阁	皇后阁
乾道七年	立春	郑闻④、周必大⑤	周必大	周必大	?	/
	端午	王曮②、周必大⑤	周必大	周必大	周必大	/
乾道八年	立春	王曮②、周必大⑤	?	?	周必大	/
	端午	王曮①	?	?	?	?
乾道九年	立春	王曮①	?	?	?	?
	端午	王渝⑤、王淮⑤	?	?	?	?
淳熙元年	立春	王淮④、崔敦诗⑥	?	?	?	?
	端午	王淮②、崔敦诗⑥	?	?	崔敦诗	
淳熙二年	立春	王淮②、崔敦诗⑥	崔敦诗	崔敦诗		
	端午	王淮②、胡元质③	?	?		
淳熙三年	立春	周必大③、程叔达⑤	周必大	?		
	端午	周必大③、程叔达⑤	?	?	周必大	/

续表

使用时间	帖子类型	在院学士	各阁类作者			
			太上皇帝阁	太上皇后阁	皇帝阁	皇后阁
淳熙四年	立春	周必大③、程叔达⑤	周必大	周必大	?	?
	端午	周必大③、程叔达⑤	周必大	周必大	?	?
淳熙五年	立春	周必大②	周必大	周必大	周必大	周必大
	端午	周必大②	周必大	周必大	周必大	周必大
淳熙六年	立春	周必大②、莫济④、崔敦诗⑤	?	?	崔敦诗	崔敦诗
	端午	周必大②、崔敦诗⑤	周必大	周必大	崔敦诗	崔敦诗
淳熙七年	立春	周必大①、崔敦诗⑤、葛邲⑤	崔敦诗	崔敦诗	?	?
	端午	赵彦中⑤、崔敦诗⑤	?	?	崔敦诗	崔敦诗
淳熙八年	立春	赵彦中⑤、崔敦诗⑤	崔敦诗	崔敦诗	?	?
	端午	赵彦中⑤、崔敦诗⑤	崔敦诗	崔敦诗	?	?
备注	在院学士据《宋中兴学士院题名》整理，①至⑥分别表示学士承旨、翰林学士、直院、兼直院、兼权直院与翰林权直，"/"表示中宫无人，"?"表示未知作者					

可以看出，这期间，在院学士大多两员，偶尔一员或三员。凡两员、三员时，帖子词多由两人合作完成，如淳熙六年端帖由周必大与崔敦诗合作而成；一员则不得不独自完成，如乾道七年端帖，淳熙五年春、端帖皆为周必大独作。总体以合作居多，我们甚至大致可推断出表中所缺帖子的作者。

北南宋撰写者人员的变化与学士院的编制情况有关。宋初情况，据《两朝国史志》所载"学士院：翰林学士承旨、翰林学士、翰林侍读侍讲学士。承旨不常置，以院中久次者一人充。学士六员"及"承旨唐置，以学士第一人充，今不常置。学士无定员"来看，大约以六员为常。元丰改官后，"学士二人"①，南宋相沿。据杨果研究，"宋翰林学士的员额限制，经历了从不定员到定员 2 人的变化，元丰改制前，翰林学士不定员，习惯上以 6 人为限；改制以后定员为 2 人。但实际情况与制度规定相差甚远，

---

① （清）徐松辑：《宋会要辑稿》职官六之五一引《神宗正史·职官志》，中华书局 1957 年影印本。

院中学士少时仅 1 人，多时达六七人"①。的确如此，南宋以两员为常，也有一员、三员、四员甚至缺员的情况。元丰改制前，学士院人多，写作时间通常提前一月，因此，帖子词每次的写作均由一人独自完成，元丰改制后的北宋后期和南宋初期都未改变。大约从孝宗时期开始，由于每次要写四组帖子二十一首诗，而学士院人员又少，加之写作时间无须提前很多，于是便由两人合作完成一组帖子词，如淳熙六年端午帖子词就是由周必大和崔敦诗合作完成，周撰写了太上皇帝阁和太上皇后阁，崔撰写了皇帝阁和皇后阁。

　　帖子词具体由谁负责撰写，与翰林学士的当直制度有关。学士院有轮直制度，帖子词的撰写与其他宫禁文字一样，由当直学士撰写，刘克庄有"余尝忝僝直，幸不当笔尔"②之言。"僝直"指连日值宿，看来是由当日值班者负责写作。当然，个别人虽然当笔，但自觉文采不足，便请他人代写，周邦彦、陆升之都有代作，李清照、周南的帖子词也很可能是代作。

五、写作时间：节日前

　　关于帖子词的具体写作时间，《岁时杂记》明确记载为立春、端午前一月。但据笔者考察，帖子词的写作时间并非如此准确，如夏竦《寿春郡王阁春帖子》，写作时间在大中祥符八年十二月十五至十九日之间③，十九日立春，最多提前四天撰写。欧阳修《春帖子词》自注作于"至和元年十二月二十九日"，距离二年正月初一立春仅两天。其《端午帖子词》作于"三月二十五日"（详见第三章），则提前端午四十天。南宋崔敦诗淳熙元年十二月丁忧，尚有二年正月六日的春帖，则至少提前六天。只有苏轼《春帖子词》作于元祐二年十二月五日④，距离元祐三年正月四日立春恰

---

① 杨果：《中国翰林制度研究》，武汉大学 1996 年版，第 175 页。
② （宋）刘克庄：《后村诗话》后集卷一，中华书局 1983 年版，第 54 页。
③ 张晓红：《宋代帖子词的诗作及作者身份考论》，《重庆师范大学学报》（社科版）2010 年第 1 期，第 76 页。
④ （清）张照等：《石渠宝笈》卷五，影印《文渊阁四库全书》本，第 824 册，第 137 页。

为一月。结合苏轼元祐三年八月《论魏王在殡乞罢秋燕札子》所言"教坊致语等文字,准令合于燕前一月进呈"① 来看,吕希哲所记当为哲宗时期宫禁用词撰进之例。总之,帖子词需提前撰写,但时间并不固定。

六、形式特征:诗题明确,阁类有别,数量有定的绝句组诗

从外部形态上看,帖子词诗题明确,阁类有别,数量有定,为近体绝句组诗。

帖子词的诗题非常明确,直接题以"帖子(词)"字样。其题包括组诗总题和阁类分题两种。多数先总题"春/端午帖子(词)",再以使用者身份列阁类名,如欧阳修《春帖子词》,有《皇帝阁》《皇后阁》《温成皇后阁》《夫人阁》四类;有些则无总名,直接在阁类后加帖子(词),如夏竦的《御阁端午帖子》;有的特加修饰限定语,如苏辙《学士院端午帖子》、刘才邵《立春内中帖子词》;有的标有年份,如真德秀《嘉定六年皇后阁春贴子词》、洪咨夔《端平二年端午帖子词》等;有的附加尊号,如崔敦诗《淳熙七年春贴子》有《光尧寿圣宪天体道性仁诚德经武纬文太上皇帝阁》《寿圣齐明广慈太上皇后阁》,卫泾有《寿成惠圣慈祐太皇太后阁春帖子》等。极少数称"某词",如晏殊《端午词》《立春日词》等。

作为门帖用诗,帖子词题目无须题写于门帖之上,因此总题的有无并不重要,但是阁类名不可或缺,主要是为帖子制作者区别使用对象而用,因对象不同,内容、数量有别,不能张冠李戴。今存完整的帖子词都有阁类小题正在于此。帖子词被收入作者诗文集时经过了本人或后人的编辑,有的加了总题,如周必大分编为春帖子、端午帖子,刘克庄总题春端帖子等;有的分体编排,如周南、许及之的帖子词皆五、七言分编。

帖子词阁类稳定、数量固定,为绝句联章组诗形态。一组完整的帖子词通常包括皇帝、皇后、夫人三阁类,具体则根据当年宫中重要人物而增

---

① (宋)苏轼:《苏轼文集》,中华书局1986年版,第822—823页。

减,如神宗初司马光等另有太皇太后阁、皇太后阁;哲宗初苏轼等另有太皇太后阁、皇太后阁、皇太妃阁,而无皇后阁;南宋孝宗时周必大等另有太上皇帝阁和太上皇后阁,而无夫人阁;理宗时洪咨夔等另有贵妃阁,真德秀有东宫阁,刘克庄有东宫阁及公主阁,而皆无夫人阁等。以制度而论,夫人阁为众妃所共享,单独享有者为特例。《墨庄漫录》载哲宗时蔡京任翰林学士,"故事,供贴子,皇太后、皇帝、皇后阁各有词,诸妃阁同,用四首而已。时昭怀刘太后充贵妃,元长特撰四首以供之"①。据《宋史》,"昭怀刘太后"即哲宗皇后刘清菁,徽宗即位后尊为太后,谥号昭怀;"贵妃"应为贤妃。刘氏初为御侍时,"明艳冠后庭,且多才艺""有盛宠"②。哲宗孟后不得宠,绍圣三年(1096)九月被废,次年九月刘氏由婉仪进位贤妃,元符二年(1099)九月册为皇后③。蔡京为刘氏作帖子即在元符元年或二年。可知帖子虽小,却是势位的标志。事实上,此前真宗杨淑妃、仁宗张贵妃已开独享专帖之先河。更甚者,张贵妃死后,仁宗还令词臣撰帖。惠洪《冷斋夜话》即载欧阳修、王珪在翰苑时,"立春日当进诗贴子。会温成皇后薨,阁虚不进,有旨亦令进"④。至南宋,高宗吴贵妃、理宗贾贵妃亦有专帖,故而周密以贵妃阁为常,言"帝、后、贵妃、夫人诸阁,各有定式"。刘克庄为理宗爱女周汉国公主作《公主阁》春、端帖子,更是超越常规。足见帖子词作为应制诗,其阁类与当时宫廷人物的地位、权势、受宠度直接相关。

帖子词为绝句联章组诗形态,除个别全阁为七绝外⑤,通常每一阁类包括五、七言两类,七绝偏多,今存帖子五绝440馀首、七绝610馀首可证。之所以用绝句,一是便于帖子制作,二是便于词臣写作。

一组完整的帖子词的数量取决于阁类的数量。从今天保存完整的宋

---

① (宋)张邦基:《墨庄漫录》卷三,中华书局2002年版,第128页。
② (元)脱脱等:《宋史》卷二四三《后妃传下》,中华书局1977年版,第8638页。
③ (宋)李焘:《续资治通鉴长编》,中华书局1995年版,第199页、12238页。
④ (宋)释惠洪:《冷斋夜话》,中华书局1983年版,第21页。
⑤ 仅夏竦、晏殊帖子,胡宿《皇帝阁春帖子》,欧阳修《温成皇后阁》春帖皆为七绝,曹勋帖子亦为七绝,但非完篇,系五绝散佚所致。

庠、宋祁、欧阳修、司马光、苏轼、周必大、崔敦诗、真德秀等人的作品来看，每阁的数目与使用者的身份地位相关，数量有等差，北宋时有六首、五首和四首三个级别，南宋时只有六首和五首两个级别。具体而言，太上皇帝、皇帝、太皇太后、皇太后阁各六首，皇后、皇太妃阁各五首，南宋时贵妃、东宫、公主阁亦各五首，北宋时贵妃阁四首，夫人阁四首或五首。

综上所论，帖子词形式规整、体裁统一，用途单一，作者学士化，独作或合作，作时有限制，是一种独特的节日门帖应制诗。

第二章 宋代帖子词兴起之因

文学发展的历史告诉我们,任何一种文体的产生,都必然由于存在着它赖以产生的基础,必然由于一定的主客观因素的催化与酿就。帖子词的产生也不例外。作为一种宋代宫廷节日诗歌,帖子词在宋真宗时代出现,与当时社会政治的稳定、经济的繁荣、文化的兴盛有着密切关系;作为一种宫廷节日习俗的产物,它的产生与繁荣又与最高统治者的倡导有很大关系;作为一种诗歌形式,传统的祝颂诗和节日应制诗是它的前身,宫词则在内容和形式上都对它有相当的影响。归根结底,帖子词的产生是一种社会现象,更是一种文化现象。

第一节 宋代帖子词产生的社会文化背景

苏联著名的文学理论家波斯彼洛夫认为,"文学是意识形态的特殊形式,它在自己的历史变化中受社会生活环境制约""创作思维的这种或那种方式(盲从权威、人文主义的、公民首先劝喻的,等等)取决于作家的具体认识的世界观的特点,而这种世界观又是以整个民族社会的状况为转移的"。[①] 吴承学在《中国古代文体形态研究》绪论中认为:"文体形态不是纯语言现象,人类的生存环境与精神需求才是文体形态创造和发展的内在的原因。因此,文体语言形式的深层具有丰富的人文内涵。"他还说:"文体其实是人类把握世界的方式,是历史的产物,积淀着深厚的文化意

---

① [苏]格·尼·波斯彼洛夫:《文学原理》,生活·读书·新知三联书店1985年版,第211页。

蕴。"① 因此，考察帖子词的产生和兴盛原因，我们不能不考察宋代的社会状况，尤其是文化状况。

一、社会的稳定与经济的繁荣

宋朝的建立，是赵匡胤以后周归德军节度、检校太尉的身份在陈桥驿发动兵变的方式实现的。此后，经过十六年的时间，先后灭了西蜀和南唐，宋太宗赵光义又平定了北方，完成了统一中国的任务。鉴于晚唐五代藩镇割据、武将专权、君弱臣强，导致数十年间帝王八易姓的历史教训，也为了防止他人效法自己的做法，在建国后的第二年，赵匡胤便接受赵普的建议，召集禁军将领石守信等宴饮，席间"杯酒释兵权"，从而完成了对统兵体制、驻防部署的根本性调整，也确立了崇文抑武的政策。宋初统治者采取了一系列措施来加强中央集权，如兵与将分、官与职分、优待士人等，直接导致了宋代国势从一开始就处于衰弱状态，在对契丹和女真的战斗中一直处于劣势。但由于宋代采取守势，对外作战较少，社会长期稳定，经济繁荣，商业尤为发达。北宋至真宗时，政治统治日益坚固，国家管理日益完善，社会经济繁荣，国势比较强盛，史称"咸平之治"。景德元年（1004），契丹侵宋，在以宰相寇准为首的少数人极力主张抵抗的建议下，宋真宗御驾亲征，取得了澶渊之战的胜利。然真宗很快罢兵，签订了"澶渊之盟"。这个使宋朝蒙耻的盟约以每年向辽纳白银十万两、绢二十万匹为代价，换取了北宋一百多年的和平。"澶渊之盟"之后，宋真宗大肆粉饰太平，受天书，封泰山、祀汾阴、修建寺庙，大兴道家和佛教，设置节日。至北宋末，宋徽宗的奢靡荒淫更是登峰造极，最终付出了国亡身俘的代价。建炎元年（1127）五月，赵构登基于南京（今河南商丘），建立南宋。数年间，统治者东奔西窜，社会动荡，百姓流离，求生不易，何谈过节。但随着绍兴十二年（1142）绍兴和议的签订，南宋又进入了比

---

① 吴承学：《中国古代文体形态研究·绪论》（增订本），中山大学出版社2002年新1版。

较和平的时期，经济逐渐复苏，城市生活亦复兴盛，首都临安的富庶和生活的奢华不亚于北宋时的汴京。直至宋亡前五年，宋度宗还过着醉生梦死的生活。

宋代城市经济之繁荣、商业之发达、士庶之注重生活享受，从专重记载城市繁华景象的《东京梦华录》《梦粱录》《武林旧事》等书均可见其大概。以北宋汴京而言，它在孟元老笔下呈现出的繁华令人目眩：

> 太平日久，人物繁阜。垂髫之童，但习鼓舞；班白之老，不识干戈。时节相次，各有观赏。灯宵月夕，雪际花时；乞巧登高，教池游苑。举目则青楼画阁，绣户珠帘，雕车竞驻于天街，宝马争驰于御路，金翠耀目，罗绮飘香。新声巧笑于柳陌花衢，按管调弦于茶坊酒肆。八荒争凑，万国咸通。集四海之珍奇，皆归市易；会寰区之异味，悉在庖厨。花光满路，何限春游。箫鼓喧空，几家夜宴。伎巧则惊人耳目，侈奢则长人精神。瞻天表则元夕教池，拜郊孟享。频观公主下降，皇子纳妃。修造则创建明堂，冶铸则立成鼎鼐。观妓籍则府曹衙罢，内省宴回；看变化则举子唱名，武人换授。①

帖子词产生于宋真宗大兴节日之时，其时正是宋王朝社会最稳定、国家最富裕之时。"靖康之难"中，帖子词的写作中断十多年。但随着国家形势的稳定，在绍兴十三年（1143）又得以恢复。而当元军大举南下，宋王朝彻底走向衰亡之际，帖子词也走完了它的历程。可见，正是两宋相对长时间的政治稳定和经济繁荣，造就了节日的繁荣和节俗的丰富，从而造就了帖子词。

二、节日文化的高度发达

宋代文化的高度发达，陈寅恪先生说："华夏民族之文化，历数千载

---

① （宋）孟元老：《东京梦华录·序》，《丛书集成初编》本，第1—2页。

之演进，造极于赵宋之世。"① 邓广铭先生亦认为："宋代是我国封建社会发展的最高阶段。两宋期内的物质文明和精神文明所达到的高度，在中国整个封建社会历史时期之内，可以说是空前绝后的。"② 对此，宋人早有体认，朱熹即认为"国朝文明之盛，前世莫及"③。宋代高度繁荣的文化在节日文化方面表现得尤其显豁，而帖子词的产生和繁荣便是节日文化极度繁盛的衍生物。徐师曾认为帖子词是"声容过盛之一端"，亦即此意。

宋代节日的极为繁盛表现在两个方面：一是节日众多，节俗丰富，类型多样化；二是全民重视节日而且参与程度高。

宋初节日承继前代，除元日、寒食、冬至为大节外，还有立春、人日、上元、中和节、春社、春分、上巳、立夏、端午、夏至、三伏、七夕、立秋、中元、重阳、秋分、秋社、立冬、腊日及以皇帝生日为节日的圣节。④ 至宋真宗时期，大兴道教，于是新创许多与道教有关的节日，宋徽宗又创立纪念太祖登基的开基节、天应节⑤。另外还有浴佛节、梓潼帝君生日、花朝节、东岳帝生日等宗教性的节日。可以看出，宋代节日类型多样，功能多元，既有广大士庶参与的民间传统节日，又有帝后之"圣节"，还有官方因事所设、国家公职人员参与的官方节日；既有节气性和季节性节日，又有宗教性节日。中国古代节日从其构成来看，唐以前主要以民间传统节日这种单一结构为主，无论是节日时间的确定，还是节日活动的开展，都来源于民间传统习俗，官民无别。从唐玄宗开始，新设了诞节、降圣节、中和节等，从而使这一结构发生了改变，但力度和实施范围有限。至宋代，尤其是宋真宗时，节日的多元化结构最终形成。从大中祥

---

① 陈寅恪：《邓广铭宋史职官志考证序》，《金明馆丛稿二编》，上海古籍出版社1980年版，第245页。
② 邓广铭：《谈谈有关宋史研究的几个问题》，《社会科学战线》1986年第2期，第138页。
③ （宋）朱熹集注：《楚辞集注·楚辞后语》卷六《服胡麻赋》注，上海古籍出版社1979年版，第300页。
④ （清）徐松：《宋会要辑稿》礼五七之一四至二六"诞生节""节日"。按，宋代皇帝皆以生日设节，如太祖之长春节（二月十六日）、太宗之乾明节（十月七日）、真宗之承天节（十二月二日）等；部分太后也以生日设节，如皇太后刘氏之长宁节（正月八日）、太皇太后高氏之坤成节（七月十六日）等。
⑤ （清）徐松辑：《宋会要辑稿》礼五七之二八至三八，中华书局1957年影印本。

符元年至五年，宋真宗先后创立了五个节日：天庆节（正月三日①）、天祯节（四月一日，后避仁宗嫌名，改为天祺节）、天贶节（六月六日）、先天节（七月一日）、降圣节（十月二十四日）。增设这些节日的真实原因，是宋真宗为掩饰澶渊之盟的耻辱而编造神人颁降天书的谎言，以"镇服四海，夸示外国"②。节日的增设增加了财政支出，加重了百姓的负担，是必须批判的，但是他把国家政治生活中发生重大事件的日子设为节日，并制定详细的活动内容，还由中央和地方财政划拨大量经费以保证节日活动的开展等举措，对后世官方节日的建立产生了深远影响。从这个角度来看，可以说宋真宗在国家因事设节、完善中国古代节日系统结构方面，具有开创之功。

这些名目繁多的节日，大多都有相应的假期。真宗时规定，祠部郎中和员外郎所管全年节假日共100天，其中旬休36天，节假64天。神宗元丰五年（1082）祠部重定节日休假制度，忌日、旬休除外，全年假期达76天，具体为"元日、寒食、冬至各七日；天庆节、上元节、同天圣节、夏至、先天节、中元节、下元节、降圣节、腊各三日；立春、人日、中和节、春分、社、清明、上巳、天祺节、立夏、端午、天贶节、初伏、中伏、立秋、七夕、末伏、社、秋分、授衣、重阳、立冬各一日"③（按，此计为69日，与76天不合）。另外，加上旬假36日和大忌15、小忌4日，要长达124天，休假要占到全年时间的30％以上④。南宋时主要节日的假期基本保持了北宋的规模⑤。众多的节日和繁多的假日，给了人们充分的休闲娱乐的时间，因而也衍生了丰富多样的节日文化和多姿多彩的节日风情。以东京而言，正月一日年节之士庶相贺、街巷歌叫关扑、贵家妇女纵赏关赌、小民着新洁衣服、把酒相酬；立春之鞭春、赠送春幡雪柳、

---

① 本论文凡括号中所加注的年代均为公元年，而日期如非特意强调为公元历，则均为夏历时间。后皆同。
② （元）脱脱等：《宋史》卷二八二《王旦传》，中华书局1977年版，第5544页。
③ （宋）庞元英：《文昌杂录》卷一，中华书局1985年版，第3—4页。《宋史》卷一六三《职官志三》《宋会要辑稿》职官二五之三、职官六〇之一五所载大致相同。
④ 朱瑞熙等：《辽宋西夏金社会生活史》，中国社会科学出版社1998年版，第391页。
⑤ 参《武林旧事》《梦粱录》《西湖老人繁胜录》等。

皇帝赐宰执亲王百官金银幡胜；元宵之歌舞杂技、鳌山彩灯；清明寒食节之门楣插"子推燕"、扫墓、踏青；四月八日佛生日各大禅院的浴佛斋会、送"浴佛水"；端午缠百索，簪艾花，食粽子，门铺桃、柳葵花、蒲叶、艾，门钉艾人，士庶宴赏；七夕买磨喝乐、乞巧、小儿买新荷叶执之、儿童辈着新妆夸鲜丽；中元节送冥器物、盂兰盆、演"目连救母"杂剧；立秋妇女儿童插花样楸叶；秋社赠送社糕、妇女归娘家、外公姨舅送新葫芦儿、枣儿；中秋宴饮、玩月；重阳赏菊、赠送"狮蛮"糕；十月一日士庶飨坟、开炉作暖炉会；天宁节宫廷教坊奏乐、赐宴；冬至易新衣、办饮食、享祀先祖、庆贺往来；除夕禁中呈大傩仪、士庶守岁等，① 可谓丰富多彩。同时，每个节日在饮食、服饰、娱乐游戏、禁忌等方面各有不同的习俗。宋代自上而下皆重视节日，从宋真宗大中祥符二年二月开始，节序赐宴的官员范围比以前有所扩大，由原来的内朝高官扩大到外朝一般官员。② 稍后，给朝臣馈送节日礼物的活动也更为频繁和广泛。③ 贵族则多效法，推波助澜，如《武林旧事》所载，立春日皇帝"赐百官春幡胜""后苑办造春盘供进，及分赐贵邸宰臣巨珰""而邸第馈遗，则多效内庭焉"④；挑菜节"宫中排办挑菜御宴""王公贵邸，亦多效之"⑤。由于统治者的提倡和贵族的推波助澜，节日风俗日盛，影响及普通百姓，"不惟士大夫之家崇尚不已，市井闾里以华靡相胜"⑥。恰如南宋周必大为吕希哲《岁时杂记》所作序所言："本朝承平岁久，斯民安生乐业，凡遇节物，随

---

① （宋）孟元老：《东京梦华录》卷六至卷一〇，《丛书集成初编》本，第103—206页。
② （宋）李焘：《续资治通鉴长编》卷六八："旧制，节序赐宴，惟皇族、近列、诸帅、内职。三月甲子，始诏自今上巳、重阳，三司副使、判官及馆职事官并别置会。其后，知杂御史、三院御史、法官、开封府判官亦预焉。"（第1527页）
③ （元）脱脱等：《宋史》卷一一九《礼志》载，大中祥符五年十一月，"又制：仆射、御史大夫、中丞、节度、留后、观察、内客省使、权知开封府，正、至、寒食，并客省赍签赐羊、酒、米、面；立春，赐春盘；寒食，神䭔、汤粥；端午粽子；伏日，蜜沙冰；重阳，糕，并有酒；三伏日，又五日一赐冰"。（第2802页）
④ （宋）周密：《武林旧事》卷二，（宋）孟元老等：《东京梦华录》（外四种），古典文学出版社1956年版，第368页。
⑤ （宋）周密：《武林旧事》卷二，（宋）孟元老等：《东京梦华录》（外四种），古典文学出版社1956年版，第373页。
⑥ （宋）王栐：《燕翼诒谋录》卷二，中华书局1981年版，第17页。

时制宜,虽有古有今,或雅或鄙,所在不同,然上而朝廷,次而郡国,下逮民庶,欢娱熙洽,未尝虚度,则一也。"①

宋代全民对节日的参与促进了商业的发展和节日文化的繁荣,而节日文化的繁荣又促进了节序诗文的发达,还出现了不少专门记载节日风俗的类书、总集,如《岁时杂记》《岁时广记》专记岁时风俗,《岁时杂咏》及后来蒲积中补编的《古今岁时杂咏》专录岁时诗歌。不少宋人笔记杂著也大量记载两宋京城节日风俗,如《东京梦华录》《都城纪盛》《武林旧事》《梦粱录》等。像《岁时杂记》这样的著作,显然是节日休闲的产物。据陈振孙所记,吕希哲"在历阳时与子孙讲诵,遇节日则休,学者杂记风俗之旧,然后团坐饮酒以为乐,久而成编。承平旧事,犹有考焉"②,反映出宋人浓重的节日情结和自觉的节日文化意识。帖子词在两宋的长盛不衰,与这种浓厚的节日文化气氛是分不开的。丹纳曾说:"要了解一件艺术品,一个艺术家、一群艺术家,必须正确地设想他伴随所处的时代的精神和风俗概况。这是艺术品最后的解释,也是决定的基本原因。"③ 这一说法虽然有些片面,但包含了部分真理,一个时代的"风俗概况"对艺术的产生、发展和繁荣的确存在着不容忽视的影响,尤其是在节序诗词的创作方面,更是如此。

三、统治者的大力倡导

明人王文禄说:"一代人文之精神命脉,原于创业君心。"④ 宋代文化的发达和节日超乎前代的繁荣就是统治者提倡的结果。《宋史·文苑传序》对宋初几位皇帝的倡导之功有明确的认识:

> 自古创业垂统之君,即其一时之好尚,而一代之规模,可以

---

① (元)马端临:《文献通考》卷二〇六,中华书局1986年版,第1707页。
② (宋)陈振孙:《直斋书录解题》卷六,上海古籍出版社1987年版,第192页。
③ [法]丹纳:《艺术哲学》,人民文学出版社1994年版,第7页。
④ (明)王文禄:《文脉》卷三,《丛书集成初编》本,第48页。

豫知矣。艺祖革命，首用文吏，而夺武臣之权，宋之尚文，端本乎此。太宗、真宗其在藩邸，已有好学之名，及其即位，弥文日增。自时厥后，子孙相承，上之为人君者，无不典学；下之为人臣者，自宰相以至令录，无不擢科，海内文士彬彬辈出焉。①

的确，宋太祖、太宗等遵行"文以守成"的古训，好文、尚文、右文，制定并实施了一系列操作性甚强的政策措施，选拔贤士、奖掖才俊、优渥文人、兴教办学、养育人才，从而刺激了文化的长足发展，不仅相对提高了全民族的文化素质，而且创造了有利于文学发展的优越的社会环境，促进了文学的繁荣。南宋王十朋的"国朝四叶文章最盛，议者皆归功于仁祖文德之治"②之言，应当是宋人的普遍认识。崇文抑武的结果是滋生了享乐意识，而这恰恰是统治者所鼓励的。宋太祖"杯酒释兵权"时对手握重兵的将军们说："人生如白驹过隙，所为好富贵者，不过欲多积金钱，厚自娱乐，使子孙无贫乏耳。卿等何不释去兵权，出守大藩，择便好田宅市之，为子孙立永远之业；多致歌儿舞女，日饮酒相欢，以终其天年！"③最高统治者主动劝导下属尽情享乐，而且提供足够的经费，臣子何乐而不为呢？自宋太祖始，确立了以文教治国的方针，朝廷扩大科举取士，完备文官体制，士大夫学而优则仕，生活条件优裕。这就使得宋代士大夫阶层享乐成风，生活比较奢华，节日生活更是花样翻新，节日风情也变得多姿多彩。章学诚说："世俗风尚，必有所偏，达人显贵之所主持，聪明才俊之所奔赴。"④ 在节日繁荣的背后，做出最大贡献的是统治者和贵族们。帖子词作为皇族节日娱乐生活的一部分，其产生和兴盛自然是统治者提倡的结果。

当然，帖子词的产生可能有更为具体的原因。大中祥符（1008—1016）时期，真宗东封西祀，大建宫观，大搞节日庆典，"盛礼缛仪娄举，

---

① （元）脱脱等：《宋史》卷四三九《文苑传一》，中华书局1977年版，第12997页。
② （宋）王十朋：《策问》，《梅溪王先生文集》前集卷一四，《四部丛刊》影印明正统刊本。
③ （宋）陈均：《九朝编年备要》卷一，影印《文渊阁四库全书》本，第328册，第26页。
④ （清）章学诚：《上钱辛楣宫詹书》，《章氏遗书》（五）卷二九"外集二"，北京文物出版社1982影印嘉业堂本，第102页。

费金最多，金价因此顿长"①。由于宫廷金银开支增大，朝廷三番五次下诏禁用金银。②然上之所好，终不能禁绝。大中祥符七年喜事就不少。真宗五岁的儿子赵受益正在健康成长，于十二月戊寅加冠，辛卯日加封为寿春郡王。多国来贡，十月"戊申，回鹘呵罗等来贡"，十一月癸亥"高丽使同东女真来贡"，十二月"占城、宗哥族及西蕃首领来贡"。在此背景下，或许是真宗既想祈求节日的祝福，又想厉行节约，因此命夏竦写下了我们今天所能见到的最早的帖子词。值得注意的是，前一年"礼仪院"设立。据《玉海》卷一六八《祥符礼仪院天圣太常礼院》，宋初以礼院掌礼仪事，"雍熙初议封禅，特命学士、常参官扈蒙等七人同详定仪注，事毕即罢。大中祥符元年东封，又命学士待制晁迥等五人，与判礼院李维等三人详定仪注，事毕，遂不废。至七年二月庚辰，以参知政事丁谓判礼仪院，而翰林学士陈彭年知院如故。自是多以参政一员判院，以学士、丞、郎诸司三品以上一员知院，揭榜刻印移文他局，悉以银台司为准，所掌有四。案，又选判礼院官二人赴院编修，其后别置院于右掖门外。凡行礼所用仪仗、法物有未合典礼者，悉裁定制度。内外书奏、中书礼房所主者，悉付之"③。天圣元年四月八日罢。作为玉清昭应宫判官、知制诰的夏竦是否参与了礼仪院的工作，不得而知，但立春始进帖子则很可能就是礼仪

---

① （宋）王栐：《燕翼诒谋录》卷二，中华书局1981年版，第21页。
② （元）脱脱等：《宋史》卷一五三《舆服志》："真宗咸平四年，禁民间造银鞍瓦、金丝、盘蹙金线。"大中祥符元年，"自今金银箔线、贴金、销金、泥金、蹙金线装贴什器土木玩用之物，并请禁断，非命妇不得以为首饰。冶工所用器，悉送官。诸州寺观有以金箔饰尊像者，据申三司，听自斋金银工价，就文思院换给。""二年，诏申禁镕金以饰器服。""七年，禁民间服销金及钑遮那缬。八年，诏：'内庭自中宫以下，并不得销金、贴金、间金、戴金、圈金、解金、剔金、陷金、明金、泥金、楞金、背影金、盘金、织金、金线捻丝，装著衣服，并不得以金为饰。其外庭臣庶家，悉皆断禁。臣民旧有者，限一月许回易。……'是年，又禁民间服皂班缬衣。"仁宗天圣三年，诏："在京士庶不得衣黑褐地白花衣服并蓝、黄、紫地撮晕花样，妇女不得将白色、褐色毛段并淡褐色匹帛制造衣服，令开封府限十月断绝。""七年，诏士庶、僧道无得以朱漆饰床榻。九年，禁京城造朱红器皿。景祐元年，诏禁锦背、绣背、遍地密花透背采段。""二年，诏：市肆造作缕金为妇人首饰等物者禁。三年，'臣庶之家，毋得采捕鹿胎制造冠子。……'"（第3574—3575页），《燕翼诒谋录》卷二、《续资治通鉴长编》卷八一亦有类似记载。
③ （明）王应麟：《玉海》卷一六八，影印《文渊阁四库全书》本，第947册，第369页。另《续资治通鉴长编》卷八二，《职官分记》卷一八略同。

院所制定的宫中节日礼仪之一，知制诰的夏竦写作了这年的立春帖子则是事实。此后数年间晏殊也作了好几组帖子。他们利用旧有的门帖方式而采用新的手法，注入新的内容，使其成为歌功颂德、称颂升平的新方式，可谓别具一格。

第二节 宋代帖子词的文学渊源

从诗歌自身发展来看，帖子词的出现是宫廷诗歌流变的结果。

一、宫廷节日诗的流变

袁行霈先生说："宫廷文学是以帝王的宫廷为中心，集聚一批文学家，并由他们创作的主要是描写宫廷生活、歌功颂德、点缀升平的文学。"[1] 宫廷诗是宫廷文学之一种。美国学者宇文所安认为宫廷诗"特指南朝后期、隋及初唐宫廷的诗。虽然在此前后，宫廷中也作诗，但只是在五世纪后期及六七世纪，宫廷才真正成为诗歌活动的中心。在这一时期里，不但写于各种宫廷场合的诗在现存集子中占了很大比例，就是那些写于宫廷外的诗，鲜明的'宫廷风格'也占了上风"[2]。此说对宫廷诗的时间界定过于偏狭，但认为宫廷诗盛行于南朝初唐，无疑是正确的。

宫廷由于其优越的政治、经济、文化条件，节日活动往往较民间更为丰富，仪式更为烦琐，气氛更为隆重。事实上，不少民间节日习俗就源自宫廷。由于古代中国文化知识被贵族所垄断，因此节序诗的创作者主要是皇帝及其大臣，内容也主要围绕宫廷和贵族生活展开。节序诗基本上属于宫廷诗。以《古今岁时杂咏》所录"元日"诗为例，曹植《元会》、荀勖《会王公上寿酒》、张华《正旦大会礼乐歌诗》、辛氏《元正》、谢庄《和元日雪花应诏》、庾信《正旦蒙赉酒》、隋炀帝《献岁讌宫臣》皆为元日大会

---

[1] 袁行霈主编：《中国文学概论》，高等教育出版社1990年版，第49页。
[2] [美]宇文所安：《初唐诗》，贾晋华译，生活·读书·新知三联书店2004年版，第1页。

所作，只有陈后主《同平南弟元日思归》为个人化的创作。

节序诗是以描写节日活动为主要内容的诗。中国古代的不少节日是由节气演变而来的。①节气的确定主要是为了农耕的需要，因此早期与节序有关的诗多为农事诗，如《诗经·周颂》中的《噫嘻》《载芟》就是描述早春时节周王举行隆重的祈谷与藉田活动的诗歌，《臣工》是夏天周王举行薅礼时的乐歌，《丰年》《良耜》和《小雅》中的《楚茨》《信南山》是秋收之后举行大规模的报祭、答谢神灵恩赐的诗歌。魏晋南北朝是节日发展的时期，节序诗增多，《古今岁时杂咏》收录了120余首，如曹植的《元会》、陈后主的《立春日泛舟玄圃各赋一字六韵成篇》、张华《上巳篇》、王筠的《五日望采拾》、谢惠连的《七夕咏牛女》、陶潜的《九日作并序》、庾肩吾的《岁尽应制》等。节日的大盛是在唐宋时期，相应地唐代也是节序诗创作的第一个高峰期。其节序诗中许多为应制之作。以立春诗为例，唐中宗立春日游苑，自作《立春游苑迎春》诗，令大臣唱和，崔日用等六人便作了《奉和立春游苑迎春应制》诗。中宗还首创立春赐大臣彩胜之俗。在宴会上，中宗命群臣作诗，今存赵彦昭等四人的《和立春日内出彩花树应制》、岑羲等六人的《立春日侍宴别殿内出彩花应制》②，即为不同时间应制的成果。北宋前期，由于统治者的喜好，应制诗数量巨大，节日应制诗尤为突出，如刘筠《奉诏立春日祝太乙宫书事》《奉和御制中和节》《奉和圣制寒食》、王禹偁《七夕应制》、寇准《奉和御制中秋翫月歌》。以晏殊为最多，如《奉和圣制立春日二首》《奉和圣制元日》《奉和圣制社日》《奉和圣制新春》《奉和圣制上元》《奉和圣制上巳日》《奉和御制中和节》《奉和圣制冬至》《奉和圣制除夜》《奉和御制中和节》等，几乎每节都有奉和应制诗。夏竦也不少，有《奉和御制重阳五七言诗》《奉和御制中和》《奉和御制社日诗》《奉和御制上元》《上元应制》等。从宋白"律管飞灰报早春，寿阳梅澹落香烟。词人竞进新诗入，俊思

---

① 因为每个节气都有相应的祭祀、庆贺等仪式活动，渐渐地这些活动就会成为习俗，一个有固定而丰富的习俗的特定日子，便是节日。

② （宋）蒲积中编：《古今岁时杂咏》卷三，辽宁教育出版社1998年版，第32—35页。

无过白舍人"①可知,在宋真宗前期立春进诗为宫廷惯例。真宗大中祥符八年立春夏竦所作春帖为现今所能见到的最早的宋代春帖,虽无直接证据证明此乃受真宗旨意所作,而稍后晏殊所作《端午词·御阁》自注"奉圣旨进",则明确帖子词为节日应制之作。苏颂《春贴子·皇帝阁六首》其六"四时嘉节宴游稀,盛德先从学士知。每岁惟呈镞金帖,新春不和彩花诗"、周必大《立春帖子·皇帝阁》其六"景龙学士赋新诗,剪彩宫花插鬓归"、真德秀《春贴子·皇帝阁六首》其六"微臣自愧无规谏,愿献元朝学士诗"等均以帖子词与唐代立春和彩花诗相比,清楚地表明了帖子词与节日应制诗的密切关系。

综观宋诗可知,宋真宗之后应制诗数量明显减少。仁宗时期,宋庠、宋祁、欧阳修等人还有一些应制诗,徽宗时期的王安中、高宗时期的岳飞、孝宗时期的曹勋等也有零星的应制诗,但数量远不及真宗时期,以至于南宋末刘克庄有"可惜禁中无应制,等闲老却谪仙才"②之叹。在应制诗减少的同时,帖子词的创作却成为惯例。可见,在宋真宗之后,帖子词取代了唐代节日奉和、御制之类应制诗而成为一种新的宫廷诗。

宫廷诗的发展,直接与君王的提倡有关。帖子词这种宫廷节日用诗,如果不是由于君主的喜好与倡导,是不可能成为一种惯例的,更不可能延续二百余年之久。宋徽宗《宫词》曰:"巧簇罗牌翰苑词,宜春相向贴门楣。近来清禁尤珍重,珠蠹金书御制诗。"细玩其意,徽宗似曾亲自写过帖子词。岳珂有诗名"孝宗皇帝御制春词御书赞"③,言孝宗亲自制"春词",此春词很有可能就是帖子词。许及之《太上皇后阁春帖子》其三云:"亲写迎春帖,真符太上书。"④这也透露出皇帝、皇后亲自参与写作、书写帖子词的信息。可见,宋代皇帝不仅命令大臣撰供帖子,有的还亲自参

---

① (宋)宋白:《宫词》,《全宋诗》第1册,卷二〇,北京大学出版社1991年版,第280页。
② (宋)刘克庄:《跋方寔孙长短句》,《后村先生大全集》卷一八,《四部丛刊》本。
③ 傅璇琮等主编:《全宋诗》第56册,卷二九七四,北京大学出版社1998年版,第35415页。
④ (宋)许纶:《涉斋集》卷一三,影印《文渊阁四库全书》本,第1154册,第495页。后文许及之帖子五绝均引自此书第495—496页,不再另注。

与（效法宋代宫帖的高丽、李朝皇帝以及乾隆帝、雍正帝等也都有创作帖子词的经历，亦可作宋代皇帝写作帖子的间接证据），足见其对帖子词的重视与喜好了。这正是帖子词在宋代一直延续不断的重要原因。

当然，节序诗对宫廷帖子词也有一定的影响。节序诗自魏晋较多出现，主要吟咏节日习俗，帖子词亦如此。以立春而言，自魏晋以来，立春剪彩为其重要习俗之一。魏晋南北朝吟咏者就不少，如刘孝威《剪彩花绝句二首》、鲍泉《咏剪彩花》等①，唐代咏剪彩诗则更多，《古今岁时杂咏》录诗除了宋之问、沈佺期、李峤、刘宪、苏颋、赵彦昭等所写为宫廷诗外，雍裕之的《剪彩花》、徐延寿的《人日剪彩》、张九龄的《剪彩》等皆非宫廷诗。如徐延寿《人日剪彩》云："闺妇持刀坐，自怜裁剪新。叶催情缀色，花寄手成春。帖燕留妆户，黏鸡待饷人。擎来问夫婿，何处不如真。"春帖中写及剪彩者举不胜举。唐代以立春为题的50馀首诗也多咏立春节俗，对帖子词也有一定影响。譬如敦煌卷子中有诗曰："春日春风动，春山春水流。春人饮春酒，春棒打春牛。"② 这是一首立春诗。宋祁《春帖子词·皇帝阁十二首》其七曰："春风长乐地，春仗大明天。春酒皆千日，春枝即万年。"③ 其写法与前敦煌立春诗极为相似。可见，立春诗在很长时期内已经有其相对固定的内容和特色了，宫中帖子词只是有选择性地加以继承和发扬罢了。

二、宫词的影响

宫词对帖子词的影响，主要表现在形式和风格以及称名上。

何为"宫词"？宫词与南朝宫体有什么关系？浦江清先生认为："凡宫

---

① （明）冯惟讷：《古诗纪》卷一〇二，影印《文渊阁四库全书》本，第1380册，第236页。
② 日本北三井一〇三（025－14－20），阙题，《敦煌诗集残卷辑考·敦煌遗书诗歌散录》卷下（中日俄藏部分及其他），中华书局2000年版，第937页。
③ （宋）宋祁：《景文集》，《丛书集成初编》本，第309页。后引宋祁帖子词均出此书第308—311页，不再另注。

中唱词曲，题材不一，不必皆是宫词，我们通常称为宫词者，单指宫怨一类题目的诗词，或者是描写宫闱琐事的连章，如王建、花蕊夫人等的宫词。至于一般的艳体诗词，可以称为宫体，这是南朝以后的习惯统称，却不能一齐称为宫词。"① 这基本上说清了宫体和宫词之间的交叉、区别和联系。以"宫词"为诗名始于唐代，唐五代顾况、戴叔伦、王涯、王建、张籍、张祜、殷尧藩、章孝标、长孙翱、朱庆馀、杜牧、罗隐、韩偓、张蠙、和凝、花蕊夫人等均有《宫词》传世，其中王建、和凝、花蕊夫人的宫词皆多达百首。成就最著、影响最大者为王建，尽管他并不是最早以七绝联章体写作宫词的人②，但以七言绝句联章之体裁成百首之巨制，确实为王建之首创，因此宋人多以王建为宫词之鼻祖③。由于宫词多写宫女的生活、情感以及在宫中参与的各种活动，与宫体有着姻缘关系，因此宋人对"宫词"有呼为"宫中词"者④，亦有称"宫体"者⑤。

宋代宋白、王珪、王仲修、周彦质、宋徽宗、杨皇后等皆有《宫词》，为七绝联章巨制，这一形式特征明显来自王建的《宫词》。但宋白有诗曰："春营小殿号披香，宣借天孙作学堂。李白宫词多好句，册书红壁两三行"，则以李白"宫中行乐词"为"宫词"。正因如此，他认为："宫中词，名家诗集有之。皆夸帝室之辉华，叙王游之壮观；抉彤庭金屋之秘，道龙舟凤辇之嬉。然而万乘天高，九重渊邃，禁卫严肃，乘舆至尊，亦非臣子所能知、所宜言也。至于观往迹以缘情，采新声而结意，鼓舞升平之化，

---

① 浦江清：《浦江清文录·词的讲解》，人民文学出版社1958年版，第145页。
② 顾况《宫词五首》、戴叔伦《宫词》一首均早于王建，王涯的《宫词三十首》（今存27首）也可能早于王建。参余恕诚：《宫体·宫词·词体》，《北京大学学报》（哲学社会科学版）2009年第6期，第85页。
③ 佚名《唐王建宫词旧跋》："宫词凡百绝，天下传播，仿此体者虽有数家，而建为之祖耳。"（胡仔《苕溪渔隐丛话》前集卷二二，人民文学出版社1962年版，第149页）；张仲华《倪仲子宫词引》："宫词之咏，始于王建。"（倪伯鳌《十洲宫辞》，明刻本）参王育红：《中国宫词观念之嬗变》，《江苏社会科学》，2007年第2期。
④ 如宋白《宫词·自序》云："宫中词，名家集中有之。"（厉鹗：《宋诗纪事》卷二，第39页）王安石编《唐百家诗选》、洪迈编《万首唐人绝句》卷三一等都称王建《宫词》"宫中词"。
⑤ 如孙应时题胡伟宫词，有"宫体故宜供帖子，玉堂何日唤诗翁"句（《胡元迈集句作宫词二百首求题跋为书两章》），王恽亦谓"建之宫体，为世绝唱"（王恽：《跋山谷所书王建宫词后》，《秋涧集》卷七三，《四部丛刊》本）。

揄扬嘉瑞之征……言今则思继颂声,述古则庶几风讽。"①(《宫词·序》)的确,宫词少有规谏风讽,即便有也很隐晦。宋人宫词皆少感愤之情、讽谏之语,而多颂扬之声、富贵之气。释觉范《跋李成德宫词》云:"唐人工诗者多喜为宫词,……非能摹写太平,藻饰万物。读成德所作一百篇,知前人之未工也。其收拾道山绛阙之春色,刻画玉楼金屋之情状,使海山濒海之人读之,如近至尊。"② 可见,在宋人看来,宫词主要用于颂美。因此,当真宗之时需要在节日门帖上作诗以表庆贺时,宫词之风格和体制就成为词臣们自觉的选择。《岁时杂记》即云:"学士院立春前一月撰皇帝、皇后、夫人阁门帖子。……前辈诸学士所撰但宫词而已。及欧阳公入翰林,始伸规谏,后人率皆依仿之。端午亦然。"③ 虽然欧阳修"始伸规谏",但影响有限,并没有成为帖子词的主导风格。北宋徽宗时期,南宋高宗、孝宗时期的帖子词仍然是宫词风格,周辉《清波杂志》卷十可证:

> 春、端帖子,不特咏景物为观美,欧阳文忠公尝寓规讽其间,苏东坡亦然。司马温公自著《日录》,特书此四诗,盖为玉堂之楷式。自政、宣以后,第形容太平盛事,语言工丽以相夸,殆若唐人宫词耳。近时杨诚斋廷秀诗,有"玉堂着句转春风,诸老从前亦寓忠。谁为君王供帖子,丁宁绮语不须工"之句,是亦此意。④

直至晚宋的刘克庄,虽然他的帖子词中多寓含规谏之意,但还是认为帖子词的风格应以颂美为主。他认为卢纶的《宫词》"玉砌红花树,香风不敢吹。春风解天意,遍发殿南枝""学士院春帖子可用"⑤。此诗表达了对君

---

① (宋)宋白:《宫词》,《全宋诗》第1册,卷二〇,北京大学出版社1991年版,第287页、280页。
② (宋)洪觉范:《石门文字禅》卷二七,《四部丛刊》影印明径山寺本。
③ (宋)陈元靓编:《岁时广记》卷八,《丛书集成初编》本,第82页。
④ (宋)周辉撰,刘永翔校注:《清波杂志校注》卷一〇,中华书局1994年版,第425页。
⑤ (宋)刘克庄:《后村诗话》后集卷一,中华书局1983年版,第41页。

王的颂美之意，风格绮丽，是春帖子的典型写法。孙应时"宫体故宜供帖子"①亦同。

宫词之源头，可以上溯至《诗经》。毛晋认为："《小星》《鸡鸣》，三百篇之宫词也。"②朱彝尊亦持此论："不知《周南》十一篇，皆以写宫壸之情，即谓之宫词也奚而不可？然则《鸡鸣》，齐之宫词也；《柏舟》《绿衣》《燕燕》《日月》《终风》《泉水》《君子偕老》《载驱》《硕人》《竹竿》《河广》，邶、鄘、卫之宫词也；下而秦之《寿人》，汉之《安世》，隋之《地后天高》，皆房中之乐。凡此，其宫词所自始乎？"③史梦兰也认为："三百篇以《关雎》《葛覃》为风始，《关雎》《葛覃》，宫词之权舆也。"④从源头上来说，宫词本身也有婉含讽谏者，所以欧阳修在帖子词中寓含讽谏并没有背弃这一诗歌传统。从宋人对帖子词的评论来看，他们对欧阳修寓含讽谏的帖子词予以肯定，但从前期帖子词的整体面貌来看，宋初人认为宫词还是以表现宫中之乐为主。明清人也多持此论，如周拱辰《宫词》自序云"古今为宫词者多矣，大概仿青莲之《行乐词》"⑤，李调元《南宋宫词》自序云"宫词者，所以记宫中行乐之词也"⑥，蒋之翘认为王建宫词"所咏事皆行乐"⑦，陈维崧《王良辅百首宫词序》《黄编修庭表宫词序》、吴绮《黄庭表古宫词序》《孔东塘宫词序》皆视宫词为宫中之乐。而帖子词在表现宫中之乐方面与宫词是一脉相承的。

宫词对帖子词的影响还表现在体制方面。真宗时期夏竦和晏殊的帖子词皆为七言绝句联章组诗，与宫词绝句联章组诗的形态完全一致，受宫词的影响是显而易见的。只是在数量上有所不同。到仁宗时期，帖子词才被

---

① （宋）孙应时：《胡元迈集句作宫词二百首求题跋为书两章》，《全宋诗》第51册，卷二六九八，第31799页。
② （明）毛晋辑：《三家宫词》卷一《王建宫词跋》，明末虞山毛氏绿君亭刻本。
③ （清）朱彝尊：《十家宫词序》，《曝书亭集》卷三六，《四部丛书》本。
④ （清）史梦兰：《全史宫词·发凡》，史梦兰：《全史宫词》卷首，清咸丰六年刻本。
⑤ （清）周拱辰：《圣雨斋诗集》卷五，清顺治九年刻本。
⑥ （清）李调元：《童山诗集》卷五，清乾隆年间绵州李氏万卷楼刻本。
⑦ （清）蒋之翘：《天启宫词·自序》，（清）虫天子辑：《香艳丛书》三集卷四，清宣统年间国学扶轮社排印本。

改造为五言绝句和七言绝句兼用的联章组诗形态，此后遂为固定形态。

另外，宫词对帖子词的影响还在其称"词"方面。此前"词"作为乐府诗，是配乐之歌词，而宫词则是叙事之诗，帖子词称"词"与其相类。需要补充的是，宋人有称春帖为春词者（见前章）。"春词"作为诗题，出现于唐，常建、白居易、元稹、刘禹锡、王建、吴融、卢纶、张琰、李建勋等都有作品存世，其内容多写闺怨之情。宋代春词数量更多，内容更为丰富，有不少便是立春诗，如释得洪《春词五首》、欧阳修《春日词五首》、郑獬《新春词》、毛滂《春词》、张耒《春词》、方岳《春词》、柴随亨《春词》等。从方岳的《春词》"剪得春词不忍看"[①] 来看，这类春词很可能就是民间帖子词。宋末元初诗人马臻在其《除夜》中道及除夕习俗，有"门前惟写立春诗"句，而另一首同名诗又有"强裁诗句供春帖"[②] 句，则民间春帖即立春诗，不必专称春帖。

三、门帖习俗的浸染

门是房屋的出入口，在远古时期门还是安全与危险的分界线。因此，自古以来，人们非常重视对门户的守护，并由此出现了种种关于门的祭祀活动和装饰行为。《礼记》"祭五祀"郑注："五祀，门、户、中霤、灶、行也。"[③] 东汉《白虎通义》又云："五祀者，何谓也？谓门、户、井、灶、中霤也。"[④] 古人出于对生存环境的恐惧感，除了祀门户神以祈求保护外，还想出各种办法来阻止外界邪气鬼怪进入屋内，如门上悬挂、张贴一些物品等，尤其注重节日期间的辟邪。东汉时，"县官常以腊除夕，饰桃人，垂苇茭，画虎于门"[⑤]，"立桃梗于门户上，画郁儡持苇索，以御凶

---

① （宋）方岳：《秋崖集》卷二，影印《文渊阁四库全书》本，第1182册，第145页。
② （元）马臻：《霞外诗集》，影印《文渊阁四库全书》本，第1204册，第79页、104页。
③ 《礼记正义》卷一七，阮元校刻：《十三经注疏》，中华书局1980年影印本，第1382页。
④ （汉）班固：《白虎通义》卷上，影印《文渊阁四库全书》本，第850册，第10页。
⑤ （汉）应劭撰，王利器校注：《风俗通义校注》，中华书局1981年版，第367页。

鬼，画虎于门，当食鬼也"①，五月五日"朱索五色印为门户饰，以难止恶气"②。

随着人们对自然外物认识的加深，节日娱乐祈福气氛逐渐增强，但祛除邪疠的意味作为一种集体无意识依然根深蒂固地被传承了下来，这在饰物上表现得相当显著。首先是饰物种类更加多样化。魏晋南北朝时期，随着节日种类的增多，有特殊装饰物的节日也在增多，立春、人日、端午、中秋、重阳等都有相应的门户饰物，而且由仅对门户的装饰扩展到对器物以及人的身体的装饰，还可互相赠送，如元日"帖画鸡，或斲镂五采及土鸡于户上。造桃板著户，谓之仙木。绘二神贴户左右，左神荼，右郁垒，俗谓之门神"③；人日"剪彩为人，或镂金箔为人，以贴屏风，亦戴之头鬓。又造华胜以相遗"④；"立春之日，悉剪彩为燕以戴之，帖'宜春'二字"⑤；端午不仅"采艾以为人，悬门户上，以禳毒气"⑥，且"以五彩丝系臂，名曰'辟兵'，令人不病瘟。又有条达等织组杂物，以相赠遗"⑦；八月十四日，"以朱墨点小儿头额，名为'天灸'，以厌疾。又以锦彩为眼明囊，递相遗饷"⑧；重阳臂系茱萸囊⑨等。其次是门饰更具装饰意味，如画鸡、门神、彩燕、彩人、华胜、艾人、五彩丝、锦囊、茱萸囊等。

唐代节日全面继承荆楚习俗而有所发展，节日的喜庆气氛更浓，更注重以装饰表达祓除、祈祝之意和烘托节日气氛。最重门户装饰的是元日、人日、立春和端午四节。元日"造桃板著户，谓之仙木，以像郁垒山桃

---

① （晋）司马彪撰、（梁）刘昭注补：《后汉书》志第五《礼仪志中》刘昭补注引《山海经》，中华书局1965年版，第3129页。
② （晋）司马彪撰，（梁）刘昭注补：《后汉书》志第五《礼仪志中》，第3122页。
③ （梁）宗懔：《荆楚岁时记》，山西人民出版社1987年版，第5页。
④ （梁）宗懔：《荆楚岁时记》，山西人民出版社1987年版，第15页。
⑤ （梁）宗懔：《荆楚岁时记》，山西人民出版社1987年版，第19页。
⑥ （梁）宗懔：《荆楚岁时记》，山西人民出版社1987年版，第47页。
⑦ （梁）宗懔：《荆楚岁时记》，山西人民出版社1987年版，第50页。
⑧ （梁）宗懔：《荆楚岁时记》，山西人民出版社1987年版，第59页。
⑨ （梁）吴均：《续齐谐记》，（梁）宗懔：《荆楚岁时记》，山西人民出版社1987年版，第60页。

树,百鬼畏之也"①。五代时,有的桃板上书写祈祝语。据宋黄休复《茅亭客话》:"先是,蜀主每岁除日,诸宫门各给桃符一对,俾题'元亨利正'四字,时伪太子善书札,选本宫策勋府桃符,亲自题曰'天垂馀庆,地接长春'八字,以为词翰之美也。"②谭蝉雪认为敦煌遗书斯坦因0610卷联句煌写卷上的《岁日》联句是最早的桃符用词③,在没有找到充分的证据之前,这个观点还有待商榷,但立春用诗则是肯定的。日本正仓院所藏肃宗时期的"人胜"实物上就有四句四言诗。联系唐人阎朝隐《奉和立春游苑迎春应制》"燕衔书上道宜新"④、李商隐《骄儿诗》"请爷书春胜,春胜宜春日"⑤、韦庄《立春》"殷勤欲献宜春曲,题向花笺帖绣楣"⑥、和凝《宫词百首》"金钗斜戴宜春胜,万岁千秋绕鬓红"⑦等,我们可以断言,立春的宜春胜上所书写的"宜春"字显然比较丰富,已不再是简单的词语,而是迎新纳福的诗歌。门帖在具体使用上,可以贴于"绣楣",贴于门扉,亦可"书门左右"⑧。端午门户装饰则主要是辟兵符和桃印符,南朝时辟兵符和桃印符上就有题字,所谓"辟兵书鬼字,神印题灵文"⑨。唐代端午节门挂书写文字或道教符箓的辟邪物已成习俗。敦煌伯3835写卷背面有一幅画有符箓的《端午驱鬼符》⑩,斯799《隶古定尚书》写卷后有"五月五日天中节,一切恶事尽消灭,急急如律令"符咒,北8378(腾字六号)《大乘五门十地实相论》背有"五月五日天中节,亦口亦舌自

---

① (宋)陈元靓编:《岁时广记》卷五"造仙木"引《玉烛宝典》,《丛书集成初编》本,第392页。
② (宋)黄休复:《茅亭客话》卷一,影印《文渊阁四库全书》本,第1042册,第916页。
③ 谭蝉雪:《我国最早的楹联》,《文史知识》1991年第4期。
④ (清)彭定求等编:《全唐诗》卷六九,中华书局1960年版,第771页。
⑤ (清)彭定求等编:《全唐诗》卷五四一,中华书局1960年版,第6245页。
⑥ (清)彭定求等编:《全唐诗》卷六九六,中华书局1960年版,第8013页。
⑦ (清)彭定求等编:《全唐诗》卷七三五,中华书局1960年版,第8398页。
⑧ 敦煌遗书斯坦因卷六一○。黄永武:《敦煌宝藏》第6册,新文丰出版公司1981年版,第128页。
⑨ (唐)魏收:《五日》,蒲积中编:《古今岁时杂咏》卷二○,辽宁教育出版社1998年版,第233页。
⑩ 高国藩:《敦煌古俗与民俗流变》,河海大学出版社1989年版,第119页。

消灭，葱葱婞"①符咒。可见，这种书写文字的端午符在民间广为流行。宋代"以生硃于午时书'五月五日天中节，赤口白舌尽消灭'"②仍是仕宦之家的习俗。直至清末，民间不少地方仍有此习俗，如河南郑县端午"朱书'五月五日天中节，赤口白舌尽消灭'之句揭之楣间"③。

由于社会的进步，文明的发展，对于生存环境恐惧感的减少，生存的渴望已不是头等重要的事情，人们的关注点遂移向生活的质量，包括身体的健康、寿命的长度、生活的富裕、仕途的通达、子孙的繁衍兴盛等。桃符和避兵符等由除邪避祸之物变为以吉祥祝福为主的帖子词，可以说是顺理成章的事。

在古代社会中，贵族和士人阶层起着引领时代思想文化的作用。对社会风俗，他们既有沿袭顺应的一面，又有改造创新的一面。宋人对唐代的众多习俗，就是在继承的基础上加以丰富的。比如将除夕、元日、人日、立春、端午性质相近的桃符、彩幡胜、符箓等，在保留其基本用法的同时，赋予了新的内容，弱化辟邪的含义而增强了祈福的内容；在形式上色彩搭配更为鲜明、美观，娱乐功能增强，实用功能减弱，如在桃符上写上祝祷之语或春词④，在春幡胜上雕镂或书写诗句等。由于宋真宗崇奉道教，故大搞祥符，对符箓之类偏爱有加，在符箓上写上吉祥诗而成为门帖，应该是可能的。元日桃符、立春春幡、端午符箓都有书写诗句或祝祷语的传统，因此早期晏殊的帖子词有《元日词》《立春日词》《端午词》，此后帖子词中不再出现元日词，大约是因为元日与立春日时间接近而不再专门撰写。到南宋时，民间元日与立春习俗融合，"除夜，士庶家不以大

---

① "亦"为"赤"字之讹，"葱葱婞"为"急急如"之讹。
② （宋）吴自牧：《梦粱录》卷三，（宋）孟元老等：《东京梦华录》（外四种），古典文学出版社1956年版，第157页。
③ 《郑县志》，1916年刻本，丁世良、赵放编：《中国地方志民俗资料汇编》（中南卷·上），书目文献出版社1989年版，第3页。另《永平府志》《孝感县志》《临海县志稿》《乌青镇志》等均有类似记载。
④ （宋）陈元靓编：《岁时广记》卷五引《岁时杂记》，《丛书集成初编》本，《丛书集成初编》本，第58页。

小家,俱……换门神、挂钟馗、钉桃符、贴春牌,祭祀祖宗"①。可以说,宋代帖子词是对前代门帖习俗继承和改造的结果。从历史的角度看,这种改造没有停止,明清时期的春联就是另一种形式的门帖。

---

① (宋)吴自牧:《梦粱录》卷六,(宋)孟元老等:《东京梦华录》(外四种),古典文学出版社1956年版,第181页。

第三章 北宋时期帖子词的发展演进

宋代帖子词的写作从宋真宗大中祥符八年（1015）开始，至宋度宗咸淳末年结束，中间除因靖康之难而一度中断十多年外，共持续了二百三十余年。二百多年间，每年的立春、端午都有帖子词，以每年平均30首计算，大约近7000首。然而大量的帖子词在历史长河中被无情地淘汰了，留存至今的只有47位诗人的1060首，断句32则（见表1），仅约宋代帖子词总数的六分之一。这些帖子词虽然无法反映整个宋代帖子词的全貌，但通过对它们的研究，我们大致可以勾勒出宋代帖子词的发展历程和各个阶段的特色。

表1　现存两宋帖子词及作者情况统计

作者	完整作品总计	元日帖子词	春帖子词	端午帖子词	立春帖子词残句	端午帖子词残句	备注
夏竦	45		17	28			
晏殊	37	10	11	16			
宋庠	15			15			
宋祁	32		32				
胡宿	52		20	32			
欧阳修	60		20	40			
王珪	63		20	43			
司马光	27		27				
元绛	1			1	2	19	
吕惠卿						1	
韩维	27		27				
李清臣	1			1			

续表

作者	完整作品总计	元日帖子词	春帖子词	端午帖子词	立春帖子词残句	端午帖子词残句	备注
邓润甫	1		1				
苏轼	54		27	27			
许将	1			1	1		
苏颂	28		28				
苏辙	27			27			
赵彦若	2			2		1	
梁君贶	1		1				当为梁焘
蒋之奇	1		1				
蔡京						2	
佚名						1	
王安中	4		4				
李邦彦						1	
赵野					1		
孙觌	16			16			应为孙扑
周邦彦	1		1		2		
傅墨卿						1	
北宋小计	496	10	237	249	9	23	
李清照	5		2	3			
刘才邵	23		17	6			
曹勋	20		8	12*			
陆升之	1		1				
洪适	11		11				
周麟之	34		17	17			
汪应辰	30			30			
周必大	129		58	71			
崔敦诗	87		47	40			
洪迈						1	
许及之	27		15	12			
周南	12		12	0			
卫泾	21		10	11			

续表

作者	完整作品总计	元日帖子词	春帖子词	端午帖子词	立春帖子词残句	端午帖子词残句	备注
真德秀	57		26	31			
洪咨夔	27		16	11			
许应龙	32		16	16			
刘克庄	42		21	21			
罗公升	6		4	2			
南宋小计	564		281	283		1	
两宋总计	1060	10	518	532	9	24	

第一节 真宗时期：帖子词的初创及其示范性

一、宋代帖子词的早期写作

帖子词是宋代才出现的一种诗体，其产生的具体年代，文献乏载。目前，研究者多认为始于宋真宗时期。唐春生《学士院与宋代内廷帖子词》一文认为"春帖子的出现，至迟在宋真宗朝。王曾于真宗大中祥符六年至九年在学士院任上，他作有《皇帝阁立春帖子》""现存的端午帖子，也以王曾所作为最早"[①]；而任竞泽《简论帖子词》一文从帖子词的内容和体制推断出"晏殊当属最早作帖子词者"[②]。二人认为始于宋真宗时期的结论是正确的，但论证不够充分；对始作者和具体写作时间则判断有误。

由于文献乏载，关于帖子词的始创时间，只能由现存的作者、作品来推测。从宋人的记载来看，宋代帖子词的创作者大多数是翰林学士，因此人们一般从他们任翰林学士的时间来判断诗作的早晚，如唐春胜就因为王曾任此职早于晏殊而认为王曾是最早的帖子词作者。任竞泽虽然从诗作内容和体制等方面来推断始创时间，但由于忽视了对历史的考察，所以得出

---

① 唐春生：《学士院与宋代内廷帖子词》，《重庆邮电学院学报》（社会科学版）2006年第5期，第727页、728页。

② 任竞泽：《简论帖子词》，《文学评论》2008年第2期，第149页、151页。

了晏殊为最早帖子词作者的结论。笔者通过对王曾、夏竦、晏殊的作品所作详细的考察，认为传世题为王曾的帖子词作品均为王珪所作，王曾并没有作过帖子词，晏殊的帖子词写作时间要稍稍晚于夏竦，夏竦才是最早的帖子词作者。他于大中祥符八年十二月十五至十九日（1016年1月27至31日）之间，写下了《春帖子词》，此后又有《端午帖子词》，晏殊的几组帖子是紧随其后所写的。

夏竦有帖子词45首，其中春帖17首，端帖28首。春帖包括《御阁春帖子》6首、《内阁春帖子》7首、《寿春郡王阁春帖子》4首；端午帖子包括《御阁端午帖子》12首、《皇后阁端午帖子》7首、《郡王阁端午帖子》4首、《淑妃阁端午帖子》4首。作品均为七言绝句。

考夏竦帖子词，当作于宋真宗时期大中祥符八年至天禧元年。其春、端帖子均有为"寿春郡王"所作的，端午帖子还有为"淑妃"所作的。"寿春郡王"是宋仁宗赵祯做皇子时的封号。据《宋史》，宋真宗大中祥符八年十二月"辛卯（十五日，1016年1月27日），太子庆国公封寿春郡王"，天禧二年二月"丁卯（初三日，1018年2月21日），寿春郡王加太保，进封升王"，知夏竦春、端帖均只能作于赵祯被封为寿春郡王之后的大中祥符八年十二月至进封升王的天禧二年二月之间。其《寿春郡王阁春帖子》有"良辰已庆加元服"语，显然为赵祯加冠不久后所作。据《续资治通鉴长编》卷八五载，大中祥符八年十二月"戊寅，皇子加冠礼"①。本月"丁丑朔"，则加冠在十二月初二日，加冠十三日后即被封为寿春郡王。大中祥符九年立春在年前十二月十九②，因此这组春帖子词当作于大中祥符八年十二月十五封寿春郡王至十九日立春之间，即公元1016年1月27日至1月31日之间。其端帖写作时间在春帖之后，为大中祥符九年（1016）或天禧元年（1017）端午所作。《郡王阁端午帖子》其二有"金策将封一字王"句，升王为"一字王"，"寿春郡王"为"二字王"，故很可能是赵祯被封为寿春郡王后不久的恭贺之词，作于大中祥符九年端午的

---

① （宋）李焘：《续资治通鉴长编》卷八五，中华书局1995年版，第1958页。
② 张培瑜：《三千五百年历日天象》，河南教育出版社1990年版，第265页。

可能性最大,且《御阁端午帖子》有"四海乐康民寿富,穆清无事永垂衣"(其三)、"亿载延长资睿算,万区康乐遇昌期"(十二)等文字,虽为颂美,也当与现实相关。大中祥符九年端午前,天下太平,"夏四月,周伯星见。丙申,赐天下酺";而天禧元年"二月庚午,诏赈灾,发州郡常平仓""三月辛丑,以不雨祷于四海。壬寅,不雨,罢上巳宴。庚申,免潮州逋盐三百七十万有奇。辛酉,令作淖糜济怀、卫流民"①,似亦不当作于天禧元年端午。

《淑妃阁端午帖子》是夏竦为真宗、淑妃杨氏所作。据《宋史》卷八,真宗大中祥符七年(1014)六月"壬申,封婉仪杨氏为淑妃",乾兴元年(1022)二月戊午,仁宗即位,尊"淑妃为皇太妃"。②杨氏为淑妃的时间与我们上面所论述《端午帖子词》作于大中祥符九年或天禧元年端午的时间亦相吻合。

夏竦(985—1051),字子乔,江州德安(今属江西)人,官至同中书门下平章事,封英国公,进郑国公,谥文庄。《宋史》卷二八三有传。有《文庄集》,《直斋书录解题》著录一百卷,《四库全书总目》著录三十六卷。其帖子词载《文庄集》卷三六,《全宋诗》录于卷一六○。据《宋史》本传,"仁宗初封庆国公,王旦数言竦材,命教书资善堂。未几,同修起居注,为玉清昭应宫判官兼领景灵宫、会(真)[灵]观事,迁尚书礼部员外郎、知制诰。史成,迁户部。景灵宫成,迁礼部郎中",后因妻诉讼,"左迁职方员外郎、知黄州"③。据《续资治通鉴长编》,大中祥符七年十一月"己酉,置玉清昭应宫判官、都监,以左正言、直集贤院夏竦为判官"④。宋敏求《春明退朝录》载"知制诰,……夏文庄三十"⑤,则夏竦迁礼部员外郎、知制诰的时间也在大中祥符七年(1014),但具体时间不详。大中祥符九年二月丁亥日(廿三日),夏竦迁户部员外郎、知制诰,因"监修国史王

---

① (元)脱脱等:《宋史》卷八《真宗本纪三》,中华书局1977年版,第160页、162页。
② (元)脱脱等:《宋史》卷八《真宗本纪三》,中华书局1977年版,第156页、172页。
③ (元)脱脱等:《宋史》卷二八三《夏竦传》,中华书局1977年版,第9371页。
④ (宋)李焘:《续资治通鉴长编》卷八三,中华书局1995年版,第1903页。
⑤ (宋)宋敏求:《春明退朝录》上,中华书局1980年版,第1页。

旦等上两朝国史一百二十卷",戊子(廿四日),"加旦守司徒,修史官赵安仁、晁迥、陈彭年、夏竦、崔度并进秩,赐物有差"①。三个月后,又迁礼部郎中。大中祥符九年五月"丙辰(十三日),以景灵宫、会灵观及兖州景灵宫太极观成,群臣称贺""庚申(十七日),景灵宫使向敏中、修宫使丁谓并加兵部尚书,副使以下皆进秩,各赐衣带、器币"②,则夏竦升职在此日。贬为职方员外郎、知黄州的时间比较确定。《续资治通鉴长编》卷九十载,天禧元年十二月"庚寅(廿六日,1018年1月15日),玉清昭应宫判官、礼部郎中、知制诰夏竦,责授职方员外郎、知黄州"③。

夏竦写作春帖是在大中祥符八年十二月十五至十九日之间,这时他的任职是礼部员外郎、知制诰。但端帖写作时间如果是大中祥符九年(1016)端午前,则为户部员外郎、知制诰;如果是天禧元年(1017)端午前,则为礼部郎中、知制诰。据夏竦《谢知制诰表》《谢授户部员外郎表》《谢授礼部郎中诸宫观充职表》,在此期间他一直兼玉清昭应宫判官、同修起居注、同管勾景灵宫、会宫观公事。④

晏殊今存帖子词共37首。其中《元日词》10首,《立春日词》11首,《端午词》16首。《元日词》包括《御阁》4首、《内廷》4首、《东宫阁》4首;《立春日词》包括《御阁》4首、《内廷》4首、《东宫阁》3首;《端午词》包括《御阁》4首、《内廷》4首、《升王阁》4首、《御阁》4首、《东宫阁》2首。

晏殊(991—1055),字同叔,抚州临川(今属江西)人,幼以神童著称,景德二年(1005)初被荐,赐同进士出身,官至同中书门下平章事,谥元献。《宋史·艺文志》著录《晏殊集》二十八卷,久佚。清胡亦堂辑《元献遗文》一卷,诗仅6首。晏殊帖子词见载于蒲积中《古今岁时杂咏》卷二、卷四和卷二十一,《全宋诗》录于卷一七一。

---

① (宋)李焘:《续资治通鉴长编》卷八六,中华书局1995年版,第1972—1973页,即《宋史》所言"史成,迁户部"。
② (宋)李焘:《续资治通鉴长编》卷八七,中华书局1995年版,第1990页、1991页。
③ (宋)李焘:《续资治通鉴长编》卷九〇,中华书局1995年版,第2090页。
④ (宋)夏竦:《文庄集》卷五,影印《文渊阁四库全书》本,第1087册,第91页、92页、93页。

晏殊帖子词写作于真宗时期,较夏竦稍后。其帖子词至少有四组。升王、东宫即后来的仁宗赵祯。端午词有《升王阁》,又有《东宫阁》,可知非同时所作。其中,最早的一组帖子当为包括《升王阁二首》的一组《端午词》,其馀帖子均有《东宫阁》,可以断定它们均作于赵祯为太子之时。赵祯于宋真宗大中祥符八年十二月封为寿春郡王(详见前夏竦),天禧二年(1018)二月丁卯(二日)晋封为升王,同年八月甲辰立为皇太子,"九月丁卯(八日),册皇太子"①,于乾兴元年(1022)二月登基。据此,晏殊含《升王阁二首》的一组《端午词》只能作于天禧二年端午前。天禧二年九月至乾兴元年二月赵祯为太子,则另一组有《东宫阁二首》的《端午词》应作于天禧三年至天禧五年之间的端午前。《立春日词》《元日词》中均有"东宫阁",则应作于天禧二年二月至乾兴元年二月之间的立春和元日前。其《立春日词·御阁四首》其一云:"令月归馀届早春,羲舒相望协元辰。"其三云:"腊雪未消宫树碧,早莺声在万年枝。"知立春在年前。查《三千五百年历日天象》,五年间,立春在腊月的是天禧三年、五年与乾兴元年,时间分别为二十三日、十六日和二十六日。乾兴元年立春丁卯日之干支皆为四,与"令月归馀""羲舒相望"较为相符,作于本年的可能性较大。其馀作品的具体写作时间因作品本身没有提供更多的信息,不太好判断,但都作于仁宗为太子时,比夏竦帖子词晚。

据《宋史·晏殊传》,晏殊景德二年初授秘书省正字。"明年,召试中书,迁太常寺奉礼郎。东封恩,迁光禄寺丞,为集贤校理。丧父,归临川,夺服起之,从祀太清宫。诏修宝训,同判太常礼院。丧母,求终服,不许。再迁太常寺丞,擢左正言、直史馆,为升王府记室参军。岁中,迁尚书户部员外郎,为太子舍人,寻知制诰,判集贤院。久之,为翰林学士,迁左庶子。"② 具体而言,天禧二年二月仁宗被封为升王后,"左正言、直史馆晏殊为记室参军"③。八月赵祯立为皇太子后,"记事参军、左

---

① (元)脱脱等:《宋史》卷八《真宗本纪三》,中华书局1977年版,第166页。
② (元)脱脱等:《宋史》卷三一一《晏殊传》,中华书局1977年版,第10195—10196页。
③ (宋)李焘:《续资治通鉴长编》卷九一,中华书局1995年版,第2099页。

正言、直史馆晏殊兼舍人，赐金紫"①。另据欧阳修《晏公神道碑铭》，晏殊"以户部员外郎充太子舍人，赐金紫，知制诰，判集贤院"②，则其职为户部员外郎、太子舍人、知制诰、判集贤院。天禧"四年八月，以户部员外郎、知制诰拜翰林学士"，直至"天圣三年（1025）十月除枢密副使"③。其间有兼职，天禧四年十一月为太子左庶子④，兼判太常寺、知礼仪院。乾兴元年拜右谏议大夫兼侍读学士⑤，十月迁给事中⑥。

如前所述，晏殊一组《端午词》作于天禧二年端午，则其时晏殊官职为左正言、直史馆，升王府记室参军。《立春日词》《元日词》和《端午词》都有东宫阁，写作时间在仁宗为东宫太子之时，期间晏殊任职有所不同，天禧三年至四年端午为户部员外郎、知制诰、太子舍人，天禧五年元旦时升为翰林学士。

另外，《岁时广记》载题名为王沂公《皇帝阁立春帖子》五绝一首，断句十二则。王曾封"沂国公"，王沂公即王曾，然考王曾作品与生平，可以断定这些作品非其所作，实为王珪之作。⑦

在第二章第一节中，我们谈到帖子词产生的文化背景和诗歌传统。至于大中祥符八年夏竦写作立春帖子词的具体原因，可以从两方面来看。首先，自澶渊之盟后真宗为"镇服四海、夸示外国"，开始大搞粉饰太平之活动，于是天书数降，瑞物时出，真宗封泰山、祀汾阴，大肆崇奉道教，大建宫观，广设道教节日⑧；又专设礼仪院详定各种礼仪，礼仪制度渐趋完善，他甚至身体力行，亲自在大中祥符六年降圣节前"作《步虚词》六

---

① （宋）李焘：《续资治通鉴长编》卷九二，中华书局1995年版，第2123页。
② （宋）欧阳修：《欧阳修全集》卷二二，中华书局2001年版，第352页。
③ （宋）洪遵辑：《翰苑群书·学士年表》，《丛书集成初编》本，第62页、63页。
④ （元）脱脱等：《宋史》卷八，中华书局1977年版，第166页。
⑤ （元）欧阳修：《观文殿大学士行兵部尚书西京留守赠司空兼侍中晏公神道碑》，《欧阳修全集》卷二二，中华书局2001年版，第353页。
⑥ （元）李焘：《续资治通鉴长编》卷九九，中华书局1995年版，第2292页。
⑦ 笔者《宋代"帖子词"始作及作者身份考论》（《重庆师范大学学报》哲学社会科学版，2010年第1期）一文有详论，可参看。
⑧ 短短几年间设立了天庆节（正月三日）、天祯（祺）节（四月一日）、天贶节（六月六日）、先天节（七月一日）、降圣节（十月二十四日）五个道教节日。

十首付道门以备法醮"①。帖子词当是作为节日礼仪的一部分而出现的。其次，从个人角度来看，夏竦文采出众，是写作帖子词的最佳人选。夏竦与王钦若、丁谓，"世皆指为奸邪"②，但文章却写得很好，"尤工于表章制诰"③，四库馆臣亦认为"竦之为人无足取，其文章则词藻赡逸，风骨高秀，尚有燕许轨范"④。夏竦以文受知于真宗、仁宗两代。他"天资好学，自经史、百氏、阴阳、律历之书，无所不通。善为文章，尤长偶俪之语"⑤，正值"章圣皇帝罢兵，和戎留好，典籍物色，遗逸寤寐，畯良始闢六科，亲策多士，公试三千言于政事堂，遂畋秘廷对清问，天子擢以优等。声光四驰，褒渥有加，方朝家拥瑞物、兴礼文、参夷丙之御，访鬼神之本。公番直儒馆，屡赐延见。形容上德，时奏赋颂，泊通衡石之擘，数夸美于丞辅"，直集贤院，编修国史。赵祯封庆国公，他为教官，"经义兼管笺记，极一时之选"，后知制诰，"朝廷大典册，多属于公"⑥。在宋真宗大肆粉饰太平之际，正需要夏竦这样的有出色文学之才的人摇旗呐喊，在《文庄集》中"多朝廷典册之文"，正是他当鼓吹手的结果。最著名的如《景德五颂》《平边颂》《大中祥符颂》等，同时创作的还有大量的"奉和应制"之作。夏竦学识渊博、思维敏捷，其应制才能，宋人笔记多有记载。如《青箱杂记》载：

> 景德中，夏公初授馆职，时方早秋，上夕宴后庭，酒酣，遽命中使诣公索新词。公问："上在甚处？"中使曰："在拱宸殿按舞。"公即抒思，立进《喜迁莺》词曰："霞散绮，月沉钩，帘卷

---

① （宋）李焘：《续资治通鉴长编》卷八一，中华书局1995年版，第1851页。
② （元）脱脱等：《宋史》卷二八三《夏竦传》，中华书局1977年版，第9578页。
③ （宋）江邇：《文庄集·序》，夏竦：《文庄集》卷首，影印《文渊阁四库全书》本，第1087册，第48页。
④ （清）永瑢等：《四库全书总目》卷一五二《文庄集》提要，中华书局1965年版，第1309页。
⑤ （宋）晁公武撰，孙猛校证：《郡斋读书志校证》卷一九，上海古籍出版社1990年版，第981页。
⑥ （宋）宋敏求：《文庄集·序》，夏竦：《文庄集》卷首，影印《文渊阁四库全书》本，第1087册，第47页。

未央楼。夜凉河汉截天流,宫阙锁新秋。瑶阶曙,金茎露,凤髓香和云雾。三千珠翠拥宸游,水殿按梁州。"中使入奏,上大悦。①

初授馆职,秋宴索新词就想到夏竦,而夏竦稍加询问皇帝活动的地点,便立即写出一首绝妙好词来。大中祥符八年立春帖子由他来写势在必然。

晏殊小夏竦六岁,幼以神童著称,二十八岁知制诰,三十岁为翰林学士,"文章擅天下,尤喜为诗"②。宋祁说:"晏丞相末年诗见编集者,乃过万篇,唐人以来未有。"③《宋史》本传载其有文集二百四十卷,《中兴书目》载九十四卷,然《郡斋读书志》《直斋书录解题》《文献通考》皆载其《临川集》三十卷。其集已佚,四库载《晏元献遗文》一卷,诗仅6首,清人胡亦堂辑《元献遗文》,劳格补辑,计130馀首。今《全宋诗》收晏殊诗160馀首,大半为《古今岁时杂咏》所载岁时应制诗。晏殊在两制七年,所写应制文字应当很多,由他来写作帖子词也在情理之中。

夏竦和晏殊是我们今天还能见到的宋真宗时期仅有的两位帖子词作者。这一阶段没有他人的帖子词流传下来,有两种可能性。其一是作品全都散佚了;其二是由于此时还没有形成每年定时撰写的惯例,他人没有写过帖子词。

二、夏竦、晏殊帖子词的特征及其示范性

夏竦和晏殊二人的帖子词作具有下面一些特色。

(一) 应制性写作

1. 帖子词的类别:立春、端午和元旦

夏竦的帖子词分别为立春和端午所写,晏殊除了立春和端午帖子外,

---

① (宋)吴处厚:《青箱杂记》卷五,中华书局1985年版,第48—49页。
② (宋)江少虞:《宋朝事实类苑》卷三五,上海古籍出版社1981年版,第444页。
③ (宋)宋祁:《宋子京笔记》,(宋)胡仔纂集:《苕溪渔隐丛话·前集》卷二六,人民文学出版社1962年版,第178页。

还有为元日写作的《元日词》，说明这时帖子词还没有固定用于立春和端午。这是早期帖子词未定型的表现之一。明徐师曾"第见宋时每遇令节，则命词臣撰词以进"①，清赵翼"宋时八节内宴，翰苑皆撰帖子词"②的说法或许与他们所见晏殊有较多类型的帖子词有关。

2. 形式和体裁：七言绝句组诗形态

帖子词形式上为七绝组诗。夏竦诗无总诗题，以帖子词适用对象分别为"××阁春/端午帖子"，如"御阁""内阁""寿春郡王阁""淑妃阁"等。晏殊诗总名为"元日/立春日/端午词"，在总标题之下又以帖子的适用对象分列小标题，如"御阁""内廷""升王阁""东宫阁"等。所有的诗均为七言绝句。"御阁"后来均称"皇帝阁"，"内阁""内廷"后称"皇后阁""夫人阁"，可见此时标题还未定型。

3. 数量：不定

夏、晏二人帖子词每小组的数量不固定。夏竦《内阁春帖子》和《皇后阁端午帖子》均为7首，《寿春郡王阁春帖子》和《郡王阁端午帖子》均为4首，《御阁春帖子》4首，而《御阁端午帖子》却有12首，《淑妃阁端午帖子》仅出现一次，为4首。晏殊的帖子词也均为七绝，其中《御阁》《内廷》均为4首，但《东宫阁》在《元日词》和《端午词》中为2首，在《立春日词》中却为3首；《升王阁》仅见于《端午词》，为2首。每阁数量不固定，御阁帖子以4首为常，其馀则少有规律。这种不固定也有可能是散佚或收录不全所致。但总体来看，与后来帖子词数量通常皇帝阁6首、皇后阁5首、夫人阁5首或4首也不尽相同，这也是早期帖子词尚未定型的表现。

4. 写作时间：当日或提前几天

从夏竦写作于大中祥符八年十二月的春帖子词来看，立春在十二月十九日，而帖子词的撰写在十五至十九日之间，也就是说帖子词的撰写最早可能提前5天，最晚则在立春当日，非如吕希哲《岁时杂记》所言为"提

---

① （明）徐师曾：《文体明辨序说》，人民文学出版社1962年版，第168页。
② （清）赵翼：《陔馀丛考》卷二四，中华书局1963年版，第483页。

前一月"。

5. 作者身份：词臣

笔者对夏竦和晏殊二人写作帖子词时任职身份进行了考证，知夏竦于大中祥符八年十二月立春写作帖子词时为礼部员外郎、知制诰，而写作端午帖子词的时间如为大中祥符九年（1016）端午，则为户部员外郎、知制诰，如为天禧元年（1017）端午，则为礼部郎中、知制诰，一直兼玉清昭应宫判官，同修起居注，同管勾景灵宫、会宫观公事。晏殊天禧二年（1018）作《端午词》时为左正言、直史馆，升王府记室参军，天禧二年十二月作《立春日词》时为户部员外郎、太子舍人、知制诰、判集贤院。《元日词》和另一组《端午词》如写于天禧三年至四年，则为户部员外郎、知制诰、太子舍人；如作于天禧五年、乾兴元年，则为翰林学士。由于诗歌本身没有提供更多的信息，我们尚难以作出准确判断，但作于知制诰时期的可能性要大。帖子词写作之初，对写作者尚无明确规定，担任文字工作的词臣因其杰出的文学才华而在首选之列。从晏殊《端午词》"奉圣旨进"的自注，说明帖子词为应制之作，则夏竦、晏殊二人的诗才也是他们被选的重要原因。夏竦帖子和晏殊的至少一半帖子都作于他们知制诰之时，大致可断定早期帖子词的写作或许为舍人院的工作，而非学士院的工作。这与后来吕希哲所记"学士院立春前一月撰皇帝、皇后、夫人阁门帖子"① 不同。考察两宋帖子词作者，除了周邦彦、李清照、陆升之等个别代作者，以及像崔敦诗这样的翰林权直或学士院权直、直学士院者之外，绝大多数帖子词作者时为翰林学士，尤其是北宋时期在真宗之后除了周邦彦曾代写帖子外，还没有一例帖子为非翰林学士所写。夏、晏以知制诰作帖子，也是帖子词写作尚未制度化的又一表现。

（二）内容以应时纳祜为主

春帖子以迎春祈福、祝寿求吉为主要内容，如夏竦的《御阁春帖子》②

---

① （宋）陈元靓编：《岁时广记》卷八"撰春帖"条引《岁时杂记》。卷二二"门帖"条中"立春"为"端午"，馀皆同。

② （宋）夏竦：《文庄集》，影印《文渊阁四库全书》本，第1087册，第329—332页。后引夏竦帖子词皆同，不再另注。

其一"金盘晓日融春露,黼帐鲜云荫瑞香。圣寿永同天地久,南山何足比延长"、《内阁春帖子》其七"三星分曜辉宸汉,九禁迎春启令辰。仰奉椒闱宣内治,湛恩鸿庆永如春"、《寿春郡王阁春帖子》其三"日上苑梅凝素艳,雪晴宫柳弄青条。已观寿土封东国,即看怀金奉内朝"等;也有对主人的赞美,如《淑妃阁端午帖子》其一"蕤宾布序逢良月,条达延祥记令辰。仰奉椒涂宣内治,永昭芳誉冠虞嫔",表达对淑妃的赞美,《寿春郡王阁春帖子》其四"异表英奇非世出,惠心通敏尽生知。更当淑景承慈煦,永奉嘉祥茂本枝",在对皇家昌盛的祝福中有对皇子美德的赞颂。晏殊的帖子则既有"令月归馀届早春,羲舒相望协元辰。初阳乍逐青旂动,圣寿长随凤历新"这样应时祝福的,也有"双金缕胜延嘉节,五彩为幡奉紫廷。春色渐浓人未觉,玉阶杨柳半青青",侧重于写节日习俗和自然景色、渲染节日喜庆气氛的。端午帖子更突出续寿延福的主题,如夏竦《御阁端午帖子》其一"续命彩丝登茧馆,长生金篆献琳宫。百灵拱卫天居峻,万国欢康帝业隆";晏殊《端午词·内廷四首》其三"由来佳节载南荆,一浴兰汤万虑清。仙苑此时收百药,炼丹飞石保长生"[①]等。

宫廷诗歌贯以称颂为主题。《诗序》对《诗经》"颂"体的解释是"颂者,美盛德之形容,以其成功告于神明者也"[②]。从"以成功告于神明"到歌颂帝王的功业,这是后世宫廷诗的主导倾向,在一些时代由于皇帝的喜好而表现得更为明显,如初唐上官仪、宋之问、沈佺期,宋真宗时代杨亿、刘筠、夏竦等的宫廷诗。宇文所安在《初唐诗》论及上官仪的诗歌时说:"在上官仪的诗篇中,我们看到对于宫廷诗的主要功用颂美的重新肯定。……其原因还不能肯定,其中之一可能是上官仪成熟于唐代,……另一原因可能是太宗到了后期日益独断专行,听不进批评。"[③] 笔者以为,

---

① 傅璇琮等主编:《全宋诗》第 3 册,卷一七二,北京大学出版社 1991 年版,第 1955 页。后引晏殊帖子词均引自此书第 1948—1956 页,后不再另注。
② (汉)郑玄注,(唐)孔颖达正义:《毛诗正义》卷一,阮元校刻:《十三经注疏》,中华书局 1980 年影印本,第 272 页。
③ [美]宇文所安:《初唐诗》,贾晋华译,生活·读书·新知三联书店 2004 年版,第 57 页。

还有第三种原因，就是随着唐王朝国力的强盛，润色鸿业也是诗人自觉的意识。考察宋初诗坛，这一点就表现得更为明显。由于真宗"润色鸿业"的需要，诗人自觉担当起喉舌的作用，杨亿就明确宣称"赋颂之作，臣之职也"①。在《温州聂从事云堂集序》中称美聂茂先之诗云："恬愉优柔，无有怨谤，吟咏情性，宣导王泽，其所谓越《风》《骚》而追二《雅》，若西汉《中和》《乐职》之作者乎！"②大中祥符时期，在真宗的倡导下，全国处处是祥瑞，更需要颂歌来渲染升平。因此，这一时期的帖子词以颂美为内容也是时代风习使然。

（三）语言风格：典雅工致

早期帖子词语言典雅，对仗工整。相比而言，夏竦的帖子词更为华美藻丽，晏殊的帖子词则较清丽。

帖子词典雅工致的风格，既与传统宫廷诗歌的要求相一致，也与这一时期昆体诗风的盛行有关。元陈绎曾《文说》认为，"朝廷之文宜肃，圣贤道德宜肃""宫苑之文宜丽，富贵美人宜丽"③。帖子词属朝廷、宫苑之文，自然要追求典雅华丽。同时，帖子词又受到了西昆诗风的影响。杨亿编《西昆酬唱集》，影响巨大，"后进学者争效之，风雅一变，谓之'西昆体'。由是唐贤诸诗集几废而不行"④。大中祥符时期，正是昆体诗风盛行之际。昆体追求典雅华丽的风格。西昆体的代表人物杨亿"效李义山之为丰富藻丽，不作枯瘠语"⑤。他效法李商隐，追求"丽藻"，讲究"用事"。苏舜钦在《石曼卿诗集叙》中说："国家祥符中，民风豫而泰，操笔之士，率以藻丽为胜。"⑥ 在此诗风浸染之下，作为后期西昆诗人的夏竦和晏殊，

---

① （宋）杨亿：《承天节颂序》，《武夷新集》卷六，《宋集珍本丛刊》本，第2册，第241页。

② （宋）杨亿：《武夷新集》卷七，《宋集珍本丛刊》本，第2册，第252页。

③ （元）陈绎曾：《文说》"养气法"，影印《文渊阁四库全书》本，第1482册，第244页。

④ （宋）欧阳修：《六一诗话》，（清）何文焕辑：《历代诗话》，中华书局2004年第2版，第266页。

⑤ （宋）葛立方：《韵语阳秋》卷二，（清）何文焕辑：《历代诗话》，中华书局2004年第2版，第499页。

⑥ （宋）苏舜钦：《苏学士集》卷一三，影印《文渊阁四库全书》本，第1092册，第95页。

其帖子词具西昆体之特色是很自然的。

　　虽然夏竦和晏殊的帖子词还不是很规范，但无论是体制形式还是内容、风格，都对后来的帖子词做出了示范作用。

　　第一，夏竦、晏殊二人的帖子词多为立春、端午二节所撰写，从而奠定了后世只在立春、端午两个节日写作帖子词的惯例。

　　第二，基本确立了帖子词的形式、体裁。夏、晏二人的帖子词由皇帝阁、内廷（皇后、夫人）阁、东宫阁等小类组成，后来的帖子基本沿袭了这一组诗形态；在诗歌体裁上，夏、晏帖子词皆为七言绝句，后来的帖子在此基础上又增加了五言绝句、五七言杂用，但七言占优势地位；早期帖子词每阁数目不同，尚未完全定型，但以皇帝阁为最多，内廷、郡王或升王、东宫阁次之，反映出封建王朝宫廷生活的高低尊卑观念，这在后来的帖子词中得到了保留，只是在每阁诗歌数目上有所变化。

　　第三，帖子词撰写者身份的基本确立。早期帖子词写作者为知制诰者，这已经初步显现出帖子词作为制词的特点，后来由外制转为内制，仅仅提高了对写作者的要求而已。

　　第四，内容的定位。早期帖子词写时景、颂德美的内容一直是帖子词的主要内容。

　　第五，风格的示范性。早期帖子词的典雅华丽为后来的帖子词所承传，成为帖子词的主导风格。

　　总之，真宗时期帖子词在用途、形态、数量、体制等方面表现出尚未制度化、规范化的特点，其诗歌内容、风格相对比较狭窄、单一，但为后来的帖子词各个方面做出了示范。

第二节　仁宗时期：帖子词的成熟与创变

　　仁宗时期，撰写帖子词已经完全成为朝廷惯例，由学士院在立春、端午两节前撰进，撰写者均为翰林学士，帖子词完全成熟并定型。欧阳修对帖子词内容的开拓、风格的转变和手法的创新都具有非常重要的意义。今存有作品的作者是宋庠、宋祁、孙抃①、胡宿、欧阳修、王珪六人，作品有 179 首。

一、宋代帖子词写作的制度化及帖子词的成熟

真宗去世后，十二岁的仁宗即位，太后刘娥垂帘听政。刘氏于明道二年（1033）去世，皇太妃杨氏继为太后，于景祐三年（1036）去世。现在我们所能见到的仁宗时期的帖子词以宋庠所作为最早，据笔者考证，他的《端午帖子词》作于仁宗宝元元年（1038）或二年（1039）端午前。是刘太后执政期间废除了帖子词的撰写，还是这一阶段的帖子词全部散佚？如果帖子词的撰写曾经中断过的话，又是在仁宗时期的什么时间恢复的？这些问题还有待详考。

据笔者考察，现存帖子词中宋庠、宋祁、胡宿、欧阳修以及王珪的部分帖子词作于仁宗时期，他们的帖子词保存都相对完整，其写作时间基本可以断定②。《全宋诗》据《古今岁时杂咏》所录孙觌作品亦实为孙抃所作。③ 将他们的作品与夏竦和晏殊的早期帖子词以及仁宗时期以后的帖子词比较来看，这时的帖子词撰写已完全制度化。具体表现在四个方面：

1. 帖子词的类别已定型为立春和端午两类

真宗时期偶尔为之的元日帖子词此时不再出现，其原因主要是元日和立春相隔不远，都有一元复始、万象更新、新春来到之意；元日为一年之

---

① 《全宋诗》卷一四八一据明钞本《古今岁时杂咏》录孙觌《端午日帖子词》15 首，此有误，当为孙抃所作。孙抃（996—1064），字梦得，初名贯，眉州眉山（今属四川）人。举进士。历任开封府推官、尚书吏部郎中、右谏议大夫、权御史中丞，官至参知政事。谥文懿。有文集三十卷，今散佚殆尽。《全宋诗》未录其诗。据洪遵《学士年表》，孙抃任翰林学士长达十五年，有写作帖子词的时间。从组诗形式来看，其类别、数量均与仁宗时宋庠、宋祁兄弟帖子词相同；从内容上来看，它所传达的太平景象也与仁宗时期的盛世相一致；写法上多用典故，形式工整，风格典雅，亦与宋庠等人写法相同。而《宋诗纪事》卷十一引此诗皇后阁两首，注明引自《古今岁时杂咏》，而署名却为孙抃，厉鹗所见当另有所本。可参看拙文"《宋代帖子词》四题"（《中国典籍与文化》2011 年第 4 期）。本书涉及帖子词皆作孙抃。

② 具体考证可参看笔者《宋代帖子词辑释》一书，中国社会科学出版社 2015 年版。

③ 笔者《"宋代帖子词"四题》有详细考证，可参看。

始,而立春为春之始,古代称之为"春节"。官方固守立春礼俗,故而保留了立春撰写帖子的惯例。

2. 五、七言绝句组诗形态

保留了早期的组诗形态,但将纯用七言绝句改为五、七言绝句兼用,这也成为宋代帖子词的典型特征之一。

3. 类别与数量定型化

帖子词诗题定型为《春/端午帖子词》,每组帖子词主要由三部分组成,分别为皇帝阁、皇后阁和夫人阁。仁宗前期,真宗皇后刘娥执政,真宗淑妃杨氏被尊为皇太妃。刘氏卒于明道二年(1033)三月十九日[①],杨氏卒于景祐三年(1036)十一月四日[②],仁宗子皆早夭。今存宝元以后的帖子词中均没有皇太后阁、皇太妃阁以及东宫阁等帖子。张贵妃册立后,增加了贵妃阁帖子;张氏卒后又有温成皇后阁帖子,皆属特例。[③]

每阁帖子词数量分别为皇帝阁6首,皇后阁5首,夫人阁为4首或5首,贵妃阁4首。每阁帖子五、七言基本各占一半,七言绝句略多,如皇帝阁通常五、七言各3首,而皇后阁、夫人阁通常五言2首、七言3首。每组帖子词的数量取决于当年使用者的人数和他们每阁的诗歌数量。在庆历八年张氏被册封为贵妃之前,帖子词通常15或16首,有了贵妃阁后则通常19或20首。这也是北宋时期帖子词的典型特征之一。这一点只要看他们的作品就一目了然(见表2)。

---

① (宋)李焘:《续资治通鉴长编》卷一一二"仁宗明道二年",中华书局1995年版,第2609页。

② (宋)李焘:《续资治通鉴长编》卷一一九"仁宗景祐三年",中华书局1995年版,第2811页。

③ 庆历八年张氏册为贵妃之前帖子词只有皇帝阁、皇后阁和夫人阁三类。关于这一点,宋祁《余在北门时每立春必前索宫中春词十馀解今逢兹日块坐州阁追怀旧题续作六章》亦可为证。按,"北门"即指学士院,因"唐翰林院在银台之被,乾封以后,祎之、元万顷之徒,时宣召草制其间,因名'北门学士'"。宋代学士院后门北向,以"北门"为榜额,存唐翰林院称"北门"之遗意。"宫中春词",即春帖子词。因帖子仅有皇帝、皇后、夫人三类,每类有定数,共计15或16首,故曰"十馀解"。

表 2　北宋中期帖子词类型

作者	帖子词类型	帖子词各阁类名					备注
		皇帝阁	皇后阁	温成阁	贵妃阁	夫人阁	
宋庠	端午	6	5			4	
宋祁	立春	12	10			10	此为两组帖子
孙抃	端午	6	5			5	
胡宿	端午	6	5			5	
	立春	6	5		4	5	
欧阳修	立春	6	5	4		5	温成为张贵妃谥号
	端午	12	10	8		10	此为两组帖子
王珪	立春	6	5	4		5	

4. 帖子词作者为翰林学士

通过考察这一时期的帖子词创作，可以发现，所有帖子词均为翰林学士所作，这与吕希哲所记"学士院立春前一月撰皇帝、皇后、夫人阁门帖子"[①]"翰苑岁供禁中立春、端午贴子"[②] 是一致的，说明帖子词每年立春和端午两节前由学士院翰林学士撰写已经制度化。另外，上引宋祁诗明确表明他为翰林学士时每立春前必定要索取宫帖，由此可推知，在宋祁之前的较长一段时间里，帖子词的撰写已经形成了惯例。进一步可推知，仁宗时期担任翰林学士的丁度、晁宗悫、胥偃、王举正、聂冠卿、王尧臣、苏绅、吴育、叶清臣、张方平、梁适、杨察、彭乘、钱明逸、杨伟、赵概、曾公亮、田况、吕溱、冯京、范镇、王洙、韩绛、蔡襄、贾黯、吴奎等，也有可能写作帖子词，但是他们或无诗文集，或有集而散佚，因此或无帖子词传世，或在流传中张冠李戴，如孙抃的帖子词被收入孙觌名下，王珪的部分帖子词传为王曾所作，王珪的温成阁帖子传为欧阳修作，等等。

仁宗时期帖子词的具体撰写时间尚未完全固定。欧阳修的至和二年立

[①] （宋）吕希哲：《岁时杂记》，（宋）陈元靓编：《岁时广记》卷八，《丛书集成初编》本，第82页。

[②] （宋）张邦基：《墨庄漫录》卷九，中华书局2002年版，第244页。

春帖子词作于十二月二十九日,仅仅提前正月一日立春两天;而至和二年《端午帖子词》写于三月二十五日,提前端午四十天。王珪任翰林学士在嘉祐元年十二月,为当月二十三日的嘉祐二年(1057)立春写作有帖子,写作时间在一月之内。可知这时期进帖子的时间尚未固定,有一定的灵活性。

仁宗时期帖子词体制的定型标志着这种应用性诗体的完全成熟。此后,在不同时期因帖子需求对象的不同,帖子词的阁类会有所增减,如哲宗时就有太皇太后阁、皇太后阁、皇太妃阁,南宋又出现太上皇帝阁、皇太子宫和公主阁等帖子,但其基本特征保持不变。

内容上,这一时期帖子词内容仍以应时纳祜为主,但有所拓展。春帖主要描写初春景色,表现迎春活动、立春习俗,表达新春祝福,或赞美皇帝、皇后以及后宫其他女性的贤淑美德等;端午帖子主要描写盛夏景色、叙述端午节俗、祝福续寿延年及歌颂宫中重要成员的美德等。随着宋代社会的变迁,帖子词中也注入了更多的现实内容。对其内容开拓最大的是欧阳修,他给帖子词注入了讽谏的内容,拓展了帖子词的表现范围,提高了帖子词的地位。

风格上,帖子词仍以典雅工致为主,但逐渐多样化,如欧阳修倡导诗文革新运动,故他笔下的帖子词从表现方式到风格都有所不同。

二、二宋、王珪、胡宿、孙抃帖子词与西昆馀风

这时期的大多数帖子词作者皆为后期西昆体作家。宋庠兄弟与夏竦、晏殊关系较密切。"二宋"尚在布衣时,夏竦就对其礼遇非常,由《落花》诗预言二人必取甲科,尤其预言宋庠"当状元及第""异日作宰相"[①]。宋祁与晏殊有密切的交往,他的诗作曾得晏殊的具体指点。蔡絛说"'二宋'

---

① (宋)吴处厚:《青箱杂记》卷四,中华书局1985年版,第40页。

俱为晏元献殊门下士"①，陆游也说晏殊以诗法"授二宋"②，可知"二宋"虽在具体的诗歌创作风格上与晏殊不尽相同，但有师承关系，是后期"西昆派"的中坚。胡宿、赵抃虽名不在《西昆酬唱集》，但王士禛认为文彦博、赵抃、胡宿三家皆属于西昆体③，近人也将晏殊、宋庠、宋祁、文彦博、赵抃、胡宿等列入西昆派的后期作家④。王珪的"至宝丹"体，喜用"金玉珠璧，以为富贵"⑤，诗风典雅，也受到西昆诗风的影响。正如胡应麟所说："世但知杨、刘、钱、晏数子，不知宋初诸名家，往往皆同，盖一时气运使然。"⑥

　　二宋、王珪、胡宿、孙抃的帖子词带有西昆体的典型特色，尚故实、重雅致、语言藻丽、属对工稳、音节铿锵，讲究修辞，如宋庠《皇帝阁端午帖子词》其一"朱索连莘种，仙缯篆秘符，谁知万灵贶，先日拥椒涂"，孙抃《端午日帖子词·皇帝阁六首》其四"露畹撷兰苕，金波丽碧霄。早闻雕辇降，还待紫宸朝"⑦，胡宿《皇后阁春帖子》其五"白绿仙云杂紫云，长生灵气护元君。已膺虎剑司阴教，更珮金珰奏宝文"等。当然，各人风格又稍有差异，宋庠典雅庄重，胡宿典重赡丽，王珪富贵华美，而宋祁帖子多描写自然景物和节日风情，虽用典故，但不深涩，语言华美，形式工整而不乏清新灵动，如《春帖子词·皇帝阁十二首》其四"日华初丽

---

① （宋）蔡絛：《西清诗话》，（宋）胡仔纂集：《苕溪渔隐丛话·前集》卷二六，人民文学出版社1962年版，第178页。

② （宋）陆游：《老学庵笔记》卷五，中华书局1979年版，第69页。

③ （清）王士禛：《带经堂诗话》卷九："世人谓宋初西昆体有杨文公（亿）、钱思公（惟演）、刘子仪（筠），而不知其后更有文忠烈（彦博）、赵清献（抃）、胡文恭（宿）三家，其工丽妍妙不减前人。""宋初诸公尚西昆体，世但知杨、刘、钱思公耳，如文忠烈、赵清献诗最工此体，人多不知。……观李子田（蓘）《艺囿集》载胡文恭武平（宿）诗二十八首，亦昆体之工丽者。"人民文学出版社1963年版，第211页、213页。

④ 程千帆、吴新雷：《两宋文学史》，上海古籍出版社1991年版，第20页。

⑤ （宋）陈师道：《后山诗话》，何文焕辑：《历代诗话》，第314页。《华阳集》附录卷九引《北宋人小集跋》为"金玉珠碧"，影印《文渊阁四库全书》本，第1093册，第448页。

⑥ （明）胡应麟：《诗薮·外编》卷五，上海古籍出版社1958年版，第223页。

⑦ （宋）蒲积中：《古今岁时杂咏》，辽宁教育出版社1998年版，第247页。按，本作孙觌，当为孙抃，详参拙文《"宋代帖子词"四题》。后引孙抃帖子词均引自此书第246—247页，不再另注。

上林天,殿里春花百种鲜。驱出馀寒还故腊,收回和气作新年",其十二"宜春苑里报春回,宝胜缯花百种催。瑞羽关关迁木早,神鱼泼泼上冰来"等,都直接描写皇宫立春时节的自然景色和剪彩迎春的风俗习惯,尤其"关关""泼泼"二词拟声摹状,渲染出春天的勃勃生机,用典浑化,语言畅达。宋祁在昆体受到众人的口诛笔伐时,没有随波逐流,对昆体反戈一击,而是给予推崇、赞美和维护,但在自己的创作上对昆体有所矫正,其帖子词即体现了他的风格特色。

西昆派诗人的帖子词最充分地表现了帖子词作为门帖的典型特征。其内容的祈祝颂美、诗风的典重雅正、用语的富贵华美、形式的工整都成为帖子词的基本特色。

三、欧阳修的帖子词写作及其价值

在北宋时期,欧阳修的帖子词数量仅次于王珪。他有三组保存完整的春、端帖子词,这些帖子词对于我们研究帖子词的撰写制度和帖子词的特点具有重要价值,他的帖子词在内容、风格、写法上也进行了开拓和转变,成为后世帖子词写作的楷模。具体而言,有以下几个方面值得关注。

1. 最早标明具体写作时间

欧阳修的春帖子和一组端午帖子均注明具体写作时间,是我们能够见到的最早标明写作时间的帖子词,为我们研究帖子词的撰写制度、撰写者的任职身份以及具体的写作时间都具有重要的参考价值。春帖子下注:"至和元年十二月二十九日。"[①]此时距离至和二年立春正月一日仅三天。端帖写作时间为"三月二十五日"[②],则撰帖子提前近四十天。由此可见,撰进帖子的时间并不严格统一,非如《岁时杂记》所谓"提前一月进帖子"。

---

① (宋)欧阳修:《欧阳修全集》卷八二,中华书局2001年版,第1204页。
② 此据《四部丛刊》初编本《欧阳文忠公集》卷八二。《文渊阁四库全书》本、《全宋诗》皆同,而中华书局2011年版李逸安点校的《欧阳修全集》卷八三第1212页注为"四月二十五",此本以清嘉庆二十四年欧阳衡编校本为底本,笔者未见,未得其详。

2. 首次为死者撰写帖子词

欧阳修的帖子词有四类，除了皇帝阁、皇后阁、夫人阁外，还有温成阁。"温成皇后"为宋仁宗张贵妃的谥号。张氏"长得幸，有盛宠""巧慧多智数，善承迎，势动中外"①，庆历八年十二月被册为贵妃②，至和元年卒，追册为皇后，谥号温成③。为死去的人写帖子词，前无先例，亦未见后踵者，此纯属特例。今存帖子词中王珪也有温成阁。释惠洪《冷斋夜话》记载是"有旨亦令进"，《曲洧旧闻》记载为仁宗"词臣观望，温成独无有，色甚不怿，诸公闻之惶骇"④，于是赶紧补作。两处记载有出入，但它说明帖子词本无为死者写作之理。之所以为死去的张氏写作帖子词，是出于仁宗临时性的命令或暗示。此足可证帖子词的应制性特色。

3. 内容上的变革

欧阳修对帖子词的最大贡献是突破了帖子词被除祈祝的惯例，而寄寓了劝谏之意。《文忠集》附录卷五记载：

> 先公在翰林，尝草春帖子词。一日，仁宗因闲行，举首见御阁帖子，读而爱之，问何人作，左右以公对。即悉取皇后、夫人诸阁中者阅之，见其篇篇有意，叹曰："举笔不忘规谏，真侍从之臣也！"自是每学士院进入文书，必问何人当直，若公所作，必索文书自览。先公每述仁宗恩遇，多言此事，云内官梁实为先公说。春帖子词有云"阳进升君子，阴消退小人。圣君南面治，布政法新春"，至今士大夫尽能诵之。及温成皇后阁帖子云"圣君念旧怜遗族，常使无权保厥家"。⑤

此事亦载朱熹《宋名臣言行录》后集卷二、吕中《宋大事记讲义》卷九

---

① （元）脱脱等：《宋史》卷二四二《后妃传上·张贵妃传》，中华书局1977年版，第8622页。
② （元）脱脱等：《宋史》卷一一《仁宗本纪三》，中华书局1977年版，第226页。
③ （元）脱脱等：《宋史》卷一二《仁宗本纪四》，中华书局1977年版，第236页；《宋史》卷二四二《后妃传上·张贵妃传》，中华书局1977年版，第8623页。
④ （宋）朱弁：《曲洧旧闻》卷七，中华书局2002年版，第180页。
⑤ （宋）欧阳修：《欧阳修全集》附录二，中华书局2001年版，第2636页。

"两制"、祝穆《古今事文类聚》等文献，文字略有不同。说欧阳修帖子词"篇篇有意"规谏，略显夸张，但其规谏的确较多，如《春帖子词·皇帝阁六首》其二劝谏皇帝亲贤远佞，"阳进升君子，阴消退小人。圣君南面治，布政法新春"；其六劝谏皇帝节盘游，"熙熙人物乐春台，风送春从天上来。玉辇经年不游幸，上林花好莫争开"；《春帖子词二十首·皇帝阁六首》其五赞美大自然的无私，表达了希望皇帝执政为全民的期望，"朝云蔼蔼弄春晖，万木欣欣暖尚微。造化未尝私一物，各随妍丑自芳菲"；《夫人阁五首》其一"太史颁时令，农家候土牛。青林自花发，黄屋为民忧"，其三"黄金未变千丝柳，白日初迟百刻香。圣主本无声色惑，宫花不用妒新妆"[1]，都从不同侧面有所规谏。

　　欧阳修"以文章道德为一世学者宗师"[2]，但人多认为他完成了文的革新，却没能彻底完成对诗歌的革新，如陈善认为"欧阳公诗，犹有国初唐人风气，公能变国朝文格，而不能变诗格。及荆公、苏、黄辈出，然后诗格遂极于高古"[3]。然而就帖子词而言，他却开风气之先，完成了对它的革新。其帖子"词意多寓讽切，当时以为得体"[4]。宋林駉《古今源流至论续集》卷六品评翰苑人事，认为"唐之翰林，妄为弄辞艳曲，无所规正（如沈佺期为学士，为弄辞；李白为翰林，作乐章之类）。而我朝欧阳公宫帖，亦不忘规谏之意"[5]。欧阳修的帖子是帖子之变体，其对后世帖子词的写作产生了深远的影响，司马光、苏轼以至南宋刘克庄等人的帖子词都明显受其影响，明代章懋《赐粽》仍有"愿题宫帖献新诗，纳忠窃效欧阳子"[6]的诗句，而在朝鲜半岛"欧阳帖"也作为一个独特意象，用以

---

[1] （宋）欧阳修：《欧阳修全集》卷八二，中华书局2001年版，第1204—1206页。后引欧阳修春帖出处相同，不再另注。
[2] （宋）欧阳发等：《先公事迹》，《欧阳修全集》附录卷二，中华书局2001年版，第2626页。
[3] （宋）陈善：《扪虱新话》下集卷三"欧阳公不能变诗格"，《丛书集成初编》本，第77页。
[4] （宋）蔡正孙：《诗林广记》后集卷一引《诗话》，中华书局1982年版，第203页。
[5] （宋）林駉：《古今源流至论续集》卷六，影印《文渊阁四库全书》本，第942册，第442页。
[6] （明）章懋：《枫山集》卷四，影印《文渊阁四库全书》本，第1254册，第139页。

表达词臣敢于讽谏之意。（详见第八章）

4. 诗风和表现手法的改变

欧阳修的帖子词改变了西昆体多用典故、精工雅致的特点，语言自然，风格清丽；改变了以往帖子词以写景为主的写法，改实写为虚写，如"朝云蔼蔼弄春晖，万木欣欣暖尚微。造化未尝私一物，各随妍丑自芳菲"（《春帖子词二十首·皇帝阁六首》其五）、"熙熙人物乐春台，风送春从天上来。玉辇经年不游幸，上林花好莫争开"（其六）、"圣主忧勤致治平，仁风惠泽被群生。自然四海归文德，何用灵符号辟兵"（《端午帖子·皇帝阁六首》其六）①等，皆有对时令、景色的描写，但化实为虚，使得诗意含蓄，意味无穷。这些改变大大拓展了帖子词的表现手法，表现了欧阳修在诗歌艺术上的自觉追求。

对欧阳修帖子词风格变化的原因，有必要做一简单分析。首先是社会现实的刺激。真宗后期，统治者大搞个人迷信，封禅泰山祀汾阴，社会表面上呈现出一派升平和祥和之气；仁宗前期，社会也相对稳定。在统治者的需求下，大臣高唱颂歌，加之词臣大多仕途通达，生活优游，对民生疾苦缺乏深入的了解，这些都影响到诗歌的内容和风格。但问题日益暴露，"承平既久，户口岁增，兵籍益广，吏员益众。佛老外国耗蠹中土，县官之费数倍于昔，百姓亦稍纵侈，而上下始困于财矣""仁宗承之，经费寝广"。②部分士大夫已清醒地意识到改革政治、兴利除弊，已为刻不容缓之事。庆历革新虽然最终以失败告终，但它反映了革新派力图有所作为的想法。同时，有些人对点缀升平、雕琢浮华的西昆文风深感不满，要求改变之。最高统治者也意识到这一点。早在大中祥符二年（1009），真宗就下诏戒浮靡之辞。仁宗明道二年亲政后，也下诏申诫浮文。而范仲淹、欧阳修等朝臣，穆修、石介等文士的反对和抨击更为强烈③。随着北宋诗文

---

① （宋）欧阳修：《欧阳修全集》卷八七，中华书局2001年版，第1269页。
② （元）脱脱等：《宋史》卷一七九《食货志下一》，中华书局1977年版，第4350页。
③ 仁宗《诫进士作文无陷浮华诏》和《令礼部申伤学者毋为浮夸靡曼之文诏》。范仲淹《奏上时务书》《上时相议制举书》，欧阳修《与荆南乐秀才书》《送徐无党南归序》《记旧本韩文后》，穆修《答乔适书》，石介《怪说》《上赵先生书》《祥符诏书记》等皆表达了对西昆体的批判。

革新运动的逐渐深入开展,"西昆体"在文坛上的声音越来越微弱了,以致最后造成"新近后学不敢为杨、刘体"①的局面。在政治上,欧阳修是新法坚定的支持者,革新失败后他被贬滁州,后徙扬州、颍州,至和元年(1054)迁翰林学士。仕途经历坎坷的欧阳修对现实有着清醒的认识。作为诗文运动的领袖,欧阳修主张诗文应经世致用,"言之有物"。他的帖子词寓含劝谏之意,即是这种文学观的表现。

其次是文学革新运动的推动。作为北宋诗文革新运动的领袖,欧阳修有感于"宋兴七十馀年,民不知兵,富而教之,至天圣景祐极矣。而斯文终有愧于古,士亦因陋守旧,论卑而气弱"②的局面,不满于西昆体的"颂声"和"甜美",大力提倡"明道致用""有补于世"③。在其倡导下,"天下争自濯磨,以通经学古为高,以救时行道为贤,以犯颜纳谏为忠"④。他作诗,"虽帖子之微,不忘规谏"⑤。

欧阳修反对西昆体"多用故事,语僻难晓"的特点⑥,提倡"平易疏畅"⑦的风格。欧阳修帖子并非简单的道德说教,而多含蓄有韵味,如"彩缕谁云能续命,玉奁空自锁遗香。白头旧监悲时节,珠阁无人夏日长"(《端午帖子词二十首·温成皇后阁四首》其三)。他也有富丽典雅的帖子,如"画扇催迎暑,灵符喜辟邪。风光丽宫禁,时节重仙家"(《端午帖子词二十首·皇后阁五首》其一)、"仙盘冷泛银河露,纨扇香摇绿蕙风。禁掖自应无暑气,瑶台

---

① (宋)吕祖谦:《吕氏家塾记》,朱熹等:《五朝名臣言行录》卷一○,《四部丛刊》影印宋刊本。
② (宋)苏轼:《六一居士集叙》,《苏轼文集》卷一○,中华书局1986年版,第316页。
③ 详见《欧阳修全集》卷六六《与张秀才第一书》,王安石《临川文集》卷七七《上人书》,梅尧臣《宛陵先生集》卷一五《答裴送序意》及《答韩二子华韩五持国韩六玉汝见赠述诗》等诗。
④ (宋)苏轼:《六一居士集叙》,《苏轼文集》卷一○,中华书局1986年版,第316页。
⑤ (宋)刘克庄:《拟谢学士表》,《后村先生大全集》卷一一五,《四部丛刊》本。
⑥ 欧阳修所反对的是西昆末流,对杨亿等人及其佳作还是非常称赏的。其《六一诗话》云:"杨大年与钱刘数公唱和,自《西昆集》出,时人争效之,诗体一变。而先生老辈患其多用故事,至于语僻难晓,殊不知自是学者之弊。如子仪《新蝉》'云来玉宇乌先转,露下金茎鹤未知',虽用故事,何害为佳句也。又如'峭帆横渡官桥柳,叠鼓惊飞海岸鸥',其不用故事,又岂不佳乎?盖其雄文博学,笔力有馀,故无施而不可,非如前世号诗人者,区区于风云草木之类,为许洞所困者也。"(欧阳修:《六一诗话》,(清)何文焕辑:《历代诗话》,中华书局2004年版,第270页)
⑦ (宋)叶梦得:《石林诗话》,(宋)蔡正孙:《诗林广记》,中华书局1982年版,第201页。

金阙水精宫"(《端午帖子词二十首·夫人阁五首》其五)等。①

再次是仁宗皇帝的宽容纳谏。仁宗得谥"仁",因其宽容仁爱之品德。仁宗之"仁",宋史及笔记多有记载。当看到欧阳修寓含讽谏的帖子后,他没有勃然大怒,竟然还高度评价他"真侍从之臣也",表现了他的宽容豁达与善于纳谏的胸怀,也表明了他对帖子词寓含讽谏写法的认可。这是欧阳修敢于在帖子词中讽谏的主要原因。五十年后的徽宗宣和时代,文禁严密,假使欧阳修在,恐也不敢如此了。皇帝的态度与文命的盛衰关系紧密,更何况这种宫廷诗。

第三节 英宗至哲宗元祐时期:帖子词的繁盛

从英宗到哲宗元祐八年,恰三十年,是北宋文学创作的最繁盛时期。这一阶段国家相对稳定,文化有大幅度发展。一大批学问渊博、才气豪俊的大作家登上了文坛,其中很多人都曾备位翰林学士,不少人作有帖子词。帖子词的创作呈现繁荣的局面。

一、宋代帖子词创作的繁荣

这一时期帖子词的繁荣主要表现在三个方面。

一是作者众多而且名家辈出。英宗时期无帖子词传世,神宗、哲宗时期则很多。神宗时期有司马光、王珪、元绛②、吕惠卿、韩维、李清臣、邓润甫等,哲宗时期有苏轼、许将、苏颂、苏辙、赵彦若、梁焘③、蒋之

---

① (宋)欧阳修:《欧阳修全集》卷八三,中华书局2001年版,第1213—1214页。
② 元绛帖子散见于《岁时广记》《古今事文类聚》《山谷内集诗注》等,《全宋诗》所录不全,《全宋诗》卷三五三自《古今事文类聚》辑录仅五则,《全宋诗订补》叶石健自《岁时荟萃》卷五二辑录十则,却归于章得象名下,笔者辑录所得端帖五绝一首,断句21则,《宋代帖子词》,第200—210页。关于章简公乃元绛而非章得象,笔者有考论,详参《"宋代帖子词"四题》一文。
③ 葛立方《韵语阳秋》卷二载梁君贶春帖一首,何汶《竹庄诗话》《诗话总龟》等皆转录此诗,作者名均同。《全宋诗》卷三七三九收录。按,此诗作者当为梁焘,笔者《"宋代帖子词"四题》(《中国典籍与文化》2011年第4期)有考论,可参看。

奇等。他们写作帖子词时均担任翰林学士或学士承旨。① 可以推知，当时除个别人的任职时间恰好不在立春或端午前而没有写作机会②，或因恰好不当直而没有写作帖子词之外③，大多数翰林学士均有可能写作有帖子词，如冯京、范镇、曾布、王陶、郑獬、吕公著、杨绘、章惇、吴充、王安礼、曾布、王尧臣、王存、蒲宗孟、陆佃、舒亶、顾临、张璪、李定、黄履、范百禄等，可惜由于作品散佚而难知详情。在存有帖子词的作者中，司马光、王珪、韩维、苏轼、苏颂、苏辙等都是著名的诗人、学者。

二是作品较多。三十年间，帖子词当有 700 馀首，今存作品 213 首，数量较多。但散佚严重，仅司马光、王珪、韩维、苏轼、苏颂、苏辙的帖子词保存完好，其馀作者或仅存一两首，如赵彦若、梁焘、许将等；或仅存残句，如蔡京、李邦彦、赵野；还有不少人只字未存。

三是阁类增多。较之仁宗时期的皇帝阁、皇后阁、夫人阁、贵妃阁等门类，新增了太皇太后阁、皇太后阁、皇太妃阁。这些阁类取决于当年宫廷相关人员的情况。凡帖子词，以皇帝为中心，其父母、祖父母、皇后之健在者，均享有专门的帖子词，贵妃、淑妃、德妃、贤妃受宠者也单独有

---

① 关于作者作时及身份的考证详见拙著《宋代帖子词辑释》。其中，韩维帖子四库全书赵湘《南阳集》卷三亦收录。《全宋诗》卷七五、四三〇亦分录于二人名下。按，赵湘（959—993），字叔灵，祖籍南阳，居衢州西安（今浙江衢州）。太宗淳化三年（992）进士，授庐江尉。四年卒，年三十三。有集十二卷，已佚。清四库馆臣据《永乐大典》等书辑为六卷。从帖子词撰写制度来看，赵湘不具备写作的身份和时间条件；从帖子词的名称所涉及的人物和诗的内容来看，诗亦非作于太宗时期。因此，赵湘《南阳集》属误收。《全宋诗》在韩维《春贴子皇帝阁六首》下加有按语，认为"《四库全书》误收入赵湘《南阳集》卷三"，所言甚是。另，关于韩维春帖作时，原考为熙宁五年（1072）作（第 212 页），此有误。韩氏《太后阁六首》其六云："闲引皇孙看学行。"据《宋史》卷《宋十朝纲要》（清钞本）卷八、《续资治通鉴长编》卷二三三、二四四、二五三、二五四、二七九、二八五，神宗十四子，长子成王佾生于熙宁二年十一月，闰月卒；次子惠王仅生于熙宁五年四月，三日卒；三子唐哀献王俊生于熙宁六年（1073）四月初一，卒于十年十月；四子褒王伸生于熙宁七年五月，次日卒；五子冀王僩生于熙宁七年六月，卒于八年十二月；六子哲宗赵煦生于熙宁九年十二月七日。则熙宁三年至七年间立春时有皇子者唯有熙宁七年，则韩维春帖当为熙宁七年春帖。熙宁七年立春在正月初二，时韩维为翰林学士。

② 如沉遘，治平三年九月以龙图阁学士右谏议大夫权知开封府拜翰林学士，不久因丁母忧而罢洪遵。（宋）洪遵辑：《翰苑群书·学士年表》，《丛书集成初编》本，第 72 页。

③ 如王安石，治平四年十月以工部郎中知制诰知江宁府拜翰林学士，熙宁二年九月参知政事，但未作帖子词。（宋）洪遵辑：《翰苑群书·学士年表》，《丛书集成初编》本，第 72 页。

4首，其馀女性则共用4首或5首帖子，名为"夫人阁"，如神宗初年，尊曹氏为太皇太后、高氏为皇太后，因此帖子词就有皇帝阁、太皇太后阁、皇太后阁、皇后阁、夫人阁五类，以司马光、王珪、韩维的帖子为代表。元丰二年（1079）高氏卒，则此后的帖子就没有太皇太后阁。哲宗即位初，尊太后高氏为太皇太后，皇后向氏为皇太后，德妃朱氏为皇太妃①，而哲宗年幼，皇后尚缺，因此这一时期帖子词的组成便为皇帝阁、太皇太后阁、皇太后阁、皇太妃阁、夫人阁，苏轼、苏颂、苏辙的帖子词皆如此。绍圣四年（1097）至元符二年（1099）春，只有向太后、皇太妃朱氏，前一年九月孟后废，也没有皇后，就应当只有皇帝阁、皇太后阁、皇太妃阁、夫人阁。表3更能清晰地反映神宗、哲宗各个时期帖子的阁类状况和作者情况。从表3来看，帖子词最多的时候应当是元祐七年五月至八年三月，一组应当有五类，此阶段梁焘写过帖子词，惜散佚殆尽，详情无从得知。

表3　神宗、哲宗时期皇宫成员与帖子词作者

时间	皇室重要成员	帖子词阁类	帖子词作者
嘉祐八年（1063）四月至治平四年（1067）二月	英宗		
	太皇太后曹氏		
	皇后高氏		
治平四年（1068）二月至元丰二年（1029）	神宗赵顼	《皇帝阁》	司马光、王珪、[元绛]、韩维、[吕惠卿]
	太皇太后曹氏	《太皇太后阁》	
	皇太后高氏	《皇太后阁》	
	皇后向氏	《皇后阁》	
	其他女性	《夫人阁》	
元丰二年（1079）至八年（1085）三月	神宗赵顼		?
	皇太后高氏		
	皇后向氏		

---

① （元）脱脱等：《宋史》卷一七《哲宗本纪一》，中华书局1977年版，第318页。

续表

时间	皇室重要成员	帖子词阁类	帖子词作者
元丰八年（1085）三月至元祐七年（1092）五月十六日	哲宗赵煦	《皇帝阁》	[李清臣]、[邓润甫]、苏轼、[许将]、苏颂、苏辙、[赵彦若]
	太皇太后高氏	《太皇太后阁》	
	皇太后向氏	《皇太后阁》	
	皇太妃朱氏	《皇太妃阁》	
	其他女性	《夫人阁》	
元祐七年（1092）五月至八年（1093）三月	哲宗赵煦		[梁焘]
	太皇太后高氏		
	皇太后向氏		
	皇太妃朱氏		
	皇后孟氏		
	其他女姓		
备注	[ ] 为帖子词仅存残句之作者。写作时间参笔者《宋代帖子词辑释》		

这时期帖子词各阁类的数量很固定，即皇帝阁、太皇太后阁、皇太后阁皆 6 首，皇太妃阁、皇后阁皆 5 首，贵妃阁 4 首，夫人阁基本固定为 4 首（仅王珪一组端午帖子为 5 首）。体裁上，与以前相同，均为五、七言绝句组诗，具体数量不定。

二、帖子词之微变与司马光、苏轼的制作

这一时期帖子词有一些变化。从写作时间上来看，逐渐固定为提前一月。关于这一点，吕希哲《岁时杂记》有明确记载："学士院立春前一月撰皇帝、皇后、夫人阁门帖子。送后苑作院。用罗帛缕造，及期进入。"① 端午相同。从这一时期唯一存有写作时间的苏轼春帖来看，确实如此。据《石渠宝笈》卷五记载，苏轼春帖子词的具体写作时间为元祐二年十二月五日，元祐三年立春在正月四日，帖子写于二年十二月五日，恰为"提前

---

① （宋）陈元靓编：《岁时广记》卷八"撰春帖"，《丛书集成初编》本，第 82 页。卷二二"门帖"条端午略同。

一月"。这一时期教坊致语等宫廷文字也为提前一月进呈,如哲宗元祐三年八月苏轼《上哲宗乞以魏王之丧罢秋燕》即言"教坊致语等文字,准令合于燕前一月进呈"。当时因魏王新丧,苏轼认为"未葬之月,不当燕乐",却又未接到皇帝罢宴的通知,故"既未敢撰,亦不敢稽延,伏乞详酌"①。因此,提前一月撰写宫禁文字应当是这一时期的规定。帖子词的具体撰写时间有一个逐渐确定的过程。司马光熙宁三年作春帖,也仅仅说"立春前翰林书待诏请春词",未明言"前一月",至苏轼时才固定为前一月。关于帖子的制作,司马光记载由"翰林书待诏"书写,剪贴于宫中门帐,而吕希哲所记则由"后苑作"制作。疑元丰改制后,帖子的制作部门更换,时间也固定为前一月。

  从内容来看,这一时期的帖子词内容渐趋多样化,除了表现祝福、婉谏外,对宫廷日常生活的描写增多,写实性增强,如王珪的"天人无限福,未老见曾孙"、司马光的"弄孙时哺果"、韩维的"闲引皇孙看学行"都写到皇孙,从初生到稍长都有表现。再如司马光《春帖子词·皇太后阁六首》其六"裁缝大练成春服,慈俭由来性所钟"②,韩维《太皇太后阁六首》其二"传声回步辇,来赏小桃花"、其三"定应彤管笔,书美系王春"③,苏辙《太皇太后阁》其六"外家近许迁新宅,不遣司农费一钱"④等,写英宗皇后高氏节俭的品质、日常生活、特长爱好等,具有个性特征,避免了程式化的描写和祝福。对节日习俗的描写也更为丰富多样,如司马光"脍肉纷银缕,兰牙簇紫茸"、苏轼"彩胜镂新语,酥盘滴小诗"、韩维"千官拜舞皇恩罢,彩胜金幡下九天"等对立春习俗的描写,王珪"后苑寻青趁午前,归来竞斗玉栏边""欲谢君恩却无语,心前笑指赤灵

---

① (宋)苏轼:《魏王在殡乞罢秋燕札子》,《苏轼文集》卷二九,中华书局1996年版,第822—823页。

② (宋)司马光:《传家集》卷一四,影印《文渊阁四库全书》本,第1094册,第147页。后引司马光帖子皆出自此书第146—148页,不再另注。

③ (宋)韩维:《南阳集》卷一四,影印《文渊阁四库全书》本,第1101册,第627页。后文韩维帖子均引自此书第627—628页,不再另注。

④ (宋)苏辙:《栾城集》卷一六,上海古籍出版社1987年版,第404页。后文苏辙帖子皆引自此书第402—407页,不再另注。

符""明朝知是天中节,旋刻菖蒲好辟邪"①,元绛"双人翠艾悬朱户,九节丹蒲泛玉觞"②等对端午习俗的描写,从各个角度描写宫廷立春、端午节日习俗,展示了宫廷丰富多彩的节日生活。

帖子词寓含规谏,更是这一阶段帖子词的整体特征。司马光、苏轼的帖子多含讽谏,后人多有评说。此外,韩维、苏颂、苏辙等人的帖子词也有讽谏内容,如韩维《太后阁六首》其六"九奏清新称玉斝,八珍和旨奉兰羞。须知天子娱亲意,不为乘春事燕游"、《皇后阁五首》其五"葭灰已逐阳和动,绣缕初随日景加。欲助君王修俭德,不将宫样织新花",苏颂《皇太后阁春帖子六首》其六"花影迟迟转午阴,渐闻宫柳变鸣禽。休呈金彩矜工巧,但阅图书鉴古今",苏辙《皇帝阁》其六"汴上初无招屈亭,沅湘近在国南埛。太官漫解供新粽,谏列犹应记独醒"等,讽谏之意皆很明显。

在艺术上,有些帖子词构思新巧,清新明丽,表现手法更为多样,或叙事,或写景,或议论,或情景交融,或叙议结合。苏轼的帖子多出新意;苏颂、邓润甫、梁焘的一些帖子叙事贴切,用词华丽而描写生动,如邓润甫的"晨曦潋滟上帘栊,金屋熙熙歌吹中。桃脸似知宫宴早,百花头上放轻红"一首,以丰富的想象和拟人的手法写春来桃花争艳景象和宫中欢乐祥和的气氛,有声有色,格调清丽。葛立方赞其"秀丽可喜"③。

这一时期的帖子词作者众多,从作者的构成上来看,既有政治思想上偏于保守,后来多被列入元祐党的王珪、司马光、元绛、李清臣、苏轼、苏辙、梁焘等人,也有主张革新的新党成员,如吕惠卿之属。新党成员的帖子词多散佚,而元祐党人的诗作多保存,其中以司马光和苏轼的成就最为突出。

---

① (宋)王珪:《华阳集》卷五,影印《文渊阁四库全书》本,第1093册,第35—38页。后引王珪帖子出处皆同,不再另注。
② (宋)陈元靓编:《岁时广记》卷二一,《丛书集成初编》本,第243页。
③ (宋)葛立方:《韵语阳秋》卷二,(清)何文焕辑:《历代诗话》,中华书局2004年版,第498页。

(一) 司马光

司马光作有熙宁三年春帖，共计 27 首。其《日录》专门记载了此事，而且抄录了其中的 3 首，以为帖子词的范本。周辉《清波杂志》卷十记载了此事。

> 翰林书待诏请春词，以立春日剪贴于禁中门帐。《皇帝阁》六篇，其一曰："漠然天造与时新，根著浮流一气均。万物不须雕琢巧，正如恭己布深仁。"《皇后阁》五篇，其一曰："春衣不用蕙兰薰，领缘无烦刺绣文。曾在蚕宫亲织就，方知缕缕尽辛勤。"《夫人阁》四篇，其一曰："圣主终朝勤万几，燕居专事养希夷。千门永昼春岑寂，不用车前插柳枝。"春、端帖子，不特咏景物为观美，欧阳文忠公尝寓规讽其间，苏东坡亦然。司马温公自著《日录》，特书此四诗，盖为玉堂之楷式。①

所录诗寓讽于颂，表达了司马光对皇帝及后宫诸人的委婉规讽。另如《太皇太后阁六首》其六"东宫归政五年馀，隐几时观黄老书。禁闼无为民自化，熙熙不独在春初"、《皇太后阁六首》其六"裁缝大练成春服，慈俭由来性所钟。肯使外家矜侈靡，车如流水马如龙"、《皇后阁五首》其一"种稑献新种，袆褕浣旧衣。玉钩随步辇，行看采桑归"等，在对太后还政的歌颂中，在对皇太后生活节俭、注重农桑的赞美之中，委婉蕴含有讽喻之意。

司马光"世家相承，习尚儒素"②，怀有"立身行道，辅世养民"③ 的抱负。他政治观点保守，但同情百姓。他生活简朴，"恶衣菲食，以终其身"④，讲究风节，为人襟怀坦白，扎实谨慎，自称"吾无过人者，但平

---

① （宋）周辉撰，刘永翔校注：《清波杂志校注》卷一〇，中华书局 1994 年版，第 425 页。按，"织就"当作"织纴"。

② （宋）司马光：《谢校勘启》，《传家集》卷五八，影印《文渊阁四库全书》本，第 1094 册，第 512 页。

③ （宋）司马光：《与王介甫书》，《传家集》卷六〇，影印《文渊阁四库全书》本，第 532 页。

④ （宋）苏轼：《司马温公行状》，《苏轼文集》卷九〇，中华书局 1986 年版，第 491 页。

生所为，未尝有不可对人言者耳！"① 他的帖子词创作继承了欧阳修的写法，注重帖子词的讽谏作用，以委婉的方式表达了对统治者的道德、为政的期望，体现了他忠君爱国的情怀。

司马光帖子虽然也讲究用典，但自然恰切，无堆砌之感，如《太皇太后阁》"裁缝大练成春服"一首全用东汉明帝马皇后故事。据《后汉书·马皇后纪》，东汉明帝马皇后生活俭朴，章帝建初元年，帝欲封爵诸舅，太后不听，且言"吾为天下母，而身服大练，食不求甘，左右但著帛布，无香薰之饰者，欲身率下也。以为外亲见之，当伤心自敕，但笑言太后素好俭。前过濯龙门上，见外家问起居者，车如流水，马如游龙，仓头衣绿褠，领袖正白，顾视御者，不及远矣"②。"肯使外家矜侈靡，车如流水马如龙"反用这一典故，既含颂美又寓规谏，非常巧妙。他的有些描写节日习俗的帖子还显得很活泼灵动，如"钗上花开海燕飞，红缯剪萼蜡粘枝。风前飘荡参差羽，还似瑶箱呈瑞时""剪彩催花发，开帘望燕归。藏阄新过腊，习舞竞裁衣"等，写节日习俗而意趣盎然。"暖日初添刻，柔风乍袭衣。弄孙时哺果，观织屡临机"又十分写实，朴质自然。总体上看，司马光的帖子精心结构而不显雕琢之痕，语言简约质朴而不失典雅温润。

司马光的帖子词反映了其既重教化又重审美的文学观。他宣称"文以明道""道以利民"③，认为辞"足以通意斯止矣，无事于华藻宏辩"，诗之"华而不实"者"虽壮丽如曹、刘、鲍、谢，亦无益于用"④，指出"文胜而道不至者"更为有害，因称庄子为"佞人"⑤，但又说"声画之美

---

① （宋）胡仔纂集：《苕溪渔隐丛话·前集》卷二八，人民文学出版社1962年版，第196页。

② （汉）范晔撰，（唐）李贤等注：《后汉书》卷一〇上《皇后纪·明德马皇后纪》，中华书局1965年版，第411页。

③ （宋）司马光：《与薛子立秀才书》，《传家集》卷五八，影印《文渊阁四库全书》本，第515页。

④ （宋）司马光：《答齐州司法张秘校正彦书》，《传家集》卷六〇，影印《文渊阁四库本书》本，第540—541页。

⑤ （宋）司马光：《斥庄》，《传家集》卷七四，第1094册，影印《文渊阁四库全书》木，第675页。

者无如文，文之精者无如诗"①，对诗文的审美价值还是有相当认识的。因此，他的帖子词既讲究讽谏，又能注意到语言的声画之美。

（二）苏轼

作为宋代最杰出的诗人，苏轼的 54 首帖子词在其诗文中成就不算高，但在宋人帖子词中还是具有比较重要的地位。

苏轼帖子词篇篇不同，内容丰富。与同时期其他人的帖子相比，他单纯写景、风俗、宫廷生活的内容很少，大多数帖子反映现实生活，有强烈的时代气息和现实意义，如《皇帝阁六首》其五"昨夜东风入律新，玉关知有受降人。圣恩与解河湟冻，共得中原草木春"②，反映了当年洮州收复、西蕃投降的史实③；《太皇太后阁六首》其五"共道十年无腊雪，且欣三白压春田。尽驱南亩扶犁手，稍发中都朽贯钱"，写当年大雪，既给人们"瑞雪兆丰年"的喜悦，又反映了大雪成灾、朝廷振恤的事实。作为一个正直的有思想的士人，苏轼忧国忧民的情怀在帖子中随处可见。淳祐三年林存端对苏轼《春帖子词》的跋语就有高度评价，"公以元祐元年九月丁卯为翰林学士，二年秋兼侍读。此帖乃十二月五日进也。时中外之局面方更，诸贤之根脚未固，公忧治危明惕焉，不能一朝安。故虽文艺间亦不忘规饬之意，如'忧民''受降''克己''读书'等语，真有得于主文谲谏之义。或谓公之文俳优纵横可乎？汉儒靡丽之词劝百而讽一，君子犹少之。唐燕许以大手笔日侍清燕，徒能铺张封禅朝觐之盛，规戒何有哉？使其闻公之诗，当愧死矣"④。

苏轼自觉地继承和发展了欧阳修帖子寓含讽谏的写法，《端午帖子词》

---

① （宋）司马光：《薛密学田诗集序》，《传家集》卷六九，影印《文渊阁四库全书》本，影印《文渊阁四库全书》本，第 636 页。
② （宋）苏轼：《苏轼诗集》，中华书局 1982 年版，第 2476 页。后引苏轼帖子皆出自此书第 2475—2493 页，不再另注。
③ （宋）李焘：《续资治通鉴长编》卷四〇四，中华书局 1995 年版，第 9851 页。元祐二年八月，熙河兰会路经略司言："岷州行营将官种谊收复洮州，生擒西蕃大首领鬼章青宜结。"
④ （清）张照等：《石渠宝笈》卷五，影印《文渊阁四库全书》本，第 824 册，第 137 页。

更是"有美而有箴"①,更多地将讽谏之意寓含于颂扬之中,表达其忠君爱民之心,如"微凉生殿阁,习习满皇都。试问吾民愠,南风为解无"(《皇帝阁》其三)、"露簟琴书冷,雕盘馎饵新。深宫犹畏日,应念暑耘人"(《皇太后阁》其一),期望"圣君推南风之德,以及于黎庶"②,关怀夏日炎炎中辛苦劳作的百姓;"扬子江心空百炼,只将《无逸》鉴兴亡"(《皇帝阁》其五)、"舞羽诸羌伏,销兵万汇苏。只应黄纸诰,便是赤灵符"(《太皇太后》其三)、"长养恩深动植均,只忧贪吏尚残民。外廷已拜枭羹赐,应助吾君去不仁"(《太皇太后》其六)、"仁孝自应禳百沴,艾人桃印本无功"(《皇太妃阁》其五)、"辟兵已佩灵符小,续命仍萦彩缕长。不为祈禳得天助,要令风俗乐时康"(《皇太妃阁》其三),不迷信于辟邪之物,不寄希望于虚无,期望朝廷斥退贪吏,去除不仁,施行仁政,使国家太平、百姓安康、风俗淳厚。

在艺术表现上,"以才学为诗""以议论为诗"的宋调特色完全显露。苏轼"才思横溢,触处生春,胸中书卷繁富,又足以供其左旋右抽,无不如志"③,故多用典故,又善用典故。《立春帖子词·皇帝阁》:"霭霭龙旗色,琅琅木铎音。数行宽大诏,四海发生心。"写立春之到来,连篇用典。霭霭,用陆云诗"韬轩霭霭"。木铎,用《尚书·胤征》"每岁孟春,遒人以木铎,徇于路"。传云:"遒人,宣令之官。木铎,金铃木舌,所以振文教。"宽大诏,用《后汉书》"立春之日,下宽大诏,曰:'制诏三公,方春东作,敬始慎微。'"发生,用《尔雅》"春为青阳,……春为发生"④。苏轼最善于用旧典而出新意,如"仁孝自应禳百沴,艾人桃印本无功"(《皇太妃》其五)。刘昭《续汉书·礼仪志》载:"五月五日,朱索五色印

---

① 王文诰评苏轼《夫人阁》其四"欲晓铜瓶下井栏"语,苏轼:《苏轼诗集》,中华书局1982年版,第2492页。
② (宋)严有翼:《艺苑雌黄》,胡仔纂集:《苕溪渔隐丛话·后集》卷二六,人民文学出版社1962年版,第188—189页。
③ (清)赵翼:《瓯北诗话》卷五,人民文学出版社1963年版,第56页。
④ 苏轼《苏轼诗集》卷四六"帖子词口号六十五首"注,中华书局1982年版,第2475页。

为门户饰,以难止恶气。"① 苏轼反用之,以人之仁孝远胜于艾人桃印的禳祲作用,期望统治者修德修政,而不是寄希望于玄虚,将讽谏之意蕴涵于典故之中,浑化无迹,恰如评者所言"东坡最善用事,既显而易读,又切当"②。苏轼帖子又多议论,前引"外廷已拜枭羹赐,应助吾君去不仁""只应黄纸诰,便是赤灵符""仁孝自应禳百沴,艾人桃印本无功"等皆以议论出之,直接表达自己的观点和对统治者的期望。

　　在帖子词的发展演进上,苏轼是继欧阳修之后以帖子规谏的重要诗人,对后世帖子词的写作产生了较大的影响。但苏轼因过于注重讽谏作用而使其帖子词典重有馀而灵动不足。其元祐八年《次韵秦少游王仲至元日立春三首》其三评秦观诗:"好遣秦郎供帖子,尽驱春色入毫端。"③ 他认为秦观的诗更适合写作宫中春帖,说明他也认识到了自己的宫帖在某些方面的不足。

第四节　哲宗绍圣至钦宗时期:帖子词的衰落与中断

一、北宋末期帖子词创作概况

　　自元祐八年(1093)九月高太后去世,哲宗亲政至南宋灭亡,是帖子词由极盛而转衰的阶段。首先表现在帖子词作者的整体文学成就以及他们的帖子词作质量都不及元祐以前。这时的帖子词作者蔡京、王安中、李邦彦、赵野、周邦彦、傅墨卿等人文才虽高,但远不及元祐时苏轼诸人。从作品来看,在三十三年间,帖子词当有上千首之多,但是留存下来的帖子词却极少,只有6首,即蒋之奇1首、王安中4首、周邦彦代作1首,另

---

① (晋)司马彪撰,(梁)刘昭注补:《后汉书》志第五《礼仪志中》,中华书局1965年版,第3122页。
② (宋)佚名:《漫叟诗话》,魏庆之:《诗人玉屑》卷七,中华书局2007年版,第210页。
③ (宋)苏轼:《苏轼诗集》卷三六,中华书局1982年版,第1953页。

外还有蔡京、周邦彦、李邦彦、赵野及无名氏的断句七则[1]。作品留存少,一是遭遇靖康之难而导致作品散佚严重,二是整体作品质量不高而遭淘汰。其次,从帖子词的写作来看,由欧阳修所开创,司马光、苏轼等人加以发扬的寓含规讽的写法在此中断,帖子词又恢复到类乎"宫词"的阶段,从史的角度来看这无疑是一种倒退。

从实际的写作来看,这一时期的帖子词数量和类别有所增多。周邦彦代写有 30 首帖子词,如果为一次所写,则数量、阁类更多。首先妃嫔阁频繁出现。哲宗宠爱刘贵妃,蔡京为学士,"特撰四首以供之",改变了自仁宗之后"皇太后、皇帝、皇后阁各有词,诸妃阁同用,四首而已"[2] 的惯例,再次出现妃嫔阁帖子。刘氏绍圣四年九月为贵妃,元符二年九月为皇后,则除蔡京作立春帖子外,当还有人为她作有帖子。徽宗宠妃甚多,先有郑氏、后有刘氏,王安中有《妃嫔阁》,则"妃嫔阁帖子"当常有。另外,又出现"皇太子阁(或称府)"帖子词。虽然由于这一时期帖子散佚严重,没有一组完整的帖子保留,但宋人周辉云"顷得《玉堂集》,分为八帙。或云李汉老所编者,亦有《皇太子府春、端贴子》"[3]。周辉所见"皇太子府春、端贴子"只能是为徽宗太子赵桓(即后来的宋钦宗)所作。之所以长期缺乏皇太子宫帖子,是因为自从仁宗在真宗大中祥符七年被册立为皇太子后长达一百年间无皇太子册立。赵桓于徽宗政和五年(1115)二月册为太子[4],宣和七年(1125)十二月即皇帝位,十年间当约有 20 组东宫春、端帖子词。

从作者来说,这一时期任翰林学士的还有曾布、范祖禹、蒋之奇、蔡

---

[1] 此阶段作者作品作时考证参拙著《宋代帖子词辑释》,第 302—321 页。另,《容斋五笔》卷九载李士美《端午帖子词》五言断句 1 则,《全宋诗》卷一七九一第 19975 页据此录"李士美"名下。按,此误,李士美当为李邦彦,士美为邦彦字。《全宋诗》据明嘉靖《尤溪县志》卷七以为此李士美为福建尤溪人,徽宗宣和三年进士。此人行迹不显,缺乏作帖之身份。而李邦彦徽宗大观二年(1108)上舍及第,官至太宰,曾历翰林学士承旨,具有写作资格。拙文《"宋代帖子词"四题》有详细论述,可参看。

[2] (宋)张邦基:《墨庄漫录》卷四,中华书局 2002 年版,第 128 页。

[3] (宋)周辉撰,刘永翔校注:《清波杂志校注》卷一〇,中华书局 1994 年版,第 425 页。

[4] (元)脱脱等:《宋史》卷二三《钦宗本纪》,中华书局 1977 年版,第 421 页。

京、蔡卞、林希、徐铎、曾肇、张康国、邓洵仁、刘昺、张商英、邓润甫、张康伯、林彦振、刘正夫、郑居中、叶梦得、张阁、强渊明、王黼、蔡薿、王安中、张邦昌、李邦彦、赵野、宇文粹中、王孝迪、吴敏、李邴、冯熙载、徐勣、韩驹、白时中、王能甫、吴开等人，他们都有可能作有帖子词，但因作品散佚，究竟哪些人参与了写作、作品如何，皆无从得知了。

总起来看，这一时期是帖子词由全盛走向衰落的阶段，帖子词留存最少，且无完整的帖子保存，作者文名不高。

二、帖子词特点：写作体制突破，讽谏之声消弭

作为节日用品的帖子词，随着宋徽宗大搞节日文化而更为昌盛，呈现出以下特点：

1. 出现御制与代笔

由于徽宗喜好享乐，所以宫廷节日活动比以前更为隆重。立春有司迎春与朝会赐百官春幡胜，声势浩大，恰如周邦彦所描写"鸾辂青旂殿阁宽，祠官奠璧下春坛。晓开鱼钥朝衣集，采胜飘扬百辟冠"，而且费用惊人，"明朝春仗当行乐，刻燕催花掷万金"①。因此，帖子词的写作和帖子的制作也盛况空前。"巧簇罗牌翰苑词，宜春相向贴门楣。近来清禁尤珍重，珠蹙金书御制诗。"② 宋徽宗这首《宫词》向我们展示了宫廷帖子的精美制作，也透露出御制春帖的事实。宋徽宗擅长书画，喜好文学，常自撰文辞，如政和五年"三月癸亥朔，御制御书《政和新修五礼序》"③，政和七年三月壬子有《御制明堂上梁文》④。这些本应为翰苑词臣的工作，

---

① （宋）周邦彦：《内制春帖》，陈元靓编：《岁时广记》卷八，《丛书集成初编》本，第82页。
② 傅璇琮等主编：《全宋诗》第26册，卷一四九一，北京大学出版社1996年版，第17043页。
③ （明）黄以周等辑注：《续资治通鉴长编拾补》，中华书局2004年版，第1002页。
④ （清）徐乾学：《资治通鉴后编》卷九九，影印《文渊阁四库全书》本，第343册，第812页。

他做了，写作帖子也在情理之中。徽宗以皇帝之尊亲制帖子词，表现了对帖子词的重视，也显示了宫廷节日的隆重，但是这一时期帖子词作者的诗文水平普遍偏低则是不争的事实。从前面我们列举的这时期翰林学士的名单来看，诗名显著者寥寥。有的翰林学士甚至无法完成帖子词的写作，而让人代笔，周邦彦的《代内制春帖》便是这一时期出现的。代人制词本不稀奇，《湘山野录》记载某中书舍人"词学不甚优赡"，常让张君房代之。一日，因日本朝贡，真宗赐其建佛祠，日人请词臣撰一寺记。恰遇此人当直，而张则醉饮于樊楼，遍寻不得。内中催促，其人大窘。后来，钱希白有"世上何人号最忙，紫微失却张君房"的笑语。① 翰林学士与中书舍人的工作性质相同，但有内、外制之分。自仁宗之后，进帖子词一直是翰苑的工作，撰写者无一例外都是翰林学士，而此时作为"清华之地"② 翰苑的"天子私人"——翰林学士们，其才学竟然无法胜任宫廷的文字工作，而需要他人代作帖子词，着实让人感到朝廷缺乏人才的尴尬。帖子词整体成就偏低、流传甚少也是偶然中的必然。

2. 内容以写实与颂圣为主

仁宗时期欧阳修所创立的含有讽谏的帖子词变体在此时消弭殆尽，帖子词恢复了以颂美为主要表现内容的特点，而徽宗及其后宫穷奢极欲的生活和享受，便成为这一时期帖子词的主要内容之一，如王安中的《皇帝阁》"别绕拟开延福宴，夹城先试景龙灯"③ 表现了徽宗的奢靡。据史书记载，蔡京当政，"每为帝言，今泉币所积赢五千万，和足以广乐，富足以备礼"，于是大兴构建，政和四年八月于大内北拱宸门外建延福宫，"其东直景龙门，西抵天波门，其间殿阁亭台相望。凿池为海，疏泉为湖。鹤庄、鹿砦，文禽、奇兽、孔翠诸栅，蹄尾动以千数。嘉花名木，类聚区别。怪石岩壑，幽胜宛若天成，不类尘境""其后又为村居野店、酒肆青

---

① （宋）释文莹：《湘山野录》，中华书局1984年版，第6页。
② （元）脱脱等：《宋史》卷二六五《李宗谔传》中真宗语，中华书局1977年版，第9142页。
③ （宋）张邦基：《墨庄漫录》卷九，中华书局2002年版，第244页。后引王安中帖子均出此书第244—245页，不再另注。

帘于其间。每岁冬至后，即放灯，自东华门以北，并不禁夜，徙市民行铺夹道以居，纵博群饮，至上元后乃罢，谓之'先赏'"①。景龙门为汴京城北面三门中的中门②，徽宗时放灯在景龙门外，异常热闹。先赏也称"预赏元宵"，从"腊月初一日放鳌山灯，至次年正月十五日夜"③。王安中此帖写于徽宗政和末刚施行预赏元宵不久，写实纪事，意在夸饰。其《妃嫔阁》"玉燕翩翩入鬓云，花风初掠缕金裙。神霄宫里骖鸾侣，来侍长生大帝君"写徽宗刘贵妃之受宠。刘氏"性颖悟，能迎旨合意。又善装饰，衣冠涂饰一新，世争效之。道士林灵素以左道得幸，谓上为长生帝君，谓妃为九华玉真安妃。每神霄降必别置安妃位，图画肖妃象"④。徽宗政和末年在林灵素的导演下上演了一幕幕荒诞闹剧，这首帖子词便是对这一事实的真实写照。《皇后阁》"蕊笈琅函受秘文，清虚道合玉晨君。瑶台夜静朝真久，金屋春寒阅箓勤"，也是对徽宗时期后宫求仙学道之风的如实记录。可以推想，这一时期帖子对徽宗营建宫苑、大兴土木、搜罗花石、建造艮岳、祸害百姓、迷信道教、不理国事、挥霍靡费、耽溺声色等当都有一定程度的表现，但由于作品散佚，我们无从以观了。虽然写作者是从颂扬的角度来写这些事实，但由于如实而及时的表现，也让人看到了统治者生活的奢侈与荒淫，具有一定的历史价值和文学价值。

艺术上，这时期的个别帖子词构思新巧，清新明丽，有较高的艺术价值，如蒋之奇《春帖子》"昧旦求衣向晓鸡，蓬莱帐下日将西。花添漏鼓三声远，柳映春旗一色齐"⑤，诗旨在美颂，然对仗工稳，语言清新流畅。王安中的4首作品构思新巧，妙于纪事，张邦基评为"才思清丽"。蔡京仅存的断句"三十六宫人第一，玉楼深处梦熊罴""龙烛影中犹是腊，凤

---

① （明）陈邦瞻：《宋史纪事本末》卷一一，中华书局1977年版，第506—507页。
② （元）脱脱等：《宋史》卷八五《地理志一》，中华书局1977年版，第2102页。
③ 《词苑丛谈》卷一一为"宣和四年"，《说郛》卷三八上为"宣和七年"，卷三一上为"宣和五年"。这些说法皆不准确。
④ （宋）王称：《东都事略》卷一四，齐鲁书社2000年版，第113页。《宋史》卷二四三《刘安妃传》同，文字稍异。
⑤ （宋）葛立方：《韵语阳秋》卷二，（清）何文焕辑：《历代诗话》，中华书局2004年第2版，第498页。

箫声里已吹春"也不落常格,用典巧妙,诗思清新。可惜这样的作品太少。那数量众多的淹没在历史尘埃中的帖子词大约也如周邦彦的帖子词一样"平平无警策",可以想象它们大致是老生常谈的应节祈祝之词而已。

3. 帖子词的影响:走向宫外、走向国外

这一时期帖子词影响扩大,一是影响到民间,出现了宫廷之外所用帖子亦以春帖子命名者,如廖刚(1070—1139)于政和六年(1116)作《丙申春贴子八首》①。据《宋史·廖刚传》,廖刚于"宣和初,自漳州司录除国子录,擢监察御史"②,政和六年应为漳州司录。帖子其五云"碧波楼下银塘晓,丽日亭前瑶草新。和气满城催燕乐,风流太守最宜春",当为漳州府衙所作春帖。此诗显然非宫帖。此前欧阳修《春日词五首》、郑獬《新春词》等皆为"春日帖子句也"③,但并不以"帖子"冠名,廖刚则直接命名为"帖子",则非宫帖亦称帖子。二是影响到外国。徐兢宣和五年(1123)出使高丽,见其王府偏门"广化门"上有一首春贴子,云"雪痕尚在三云陛,日脚初升五凤楼。百辟称觞千万寿,衮龙衣上瑞光浮"④。诗的内容风格与宋无异。高丽用春帖子或许更早,今文献所载以徐兢此首为最早。朝鲜半岛的高丽以及此后的李朝王宫都有撰写春端帖的习俗(详见第八章),韩国民间至今立春仍有写春帖的习俗,显然为宋影响所致。

徽宗时期节日文化繁荣,帖子词成就何以偏低?其原因主要是文士的贬谪与文禁的严厉。首先由元祐文学之士的被贬谪导致翰苑缺乏才俊所致。元祐八年(1093)九月,随着太皇太后高氏的去世,朝政发生变化,新党执政,元祐时期主政的旧党被驱逐出京,文坛领袖苏轼与弟苏辙及"苏门四学士"皆远谪边郡,文学中心由京城向京外转移。六年以后,哲宗病逝,徽宗即位,起初有缓和两党矛盾的举措,苏轼也被宽赦,从儋州奉诏内迁,不幸因病而卒。短暂的宽和政策之后,蔡京等"六贼"窃国弄

---

① (宋)廖刚:《高峰文集》卷一〇,《文渊阁四库全书》本,第1142册,第415—416页。
② (元)脱脱等:《宋史》卷三七四《廖刚传》,中华书局1977年版,第11590页。
③ (宋)陈元靓编:《岁时广记》卷八,《丛书集成初编》本,第81页。
④ (宋)徐兢:《宣和奉使高丽图经》卷四,《丛书集成初编》本,第13页。

权,朝政浊乱,民不聊生。蔡京等人打着拥护王安石"新法"的旗号,一方面敲骨吸髓般地残酷剥削人民,另一方面穷凶极恶地排斥异己,疯狂迫害元祐旧臣。崇宁元年九月"己亥,籍元祐及元符末宰相文彦博等、侍从苏轼等、馀官秦观等、内臣张士良等、武臣王献可等凡百有二十人,御书刻石端礼门"①,这就是所谓"元祐党籍碑"②。凡列名碑上者,不许其子孙留在京师,不许参加科考,而且党人一律"永不录用",后来进一步扩大化,增"元祐党人"为309人,蔡京手书姓名,发各州县,仿京师立碑"扬恶"。元祐党人一个个被赶出京城,贬往更偏远的地区,一代文学才俊纷纷被驱逐出朝廷,自此文学中心由庙堂转移至江湖。帖子词这种宫廷文学因庙堂乏人而难有佳作,加之后来的战乱以及流传过程中人为或自然的淘汰,这一阶段的帖子词竟然所剩无几,令人嗟叹。

帖子词成就不高还有文学政策的客观原因。蔡京等人在迫害元祐党人的同时,也打击了元祐学术,实行严厉的思想和文字禁锢。崇宁十二月丁丑诏"诸邪说詖行非先圣贤之书,及元祐学术政事,并勿施用",二年四月"诏毁刊行《唐鉴》并三苏、秦、黄等文集"③,宣和六年十月诏"有收藏习用苏、黄之文者,并令焚毁,犯者以大不恭论"④。在文化政策上,重经术而轻诗赋,甚至禁诗赋。徽宗政和二年(1112)三月"己卯,罢赐进士及第莫俦等诗,改赐箴",因为之前"御史李章言作诗害经术,自陶潜至李、杜皆遭讥诋。诏送敕局立法,宰臣何执中遂请禁人习诗、赋,至是故赐箴"⑤。关于"作诗害经术",周密《齐东野语》卷十六"诗道否泰"条有比较详细的记载:"政和中,大臣有不能诗者,因建言,诗为元祐学术,不可行。时李彦章为中丞,承望风旨,遂上章论渊明、李、杜而下皆贬之,因诋黄、张、晁、秦等,请为科禁。何清源至修入令式,诸士

---

① (元)脱脱等:《宋史》卷一九《徽宗本纪一》,中华书局1977年版,第365页。
② (明)海瑞:《元祐党籍碑考》,《丛书集成初编》本。
③ (元)脱脱等:《宋史》卷一九《徽宗本纪一》,中华书局1977年版,第366页、367页。
④ (元)脱脱等:《宋史》卷二二《徽宗本纪四》,中华书局1977年版,第414页。
⑤ (宋)陈均:《九朝编年备要》卷二八,影印《文渊阁四库全书》本,第328册,第753页。

庶习诗赋者杖一百。闻喜例赐诗,自何文缜后,遂易为诏书训戒。"① 这种政治高压对诗歌创作产生了恶劣影响。从太宗太平兴国二年开始由皇帝赐新进士诗的惯例被徽宗改为箴,此后改为诏令,诗赋创作的被压制可想而知。在严厉的思想统治下,朝野充满恐怖气氛,诗人们很难写出反映民生疾苦、干预现实政治的诗歌。像江端友的《牛酥行》《玉延行》等诗敢于揭露官场丑态、矛头直指徽宗宠臣的作品,简直凤毛麟角。邓肃对徽宗大兴土木、营建宫苑不满,写作《花石诗》十一章委婉地讥讽祸国殃民的"花石纲",就遭到了除命斥逐的责罚。不少诗人难免留恋山水、嘲弄风月,或者致力于格律技巧的追求。可以想象,在此环境中,学士们作帖子词只能满口颂圣之声,难有谏箴之言。即便如此,稍不留心便会得罪。《萍洲可谈》载大观间一学士作春帖为"神祇祖考安乐之,草木鸟兽裕如也"②,上句写皇家神祇祖考安乐,下句写自然万物裕如,寓意吉祥,结果因以"鸟兽"对"祖考",犯了忌讳,得罪遭贬,实属冤枉。写作动辄得咎,自然难有佳作。

  帖子词作为一种宫廷应制诗歌,本就难以出新出奇,如果作者文采不济而又禁忌重重,必然成就平平。但作为一种节日应用文字,它一直持续不断。公元 1126 年,随着北宋的灭亡,帖子词这种装点盛世、闲暇娱乐的节日用词被迫中断。

---

① (宋)周密:《齐东野语》,中华书局 1983 年版,第 292—293 页。
② (宋)朱彧:《萍洲可谈》卷一,中华书局 2007 年版,第 125 页。

第四章 南宋时期帖子词的发展演进

南宋自绍兴十三年（1143）恢复供帖子至咸淳末年（1275）停止，130多年间创作春、端帖子有4000馀首，留存至今的仅542首。有众多的诗人参与了帖子的写作，今天能够确知的是李清照、刘才邵、周麟之、洪适、曹勋、陆升之、汪应辰、周必大、崔敦诗、洪迈、许及之、周南、卫泾、真德秀、洪咨夔、许应龙、刘克庄、罗公升等人。总体上，南宋是帖子词的延续期，但世易时移，帖子词也因时代的变迁而有稍许的变化。

第一节 高宗时期：帖子词的恢复

一、帖子词的被迫中断与恢复

徽宗的穷奢极欲导致了国家的动乱，国内方腊起义平息未久，金人于宣和七年（1125）灭掉辽国后，十二月大举南下，进攻宋朝。消息传至京城，朝廷乱作一团，匆忙之中徽宗逃避责任，匆匆让位于太子赵桓，自己于靖康元年（1126）正月二日带领大部队逃离首都开封，南下避乱，扔下纷乱如麻的国事让儿子去应付。赵桓临危受命，登上皇位，是为钦宗。金兵在其将领斡离不的率领下势如破竹，渡过黄河，直指开封，京城为之戒严。金兵屡攻不下，遣使议和，宋廷答应割让大片土地和赔偿大量金银后，金兵于二月初开始撤退。但宋朝君臣以为议和是一种耻辱，又出兵袭击金兵，金太宗完颜晟以为这是违背了合约，以此为借口再次令粘罕、斡离不率师南伐。九月，金兵攻陷了太原，十月攻陷了真定府、平阳府，闰十一月攻陷怀州，十一月二十五日围京城，闰十一月二十日攻陷京城，钦宗素服出降。靖康二年元月，金人将太上皇帝、太上皇后、皇后、皇太子、诸王及王妃、公主等有号位的宗室皇帝诸子、后宫嫔妃全部掳掠，解往青城。三月七日，金人立张邦昌为傀儡皇帝。二十九日，金兵撤退，徽宗、钦宗以及他们的家人分两路北上燕京，只有元祐皇后孟氏因被废而居外，幸免于难；康王赵构为大元帅带兵在外，给赵宋留得一线血脉。在大臣的劝说下，张邦昌迎元祐皇后孟氏入延福宫，尊为宋太后。四月十一日，元祐皇后御内东门小殿垂帘听政，张邦昌退位。孟氏下诏书，迎接在济州的康王入京即皇帝位。五月一日，康王赵构于南京（今河南商丘南）即位，改年号为建炎，开始了偏安一隅的南宋统治。

赵构初即位，重用黄潜善、汪伯彦等主降派。他们破坏李纲、宗泽等人的抗金计划，迎合高宗畏敌的心理，力主南逃。于是，隆祐太后（即元祐太后，因犯祖父孟元讳改）于建炎二年（1128）八月从南京出发，先后于十月到达扬州。十二月隆祐太后一行到达临安（今杭州），高宗仍驻跸扬州。第二年元月金兵进入淮泗，欲擒高宗，二月攻下楚州（今江苏淮安县）、天长（今属安徽）后，直趋扬州，高宗慌忙从瓜洲（今江苏邗江）渡江逃跑，于二月十三日到达临安。三月又逢苗傅、刘正彦叛乱。在抗战将领的督促和劝导下，六月高宗又北上至建康，但无心作战，八月将隆祐太后打发到江西洪州（今南昌）避难，闰八月命令江东宣抚使刘光世由姑苏（今安徽当涂）移驻江州（今江西九江）以为屏障，自己逃往临安。十月，江州失守，屏障失去，太后一路逃亡，于十一月到虔州（今江西赣州）。建炎三年十二月除夕（1130年2月9日），高宗在台州（今浙江临海）境内茫茫大海上度过，后移跸越州（今浙江绍兴），八个月后迎回太后。绍兴元年（1131）四月，隆祐太后崩。二年至八年间，高宗或在绍兴，或在临安，或在平江，或在建康，转徙不定，直至八年底"始定都于杭"。①

自靖康至绍兴八年间，最高统治者辗转飘荡，生活在恐慌之中，礼仪

---

① （元）脱脱等：《宋史》卷二四至卷二九，中华书局1977年版，第439—553页。

制度大为简化，节日典故何暇顾及，供帖子这种升平之小事遂不得不罢。罢帖子具体时间不详，据《建炎以来系年要录》，建炎四年十二月下诏"自今立春日赐百官春幡胜权免，俟边事宁息如旧"①，明确以诏令形式规定罢赐春幡胜，未言帖子事，疑同时停供帖子，且疑赐春幡胜和供帖子早在建炎元年已经因战乱而停止了，只是四年以诏令的形式做了规定。恢复供帖子的时间明确为绍兴十三年立春。据《建炎以来系年要录》，十三年正月"辛丑，立春节，学士院始进贴子词，百官赐春幡胜，自建炎以来久废，至是始复之"②。学士院进帖子与朝廷赐大臣春幡胜同时恢复。

  帖子词作为一种节日用诗，其恢复必然与南宋朝廷形势的好转直接关联。多年作战，朝廷政策战和反复，致使抗金胜利成果被葬送，最终怯懦怕战的赵构任用主和投降的秦桧与金人谈判，于绍兴十一年（1141）十一月达成和议，宋向金称臣，"世世子孙，谨守臣节""约以淮水中流画疆，割唐、邓二州界之，岁奉银二十五万两、绢二十五万匹"。为了和议的成功，对主战派开刀，同月"赐岳飞死于大理寺，斩其子云及张宪于市，家属徙广南，官属于鹏等论罪有差"③。绍兴十二年，赵构以"臣构"的名义向金帝完颜亶上誓表，正式承认了和议中的条款。四月，金帝遣左宣徽使刘筈入宋，对赵构行册封礼。④ 绍兴和议的订立，使宋、金处于不平等的关系之中，两国间自此结束了长达十馀年的战争，最终形成了南北对峙的局面。经赵构再三请求，金廷允许送归其母后韦氏以及宋徽宗赵佶的灵柩。八月，韦氏自金还南，徽宗及显肃、懿节二后梓宫亦至。这是宋廷的大事，尤其是韦氏自金迎回，让高宗非常高兴。为了迎接母亲，高宗提前四年就为她修建了慈宁宫。未归时，赵构腊月在慈宁殿遥贺皇太后，奉上册宝。太后归来，举国欢悦，十月十八日奉进册宝，皇帝百僚称贺⑤。二十五日，皇太后生辰，上寿于慈宁宫。此前"以梓宫未还，诏中外辍乐。

---

① （宋）李心传：《建炎以来系年要录》卷四〇，中华书局1956年版，第743页。
② （宋）李心传：《建炎以来系年要录》卷一四八，中华书局1956年版，第2375页。
③ （元）脱脱等：《宋史》卷二九《高宗本纪六》，中华书局1977年版，第551页。
④ （明）陈邦瞻：《宋史纪事本末》卷一七，第757页。《金史》卷七七同。
⑤ （元）脱脱等：《宋史》卷一一〇《礼志十三》，中华书局1977年版，第2649页。

至是，庆太后寿节，始用乐"①。看来，随着政治稳定，宫廷节日各项礼仪制度以及太平时期的各种典章制度便相继恢复。绍兴十三年正月十三是宋金和议后的第一个立春，新年新气象，学士供帖子和朝廷赐春幡胜这些立春仪式和惯例便应时而恢复。从此之后，供帖子在南宋宫廷又持续了一百多年，直至南宋末年才随着国家的灭亡而消亡。

二、帖子词写作体制的微变及特征

自高宗绍兴十三年（1143）立春恢复帖子词的写作，至高宗绍兴三十二年（1162）六月让位，二十年间当约有 600 首帖子，今存仅 63 首，分别为李清照 5 首、刘才邵 23 首、周麟之 34 首、陆升之 1 首。②

南宋初期，帖子词的写作和帖子本身又出现一些新特点。首先，从创作者来看，帖子由学士院撰进，但写作帖子者多非真正的翰林学士。南宋第一个写作春、端帖的人竟然是李清照，她既非翰林学士，也非官员，且为女性。据说李清照是因为其"亲联为内命妇"③，进帖显然属于特例，而刘才邵或以起居舍人、或以中书舍人、或以中书侍郎兼权直院，周麟之时以给事中兼权直院，陆升之代时为起居舍人兼权直院的刘珙而作。由此可知，南宋帖子词多非真翰林学士所撰。

为什么会出现这种现象呢？主要与元丰改制以后学士院人员的设置变化有关。宋代翰林学士承旨、翰林学士、直院、权直院均可称翰林学士。北宋前期，翰林学士定员六名，翰林学士承旨不常设，"常择有年德可任用之人"④，据说学士院有房舍若干间，其中"上东阁，承旨居之"⑤，所

---

① （元）脱脱等：《宋史》卷二四三《后妃传下·韦贤妃传》，中华书局 1977 年版，第 8642 页。
② 有关这一阶段作品作时的考证，参看拙著《宋代帖子词辑释》第 324—368 页。
③ （宋）周密：《浩然斋雅谈》卷上，中华书局 2010 年版，第 9 页。
④ （宋）苏颂：《谢翰林学士承旨表》，《苏魏公集》卷四〇，中华书局 1988 年版，第 596 页。
⑤ （宋）王辟之：《佚文》，《渑水燕谈录》，中华书局 1981 年版，第 137 页。

谓"东阁别居，必推年德"①，如晁迥入院十三年改迁承旨，王珪、章得象入院九年后迁承旨。元丰改制后就有所变化，像蔡京就属于直线提拔。翰林学士在元丰改制前以六员为常，元丰改制后定员为二人。《神宗正史·职官志》明确记载："学士院，……旧无常员，及元丰中始裁定，……学士二人。"②但实施中并不严格，有时独员，元丰五年（1082）八月八日，神宗曾诏"翰林学士独员，三直免一宿"③，哲宗元祐元年（1086）七月二十八日"翰林学士承旨邓温伯言，学士如独员，每两直乞免一宿，……从之"④。可见，独员在院情况不少。南渡以后，沿用二员之制，但实际情形也有例外。据杨果《中国翰林制度研究》根据《中兴学士院题名》整理的《南宋翰林学士员额一览表》⑤，学士院二员居多，一员、三员、四员的情况都有，甚至还有缺员的情况，如建炎元年正月至四月、绍兴十一年十二月、绍兴十二年二三月、绍兴二十一年四月至十二月、绍兴二十五年八月至十一月、乾道二年五月至九月、开禧二年四月等。整个南宋时期，真除翰林学士者少，多兼权直院者，称直学士院、权直学士院，还有称翰林权直、学士院权直等名，授以他官入院而未除学士或暂领学士之职。因此，北宋元丰改制前撰写帖子者皆为翰林学士，间或有学士承旨，如苏颂。元丰改制后，学士员额减少，帖子词的撰写仍由翰林学士完成，但已经有所变通，出现了代写的情况，如周邦彦。靖康之变，秩序大乱，非常时期，用人只能打破常规，学士院的工作出现了由他官兼任的情形，因此南宋一开始恢复由学士院供进的春、端帖子，竟然由李清照撰写，为南宋帖子词撰写出现较多的代笔开了头。整个南宋阶段，由于真翰林学士的缺位或稀少，写帖子多由权直院或直院的"假"学士撰写。与整个北宋时期相比，写作者的官职品级普遍偏低，文学水平也相应

---

① （宋）王之望：《上孙承旨启》，《汉滨集》卷一一，影印《文渊阁四库全书》本，第 1139 册，第 804 页。
② （清）徐松辑：《宋会要辑稿》职官六之五一，中华书局 1957 年影印本。
③ （宋）李焘：《续资治通鉴长编》，卷三二九，中华书局 1995 年版，第 7919 页。
④ （宋）李焘：《续资治通鉴长编》，卷三八三，中华书局 1995 年版，第 9340 页。
⑤ 杨果：《中国翰林制度研究》，武汉大学 1996 年版，第 146—148 页。

第四章　南宋时期帖子词的发展演进　113

较低，但是帖子由学士院撰进的制度却并未改变，因此高宗后期在学士院的程克俊、秦梓、王赏、杨愿、秦熺、段拂、王鎡、钱周材、丕鎡、沈该、边知白、李椿年、巫伋、汤思退、王曮、沈虚中、王纶、陈诚之、洪遵、唐文若、何溥、虞允文、杨椿等人，大多当作有帖子。惜皆散佚。

帖子词类别的微调。北宋时期通常不可或缺的夫人阁帖子，在高宗时期逐渐退出。李清照立春帖子有"贵妃阁"而无"皇后阁"，是因为绍兴十三年立春皇后未立，中宫无人，后宫身份最高者为吴贵妃。当年闰四月吴贵妃册为皇后①，端午帖子便为"皇帝阁""皇后阁""夫人阁"，与北宋帖子同。然而此后刘才邵、周麟之的帖子，却皆无夫人阁。今存南宋帖子词除了罗公升也有夫人阁之外，再无第三例。而罗公升不可能写作帖子，其帖子的写作时代无从确定。疑南宋帖子词所供对象缩小，很少为夫人们供帖子。帖子词各阁类数量没有发生变化。这时期贵妃阁仅见于李清照帖子，因散佚，数量不详。

从帖子词本身来看，其内容更注重时事的反映，时代性更强。在帖子词中融入时事，从初创时期夏竦的帖子就有了，他的《寿春郡王阁春帖子》"良辰已庆加元服，大国爱闻拜景风"，就反映了寿春郡王加冠礼的时事。此后宋庠、宋祁等人的作品多表现节令、祝寿称颂的内容，较少反映时事，而司马光、苏轼以及王安中的帖子反映时事的内容增多。李清照帖子散佚严重，难窥全貌。刘才邵和周麟之的帖子均有对时事的反映和对不同人物特点的描写，如刘氏《立春内中帖子词·皇后阁五首》其三"绮阁靓深无一事，观书临帖过芳春"、周麟之《春贴子词·皇后阁五首》其四"银钩惯学君王帖，宝轸频听淑女琴"、《端午帖子词·皇后阁五首》其四"不贪斗草事诗书，漫采香芸辟蠹鱼。永日挥毫自忘暑，滴残宫砚玉蟾蜍"②等，皆表现了高宗吴皇后的生活。据《宋史》，吴皇后"博习书史，

---

① （元）脱脱等：《宋史》卷三〇《高宗本纪七》，中华书局1977年版，第558页。
② （宋）周麟之：《海陵集》卷一二，影印《文渊阁四库全书》本，第1142册，第94页。后引周氏帖子均出自此书第93—95页，不再另注。

又善翰墨"①，这些诗都突出了她喜书善书的特色，描写极具个性化。陆升之为刘珙所代写的春帖，其中《皇后阁》"内仗朝初退，朝曦满翠屏。砚池浑不冻，端为写兰亭"一首，正由于对吴氏临摹《兰亭序》的如实描写而被桑世昌《兰亭考》转载，得以留存。

帖子词的风格没有太大的变化，这是帖子词的诗体性质决定的。这一时期的帖子词作者都经历了靖康之乱，备尝转徙流离之苦，对国破家亡的感受至为深切，很多诗人的创作发生了不同程度的变化，在思想和艺术上都较北宋末期有所提高。以李清照为例，她的后期词作与前期有很大差异，于个人怨愁悲苦情绪的抒发中皆打上了时代变迁的烙印，像《声声慢》（寻寻觅觅）、《永遇乐》（落日熔金）、《武陵春》（风住尘香花已尽）等皆如此，诗作更有"生当作人杰，死亦为鬼雄。至今思项羽，不肯过江东"（《乌江》）、"南渡衣冠少王导，北来消息欠刘琨"（《失题》）②这样的慷慨愤激之语。然而和这一时期其他人的帖子一样，我们也没能从她的帖子词中读出类似的感情。其作品缺乏讽谏内容，以歌颂祝福为主，多用典故，典雅工致，这显然是由于帖子这种节日应制诗本身的特点决定的。

三、周麟之的帖子词作及其特色

绍兴二十九年（1159），身为给事中、修国史、兼直学士院的周麟之写了当年立春、端午两节的帖子，它们被完整地保存，成为这一时期唯一形态比较完整的帖子词。

周麟之的帖子包括皇太后阁、皇帝阁与皇后阁三类。太后，即韦太后，时八十高龄，卒于当年九月。皇后为吴氏。时高宗后宫有刘贤妃、冯美人等，但没有夫人阁。

---

① （元）脱脱等：《宋史》卷二四三《后妃传下·宪圣慈烈吴皇后传》，中华书局1977年版，第8646页。

② （宋）李清照著，王仲闻校注：《李清照集校注》，人民文学出版社1979年版，第127页、137—138页。

周麟之的帖子多程式化的歌功颂德和应时祈祝，由于作者能针对抓住不同人的特点加以颂美，个别诗也较有新意，如《春贴子词·皇太后阁六首》其五"日照蟠桃万点丹，花前仙佩响珊珊。他年采实供金母，会见飞琼捧玉盘"，以鲜艳的桃花的美丽盛开，想象他日结出蟠桃，然后采摘下来，为皇太后祝寿的热烈场面，全诗想象丰富而切合时景，用意吉祥而构思奇特，不愧为祝福佳作。描写皇宫节日习俗和生活的一些诗，显得清新自然，如《春贴子词·皇后阁五首》其三"胜里金葩喜占新，红酥细字点宜春。内庭也作人间戏，自是时康乐事频"、《端午贴子词·皇帝阁六首》其四"槐绿乍迷青羽盖，樱红已荐赤瑛盘。太平节物年年好，又见浮菖与浴兰"等，写宫廷与人间同样的节日习俗与娱乐游戏，渲染出宫廷节日欢乐的气氛。用典与写实已然难分，语言华美但流畅明快。周麟之的帖子也有寓含讽谏之意者，如《春贴子词·皇后阁五首》其四"银钩惯学君王帖，宝轸频听淑女琴。更与六宫循节俭，钗头不缀辟寒金"，全诗描写皇后的生活，临君王帖、听淑女琴，衣饰简约，不事奢华，在对她追求高雅、富有情趣、俭朴生活的描写中，赞美了她的贤淑美德。辟寒金用典故。《古今诗话》云："嗽寒鸟出昆明国，形如雀，色黄。魏明帝时，其国来献，饲以真珠及兔脑，常吐金屑如粟，宫人争取为钗钿，名之辟寒金，以此鸟不畏寒也。宫人相嘲曰：'不取辟寒金，那得帝王心？不服辟寒钿，那得帝王怜！'"[①] 后宫女性为了赢得君王的欢爱，不惜一切手段。辟寒金为稀有物，自然昂贵，皇后不戴辟寒金，赞美其节俭的美德。另外，还赞美皇后不争宠、不嫉妒的品格，这在封建时代被认为是女性最大的美德。此诗也显然寓含劝勉之意。再如《端午贴子词·皇帝阁六首》其三"日永三星正，风薰万宇凉。要知垂艾意，期与庶民康"，"风薰万宇凉"乃苏轼"微凉生殿阁"帖子之意，垂挂艾草，期望民康，表达更为直接。

周麟之帖子风格雅丽，用词华美典雅，讲究对仗，善于用典。四库馆臣认为周麟之诗"多不关军国大计，盖其珥笔禁庭，坐跻通显，与王珪约

---

① （宋）李颀：《古今诗话》，郭绍虞辑：《宋诗话辑佚》（上），中华书局1980年版，第252页。

略相似，而文章娴雅，亦犹有北宋馆阁之馀风，非南渡诸家日趋新巧者比"①。其帖子词典型地代表了他的诗风。

第二节 孝宗时期：帖子词的中兴

绍兴三十二年（1062）六月，赵构禅位于养子赵昚，赵昚即位，是为孝宗。高宗自称太上皇帝，居德寿宫。淳熙十四年（1187）十月，赵构卒，十六年二月，孝宗即下诏传位于皇太子赵惇，即光宗②。孝宗在位二十六年，"即位之初，锐志恢复"，由于以太上皇赵构为首的主和派的干涉与阻挠，最终未能完成恢复大业，然隆兴和议，"易表称书，改臣称侄，减去岁币，以定邻好"，改变了宋、金之间原有的不平等关系，减少了赔款，基本确保了南宋半壁河山长达一百多年的和平与稳定，《宋史》评其"聪明英毅，卓然为南渡诸帝之称首"。孝宗对高宗极其孝顺，史家认为"自古人君起自外藩入继大统，而能尽宫庭之孝，未有若帝。其间父子怡愉，同享高寿，亦无有及之者"（孝宗为太祖七世孙）③。高宗居德寿宫，他五日一朝，陪同游观，尽心竭力；高宗薨不久即禅位于光宗，守孝三年，谥号为"孝"，当之无愧。

随着孝宗时期南宋社会的安定，经济复苏，在临安这块安乐之土上，东京旧有的享受娱乐重新复苏，且更加繁盛。政权顺利交接，皇室家庭和睦，节日生活和乐，帖子词在这一时期再次繁荣。孝宗时期，留存下来的帖子词数量最多，有305首，大约为这时帖子词总数的50%以上。作者分别是洪适、曹勋、汪应辰、周必大、崔敦诗、洪迈、许及之等人。④这一时期在学士院的洪遵、王之望、史浩、唐文若、刘珙、钱周材、张孝

---

① （清）永瑢等：《四库全书总目》卷一五九《海陵集》提要，中华书局1965年版，第1367页。
② （元）脱脱等：《宋史》卷三五《孝宗本纪三》，中华书局1977年版，第691页。
③ （元）脱脱等：《宋史》卷三五《孝宗本纪三》，中华书局1977年版，第692页。
④ 洪括《盘洲文集》卷一八载春帖11首，《全宋诗》未录，《全宋诗订补》《全宋诗辑补》皆未补录。此阶段帖子词作品作者作时考详见《宋代帖子词辑释》第369—533页。

祥、马骐、王刚中、蒋芾、何俌、王曮、莫济、梁克家、陈良祐、郑闻、楼钥、庄夏、王淪、王淮、赵彦中、陈居仁等,必然有写作帖子者,惜无作品传世,详情不得而知。然毫无疑问,周必大和崔敦诗是这一阶段帖子词作者的代表。

一、帖子词撰写新体制的确立

首先,在阁类、数量上,这时期一组帖子基本包括四类,太上皇帝阁、太上皇后阁、皇帝阁和皇后阁。各阁类的数量除皇后阁5首外,其馀均为6首。据《宋史·后妃传》,孝宗"虽在位久,后宫宠幸,无著闻者"①,故蔡贵妃、李贤妃等均无妃嫔阁帖子,谢皇后为贵妃时也无专用帖子。可见,帖子虽小,并非每个夫人都有资格享用,它是得宠的标志。由此也可判断,给谁进帖子,必出于皇帝的旨意。另外,此时出现了非立春、端午节的帖子。曹勋有3首《癸未御前帖子》,其一有"上天不似人间热,夏木阴阴六月凉",则此显然非春端帖。而据其二"圣君英略凛横秋,十万偏师奉睿谋。一日已闻三奏捷,版图行见复神州"、其三"中原久已困膻腥,攻守知惟断乃成。便有戎酋归圣化,甘泉应得慰皇情"所写,结合《宋史·孝宗本纪》来看,所写乃癸亥(隆兴元年,1163)四月张浚出师金兵事,然此次战事初期取胜,"中原震动,孝宗手书劳之曰:'近日边报,中外鼓舞,十年来无此克捷',五月下旬已失利。盖因传递消息之迟缓,至六月庚申朔日孝宗尚遣内侍趣上淮东将士功赏。而癸亥(初四日)则已罢汪澈,张浚乞致仕"②。则此贴似为六月初为庆贺作战胜利而写,甚为独特。③

其次,从撰写者来看多为权直学士或兼直学士,偶有非学士的作者,如洪适为中书舍人兼直院,周必大或为秘书少监兼权直院,或为礼部侍郎

---

① (元)脱脱等:《宋史》卷二四三《后妃传下·李贤妃传》,中华书局1977年版,第8653页。
② (元)脱脱等:《宋史》卷三三《孝宗本纪 》,中华书局1977年版,第622—623页。
③ 参见拙著《宋代帖子词辑释》第380页诗注有详论,可参看。

兼权直院，或为翰林学士，或为翰林学士承旨；崔敦诗或为翰林权直，或为学士院权直；洪迈为直学士院；许及之任职不详；曹勋既非翰林学士，亦非他职兼直院或权直院，也不详是否为代人所作，属于特例。值得注意的是，这时期出现了一组帖子由两人合作完成的情况，如淳熙六年（1179）的端午帖子便由周必大和崔敦诗合写。

这一时期帖子词保存较多，加以排列，除了淳熙九年至十六年帖子词散佚严重，其馀年代的帖子大致可以形成一个相对完整连续的链条（见表1）。

表1　孝宗时期帖子词作者

写作年代	春帖子作者	端午帖子作者	备注
隆兴元年（1163）	曹勋	曹勋	
隆兴二年（1164）	?	?	
乾道元年（1165）	洪适	?	
乾道二至四年（1166—1168）	?	?	
乾道五年（1169）	?	汪应辰	
乾道六年（1170）	?	汪应辰	
乾道七年（1171）	周必大	周必大	
乾道八年（1172）	周必大	周必大	"?"表示未知撰写人
乾道九年（1173）	?	?	
淳熙元年（1174）	?	崔敦诗	
淳熙二年（1175）	崔敦诗	?	
淳熙三年（1176）	周必大	周必大	
淳熙四年（1177）	周必大	周必大	
淳熙五年（1178）	周必大	周必大	
淳熙六年（1179）	崔敦诗	周必大、崔敦诗	
淳熙七年（1180）	崔敦诗	崔敦诗	
淳熙八年（1181）	崔敦诗	崔敦诗	
淳熙九至十六年（1182—1189）	许及之、?	洪适、?	

从上表可以清晰地看出帖子词的连续性，尤其是周必大和崔敦诗乾道

七年至淳熙八年的帖子，他们是这一时期写作帖子的主将。但他们的大多数帖子并不完整，我们只需将周、崔二人这一阶段的帖子词各类别作一列表（见表2），对这一阶段帖子的写作情况和残缺状况皆可一目了然。

表2　乾道七年至淳熙八年周必大、崔敦诗帖子词创作

写作年份	帖子类型	作者				备注
		太上皇帝阁	太上皇后阁	皇帝阁	皇后阁	
乾道七年（1171）	春帖子	周必大	周必大	?	/	
	端午帖子	周必大	周必大	周必大	/	完整
乾道八年（1172）	春帖子	?	?	周必大	/	
	端午帖子	?	?	?	/	
乾道九年（1173）	春帖子	?	?	?	/	
	端午帖子	?	?	?	/	
淳熙元年（1174）	春帖子	?	?	?	/	
	端午帖子	?	?	崔敦诗	/	
淳熙二年（1175）	春帖子	崔敦诗	崔敦诗	?	?	
	端午帖子	?	?	?	?	
淳熙三年（1176）	春帖子	周必大	?	?	?	
	端午帖子	?	?	周必大	?	
淳熙四年（1177）	春帖子	周必大	周必大	?	?	
	端午帖子	周必大	周必大	?	?	
淳熙五年（1178）	春帖子	周必大	周必大	周必大[①]	周必大	完整
	端午帖子	周必大	周必大	周必大	周必大	完整
淳熙六年（1179）	春帖子	?	?	崔敦诗	崔敦诗	
	端午帖子	周必大	周必大	崔敦诗	崔敦诗	完整

---

① 此《皇帝阁》与《皇后阁》周必大自注作"淳熙六年"。按，此自注有误，当为淳熙五年春帖。因《皇帝阁》其四云"新岁阶蓂九叶芳"，《皇后阁》其五又言"新年佳节喜相重，屈指元宵五日中"，都说明当年正月九日立春，而检索历书，淳熙六年立春在年前腊月二十一，而淳熙五年立春恰在正月九日，则此组显然为淳熙五年春帖，其自注"六年"有误。另，崔敦诗作有淳熙六年皇帝阁、皇后阁春帖，亦为周必大不当作本年春帖之旁证。详参《宋代帖子词辑释》中周必大与崔敦诗相关诗注。

写作年份	帖子类型	作者				备注
		太上皇帝阁	太上皇后阁	皇帝阁	皇后阁	
淳熙七年（1180）	春帖子	崔敦诗	崔敦诗	?	?	
	端午帖子	?	?	崔敦诗	崔敦诗	
淳熙八年（1181）	春帖子	崔敦诗	崔敦诗	?	?	
	端午帖子	崔敦诗	崔敦诗	?	?	

这十二年间，完整的帖子只有四组，即周必大乾道七年端午帖子，淳熙五年春、端帖子以及由周、崔二人合写的淳熙六年端午帖子。其馀均有残缺。残缺部分或为同一人作，或为他人所作，但作品全部散佚。另外，这一时期汪应辰端午帖子除完整一组外，还有单独的皇帝阁 6 首，洪适帖子也仅有皇帝阁和皇后阁，皆可证由两人合作帖子词已为帖子词的主要写作方式。事实上，由于南宋学士院常二员，有些作者我们大致可以推断出来，如乾道七年立春，学士院二员，另一人为翰林学士郑闻①，皇帝阁如非周必大帖子散佚，则应为他所写。为更清晰地说明这一问题，我们依据《宋中兴学士院题名》，把这几年立春、端午时期学士名单与帖子状况也作一列表（见表3）。

表3　乾道七年至淳熙八年学士名单与帖子词写作参对

年份	节日	在院学士（①学士承旨，②翰林学士，③直院，④兼直院，⑤兼权直院，⑥翰林权直）	帖子状况
乾道七年（1171）	立春	[周必大⑤]、郑闻④	部分残缺
	端午	[周必大⑤]、王曮②	完整
乾道八年（1172）	立春	[周必大⑤]、王曮②	部分残缺
	端午	王曮①	全部残缺
乾道九年（1173）	立春	王曮①	全部残缺
	端午	王瀹⑤、王淮⑤	全部残缺

---

① （宋）何异：《宋中兴学士院题名》，《续修四库全书》本，第 402 页。《翰苑群书·翰苑题名》同。

续表

年份	节日	在院学士（①学士承旨，②翰林学士，③直院，④兼直院，⑤兼权直院，⑥翰林权直）	帖子状况
淳熙元年（1174）	立春	崔敦诗⑥、王淮④	全部残缺
	端午	[崔敦诗⑥]、王淮②	部分残缺
淳熙二年（1175）	立春	[崔敦诗⑥]、王淮②	部分残缺
	端午	胡元质③、王淮②	全部残缺
淳熙三年（1176）	立春	[周必大③]、程叔达⑤	部分残缺
	端午	[周必大③]、程叔达⑤	部分残缺
淳熙四年（1177）	立春	[周必大②]、程叔达⑤	部分残缺
	端午	[周必大②]、程叔达⑤	部分残缺
淳熙五年（1178）	立春	[周必大②]	完整
	端午	[周必大②]	完整
淳熙六年（1179）	立春	[崔敦诗⑤]、周必大②、莫济④	部分残缺
	端午	[崔敦诗⑤]、（周必大②）	完整
淳熙七年（1180）	立春	[崔敦诗⑤]、周必大①、葛邲⑤	部分残缺
	端午	[崔敦诗⑤]、赵彦中⑤	部分残缺
淳熙八年（1181）	立春	[崔敦诗⑤]、赵彦中⑤	部分残缺
	端午	[崔敦诗⑤]、赵彦中⑤	部分残缺
备注	[] 中为今存有帖子词者		

将每年在院的学士与前面帖子相对照，即可大致推断出残缺部分的帖子由谁撰写。比如乾道七年所缺春帖当为以中书舍人兼直院的郑闻所作，七年端帖、八年春帖应为翰林学士王曮所作，八年端帖、九年春帖为翰林学士承旨王曮所作，九年端帖大致为兼权直院王瀹和王淮所作……。从表格还可以看出，这一时期帖子词由两人合作基本是常态。单独一人写作的情况只有两种：一是由于种种原因，另一人无法写作；二是学士院仅一人，不得不作。前一种情况如乾道五年，学士院除汪应辰外，还有陈良祐，他于"四月以给事中兼直院"①，应有写作端帖的时间，但没有写作；第二种情况如淳熙五年立春和端午之时，学士院仅周必大一人，因此这年

---

① （宋）洪遵辑：《翰苑群书·翰苑题名》，《丛书集成初编》本，第 75 页。

的春、端帖均由他一人撰写。这种合写帖子成为南宋中后期帖子词写作的又一特色。

再次，撰写时间有所变化。之所以出现帖子词由两人合作完成，有一组帖子量多难写，需要分开承担的因素，更重要的原因恐怕是写作时间的改变，也就是说帖子词不再提前一月写作，而是在前一天或当日撰写。《武林旧事》卷二"立春"条记载学士院撰进春帖子，没有提前撰写之说，则很可能是当日或提前一二日。这一时期担任过翰林学士的史浩，虽然没有帖子词存世，但他的《满庭芳·立春词（时方狱空）》词中有"相将见，宜春帖子，清夜写金銮"①句，"清夜写金銮"的宜春帖子必然是宫帖，"清夜"在此指前一夜。孝宗时期一组帖子词为四阁类23首，在一日之内写作如此多的诗，写作任务重，一人完成显然非常困难，两人合作就比较轻松。当然，这就涉及帖子的制作问题，即帖子须提前做好，直接题诗于上，绣作是不大可能的。史浩《武陵春·戴昌言家姬供春盘》中有"金字写宜春"句，则富家以金字题写春帖已普遍。许及之《太上皇后阁春帖子》其三有"亲写迎春贴"句，擅长书法的太上皇后吴氏亲自写过迎春帖，则此时帖子的制作简易化，以金字题写当是最简便、最经济的方式。事实上，早在北宋末年，张公庠《宫词》即云"北斗回杓欲建寅，宫嫔排备立春时。镂花贴子留题处，只待金銮学士诗"，似已透露出帖子最后由学士题写的事实。南宋岳珂《宫词》亦云："端辰帖子缕黄金，词苑题来禁御深。"在哲宗时期提前一月的帖子撰写制度大概在北宋末已经改变，南宋时期帖子的提前撰进大为缩短。当然，时间也不固定，崔敦诗淳熙元年十二月丁忧，但写有二年正月六日的春帖，亦当为提前所写。

二、帖子词的主要特色与汪应辰、周必大、崔敦诗的写作

帖子词的内容进一步拓展，最突出的特色是大量写实。周必大的写作

---

① 唐圭璋编：《全宋词》第2册，中华书局1965年版，第1263页。

心得是"翰苑岁进春端贴子,如大内多及时事,太上则咏游幸之类"①。帖子词及时反映宫中生活,描写皇室的祝寿、宴饮、娱乐以及他们的日常生活、兴趣、特长等,写实性增强。以"皇帝阁"为例,"官家阅武向茅篱,供帐都亭看凯还"(周必大淳熙五年《立春帖子·太上皇帝阁》其五)②,写孝宗的阅武;"选德庭前柳,朝来漏泄春。等闲施御箭,穿叶捷于神"(周必大淳熙五年《立春帖子·皇帝阁》其三),写射柳游戏;"昕陛延贤日彻曛,金莲阅奏夜常分。馀闲手点唐文粹,春昼长时分外勤"(其五)、"日转槐龙天近午,汗衣犹听讲筵书"(崔敦诗《淳熙七年端午帖子词·皇帝阁六首》其四)③,写其延贤、阅奏、读书生活;"宸心未惬高明适,志在山东二百州"(崔敦诗《淳熙六年端午帖子词·皇帝阁六首》)、"宸心定忘暑,长算入中原"(崔敦诗《淳熙七年端午帖子词·皇帝阁六首》其三),写孝宗欲恢复中原的志向,等等。再如写太上皇帝、太上皇后多及燕游,"十橡水殿枕湖流,时从东皇御画舟。楚俗不须夸竞渡,新荷香处且夷犹"(周必大淳熙四年《端午帖子·太上皇后阁》其五),写孝宗陪太上皇赵构游玩水殿;"晚凉新月上,水殿按霓裳"(崔敦诗《淳熙八年端午帖子词·太上皇后阁六首》其一),皆写池边的宴会。最典型的是对聚景园的反映。孝宗为孝敬高宗,察知高宗外出不便,将内苑引水叠石加以修建,建成"小西湖",有所谓"飞来峰""冷泉堂"等,对此帖子多有表现,如周必大淳熙四年《立春帖子·太上皇帝阁》其五"楼名聚远倚晴空,无限风光入坐中。岂是帝家移帝力,由来天子即天公",汪应辰的《太上皇帝阁端午帖子词》其六"飞来峰下水泉清,台沼经营不日成。境趣自超尘世外,何须方士觅蓬瀛"、其十二"冷泉堂上湖山胜,聚景园中草木芳",崔敦诗《淳熙八年春帖子词·太上皇后阁六首》其四"飞来峰下溶新绿,流得春光到外边",许及之《太上皇帝阁春帖子》

---

① (宋)周必大:《玉堂杂记》卷上,影印《文渊阁四库全书》本,第595册,第557页。
② (宋)周必大:《文忠集》卷一一八,影印《文渊阁四库全书》本,第1148册,第315页。后文周必大帖子均引自此书第312—320页,不再另注。
③ (宋)崔敦诗:《崔舍人玉堂类稿》卷一七,《丛书集成初编》本,第157页。后文崔敦诗帖子均引自此书第149—162页,不再另注。

其三"春日渐和风渐暖,不妨排比冷泉亭"①等,描写了统治者优雅闲适的生活。

　　善于捕捉皇家日常生活和景物的风趣,描写皇家节日生活、节日景物,表达美好祝福,使有些帖子词显得真切自然,富有情趣,艺术性也较高,如曹勋《端午帖子》其九"雨后风微荷芰香,顿驱初暑作疏凉。黑云卷尽青天大,却倚湖光看夕阳"②,描写了高宗后妃在夏日雨后在池边感受清凉的微风、清新的荷香,欣赏黑云散去的碧空、夕阳西下的美丽,全诗如同一幅美丽的风景画,宫廷女性的富贵娴雅也尽显无遗。在表现手法上,用典减少,如其《德寿春帖子》其四"腊馀七日换年华,玉砌青萱半吐芽。竹色松声清似玉,未须剪彩作春花",在对玉阶半吐芽的青萱、清似玉的竹色松声的描写中,展现了早春宫殿的景色,以"未须剪彩作春花"再次肯定了这种自然之美,而诗人的清俊的审美观也由此可见。再如《端午帖子》其六"曲槛榴花绛色鲜,博山一缕水沉烟。奉华窗户清无暑,习习香传远岸莲",直接描写宫中端午景色,室外鲜红的榴花,室内清幽的香烟,以及由传来的香味而引出的远处池中的莲花,一系列景物的描写表现出宫殿的清幽。全诗不用典故,语言自然。

　　继承自欧阳修、司马光、苏轼以来的讽谏写法,表达忠君爱民之心,也是此时帖子词表现的主要内容之一,如周必大乾道七年《端午帖子·皇帝阁》其四"缕缯采药谩区区,谁似君王用意殊。仁政便为医国艾,德威那假辟兵符"、其五"御前曾刻百篇书,可但常披无逸图。二帝三王俱宝鉴,江心百炼定何须"、其六"六宫莫度新翻曲,只咏明州瑞麦图",崔敦诗《淳熙元年端午帖子词·皇帝阁六首》其五"玉食未应须角黍,君王端是念忠贤"、《淳熙六年春帖子词·皇后阁五首》其五"圣主俭勤游乐少"、《淳熙七年端午帖子词·皇后阁六首》其三"细开角黍询前事,应助吾皇

---

① (宋)许纶:《涉斋集》卷一五,影印《文渊阁四库全书》本,第1154册,第506页。后文许及之帖子七绝均引自此书第506—507页,不再另注。
② (宋)曹勋:《松隐集》卷一七,影印《文渊阁四库全书》本,第1129册,第419页。后文曹勋帖子均引自此书第418—419页,不再另注。

念直臣",洪迈"愿储医国三年艾,不博江心百炼铜"① 等,皆在颂美之中含有进谏之意。而用意最明朗的是汪应辰,其帖子几乎篇篇关注民生、寓含讽谏。

这一时期的代表诗人主要是汪应辰、周必大与崔敦诗。

1. 汪应辰的帖子词写作

汪氏在翰苑一年半,两次写作帖子词。其帖子30首,不算多,但以讽谏见长,极具特色,如《端午帖子词皇帝阁》其二"雨旸皆应节,和气满平畴。欲识天颜喜,农家麦有秋"② 对农事的关切;其三"永日虽祥郁,风生殿阁凉。圣心非独乐,均施遍多方",化用苏轼"微凉生殿阁,习习满皇都。试问吾民愠,南风为解无",写帝王能与民同乐,均施多方;其五"王业艰难素所知,岁单喜见献新丝。盘中更进长生缕,却记新蚕茧馆时",写"王业艰难""岁单",旨在让帝王明白一丝一线来之不易;其六"万年珍木绿阴成,殿阁微凉次第生。简静初非拘月令,怀冲履正自心清",以皇帝自我勉励之"怀冲履正"语劝勉帝王。这些诗皆有美有箴,表现了作者的爱国情怀。即使在太上皇帝、太上皇帝阁中也时含谏箴,如"外物虽无累,诚心每在民。薰风能解愠,亦足助尧仁"(《太上皇帝阁端午帖子词》其三)、"圣治从来本好生,拟销剑戟助农耕。此心自与天无间,岂待丹缯始辟兵"(其十),夸赞太上皇赵构诚心在民、好生,实婉含讽谏。"阳居大夏方行令,已有微阴次第生。细察天时知物理,常将儆戒保和平"(《太上皇后阁端午帖子词》其十)、"上古遗书究治终,长编通鉴更参同。端居坐照无穷事,何用江心百炼铜"(十一)、"晋国燔山求介子,荆人角黍祀灵均。圣君念旧仍从谏,千古忠贤气亦伸"(十二)等,警戒劝勉之意更为显豁。史载"汪应辰接物温逊,遇事特立不回",以上书忤秦桧"流落岭峤十有七年。桧死,始还朝。刚方正直,敢言不避"③。这

---

① (宋)洪迈:《容斋随笔·容斋五笔》卷九,中华书局2005年版,第941页。
② (宋)汪应辰:《文定集》,《丛书集成初编》本,第297页。后文汪应辰帖子均引自此书第297—299页,不再另注。
③ (元)脱脱等:《宋史》卷三八七《汪应辰传》,中华书局1977年版,第11882页。

种鲠直的人格精神在帖子词中也随处可见。汪应辰帖子对仗工稳，用典较少，语言典雅，缺点在于议论多而含蓄蕴藉不足。

2. 周必大的帖子词写作

周必大帖子数量居两宋之首，写作多达十次，其帖子在表现宫廷生活和节日习俗方面可谓周尽。从太上皇帝的池苑赏玩、御书赐臣，到孝宗的"延英议政""选德观书""金莲阁奏""等闲施箭""赐扇御书诗"（乾道七年《端午帖子·皇帝阁》其三），德寿宫的"圣君朝圣父"；从太上皇后的赏桃彩霞亭、"笔法似慈皇"（淳熙四年《端午帖子·太上皇后阁》其二）到皇后的"等闲调玉瑟"（淳熙五年《端午帖子·皇后阁》其一）、生活节俭；从"彩胜宝幡簪帽巧，兰芽疏甲蔟盘新"（淳熙五年《立春帖子·太上皇帝阁》其四）、"景龙学士赋新诗，剪彩宫花插鬓归"（淳熙五年《立春帖子·皇帝阁》其六）等立春习俗，到"争新九子粽，竞巧五时花"（淳熙五年《端午帖子·皇后阁》其二）、"桃印巧镌虫篆古，艾针斜映虎形威"（淳熙五年《端午帖子·太上皇后阁》其五）、"对席瑶池宴，凭栏竞渡船"（淳熙五年《端午帖子·太上皇后阁》其三）等端午习俗，在他的笔下一一展露。皇室丰富多彩的生活在他的笔下得到了生动的表现。

周必大帖子多直接描写，用典较少而自然，风格温雅，如乾道七年《立春帖子·太上皇后阁》其六"涌金门外风舒柳，师子园中日放花。何事东皇催暖律，似迎西母探春车"，描写"涌金门""师子园"之景，纯以白描取胜，后两句以王母探春表达春天的来临，想象丰富，活泼清新；"槐夏风清麦已秋，三千珠翠从宸游。玉阶斗采忘忧草，水殿临观竞渡舟"（乾道七年《端午帖子·太上皇帝阁》其六），写太上皇帝的生活，笔法写实，有如宫词，全诗无一字议论，在对节日游戏玩乐的描写中突显了欢乐的节日气氛。再如"嘒嘒蜩鸣柳，飞飞燕拂帘。尧阶无一事，象戏战斜尖"（淳熙五年《端午帖子·太上皇帝阁》其三）、"日长珠箔漏声疏，案上苏文恣卷舒。时有佳篇符睿思，便将团扇作行书"（淳熙五年《皇帝阁》其四）等，写宫廷的闲居生活的片段，选材新颖，语言清丽，风格灵动明快。与汪应辰相比，周必大诗清新淡雅，而骨力稍弱。《宋诗钞》称周必大诗"诗格淡雅,由白傅而溯源《浣花》者也"①。《宋史》本传载"必大在翰苑几六年,制命温雅,周尽事情,为一时词臣之冠"②。四库馆臣亦称其"制命温雅,文体昌博,为南渡后台阁之冠。考据亦极精审,岿然负一代重名,著作之富自杨万里、陆游之外,未有能及之者"③。

周必大虽非江西诗社中人,但作诗也是江西诗法。在诗歌创作上,他赞成韩驹的观点,认为只有广泛地学习前代的优秀诗作,学习其炼字造句之法,潜心揣摩,才能彻底悟得作诗之法,其《跋杨廷秀石人峰长篇》云"韩子苍赠赵伯鱼诗云:'学诗当如初学禅,未悟且遍参诸方,一朝悟罢正法眼,信手拈出皆成章。'盖欲以斯道淑诸人也。今时士子见诚斋大篇短章,七步而成。一字不改,皆扫千军、倒三峡、穿天心、透月胁之语,至于状物姿态,写人情意,则铺叙纤悉,曲尽其妙,遂谓天生辩才得大自在,是固然矣。抑未知公由志学至从心,上规庚载之歌,刻意风雅颂之什;下逮左氏、庄、骚、秦汉魏晋南北朝、隋唐以及本朝凡名人杰作,无不推求其词源,择用其句法,五六十年之间,岁锻月炼,朝思夕维,然后大悟大彻,笔端有口,句中有眼,夫岂一日之功哉?"④ 可见,周必大是深得江西"脱胎换骨"之真髓的。在语言上,周必大不反对修饰之美,但更强调言辞通达,曲尽其妙,有自然之神韵。这从他对杨万里的赞词可知,他说:"韩退之称柳子厚云:'玉佩琼琚,大放厥词。'苏子瞻答王庠书云:'辞至于达而止矣。'诚斋此辞可谓乐斯二者。"⑤ 华美而不失其实,修饰而不失其真,造句奇特而不失其表情达意。因此,周必大帖子雅丽而不浓艳,自然通畅而无"生涩瘦硬,奇僻拗拙"之弊。

3. 崔敦诗的帖子词写作

崔敦诗有帖子87首,数量仅次于周必大。崔氏作帖长达七年,其写

---

① (清) 吴之振等编:《宋诗钞》(二),中华书局1986年版,第1612页。
② (元) 脱脱等:《周必大传》,《宋史》卷三九一,中华书局1977年版,第11968页。
③ (宋) 周必大:《文忠集·提要》,影印《文渊阁四库全书》本,第1147册,第1页。
④ (宋) 周必大:《文忠集》卷四九《平园续稿》,影印《文渊阁四库全书》本,第1147册,第525页。
⑤ (宋) 周必大:《跋杨廷秀对月饮酒辞》,《文忠集》卷五一,影印《文渊阁四库全书》本,第1147册,第543页。

作身份经历了从兼翰林权直、兼学士院权直到业兼权直院的变化。崔敦诗的作品在内容上很广泛，凡应时祝寿、写景颂美、纪事写实、婉言讽谏皆有。值得注意的是他对帖子写法的探索，其部分帖子以同样的句子开头，从而达到强化组诗特点的目的，如《淳熙六年春帖子词·皇帝阁》前三首：

> 今岁韶光好，时逢大有年。条风方被物，菖叶又催田。
> 今岁韶光好，年中两见春。馀寒九日在，芳意一朝新。
> 今岁韶光好，田间气象淳。政平无横赋，粟贱少穷民。

三首五绝皆以"今岁韶光好"开头，后面具体描写"韶光好"的表现。三首诗写作角度各不相同，单独成章，但由于同样的开头，整体感强化，组诗特征突出。这是崔敦诗对帖子词这种松散的组诗所做的尝试。在同一年的《皇后阁》中，前两首五绝写法相同，以"何处春来早"开头：

> 何处春来早，光风入九门。未翻池荇翠，先著壁椒温。
> 何处春来早，坤仪物意熙。烟生金屋重，日上玉阶迟。

类似的写法在淳熙七年的太上皇帝阁和太上皇后阁春帖子中都有表现，尝试的体裁均为五言绝句，分别以"欲识春回处""天上春光别"开头，各为3首。

除了句式完全相同的开头，还有一种变体，是将首句的个别字加以改动，如《淳熙八年春帖子词·太上皇后阁》前三首：

> 春晓慈闱启，君王奏问安。和声调嶰管，欢颂献椒盘。
> 春昼慈闱静，宫帘日上徐。焚香开竺典，滴露写仙书。
> 春夕慈闱永，瑶池乐未央。管弦声合奏，灯月影交光。

首句句型相同，第二、五字加以变化。以"春"开头，突出"立春"，以"慈闱"为地点，表明太皇太后的身份，中间嵌以"晓""昼""夕"，巧妙地变化时间，而末尾不同的"启""静""永"又具体描写了不同时间太后宫的情形，再接以不同的情景描写，描出一幅幅太后宫中生活宴乐的美丽图画。以首句为重点,后面的内容围绕首句展开,在结构上形成首句总说,二、三、四句分说的特征,显得新颖别致。由于以散句开头,诗歌更为活泼。这些都是一些有益的尝试,丰富了帖子词的表现方式。

崔敦诗帖子的风格接近周必大,用典而不晦涩,典雅而显清丽。其入学士院,乃周必大所荐。其所撰文词,孝宗认为"颇得体"[①]。《姑苏志·崔敦诗传》亦称其"制词温润详雅"[②],自帖子词看的确如此。

第三节 光宗至度宗时期:帖子词的延续与终结

光宗至度宗时期,是宋代帖子词的最后阶段。光宗朝没有帖子留存,宁宗时期有周南、卫泾、真德秀的帖子,理宗时期有洪咨夔、许应龙、刘克庄等的帖子,共计197首。[③] 这一时期的帖子词完全延续前代写作,因时代的变化和个人创作思想的差异而略有不同。

一、延续性的帖子词写作

这时期帖子的写作沿袭前代,没有什么变化。制度上,撰写帖子词依旧是学士院的工作,由当直学士写作。从实际的写作情形来看,作者仍以

---

① (宋)张端义:《贵耳集》卷上,中华书局1985年版,第5页。
② (明)王鏊:《姑苏志》卷五一,影印《文渊阁四库全书》本,第493册,第952页。
③ 此阶段帖子词作者作时的考订,详见《宋代帖子词辑释》第548—649页。刘爚《云庄集》卷一六载40首春、端帖子,皆为真德秀作品。《全宋诗》刘爚小传以为"集中所收诗及帖子词等,均见诸真德秀《西山文集》,显非刘作"。罗公升帖子载清钞本《宋贞士罗沧州先生集》卷二,曹庭栋《宋百家诗存》卷四〇亦转录。《全宋诗》卷三六九三亦收录。其帖计6首,包括《春日皇帝阁》两首,《春日皇后阁》《春日夫人阁》《端午皇帝阁》《端午夫人阁》各一首。然罗公升之身份(仅历县尉,未曾入学士院)、帖子词之内容皆与其生平不合,《四库全书总目》卷一七四《罗沧集》提要已有辨正,且阁类亦与南宋帖子不类,当非南宋中后期之作,故此未计。可参看《宋代帖子词辑释》第646页。另外,林希逸虽无帖子存世,然其《丁卯立春作》诗云"岁阳更始财三日,华路归来第四春。……却忆先朝供贴子,伤心白发旧词臣"。(宋)林希逸:《竹溪鬳斋十一稿续集》卷二,《宋集珍本丛刊》本,第83册,第385页。此诗作于丁巳年,即宋度宗咸淳三年(1267),当年立春在正月初三,所谓"岁阳更始财三日",从"华路归来第四春"可知辞官在景定五年(1264)。自"却忆先朝供帖子"来看,林氏在理宗时期曾作过帖子。

兼直院、直院身份写作帖子词者居多，如卫泾以中书舍人兼直学士院、真德秀直学士院、刘克庄兼直学士院；也有翰林学士，如洪咨夔；也有像周南这样一生未入学士院任职的作者，很有可能是代作者。写作方式上，与前期亦相同，或一人独作，或二人合作，合作是主要写作模式，如许应龙独自作有完整的春、端帖各一组三阁类；而真德秀、洪咨夔则既有完整的一组帖子，如端平三年春帖，也有与他人合作完成的帖子，如端平二年端帖有皇帝阁、贵妃阁，缺皇后阁，显然系与人合作。刘克庄景定二年、三年的春、端帖皆各有两阁类，要么是皇帝阁、皇太子宫，要么是皇后阁、公主阁，显然也为与人合作者。具体写作时间也与前期相同。

所不同者是帖子词的阁类增多，除皇帝阁、太后阁、皇后阁、贵妃阁，还有皇太子阁，更有公主阁。贵妃阁帖子见于理宗时期，为贾贵妃所作，洪咨夔、许应龙帖子皆同。东宫阁自夏竦、晏殊之后大约在徽宗时有过，但没有作品留存，而在宁宗、理宗时期再度出现。真德秀的东宫阁为宁宗景献太子所作，刘克庄东宫阁为理宗之子赵禥，即后来的宋度宗所作。刘克庄还写有前所未有的公主阁帖子，是为理宗爱女周汉国公主所作。夫人阁帖子稀少。虽有罗公升夫人阁帖子，但因作者写作身份可疑，尚不能断定为何时所作。从周密《武林旧事》记载南宋春帖子有"帝、后、贵妃、夫人诸阁"[①]，可知是有夫人阁的，然保存完整的帖子词中均无夫人阁。得势的妃子往往专有帖子，是否因此而取消了夫人阁，还是在没有贵妃的年代偶尔有夫人阁，只是作品全部散佚，我们不得而知，但从流传至少可推断这类帖子已经很少写作，不像北宋时那样不可或缺。

二、真德秀、刘克庄的帖子写作

帖子词的整体风格也没有大的变化，内容不出写景、祝福、纪事的大致范畴，表达上追求语言的典雅、对仗的工整、音韵的和谐。但这时期的

[①] （宋）周密：《武林旧事》卷二，（宋）孟元老等：《东京梦华录》（外四种），古典文学出版社1956年版，第368页。

帖子词普遍关注现实，关切时事，多寓含规讽之意，在具体表现上因时因事因人而略有差异。有代表性的是真德秀和刘克庄。

（一）真德秀的帖子词写作

真德秀有 57 首帖子词作，数量居这一阶段帖子作品之首，作于理宗嘉定间直学士院之时。

真德秀的帖子词，内容主要为四类，即应时、祝寿、颂德、纪实。应时的内容多用典故，如《春贴子·东宫五首》其一"薄薄舣稜雪，融融甲观风。晴光挟和气，先到少阳宫"[①]。大量用典，点出立春节气，并明确帖子词使用者。祝寿多为献酒祝寿场面的描写，如《皇后阁春帖子词五首》其一"宝扇彩云开，宫妆衬玉梅。共持千岁柏，争献万年杯"，《端午贴子词·皇后阁五首》其一"仙木浮琼醴，香蓏蔟宝盘。汉宫三十六，争奉圣人欢"。颂德与纪实都比较有特色。其颂德诗较少正面直接的颂扬，往往密切结合现实时事，而且寄寓规箴。《春帖子·东宫》其一"灯市千门月，花时万井春。朝来资善议，犹自问穷民"，以太子资善堂问穷民来赞颂其忧国忧民的品德；《端午贴子词·皇太子宫五首》其二"银榜青宫里，天风五月秋。应怜耦耕者，曝背向农畴"，更为直接地表达了作者的期望与劝勉；《皇后阁》其五"一夜东风到集芳，满园红紫已低昂。寻花问柳非吾事，燕坐坤宁春昼长"，描写皇后不去满园红紫低昂的集芳园寻花问柳来表现她的贤淑美德；《端午帖子词·皇后阁》其四"爱民一念彻渊泉，内府时时出禁钱。只此自添无量寿，何须彩索颂长年"，更认为皇后爱民的品德和出禁钱赈济百姓的行为本身就可以增长寿命，无须彩索来祈祝。《端午帖子词·皇帝阁》中除第一首外，其馀 5 首皆寓含作者对光宗的规谏，有美有箴，录诗如下：

> 玉帛交邻后，清阴满塞榆。苞桑存至戒，犹佩辟兵符。
>
> 有意苏民瘼，无心玩物华。祇求三岁艾，休进五时花。
>
> 当宁求贤轸虑长，每因佳节忆沅湘。不须五色纫成线，自有

[①] （宋）真德秀：《西山先生真文忠公文集》卷二三，《四部丛刊》本。后引真氏帖子词均出此书第 438—440 页，不再另注。

忠言补舜裳。

延英昼永汗沾衣，正是君王访问时。应笑开元恣骄乐，粉团争射学儿嬉。

圣心日日望丰年，清晓炉熏彻九天。二麦登场蚕着茧，平畴新绿又连阡。

或用典故，或写时事，都与现实密切相关。即使个别显得夸张的溢美之诗，也与时事有关，如《春贴子·皇帝阁六首》其二"新岁朝元使，龙荒万里来。至仁天广大，朔漠亦春台"，对理宗"至仁天广大"的歌颂显然是浮夸虚假的，但立春之时恰值金国使者来朝贺岁旦，确属写实。据《宋史》，嘉定四年十二月"乙巳，金遣使来贺明年正旦"①。乙巳为腊月二十七日，立春在二十五日，则立春时金使者已至。再如《端午贴子词·皇太子宫五首》其三"午漏迟迟滴玉壶，清阴羃羃布庭除。只将底事销长日，《大学》《中庸》两卷书"，在赞颂太子好学的同时，实规勉他能罢燕游而重读书修德。蔡正孙即认为此诗"正是用司马公《太皇太后阁春帖》中语意也"②，但据作者诗注"东宫雅好《大学》《中庸》，常命制漕黄显谟读书之"来看，亦属写实。其五"焜煌八字彩毫书，铁画银钩照坐隅。心正自能祛百厉，辟邪安用道家符"亦为写实，诗自注云"东宫尝大书八字，曰'格物致知，正心诚意'，分榜于藏书之室。詹事戴大蓬尝以语馆阁同舍，故此词及之。"可以见出，真德秀帖子很好地传承了前代以帖子词进行讽谏的传统。

真德秀忠君爱民，在朝"不满十年，奏疏无虑，数十万言，皆切当世要务，直声震朝廷"，为地方官"惠政深洽，不愧其言"。嘉定、绍定年间两知泉州时，他整顿市舶，罢"和买"，禁重征，复兴海外贸易；整饬吏治，惩贪官，抑豪强，减轻人民疾苦；劝农务本，积极生产，兴修水利，使民赖以温饱，重视民间风教，安定社会秩序；巩固海防，增设水寨，捕捉海盗，保护沿海居民和商旅安全，治泉有方，深得士民和蕃商的爱戴，

---

① （元）脱脱等：《宋史》卷三九《宁宗本纪三》，中华书局1977年版，第757页。
② （宋）蔡正孙：《诗林广记》后集卷一，中华书局1982年版，第204页。

离任时送者拥道，再任时迎者塞路，并立祠纪念。① 他对农事的耿耿关切见诸笔端，"身居黄堂，心在阡陌；十日不雨，则忧旱干，五日之雨，又虞水患。朝夕惶惶，眉颦弗舒。一夫伤嗟，如痛在肤"②。帖子词作于任地方官之前，很多帖子表现了真德秀"身居黄堂，心在阡陌"、忠君忧民的拳拳赤子之心。他去世后，理宗"震悼，辍视朝"，谥号为"文忠"。真德秀又是南宋著名的朱子学者、政治家、理学家，是朱熹的私淑弟子，被称为"小朱子"，"故力崇朱子之绪论"③。宁宗嘉定二年，党禁开，理学被推崇，成为主导思想，其间真德秀用力不小。他将《大学》《中庸》、"格物致知，正心诚意"写入帖子词，以理学思想对太子进行劝勉规诫，可以见出作者的思想，同时从东宫对理学的崇奉，更可见出最高统治者对理学的态度，足见理学地位凸显。

相比而言，含蓄蕴藉，风格明快，艺术成就较高的是个别以写景用物为内容的帖子，如《皇后阁端午帖子》其五"瑶池十丈藕花香，清赏尤便水殿凉。闻说内家多乐事，前星亲自捧霞觞"，胡云翼《宋诗研究》即以此诗为其代表作。另如《春贴子·皇后阁五首》其三"柳眼窥春煖欲眠，梅妆点雪斗新妍。一年好处如今是，远滕清明寒食天"以写景取胜，语言清新淡雅。

（二）刘克庄的帖子写作

刘克庄有春、端帖子共4组42首，是这时期数量仅次于真德秀的帖子词作者。他于理宗景定二年（1261）和三年（1262）写作的这些帖子是我们目前所能见到的宋代最晚的帖子词。作为南宋后期江湖派代表诗人，刘克庄的帖子词具有以下特征。

类别上，刘克庄虽有4组帖子，但皆非完章。每组只有两类，显系与他人合作完成。皇帝、皇后、太子阁之外，最独特的是他有公主阁（一作

---

① （元）脱脱等：《宋史》卷四三七《真德秀传》，中华书局1977年版，第12957—12965页。
② （宋）真德秀：《西山文集》卷四〇《劝农文》，《四部丛刊》本。
③ （清）永瑢等：《四库全书总目》卷一六二《西山文集》提要，中华书局1965年版，第1392页。

公主位）帖子。公主，即周汉国公主，理宗唯一的女儿，为贾贵妃所生，理宗极受钟爱，下嫁杨镇，声势浩大，整个场面在《武林旧事》卷二"公主下嫁"条有详尽的描述。出嫁后，"帝欲时时见之，乃为主起第嘉会门，飞楼阁道，密迩宫苑"，理宗"常御小辇从宫人过公主第"①，不断加封。公主阁帖子每组皆5首，与皇后、太子数量相同，反映了公主的地位之尊和受皇帝宠爱之深，也足证帖子词虽微小，然唯尊者方得享有。

内容上，刘克庄帖子对国事民生的关注不足。在江河日下、战争不断的景定二三年间，他的帖子未能像许应龙的帖子一样，有"内外期无患，兢兢理万机。延英勤讲论，惶恤汗沾衣"（《皇帝阁端午帖子》其二）②这样关注国事、涉及时事、表现国家动荡不安的诗句，而是国泰民安、歌舞升平，如"黄符不辍宽农赋，黛耜何须幸藉田。野老传观台历喜，乞浆得酒是今年"（《皇帝阁》其六）③。满纸颂德之声，赞美皇帝、太子的勤学、爱民、仁孝，如"君王勤典学，无暇问花时"（《皇帝阁》其二）、"古来春日宽书下，定有尧言发德音。雨向红云傍畔立，最知圣主爱民心"（其五）、"听鸡而起严温清，践蚁虽微念发生。海内传闻皆色喜，宫中仁孝本躬行"（《皇太子阁》其三）、"与贵近言常严恪，待宾师礼极温恭。新年听得都人语，尽说储君肖祖宗"（其五）；歌颂太后、公主的节俭、贤淑，如"谁信椒房俭，身惟衣练辰"（《皇后阁》其一）、"纸上姜任今远矣，女中尧舜果谁哉"（其五）；"不看列女传，即诵二南诗"（《公主位》其一）、"羞谈沁园事，肯学寿阳妆"（其二）等，歌功溢美不遗馀力。倒是有几首关乎宫廷大事的诗因纪实而稍有价值，如"太液冰销寒霁威，新年喜气霭皇闱。恰闻主第初谐偶，俄报储宫已册妃"（《皇后阁》其五），写景定二年理宗女儿结婚与太子册妃；"甲第朝参稍折旋，圣恩尚欲便传宣。内南新创更衣所，长近君王尺五天"（《公主位》其三），写理宗为女儿营建房

---

① （元）脱脱等：《宋史》卷二四八《周汉国公主传》，中华书局1977年版，第8790页。
② （宋）许应龙《东涧集》卷四，影印《文渊阁四库全书》本，第1176册，第556页。后引许应龙帖子均出此书第555—557页。不再另注。
③ （宋）刘克庄：《后村先生大全集》卷五九，《四部丛刊》本。下引刘克庄帖子皆同，不再另注。

室；《公主位》其五"三舆下嫁中兴少，帝婿亲师振古无"，写公主结婚与驸马杨镇被授予"升庆远军承宣使"①之事。这些都发生在当年立春前一两个月之内，其帖子记录了这些时事。

当然，由于刘克庄本人赞同欧阳修帖子以寓讽谏的写法，他的颂美中也时有寓含规箴者。前面"君王勤典学""身惟衣练辰""不看烈女传""羞谈沁园事"等皆寓箴于美。它如"日常浓墨挥宸翰，夜或留灯览谏书"（《皇帝阁》其五）、"内中车马稀曾出，上在深宫待燕游。圣父宵衣临幸少，垂杨终日荫龙舟"（《皇后阁（壬戌立春）》其五）、"政须人作鉴，焉用以铜为"（《皇太子宫（端午）》其二）、"消长常从抄忽萌，由来阳极一阴生。遥知参决繁机际，于此尤宜体察精"（《皇太子宫（端午）》其五）等，讽谏用意非常明显。在理宗荒淫无度，贾似道专权、国家动荡之际，刘克庄含蓄委婉的讽谏尽管起不到多大实际作用，但他表现了诗人的爱国忧民之心，还是值得肯定的。

在表现形式上，刘克庄的帖子对仗工稳，善用典故。除了立春帖子用青帝、下宽书、太液、衣练、寿阳妆、马如龙、端午用枭羹、献镜等常典外，还不断创新，写他人之未写，用他人之未用，如《皇太子宫》其一"朝野俱相庆，元良入震宫。卓然由独断，不待茹芝翁"。"茹芝翁"之典在帖子词中第一次出现。茹芝翁指商山四皓——东园公、绮里季、夏黄公和甪里先生，他们为汉初四个隐士。刘邦欲废太子，吕后用留侯张良的计谋，迎接四皓，使辅佐太子，高祖见四皓，感叹太子"羽翼成矣"，遂辍废太子之议。刘克庄反用四皓帮助刘邦确定太子人选，而认为赵禥为太子出自理宗的独断而非外人的帮助，意在赞颂皇帝。再如《皇太子宫》其五："帝为储闱取友端，朋来黄绮伟衣冠。赐羹汉殿恩尤异，不比唐家苜蓿杆。""黄绮"，即商山四皓中的夏黄公和绮里季，此借指太子宾客。上两句形容太子宾客品行的端正和人格的高雅。"赐羹"，即赐枭羹，用汉代端午赐大臣枭羹事。唐家苜蓿杆为唐故事，前人未尝用及。据五代王定保《唐摭言》记载，薛令之为东宫官，俸禄少，令之以诗自悼，并写于公署，

---

① （元）脱脱等：《宋史》卷四五《理宗本纪五》，中华书局1977年版，第879页。

曰"朝旭上团团，照见先生盘，盘中何所有，苜蓿长阑干。餘涩匙难绾，羹稀箸易宽。无以谋朝夕，何由保岁寒"。玄宗幸东宫，见之不悦，以为讽刺，援笔写诗曰"啄木嘴距长，凤凰羽毛短。若嫌松桂寒，任逐桑榆暖"，令之因此谢病东归。① 诗用唐对待东宫官之恩薄，意在抑唐而扬宋。事关东宫，非常恰切。景定二年《皇太子宫》春帖其五云："错鋊术进何裨汉，伾以棋亲亦累唐。圣代尊经崇理学，讲堂燕子日初长。"诗前两句分别用晁错和王伾的故事。晁错以其刑名之术而为文帝所用，因请削诸侯封地以尊京师而触犯诸王利益，三年（前177）吴楚七国起兵造反，借口是诛杀晁错，文帝最终用袁昂言而斩杀晁错。王伾因棋艺而受到唐顺宗的青睐，为翰林学士，后与王叔文、刘禹锡等共同推行永贞革新，打击宦官势力，结果引起以俱文珍为首的宦官集团及与之相勾结的节度使的强烈反对。最后，俱文珍等人发动政变，幽禁顺宗，拥立太子李纯。王伾外贬，不久病死。改革历时仅百餘日，便以失败而告终。这两个典故前人未曾在帖子词中用过，因其内容不吉。刘克庄此诗当时就引发争论，"外议以错、伾事不当用"。刘克庄辩解说"事在上两句，下二句却颂到本朝之美，似此者不可胜举"，并引杨万里为光宗所写《贺东宫生日》中"橘中延绮皓，瓜处屏伾文"② 为证，以为己诗"下二句归美今日，抑彼所以扬此也"，众议方息。③ 由此可见，刘克庄用事独特。总体来看，刘克庄用典用意明了，语言简易，无生硬晦涩之感。

刘克庄为江湖派代表诗人，作诗效法姚合、贾岛以及许浑、王建、张籍等人。在文学理论上，他认为江西派"资书以为诗失之腐"，晚唐体"捐书以为诗失之野"④，与主张全面否定宋诗的严羽等不同，重视宋诗及其发展，同时也注意批评与纠正宋诗之弊，力图把它引上健康发展的通途，因此他的诗在追求明快时也大量用典，丝毫不亚于宋初好用典故的西

---

① （五代）王定保：《唐摭言》卷一五，上海古籍出版社1978年版，第164页。
② 按，杨万里《诚斋集》卷一九作"橘中招绮夏，瓜处屏伾文"。题为《贺皇太子九月四日生辰》，《文渊阁四库全书》本《后村集》卷一八所引与《诚斋集》同，此处所引有误。
③ （宋）刘克庄：《后村先生大全集》卷一一二，《四部丛刊》本。
④ （宋）刘克庄：《韩隐君诗序》，《后村先生大全集》卷九六，《四部丛刊》本。

昆体和他所反对的江西派诗人。钱锺书先生说他"就也在晚唐体那种轻快的诗里大掉书袋，填嵌典故成语，组织为小巧的对偶""推重陆游的作'好对偶'和'奇对'的本领"，并认为刘辰翁"刘后村仿《初学记》，骈俪为书，左旋右抽，用之不尽，至五七言名对亦出于此，然终身不敢离尺寸，欲古诗少许自献，如不可得"的评价是"最中肯"，说他"下了比江西派组诗黄庭坚还要碎密的'帖括'和'饾饤'的功夫，事先把搜集的故典成语分门别类作好了些对偶。题目一到手就马上拼凑成篇"①。刘克庄的帖子确实是钱锺书先生这段话的最好注脚。

在句式上刘克庄也有所创新，有些句式突破了传统七言近体诗上四下三的结构，如"错由术进何禆汉，伾以棋亲亦误唐"（《皇太子宫（立春）》其四）、"与贵近言常严恪，待宾师礼极温恭"（其五），虽为上四下三的结构，但前半部分却非通常的"二/二"结构，而是"一/三"结构。再如"艾道陵堪诃绮户，竹夫人可卫纱幮"（《皇帝阁（端午）》），又是"三/一/一/二"的结构。这些诗句都属于拗句，给人以拗峭之感，体现了刘克庄在诗歌形式方面的探索。

三、宋代帖子词的终结

理宗绍定五年（1232）底，南宋与蒙古联合灭金，并没有换来安宁，倒是拉开了自身灭亡的序幕。端平元年（1234），宋、元之战爆发，宋无力抵御斗志正盛的元军，疆土日削。景定五年（1264）十月理宗去世，度宗赵禥即位。虽然赵禥接受了理宗安排的严格的教育，但是并没有养成良好的品行和治国安邦的能力，却极好酒色，生活荒淫。政治上由贾似道专权，他不闻不问。咸淳十年（1274），元人攻占襄阳，控制长江中游，南宋长江防线被打开缺口，元人大举顺流东下。七月度宗死后，由四岁的儿子赵㬎即位，史称恭宗，六十多岁的谢氏被尊为太皇太后。德祐元年（1275）正月，安庆守军范文虎降元，贾似道亲率十三万兵力迎战芜湖，

---

① 钱锺书：《宋诗选注》，生活·读书·新知三联书店2002年版，第406页、405页。

但宋军将领貌合神离，士无斗志，未战即溃，军资器械为元人缴获。贾似道在五谷向元人请降讲和，元人许降而不许和，表达灭宋之志。长江已无险可守，首都临安危在旦夕，贾似道在扬州上书请迁都，左丞相王爚请坚守临安，后见大势已去，弃相印而逃。贾似道误国兵败，太皇太后谢氏却认为"似道勤劳三朝，安忍以一朝之罪，失待大臣之礼"①，没有严厉处置。元人大举东下，宋各地守军或叛或逃，临安一片混乱，京师危急。谢氏广泛号召四方勤王，响应者极少，只有江西提刑安抚使文天祥招募万馀人，赶往京师，知其不可而为之。最后，谢氏写了降表，德祐二年（1276）二月初元军占领临安府，后押解宋帝赵㬎、皇太后全氏及皇亲、臣僚等北上，临安宋廷已不复存在。南宋灭亡。

　　在此情形下，帖子词这种伴随两宋两百馀年太平生活的宫廷节日诗也随之而亡。帖子词停止撰写的时间，当在度宗卒后。宋遗民仇远（1247—1326）在对苏轼春帖子词做一番评论后感慨道："噫！元祐往矣，咸淳而后，不见春帖者四五十年矣。"② 可见，度宗咸淳之后，随着国势的动荡帖子词停止了。度宗十年，应有百首以上的帖子，惜皆不存。《宋百家诗存》载罗公升帖子6首，四库馆臣考辨说："考帖子词为翰林学士之职，公升一县尉，何由得有此作。且其祖既于宋末殉节，则其孙必不及南宋承平之盛，而其词乃皆治世之音，殊为可疑。"③ 认为罗氏不可能写作此帖，一是其未入学士院任职，没有写作资格；二是其生活于南宋灭亡之际，与帖子所表现的升平景象不合，如《春日皇帝阁》"蓬莱宫阙五云端，太液冰澌不敢寒。须信帝家春事早，勾芒昨夜引春班"④。此外，其"夫人阁"帖子不符合南宋后期帖子词之体制，却近于北宋帖子词体制。因此，此帖应非南宋末期之作。由于帖子作者不明，作时亦难以断定。但是从"其词

---

① （元）脱脱等：《宋史》卷四七四《贾似道传》，中华书局1977年版，第13786页。
② （元）仇远：《东坡春帖子词》跋语。（清）张照等：《石渠宝笈》卷五，影印《文渊阁四库全书》本，第824册，第138页。卞永誉《式古堂书画汇考》卷一〇同。
③ （清）永瑢等：《四库全书总目》卷一七四《罗沧洲集》提要，中华书局1965年版，第1544页。
④ （宋）罗公升：《宋贞士罗沧州先生集》，《续修四库全书》本，第1321册，第608页。后引罗公升帖子出处皆同，不再另注。

乃皆治世之音"看，似非度宗时期所作。

宋代帖子词的创作从宋真宗夏竦大中祥符八年（1015）立春写作春帖子词开始，中间除靖康之难、北宋灭亡、南宋初建、朝廷南迁、国家动荡，迫使这种装点盛世闲暇娱乐的节日用词一度中断十多年外，与整个两宋王朝相伴而持续了两百四十年左右的帖子词终于随着王朝的临近灭亡画上了句号。

整个南宋时期，由于杰出诗人难以进入翰苑，高居庙堂，因此帖子词的写作整体呈现出延续性的特色，创新少而因袭多。作为一种节日应制性诗歌，帖子词始终保持了制度化、程式化的写作、基本固定的内容和雅正的风格特色。即便这样，不同的时代背景、不同的诗歌风习、不同的创作个体仍使得帖子虽大同小异，但绝不重复。

第五章 宋代帖子词的题材内容

宋代帖子词作为宫廷节日应制诗，题材、内容受到很大限制。綦崇礼在《论德宗不能用陆贽》一文中说："若春日帖子，盖宫禁门户间祓除祈祝之词，异时作者不过颂德美而歌福禄，以奉至尊燕娱之私而已。"① 的确，帖子词的题材比较狭窄，内容比较单调，以纪述节序、应时纳祜、歌舞升平、歌功颂德为主，思想意义较低。然而宋代词臣并没有将这样一种应制诗写得千篇一律，他们在不违背帖子作为"祓除祈祝之词"的前提下，在歌功颂德的同时，也关注现实、寓含讽谏②，力图表达更为广阔的内容和更为深刻的思想，使其对朝廷、国家有所裨益，体现了中国古代知识分子关心国事的优良传统。

第一节 纪述节序

南宋史浩《喜迁莺·立春》词云："谯门残月。正画角晓寒，梅花吹彻。瑞日烘云，和风解冻，青帝乍临东阙。暖响土牛箫鼓，夹路珠帘高揭。最好是，看彩幡金胜，钗头双结。　奇绝。开宴处，珠履玳簪，俎豆争罗列。舞袖翩翩，歌声缥缈，压倒柳腰莺舌。劝我应时纳祜，还把金炉香爇。愿岁岁，这一卮春酒，长陪佳节。"③《草堂诗馀》卷四录此诗为胡浩然作，注云："双溪老人（冯取洽，字熙之，号双溪）云：'浩然此词，

---

① （宋）綦崇礼：《论德宗不能用陆贽》，《北海集》卷二二，影印《文渊阁四库全书》本，第1134册，第670—671页。
② 第一个在帖子词中寓含讽谏之旨的人是欧阳修。《北海集》卷二二："至修之词，乃中含规讽，冀以裨益于燕私之间。"
③ 唐圭璋：《全宋词》，中华书局1965年版，第1266页。

先纪节序,次述宴赏,末归应时纳祜,一一有归宿。'"所评为立春词,但与帖子词的内容和写法有相似之处。作为宫廷节日门帖用诗的春、端帖子词,纪节序、庆佳节、应时纳祜是其主要内容之一。

与普通节序诗词相似,帖子词多开篇即纪述节序,点明题旨。在每一阁类中,第一首也往往是纪述节序的内容,如宋庠《皇帝阁端午帖子词》"吹律蕤宾动,乘离玉烛明。荐盘荆俗黍,颁饵汉祠羹",开篇即写端午习俗。再如宋祁《春帖子词·皇帝阁》第一首:"东郊迎气罢,暖信入严宸。暂遣星杓转,令知天下春。"开篇即点明立春。当然,由于帖子词组诗结构很松散,没有严密的逻辑关系,所以纪述节序并非仅为每阁第一首诗的任务。事实上,所有帖子词之写景、叙事、议论、抒情都紧紧围绕所写节日展开,可以说,纪述节序在帖子词中是无处不在的。

由于立春和端午时间不同,季节不同,相应的天象、音律、景色、节日习俗、内涵皆不同,帖子词所表现的内容也有所不同。

一、立春帖与立春节序

点明立春节气,描写立春习俗,是立春帖子最主要的内容。有对节令的描写,如:

勾芒一夜催春到,万户千门歌吹声。(宋祁《春帖子词·皇帝阁》其十一)

苍玉新旗祀木神,今朝太皞始司春。(胡宿《皇帝阁春帖子》其二)

玉琯气来灰已动,东郊风至晓先迎。(欧阳修《春帖子词·皇帝阁六首》其四)

立春是由节气而来的节日,是最早形成的八个节气(立春、立夏、立秋、立冬、春分、秋分、夏至、冬至)之一,居二十四节气之首。在春秋时期,立春就已经被看作是一个特殊的日子,具有节日的雏形。《礼记·月令》载:"孟春之月,日在营室,昏参中,旦尾中。其日甲乙,其帝大皞，其神句芒。其虫鳞。其音角。律中大蔟。其数八。其味酸，其臭膻。其祀户，祭先脾。东风解冻，蛰虫始振，鱼上冰，獭祭鱼，鸿雁来。"① 后世诗文中写立春多本此。上述春帖子即通过苍旗、木神、太皞、勾芒、玉瓒、东郊迎气等的描写，为我们描写了立春节气的到来。

有对立春迎春和鞭春仪式的描写：

> 夭矫苍龙引翠旌，君王暂报出郊迎。（宋祁《春帖子词·皇帝阁》十一）
>
> 金花镂胜随春燕，彩仗萦丝逐土牛。迎得韶华入中禁，和风次第遍神州。（韩维《太皇太后阁春帖子》其四）
>
> 东郊青幘拜春回，迎得阳和次第来。（苏颂《春贴子·皇太后阁六首》其四）

这些诗描写的仪式主要为东郊迎气和鞭土牛，这是立春特有的仪式。这种仪式滥觞于汉代。②《后汉书·祭祀志》载："立春之日，迎春于东郊，祭青帝句芒，车旗服饰皆青，歌'青阳'、八佾舞云翘之舞。"③ 这是京城洛阳举行的立春迎气活动。又载："县邑……立春之日，皆青幡帻，迎春于东郭外。令一童男冒青巾，衣青衣，先在东郭外野中。"④ 同时，还要"施土牛、耕人于门外，以示兆民"⑤。唐代以后，土牛、耕人演变为鞭春仪式。东郊迎春礼与鞭春作为官方立春的迎春仪式一直延续到清末，作为一种立春文化符号，它们也成为春帖子描写的内容之一。

---

① （汉）郑玄注，（唐）孔颖达正义：《礼记正义》卷一四，阮元校刻：《十三经注疏》，中华书局1980年影印本，第1352—1355页。

② 很多学者认为在周代就已经有迎春礼，如乌丙安《中国民俗学》（辽宁大学出版社1985年版，第297页）、行政院文化建设委员会《传承中国人的岁时》（台北行政院文化建设委员会印行，1992年版，第51页）。简涛《立春风俗考》，上海文艺出版社1998年版，第23—24页，认为迎春礼的实际实施在汉代，此取其说。

③ （晋）司马彪撰，（梁）刘昭注补：《后汉书》志第八《祭祀志中》，中华书局1965年版，第3181页。

④ （晋）司马彪撰，（梁）刘昭注补：《后汉书》志第九《祭祀志下》，中华书局1965年版，第3204—3205页。

⑤ （晋）司马彪撰，（梁）刘昭注补：《后汉书》志第四《礼仪志上》，中华书局1965年版，第3102页。

有对饮食习俗的描写：

> 醇酬浮金斝，柔蔬饤玉盘。（韩维《春贴子皇帝阁六首》其三）
>
> 脍肉纷银缕，兰牙簇紫茸。（司马光《春贴子词·皇太后阁六首》其三）
>
> 紫兰红蓼簇香盘，晓逐金壶下太官。（韩维《皇后阁春帖子》其一）
>
> 春天丽春旭，春酒献春杯。（宋祁《春帖子词·夫人阁十首》其三）

立春日要馈春盘、饮春酒，所谓"柏酒椒盘岁岁新"（许应龙《皇帝阁春帖子》其四）①。"饮春酒"之俗至迟出现于商代中晚期，《诗经·豳风·七月》云"十月获稻，为此春酒，以介眉寿"可证。②崔寔《四民月令》载有"立春日食生菜"的习俗，可以看作是"馈春盘"之滥觞。东晋时，"李鄂立春日命以芦菔、芹芽为菜盘相馈贶"③，唐代"立春日，春饼生菜，号春盘"④，出现"春盘"之称。于是，在众多帖子中，我们读到了柔蔬、脍肉银缕、兰芽紫茸等置办的精美春盘和浓香春酒，读出了宋代宫廷节日宴饮祝酒的欢乐祥和。

除了春盘、春酒，帖子词也多次提到"酥"。酥，即酥油。用酥做出各种造型的食品，称点酥、滴酥，如"红酥彩缕斗芳妍"（韩维《夫人阁四首》其四）、"凝酥点寿盘"（崔敦诗《淳熙二年春帖子词·光尧寿圣宪

---

① （宋）许应龙：《东涧集》卷四，影印《文渊阁四库全书》本，第1176册，第555页。后引许应龙帖子均出此书第555—557页，不再另注。

② 距近年来一些学者研究，《豳风》并非周代的民歌，而应该是周人先祖在夏末至商代中晚期的历史歌谣。参黄新光《〈豳风·七月〉的名物训释与历史文化底蕴的发掘》（《南昌大学学报》2002年第1期；人大资料，2002年第8期；又收入《诗经研究丛刊》第三辑）；张剑《〈豳风·七月〉与北豳先周文化》（《甘肃高师学报》，2000年第1期；人大资料，2000年第9期，又收入《诗经研究丛刊》第一辑，学苑出版社2001年版）。

③ （宋）陈元靓编：《岁时广记》卷八"馈春盘"引《摭遗》，《丛书集成初编》本，第83页。

④ （唐）佚名：《四时宝镜》，祝穆、富大用、祝渊：《新编古今事文类聚》前集卷六，宽文六年京都八尾勘兵卫刊本。

天体道太上皇帝阁六首》其三）等。点酥从唐代开始盛行，王建、和凝《宫词》中就有对点酥的描写。酥属奢侈品，点酥需要专门技艺，平民难以享用。帖子词中的酥是宫廷立春时的饮食，花样很多，有的点为花或字，"红酥旋点花"（王珪《立春内中帖子词·夫人阁》其一）、"剪玉酥花细"（崔敦诗《淳熙八年春帖子词·太上皇帝阁六首》其二）、"红酥细字点宜春"（周麟之《春贴子词·皇后阁五首》其三）；有的点成小诗或图画，"彩胜镂新语，酥盘滴小诗"（苏轼《春帖子词·夫人阁四首》其一）、"绣户绿窗尘不到，凝酥点就辋川图"（王安中《妃嫔阁》）。故刘才邵《立春内中帖子词·皇太后阁六首》其三云"酥盘花样新"。

对立春饰品——青旗、春幡、春胜、春帖，尤其是对春幡胜的描写，是春帖中最多表现的内容。举数例以观：

  双金缕胜延嘉节，五彩为幡奉紫廷。（晏殊《内廷》其四）
  金花镂胜随春燕。（韩维《太皇太后阁六首》其四）
  彩胜宝幡簪帽巧。（周必大《立春帖子·太上皇帝阁》其四）
  银幡点缀斗宫嫔，小字横斜篆缕新。（卫泾《寿成惠圣慈祐太皇太后阁春帖子》其四）
  年年金殿里，宝字贴宜春。（王珪《立春内中帖子词·皇帝阁》其一）
  岁岁词臣供帖子。（卫泾《寿成惠圣慈祐太皇太后阁春帖子》其四）

这些由金、银、罗、帛等制成的旗形、燕形、鸡形、花形、树形、胜形、字形等的春幡胜，以及书写有诗歌的帖子，共同构成宋代立春节的美丽图画，渲染着新春的欢乐气息，表达出人们对春的渴盼。作为立春靓丽的人文景观，它们成为立春节俗不可分割的一部分，也成为帖子作者们不遗馀力表现的对象。在年复一年的春帖中，它们不断变化着花样，展示着美丽，宣告着春的信息。

出现在帖子词中的仪式和习俗，我们已很难分清是用典还是写实，抑或既用典又写实，但毫无疑问，对节日习俗的描写纪述是春帖子词的主要表现内容之一。习俗属于人类活动的产物,它们一旦形成并流传,便成为一种文化符号,在帖子词中它们也作为这样的符号而频频出现,成为一种程式化的表达。

二、端午帖与端午节序

端午节在仲夏,"律中蕤宾",端午帖子偶尔有用此典以表明端午时令者,如前举宋庠诗。然而由于端午不完全是由夏至而来的节日,因此端帖纪述节令的重点不是季节,而主要是节俗,包括饰品、饮食、娱乐游戏诸方面。

其一,描写端午饰品——菖蒲、艾人、桃印、彩索、灵符、钗符、门帖等,如:

> 明朝知是天中节,旋刻菖蒲好辟邪。(王珪《端午内中帖子词·夫人阁》其九)

> 艾人桃印谩垂门。(周必大乾道七年《端午帖子·太上皇帝阁》其五)

> 续命由来宜彩缕,辟邪相向佩灵符。(周必大乾道七年《端午帖子·太上皇帝阁》其八)

> 丹篆钗符小,朱丝臂缕鲜。(周必大淳熙六年《端午帖子·太上皇后阁》其三)

> 学士大书金字帖,宫中巧篆绛绡缯。(卫泾《寿成惠圣慈祐太皇太后阁端午帖子》其六)

端午最早的门饰是朱索和桃印。这一习俗起于东汉。《后汉书·礼仪志》载:"仲夏之月,万物方盛,日夏至,阴气萌作,恐物不楙。其礼:以朱索连荤菜,弥牟朴蛊钟。以桃印长六寸,方三寸,五色书文如法以施门户，……故以五月五日朱索五色印为门户饰，以难止恶气。"① 魏晋南北朝时演变为艾人，"采艾以为人，悬门户上，以禳毒气"②，并出现佩戴于身的五彩丝、辟兵符之类。《荆楚岁时记》："以五彩丝系臂，名曰'辟兵'，令人不病瘟。"杜台卿注云："一名长命缕，一名续命缕，一名辟兵缯，一名五色缕，一名五色丝，一名朱索，名拟甚多。青赤白黑，以为四方，黄居中央，名曰襞方，缀于胸前，以示妇人蚕功也。"③ 唐宋品类更多，出现了端午门帖，还有很多簪饰品④。丰富多样的端午饰品从门户到身体，将节日的人们尤其是妇女儿童打扮得美丽多姿，又带给人们驱邪延寿的精神安慰。作为端午节标志性的服饰文化符号，端午饰品成为端帖中最主要的表现对象。

其二，描写端午饮食——角黍、菖酒、龟、枭羹等。端帖最常见的是角黍和菖蒲酒，如：

雕盘角黍竞时宜。（晏殊《端午词·御阁四首》其四）

万岁菖蒲酒，千金琥珀杯。（苏轼《端午帖子词·皇太后阁六首》其二）

菖蒲泛酒尧樽绿，菰叶萦丝楚粽香。（元绛《端午帖子》）

仙木浮琼醴，香菰荐宝盘。（真德秀《端午贴子词·皇后阁五首》其一）

端午粽有筒粽、角黍两类。《艺文类聚》卷四引《续齐谐记》曰："屈原五月五日投汨罗而死，楚人哀之，每至此日，竹筒贮米，投水祭之。汉建武中，长沙欧回，白日忽见一人，自称三闾大夫，谓曰：'君当见祭甚善。但常所遗，苦蛟龙所窃，今若有惠，可以楝树叶塞其上，以五采丝缚之，此二物，蛟龙所惮也。'回依其言。世人作粽并带五色丝及楝叶皆汨

---

① （晋）司马彪撰，（梁）刘昭注补：《后汉书》志第五《礼仪志中》，中华书局1965年版，第3122页。
② （梁）宗懔：《荆楚岁时记》，山西人民出版社1987年版，第47页。
③ （梁）宗懔：《荆楚岁时记》，山西人民出版社1987年版，第50页。
④ 张晓红：《宋代端午饰：从门户到身体》，《文史知识》2009年第6期。

罗之遗风也。"① 按此说法，则以竹筒贮米祭祀屈原起于战国末。魏晋时，出现了牛角状的角黍。《风土记》载："仲夏端五，烹鹜角黍。"② 角黍也属于夏至食物，《荆楚岁时记》云"夏至节日，食粽"③。唐以后角黍成了端午最具标志性的食物。菖蒲酒，即杂以切丝或捣碎的蒲叶或蒲根酿制或炮制的酒。菖蒲的药用价值在很早就被人们重视，传说秦始皇派人寻的长生药就有"九节菖蒲"，但端午饮蒲酒最早见于南北朝时期④，后世相承，以为可以延年益寿。角黍、蒲酒属于端午节的标志性食品，故不少端帖写及。

端帖中出现的食物还有龟。唐时已有端午食龟之俗，张说《端午三殿侍宴应制探得鱼字》"助阳尝麦鳖，顺节进龟鱼"⑤ 句可证。元绛"寿术先供饵，灵龟更荐菹"（《端午帖子》）⑥、周必大"玉食更菹龟"（乾道七年《端午帖子·太上皇后阁》其三）皆写宫中端午进龟之事。龟较之角黍，珍贵难得，通常为皇宫食品。

赐枭羹在帖子词中出现十处，如宋庠《皇帝阁端午帖子词》其一"荐盘荆俗黍，颁饵汉祠羹"、苏轼《端午帖子词·太皇太后阁六首》其五"外廷已拜枭羹赐，应助吾君去不仁"等。赐枭羹之俗见于北宋，南宋时宫廷已无此俗，周必大淳熙五年《皇帝阁》其二"民寿休颁术，人淳罢赐枭"、卫泾《皇帝阁端午帖子》其四"束缚仇头藏武库，枭羹不用赐群臣"等皆明白无误地说明当时已不再赐枭羹了。

其三，描写端午游戏，如竞渡、斗草等。竞渡是端午节的标志性活动之一，端帖多有表现，如：

  殿户还飚入，宫池御水凉。彩舟人竞渡，化国日偏长。（胡

---

① （唐）欧阳询：《艺文类聚》卷四，上海古籍出版社1982年新1版，第74页。
② （晋）周处：《风土记》，欧阳询：《艺文类聚》卷四，上海古籍出版社1982年新1版，第74页。
③ （梁）宗懔：《荆楚岁时记》，山西人民出版社1987年版，第51页。
④ （梁）宗懔：《荆楚岁时记》"五月五日……以菖蒲或缕或屑，以泛酒"，山西人民出版社1987年版，第47页。
⑤ （清）彭定求等编：《全唐诗》卷八八，中华书局1960年版，第966页。
⑥ （宋）陈元靓编：《岁时广记》卷二一"啖菹龟"条引，《丛书集成初编》本，第236页。

宿《皇帝阁端午帖子》其四）

  渺渺金河入禁垣，渐台雨过碧波翻。共传太液龙舟稳，不似南方竞渡喧。（苏辙《皇太妃阁五首》其五）

  对席瑶池宴，凭栏竞渡船。（周必大《端午帖子·太上皇后阁》其三）

这些端帖所写为皇家宫池的龙舟竞渡。竞渡是端午节的标志性节俗之一，很多学者在推断端午起源时就是以竞渡的出现为基点的。先秦时期，端午被认为是恶日，有各种驱邪活动，竞渡"起于送灾""是一种用法术处理的公共卫生事业"①。汉代各地对竞渡的解释不尽相同，有曹娥说②、陈临说③、勾践说④等。由于屈原在端午日自杀，他伟大的爱国精神使其最终超越众人而成为人们普遍纪念的对象。从《荆楚岁时记》记载来看，南北朝时期荆楚之地的端午竞渡已较普遍。唐代更为盛行。尚秉和先生指出，端午节在唐代以前"在社会似不为娱乐之节，至唐则渐盛"，民间娱乐主要为竞渡和斗草。⑤《全唐诗》标题为"竞渡"的诗有 21 首，张建封《竞渡歌》、刘禹锡《竞渡曲》最著名。宋代竞渡不限于端午，南宋西湖包括龙舟在内的各种船只"自二月初八日下水，至四月初八方罢"⑥。端帖对皇宫的端午竞渡的表现相当真实，御池风暖水平，竞渡没有太大的竞争性，不像民间那样充满刺激，皇帝、太上皇、太子，以及皇太后、皇后、夫人们这些后宫的女性，只是凭栏而观的看客而已。虽然如此，但竞渡毕

---

① 江绍原：《端午竞渡本意考》，原载《晨报副刊》1926 年 2 月 10 日、2 月 11 日、2 月 20 日，王子今编：《趣味考据》，云南人民出版社 2003 年版，第 250 页。

② 五月五日会稽郡纪念孝娥，因为其父盱为巫祝，于汉安二年五月五日于县江泝涛迎婆娑神时溺死，不得其尸。十四岁的女儿曹娥"沿江号哭，昼夜不绝声，旬有七日，遂投江而死"，当地人为感其孝行而立碑纪年。《后汉书》卷一一四《烈女传·孝女曹娥》。

③ 苍梧之地则纪念太守陈临，因为"陈临为苍梧太守，推诚而治，导人以孝悌。临征去后，本郡以五月五日祠临东城门上，令小童洁服舞之"。（清）姚之骃：《后汉书补逸》卷九，影印《文渊阁四库全书》本。

④ 《越地传》云起于越王勾践。（梁）宗懔：《荆楚岁时记》，山西人民出版社 1987 年版，第 49 页。

⑤ 尚秉和：《历代社会风俗事物考》卷三九，中国书店出版社 2001 年版，第 424 页。

⑥ （宋）佚名：《西湖老人繁胜录》，（宋）孟元老等：《东京梦华录》（外四种），古典文学出版社 1956 年版，第 116 页。

竟是一年一度最热闹的娱乐活动，能临观也是平静生活中难得的乐事之一。

端帖写到斗草的有23处，如：

> 黄金仙杏粉，赤玉海榴房。共斗今朝胜，盈襜百草香。（欧阳修《端午帖子夫人阁五首》其二）

> 后苑寻青趁午前，归来竞斗玉栏边。袖中独有香芸草，留与君王辟蠹编。（王珪《端午内中帖子词·夫人阁》其六）

> 皇恩乐佳节，斗草得珠玑。（苏轼《端午帖子词·夫人阁四首》其一）

> 三千玉女斗群芳。（许应龙《皇后阁端午帖子》其五）

斗草之戏起于南北朝，《荆楚岁时记》："五月五日，谓之浴兰节。四民并踏百草。今人又有斗百草之戏。"① 唐宋时盛行。端帖对宋代皇宫斗草的盛大、热闹情形多有表现。对生活在宫中的女性来说，采摘百草以斗输赢，是一项难得的游戏娱乐活动，热闹非凡，情趣盎然。王珪笔下那位女子，竟然在寻芳斗草完后还在袖中藏了香芸草，准备回去送给君王，让他放在书中来辟虫，可谓富有心机。苏轼笔下那位女子赢得了珠玑，心情自然愉悦。

端午帖子词还有描写赐冰、赐扇、赐罗、赐衣以及进衣、进冰、裁扇等宫廷习俗的内容，如王珪《端午内中帖子词·皇帝阁》其十"禁幕无风日正亭，侍臣初赐玉盘冰"、苏辙《学士院端午帖子·皇帝阁六首》其四"九门已散秦医药，百辟初颁凌室冰"为赐药、赐冰；苏轼《端午帖子词·夫人阁四首》其二"仙风随画箑，拜赐落人间"、周必大乾道七年《端午帖子·皇帝阁》其三"皇恩隆宰辅，赐扇御书诗"等为赐扇；苏辙《学士院端午帖子·太皇太后阁六首》其二"纻罗随节赐"、周必大乾道七年《端午帖子·皇帝阁》其六"吾君教朴无来献，却叠香罗赐百官"、许应龙《皇后阁端午帖子》其三"重午宫衣赐百工，香罗叠雪葛含风"等为

---

① （梁）宗懔：《荆楚岁时记》，山西人民出版社1987年版，第47页。

赐衣帛香罗；晏殊《端午词·御阁四首》其三"献寿竞为长命缕"，夏竦《御阁端午帖子》其五"紫殿瑶箱献巧衣"、其九"续寿长丝献紫宸"，宋庠《皇后阁端午帖子词》其一"魏井开冰洁，齐宫献服新"，孙抃《端午日帖子词·夫人阁五首》其四"画阁方裁扇，寒塘又凿冰"，周必大乾道七年《端午帖子·太上皇后阁》其三"雕盘初荐冰"，真德秀《皇后阁端午贴子词五首》其五"六宫竞献长生缕，一缕应期一万春"，卫泾《皇帝阁端午帖子》其二"御服齐官献，生衣暴室供。金箱初进入，一一耀黄封"等，都是进献行为。

三、春、端帖与自然景色

与对节俗的大量描写相比，春、端帖子对早春和盛夏自然景色的描写所占比例偏小，且常与社会习俗同时出现，有时显得比较简单、概括。

春帖所写早春景色，常以雪、柳、梅、莺、鱼等为主，如：

> 腊雪未消宫树碧，早莺声在万年枝。（晏殊《立春日词·御阁四首》其四）

> 春色渐浓人未觉，玉阶杨柳半青青。（晏殊《立春日词·内廷四首》其四）

> 柳条初弄色，梅蕊已飘香。（苏颂《春贴子·皇太妃阁五首》其二）

> 瑞羽关关迁木早，神鱼泼泼上冰来。（宋祁《春帖子词·皇帝阁十二首》其十二）

> 雪尽林弄姿，冰销水生态。（宋祁《春帖子词·夫人阁十首》其七）

> 细雨晓风柔，春声入御沟。已漂新荇没，犹带断冰流。（苏轼《春帖子词·夫人阁四首》其二）

> 冰消宿沼悠扬动，烟暖寒林约略青。试上龙楼回远望，朝来生绿画罗屏。（崔敦诗《淳熙七年春帖子·光尧寿圣宪天体道性

仁诚德经武纬文太上皇帝阁六首》其四）

柳眼窥春暖欲眠，梅妆点雪斗新妍。（真德秀《春贴子·皇后阁五首》其三）

这些诗，或以早莺的鸣叫，或以半青的杨柳，或以泼泼的神鱼，或以雪融后的树林，或以微露的春风，或以带冰的水流，或以飘香的梅蕊，描写立春时节自然界所显露出的丝丝春机、微微春意，表达人们对春天的期盼和春天到来时的欢悦。有的作品颇能抓住早春的景色特点，进行细致的描写，如"瑞木梢梢变，珍禽哗哗新""瑞羽关关迁木早，神鱼泼泼上冰来"等，有声有色，动静结合，又运用叠词，生动形象地展示了春天到来的盎然生机。苏轼"已漂新荇没，犹带断冰流"句颇显观察的细致，真德秀"柳眼窥春""梅妆点雪"写早春景色，也显得极为新颖。

端帖对夏日景色的描写很少，只有个别作品在写景时能突出时令特色，表现节日生活情调，如许及之《太上阁端午帖子》其三"傍阶葵萼倾红日，映水榴花染绛云。鱼戏亦知天意乐，行行吹起碧波纹"，以阶旁葵萼、映水榴花写端午时节皇宫之景，显得清新明快、富有趣味。"红""绛"以鲜艳的颜色渲染喜庆的气氛，也写天气的炎热，后两句以鱼戏水中，吹起行行碧波纹描写环境的清幽，观鱼者生活的悠闲、心境的恬淡亦可见。曹勋《端午帖子》其六："曲槛榴花绛色鲜，博山一缕水沉烟。奉华窗户清无暑，习习香传远岸莲。"以曲槛鲜红的榴花、华屋博山的缕缕香气与远水的莲花渲染宫中暑日无暑的气氛，而生活其中的人的富贵闲适之气自见。其九云："雨后风微荷芰香，顿驱初暑作疏凉。黑云卷尽青天大，却倚湖光看夕阳。"诗写夏日雨后之景，微风拂过芰荷，传来缕缕清香，暑气被驱除，黑云被吹散，天顿显得明朗而阔大。在此湖光山色之中，主人公闲倚栏杆看夕阳晚照下的湖山之美，写出了她生活的悠闲，显示其富贵之态。崔敦诗《淳熙七年端午帖子词·皇帝阁六首》其六以华丽之笔描写了一幅宫廷夏日图画，"黄道星辰移企翼，青冥风露近飞檐。翠华晚过凌虚殿，一色明珠十二帘"。作者抓住皇帝晚过灵虚殿的场景，显得别有意趣。

综上所述，纪述节序是宋代帖子词最基本的内容。周辉云："春、端帖子，不特咏景物为观美，欧阳文忠公尝寓规讽其间，苏东坡亦然。"①虽重点在强调后者，但一"特"字已明确无误地说明帖子的内容主要在"咏景物为观美"。在具体表现上，春、端帖对人文景观的描写较对自然景色的描写更为丰富多彩。

第二节 应时纳祜

帖子词是节日门帖用诗，因此它最原始、最基本的功能就是应时纳祜。就帖子内容而言，叙写节令往往是为应时纳祜作铺垫，应时纳祜才是帖子词最核心的内容。"祜"，本义为福。"福"的具体内涵，个人理解千差万别，但普通人理解的最基本的福就是财源滚滚、官运亨通、身体健康、长命百岁、家庭和睦、儿女成群之类。对皇室而言，他们无衣食之忧、无禄位之需，所求便只有健康长寿、子孙繁衍、国泰民安了。

一、祈祝福寿

同样是祈祝福寿，春帖与端帖稍有不同。春帖常常在迎春写景中祝寿求福，如夏竦《内阁春帖子》其四"银箭初传暖律延，微和渐扇物华妍。彩幡红镂宜春字，永奉宸慈亿万年"，先写节令，再纪节俗，最后祝寿。晏殊的《立春日词·御阁四首》其一："令月归馀届早春，羲舒相望协元辰。初阳乍逐青旗动，圣寿长随凤历新。"前两句写节序，第三句写景，末句表达祝寿之意。它如"草木渐知春，萌芽处处新。从今八千岁，合抱是灵椿"（苏轼《春帖子词·皇帝阁六首》其三）、"金华彩胜年年巧，柏酒椒盘岁岁新。恭愿吾皇千万寿，四时无日不阳春"（许应龙《皇帝阁春帖子》其四）等，比比皆是。"一年之计在于春"，从迎春礼到各种服饰饮食，立春节俗皆在迎新求吉，核心是祈福祝寿。宋代春帖从前代宜春帖、

---

① （宋）周辉撰，刘永翔校注：《清波杂志校注》卷一〇，中华书局1994年版，第425页。

春书发展而来，但改变了过于直露和不雅的语词①，减弱了避灾除祸的浓厚巫术色彩，而强化了迎春祝寿祈福的内容。

端午帖子则通常是从祛邪、除毒、避暑的角度表达祝寿求福的愿望。端午节的形成虽有各种各样的说法，但端午为恶日的观点还是深入人心的，故端午的很多习俗，如插艾人、戴彩索、帖门符、沐兰汤等都是祛邪除病的。端帖对此也多有表现，如苏辙《学士院端午帖子·皇太妃阁五首》其三"九夏清斋奉至尊，消除疠疫去无痕"，周必大《端午帖子·太上皇帝阁》其五"和气致祥禳百沴，艾人桃印谩垂门"，崔敦诗《淳熙元年端午帖子词·皇帝阁六首》其六"双人绿艾消民沴，五色朱丝奉帝龄"，《淳熙六年端午帖子词·皇帝阁六首》其五"仁风长养群生遂，化日清明百沴驱"等，欧阳修《端午帖子·皇帝阁六首》其四更是直言"岁时令节多休宴，风俗灵辰重祓禳"。有的学者就将端午归入祛邪祛病类节庆。②随着节日的发展和人们认识程度的提高，驱邪除恶渐渐转为求吉祝福，如胡宿《皇帝阁端午帖子》其二"灵符千福集，神印百邪奔"，以"千福集"与"百邪奔"共同表达祝福之意；其《夫人阁端午帖子》其八"续命由来宜彩缕，辟邪相向佩灵符。夏钧调乐长生酒，岁岁宫中祝圣图"中的彩丝续命、灵符辟邪、酒祝长生等都指向健康长生之用意；周必大《端午帖子·太上皇后阁》其三说得更明了，"丹篆钗符小，朱丝臂缕鲜。都无邪可辟，只有寿方延"。

端午恰值盛夏，酷暑难耐，暑气也为邪气之一种，辟暑不当，容易致病，因此端午帖子中经常有祛暑延寿的内容，如宋庠《皇帝阁端午帖子词》其三"冰纨能辟暑，丝缕解延年"、欧阳修《端午帖子词·皇后阁五首》其四"玉壶冰彩莹寒光，避暑宸游乐未央"、王珪《端午内中帖子词·夫人阁》其四"君王避暑蓬莱殿，向晚笙歌簇辇归"、元绛《端午帖

---

① 敦煌卷子中的《立春》诗中有"五福除三祸，万吉［消］百殃""宝鸡能僻邪""月月无灾""鸡回辟恶"等语，在宋代帖子词中则表现得更为委婉典雅。参徐俊纂辑：《敦煌诗集残卷辑考·敦煌遗书诗歌散录》卷中，中华书局2000年版，第853页。

② 赵东玉：《中华传统节庆文化研究》，人民出版社2002年版，第15页。

子》"已持犀辟暑,更斗草迎凉"①、曹勋《端午帖子》其四"酪粉冰壶驱薄暑,瑶琴永日得从容"、崔敦诗《淳熙六年端午帖子词·皇帝阁六首》其六"避暑深宫消永昼,函风广殿起凉秋"、刘克庄《皇帝阁端午》其一"解愠苏民瘼,清心却暑威"等,从不同角度表达了辟暑之意。

二、祈祝多子

祈求多子多孙、家族昌盛、皇祚永葆也是帖子词祈福的内容之一,多集中于后宫女性帖子中,如夏竦的《皇后阁端午帖子》其六"中闱正肃鸣环节,吉日爱逢采术时。亿载繁禧同圣寿,百男鸿庆茂仙枝"、《淑妃阁端午帖子》其三"万宇清和当圣日,千门采拾遘良辰。上真鸿绪宜蕃衍,从此高禖美应新","百男鸿庆茂仙枝""蕃衍"正是儿女成群的美好渴盼,"高禖"也无非是期望"百男鸿庆"。

宋代皇帝以徽宗子最多,有三十一子;其次为神宗,十四子;再次为太宗,十子;其余成子嗣不繁:太宗、英宗四子,孝宗、光宗三子,真宗、度宗一子,或生子多不举,或数日或数月而夭折,或未成年而亡,或未及继位而卒。仁宗无子,以侄子赵曙(英宗)为子。高宗一子早夭,以太祖七世孙赵伯琮(孝宗)和伯玖为义子。宁宗无子,先以太祖十一世孙赵询为子,赵询二十九岁卒,又以太祖十世孙赵竑为子,而最终登上皇位的是另一太祖十世孙赵昀(理宗)。理宗无子,立侄子赵禥(度宗)为皇子。"不孝有三,无后为大。"(《孟子·离娄上》)子孙繁衍、人丁兴旺是中国古人最强烈的愿望,皇室当然不例外。由于两宋很多皇帝乏子嗣,所以祈子也成了帖子词的重要内容之一。仁宗皇子不举,当时帖子词中表达渴盼子嗣的内容就特别多,如胡宿《夫人阁春帖子》其二"浴种宜蚕事,修禖尽燕祠。资生迎木正,蕃衍纳春祺"、《皇后阁端午帖子》其九"蕤宾干气盛炎方,坤德资生茂百昌。西域葡萄初蔓衍,成周瓜瓞更绵长",期

---

① (宋)陈元靓编:《岁时广记》卷二"避暑犀"条引,《丛书集成初编》本,第23页。

望"蕃衍""瓜瓞绵长"的用意显豁而强烈。《皇帝阁春帖子》其六"子孙千亿无疆寿,尽逐东风入帝家",很巧妙地祝愿子孙随春风而进入皇帝家。神宗初王珪《端午内中帖子词·皇后阁》其六"君王初幸集灵台,碧藕催花海上开。见说一房皆百子,凤衔双蒂几时来",则以凤衔百子的双蒂花几时来含蓄地表达了皇后期望生子的心理。南宋孝宗时,李清照《贵妃阁》其二"金环半后礼,钩弋比昭阳。春生百子帐,喜入万年觞"[1]、刘才邵《立春内中帖子词·皇后阁五首》其一"风转万年枝,冰开百子池。多男应禖祀,瑞气恰来时"中的"百子帐""百子池"都隐含生子的期盼。孝宗时崔敦诗《淳熙元年端午帖子词·皇帝阁六首》其四"百子榴房照绮疏"中"百子石榴"也传达出渴盼生子的信息。周必大的《端午帖子·皇后阁》其四"麝香草斗宜男绿,安石榴簪多子红",以斗"宜男"(萱草)绿草、簪"多子"的红石榴含蓄地表达了皇家期盼多子的愿望。理宗时期洪咨夔《端平三年春帖子词·皇后阁》其二"甲观韶光集,禖坛好语传。思齐男庆百,假乐子宜千"[2]也为同样的用意。

由于子嗣少,皇子皇孙的降生便给皇室带来了莫大的欢乐,这在帖子词中也有表现,如王珪《端午内中帖子词·太上皇后阁》其五"天人无限福,未老见曾孙"所写为神宗皇子的降生。周南《皇太后阁春帖子》其三"椒盘勤盥馈,百世有孙支"[3]、卫泾《寿成惠圣慈祐太皇太后阁春帖子》其一"含饴供乐事,戏彩见重孙"皆写宁宗皇子降生后的喜悦,尽管这些皇子后来都夭折了。

帖子词中还有抚育子孙、儿孙上寿等细节、场面的描写,如司马光《春贴子词·皇太后阁六首》其二"弄孙时哺果"、司马光《春贴子词·太皇太后阁六首》其四"春来无以销长日,闲取经书教小王"、韩维《太后阁六首》其五"静呼宫女教调曲,闲引皇孙看学行"等写太后抚育皇孙,

---

[1] (宋)李清照著,王仲闻校注:《李清照集校注》,人民文学出版社 1979 年版,第 126 页。
[2] (宋)洪咨夔:《平斋文集》卷一六,《四部丛刊》本,后引洪咨夔帖子均出此,不再另注。
[3] (宋)周南:《山房集》卷一,《宋集珍本丛刊》本,第 574 页。后文周南帖子均出自此书第 574—575 页,不再另注。

周必大乾道七年《立春帖子·太上皇后阁》其五"可但六宫环佩响,重孙满眼贺春来"更是描绘出一幅子孙满堂、其乐融融的图景。

三、祈求国泰民安

在古代,君王与国家是统一的。因此,帖子词除了祝福君王及其家庭成员寿比南山、福如东海之外,还常表达国家长治久安、年丰民富、天下太平的美好期望,如夏竦《御阁端午帖子》其一"续命彩丝登茧馆,长生金篆献琳宫。百灵拱卫天居峻,万国欢康帝业隆",前两句叙节俗,后两句歌颂国家昌盛、帝业兴隆。《御阁端午帖子》其三"仙园采药回雕辇,禁殿迎祥启凤闱。四海乐康民富寿,穆清无事永垂衣",写宫内的采药、迎祥习俗,在此基础上描述"四海乐康民富寿",虽是一种溢美之词,但委实为美好的期盼。司马光《春贴子词·夫人阁四首》其三的表达就更为直接,"绮窗绣户又东风,丹掖游陪岁岁同。但愿太平无限乐,何须三十六离宫",在祈祝皇宫宴游"岁岁同"的同时,学士们更期望天下太平;反过来说,只有天下太平了,也才有皇宫岁岁皆同的享乐游宴。

立春在节日类型上属于生产类节庆[①],立春节的"迎春""出土牛""鞭春"等仪式习俗都意在兆时劝农,以备春耕[②]。皇宫成员虽无须劳作,但作为最高统治者不应该不关心年成的好坏;作为翰林学士的侍从之臣、有识之士,也不可能不关心民众的生活,因为只有农桑丰收,人民才能安居乐业,统治者才能高枕无忧。因此,春帖中有不少祈祝年丰、庆贺丰收的内容,如欧阳修《春帖子词·夫人阁五首》其二"测圭知日永,占岁喜时丰",以占岁表达了对丰收的祈祝;苏颂《春贴子·太皇太后阁六首》其四"冬后五旬逢岁朔,腊前三白遍民田。朝来淑气先时至,又见春秋大有年",以腊月大雪的降临预想新年丰收在望,表达了对农事的关切;洪适《皇帝阁春帖子六首》其三"闰接残年腊,春留半月冬。雪深田易垦,

---

① 赵东玉:《中华传统节庆文化研究》,人民出版社2002年版,第11页。
② 赵杏根:《中华节日风俗全书》,黄山书社1996年版,第8—9页。

欢喜匝三农"①，由雪深田易垦想象农民的欢喜，因为它预示着夏秋的丰收；汪应辰《端午帖子词皇帝阁》"雨旸皆应节，和气满平畴。欲识天颜喜，农家麦有秋"，以雨水的应节预期夏天的丰收，因"农家麦有秋"，故而"天颜喜"；周南《皇帝阁春帖子》其二"玉烛天时正，金穰岁兆丰"、真德秀《春贴子·皇帝阁六首》其四"万宇新歌大有年，又看瑞雪粲琼田。太平和气随春转，斗米从今三四钱"、许应龙《皇帝阁春帖子》其五"三白从来兆岁丰，儿看瑞雪舞回风。苍龙挂阙农祥正，击壤行歌我稼同"、许应龙《皇后阁春帖子》其五"腊前三白兆年丰，即更弥旬雪满空。岁籥未经春已到，从今物物被和风"等，皆以冬雪或天时来预祝夏秋的丰收。

祈祷蚕桑丰收也多见于帖子词。洪咨夔《端平三年春帖子词·皇后阁》"农事未兴先献种，女红方起又亲蚕"、苏辙《学士院端午帖子·皇帝阁六首》其五"雨迟麦粒尤坚好，日丽蚕丝转细长"、许应龙《皇帝阁端午帖子》其四"陇麦已登蚕又熟，更多膏泽兆年丰"、真德秀《端午贴子词·皇帝阁六首》其六"二麦登场蚕着茧，平畴新绿又连阡"、《皇后阁端午贴子词五首》其一"翠浪两岐麦，冰丝八茧蚕"，或写皇后献种、亲蚕以劝农桑、祈祝丰收，或写蚕丝细长，丰收在望，举宫庆贺，或写麦登蚕熟，丰年已兆，一派喜气。衣食为人生存的根本，加上宋代每年要输出大量的帛给辽、西夏、金，对丝织品的需求很大，因此蚕桑与粮食常并列出现。

避免战争也是帖子词祈求的内容之一。端午佩饰中有名"辟兵符"者，相传佩戴可避兵祸。据笔者统计，宋代端帖中出现"辟兵"一词达17次之多，这从某种程度上表现了宋代上自宫廷下至百姓的共同心理：畏惧战争、期盼和平，如胡宿《夫人阁端午帖子》其一"神印能祛恶，灵符解辟兵"、苏辙《学士院端午帖子·皇帝阁六首》其四"饮食祈君千万寿，良辰更上辟兵缯"、曹勋的《端午帖子》其三"辟兵龙印篆神经，系

---

① （宋）洪适：《盘洲文集》卷一八，《四部丛刊》本。后引洪适帖子均出自此书，不再另注。

臂香紫绣色轻"等就很典型。有些帖子词则明言辟兵符不可能辟兵，只有君主任用贤臣、推行良策、加强备边，才能真正使天下太平。欧阳修《端午帖子·皇帝阁六首》其六云"圣主忧勤致治平，仁风惠泽被群生。自然四海归文德，何用灵符号辟兵"、孙抃《皇帝阁六首》其二亦云"炎日曈曈照殿楹，幅员万里塞氛清。汉家自有安边术，不是灵符解辟兵"，透过表面的称颂，我们不难看出有识之士对战争的忧患和富国强兵的期望。

如果说澶渊之盟换来了北宋一百馀年的和平的话，那么南宋从高宗开始就不思抵抗，而靠玉帛进贡换来暂时的偏安一隅，这让那些真正爱国的士人充满担忧和愤慨。汪应辰《太上皇帝阁端午帖子词》其十"圣治从来本好生，拟销剑戟助农耕。此心自与天无间，岂待丹缯始辟兵"、周必大《端午帖子·皇帝阁》其四"仁政便为医国艾，德威那假辟兵符"等，表面上是夸赞孝宗皇帝好生、施行仁政，以其德威无须借助辟兵符便可"不战而屈人之兵"，隐含的意思则是希望孝宗确能实现真正意义上的辟兵。卫泾写于宁宗开禧三年（1207）北伐失败，进行和谈时期的《皇帝阁端午帖子》其五"远人新有约和书，并塞狼烟指日无。圣主忧民轸宵旰，宫中犹绾辟兵繻"、真德秀写于嘉定三年（1210）和谈以后的《端午贴子词·皇帝阁六首》其二"玉帛交邻后，清阴满塞榆。苞桑存至戒，犹佩辟兵符"，期望佩戴辟兵符、辟兵繻之类以避免战争的心态在我们今天看来固然迂腐可笑，但在当时却是非常真实的，而且它代表的恐怕还不仅仅是少数宫中之人的心态，更体现了朝野上下多数人的心情。许应龙理宗嘉熙二年（1238）《皇帝阁端午帖子》其五云："诞敷文德洽寰区，赳赳明明运庙谟。自是不争应善胜，何须更佩辟兵符。"在蒙古军进逼，史嵩之主张和谈的历史时期，讲"自是不争应善胜"，很有些自欺欺人，因为不争的背后是数量庞大的银绢岁贡，诗作反映了当时上自皇帝下到不少臣民恐惧战争、期望和谈的想法。刘克庄《公主阁端午》其四云："何须彩索祈长命，不待钗符自辟兵。"此诗写于理宗景定二年（1261），因蒙古国内争夺大汗之位，围攻钓鱼城的蒙古军首领忽必烈领兵北撤，于1260年即大汗位，因忙于对阿里不哥用兵，未暇南顾，南宋获得了暂时的安宁，这"不待钗符自辟兵"倒也不假。帖子词大量的辟兵以及辟兵符,表现了人们渴盼和平、期待安宁生活的美好愿望,但也真实地反映了整个宋代惧怕战争的思想。总之,正如大多数节日诗歌一样,应时纳祜是宋代帖子词最核心的内容。这也是继承前代门帖的必然结果。我们不必嘲笑宋人的迂腐、迷信,实际上祝福美好生活、期望健康长寿、渴盼国家太平强盛又何尝不是所有时代所有人的愿望呢?

第三节 歌功颂德

承接唐文学、文化而来的宋代帖子词,属于应制诗,本质上是"颂"体诗之流。宇文所安指出:初唐应制诗"主要目标是对贵族社会进行优美雅致的歌颂"①,宋代帖子词更是专门化的宫廷节日颂词。綦崇礼的看法代表了宋人的认识,"春日帖子,盖宫禁门户间祓除祈祝之词,异时作者不过颂德美而歌福禄,以奉至尊燕娱之私而已"②。周辉说:"春、端帖子,自政、宣以后,第形容太平盛事,语言工丽以相夸,殆若唐人宫词耳。"③后人对宋代帖子的认识也是如此,"昔宋之时,翰林以是日进春帖于禁中,写时景而美德意"④。在众多的帖子词中,颂美之声是相同的,但歌颂之"德美"具体为何、怎样表达却也五彩纷呈。大致而言,有如下一些具体内容。

一、太平:对盛世的歌颂

对统治者而言,他们最大的成功就是国泰民安、天下太平。换句话

---

① [美]宇文所安:《初唐诗》,贾晋华译,生活·读书·新知三联书店2014年版,第31页。
② (宋)綦崇礼:《论德宗不能用陆贽》,《北海集》卷二二,影印《文渊阁四库全书》本,第1134册,第670—671页。
③ (宋)周辉撰,刘永翔校注:《清波杂志校注》卷一〇,中华书局1994年版,第425页。
④ (明)王直:《抑庵文集》卷四,影印《文渊阁四库全书》本,第1241册,第68页。

说，国家是否政治独立、社会安定、经济繁荣、人民安居乐业，这是一个皇帝治理国家是否成功的标志，也是他能否被评价为明君的标尺。因此，对国家太平盛世的歌唱就是对统治者最大的赞美。帖子词是一种"太平典故"[①]，它是太平时代皇宫为表现喜庆欢乐而用的诗歌，因而歌唱盛世、颂扬太平自然是其常见的主题之一，如：

乔岳告成鸿庆远，垂衣无事永千年。（夏竦《御阁春帖子》其二）

亿载延长资睿算，万区康乐遇昌期。（夏竦《御阁端午帖子》十二）

三百六旬初一日，四时嘉序太平年。（晏殊《元日词·内廷四首》其四）

云捧楼台切绛霄，太平天子未央朝。（王珪《立春内中帖子词·皇帝阁》其三）

天下太平今有象，宫中行乐但迎新。（苏颂《春贴子·皇太妃阁五首》其四）

这些写于北宋真宗、仁宗、神宗、哲宗时期的帖子，以"永千年""昌期""太平年""天下太平"来歌颂盛世，甚至直呼皇帝为"太平天子"。这些颂美明显带有夸张的成分，但结合历史事实来看还是有几分真实性的，也表现了这些作者对他们所处时代的体认。同样是颂扬太平，有些帖子并不似上述那么直露，如欧阳修《春帖子词·夫人阁五首》其四"微风池沼轻漪漾，旭日楼台瑞霭浮。四海欢声歌帝泽，万家春色满皇州"描绘了一幅"四海欢声""万家春色"的太平景象；司马光《春贴子词·夫人阁四首》其三云"绮窗绣户又东风，丹掖游陪岁岁同。但愿太平无限乐，何须三十六离宫"从后宫女性的角度表达了期望太平时光永在，游乐无限的美好愿望；苏轼《春帖子词·太皇太后阁六首》其六"传闻塞外千

---

① （元）仇远：《苏轼春帖子词》跋语，（清）张照等：《石渠宝笈》卷五，影印《文渊阁四库全书》本，第824册，第137页。

君长，欲趁新年贺太平"则巧妙地从远国来贺的角度赞颂国家强大、社会太平。

南渡之后，统治者偏安一隅，苟且偷生，不思收复中原，帖子词中照样有不少太平盛世的描写，如刘才邵写于绍兴年间的《皇帝阁六首》其五云"海国占风慕圣明，先春入贡竭丹诚。梯航万里不辞远，要趁新年贺太平"；周麟之写于绍兴二十九年（1159）的《春贴子词·皇太后阁六首》其四云"尽道九重春色早，太平天子是东皇"，当时南宋定都杭州，与金人签订绍兴和议，以称臣赔款换来了所谓的"和平"，在南宋人看来，能保住半壁河山就已经是太平盛世了，于是节日照旧、享乐照旧。南宋孝宗淳熙之时，被誉为中兴后的又一个太平盛世，帖子词中的溢美之词便频频出现，如：

殿阁无为日，朝廷有道时。（周必大淳熙五年《立春帖子·太上皇帝阁》其二）

宫中多燕喜，天下正明昌。（崔敦诗《淳熙六年端午帖子词·皇后阁五首》其一）

亲提神器授今皇，帝德王功日日昌。万宇熙台无一事，湖山好处赏风光。（崔敦诗《淳熙八年春帖子词·太上皇帝阁六首》其四）

了无尘累可关情，坐见寰区乐太平。弄水看花聊燕适，倚松餐菊偶经行。（崔敦诗《淳熙八年端午帖子词·太上皇帝阁六首》其五）

或写朝廷有道，天下无事；或写天下明昌，宫中多宴；或写承平无事，游赏湖山、弄水看花；或写有象升平，九衢歌舞，似乎真是一派太平盛世的繁华景象。孝宗皇帝更是被直接誉为"太平天子""中兴主"，比如"晨跸一声春又到，太平天子上瑶杯"（崔敦诗《淳熙二年春帖子词·光尧寿圣宪天体道太上皇帝阁六首》其四）、"九州元载中兴主"（周必大淳熙六年《立春帖子·皇帝阁》其四）。

孝宗后国势日下，但对国家太平、强大、富有的歌颂仍然时时出现，如宁宗时卫泾所写"承平多旧事,闲教小宫娃"(《寿成惠圣慈祐太皇太后阁端午帖子》其三)、"三边宽大诏,亿载太平期"(《皇帝阁端午帖子》其一),描摹出一幅幅升平图景;许应龙的"圣德乾坤大,皇图日月长。远人咸畏慕,国势寝安强"(《皇帝阁春帖子》其三),也让我们感受到当时国家形势依然比较安定、强大;理宗时真德秀的"万宇新歌大有年,又看瑞雪粲琼田。太平和气随春转,斗米从今三四钱"(《春贴子·皇帝阁六首》其四),从瑞雪兆丰年所展望的米价三四钱的太平气象中我们依然感到国泰民安。歌功颂德永远是统治者所需要的,这在帖子词中得到了充分的体现。

二、勤政爱民:侧重于皇帝的颂美

在写给皇帝的帖子词中,有很多颂扬其勤政。对孝宗勤政的颂扬最多,如周必大《立春帖子·皇帝阁》其五"昕陛延贤日彻曛,金莲阅奏夜常分。馀闲手点唐文粹,春昼长时分外勤",白日招贤纳士,夜晚批阅奏章至于夜半,有馀暇则手点《唐文粹》,可谓"勤"矣!洪适《皇帝阁春帖子六首》其六"退朝讲武与修文,何暇寻春到玉津。桃李不言浑望幸,从来未识属车尘"、崔敦诗《淳熙元年端午帖子词·皇帝阁六首》其六"向晚封章都阅遍,翠舆初过水心亭",或以桃李未识属车尘而浑望幸写皇帝忙于讲武修文而无暇到玉津园寻春,或以晚上奏章阅遍方有空闲到水心亭赏景,形象地表现了孝宗的勤于政事。许应龙《皇帝阁端午帖子》其六写理宗,手法类似,"殿阁凉生昼景长,翠烟缥渺御炉香。经帏讲罢看章疏,至昃犹闻食未遑"。

"皇帝阁"以外的其他帖子也间接有对皇帝勤政爱民美德歌颂的表现。司马光《春贴子词·夫人阁四首》其四云:"圣主终朝勤万几,燕居专事养希夷。千门永昼春岑寂,不用车前插竹枝。"诗反用晋武帝掖庭人多,以致宫人为争宠而门户插竹叶以吸引武帝羊车的典故,写神宗因终日勤政而使夫人们过着寂寞清净的生活。韩维《夫人阁四首》其三云:"薄暖正当挑菜日,轻阴渐变养花天。君王勤政稀游幸,院院相过理管弦。"因"君王勤政",罕事游幸,宫女们只剩得自娱自乐,各理管弦了。崔敦诗《淳熙六年端午帖子词·皇后阁五首》其五"圣主恭勤少燕游,生衣趁得未明求。随时但献长生缕,当午犹闲竞渡舟",则从皇后的角度来写皇帝的勤俭淳朴。

有些帖子虽没有明言勤政,但用意也在于此,只是表达得更含蓄一些,如欧阳修《春帖子词·皇帝阁六首》其六"熙熙人物乐春台,风送春从天上来。玉辇经年不游幸,上林花好莫争开",先写春来之后花儿会相继开放,景色会越来越迷人,但皇帝多年已经不游幸了,所以宫苑中的花儿无须争相开放了。欧阳修的另一首《春帖子词·夫人阁五首》其三则赞美了仁宗的无声色之惑,"黄金未变千丝柳,白日初迟百刻香。圣主本无声色惑,宫花不用妒新妆",不游玩、不耽于美色,也就意味着克己修德、勤于政事。

除了歌颂皇帝勤政外,还有对其爱民的歌颂。宋代帖子词中出现"民"字达四十一次。"圣心勤恤为生民"(夏竦《御阁端午帖子》其九)的是真宗,"圣主忧勤致治平,仁风惠泽被群生"(欧阳修《端午帖子·皇帝阁六首》其六)的是仁宗,"圣主忧民未解颜"(苏轼《春帖子词·皇帝阁六首》其四)的是哲宗,"只忧贪吏尚残民"(苏轼《端午帖子词·太皇太后阁六首》其六)的是实际执掌朝政的曹太后,"要知垂艾意,期与庶民康"(周麟之《端午贴子词·皇帝阁六首》其三)的是高宗,"事已高超古,心犹切为民"(崔敦诗《淳熙二年春帖子词·光尧寿圣宪天体道太上皇帝阁六首》其二)、"诚心每在民"(汪应辰《太上皇帝阁端午帖子词》其三)的是禅位退居赋闲做了太上皇的高宗,"紫皇恭俭忧民切"(周南《皇帝阁春帖子》其一)的是宁宗,"朝来资善议,犹自问穷民"(真德秀《春贴子·东宫五首》其二)的是景献太子,"阜财并解愠,总是爱民心"(许应龙《皇帝阁端午帖子》其三)的是理宗。一代一代的君王为民忧心操劳的形象在不同年代的帖子词中是何其相似!我们虽不能说君王的这些美德、仁心完全是子虚乌有、由作者凭空捏造的,但显然是被夸大了的。

但这种有意的美化，与其说是一种奉承，毋宁说是一种含蓄的讽谏。

当颂美成为一种必须，学士们的妙笔自然会生花。如果说"今岁韶光好，田间气象淳。政平无横赋，粟贱少穷民"（崔敦诗《淳熙六年春帖子词·皇帝阁六首》其三）、"爱民一念彻渊泉，内府时时出禁钱"（真德秀《端午贴子词·皇后阁五首》其四）比较真实地描述了统治者在一定程度上减免赋税、赈济灾民的爱民行动的话，那么"高蹈殊庭二十春，随时游乐为同民。翠舆黄伞西湖路，老耨年年喜望尘"（崔敦诗《淳熙八年春帖子词·太上皇帝阁六首》其六）将太上皇赵眘春日游西湖之举美其名为"与民同乐"，"雨向红云傍畔立，最知圣主爱民心"（刘克庄《皇帝阁（立春辛酉）》其五）写雨因知圣主爱民之心而落，则可谓善于颂美矣！

以尧、舜、商汤、周文，甚至天、天帝等来比附君王或储君，是帖子词颂美的典型程式，如"九重颂汉诏，四海识尧心"（刘才邵《立春内中帖子词·皇帝阁六首》其三）、"祝网汤仁布，垂裳舜德敷"（周麟之《端午贴子词·皇帝阁六首》其二）、"圣子似周文"（真德秀《春贴子·皇后阁五首》其二）等。尤其是尧、舜，在帖子词中出现的频率分别高达31次和26次。孝宗时期，以尧比太上皇、以舜比孝宗就更多见，如"玉卮上寿慈颜喜，岁岁年年舜事尧"（洪适《皇帝阁春帖子六首》其四）、"两宫和气舜承尧"（周必大《立春帖子·太上皇帝阁》其五）等。也有以尧、舜比附女性的，刘克庄《皇后阁（端午）》"纸上姜任今远矣，女中尧舜果谁哉。累朝阃范真龟鉴，寄语江心莫铸来"，以"女中尧舜"赞颂理宗皇后谢道清，评价可谓高矣！

以天、天帝来喻帝王也时而有之，如"德如天溥爱，性与帝同仁"（苏颂《春贴子·皇帝阁六首》其二）、"上自是天公"（刘克庄《皇帝阁（立春辛酉）》其一）、"圣明天子是东皇"（崔敦诗《淳熙六年春帖子词·皇帝阁六首》其五）等。帝王历来以天之子自居，而直接比附为天、天帝，则是从臣子角度所发出的赞美。

三、贤淑勤俭：侧重于后宫的颂美

品德贤淑，生活勤俭，是长期以来对女性德行的基本要求，对后宫女性当然也不例外。在为后宫——太上皇后、皇太后、皇后、妃嫔以及公主等所作的帖子词中，赞美她们的贤、淑、勤、俭等美德是一项重要内容，如称颂哲宗时的皇太后能继承太皇太后的美德"三朝德化妇承姑"（苏轼《春帖子词·皇太后阁》其五），仁宗曹后"河洲贤德保长生"（胡宿《皇后阁端午帖子》其七）、孝宗谢后"俭德闻中外，徽音继葛覃"（周必大淳熙六年《立春帖子·皇后阁》其一）；赞美仁宗张贵妃"皇英贤范奉千龄"（胡宿《妃阁春帖子》其二），理宗贾贵妃"贤哉淑德继鸡鸣，密赞关雎美化行"（许应龙《贵妃阁春帖子》其四）；赞扬理宗公主"吾宋钱家主最贤"（刘克庄《公主位》其四），甚至对已故张贵妃的称颂也不离勤俭贤淑，"云散风流岁月迁，君恩曾不减当年。非因掩面留遗爱，自为难忘窈窕贤"（欧阳修《端午帖子·温成阁四首》其四）。有些帖子虽未出现"贤""淑"等词，但表达的却是称颂贤淑之意，如前引刘克庄《皇后阁端午》其四"女中尧舜果谁哉"，将理宗皇后谢道清比为女中尧舜，也在突出其贤淑之美德。

大多帖子都能够具体地描写后宫女性的贤淑、勤俭等美德。王珪《端午内中帖子词·皇后阁》其二"茧馆桑阴合，新丝已上机。忧勤不知暑，亲织衮龙衣"写神宗皇后向氏非常勤劳，不畏酷暑，亲自为皇帝织衮龙衣；司马光《春贴子词·皇后阁五首》其五"春衣不用蕙兰熏，领缘无烦刺绣文。曾在蚕宫亲织纴，方知缕缕尽辛勤"写神宗皇后向氏因为体会过织丝绸的辛苦，故生活俭朴，体贴下人，衣服不用蕙兰熏，领缘无须刺绣文。韩维《春贴子·皇后阁五首》其五"欲助君王修俭德，不将宫样织新花"用意亦同。周必大写于乾道七年的《端午帖子·太上皇后阁》其六"清晓宫中献彩丝，盘龙结凤斗新奇。欲教嫔御知勤俭，闲说当年茧馆仪"，写时为太上皇后的吴氏以前代的茧馆仪来教育宫嫔们要知勤俭；写于淳熙四年的《立春帖子·太上皇后阁》其一"虽膺天下养，犹服浣衣裳"、其六"两宫勤俭妇承姑，铺翠销金举世无。茧馆新蚕家法在，民间应有袴兼襦"和淳熙六年《立春帖子·皇后阁》其一"俭德闻中外，徽音继葛覃。化行人自劝，何待讲亲蚕"，皆反复强调太上皇后吴氏、皇后谢氏二人生活俭朴，服饰不尚奢华，能为全国百姓做出崇尚俭朴的示范。洪咨夔《端平三年春帖子词·皇后阁》其四则以藉田前的献种和亲蚕来赞美理宗皇后谢道清的知书达礼和美德贤淑，"关雎风化冠周南，次第桃夭及葛覃。农事未兴先献种，女红方起又亲蚕"。

帖子词还写到皇后们不仅自己崇尚节俭，而且能约束外戚，如司马光《春贴子词·皇太后阁六首》其六写神宗时期曹太后为"裁缝大练成春服，慈俭由来性所钟。肯使外家矜侈靡，车如流水马如龙"、崔敦诗《春帖子词·寿圣明慈太上皇后阁六首》其六写孝宗时期太上皇后吴氏亦云"望春台下□□软，不见游龙有外家"，二诗皆反用汉明帝马皇后之典故，表现了她们不但生性俭朴，还能很好地管束外族亲属，不使他们铺张奢靡。

帖子词还通过描写女性日常读书、弹琴、写字等生活内容来表现她们恪守本分、恬淡自居的贤淑品德。这在帖子中表现最多，如周麟之《春贴子词·皇后阁五首》其四"银钩惯学君王帖，宝轸频听淑女琴。更与六宫循节俭，钗头不缀辟寒金"、《端午贴子词·皇后阁五首》其四"不贪斗草事诗书，漫采香芸辟蠹鱼。永日挥毫自忘暑，滴残宫砚玉蟾蜍"，写高宗吴后平日的生活就是临帖、听琴，奉行节俭、不贵妆饰，寒日不戴辟寒金，夏日不贪斗百草。周必大《端午帖子·太上皇后阁》其五"暑衣初进满宫床，雾縠云绡五月凉。化洽周南无一事，尚吟絺綌葛覃章"，写后宫女性虽然很富贵，但尚能吟咏《诗经·葛覃》，知道一丝一线来之不易。真德秀《皇后阁端午贴子词五首》其二写宁宗杨皇后"昼长无一事，只诵二南诗"，刘克庄《公主位（立春）》写理宗公主"妆阁朝旸暖，书窗昼漏迟。不看列女传，即诵二南诗"（其一）、"彤史芳华笔，金炉戒定香。羞谈沁园事，肯学寿阳妆"（其二），罗公升《春日夫人阁》"君王着意在经帷，无复琼林宴赏时。从此六宫休斗草，碧纱窗下读毛诗"等，都以后宫女子读"二南"或《列女传》来称颂她们的贤淑美德。

有的帖子词还写女性的辅佐之功，这是对更高层次的贤德的颂美，如夏竦《内阁春帖子》其六"六宫永被河洲化，穆穆芳猷佐圣功"赞美真宗皇后刘娥具有辅佐之功；胡宿《皇后阁春帖子》其一"涂山佐夏王"喻仁宗曹后辅佐有力，汪应辰《太上皇后阁端午帖子词》其一"周室兴王业，尧图授圣人。谁知皆内助，功德古无伦"赞高宗吴皇后佐高宗让位之德，许及之《皇后阁春帖子》其一写孝宗谢皇后"寿却两宫春日酒，自书卷耳进贤诗"，洪咨夔《端平三年春帖子词·皇后阁》其三"涂山阴赞夏王化，妫汭密裨虞帝仁"，也对理宗谢后能劝勉皇帝进贤任能做了美颂。

四、孝：侧重于晚辈的颂美

"百行孝为先"，孝是中国封建伦理道德的根本。皇族对之较常人更为重视，因此有不少帖子词专写孝行。

帖子多通过描写皇帝和皇太子早起向长辈问安来表现他们的孝。除了仁宗前期、英宗、徽宗、钦宗、光宗几个时期的帖子词因散佚严重而无法知道是否有表现孝行的内容外，其馀各代的帖子词都有这方面的描写，仅"问安"一词就出现了十一次，如"一有元良昭大庆，问安长在紫宸中"（晏殊《立春日词·东宫阁》其一）写已册封为皇太子的赵祯向父亲真宗问安；"长乐晓钟残，皇舆入问安。东风犹料峭，冒絮御馀寒"（司马光《春贴子词·太皇太后阁》其三）写东风料峭中，神宗不畏馀寒去祖母、母亲的宫殿问安。哲宗即位时年龄小，上有太皇太后、皇太后、皇太妃，所以这一时期的帖子词写问安的场景就很多，"蓬莱殿里春开宴，长乐宫中帝奉亲"（苏颂《春贴子·皇太后阁六首》其五）、"圣皇钦翼孝心存，宫阁深沉母道尊"（苏颂《春贴子·皇太妃阁五首》其三）、"孝心日奉东朝养"（苏轼《春帖子词·皇太妃阁五首》其三）等。南宋刘才邵《立春内中帖子词·皇太后阁六首》其二"紫禁迟迟漏，瑶箱细细风。君王问安早，红烛照帘栊"写高宗对母后韦氏之孝；周必大《端午帖子·太上皇帝阁》"圣子晨昏孝养隆"、《立春帖子·太上皇帝阁》"圣君朝圣父，云捧两袍红"，崔敦诗《春帖子词·太上皇后阁六首》其一"春晓慈闱启，君王奏问安"等，写时为君王的孝宗对养父母的孝敬。真德秀"鹤驾通宵入问安"（《春贴子·东宫五首》其四）写景献太子对养父宁宗之孝；刘克庄"听鸡而起严温清"（《皇太子宫（立春）》其三）写册为皇太子的赵禥对理宗之孝。

对长辈的奉养更是孝的表现。司马光《春贴子词·皇后阁五首》其四写神宗向皇后进献太皇太后和皇太后两宫精美的春盘，"玉盘翠苣映红蓼，捧案朝来献两宫"，其孝心可鉴。周必大《端午帖子·太上皇后阁》其四"问安敕使马如飞，络绎时新奉母慈"，亦可见皇帝对太上皇后的尽心奉养。

反过来，对长辈则突出其慈祥。帖子词中称皇帝宫殿为"慈庭"，称皇太后、皇后等女性的宫殿为"慈闱"，称皇帝为"慈皇"，称皇帝容颜为"慈颜"，以称颂他们的慈爱之心。偶尔也通过一些寻常家庭生活场景的描写来表现他们的慈爱，如司马光《春贴子词·皇太后阁六首》其二写皇太后高氏"弄孙时哺果"，韩维《春贴子·太后阁六首》其六则写她"闲引皇孙看学行"，颇有其乐融融的氛围。

上面所列四方面是帖子词歌功颂德的主要内容，多为程式、套语，但总体上还是体现出了个人的特点。它如夏竦《寿春郡王阁春帖子》其四写寿春郡王赵祯"异表英奇""惠心通敏"，兼具内才外美；王珪《端午内中帖子词·太上皇后阁》其十二写太上皇后曹氏退居后宫，还政于神宗，整日焚香读黄老之书，清静无为，恬淡自处；周麟之《春贴子词·皇太后阁六首》其六写皇太后年八十而身轻眼明；周必大《立春帖子·太上皇后阁》其四以东皇与西母为喻，赞颂高宗夫妻同享高寿等，也很有特点。

以社会价值来评价，帖子词的歌功颂德似无足取，但这恰恰是帖子词的重点内容之一，也是帖子词文体特征的典型表现之一。

第四节 纪写时事

作为一种宫廷节日诗，帖子词与宫词一样，会反映不少宫中事，而且还非常及时。在早期夏竦、晏殊、宋庠、宋祁、胡宿的帖子词中，对皇宫生活的具体描写很少，主要是纪述节序、应时纳祜、歌功颂德的内容，偶尔涉及时事，如夏竦写真宗封禅、皇子加冠，晏殊写皇太子册立等。欧阳修之后，随着帖子词讽谏内容的增多，反映时事的内容也随之增多。南宋时期，举凡祭祀、后妃册封、皇子纳妃、公主下嫁等礼仪，战事、和谈、外国或蕃臣入贡、通好等朝廷大事，宫廷营建以及皇室成员的读书写字、饮食服饰、歌舞饮宴等日常生活，均进入了帖子词的描写范围，使帖子词的表现范围更为广阔，歌功颂德也更为具体。

一、宫廷典祀礼仪

不少帖子词表现了宫廷礼仪典祀及其相关之事。除了与节日直接有关的仪式，如东郊迎气外，还有封禅、郊祀、藉田、亲蚕、加冠、册封、上尊号、朝会等。

在帖子中纪礼仪之事，夏竦帖子已见端倪，其《御阁春帖子》其二"乔岳告成鸿庆远，垂衣无事永千年"、其三"天人道洽真游降，禅祀功高帝业昌"都是对宋真宗大中祥符元年冬举行的封禅之事的回顾；《寿春郡王阁春帖子》其一"良辰已庆加元服，大国爰闻拜景风"是对皇子加冠的及时表现。赵祯为真宗独子，大中祥符八年十二月二日举行加冠礼[①]，十七天后的大中祥符九年立春，夏竦所写春帖即反映了此事。晏殊的《立春日词·东宫阁三首》"一有元良昭大庆，问安长在紫宸中"（其一）、"邦家累善钟储贰，皎皎重晖在璧轮"（其二），则是对赵祯被册立为皇太子事的间接表现。太子一旦册封，就有相应的东宫阁帖子，如南宋宁宗嘉定二年

---

① （宋）李焘：《续资治通鉴长编》卷八五，中华书局1995年版，第1958页。

（1209）册立赵询为皇太子，嘉定五年真德秀帖子就有《东宫》《皇太子宫》，理宗景定二年（1261）七月册立赵禥为皇太子，当年刘克庄春帖便有《皇太子宫》，且有"朝野俱相庆，元良入震宫"（其一）句。但因为宋代很多太子的册立都在即位前不久，没有赶上立春和端午，所以东宫阁帖子很少。刘克庄写作景定三年春帖前，理宗独生女周国公主于十一月丁丑（十九日）下嫁杨镇，赵禥太子妃全氏于十二月册封①，于是将这些时事写入帖子中，"太液冰销寒霁威，新年喜气霭皇闱。恰闻主第初谐偶，俄报储宫已册妃"（《皇后阁（立春）》其五）。

帖子词写籍田和亲蚕礼，旨在表现帝后对农事的关切。籍田也写作藉田，是古代为鼓励农耕而设的礼仪。据《宋史·礼志》记载："籍田之礼，宋初岁不常讲。雍熙四年，始诏以来年正月择日有事于东郊，行籍田礼。"②靖康后一度中断，南宋于"绍兴十六年（1146），皇帝亲耕籍田，并如旧制"③。因为藉田礼在孟春举行，所以春、端帖表现较少，仅见苏轼一例，"苍龙挂阙农祥正，老稚相呼看藉田"（《春帖子词·皇帝阁六首》其四）。亲蚕礼是春季举行的由后妃主祭的吉礼。宋初久废，真宗时由于王钦若的请求，方参唐代而定，"祀礼如中祠"，政和时还"仿汉制，置茧馆，立织室于宫中，养蚕于薄以上。度所用之数，为桑林。筑采桑坛于先蚕坛南"④。《宋史·礼志》记载了宣和元年（1119）三月皇后于延福宫亲蚕的仪式。靖康中断，南宋绍兴七年（1137）恢复。乾道中，升为中祀。亲蚕礼在季春，故多见于端帖，如：

种稑献新种，袆褕浣旧衣。玉钩随步辇，行看采桑归。（司马光《春贴子词·皇后阁五首》其一）

六宫修岁事，拂拭采桑钩。（韩维《皇后阁五首》其三）

川馆亲蚕后，宫房献茧初。（胡宿《皇后阁端午帖子》其一）

---

① （元）脱脱等：《宋史》卷四五《理宗本纪五》，中华书局1977年版，第879页。
② （元）脱脱等：《宋史》卷一〇二《礼志五》，中华书局1977年版，第2489页。
③ （元）脱脱等：《宋史》卷一〇二《礼志五》，中华书局1977年版，第2493页。
④ （元）脱脱等：《宋史》卷一〇二《礼志五》，中华书局1977年版，第2494页。

农事未兴先献种，女红方起又亲蚕。(洪咨夔《端平三年春帖子词·皇后阁》其四)

对皇宫中上尊号、行册礼之事帖子词也有表现，如苏轼元祐三年《春帖子词·皇太后阁六首》其一云"宝册琼瑶重，新庭松桂香。雪消春未动，碧瓦丽朝阳"，哲宗元祐二年"九月乙卯，发太皇太后册宝于大庆殿。丙辰，发皇太后、皇太妃册宝于文德殿"①，苏轼十二月写作此年春帖便对此事进行了反映。周必大乾道七年《立春帖子·太上皇帝阁》其二"溥博参洪造，希夷法自然。鸿名称盛礼，玉册趁新年"、《立春帖子·太上皇后阁》其二"白玉重镌册，黄金再铸章。宫中饶乐事，大典对春阳"等，皆写孝宗时期为太上皇帝和太上皇后上册宝事。据《宋史》，乾道"七年（1171）春正月丙子（初一日），率群臣奉上太上皇太上皇后册宝于德寿宫"②，七年立春在年前腊月二十三日，上册宝事早在朝廷大事日程表上做出了安排，故而此诗提前做出了反映。孝宗时多次为高宗和其皇后吴氏加封号、行庆寿之典，淳熙三年（1176）、十三年（1186）高宗七十、八十大寿时皆提前分别于立春、元日有盛大典礼，十三年元日之庆寿册宝礼最为隆重，周密《武林旧事》卷一"庆寿册宝"对此有很详细的记载③。淳熙十三年无帖子词留存，淳熙三年立春也仅存周必大《太上皇帝阁》立春帖子，其中并无表现此事的内容，但淳熙四年周必大《立春帖子·太上皇帝阁》其一"去年春日盛，七十庆仪新"对三年的盛大册礼进行了回顾。另外，周南《皇太后阁春帖子》其一云："灵椿储寿嘏，宝册追琼瑶。"诗所表现的也是此前嘉泰二年"十二月甲戌日皇帝率群臣奉上寿成惠圣慈祐太皇太后册、宝于寿慈宫"④之事。

洪适《皇帝阁春帖子六首》其二还写到郊祀之礼，"嶰律春灰动，青阳奏雅音。上辛元日是，郊类合天心"。据《宋史》载，隆兴二年

---

① （元）脱脱等：《宋史》卷一七《哲宗本纪一》，中华书局 1977 年版，第 325 页。
② （元）脱脱等：《宋史》卷三四《孝宗本纪二》，中华书局 1977 年版，第 650 页。
③ （宋）周密：《武林旧事》卷一，（宋）孟元老等：《东京梦华录》（外四种），古典文学出版社 1956 年版，第 333—334 页。
④ （元）脱脱等：《宋史》卷三八《宁宗本纪二》，中华书局 1977 年版，第 732 页。

(1164)十二月，初降诏以十一月行事，以冬至适在晦日，"诏郊祀大礼遵至道典故，改用来年正月一日上辛"，于"乾道元年春正月辛亥朔，合祀天地于圜丘，大赦，改元"①。冬至郊祀为大礼，而这次时间变更到了正月初一，故春帖特记之。

节日里在下位者给在上位者献寿通常为宫廷节日惯有礼节，帖子词对此有较多描写，如苏颂"晓漏催银烛，新春趁贺朝。御香烟馥郁，宫佩影飘飘"（《春贴子·夫人阁四首》其一）、刘才邵"瑞日舒长呈五色，官仪赫奕会三朝。宴开紫殿恩辉重，乐奏彤庭雅韵调"（《立春内中帖子词·皇帝阁六首》其六）、周必大"东风一夜转熙台，日上瑶池绮席开。可但六宫环佩响，重孙满眼贺春来"（乾道七年《立春帖子·太上皇后阁》其五）等都写贺春祝寿的热闹场景。孝宗时期，由于孝宗侍奉高宗至孝，故这一时期的帖子词多写其节日里为二老祝寿之事，如乾道八年（1172）周必大的《立春帖子·皇帝阁》其四"翠舆黄伞下祥曦，德寿宫中奉玉卮"、洪适的《皇帝阁春帖子六首》其四"宝胜新幡下九霄，千官接武趁春朝。玉卮上寿慈颜喜，岁岁年年舜事尧"、周麟之《春贴子词·皇太后阁六首》其一"北极璿枢转，东朝绣户开。吾皇宴长乐，新捧万年杯"等，皆描述了皇帝亲自到德寿宫为太上皇帝和太上皇后祝寿的场面以及孝宗恭养二老、家庭和睦的情形。

二、朝廷重大事件

帖子词对朝廷发生的一些大事能及时予以表现。比如夏竦"天人道恰真游降"就是对老子降临延恩殿事件的反映。据《宋史》记载，大中祥符五年（1012）"冬十月戊午，延恩殿道场，帝瞻九天司命天尊降。己未，大赦天下，赐致仕官全奉。辛酉，作《崇儒术论》，刻石国学。闰月己巳，上圣祖尊号。辛未，谢太庙。壬申，立先天、降圣节，五日休沐，辍刑。

---

① （元）脱脱等：《宋史》卷三三《孝宗本纪一》，中华书局1977年版，第629—640页。

乙亥，诏上圣祖母懿号，加太庙六室尊谥"①。按，圣祖即老子，"九天司命天尊"，即"九天司命上卿保生天尊"，宋真宗时为老子所加尊号。当年"闰十月八日晁迥等请改殿名"为"真游殿"，"十二月作《真游殿颂》，七年七月二十八日壬子，参政丁谓请御书真游殿额，十一月乙酉，奉安殿额"②，圣祖降临事算是告一段落。这是真宗崇道的重要事件之一，夏竦春帖写于十二月，对之进行了及时的表现。

苏颂元祐五年《太皇太后阁春帖子六首》其六是典型的纪实之作。元祐初，哲宗幼小，宣仁太后高氏当政，元祐五年元旦前夕尚书礼部请求她效法"天圣年章献明肃皇太后元日御会庆殿受皇帝奉贺上寿，及宰臣、百官、契丹使以下起居称贺之仪"③，但被太后拒绝了，仅仅允许百官在内东门拜表而已。为此，由苏颂曾草拟手诏给门下省④。熟详这一内情的苏颂在撰写来年春帖时，为颂扬太后之美德便将此事写了进去。诗云："上寿春朝近外廷，诏恩不许会公卿。即时二史书谦德，只使群官进姓名。"⑤

对于外国入贡，帖子也多有记载。如王珪《端午内中帖子词·皇帝阁》其五"万里来珍贡，风澜静四溟"写神宗二年交州来贡之事⑥，刘才邵写于南宋绍兴间的《立春内中帖子词·皇帝阁六首》其五"海国占风慕圣明，先春入贡竭丹诚。梯航万里不辞远，要趁新年贺太平"记绍兴二十六年（1156）三佛齐入贡⑦，真德秀《春帖子词·皇帝阁六首》其二"新岁朝元使，龙荒万里来"写嘉定五年（1212）金国来贺正旦⑧。

洪适《皇帝阁春帖子六首》其五对隆兴和谈有所反映。诗云："挽得天河洗塞氛，非烟协气作新春。使车已动兵车息，活却生灵百万人。"这

---

① （元）脱脱等：《宋史》卷八《真宗本纪三》，中华书局1977年版，第152页。
② （宋）王应麟：《玉海》卷一六〇，影印《文渊阁四库全书》本，第943卷，第201页。
③ （宋）李焘：《续资治通鉴长编》卷四三五，中华书局1995年版，第10488—10489页。
④ 此诏收于《苏魏公文集》卷二二"内制"。
⑤ （宋）叶梦得撰，宇文绍弈考异：《石林燕语》卷七，中华书局1984年版，第7—8页。
⑥ （元）脱脱等：《宋史》卷一四《神宗本纪一》，中华书局1977年版，第373页。
⑦ （元）脱脱等：《宋史》卷三一《高宗本纪八》，中华书局1977年版，第587页。
⑧ 按惯例，宋、金两国每年遣使者互贺生辰和正旦。嘉定四年十二月"乙巳，金遣使来贺明年正旦。是岁，金国有难，贺生辰使不至"（《宋史》卷三九《宁宗本纪》）。真德秀写帖子在十二月，特意写了贺正旦事。

首诗为乾道元年（1165）春帖。隆兴二年（1164），由于北伐的失败，宋孝宗不得不在十一月"丙申（十五日），遣国信所大通事王抃持周葵书如金帅府，请正皇帝号；为叔侄之国；易岁贡为岁币，减十万；割商、秦地；归被俘人，惟叛亡者不与；誓目大略与绍兴同"①。十二月丙申（廿九日），有制公布了和议的内容和结果。因当年立春在腊月十六，洪适此诗写于宋已派使者去和谈，消息尚未传来之际，故云"使车已动"。

刘才邵《立春内中帖子词·皇太后阁六首》其四"君王圣母与天通，预建慈宁广内中。果庆回銮功已就，纂修事实示无穷"，追述了高宗于绍兴九年预先为母亲韦氏营建慈宁宫，以及韦氏自南而回，"二十六年十月十八日，实录院上《皇太后回銮事实》十卷"②等事，具有极强的纪实性。

刘克庄景定三年（1262）春帖子《公主位》其三云"甲第朝参稍折旋，圣恩尚欲便传宣。内南新创更衣所，长近君王尺五天"，是对周国公主结婚后，理宗为了方便与爱女来往，"乃为主起第嘉会门，飞楼阁道，密迩宫苑"③事的如实描写。

孝宗时期帖子词中纪实之作较多，且非常典型。《武林旧事》卷七"乾淳奉亲"载：

> 自此官里知太上圣意不欲频出劳人，遂奏知太上，命修内司日下于北内后苑建造冷泉堂，叠巧石为飞来峰，开展大池，引注湖水，景物并如西湖。其西又建大楼，取苏轼诗句，名之曰聚远，并是今上御名恭书。又御制堂记，太上赋诗，今上恭和，刻石堂上。是岁翰苑进《端午帖子》云："聚远楼前面面风，冷泉堂下水溶溶。人间炎热何由到，真是瑶台第一重。"又曰："飞来峰下水泉清，台沼经营不日成。境趣自超尘世外，何须方士觅蓬

---

① （元）脱脱等：《宋史》卷三三《孝宗本纪一》，中华书局1977年版，第629页。
② （宋）陈骙：《南宋馆阁录》卷四，中华书局1998年版，第29页。
③ （元）脱脱等：《宋史》卷二四八《周汉国公主传》，中华书局1977年版，第8790页。

瀛。"皆纪实也。①

这段话中所引第一首诗为周必大所写，而后一首为汪应辰所撰。周必大《玉堂杂记》卷上对自己写作此诗的背景也有详细说明。

> 翰苑岁进春、端贴子，如大内多及时事，太上则咏游幸之类。必大尝自德寿宫后垣趋传法寺，望见一楼巍然，朝士云："太上名之曰'聚远'，而自题其额，仍大书东坡'赖有高楼能聚远，一时收拾与闲人'之诗于屏间。"又灵隐寺、冷泉亭，临安绝景。去城既远，难于频幸，乃即宫中凿大池，续竹筒数里，引西湖水注之，其上迭石为山，象飞来峰，宛然天成。必大作《端午帖子》云："聚远楼头面面风，冷泉亭下水溶溶。人间炎热何由到，真是瑶台第一重。"盖谓此也。②

周必大自己写作"大内"（按，指皇帝、皇后）帖子"多及时事"。可见，纪写时事已经成为写作帖子词的一大特点。

三、皇宫日常生活

帖子词对宫中人物的日常生活，如读书写字、歌舞宴会等也多有表现。这些日常生活的描写，往往颇能表现所写人物的生活习惯、喜好、思想和性格。

宋代信奉道教，真宗大搞祥符，道教思想流行，道教书籍便成了内宫常读之书。"平明三殿进觞初，玉女傍边捧道书""玉案焚香读黄老"（王珪《端午内中帖子词·太上皇后阁》其十一、十二），"东宫归政五年馀，隐几时观黄老书"（司马光《春贴子词·太皇太后阁六首》其六），"昼漏渐长无一事，坐披黄老味天真"（韩维《太皇太后阁六首》其六）等都描

---

① （宋）周密：《武林旧事》卷七，（宋）孟元老等：《东京梦华录》（外四种），古典文学出版社1956年版，第468页。

② （宋）周必大：《玉堂杂记》卷上，影印《文渊阁四库全书》本，第595册，第557页。

写了太皇太后曹氏读黄老之书以修养身心的情景。南宋很多后宫女性都喜读黄老之书,高宗皇后吴氏、孝宗皇后谢氏晚年皆喜读《黄庭经》。崔敦诗写吴氏"读罢黄庭无一事,好风吹动百花香"(《淳熙二年春帖子词·寿圣明慈太上皇后阁六首》其五),周南写谢氏"灌龙宫馆漏声徐,闲把黄庭味道腴"(《皇太后阁春帖子》其三),卫泾亦写谢氏"鹊炉烟馥郁,剩阅妙乘书"等。上述描写虽有为突出贤淑节俭品德而夸张的成分,但基本还是写实的。

宋代太宗、真宗、徽宗、高宗、孝宗等帝都喜好书法,并有较高的书法造诣。高宗常以书法作品赏赐群臣,周必大帖子曾记之。淳熙四年《立春帖子·太上皇帝阁》其六云:"大巧都无迹可阒,春来物物自芳菲。不因亲御香山赋,谁识当年造化机。"自注曰:"太上皇帝近书白居易《大巧若拙赋》赐夏执中。"夏执中为孝宗成恭皇后夏氏之弟,"作大字颇工""高宗行庆寿礼,近戚争献珍环,执中独大书'一人有庆,万寿无疆'以献。高宗喜,赐赉甚渥"①。可见,此诗为纪实。淳熙五年《端午帖子·太上皇帝阁》其六:"清晖亭畔吸光亭,入眼湖光分外明。岂是荷花似云锦,都缘宝墨照檐楹。"诗自注:"二亭在西湖,太上御书牌。"记高宗题写清晖亭、吸光亭匾额事。

汪应辰《太上皇后阁端午帖子词》十一写孝宗喜好读书:"上古遗书究治终,长编通鉴更参同。",自注曰:"《选德殿记》载上语云:日读《尚书》《通鉴》。"按,洪迈《选德殿记》载,乾道三年正月诏对选德殿,孝宗有"凡燕游声色之奉,宫室苑囿之娱,非惟不可好,然亦所不好。独以闲暇取《尚书》及《资治通鉴》,孜孜而读之。帝之所以为帝,王之所以为王,法其所以兴,戒其所以坏。口诵心惟,未尝一日辄去手也"②之论。周必大乾道七年《端午帖子·皇帝阁》其三写孝宗赐辅臣御书扇,"皇恩隆宰辅,赐扇御书诗"。又淳熙五年《皇帝阁》其四"日长珠箔漏

---

① (元)脱脱等:《宋史》卷二四三《后妃传下·成恭夏皇后传》,中华书局1977年版,第8652页。
② (宋)洪迈:《选德殿记》,(宋)祝穆、(元)富大用、(元)祝渊:《新编古今事文类聚》续集卷五,宽文六年京都八尾勘兵卫刊本。

声疏,案上苏文恣卷舒。时有佳篇符睿思,便将团扇作行书",写孝宗的读书生活,特意点出案头摆放的是苏轼之文,说明他对苏轼文采的赏识,与史书所载相同。

两宋后宫擅长书法者也不少。北宋仁宗皇后曹氏"善飞帛书"[1],韩维《太皇太后阁六首》其三有"定应彤管笔,书美系王春"。南宋高宗吴皇后"博习书史,又善翰墨"[2],"帝尝书六经赐国子监刊石,稍倦,即命后续书,人不能辨"[3],对此刘才邵《立春内中帖子词·皇后阁五首》其三"绮阁靓深无一事,观书临帖过芳春"、周麟之《春贴子词·皇后阁五首》其四"银钩惯学君王帖"、周必大淳熙四年《端午帖子·太上皇后阁》其二"黄庭书茧纸,笔法似慈皇"、崔敦诗《春帖子·寿圣齐明广慈太上皇后阁六首》其五"琅函自检长生箓,金管时书急就章"等都称赞之。吴皇后曾临《兰亭帖》,陆升之代刘琪《春帖子》记之曰:"内仗朝初退,朝曦满翠屏。砚池浑不冻,端为写兰亭。"[4] 孝宗时期,在太上皇帝、太上皇后的喜好倡导下,后宫写字似乎形成了一种风气,崔敦诗写孝宗成肃谢皇后"虚几自临中令帖,明窗时展大家书"(《淳熙六年春帖子词·皇后阁五首》其四)、"旋开蕊笈寻仙典,闲点松腴试法书"(《淳熙六年端午帖子词·皇后阁五首》其三),可见一斑。

帖子词还如实表现了宫廷的歌舞宴会以及游乐等生活场面,如胡宿《夫人阁端午帖子》其二"天家饶物采,华节有光辉。明月裁歌扇,轻霞剪舞衣"、其六"鱼龙曼衍夸宫戏,湘处浮沉衔水嬉。齐上圣皇千万寿,飘然仙乐在瑶池",描写了端午宫中女性剪裁扇子、舞衣以供歌舞以及进行杂戏、竞渡和为皇帝祝酒的歌舞场面。王珪《立春内中帖子词·夫人阁》其三"彩燕迎春入鬓飞,轻寒未放缕金衣。苑中忽报花开早,得从銮

---

[1] (元)脱脱等:《宋史》卷二四二《后妃传上·慈圣光献曹皇后传》,中华书局1977年版,第8620页。
[2] (元)脱脱等:《宋史》卷二四三《后妃传下·宪圣慈烈吴皇后传》,中华书局1977年版,第8646页。
[3] (元)陶宗仪:《书史会要》卷六,影印《文渊阁四库全书》本,第814册,第744页。
[4] (宋)桑世昌:《兰亭考》,《丛书集成初编》本,第12页。

舆向晚归",写宫嫔从幸后在宫苑中欣赏早春花开的情景。韩维《太皇太后阁春帖子》其二云:"铜雷消残冻,朱楼拂早霞。传声回步辇,来赏小桃花。"关于小桃花,陆游《老学庵笔记》有一段记载:

> 欧阳公、梅宛陵、王文恭集皆有小桃诗。欧诗云:"雪里花开人未知,摘来相顾共惊疑。便须索酒花前醉,初见今年第一枝。"初但谓桃花有一种早开者耳。及游成都,始识所谓小桃者,上元前后即著花,状如垂丝海棠。曾子固《杂识》云:"正月二十间,天章阁赏小桃。"正谓此也。①

看来,宫中确有早开的小桃花,而曹太后也有"喜赏小桃花"的癖好。熙宁五年(1172)立春在正月九日,正是小桃花开放之时。可见,韩维此诗属写实。帖子词细节描写也是非常真实的,如苏颂《皇太妃阁春帖子》其五有"新春游豫祈民福,红伞雕舆从两宫"句,因为礼制规定"太皇太后伞皆用黄,太妃用红"②,可见"红伞"这一细节很真实。

南宋时期写宴会和歌舞及游赏的内容主要集中在孝宗时期太上皇帝和太上皇后阁帖子中,无疑是纪实性的描写,如周必大淳熙五年《端午帖子·太上皇后阁》其三"对席瑶池宴,凭栏竞渡船。薰风清漏坐,钩月夕侵筵"、崔敦诗《淳熙八年春帖子词·太上皇后阁六首》其三"春夕慈闱永,瑶池乐未央。管弦声合奏,灯月影交光"、《淳熙八年端午帖子词·太上皇后阁六首》其一"菰黍团云白,菖花剪玉长。晚凉新月上,水殿按霓裳"等。南宋后期帖子规讽之语多而游乐内容较少,真德秀《皇后阁春帖子词五首》其四"笙歌北院连南院,景物新年胜旧年"、许应龙《皇后阁端午帖子》其五"三千玉女斗群芳,并蓄兼收百药良"等较为典型。总之,帖子纪事,内容驳杂,写作原则是隐恶扬善,为尊者讳,举凡宫中人物美好的品行多能采择颂扬,而对恶行丑德则避而不谈。明人王直说:"昔宋之时,翰林以是日进春帖于禁中,写时景而美德意。今虽不行,因

---

① (宋)陆游:《老学庵笔记》卷四,中华书局1979年版,第51页。
② (宋)叶梦得撰,宇文绍奕考异:《石林燕语》卷七,中华书局1984年版,第98页。

时纪事以歌咏盛美，而垂之后世者，本儒臣职也。"① 帖子纪事确实是以"歌咏盛美"为目的的，儒臣对此有自觉的职责意识，正因如此，帖子词所记事实均为喜事、好事、盛事，而没有丑事、恶事、坏事。帖子词可谓"纪事以歌咏盛美"的典型文体。

第五节 寓含规谏

帖子词作为"宫禁门户祓除祈祝之辞，异时作者不过颂德歌福而已"，本与规谏无涉，至欧阳修"乃中含规讽，冀以裨益于燕私之间"②，且得到仁宗"举笔不忘规谏，真侍从之臣也"的赞扬③，"当时以为得体"④。此后，很多词臣在写作帖子词时也或多或少有规谏之意，尤以司马光、苏轼为突出。南宋初的帖子词因少讽谏而受到杨万里"玉堂著句转春风，诸老从前亦寓忠。谁为君王供帖子，丁宁绮语不须工"⑤的委婉讽刺，但汪应辰、周必大、崔敦诗的帖子还是有讽谏的，南宋后期真德秀、刘克庄等人的帖子词讽谏也较多。

对于诗是否含有规讽，各人理解略有差异。《齐东野语》卷十八"薰风联句"⑥所载之事颇能说明这一问题：

> 唐文宗诗曰："人皆苦炎热，我爱夏日长。"柳公权续云："薰风自南来，殿阁生微凉。"或者惜其不能因诗以讽，虽坡翁亦以为有美而无箴。故为续之云："一为居所移，苦乐永相忘。愿言均此施，清阴分四方。"余谓柳句正所以讽也。盖薰风之来，

---

① （明）王直：《抑庵文集》卷四《立春日分韵诗序》，影印《文渊阁四库全书》本，第1241册，第68页。
② （宋）綦崇礼：《论德宗不能用陆贽》，《北海集》卷二二，影印《文渊阁四库全书》本，第1134册，第671页。
③ （宋）欧阳修：《欧阳修全集》附录二，中华书局2001年版，第2636页。
④ （宋）蔡正孙：《诗林广记》后集卷一引《诗话》，中华书局1982年版，第203页。
⑤ （宋）杨万里：《立春日有怀二首》其二，杨万里撰、辛更儒笺校：《杨万里集笺校》卷一，中华书局2007年版，第28页。
⑥ （宋）周密：《齐东野语》，中华书局1983年版，第328—329页。

惟殿阁穆清高爽之地始知其凉。而征夫耕叟,方奔驰作劳,低垂喘汗于黄尘赤日之中,虽有此风,安知所谓凉哉?此与宋玉对楚王曰"此谓大王之风耳,庶人安得而共之者"同意。

对柳公权所续诗,东坡以为无讽谏意,故续以"愿言"句明确地表达讽谏之意;然周密则以为柳诗本身就含有讽谏之意,只是表达比较委婉而已。宋代帖子词中的讽谏亦表现为直接明了和含蓄委婉两种情况,前者多被人注意,而后者则容易被人忽视。帖子词的讽谏内容因时因事而异,大体可分为"为政"与"修身"两个方面。

一、为政

(一) 劝勉君王推行仁政、关心民瘼

仁政是儒家的政治主张,在儒家文化熏染下劝勉君王推行仁政被看作是所有士大夫的重要职责。欧阳修《春帖子词·皇帝阁六首》其一指出君王养育万民在乎存仁心、行仁政,"萌牙资暖律,养育本仁心。顾彼苍生意,安知帝力深"。《端午帖子词·皇帝阁六首》其六以端午畜药之节俗而引发对皇帝的进谏,劝勉皇帝关怀民众,使老百姓无疾,"炎晖流烁薰风薰,草木蕃滋德泽均。畜药蠲疴虽故事,使民无疾乃深仁"。嘉祐四年《端午帖子·皇帝阁六首》其六云:"圣主忧勤致治平,仁风惠泽被群生。自然四海归文德,何用灵符号辟兵。"在对圣主勤政忧民的颂扬中暗示帝王无须用兵,更无须佩戴辟兵灵符,只要行仁政、施惠于民,就能德服四海。司马光《春贴子词·皇帝阁六首》其六云:"漠然天造与时新,根著浮流一气均。万物不须雕刻巧,正如恭己布深仁。"这是司马光《日录》亲自抄录的三首帖子之一,是作为"玉堂之楷式"的,可知也是暗寓规讽,劝神宗推行仁政的。南宋周必大乾道七年(1171)《端午帖子·皇帝阁》其四"缕缯采药谩区区,谁似君王用意殊。仁政便为医国艾,德威那假辟兵符",由端午带彩索、采药习俗引发议论,认为"仁政"便是医国之艾,讽谏之意甚明;乾道八年(1172)《立春帖子·皇帝阁》其六"淑

气潜飞玉管灰,无情草木得先知。一如圣主行仁政,晨发岩廊夕海涯",巧妙地运用比兴手法,将仁政比为春风,希望其遍布天下;崔敦诗《淳熙六年春帖子词·皇帝阁六首》其三"今岁韶光好,田间气象淳。政平无横赋,粟贱少穷民",描写了一幅政平民安的画面,核心是"政平无横赋",在夸赞中婉含劝勉。汪应辰《端午帖子词皇帝阁》其三"永日虽祥郁,风生殿阁凉。圣心非独乐,均施遍多方"、崔敦诗《淳熙八年春帖子词·太上皇帝阁六首》其六"高蹈殊庭二十春,随时游乐为同民",均为希冀君王与民同乐的劝谏之词。

帖子中屡屡赞颂统治者"忧民",实际上在通过委婉的方式提醒君王要关心民众、心系天下。孙抃《端午帖子词·皇太后阁六首》其一"露簟琴书冷,雕盘食饵新。深宫犹畏日,应念暑耘人",先以华美的辞藻写端午皇宫生活之舒适,然后笔墨一转,写即便如此,宫中人还畏夏日之炎热,那么在酷暑中耕耘的农民所承受的炎热就是可想而知的了,这是规谏统治者要明白"粒粒皆辛苦",当体恤民情。苏轼《端午帖子词·皇帝阁六首》其三:"微凉生殿阁,习习满皇都。试问吾民愠,南风为解无。"前两句写宫廷凉风习习,后两句以"试问"直截了当地提醒皇帝要关心民众,恰如《艺苑雌黄》所云"东坡诗'微凉生殿阁',原其意,盖欲圣君推南风之德,以及于黎庶也"[1]。汪应辰《太上皇帝阁端午帖子词》其三"外物虽无累,诚心每在民。薰风能解愠,亦足助尧仁"、真德秀《端午贴子词·皇太子宫五首》其二"银榜青宫里,天风五月秋。应怜耨耕者,曝背向农畴",用意皆同。苏辙《学士院端午帖子·皇帝阁六首》其五"雨迟麦粒尤坚好,日丽蚕丝转细长。入夏民间初解愠,宫中时举万年觞"与《太皇太后阁六首》其一"决狱初迎雨,开仓旋取陈。青黄今接夏,饥疫免忧春",写旱情严重,国家决狱求雨及开仓救济之事,其意也在提醒帝王当关心民生疾苦。真德秀《端午贴子词·皇帝阁六首》其三"有意苏民瘼,无心玩物华。祇求三岁艾,休进五时花",劝谏皇帝关心民瘼,勿事奢华。刘克庄《皇帝阁(立春辛酉)》其六"黄符不辍宽农赋,黛耜何须

---

[1] (宋)苏轼:《苏轼诗集》卷四六查慎行注,中华书局1982年版,第2485页。

幸藉田"直论时事，认为对农民而言，真正有助于他们的就是减免赋税，徒具形式的籍田礼是无须举行的。

（二）劝勉统治者重视农桑

欧阳修《春帖子词二十首·夫人阁五首》其一云"太史颁时令，农家候土牛。青林自花发，黄屋为民忧"，以立春颁时令和出土牛引出农事，赞许"黄屋为民忧"，实勉励君王以民为重，心系天下。苏轼元祐三年《春帖子词·皇帝阁六首》其四"圣主忧民未解颜，天教瑞雪报丰年。苍龙挂阙农祥正，老稚相呼看藉田"，首句以圣主忧民切入，次句写瑞雪兆丰年，以老稚相呼看籍田之礼作结，意在劝勉皇帝重视农事；其《春帖子词·太皇太后阁六首》其四"五日占云十日风，忧勤终岁为三农"，表现出他对农事的关切。苏颂《春贴子·太皇太后阁六首》其四"冬后五旬逢岁朔，腊前三白遍民田。朝来淑气先时至，又见春秋大有年"，表达期盼丰收之意；其五"荆楚牛人殴厉气，安丰枣腊祀苍精。圣朝虽举前朝事，不为禳祈为劝耕"，意在提醒在上位者要以农事为重。汪应辰《端午帖子词皇帝阁》其二"雨旸皆应节，和气满平畴。欲识天颜喜，农家麦有秋"、崔敦诗《淳熙二年春帖子词·光尧寿圣宪天体道太上皇帝阁六首》其二"事已高超古，心犹切为民。慈颜应有喜，房宿正当晨"等用意略同，皆委婉含讽。周必大《端午帖子·皇帝阁》其六"水殿开筵酒泛蒲，冰盘进膳黍缠菰。六宫莫度新翻曲，只咏明州瑞麦图"，告诫皇帝、六宫不要耽于宴乐而要关注农业，讽谏比较直接。

（三）劝谏君王进用贤才、屏退小人

为政之道，用人是关键。欧阳修《春帖子词·皇帝阁六首》其二"阳进升君子，阴消退小人。圣君南面治，布政法新春"。第一次将如何选拔人才的问题写进了帖子词，直接明了地期望皇帝能进用贤才、屏退小人。中国历史上，君子、小人之争一直不绝，而宋代党争与派系倾轧更是始终不断，成为宋代社会政治的一大特点。在仁宗庆历年间以范仲淹和吕夷简为首的革新与守旧之争中，欧阳修站在范仲淹一边。在《朋党论》中，他旗帜鲜明地提出小人无朋，唯利是图，唯君子有朋，"所守者道义，所行

者忠信，所惜者名节。以之修身，则同道而相益，以之事国，则同心而共济""故为人君者，但当退小人之伪朋，用君子之真朋，则天下治矣"①。这首诗可以说是《朋党论》观点的延展，綦崇礼认为是针对当时的形势"劝上以用威断也"②。他的《端午帖子词·皇帝阁六首》其五主旨与此相近，诗云"嘉辰共喜沐兰汤，毒沴何须采艾禳。但得皋夔调鼎鼐，自然灾祲变休祥"。按，皋指皋陶，传说为舜之臣，掌刑狱之事；夔，传说为舜时乐官。鼎鼐本为烹饪器具，常比喻宰辅之位，此比喻辅助帝王治理政事。作者认为民间疾苦无须采艾禳除，而要君王任用像皋、夔一样的贤才来担当大任，自然会化灾为祥，天下太平。劝勉之意很明显。韩维《春贴子·皇后阁五首》其一"进贤阳为长，修教月增华"期望神宗"进贤""修教"。苏轼《端午帖子词·太皇太后阁六首》其四由节日储艾引出治国安邦宜进用人才，"愿储医国三年艾，不作沉湘《九辩》文"。《端午帖子词·太皇太后阁六首》其六"长养恩深动植均，只忧贪吏尚残民。外廷已拜枭羹赐，应助吾君去不仁"，写君王对贪吏残民的担忧，希望群臣帮其去除不仁之人。南宋崔敦诗《淳熙元年端午帖子词·皇帝阁六首》其五"幽芳拂拂朝香度，密叶阴阴昼影圆。玉食未应须角黍，君王端是念忠贤"、周必大淳熙三年《端午帖子·皇帝阁》其五"东城谩祀汉苍梧，南楚空怜屈大夫。何似贤才遍中外，自然朝野足欢娱"、真德秀《端午贴子词·皇后阁五首》其四"晓来金殿沐兰汤，因感骚人兴寄长。重劝君王勤采善，由来香草比忠良"等，都微含希望孝宗能够任贤之意。崔、周写法比较含蓄，以颂为主，而真德秀则直接讽谏，用意显白。真德秀《端午帖子·皇帝阁》其二"唐代重兹辰，王公各贡珍。忠诚惟李泌，只欲献其身"，写法与其他帖子不同，以咏史为主，将李泌献身为国之忠诚与王公之贡珍相比，其目的恐在期望皇帝重贤才而轻宝物。

有些帖子劝君王对小人要保持高度警惕，如吕惠卿作于熙宁七年的

---

① （宋）欧阳修：《欧阳修全集》卷一七，中华书局2001年版，第297页。
② （宋）綦崇礼：《论德宗不能用陆贽》，《北海集》卷二二，影印《文渊阁四库全书》本，第1134册，第671页。

《端午帖子》"虚心清暑殿，预戒一阴生"，吕希哲就认为是"盖意有所指也"①，所指为谁，吕氏语焉不详。用此帖之时，王安石罢知江宁府，而吕惠卿已参知政事②，疑所指为反对变法者。

帖子词凡用端午进镜之故事，多寓警戒小人之意，如王珪《端午内中帖子词·皇后阁》其十"紫阁曈昽隐晓霞，瑶墀九御荐菖华。何人又进江心镜，试与君王却众邪"、赵彦若《端午帖子》"扬子江中方铸镜，未央宫里更飞符。菱花欲共朱灵合，驱尽神奸又得无"③等，写江心镜之驱邪，实喻斥退邪恶之人。

（四）警戒君王要明辨是非，善于纳谏

贤明之君唯有明辨是非、从善如流，方能避免政策的偏失。欧阳修《端午帖子词·皇帝阁六首》其四总结楚国败亡的历史经验教训，劝诫君王不要惑于谗佞之巧言："楚国因谗逐屈原，终身无复入君门。愿因角黍询遗俗，可鉴前王惑巧言。"苏辙《学士院端午帖子·皇帝阁六首》其六云"太官漫解供新粽，谏列犹应记独醒"，指出谏官应当像屈原那样"众人皆醉我独醒"，时刻以忠心直谏君王，实际上也是委婉地劝君王要善于纳谏。汪应辰《太上皇后阁端午帖子词》十二赞扬孝宗皇帝能从谏如流："圣君念旧仍从谏，千古忠贤气亦伸。"其《太上皇后阁端午帖子词》十一劝勉君王以史为鉴，洞察事理，知晓治国之道："上古遗书究治终，长编通鉴更参同。"此诗自注云"《选德殿记》载上语云：日读《尚书》《通鉴》"。按，选德即选德殿，孝宗常于此看书。周必大乾道八年《立春帖子·皇帝阁》其五亦有"选德观书时暂闲"句。周南《皇帝阁春帖子》其一："晓漏催班拱至尊，千官绮胜簇金幡。紫皇恭俭忧民切，未祝椒盘祝兽樽。"诗后自注："《晋·礼志》：正旦元会，设白兽樽于殿庭，能献者发此樽饮酒。"此诗在对立春朝廷赏赐大臣金银幡胜的习俗之后转而写皇帝

---

① （宋）吕希哲：《吕氏杂记》卷下，影印《文渊阁四库全书》本，第863册，第227页。
② 《宋史》卷一五《神宗本纪二》载熙宁七年四月丙戌（十九日）王安石罢知江宁府，同日翰林学士吕惠卿参知政事。（第285页）
③ （宋）洪迈：《容斋随笔·容斋五笔》卷九，中华书局2005年版，第941页。

恭俭忧民,再用典故来含蓄讽谏君王要听纳谏言而非称颂之声。洪咨夔《端平二年端午帖子词·皇帝阁》其五"登进英才追庆历,开延正论踵咸平。朝廷有道长如此,拜赐宫衣信是荣",也在正面的颂扬声中表达了理宗皇帝能长期效法祖先登进贤才、开延纳谏的期望。刘克庄《皇帝阁端午》其五:"殿阁凉生玉帝居,薰风被袗鼓琴初。日常浓墨挥宸翰,夜或留灯览谏书。"与其说是描写了皇帝的真实生活,表现了他勤学的美德,还不如说表达了词臣的期望。《皇太子宫端午帖子》其二"詹庶与宾师,储宫动必咨。政须人作鉴,焉用以铜为",在表现皇太子谦虚好学的同时,也劝勉他要懂得以人为鉴的重要性。在所有帖子中,汪应辰《太上皇后阁端午帖子词》其十写得最富哲理,诗云"阳居大夏方行令,已有微阴次第生。细察天时知物理,常将儆戒保和平"。诗人指出,端午为极阳,但阳极而阴生,盛极而转衰,乃自然之道,统治者只有洞察天时、知晓物理、明辨忠奸,常保警戒之心,方能维持长期和平。这首诗的说教意味较浓而蕴藉不足,但能抓住端午之特点而蕴含自然、人生之哲理,是一首用意明显的讽喻诗。

二、修身

最高统治者及其家庭的爱好、兴趣往往对整个社会风俗具有一定的导向作用。"上有所好,下必效之。"这一观点,两千多年前的管仲就有很深的体会,"夫楚王好小腰,而美人省食;吴王好剑,而国士轻死。死与不食者,天下所共恶也,然而为之者何?从主所欲也"[1]。帝王如果过分沉迷于游乐玩好,那么他对国事的注意力必然不足,阿谀逢迎之徒便会跻身高位,直接影响国家政治。产生于真宗大搞祥瑞时期的早期帖子,内容均为应时纳祜、歌功颂德,几乎无一例外。自欧阳修后,对帝王及其家族家庭生活的讽谏内容增多。

---

[1] (春秋)管仲:《管子》卷一七《七臣七主》,《四部丛刊》景宋本。

（一）节盘游

欧阳修《春帖子词二十首·皇帝阁六首》其六："熙熙人物乐春台，风送春从天上来。玉辇经年不游幸，上林花好莫争开。"字面上写春天来临，然而帝王多年不游幸，苑囿中的花儿也无须竞相开放，但其诗旨在"戒上以节盘游也"①。类似的内容很多，如周麟之《端午贴子词·皇帝阁六首》其五"西湖雨歇鉴奁开，江面银涛一线来。自有云山供四座，圣君元不事池台"，赞誉高宗不事池台，实则期望他能节制游玩。崔敦诗《淳熙六年春帖子词·皇后阁五首》其五"清明小苑条桑地，和暖平川浴种天。圣主俭勤游乐少，只将敦朴示民先"、《淳熙六年端午帖子词·皇后阁五首》其五"圣主恭勤少燕游，生衣趁得未明求。随时但献长生缕，当午犹闲竞渡舟"，刘克庄《公主阁（端午）》其五"内中车马稀曾出，上在深宫待燕游。圣父宵衣临幸少，垂杨终日荫龙舟"等皆寓箴于美，劝勉统治者少事游观。

（二）远女色

欧阳修《夫人阁五首》其三"黄金未变千丝柳，白日初迟百刻香。圣主本无声色惑，宫花不用妒新妆"，表面颂扬仁宗无声色之惑，实旨在"讽上以远女色也"②。他的《端午帖子词二十首·温成皇后阁四首》其四"依依节物旧年光，人去花开益可伤。圣主聪明无色惑，不须西国返魂香"用意相同。声色之好为人之常情，但不少帝王因沉湎声色之好而断送了江山社稷。欧阳修以帖子词规劝仁宗远女色，表现出他一心为国的赤诚忠心。此后，寓含这方面内容的帖子词也屡有出现，如司马光《春贴子词·夫人阁四首》其四"圣主终朝勤万机，燕居专事养希夷。千门永昼春岑寂，不用车前插竹枝"，《诗林广记》即认为"司马公此帖，亦皆寓讽劝之意"③。韩维《春贴子·夫人阁四首》其三"薄暖正当挑菜日，轻阴渐变

---

① （宋）綦崇礼：《北海集》卷二二《论德宗不能用陆贽》，影印《文渊阁四库全书》本，第1134册，第671页。
② （宋）綦崇礼：《北海集》卷二二《论德宗不能用陆贽》，影印《文渊阁四库全书》本，第1134册，第671页。
③ （宋）蔡正孙：《诗林广记》卷一，中华书局1982年版，第204页。

养花天。君王勤政稀游幸，院院相过理管弦"，劝谏之意甚明。

（三）戒奢靡

警戒帝王及王室成员奉行节俭、避免奢侈，多见于为女性所写帖子中。前引欧阳修"宫花不用妒新妆"即暗讽后宫众女无须竞比奢华以斗巧争宠。司马光《春贴子词·皇后阁五首》其五"春衣不用蕙兰熏，领缘无烦刺绣文。曾在蚕宫亲织纴，方知缕缕尽辛勤"[①]、韩维的《皇后阁五首》其五"葭灰已逐阳和动，绣缕初随日景加。欲助君王修俭德，不将宫样织新花"，两诗皆为上神宗向皇后之帖，写法异曲同工，意在劝谏后宫生活应俭朴而无奢华。苏轼《春帖子词·皇太后阁六首》其五："彤史年来不绝书，三朝德化妇承姑。宫中侍女减珠翠，雪里贫民得袴襦。"此诗所写为元祐二年十一月大雪，民冻多死，朝廷下诏加以赈济之事，诗人以宫中侍女减少珠翠这些奢侈用品用量就可以让遭逢雪灾的贫民得到袴襦以度过寒冷的冬天，表达了期望后宫减少用度以救民于水火的仁者之心。帖子词中对后宫节俭生活的描写大多带有讽喻之意，如刘克庄《公主位》其二"彤史芳华笔，金炉戒定香。羞谈沁园事，肯学寿阳妆"，是为理宗周汉国公主所写的帖子。理宗仅此一女，至为疼爱，专为她修建有房屋，其生活自然奢华。此诗多处用典，"戒定香"为佛教徒用香，旨在戒欲。《陈氏香谱》卷四云："释氏有定香、戒香。"沁园，即汉明帝沁水公主园，后世公主的园林泛称为沁园。"寿阳"为宋武帝女。《锦绣万花谷·后集》卷八引《宋书》，说"（宋）武帝女寿阳公主人日卧于含章（按含章殿）檐下，梅花落公主额上，成五出之花，拂之不去"[②]，此后就有所谓梅花妆，简称梅妆，也称寿阳妆。作者写公主用戒定香、不尚修饰等，讽喻之意甚明。帖子在描写宫廷节日习俗时，也往往在对人物美德的称颂中寓含劝谕，如周麟之《端午贴子词·皇后阁五首》其二云"绕臂长生缕，无非柘馆丝。还因袗绨绤，深念葛覃诗"。按，《诗经·周南·葛覃》云："为絺为绤，

[①] 《诗林广记》后集卷一"寓忠谏"认为，司马光此诗亦寓讽劝之意，中华书局1982年版，第203—204页。

[②] （宋）佚名：《锦绣万花谷·后集》卷八，影印《文渊阁四库全书》本，第924册，第576页。今《宋书》不载。另《天中记》卷五二、《渊鉴类函》卷一七等引此为《金陵志》。

服之无斁。"传曰:"精曰絺,粗曰綌。"絺为细葛布,綌为粗葛布,也指以絺綌做成的当暑之衣。《诗序》云:"葛覃,后妃之本也。后妃在父母家,则志在于女功之事,躬俭节用,服浣濯之衣,尊敬师傅,则可以归安父母,化天下以妇道也。"周麟之诗用此典来讽谏后宫应躬俭节用。

(四)倡读书

苏轼《端午帖子词·皇帝阁六首》其五:"讲馀交翟转回廊,始觉深宫夏日长。扬子江心空百炼,只将《无逸》鉴兴亡。"《无逸》是周公还政于成王时对他的告诫,核心是君王不要贪求安逸、游观、玩乐和田猎。苏轼此帖之用意显然是告诉年纪尚幼的哲宗要善于从古书中吸取前代兴亡的经验教训,故洪迈评曰"辉光气焰,可畏而仰也"[①]。周必大乾道七年《端午帖子·皇帝阁》其五"御前曾刻百篇书,可但常披无逸图。二帝三王俱宝鉴,江心百炼定何须",旨意与苏诗同。苏轼《春帖子词·太皇太后阁六首》其三"仗下春朝散,宫中昼漏稀。两厢休侍御,应下读书帏"、苏颂《春贴子·皇太后阁六首》其六"休呈金彩矜工巧,但阅图书鉴古今"等,皆期望皇太后以读书自娱,莫事奢华。周麟之《春贴子词·皇帝阁六首》其六"圣主清心仍寡欲,惟于笔砚未忘怀。彤廷仗下春朝散,独拥图书坐损斋",写高宗清心寡欲,日常闲暇以读书写字为娱。这种夸赞自然也含着期望。真德秀《端午贴子词·皇太子宫五首》其三"午漏迟迟滴玉壶,清阴羃羃布庭除。只将底事销长日,《大学》《中庸》两卷书",在对东宫雅好《大学》《中庸》的写实性描述中寄予了对未来皇位接班人的希望,蔡正孙即认为此帖与司马光"圣主终朝视万几"篇用意相同。[②]真德秀《端午贴子词·皇后阁五首》其五"珠箔轻明暑气微,静披图史监前徽。堪嗤唐室耽游燕,谩借裙襦作妓衣"、罗公升《春日夫人阁》其一"君王着意在经帷,无复琼林宴赏时。从此六宫休斗草,碧纱窗下读毛诗"等,皆用意在于劝诫后宫女性不要贪恋游玩娱乐,而应以诗书自娱,追求高尚的生活方式。

---

① (宋)洪迈:《容斋随笔·容斋五笔》卷九,中华书局2005年版,第941页。
② (宋)蔡正孙:《诗林广记》后集卷一,中华书局1982年版,第204页。

（五）守孝道

对家庭而言，守孝悌之道使家庭和睦乃人伦之常。帖子词中对皇宫成员孝行的大量描写和颂扬（参见本章第三节），有树立正面榜样、教育众人的目的，如苏颂《春贴子·皇太后阁六首》其五"蓬莱殿里春开宴，长乐宫中帝奉亲。妇顺母慈流美化，万方歌颂赞娥莘"，"帝奉亲""妇顺母慈"都属道德模范，故应"万方歌颂"，仪范天下。苏轼《端午帖子词·皇太妃阁五首》其五"良辰乐事古难同，绣茧朱丝奉两宫。仁孝自应禳百沴，艾人桃印本无功"，认为仁孝可消百灾。刘克庄《皇太子宫（立春）》其三"听鸡而起严温清，践蚁虽微念发生。海内传闻皆色喜，宫中仁孝本躬行"，写皇太子仁孝而海内色喜，劝勉之意显豁。

（六）律外戚

宋代吸取前代亡国的教训，对皇族、外戚的任用有较多的限制，基本原则是给予丰厚的俸禄而不使其处政要之位。最早以帖子词讽谏君王抑制外戚势力的是欧阳修。其《春帖子词·温成皇后阁四首》其四："内助从来上所嘉，新春不忍见新花。君王念旧怜遗族，常使无权保厥家。"《吕氏杂记》卷下载："皇祐中，张尧佐为三司使。时尧佐兄女贵妃有宠，言事官王举正、包拯、唐介等言，尧佐，妃之族叔，以恩泽进，陛下富之，可也；贵之，可也。然不可任以政事。仁宗特为诏，自今后妃之家及尚主者不得与政，迄今为故事。贵妃卒，赠温成皇后。欧阳公为学士，立春进门帖子，其《温成阁》诗曰（诗略）。"① 欧阳修在仁宗念念不忘贵妃之时，云"君王念旧怜遗族，常使无权保厥家"，规谏之意甚明。此诗因此受到历代文人的称赞。此类帖子数量不少，王珪、司马光、周必大、崔敦诗、刘克庄都有类似的诗，如王珪《端午内中帖子词·太上皇后阁》其八"水风吹殿送微凉，竹叶金盘粽子香。试向濯龙门上望，不教车马胜南阳"、刘克庄《皇后阁》其二"往昔端门幸，恩沾戚畹醲。外家今挹损，安有马如龙"，它们均用东汉明帝马皇后典故，表面颂扬的背后则是告诫帝王后妃约束外戚，莫使其骄纵奢侈。

---

① （宋）吕希哲：《吕氏杂记》卷下，影印《文渊阁四库全书》本，第863册，第228页。

以帖子表达规谏之意，表现出宋代很多词臣关怀国事、忠君爱民的情怀。同时，由于在皇权专制社会中，皇帝是人民的天然尊长，代表着国家的尊严和荣誉，甚至在某种程度上决定着整个国家的命运，所以忠君往往就是爱国的表现，寓含规谏的帖子受到很多人的关注和赞扬。但帖子词本质上是一种祝颂诗，寓含讽谏终非本色，故而也有人对此表示不认同，如清人吴乔即批评真德秀"直将底事消长日，《大学》《中庸》两卷书"（《端午贴子词·皇太子宫五首》其三）、"纵欲规讽，在诗各有其体，如此出语，谓之不自重。取厌取轻，伊川之方长不折亦然"[①]。显然，他认为在帖子中如此用语是极不恰当的。以帖子寓含规谏是帖子词之变体，体现出宋人关心国事、好"以议论为诗"的特色。

[①]（清）吴乔：《围炉诗话》卷五，《丛书集成初编》本，第 11 页。

第六章 宋代帖子词的艺术特征

美国人类学家基辛在《当代文化人类学概要》中说:"一个文化如果将其形态完全展现,就可知道它是非常精致的,是一个在许多层次上交织着各种象征和意义的网络。无论家屋入口的设计、仪式程序,或服装样式,任何元素都不仅受自然条件的限制,而且还受文化中象征秩序'规则'的限制。"① 宋代帖子词作为一种特殊的节日诗歌形态,也是一种特殊的文化形态,具有自己特定的质素和构成规则。本章即探讨帖子词在形式、结构、语象、辞藻、用典、格律等方面的特点。

第一节 形态鲜明,结构雷同

一、诗题明确,形态鲜明

应制诗多具有鲜明的形式特点,历来的研究者都关注到这一点。帖子词也具有典型的形态特征,我们在前面的论述中曾有所论及。概言之,主要表现为两点:

一是诗题非常明确,直接题以"帖子(词)"字样。

帖子词的题目包括组诗的总题目和阁类的小题目两种。多数帖子词先总题为"春帖/贴子(词)"或"端午帖/贴子(词)",阁类题目则以身份类别而称"××阁(或閤)",如宋祁春帖子词总名为《春帖子词》,下有《皇帝阁》《皇后阁》《夫人阁》;司马光亦总称《春贴子词》,下分《皇

---

① [美]罗杰·M. 基辛:《当代文化人类学概要》,浙江人民出版社 1986 年版,第 225 页。

帝阁》《太皇太后阁》《皇太后阁》《皇后阁》《夫人阁》；韩维总名《春贴子》，下分阁类与司马光同。有些帖子词无总名，直接以阁类称，如夏竦帖子无总名，直接称《御阁春帖子》《内阁春帖子》《寿春郡王阁春帖子》；苏颂的春帖子则直接称《皇帝阁春帖子》《太皇太后阁春帖子》《皇太后阁春帖子》《皇太妃春帖子》《夫人阁春帖子》等；宋庠端午帖直接称《皇帝阁端午帖子词》《皇后阁端午帖子词》《夫人阁端午帖子词》等。类似的还有汪应辰、卫泾、许应龙等。极个别的仅有总名，而无阁类名，如曹勋三组帖子皆如此。然而曹勋帖子非完篇，此形态恐非其原貌。

　　大多数帖子词题目比较简单，径称春帖子词或端午帖子词，有些则特意强调为宫中所写，加一些修饰语，如王珪春、端帖子词总名分别为《立春内中帖子词》《端午内中帖子词》，阁类分《皇帝阁》等三类；苏辙总标题为《学士院端午帖子二十七首》。有些甚至还写出具体的年份，如崔敦诗就明确标明淳熙元年、淳熙二年、淳熙六年、淳熙七年、淳熙八年等，真德秀《嘉定六年皇后阁春贴子词五首》、洪咨夔《端平二年端午帖子词》等都写入具体年份。有的帖子词还具体写出所用之人的尊号，如崔敦诗《淳熙二年春帖子词》有《光尧寿圣宪天体道太上皇帝阁六首》《寿圣明慈太上皇后阁六首》，《淳熙七年春帖子》有《光尧寿圣宪天体道性仁诚德经武纬文太上皇帝阁六首》《寿圣齐明广慈太上皇后阁六首》等。

　　从两宋宫中帖子词来看，形式例外的只有晏殊帖子，称"××词"，如《立春日词》《元日词》《端午词》。这是帖子词体制尚未规范时的称呼。①

　　帖子词是门帖用诗，标题无须写在门帖之上，因此总的标题有没有并不重要，但是帖子词具体分别为谁而作必须明确。因为帖的使用对象不

---

① （宋）陈元靓《岁时广记》卷八"请春词"引司马文正公《日录》云："翰林书待诏请春词。以立春日剪贴于禁中门帐。""春词"，即"立春日词"。详见第一章。北宋仁宗时期帖子词专指宫中帖，郑獬有《新春词》，欧阳修有《春日词五首》，陈元靓认为这些诗是"春日帖子"，但题目不称帖子词。（《岁时广记》卷八"戴春燕"）北宋后期帖子始逐渐用于民间门帖和门帖诗，如廖刚有《丙申春帖子八首》。南宋更为普遍，姜夔、程珌、范成大等也有为自己写作帖子诗。详见第八章。

同,所写内容不同,所贴宫殿门壁不同,不能张冠李戴,所以小标题更重要,不可或缺。这也是除了保存不完整的帖子之外,帖子词都有小标题的原因。帖子词被收入作者诗文集后经过了作者或者后人的编辑,有的就在前面加了总标题,如春帖子(词)、端午帖子(词)之类,甚至如刘克庄那样将四次所写总名为"春端帖子",这是为了更好地编排分类。还有的作者在编写时将不同的体裁分开,如周南、许及之的帖子皆五、七言分编,这又与我们下面要谈及的帖子各诗的独立性有关。

二是数量稳定的绝句联章组诗形态。

帖子词的形态特征为绝句联章组诗形态。每一阁类帖子基本上都包括五、七言绝句两类,数量上各占一半,而七绝偏多。今存完整的帖子五绝有442首,而七绝617首。其中,只有早期夏竦、晏殊的帖子词全为七绝,其他仅胡宿的《皇帝阁春帖子》、欧阳修的《春帖子词·温成皇后阁四首》一组全部为七言绝句,属于例外,其馀如曹勋的《端午帖子》《德寿春帖子》《癸未御前帖子》虽为七绝,但显然系散佚所致。帖子词之所以选择绝句组诗,一是方便张贴使用,二是篇幅短小、方便写作。

帖子词各阁类因使用对象不同而帖子数目不同。通常情况下,皇帝、太皇太后、皇太后、太上皇帝等阁均为6首,皇后、皇太妃阁5首,南宋时的贵妃、东宫、公主等阁均为5首,北宋时的贵妃阁为4首,夫人阁或为4首,或为5首。今存帖子仅夏竦、晏殊帖子外,其馀宋庠、宋祁、胡宿、欧阳修、王珪、司马光、韩维以及南宋周必大、崔敦诗、真德秀、刘克庄等保存完整的帖子皆如此。每阁的数目与使用者的身份地位相关。北宋时期表现突出,有六、五、四三个级别。尽管夫人阁有时为5首,但因为夫人众多,帖子词为共用,贵妃虽然4首,但属于独用。南宋则只有两个级别,只有6首和5首的区别,贵妃、太子、公主均各5首,与皇后享有同样的数量。

每一组帖子词由好几阁类组成,一般按人物的身份高低排列,如欧阳修的就排列为皇帝阁、皇后阁、温成皇后阁、夫人阁;司马光的排列为皇帝阁、太皇太后阁、皇太后阁、皇后阁、夫人阁;汪应辰排列为皇帝阁、太上皇帝阁、太上皇后阁。每一阁类中通常五绝排列在前，七绝在后。

从内容上来考察，帖子词的组诗各章之间是一个松散的组合，它们都统摄于同一节日帖子，但各章之间没有因果方面的必然的依存关系或先后次序，是一种比较松散的组合，每一章可以抽出来单独存在。这一点与传统的联章组诗是相同的。所有的帖子词主题相似，而具体内容不同。以王珪《立春内中帖子词》为例：

《皇帝阁》

> 北地凝阴尽，千门淑气新。年年金殿里，宝字帖宜春。
> 丽日凝丹阙，光风拂紫闱。欲知春色早，先上赭黄衣。
> 云捧楼台切绛霄，太平天子未央朝。帝家春色年年好，万寿觞前奏九韶。
> 禁沼冰开跳锦鲤，御林风暖啭黄鹂。金舆未下迎春阁，折遍名花第一枝。
> 丹门瑞雾紫濛濛，日到蓬莱正殿东。只看御炉香欲起，佩环齐响半天中。
> 春入东郊晓望明，霏霏新雨点初成。野农岂解知尧力，惟喜年来垅易耕。

《皇后阁》

> 正道仪中闱，柔风表六宫。一倾春日酒，万寿与君同。
> 未染仙人杏，先柔帝女桑。应知蚕事早，不独斗年芳。
> 平桥御水破冰痕，忽觉东风遍九门。谁道帝家春不早，椒房昨夜已先温。
> 迎得韶光入寿杯，披香华殿倚云开。只应王母瑶池宴，又送新春宝胜来。
> 雪残宫瓦欲生烟，已觉风光变旧年。应自东皇报春后，又扶君德进忠贤。

《温成皇后阁》

御柳依然绿，宫苔取次生。黄鹂深处语，不似旧时声。

平昔歌舞断，凝尘满画梁。昭阳新奏曲，谁得奉君觞。

遥闻碧海有三山，云锁琼楼日月间。花下玉颜常不老，也应春色胜人间。

宫树沉沉锁玉扉，东风犹是度罗帏。此身不及春来燕，又向披香殿里飞。

《夫人阁》

翠缕争垂柳，红酥旋点花。林中都未有，疑是旧年华。

玉殿闻春到，罗衣照地红。君恩深汉帝，不惜舞东风。

彩燕迎春入鬓飞，轻寒未放缕金衣。苑中忽报花开早，得从銮舆向晚归。

金缕新幡翠凤翘，侧商催酒转宫腰。玉栏风急花零乱，始觉春寒第一朝。

月残鸹鹊雪离离，禁里春风自有期。晓忆梅花谁为折，从来不许下瑶墀。

全组 20 首诗，以表现立春节令的到来、景色的变化和节日的祝福、活动等为核心，每一阁的排列位置有前后之别，但每一阁的诗与诗之间都没有逻辑联系，结构上可合亦可分，每首诗都是独立的。这一点颇像宫词。自唐代王建之后，宫词也常表现为大型七言绝句组诗，宋代的王珪、曹勋、宋徽宗、杨皇后等都写作有大量的宫词，但诗与诗之间没有逻辑性，每一首诗都是独立地表现一个方面的内容，组合在一起就可以表现更为丰富的内容，帖子亦同。

帖子词的写作有较强的针对性，针对使用者的身份写相关的生活、喜好，称颂其功德，祝福其长寿，或有针对性地进行讽谏。以上面王珪春帖子《皇帝阁》为例，依次为纪写节序、颂美帝王、节日祝寿、游苑折花、早朝场景以及由春雨想象农民喜悦心情中对皇帝的颂美和对农事的关注。以立春对皇帝的祝福为核心，从多个角度来写，避免重复和雷同。《皇后阁》表达祝寿、迎春、颂德的主题紧扣皇后的身份，如第一首中的"中闺"、第二首中的"蚕事"、第三首中的"椒房"、第四首中的"王母"、第五首中的"扶君德"等，用词不同、写作角度不同、具体内容不同，但都围绕皇后的身份来写。《温成皇后阁》写景叙事都突出了人物已故的特殊身份，首首不同，篇篇有新意。《夫人阁》针对皇后以下的后宫女性来写，内容偏向描写节俗、表现娱乐游玩等，显得轻快活泼，有节日剪彩悬树、点酥为花的习俗，有宫中歌舞的场面，有从幸皇帝游苑的活动，有舞会欢宴的场景，也有夫人们深居宫中而"不许下瑶墀"的生活情景。所有的帖子针对性都很强，但每一首诗都是独立的，前后没有逻辑关系，写法也略有差异。

由于各人不同的地位、身份，以及他们不同的道德负载，帖子词各阁的内容略有侧重。皇帝作为一国之君，人们期望他既要有经邦治国的政治才能，还要有垂范天下的高尚道德；皇后作为国母，贤淑恭俭方能母仪天下；夫人们则不同，她们或以貌、或以歌、或以舞、或以某种技艺而得宠，人们对她们的道德品质没有像对皇后那样高的要求，也就是说她们身上没有太多的道德承担，因此皇帝阁皇后多歌功颂德、寓含讽谏的内容，显得庄重典雅，而夫人阁多描写节俗和娱乐游玩，偏于清丽明快。这样，从单独每阁来看，它仅仅表现了一部分内容，尤其是皇帝阁，很少写及歌舞游宴、娱乐游戏之类，这部分内容通常在女性，尤其是"夫人阁"帖子中，其实它们也是皇帝生活的一部分，只有统观全组，方能知晓。因此，帖子的写法有点类似于《史记》的"互现法"。

二、模式雷同，结构相似

帖子词作为组诗，诗间结构松散，但每一首帖子词的结构呈现出大致相似的情形，其最基本的结构是"描写＋颂美/讽谏"式。

最常见的是"写景祝福"式，前两句写景，后两句直接表达祝福，如：

金盘晓日融春露，黼帐鲜云荫瑞香。圣寿永同天地久，南山何足比延长。（夏竦《御阁春帖子》其一）

　　莲叶看龟上，桐花引凤栖。圣人千万寿，福禄与天齐。（崔敦诗《淳熙八年端午帖子词·太上皇帝阁六首》其三）

或前两句直接表达祝福，后两句写景，如：

　　嘉祐随年至，皇恩共气和。水痕冰处动，烟思柳前多。（宋祁《春帖子词·皇后阁十首》其六）

最具韵味的是全诗写景，融祝福、称颂、欢乐、祥和之意于写景之中，如：

　　彩树春芳满，仙蓂昼景长。早花依玉砌，初溜漾银塘。（胡宿《夫人阁春帖子》其一）

　　粉团菰黍簇金盘，仙术昌阳滟玉樽。小小角弓夸射中，两宫欢燕似开元。（周必大淳熙六年《端午帖子·太上皇后阁》其六）

　　菰黍团云白，菖花剪玉长。晚凉新月上，水殿按霓裳。（崔敦诗《淳熙八年端午帖子词·太上皇后阁六首》其一）

或写自然景色，或写宫廷游戏，或写歌舞宴会，融情于景，渲染节日气氛，表达节日祝福。

以交代时间节令代替相关节日物象的描写，最后颂美，是"写景颂美"式结构的变格，如汪应辰《太上皇帝阁端午帖子词》十一"年年时节近天申，喜气欢声逐日新。请祝圣人如一口，定知德寿万年春"；周麟之《春贴子词·皇帝阁六首》其四"已过人日迎春驭，直待阶蓂十叶开。应是九门灯夕近，东皇欲驾六鳌来"；真德秀《春贴子·皇帝阁六首》"嘉定无疆历，才开第五春。金穰端有兆，太岁恰居申"等。

由于体制限制，"叙事颂美/讽谏"式较少，偶尔有之，如周必大乾道七年《立春帖子·太上皇帝阁》其四"青阳布治周三纪，黄屋非心正九年。圣子有为今出震，天公不宰旧乘乾"，叙述高宗执政、内禅等事，兼有交代时间的目的，再为颂美；淳熙四年《立春帖子》其一"去年春日盛，七十庆仪新。今岁从头数，重过一万春"，在叙述的基础上祝寿。先祝寿再叙写的也有，如周南《皇太后阁春帖子》其一"三朝备福尊寿乐，七秩修龄古更稀。问寝龙楼家法在，鸡鸣步辇过慈帏"。

讽谏往往寓含在颂美之中，通常是在景色或叙事的基础上顺势而下，表达劝谏之意，如苏轼《端午帖子词·皇帝阁六首》其三"微凉生殿阁，习习满皇都。试问吾民愠，南风为解无"，前两句写景，后两句沿着前面的意思通过反问来寓含讽谏。欧阳修《端午帖子词二十首·皇帝阁六首》其六"炎晖流烁蕙风薰，草木蕃滋德泽均。畜药䗖疴虽故事，使民无疾乃深仁"，由"蕙风薰""草木蕃"想到畜药䗖疴，最后转到劝勉之意。汪应辰《端午帖子词皇帝阁》其四"躬行盛德基王化，密赞成谋授帝图。福及万方天所相，祛邪何假佩灵符"，结构相同。

"用事颂美/讽谏"与前一种结构类型相同而略有变化。通常颂美都是顺承而下，如周麟之《春帖子词·皇帝阁六首》其一"木铎扬宽诏，云翘舞化风。垂衣金殿里，圣德与天通"，先用典故叙写帝王宫，再直接颂美。周必大淳熙三年《端午帖子·皇帝阁》其二"唐代重兹辰，王公各贡珍。忠诚惟李泌，只欲献其身"，全诗用事，但寓讽于其中。有的先扬后抑，先颂美今朝而后贬抑前朝，如周必大淳熙五年《立春帖子·太上皇后阁》其五"柳色花光动建章，从今步辇日寻芳。亭亭红伞随黄屋，万里驰驱笑穆王"，末句以穆王万里驱驰与前面写今日后宫步辇寻芳形成对比，颂美在前。真德秀《端午帖子词·皇帝阁六首》其五"延英昼永汗沾衣，正是君王访问时。应笑开元恣骄乐，粉团争射学儿嬉"同。

有的则先抑后扬，先贬斥前朝而后颂美今朝，刘克庄的《皇太子宫端午帖子》"错糅术进何裨汉，伾以棋亲亦累唐。圣代尊经崇理学，讲堂燕子日初长"就属于此例。因写法独特，招致议论，他专门就此事做出解释，"事在上两句，下二句却颂到本朝之美""某下三（按当为二）句归美今日，抑彼所以扬此也"①。像他这种先抑后扬的反衬写法确实不多见，但也并非仅此一例，汪应辰《太上皇后阁端午帖子词》十二"晋国燔山求

---

① （宋）刘克庄：《后村先生大全集》卷一一二，《四部丛刊》本。

介子,荆人角黍祀灵均。圣君念旧仍从谏,千古忠贤气亦伸"、周必大乾道七年《端午帖子·皇帝阁》其六"尝记唐家逢五日,近臣藩镇贡衿鞶。吾君教朴无来献,却叠香罗赐百官"、淳熙三年《端午帖子·皇帝阁》其四"东城谩祀汉苍梧,南楚空怜屈大夫。何似贤才遍中外,自然朝野足欢娱"、真德秀《端午帖子词·皇帝阁》其四"当宁求贤轸虑长,每因佳节忆沉湘。不须五色纫成线,自有忠言补舜裳"等,写法皆同,后两首亦微含讽谏。欧阳修《端午帖子词·皇帝阁六首》其四"楚国因谗逐屈原,终身无复入君门。愿因角黍询遗俗,可鉴前王惑巧言",以屈原遭谗被贬的故事直接劝勉君王不要惑于巧言。

还有"议论式颂美/讽谏"的结构形式,如汪应辰《太上皇后阁端午帖子》其三"心境俱清净,能令五月凉。芬香随处有,不待沐兰汤"全诗议论,融颂美或讽谏于其中。它如周必大淳熙五年《端午帖子·皇帝阁》其二"民寿休颂术,人淳罢赐枭。尧贤不遗野,楚些岂劳招"、许应龙《皇后阁端午帖子》其四"辟邪不用符为佩,续命何须彩结丝。逮下徽音继樛木,穰穰福履已来绥"、刘克庄《皇太子宫端午》其四"消长常从抄忽萌,由来阳极一阴生。遥知参决繁机际,于此尤宜体察精"等皆同。

帖子词的颂美或讽谏通常在结尾部分,经常是巧妙地从前面景象的描写中加以延伸和推论,伴随以"已""更""惊""不待""不独""不似"等表示惊奇和颂美的词语,或者常用"愿""无须""不须""何须""不用""奚用""何用""安用""何似""不复""不为""争知""须知""肯使""肯教""应是""应讥"等词委婉地进行讽谏。

总之,帖子词虽然不像应制诗那样需要临场迅速制作,有一定的构思时间,但由于其应制性、应用性、应节性等的限制和束缚,在诗歌的形式和结构上程式化非常明显。这恰好成为帖子词最明显的特征之一。

第二节 辞藻富艳,风格雅丽

葛立方在谈"作句法"时说道:"应制诗非他诗比,自是一家句法,大抵不出于典实富艳尔。"夏英公《和上元观灯诗》与夫王岐公《应制上元》诗,"二公虽不同时,而二诗如出一人之手,盖格律当如是也。……若作清癯平淡之语,终不近尔"。① 帖子词作为应制诗之一,虽然因不同的创作主体而风格略有不同,但总体上确实呈现出"自是一家句法""如出一人之手"的"典实富艳"的特点。具体而言,帖子词语象集中,用词典雅工致、华美富丽,风格雅丽。

一、语象狭窄

宇文所安说:"诗中把外界的零碎景物东拼西凑成一幅相互联系的景象,这正是宫廷诗的特点。"② 帖子词似乎"遗传"了唐代宫廷诗的这一特点,而且更为狭窄,具体表现为把一系列零碎的语象拼凑成一幅幅与宫廷和节日相关的景象。作为宫廷节日门帖诗,帖子词的许多语象集中在宫廷、节日和祥瑞的范畴之内,形成了宫廷、节日与祥瑞三大语象群。

(一)宫廷语象群

帖子为宫廷所用,诗中语象自然多具有宫廷特征。虽然宫廷所有物体可能都是帖子词的描写对象,但进入帖子词的物象主要是宫殿及其附属物,其次是池苑、亭台、器具等。宫、殿二词在帖子中各出现 207 次和 136 次。北宋前期所写宫殿多为泛称,或用神话传说中的宫殿名,或用汉唐宫殿名代称宋代宫殿,如汉宫、未央宫、长乐宫、濯龙宫、水精宫、新宫、濯龙宫、紫宫、蕊宫、广寒宫、春宫、震宫、少阳宫、禁殿、紫禁、玉殿、金殿、广殿、深殿、宝殿、暑殿、殿阁、秘殿、兰殿、淑殿、内殿、竹殿、长生殿、蓬莱殿、披香殿、水殿等。北宋后期开始,真实的宫殿名有时也会直接出现在帖子词中,如神霄宫、宝慈宫、长春殿、崇庆殿、坤宁殿、通明殿、紫宸殿、澄碧殿、康寿殿等。虽然有时不直接出现

---

① (宋)葛立方:《韵语阳秋》卷二,(清)何文焕辑:《历代诗话》,中华书局 2004 年第 2 版,第 498 页。
② [美]宇文所安:《初唐诗》,贾晋华译,生活·读书·新知三联书店 2004 年版,第 30 页。

宫殿字样，但所指仍为宫殿，如延英（殿）、选德（殿）、丹阙、金屋、玉宇以及代指女性宫殿的椒掖、椒壶、椒房、椒涂、椒壁、金屋、昭阳、集灵台、长乐、甲观、鸤鹊等。与宫殿相关的附属物象还有玉阶、天墀、宝砌、金扉、金扃、殿楹、金铺、碧瓦、绮甍等。

　　苑囿池沼以及相关的亭台楼阁也比较常见。为了突出皇家特色，多有特定的修饰语，如凤苑、北苑、内苑、后苑、御苑、上苑、禁苑、仙苑、阆苑、宜春苑、上林苑、太液池、瑶池、玉池、御池、天池、华池、璧池、天池、昆明池、璧沼、神沼、台沼、御沼、凤沼、冰台、瑶台、望湖楼、龙楼、紫云楼、玉楼、飞楼、琼楼、九重楼阁、绮阁、画阁、紫阁、珠阁等，大多为泛称，南宋帖子中偶尔会提到园林实名，如聚景园、玉津（园）、聚远楼、瑶津亭、彩霞亭、冷泉亭（堂）等。与水有关，有时还会写到御水、御沟、金河等。

　　宫殿、苑囿、池沼、亭台之类，是人物活动的场景，在诗中所起作用主要是为了点明场景为"皇宫"，有些还能点明人物身份，有助于表现主题，如"欲识通明殿，须看德寿宫。圣君朝圣父，云捧两袍红"（周必大淳熙四年《立春帖子·太上皇帝阁》其二），诗以退位后的高宗所居"德寿宫"点明太上皇帝的身份，将德寿宫比为神仙所居的通明殿，并以节日德寿宫中身穿红袍的孝宗皇帝在为同样穿着红袍的高宗祝寿，渲染了喜庆气氛。再如"选德庭前柳，朝来漏泄春。等闲施御箭，穿叶捷于神"（其三）中的"选德"则直接暗示皇帝的身份，因为选德殿为孝宗淳熙初所建射殿，末两句即与选德殿的用途有关。当年的《皇后阁》其二"春入坤宁殿，夭桃暖更饶"，以"坤宁殿"点出皇后身份。通常情况下，苑囿、池沼、楼阁之类与娱乐燕游有关，多为皇帝阁以外的帖子中的物象，尤其多见于太上皇帝、太上皇后阁帖子中，如"聚远楼头面面风，冷泉亭下水溶溶"（周必大淳熙四年《端午帖子·太上皇后阁》其四）。

　　器物方面有与时间有关的壶、漏，与节日饮食、娱乐习俗相关的盘、帐、车、伞，与日常生活相关的玉炉、金鸭，还有瑶琴、书、宫砚、宝墨、纸、棋、画扇等人文物象，它们多前有金、玉、龙、凤等修饰语以暗示宫廷场景，表现宫中人物生活的高雅，突出宫廷的富贵气象。

（二）节日语象群

帖子词的第二大类语象群是与节令、节俗相关的语象，大致分三类，一是自然语象，二是节俗语象，三是祥瑞语象。

自然意象相对贫乏，主要为风（282次），玉烛（6次），云（88次），气（97次），花（147次），树（14次，另万年枝15次），鸟（主要为燕、莺、鹊、鹤）等。春帖中风常表现为春风、东风、协风、条风、和风、惠风、淑风、景风、柔风、微风、融风、细风等，端帖中的风则表现为薰风、炎风、麦风、南风、南薰等；云则彩云、紫云、仙云、卿云、瑞云、鹤云、鲜云、绛云、翠云、红云、矞云等；花草在春帖中多桃、杏、梅、柳，端帖中多榴、槐、莲、葵、兰、槿、艾、菖蒲；鸟则燕、莺、鹤、雁、鹊等。此外，春帖偶尔会出现雪、冰、鱼等自然物象，端帖会涉及蝉、蝎、蟾蜍等。它们是春、端帖子表现节令的经典自然物象。

节令习俗语象看起来丰富多彩，究其实则集中在饮食、服饰、仪式、娱乐游戏等几方面。饮食集中在酒和盘。与酒相关的酒器出现最多，觞有44次，杯为25次，斝8次，樽7次，罍2次，多有金、玉、琼、瑶、寿、御、龙等修饰语。帖子中直接出现的"酒"有31次，醴、酝、醪、醑、醹、醅等计15次，流霞、菖华、菖蒲、浮柏等虽不言酒而代指酒者不少。春帖常用春酒，端帖常用菖蒲酒或菖华酒。食物方面，指代食物的盘出现最多，春帖中"春盘"出现了56次，偶尔用椒盘。端帖中"雕盘"出现7次，而粽、粉团、龟、枭羹都是典型的端午食品物象。服饰方面，春帖物象主要有春（青）旗、春幡、春胜等，端帖则彩丝、灵符、艾人等。在具体表现上，却名目繁多，色彩艳丽，如幡有彩幡、春幡、金幡、银幡、珠幡、青幡、宝幡、朱幡、新幡等，胜有春胜、彩胜、金胜、新胜、宝胜、盘金小胜、双金缕胜、缯花、彩花、金花、宜春字等。彩丝有缯丝、长丝、五丝、彩缕、续命缕、金缕、五彩丝、丝缕、命缕、长生缕、组织文缯、条达、五色朱丝、香缯、珠囊，艾有艾人、艾虎、彩艾，灵符有神篆、赤灵符、辟恶灵符、延生箓、灵符、神印、宝文等五花八门的表达。

仪式方面的物象以立春的土牛为典型。娱乐游戏方面，端午竞渡的彩舟、斗草、采药比较典型。另外，端午帖子中还有扇、镜两个常用物象。这些自然和节俗物象因其节日的标志性而频频出现于帖子中，有时甚至成为一首帖子的核心内容。第五章第一节讨论帖子词的内容时我们所举诗例即可见。

总起来看，春、端帖子中的节日语象不够广泛，尤其是自然物象显得很贫乏，涉及的花草树木仅有梅、柳、樱、榴、桃、槿、笋、莲、荷、藕、葵、艾、兰、芸、菖蒲、楝、荇等约20种。出现的鸟类很少，仅有燕、鹊、莺、雁、凫鸟、鸂鶒等为数不多的几类吉祥鸟，而且次数也很少，莺7次，雁、鹊各3次，凫鸟、鸂鶒等仅1次，鹤出现4次都是比喻，鱼、蝉零星出现。与其他应制诗歌和宫词相比较而言，也显然非常狭窄。这与帖子词追求吉祥喜庆气氛的文体不无关系。

（三）祥瑞语象群

帖子词又多用福、祉、寿、春、禧、祥、徽等祝福词语，以及隆、明、昌、清、富、康、乐、瑞、和、良、景、芳、香、鲜等表达吉祥喜庆的词语来歌功颂德，表达祝福，凸显祥和之美，而且喜欢用美、嘉、佳、鸿、永、圣、长、千、万、亿、无疆、南山、多等表达美好、永久、长远、多等修饰语来强化祈祝福寿、歌功颂德的程度，如：

千门朱索迎嘉祉，九禁椒涂纳美祥。（夏竦《皇后阁端午帖子》其三）

并献春闱延美庆，亿年嘉气永氤氲。（夏竦《郡王阁端午帖子》其四）

白玉龟台资寿历，千春鸿福此春初。（晏殊《立春日词·内廷四首》其三）

陛下南山寿，长迎千万春。（宋祁《春帖子词·皇帝阁十二首》其八）

宫闱百福逢嘉序，万户千门喜气多。（晏殊《端午词·内廷四首》其四）

寿觞百福融甘露，宝索千祥镂彩云。（胡宿《皇后阁端午帖子》其六）

千祥并万寿，善颂入薰弦。（周必大《端午帖子·太上皇后阁》其一）

四海乐康民富寿，穆清无事永垂衣。（夏竦《御阁端午帖子》其三）

宫中多燕喜，天下正明昌。（崔敦诗《淳熙六年端午帖子词·皇后阁》其一）

天瑞穰穰君泽美，并教和气助佳辰。（宋祁《春帖子词·夫人阁十首》其五）

良辰五日永，景福四时新。（胡宿《皇帝阁端午帖子》其一）

鲜云瑞旭楼前晓，宝艾芳椒殿里香。（宋庠《皇后阁端午帖子词》其三）

帖子词的语象集中于宫廷、节日和祥瑞，充分表现了帖子词的宫廷节日祈祝用诗的特质。

二、辞藻雅丽

（一）词取富艳美祥

帖子词的语言极具装饰之美，喜用大量色彩浓烈、富丽华艳、吉祥美好的辞藻来显示美艳，渲染高贵，表达喜庆、热烈的气氛。典型的表现有四点：

一是喜用最能表现富贵的词语，如玉、金、瑶、宝等作为修饰语，来突出皇宫特色，展现环境的高雅、用品的高档以及身处其中的主人公地位的特殊，如以玉为修饰词的有玉京、玉殿、玉宸、玉楼、玉宇、玉阶、玉砌、玉墀、玉橱、玉窗、玉津、玉漏、玉钩、玉盆、玉壶、玉樽、玉斝、玉盘、玉案、玉局床、玉卮、玉带、玉钗、玉燕、玉佩、玉觞、玉瑟、玉琯、玉容、玉食等；用金修饰的有金殿、金阙、金屋、金扉、金胥、金钥、金锁、金舆、金壶、金徒、金盘、金盆、金斝、金鸭、金胜、金薄、金幡、金花、金策、金箓、金笺、金书、金驹、金环、金波、金河、金母、金乌、金榜等；以瑶为修饰的有瑶台、瑶池、瑶津、瑶山、瑶墀、瑶京、瑶箱、瑶佩、瑶卮、瑶杯、瑶觞、瑶琴、瑶札、瑶钟；以宝为饰的有宝殿、宝座、宝砌、宝车、宝轸、宝珠、宝瑟、宝册、宝历、宝典、宝笈、宝录、宝奁、宝文、宝字、宝书、宝篆、宝墨、宝缕、宝胜、宝索、宝幡、宝艾、宝绪、宝奎、宝藏、宝盘、宝月、宝箱、宝篚、宝扇、宝鉴等。由这样的语象构成的环境自然金碧辉煌、富丽堂皇，能充分展现皇家高雅华贵的气派。

二是多用能表示宫廷、皇帝有关的词语为修饰语，以示其独一无二的环境、至高无上的身份地位。最常见的是宫、御、圣、皇、帝、宸、龙、凤等，如宫房、宫门、宫闱、宫户、宫池、宫瓦、宫苔、宫树、宫花、宫梅、宫柳、宫槐、宫宴、宫漏、宫砚、宫佩、宫娥、宫娃、宫人、宫童、宫样、宫衣、宫扇、宫妆、宫帘、宫床、御园、御沼、御苑、御水、御沟、御柳、御香、御炉、御衣、御服、御书、御箭、御杯、御筵，宸翰、宸慈、宸闱、宸寿、宸极、宸游、宸居、宸朝、宸心、宸毫，圣人、圣寿、圣德、圣主、圣时、圣皇、圣君、圣父、圣子、圣化；皇慈、皇居、皇图、皇泽、皇恩、皇州、皇家、皇欢、皇极、皇居、皇运、皇历、皇祚、皇舆，帝运、帝业、帝家、帝龄、帝德，龙楼、龙印、龙香、龙鉴、龙鸾、龙车、龙池、龙烛、龙旗、黄龙扇、衮龙衣、龙卮、龙墀、龙衮，凤辇、凤沼、凤历、凤盖等。

三是好用仙化色彩的语言，以此来表现人物的高贵，皇宫的神圣、庄严、雄伟，或表达长寿的祝福。诗中用天界、神仙世界等词来比附或修饰，这也是自唐以来宫廷诗最流行的惯例，帖子词中最常见的是"瑶池""仙家""瑶台"，它们分别出现16次、11次和8次。"琳宫""丹台"也属此类，而且特别喜欢以"仙""神""灵"等词来修饰所写的景象事物，以"仙"为例，它在帖子词中使用达77次之多，如仙都、仙家、仙殿、仙阙、仙关、仙舟、仙女、仙香、仙艾、仙衣、仙裳、仙典、仙书、仙印、仙缯、仙盘、仙果、仙蒲、仙风、仙云等，不一而足。灵、神在帖子词中分别出现 58 次和 36 次，也组成了大量词汇，如神印、神篆、神符、神经、神沼、神水、神鱼、神雾、神飚、神霄宫，灵辰、灵日、灵芳、灵沼、灵艾、灵苗、灵芝、灵药、灵椿、灵符、灵龟等。这些修饰词着力表现出道教的求仙思想，旨在表达长寿的吉祥祝福，客观上又造成诗歌华丽雍容的雅丽风格。

四是多用"金""彩""画""紫""红""丹""绛""青""碧"等浓艳的色彩词语作为修饰语，来凸显富贵、吉祥的用意，渲染热烈、喜庆等气氛。"金"除了表达质感外，也表示富丽堂皇的颜色，上面列举的词语可见一斑。其他颜色修饰组成的词也很多，彩有彩仗、彩艾、彩幡、彩缕、彩索、彩丝、彩胜、彩花、彩树、彩燕、彩衣、彩舟、彩云，画有画阁、画堂、画梁、画栋、画栱、画旗、画篦、画扇、画鹢、画舫、画舟、画烛，紫有紫宙、紫禁、紫殿、紫宸、紫庭、紫闱、紫阁、紫披、紫关、紫房、紫云、紫櫃，红有红云、红酥、红日、红烛、红蓼、红缯、红裙、红纱，绛有绛云、绛阙、绛台、绛绡、绛霄、绛榴，丹有丹掖、丹廷、丹禁、丹殿、丹阙、丹扆、丹门、丹缯、丹毫、丹笔，青旗、青幡、青林、青槐、青菰、青萱、青青，碧波、碧藕、碧海、碧瓦、碧燕等。帖子惯用鲜艳明丽的色彩易于描绘明艳的景象，渲染欢乐祥和的节日气氛，尤其是红绿（或碧）的对照映衬最为常见。举数例以观：

  暖碧浮天面，迟红上日华。宝幡双帖燕，彩树对缠花。（宋祁《春帖子词·皇后阁十首》其八）

  玉殿香丝萦彩缕，金盆白雪间红花。（胡宿《皇帝阁春帖子》其六）

  兰茗擢秀迎风紫，槿艳繁开照日红。（欧阳修《端午帖子·皇后阁五首》其五）

  池边草色迎人绿，庭下榴花照地红。（王珪《端午内中帖子词·太上皇后阁》其七）

  阆苑红初露，瑶池碧半涵。（周必大淳熙五年《立春帖子·

太上皇后阁》其二）

这些富贵吉祥、浓烈鲜丽的语词大量出现在帖子词中，表现了皇家节日的富贵祥和之气，也形成了帖子词典雅华丽的风格，如夏竦《御阁春帖子》其一"金盘晓日融春露，黼帐鲜云荫瑞香"，以金盘、晓日、春露、黼帐、鲜云、瑞香等华美、鲜亮、祥瑞的词语来表现皇宫的富贵豪华、节日气氛的祥和，诗风典雅富贵。晏殊《端午词·御阁四首》其四"雕盘角黍竞时宜，组绣风华奉紫闱。海日乍升丹禁晓，艾人晴影照金扉"，雕盘、组绣、紫闱、海日、丹禁、晴影、金扉等语象共同组成一幅富丽堂皇、气势非凡的皇家画卷，诗风富艳。

（二）语避凶悲邪俗

帖子词作为节日祓除祈祝之诗，追求祥和之美，表现节日的欢乐喜庆是诗的核心内容，所以在语言上讲究选用吉祥美好的词汇，尽可能避免使用鄙俗不吉的语词。

第一，对不吉祥如意的词汇和语象是直接避讳的，一旦使用，则要巧妙转折。宋洪迈《容斋五笔》"端午贴子词"中讨论端午帖子词多用唐五月五日扬州于江心铸镜以进之故事，附带说道："端午故事，莫如楚人竞渡之的，盖以其非吉祥，不可施诸祝颂，故必用镜事云。"① 洪迈认为竞渡难以表达祝福颂美之意，故而帖子词较少运用。此说不确。竞渡在帖子词中并不少见，今存帖子就有9处用及，也能表达祝颂之意，如纪写节俗的"仙家既有灵符术，越俗兼为竞渡游"（晏殊《端午词·御阁四首》其四），写竞渡游戏兼以颂美的"殿户还飚入，宫池御水凉。彩舟人竞渡，化国日偏长"（胡宿《皇帝阁端午帖子》其四），以竞渡船为景致的"旗鼓双双竞渡船，湖堤杨柳绿如烟"（刘克庄《皇太子宫（端午）》其三），以及寓含讽谏的"随时但献长生缕，当午犹闲竞渡舟"（崔敦诗《淳熙六年端午帖子词·皇后阁五首》其五）等，都是洪适之前的帖子中所出现的。倒是与端午相关的屈原事，因难以表现颂美之意而在端帖中较少出现，仅

---

① （宋）洪迈：《容斋随笔·容斋五笔》卷九，中华书局2005年版，第941—942页。

几例，且反用之，以寓含讽谏之意，如欧阳修《端午帖子词·皇帝阁六首》其四"楚国因谗逐屈原，终身无复入君门。愿因角黍询遗俗，可鉴前王惑巧言"、苏辙《学士院端午帖子·皇帝阁六首》其五"汴上初无招屈亭，沅湘近在国南坰。太官漫解供新粽，谏列犹应记独醒"、《太皇太后阁六首》其五"舟楫喧呼招屈处，禽鱼鼓舞放生中。百官却拜枭羹赐，凶去方知舜有功"、周必大淳熙三年《端午帖子·皇帝阁》其五"东城谩祀汉苍梧，南楚空怜屈大夫。何似贤才遍中外，自然朝野足欢娱"、真德秀《皇后阁端午贴子词五首》其四"晓来金殿沐兰汤，因感骚人兴寄长。重劝君王勤采善，由来香草比忠良"等，足见但凡不好表现颂美之意的典故、词语、意象等，帖子词尽量避免使用，一旦使用，则要巧妙地加以结构。

第二，帖子词避免使用哀愁、悲伤、惆怅、苦闷之类与表现欢乐、祥和、喜庆相背离的感情的词语。个人化的节序诗词在表达感情上是不受限制的，既可以有欢乐喜庆，也可以有"翻思泪交垂"① 的哀愁悲伤；既可抒发"身随彩丝繁，心与昌歜苦"② 的人生感慨，又可表达"有酒不病饮，况无菖蒲根。空怀楚风俗，角黍吊沉魂"③ 的伤怀吊古。语言上也没有限制，"苦""病""吊"之类皆可用。民间帖子虽也避免出现哀愁忧伤的词语，但限制并不严格，个别诗人个性化的帖子也颇能表达诗人自己的真实情感，如姜夔《戊午春帖子》"晴窗日日拟雕虫，惆怅明时不易逢。二十五弦人不识，淡黄杨柳舞春风"④，表达了诗人惆怅的情绪。这在宫帖中是绝对不可能出现的。

第三，帖子词的语言讲求雅正无邪，避免轻浮冶荡。宋人宫词几同于

---

① （宋）余安行：《端午日无菖蒲》，蒲积中编：《古今岁时杂咏》，辽宁教育出版社1998年版，第250页。
② （宋）苏轼：《端午游真如，迟、适、远从，子由在酒局》，《苏轼诗集》卷二三，中华书局1982年版，第1224页。
③ （宋）梅尧臣：《午日三首》，《宛陵集》卷四八，《四部丛刊》本。
④ 傅璇琮等主编：《全宋诗》第51册，卷二七二四，北京大学出版社1998年版，第32050页。按，此诗一说为方岳。

帖子词，宋人多言帖子似"宫词"所谓"宫体故宜供帖子"①。当我们读到"浴兰佳节共欢娱，亭午香飞鹊尾炉。万里开疆元不战，金匮犹进辟兵符""太皥祠坛数级红，青旗摇曳日朦胧。人间未觉东风至，先入宜春小院中"②、"宫槐映日翠阴浓，薄暑应难到九重。节近赐衣争试巧，彩丝新样起盘龙"③、"端辰帖子缕黄金，词苑题来禁御深。共道万方欣解愠，南风已奏舜鸣琴""宝慈殿里百花香，慈德宫前春昼长。红伞龙舆尊圣瑞，三宫同捧万年觞"④ 等宫词时，会觉得它与帖子词别无二致。刘克庄就认为唐人卢纶的《宫词》"玉砌红花树，香风不敢吹。春风解天意，偏发殿南枝""学士院春帖子可用"⑤。可见，宋人对宫中帖子词的风格有明确的认识。但即便如此，宫词在表现范围上要更为广泛，语言上也较帖子词更为随意。像刘克庄《宫词四首》其二"凉殿吹笙露满天，木犀花发月初圆。君王少御珊瑚枕，多就宫人玉臂眠"⑥ 中"枕""玉臂"之类表现帝王私生活的词语就不会在帖子中出现；像胡仲弓《宫词》"通宵银烛影摇红，坐对孤鸾伴守宫。空有妇人娇态在，眼儿薄媚怨春风"⑦、葛起耕《宫词》"银漏疏风透玉屏，碧梧枝上雨三更。依稀似写华清恨，云冷香销梦不成"⑧、王珪《宫词》"萱草成窠杏子青，夜间禁漏晓闻莺。吹回一觉

---

① （宋）孙应时：《胡元迈集句作宫词二百求题跋为书两章》，《全宋诗》第 51 册，卷二六九八，北京大学出版社 1998 年版，第 31799 页。

② （宋）张公庠：《宫词》其五九、七五，《全宋诗》第 9 册，北京大学出版社 1998 年版，第 6259 页、6260 页。

③ （宋）杨皇后：《宫词》，《全宋诗》第 53 册，卷二七七九，北京大学出版社 1998 年版，第 32889 页。

④ （宋）岳珂：《宫词》其九、七二，《棠湖诗稿》，《宋集珍本丛刊》本，第 78 册，第 697 页、702 页。

⑤ （宋）刘克庄：《后村诗话》后集卷一，第 41 页。按此诗《文苑英华》卷一六七、《全唐诗》卷二八题作《天长地久词》。

⑥ 傅璇琮等主编：《全宋诗》第 58 册，卷三〇三三，北京大学出版社 1998 年版，第 36147 页。

⑦ 傅璇琮等主编：《全宋诗》第 63 册，卷三三三五，北京大学出版社 1998 年版，第 39807 页。

⑧ 傅璇琮等主编：《全宋诗》第 67 册，卷三五二二，北京大学出版社 1998 年版，第 42059 页。

照阳梦,账外春风太薄情"①中表现宫怨的"孤鸾""怨春风""华清恨""云冷香销""薄情"之类词语也不会在帖子词中出现。

第四,帖子词语言雅致,尽量避免使用俚俗语言、口语化语言,少用虚词。在帖子词中很难见到俚语、口语,偶尔会出现虚词,通常在诗的三、四句的开头或结尾。比如用"已""更""惊""不待""不独""不似"等表示对宫廷景色不同寻常的惊奇和颂美,或者以"谁知""谁道""谁识""谁信""谁赞""谁言""谁似"或者用"无""不""须""何""肯""应""争""安"等词引起的句式表示更进一步的颂美或者寓含讽谏,如刘克庄《皇后阁(端午)》其一"香罗兼绅葛,百辟谢恩归。谁信椒房俭,身惟衣练辰",以"谁信"与"惟"相搭配,表达对皇后的俭朴的赞美;卫泾《寿成惠圣慈祐太皇太后阁春帖子》其五"文孙亲上万年卮,姒妇严妆五翟衣。不用都人须数跸,内庭跬步即重闱",以"不用"转折,表达对太皇太后不事游观的颂美;洪迈《端午帖子词》"愿储医国三年艾,不博江心百炼铜",以"愿"与"不"相配合,委婉地表达讽谏之意。这是自七世纪以来宫廷诗一贯的特色②。像刘克庄"纸上姜任今远矣,女中尧舜果谁哉"(《皇后阁(端午)》其四)这样用"矣"和"哉"等表示语气的虚词,在帖子词中是非常罕见的。

总之,帖子词的语象用词求富贵避寒俭、求吉祥避悲愁、求颂美避讥讽、求雅致避俚俗、求华美避丑恶、求工巧避粗拙,整体上呈现出雅致工丽的特色。

当然,所有帖子词的语言风格不能一概而论,有些帖子词也显得"秀丽可喜"。葛立方《韵语阳秋》卷二就有评论:

> 翰苑作春帖子,往往秀丽可喜。如苏子容云:"璇宵一夕斗摽(《历代诗话》本作'标')东,潋滟晨曦照九重。和气薰风摩盖壤,竞消金甲事春农。"邓温伯云:"晨曦潋滟上帘栊,金屋

---

① 傅璇琮等主编:《全宋诗》第6册,卷四九六,北京大学出版社1998年版,第6002页。
② [美]宇文所安:《初唐诗》,贾晋华译,生活·读书·新知三联书店2004年版,第8页。

熙熙歌吹中。桃脸似知宫宴早，百花头上放轻红。"蒋颖叔云："昧旦求衣向晓鸡，蓬莱仗下日将西。花添漏鼓三声远，柳映春旗一色齐。"梁君贶诗云："东方和气斗回杓，龙角中星转紫霄。圣主问安天未晓，求衣亲护玉宸朝。"皆佳作也。①

　　作者所举这些帖子词跳出一般祝福称颂的模式，或关注农事，或写景色，或写帝王生活，清新明快，给人以新鲜感。事实上，这类帖子也不少，前章我们所举许多写景诗就有此特色。南宋时期，随着诗歌自身的演进、社会的变迁，帖子词对时事关注的增强，帖子词语言清丽者更多，如许及之《太上阁端午帖子》其三"傍阶葵萼倾红日，映水榴花染绛云。鱼戏亦知天意乐，行行吹起碧波纹"、真德秀《皇后阁春帖子词五首》其四"笙歌北院连南院，景物新年胜旧年。梅柳也知天意好，十分妆点斗春妍"、崔敦诗《淳熙元年端午帖子词·皇帝阁六首》其六"双人绿艾消民沴，五色朱丝奉帝龄。向晚封章都阅遍，翠舆初过水心亭"、洪咨夔《端平二年端午帖子词·贵妃阁》其四"裁成宝月翻宫扇，织就祥云制御衣。朝贺归来无点暑，坐看燕子引雏飞"。无论是写宫苑景色还是写皇室的闲暇游赏，装饰性语词大为减少，写法上或直接描写，或寓情于景，都显得真切自然、清新明丽、含蓄有馀韵。个别帖子还显出几分雄健之气，如洪咨夔《端平二年端午帖子词·皇帝阁》其六"王师一举下河东，好定规摹继伐功。入眼宫槐宜夏日，转头关柳易秋风"，前两句写战事，用词质朴刚健，不事修饰。

　　当然，帖子词在语言上追求雅重，避讳不祥之词，首先是由其文体所决定的。文体对风格有影响，德国理论家威客纳格在《诗学·修辞学·风格论》一文中说"风格是语言的表现形态，一部分被表现者的心理特征所决定，一部分则被表现的内容和意图所决定……倘用更简明的话来说，就

---

① （宋）葛立方：《韵语阳秋》卷二，（清）何文焕辑：《历代诗话》，中华书局2004年第2版，第498—499页。

是风格具有主观的方面和客观的方面"①。古人很早就自觉地对文体进行分类，就是意识到他们不同的用途和特征，如《尚书》散文分典、谟、誓辞、诰言、诏令、训辞等，《周礼·大祝》有辞、命、诰、会、祷、诔等"六辞"之说。汉代尤其是东汉时期，文体得到长足发展，魏晋以后文体分类愈细，辨体愈严，作法各异。正如徐师曾所说："夫文章之有体裁，犹宫室之有制度，器皿之有法式也。……苟舍制度法式，而率意为之，其不见笑于识者鲜矣，况文章乎？""盖自秦汉而下，文愈盛；文愈盛，故类愈增，类愈增，故体愈众，体愈众，故辨体愈严。"②元陈绎曾《文说》论作文首先要确立题材和风格的对应关系，也认为"朝廷之文宜肃，圣贤道德宜肃……宫苑之文宜丽，富贵美人宜丽"。虽论文，但亦适宜于诗。帖子词作为宋代出现的一种新诗体，其独特的用途决定了其语言风格的典雅富贵。追求典雅，故而力避轻俗；崇尚富贵，因此满纸金玉。避免轻俗还可以从王观应制撰《清平乐》词被罢官反观。词云："黄金殿里。烛影双龙戏。劝得官家真个醉。进酒犹呼万岁。折旋舞彻伊州。君恩与整搔头。一夜御前宣往，六宫多少人愁。"结果"高太后以为媟渎神宗，翌日罢职"③。就连词体都讲求典雅庄重，更何况帖子词呢？至于富贵，虽然晏殊认为己之"梨花院落溶溶月，柳絮池塘淡淡风""自然有富贵气"，而以李庆孙《富贵曲》"轴装曲谱金书字，树记花名玉篆牌"为"乞儿相"④，但习惯的做法还是大量使用"金玉锦绣"之词。

  帖子词语言力避不吉的特点与中国传统的文化心理有关。中国人讲究吉利，无论从年号的名称，还是节日期间的语言都力避不吉。宋人于此极为讲究。《石林燕语》卷一记载：

---

 ① ［德］威克纳格：《诗学·修辞学·风格论》，转引自王元化译：《文学风格论》，上海译文出版社1982年版，第343页。
 ② （明）徐师曾：《文体明辨序说》，人民文学出版社1962年版，第77页。
 ③ （宋）吴曾：《能改斋漫录》卷一七，上海古籍出版社1960年版，第489页。《耆旧续闻》卷九更有"翌旦，宣仁太后闻之语宰臣曰：'岂有馆阁儒臣应制作狎词耶？'既而以弹章罢"，但载为王仲甫（字明之）作。无论为谁，但均可见出应制作品须雅正。
 ④ （宋）葛立方：《韵语阳秋》卷一，（清）何文焕辑：《历代诗话》，中华书局2004年第2版，第490页。

> 熙宁末年旱，诏议改元。执政初拟"大成"，神宗曰："不可！成字于文一人负戈。"继又拟"丰亨"。复曰："不可！亨字为子不成。惟'丰'字可用。"改元丰。①

年号的选择拟定要吉祥。其他文字禁忌更多，据《萍洲可谈》卷一载：

> 禁中应奉者多避语忌。大观中，主文柄者专务奉上，于是程文有疑似之禁。虽无明文，犯必黜落，举子靡然成风。如"大哉尧之为君""君哉舜也"，皆以与"灾"字同音，并不用；"反者道之动"，易"反"为复，"九变而赏罚可信"，易"变"为"更"，此类不一。能文者执笔不敢下，憸夫善逢迎，往往在高第。政和初，言者论之，降诏宣谕："虽暗于大体者，或以为忠，然爱君果在兹乎！"尝侍先公，闻说元丰时岁歉，流民过国门，闽人郑侠监新城门，涂其状以谏。既不可上达，乃作边檄，夜传入禁中。适永乐失律，上常西顾，檄至无敢过，方秉烛启封，见图画饥民饿殍无数，穷愁寒态不一，罔测何事。良久始知侠所上谏书也。翌日降旨，投侠广南。不识忌讳，又有如此者。②

这是徽宗时期不成文的禁中文字禁忌，避讳到忌讳谐音的程度，写作者一不小心，便会得罪，更何况帖子词是张贴于宫门，为皇室要员所用的一种旨在表达节日美好祝福、渲染喜庆气氛、点缀升平气象的文字呢！大观间那位在帖子中以"鸟兽"对"祖考"的学士就是显例。

关于帖子用语忌讳，贾似道有一段话即有明确说明。文天祥直翰林院曾撰写《拟进御笔为马丞相赵金书上奏留平章》两篇制词，因直接进呈御前，贾似道"嫌所拟无过褒之辞，且怒不先呈己，讽谕别直院官改作进呈，批出，竟不用先生所拟"。文天祥即引先朝杨大年在翰林草诏，以一字不合真宗圣意而辞职之故事要求解职。贾似道云：

> 直院援杨大年故事，岂非亦有大年性气邪？如此者在先朝以

---

① （宋）叶梦得撰，宇文绍奕考异：《石林燕语》卷一，中华书局1984年版，第6页。
② （宋）朱彧：《萍洲可谈》卷一，中华书局2007年版，第121—122页。

为异，后来皆以为常。近日冯、王二直院所拟未尝不反覆更定，既曰天子私人，又岂不通商量，只如每年春帖，自有二等忌讳字面。上每令似道谕词臣再三改定，诸公亦惟知谨承上意，直院特未知之耳。①

此直接点出"每年春帖，自有二等忌讳字面"，看来宫禁文字在交给皇帝之前，要再三改定，方为稳妥。刘克庄用典不妥，有人提出异议即为明证。

从语言学的角度来看，与语言在节日中的功能有关。语言是人类交流思想、沟通情感的重要工具，具体到节庆活动中，则是营造节庆气氛、实现节庆目的的重要手段。传统节日自古以来就是合家团圆、祈福祭拜的重要喜庆时刻，节日期间语言的功能深受人们重视，"一方面表现为对语言灵物的崇拜、另一方面表现为某些语言在特殊场合下的禁用和代用"②。在传统节庆中，人们忌讳说"碎""破""死""扫""倒"等不吉利、不喜庆的用语。语言禁忌和其他行为禁忌起着维护节庆气氛、传播文化理念的功能。作为皇宫中节日所用的帖子词，其主要功用在于求吉祥、表祝福，这就决定了它必然避免不吉祥的语词。

帖子词的典雅工丽也与作者身份有一定关系。葛立方即认为："人言居富贵之中者，则能道富贵语，亦犹居贫贱者工于说饥寒也。"③ 词臣地位尊贵，生活优越。他们发言为诗，自然可以富丽堂皇。

第三节 善用典故，关联节令

善于用事、巧于用典、典故集中也是帖子词的典型特征之一。

---

① （宋）文天祥：《文山集》卷四，影印《文渊阁四库全书》本，第1184册，第428页。
② 陶立璠：《民俗学概论》，中央民族学院出版社1987年版，第284页。
③ （宋）葛立方：《韵语阳秋》卷一，（清）何文焕辑：《历代诗话》，中华书局2004年第2版，第490页。

一、善于用事

明代王鏊说:"诗好用事,自庾信始,其后流为西昆体,又为江西派,至宋末极矣。"① 帖子词诞生于西昆诗风盛行之时,大量用事为其典型特征。比如宋庠《皇帝阁端午帖子词》其一"吹律蕤宾动,乘离玉烛明。荐盘荆俗黍,颁饵汉祠羹",首句用《礼记·月令》"律中蕤宾"②,次句用《汉书》魏相所言"南方之神炎帝,乘离执衡,司夏"③,第三句用《荆楚岁时记》"夏至节日,食粽"④,末句用《汉书·郊祀志》"古天子常以春解祠,祠黄帝用一枭、破镜"⑤。欧阳修开帖子讽谏之风气,以议论为诗,但用典仍不少。苏轼帖子词也多处用典,典雅精工,如《春帖子词·皇帝阁六首》其一"霭霭龙旗色,琅琅木铎音。数行宽大诏,四海发生心",全诗句句用典,首句用陆云诗"辂轩霭霭",次句用《尚书·胤征》"每岁孟春,遒人以木铎,徇于路",第三句用《后汉书》"立春之日,下宽大诏,曰,制诏三公,方春东作,敬始慎微",末句用《尔雅》"春为青阳为发生"⑥。南宋李清照、洪适、汪应辰、周必大、崔敦诗刘克庄等人的帖子词也大量用典,如刘克庄《皇太子宫(立春)》其一"朝野俱相庆,元良入震宫。卓然由独断,不待茹芝翁",次句用《易》,《序卦》曰"主器者,莫若长子,故受之以震,震者,动也""震则长男也,夫器之大者莫若鼎,有是器,必有以主之。……天下者,大器也。一人元良,万国以正"⑦,用此典写太子的册立;末句用《史记》事,刘邦欲废太子刘盈,

---

① (明)王鏊:《震泽长语》卷下,《丛书集成初编》本,第31页。
② (汉)郑玄注,(唐)孔颖达正义:《礼记正义》卷一六,阮元校刻:《十三经注疏》,第1369页。
③ (汉)班固:《汉书》卷七四《魏相丙吉传》,中华书局1962年版,第3139页。
④ (梁)宗懔:《荆楚岁时记》,山西人民出版社1987年版,第51页。
⑤ (汉)班固:《汉书》卷二五上《郊祀志》,中华书局1965年版,第1218页。
⑥ (宋)苏轼:《苏轼诗集》第7册,中华书局1982年版,第2475页。
⑦ (宋)林栗:《周易经传集解》卷二六,影印《文渊阁四库全书》本,第12册,第348页。

立戚夫人之子刘如意,吕后求救于张良,张良为之规划,请来商山四皓,酒宴上,"四人从太子",让刘邦大惊,意识到太子羽翼已成,难以变动,"竟不易太子者,留侯本招四人之力也"①,此借典故说立储出于理宗本意而非他人促成。可以说,喜好用事是所有帖子词的一大特征。

不仅喜好用典,而且还善于用典。帖子词用典极为讲究,阁类不同,用典不同,针对性很强。后宫帖子多用诗经二南,太后阁多用东汉明帝马皇后典,东宫阁用东宫故事,公主阁亦用公主故事,如上引刘克庄诗即用汉代刘邦太子刘盈的故事,刘克庄《公主位(壬戌立春)》"羞谈沁园事,肯学寿阳妆"所用为汉明帝沁水公主和宋武帝寿阳公主的故事。

二、典故集中

春、端帖具有各自不同的典故群,集中在相应的节令与习俗上。立春习用典故很多,明徐应秋《玉芝堂谈荟》卷二十一"岁华节次"汇辑用事,以为"立春日下宽大之书,见《汉书》;祀青帝于东郊,见《开元礼》;赐郎官御史春幡,百官彩胜,见《文昌杂录》;剪彩为燕,帖宜春字,为拖钩之戏,见《荆楚岁时记》;以芦菔芹芽为菜盘相馈,贶作五辛盘,进浆粥,见《齐民月令》;以黄柑酿酒,号'洞庭春色',见《摭言》;北朝妇人以是日进春书,以青缯为帜,刻龙象衔之,或为虾蟆,见《酉阳杂俎》;立春贮水,谓之神水,酿酒不坏,见《四时纂要》;煮桃皮、白芷、青木香三物沐浴,见《云笈七签》"②。这些典故只有"拖钩之戏""洞庭春色""神水"不见于今日所见春帖,其馀均为常典。另外,还有立青幡、宽大诏、出土牛和三素云。前三者均出于《后汉书·礼仪志》:"立春之日,夜漏未尽五刻,京师百官皆衣青衣,郡国县道官下至斗食令史,皆服青帻,立青幡,施土牛耕人于门外,以示兆民,至立夏。唯武官不。

---

① (汉)司马迁:《史记》卷五五《留侯世家》,中华书局1982年版,第2483—2487页。
② (明)徐应秋:《玉芝堂谈荟》卷二一,影印《文渊阁四库全书》本,第883册,第497页。

立春之日，下宽大书曰：'制诏三公：方春东作，敬始慎微，动作从之。罪非殊死，且勿案验，皆须麦秋。退贪残、进柔良，下当用者，如故事。'"①"三素云"是道教用语，《修真入道秘言》曰："以立春日清晨北望，有紫绿白云者，为三元君三素飞云。三元君以是日乘八舆上诣天帝子，候见，当再拜自陈，某已乞得给侍轮毂三过。见元君辇者，白日升天。"②按，此出张君房《云笈七签》卷五十一"八道秘书"，"一道秘言曰：'以八节日清朝北望，有紫绿白云者，是为三元君三素云也。其时三元君乘八轮之舆上诣天帝子，候见之，当再拜自陈，乞得待给轮毂之祝矣。三见元君辇者，则白日升仙。'"③

然而赐百官幡胜、剪彩为燕、帖宜春字、馈春盘、出土牛等习俗自其产生后，一直得到沿袭，遂成为全民的节日习俗。从《东京梦华录》和《武林旧事》的记载来看，这些习俗在北宋和南宋都很盛行，如孟元老《东京梦华录》卷六载"立春前一日，开封府进春牛，入禁中鞭春。开封、祥符两县置春牛于府前。至日绝早，府僚打春，如方州仪，府前左右百姓卖小春牛，往往花装栏坐，上列百戏人物、春幡雪柳，各相献遗。春日，宰执、亲王、百官，皆赐金银幡胜。入贺讫，戴归私第"④，《武林旧事》亦载"立春前一日，临安府进大春牛，设之福宁殿庭。及驾临幸，内官皆用五色丝彩杖鞭牛。……预造小春牛数十，饰彩幡雪柳，分送殿阁巨珰，各随以金银钱彩段为酬。是日赐百官春幡胜，宰执亲王以金，馀以金裹银及罗帛为之，系文思院造进，各垂于幞头之左入谢。后苑办造春盘供进，及分赐贵邸宰臣巨珰，……学士院撰进春帖子"⑤。因此，春帖之习俗描

---

① （晋）司马彪撰，（梁）刘昭注补：《后汉书》志第四《礼仪志上》，中华书局1965年版，第3102页。
② （宋）严有翼：《艺苑雌黄》，胡仔纂集：《苕溪渔隐丛话·后集》卷三五，人民文学出版社1962年版，第270页。
③ （宋）张君房：《云笈七签》卷五一，影印《文渊阁四库全书》本，第1060册，第543页。
④ （宋）孟元老：《东京梦华录》卷六，《丛书集成初编》本，第107—108页。
⑤ （宋）周密：《武林旧事》卷二，（宋）孟元老等：《东京梦华录》（外四种），古典文学出版社1956年版，第368页。

写当为写实。"宽大书"和"三素云"则为用典。"宽大书"在帖子词中凡九见，如"君王宽大诏，自此遍人间"（宋祁《春帖子词·皇帝阁十二首》其二）等，"三素云"四见，如"万年枝上看春色，三素云中望玉宸"（苏颂《春贴子·皇太妃阁》其四）等。

端帖的用事比春帖更为广泛。《玉芝堂谈荟》卷二十一"岁华节次"列举了一些："五月五日蓄兰沐浴谓之浴兰节，见《岁时记》。采艾悬于户上，朱索五色印饰门户，以五色彩丝系臂，辟兵及鬼，令人不病，一名长命缕，一名续命缕，一名辟兵缯，一名五色缕，见《风俗通》。有杂物条达织组以相遗，见《玉烛宝典》。作赤灵符着心前，见《抱朴子》。为枭羹赐百官，见《乐书注》。以菖蒲或缕或屑泛酒，见《岁时记》。为竞渡，作粽并五色丝，及楝叶皆汨罗之遗风，见《续齐谐记》。进五时图，五时花施帐上，见《酉阳杂俎》。作水团，又名白团，角黍贮金盘中，以小角弓子架箭射中者得食，见《天宝遗事》。"① 此外，还有屈原、伍子胥、曹娥事以及桃印符、捕蝇虎、捕蟾蜍、养鸲鹆、赤灵符、斗草戏、治虫车、献铜镜等。《丹铅续录》卷六"鲍姑艾"云："世传鲍姑艾五月五日曾灼龙女。鲍姑，亦仙女流也。宋人五日帖子中有用此事者。"② 但"鲍姑艾"之事，不见于今存帖子词，可见所用不广。

这些典故，其中大多数也为宋代端午节俗，纯为用典且较为常用的是"献铜镜"和"赐枭羹"。洪迈在《容斋五笔》"端午贴子词"对"献铜镜"有专门论述，认为"唐世五月五日扬州于江心铸镜以进，故国朝翰苑撰端午贴子词，多用其事，然遣词命意，工拙不同"③。除了他所列王珪、李清臣、赵彦若、李邦彦、傅墨卿、许将、苏辙、苏轼以及自己之外，晏殊、欧阳修、周必大、刘克庄等也用及此典。

"赐枭羹"源于汉。《汉书·郊祀志》如淳注："汉使东郡送枭，五月

---

① （明）徐应秋：《玉芝堂谈荟》卷二一，影印《文渊阁四库全书》本，第883册，第498—499页。
② （明）杨慎：《丹铅续录》卷六，影印《文渊阁四库全书》本，第855册，第186页。
③ （宋）洪迈：《容斋随笔·容斋五笔》卷九，中华书局2005年版，第941页。

五日作枭羹以赐百官,以其恶鸟,故食之也。"①《说文解字》:"枭,不孝鸟也。日至捕枭,磔之。"② 据说枭食母,极为不孝。《尔雅注疏》注:"陆机云:'鸮大如斑鸠,绿色,恶声之鸟也。入人家,凶。贾谊所赋鵩鸟是也。其肉甚美,可为羹臛,又可为炙。汉供御物。鸮冬夏常施之,以其美故也。'"③ 帖子词用枭羹事有 10 处,如苏轼《端午帖子词·太皇太后阁六首》其六"外廷已拜枭羹赐,应助吾君去不仁"。然罗愿《尔雅翼》卷十六"枭"引述《淮南子》:"'鼓造辟兵,寿尽五月之望。'许叔重曰:'鼓造,盖谓枭。'一曰虾蟆。今世人五月望作枭羹,亦作虾蟆羹,是食枭之验也。"④ 则帖子抑或非纯用典而已。

总之,春、端帖子用事,多集中在立春和端午节日方面。但值得注意的是,帖子用事虽多雷同,但具体表达却各异,这也可以看出宋人的熔铸冶炼工夫,如端午用镜,表达各不相同。

扬子江心铸鉴成,俗传兹日最标灵。(晏殊《端午词·东宫阁二首》其一)

圣君照物同天鉴,不用江心百炼铜。(欧阳修《端午帖子词·皇后阁》其五)

二帝三王俱宝鉴,江心百炼定何须。(周必大《端午帖子·皇帝阁》其五)

政须人作鉴,焉用以铜为。(刘克庄《皇太子宫(端午)》其二)

何时又进江心镜,试与君王却众邪。(王珪《端午内中帖子词·皇后阁》十)

扬子江心空百炼,只将无逸监兴亡。(苏轼《端午帖子词·

---

① (汉)班固:《汉书》卷二五上,中华书局 1962 年版,第 1219 页。
② (东汉)许慎:《说文解字》,中华书局 2013 年版,第 121 页。
③ (晋)郭璞注,(宋)邢昺疏:《尔雅注疏》卷一〇,阮元校刻:《十三经注疏》,中华书局 1980 年影印本,第 2649 页。
④ (宋)罗愿:《尔雅翼》卷一六,《丛书集成初编》本,第 175 页。

皇帝阁六首》其五）

扬子江心泻镜龙，波如细縠不摇风。宫中惊捧秋天月，长照人心助至公。（苏辙《学士院端午帖子·皇太后阁六首》其六）

江心新得镜，龙瑞护仙居。（李清臣）

江中今日成龙鉴，苑外多年废鹭陂。合照乾坤共作镜，放生河海尽为池。（许将）

扬子江中方铸镜，未央宫里更飞符。菱花欲共朱灵合，驱尽神奸又得无？

扬子江中百炼金，宝奁疑是月华沉。争如圣后无私鉴，明照人间万善心。

江心百炼青铜镜，架上双纫翠缕衣。（赵彦若《端午帖子》）

何须百炼鉴，自胜五兵符。（李士美）

百炼鉴从江上铸，五时花向帐前施。（傅墨卿①）

这些诗全用唐人五月五日扬子江铸镜以献进的故事，虽高低有差，然语不蹈袭，充分表现了宋人化用典故的高超能力。

胡应麟说："凡用事用语，虽千镕百炼，若黄金在冶，至铸形成体之后，妙夺化工，无复丝毫痕迹，乃为至佳；藉读之少令人疑似，便落第二义。"②很多帖子的用事都能做到浑化无迹，如周必大淳熙四年《端午帖子·太上皇帝阁》其六"抱朴传方定不虚，日中试觅小蟾蜍。君王万岁从今数，看汝多年颔下书"。据《抱朴子·内篇》载："肉芝者，谓万岁蟾蜍，头上有角，颔下有丹书八字再重，以五月五日日中时取之，阴干百日，以其左足画地，即为流水，带其左手于身，辟五兵，若敌人射己者，弓弩矢皆反还自向也。"③端午捕蟾蜍以药用在汉代就有了，崔寔的《四

---

① 李清臣以下，皆载（宋）洪迈：《容斋随笔·容斋五笔》卷九，中华书局 2005 年版，第 941 页。
② （宋）胡应麟：《诗薮·外编》卷五，上海古籍出版社 1958 年版，第 224 页。
③ （晋）葛洪：《抱朴子内篇》，王明：《抱朴子内篇校释》卷一一，中华书局 1980 年版，第 182 页。

民月令》载"五月五日取蟾蜍,可合恶疽疮"①,只是后来融进了道教思想。此诗全诗用《抱朴子》典故,且能化为情节,并融进美好的祝福,饶有趣味。再如淳熙五年《立春帖子·太上皇后阁》其四"郁郁纷纷三素云,元君朝帝庆新春。琼楼玉女争迎拜,应许双成侍彩轮",用典故非常巧妙地将皇帝拜寿的情节仙化了。至于巧妙地借典故来颂美讽喻,更为常见。

宋人不仅用前代典故,而且化用当代人诗句和典实,如周麟之《端午贴子词·皇后阁五首》其四"不贪斗草事诗书,漫采香芸辟蠹鱼"即化用王珪《端午内中帖子词·夫人阁》其六"后苑寻青趁午前,归来竞斗玉栏边。袖中独有香芸草,留与君王辟蠹编"。另如刘克庄《皇太子宫(立春)》其五"与贵近言常严恪,待宾师礼极温恭。新年听得都人语,尽说储君肖祖宗",用苏轼《春帖子词·太皇太后阁六首》其四"春来有喜何人见,好学神孙类祖宗";其《皇帝阁(端午)》其一"解愠苏民瘼,清心却暑威。君王肖仁祖,宝扇不须挥",用仁宗"四时衣夹,冬不御炉,夏不御扇"②故事等。

帖子为何好用事呢?首先,应制诗须妙于用事,这是宋人一贯的认识,也是应制诗的典型特征之一。从赵德麟《侯鲭录》卷二"王禹玉上元应制诗"就可知此中奥妙。

> 元丰中,裕陵以元夕御楼,宰臣、亲王观灯,有御制,令从臣和进。王禹玉为左相,蔡持正为右相。蔡密叩王云:"应制上元诗,如何使事?"禹玉曰:"鳌山凤辇外,不可使。"章子厚时为黄门侍郎,面笑之,云:"此谁不知。"十七日登对,裕陵独赏禹玉诗,云:"妙于使事。"诗云:"雪消华月满仙台,万烛当楼宝扇开。双凤云中扶辇下,六鳌海上驾山来。镐京春酒沾周燕,

---

① (唐)崔寔:《四民月令》,欧阳询:《艺文类聚》卷四,上海古籍出版社1982年新1版,第74页。

② (宋)陈师道:《后山谈丛》卷五,中华书局2007年版,第65页。邵博《邵氏闻见后录》卷一亦载。

汾水秋风陋汉才。一曲升平人共乐,君王又进紫霞杯。(是夕以高丽进乐,又添一杯。)①"

按,王禹玉即王珪,蔡持正即蔡确,章子厚即章惇。此为上元应制诗,故王珪认为须用"鳌山凤辇",因此典人人尽知,章惇不以为然,但王珪的"双凤云中扶辇下,六鳌海上驾山来"恰切地写出了皇帝宴会、高丽进乐,与前两句一起构成了一幅仙境图景,被神宗认为"妙于使事"。其他应制诗也如此,只是所用事有所异而已。

当然,用事也有不得已的苦衷。钱锺书先生说:"从六朝到清代这个长时期里,诗歌愈来愈变成社交的必需品,贺喜吊丧,迎来送往,都用得着,所谓'牵率应酬'。应酬的对象非常多;作者的品质愈低,他应酬的范围愈广,该有点真情实话可说的题目都是他把五七言来写'八股'、讲些客套虚文的机会。他可以从朝上的皇帝一直应酬到家里的妻子——试看一部分'赠内'、'悼亡'的诗;从同时人一直应酬到古人——试看许多'怀古'、'吊古'的诗;从旁人一直应酬到自己——试看不少'生日感怀'、'自题小像'的诗,从人一直应酬到物——例如中秋玩月、重阳赏菊、登泰山、游西湖之类都是《儒林外史》里赵雪斋所谓'不可无诗'的。就是一位大诗人也未必有那许多真实的情感和新鲜的思想来满足'应制'、'应教'、'应酬'、'应景'的需要,于是不得不像《文心雕龙·情采》篇所谓'为文而造情',甚至以'文'代'情',偷懒取巧,罗列些古典成语来敷衍搪塞。为皇帝做诗少不得找出周文王、汉武帝的轶事,为菊花做诗免不了扯进陶潜、司空图的名句。"在某种程度上说,帖子用典故或是一种不得已的选择,恰如钱锺书所说"也许古代诗人不得不用这种方法,把记诵的丰富来补救和掩饰诗情诗意的贫乏,或者把浓厚的'书卷气'作为应付政治和社会势力的烟幕"②。

其次是宋代文化繁荣,宋人普遍重学而博识,"以才学为诗"。宋代文化高度发展,文人具有较高的义化修养,作诗词强调"学"重于"才",

---

① (宋)赵令畤:《侯鲭录》卷二,中华书局2002年版,第67页。
② 钱锺书:《宋诗选注》,生活·读书·新知三联书店2002年版,第66页。

黄庭坚云"诗词高胜,要从学问中来"①。费衮《梁溪漫志》卷七云:"作诗当以学,不当以才。诗非文比,若不曾学,则终不近诗。"② 宋人又强调"人工"重于"天分",强调创作基本功的锻炼,所谓"日课一诗"的"梅圣俞法"就风行一时。③ 苏轼《答陈传道五首》其二对陈氏学用此法深表赞许:"知日课一诗,甚善。此技虽高才,非甚习不能工也。圣俞昔常如此。"④ 陆游在《家世旧闻》中,对他的六叔祖陆傅"平生喜作诗,日课一首,有故则追补之,至老不废"⑤,深致仰慕之忱,也透露出这位南宋大诗人的诗学渊源。由此可知,宋人极重学习,学之既至,为之亦勤,讲究用事运典,使宋诗充满儒雅深醇的书卷气,获得一种艺术的历史远韵。帖子词的作者更是学人中的佼佼者,他们大多有良好的词章修养,技法圆熟,善于在诗作中大量撷拾典故和前人的佳词妙语,以求意旨幽深。

现代学者木斋认为:"运用典故,以才学为诗,确乎成为苏黄以来诗人表现社会生活、抒情表意的一大方式。典故如果运用得当,能起到'历史的比喻'的作用。他将历史的变成了现实的,他人的托寄为自我的,从而成为一种新的方式的意象,弥补了'以议论为诗'等不使用自然山水意象之后的某种失重,从而成为一种新的意象。恰当地使用典故,既是宋代文化高度发展的产物,同时也增加了宋代文化的繁荣。"⑥ 虽然是论宋诗,移之以论帖子词也是准确的。

帖子词多能化用典故,或叙写节日景色,或表达颂美之意,或委婉讽谏,使得作品含蓄凝练,富于趣味和知识,内涵更为丰富,艺术表现力得以增强。不少帖子词音律谐美、词采精丽、风格典雅,有一定的艺术价

---

① (宋)胡仔纂集:《苕溪渔隐丛话·前集》卷四七,人民文学出版社1962年版,第320页。
② (宋)费衮:《梁谿漫志》卷七,上海古籍出版社1985年版,第75页。
③ (宋)邵博:《邵氏闻见后录》卷一八,中华书局1983年版,第145页。
④ (宋)苏轼:《答陈传道五首》其二,《苏轼文集》卷五三,中华书局1986年版,第1575页。
⑤ (宋)陆游:《家世旧闻》卷上,中华书局1985年版,第187页。
⑥ 木斋:《宋诗流变》,京华出版社1999年版,第22页。

值。但由于应制之作多循程式，作者缺乏真情实感，内容狭窄，搬用典故也无法掩饰帖子词整体内容的狭窄和感情的匮乏，因此整体成就不高。

第四节 声韵谐美，格律谨严

宋代帖子词在体裁形式上为五、七言绝句。绝句有古绝、律绝两种，帖子词完全律化，押平声韵，音调谐美；讲究粘对，多用对仗，格律谨严。

一、声韵谐美

帖子词用平声韵①，且以发音洪亮的韵为主，声韵和美。平水韵三十个平声韵部中，除了上平声中的"三江"和下平声中的"十四咸"两个韵部没有人用过之外，其馀韵部都被用及。像"三肴"韵，真德秀有"三盆茧已缫冰缕，五色丝新织海鲛。不但彩缯华节物，要成龙衮待亲郊"（《皇后阁端午贴子词五首》其三）；"十三覃"，有李清照的"意帖初宜夏，金驹已过蚕。至尊千万寿，行见百斯男"（《端午帖子·皇后阁》）②、许应龙的"日融阆苑红初露，冰泮瑶池碧半涵。管取新年多胜事，当知风化自周南"（《皇后阁春帖子》其四）等九首诗；"十四盐"，如周必大淳熙五年《端午帖子·太上皇帝阁》其三"嘒嘒蜩鸣柳，飞飞燕拂帘。尧阶无一事，象戏战斜尖"，用了非常难押的险韵"尖"字，崔敦诗《淳熙七年端午帖子词·皇帝阁》其六"黄道星辰移企翼，青冥风露近飞檐。翠华晚过凌虚殿，一色明珠十二帘"也用了这一韵部。

明人谢榛说："诗宜择韵，若秋、舟，平易之类，作家自然出奇；若眸、瓯，粗俗之类，讽诵而无音响；若镂、搜，艰险之类，意在使人难押。"③ 整

---

① 在所有帖子词中，只有宋祁的《春帖子词·夫人阁十首》其七"瑞历岁惟新，物华春可爱。雪尽林弄姿，冰销水生态"一首所押为仄声韵，其馀均押平声韵。
② （宋）李清照著，王仲闻校注：《李清照集校注》，人民文学出版社1979年版，第122页。
③ （明）谢榛：《四溟诗话》，丁福保辑：《历代诗话续编》，中华书局2006年第2版，第1140页。

体来看，帖子词最常用的是上平声的"一东""四支""十一真"和下平声的"一先""七阳""八庚"等韵部，这些韵为宽韵，易于成章；同时，它们的发音比较洪亮，能更好地表达喜庆的内容；险韵和哀愁、粗俗的韵字以及发音低沉的韵都较少使用。

宋代诗赋押韵，前有景祐四年（1037）丁度等人勘定的《礼部韵略》，稍后有宝元二年（1039）宋祁、郑戬、贾昌朝、王洙等奉召所修《集韵》，是在陆法言《切韵》基础上所做的修改，允许某些临近韵可以通用。南宋嘉定十六年（1223），平水人王文郁依照《集韵》通用的规定，将可以通用的韵部合并为一部，即将二百零六韵合并为一百零六韵，书名为《新刊韵略》，大约同时张天锡的《韵会》也是一百零六韵，而稍后淳祐十二年（1252）刘渊的《壬子新刊礼部韵略》为一百零七韵。二者区别只在于上声的"拯""迥"两部合并与否。元初阴时夫著《韵府群玉》确定一百零六韵为"平水韵"，为明代以后诗赋用韵标准。考察帖子词的用韵，几乎完全合乎"平水韵"的韵部，基本没有出韵的情况。仅有个别例外。刘克庄《皇后阁》（壬戌立春）其三："一点阳和默干旋，枝头枯槁忽殊妍。人间但见千红紫，玉指金针妙不得。"此诗首句入韵，"旋""妍"为下平声"一先"韵，末字"得"为入声十三职，疑"得"当为"传"，因形近而误。周必大淳熙六年《立春帖子·皇后阁》其三："何事新春胜旧春，阴阳顺序国安荣。坤元永赞乾元大，月色常修日色新。""春""新"皆为上平声的"十一真"，而"荣"却为下平声的"八庚"，二者不算邻韵，为出韵。疑"荣"有误。另外，有个别几首首句入韵，第一句的韵脚借用邻韵，例如：

  薰殿午风清，金盘满贮冰。愿言均此施，四海涤烦蒸。（周必大淳熙五年《皇帝阁》其三）

  水晶帘卷午风轻，万蛩清寒凌室冰。闲奏薰弦思解愠，肯教人世独炎蒸。（真德秀《皇后阁端午贴子词五首》其四）

  仙家乐事有常程，不写义经即道经。春日渐和风渐暖，不妨排比冷泉亭。（许及之《太上皇帝阁春帖子》其三）

第一首中的"清"属于"八庚"韵,而"冰""蒸"皆属于"十蒸"韵。而第二首中押"十蒸"韵,但首句韵脚"青"又属于"九青"韵。第三首押"九青"韵,而首句韵脚"程"却属于"八庚"韵。看来主要是"庚""青""蒸"这三个邻近韵的借韵。明谢榛《四溟诗话》卷一说:"七言律、绝,起句借韵,谓之'孤雁出群',宋人多有之。"所指就是这种情况。首句本来可以不押韵的,因此这种情况也不能看作出韵。他还说:"七言绝句,盛唐诸公用韵最严,大历以下,稍有旁出者。……宋人专重转合,刻意精炼,或难于起句,借用旁韵,牵强成章,此所以为宋也。"① 从用韵情况来看,帖子词格律非常谨严。

在平仄粘对方面,帖子词与唐宋以后通行的绝句保持一致,五绝以仄起首句不入韵为最常用,仄起首句入韵和平起首句入韵较少,平起首句入韵者不见一例;七绝以平起首句入韵为最常见,占到全部七绝帖子词的70%以上,其他三种格式也都有。讲求粘对。帖子词的格律并没有统一的规定,随个人喜好而定,如夏竦首句多不入韵,而晏殊则相反。就同一作者的一组帖子而言,也没有固定统一的格律要求,完全取决于作者的喜好和每一首诗歌的需求,如苏轼《春帖子词·夫人阁四首》两首五绝一首不入韵,一首入韵,其《端午帖子词·太皇太后阁六首》中的三首七绝,一首仄起首句入韵,一首平起首句不入韵,另一首平起首句入韵,三首皆不同。像这样的写法很多。

二、讲求对仗

近体绝句的对仗没有绝对的要求,但大多数帖子词却很注重对仗。帖子词以两句对仗为最多见,或前两句对仗,如晏殊《端午词·御阁四首》其三"乍结香茅祈福寿,更缠金缕贡芳新。丹台素有延生录,岁岁迎祥在此辰"、崔敦诗《淳熙七年端午帖子词·皇后阁六首》其一"玉燕垂符小,

---

① (明)谢榛:《四溟诗话》,丁福保辑:《历代诗话续编》,中华书局2006年第2版,第1143页。

珠囊结艾青。更将长命缕，侵晓奉慈庭"等，或后两句对仗，如宋庠《皇帝阁端午帖子词》其四"宫中命缕千丝合，阶下祥蓂五荚芳。汉殿桃枝先作印，楚人兰叶续为汤"、许及之《太上阁端午帖子》其一"自得广成道，长居不老天。底须桃辟恶，何用木延年"等。

有些帖子词对仗很工稳，如"歔凤东风转，携龙北斗回"（洪咨夔《端平三年春帖子词·皇帝阁》其一）中的天文对、鸟兽对，"四时乘大德，五日敞金扉"（胡宿《皇帝阁端午帖子》其五）、"金花镂胜随春燕，彩仗紫丝逐土牛"（韩维《春贴子·太后阁六首》其四）中的时令习俗对，"甲观开千柱，飞楼擢九层"（苏轼《春帖子词·皇太妃阁五首》）、"玄武门前罗百戏，昆明池上斗千艘"（真德秀《皇后阁端午贴子词五首》其五）、"冰消太液生春水，日上披香积瑞烟"（夏竦《御阁春帖子》其二）中的宫室对、数目对，"兰气浮丹殿，槐阴被紫宸"（崔敦诗《淳熙六年端午帖子词·皇帝阁六首》其二）中的草木对、宫室对，"水殿开筵酒泛蒲，冰盘进膳黍缠菰"（周必大《淳熙三年端午帖子·皇帝阁》其六）中的饮食对，"金盘晓日融春露，黼帐鲜云荫瑞香"（夏竦《御阁春帖子》其一）中的器物对，"纸上姜任今远矣，女中尧舜果谁哉"（刘克庄《皇后阁（端午）》其四）、"错由术进何神汉，伾以棋亲亦误唐"（刘克庄《皇太子宫立春》其四）中的人名对、朝代对，"黄金仙杏粉，赤玉海榴房"（欧阳修《端午帖子·夫人阁五首》其二）中的珍宝对、草木对、颜色对，"瑞羽关关迁木早，神鱼泼泼上冰来"（宋祁《春帖子词·皇帝阁十二首》十二）中的鸟虫对、叠词对，"青帝回风还习习，黄人捧日故迟迟"（宋祁《春帖子词·皇帝阁十二首》其六）中的人物对、颜色对、天文对、叠词对，"曈昽晓日上金铺，的皪春冰泮玉壶"（王安中《妃嫔阁》）中的叠韵对等，都显得极为工致。

有少量帖子词甚至全篇对仗，如夏竦《内阁春帖子》其三"东郊候气回青辂，北阙迎祥闟紫闱。大庇群生承宝绪，永敷春泽播鸿徽"、晏殊《立春日词·御阁四首》其一"令月归馀届早春，羲舒相望协元辰。初阳乍逐青旂动，圣寿长随凤历新"、韩维《春贴子·皇后阁五首》其一"后德侔姬国，嫔风协舜家。进贤阳为长，修教月增华"、许及之《皇帝阁春帖子》其一"紫宸殿下迎春仗，德寿宫中家庆图。帝有双亲齐万寿，天教五岳总三呼"、刘克庄《公主位》其一"妆阁朝旸暖，书窗昼漏迟。不看列女传，即诵二南诗"。最喜欢用对仗的是夏竦和刘克庄。

也有一些帖子词不讲求对仗，如许及之《皇后阁春帖子》其三"不要梅花比玉容，柔桑枝上要春风。圣人见说常躬俭，拟助君王赏战功"、周南《皇太后阁春帖子》其三"内殿家人礼，猩袍奉玉卮。椒盘勤盥馈，百世有孙支"等，但数量较少。

一组帖子内各诗的对仗并没有统一要求，可以全篇对，可以两句对，也可以全篇无对仗，如何用，皆取决于作诗的需要和诗人的喜好，如韩维《春帖子·夫人阁四首》。

  腊雪馀香径，朝晖上绮甍。翠生兰蕙色，和入管弦声。
  重锦褰妆幕，轻罗换舞衣。钗头双燕子，先向社前飞。
  薄暖正当挑菜日，轻阴渐变养花天。君王勤政稀游幸，院院相过理管弦。
  宫娃拂晓已催班，拜谢春幡列御前。不待东风报花信，红酥彩缕斗芳妍。

第一首全诗对仗，第二、三首前两句对仗，后两句不对仗，第四首全诗不对仗。这种写法正表现出帖子词这种组诗的特点，组诗中的每一篇具有完全的独立性。

帖子词比较讲究对仗，追求对仗的工稳，但帖子词的好坏并不取决于此，如洪咨夔《端平三年春帖子词·皇后阁》其二"甲观韶光集，褋坛好语传。思齐男庆百，假乐子宜千"，全篇对仗，非常工稳，但算不得好诗。优秀的帖子词以表意为上，不为对仗而对仗，如苏轼《春帖子词·夫人阁四首》其四"雪消鸳瓦已流澌，风暖犀盘尚镇帷。缥缈紫箫明月下，璧门桂影夜参差"，全诗写景，前两句对仗，雪对风，鸳瓦对犀盘，显得很工致，但"澌"与"帷"不属于同一小类。后两句作者有意不对仗，改变整齐的节奏，从而形成流动变化的美感。苏轼《端午帖子词·皇帝阁六首》

其五"讲馀交翟转回廊,始觉深宫夏日长。扬子江心空百炼,只将《无逸》鉴兴亡"、曹勋《端午帖子》其九"雨后风微荷芰香,顿驱初暑作疏凉。黑云卷尽青天大,却倚湖光看夕阳",虽不讲求对仗,但全诗浑融,前者境界高远,后者意境清新,皆不失为佳作。

在句型上,帖子词的五言绝句以上二下三为基本句型,七言以上四下三为基本句型,如周必大乾道八年《立春帖子·皇帝阁》。

彩胜/年年巧,椒盘/岁岁新。君王/千万寿,长与/物华春。
(其二)
淑气潜飞/玉管灰,无情草木/得先知。一如圣主/行仁政,晨发岩廊/夕海涯。(其六)

这种句型结构是五、七言绝句的常规结构,帖子词沿用。它所形成的节奏能给人平正雅致、音韵和谐、节奏明快之感,但也有个别上三下四的句式,如刘克庄《皇帝阁(端午)》其四"迩英常有侍经儒,永巷元无望幸姝。艾道陵堪词绮户,竹夫人可卫纱幮",此诗后两句不合七绝常用的上四下三句式,读起来与前两句节奏不同,有些不习惯。这种上三下四的句子被称为"折句"。胡仔说:"六一居士诗云:'静爱竹时来野寺,独寻春偶过溪桥。'俗谓之折句。"①清人王复礼《放翁诗选》凡例也说:"律诗对仗,从来上四下三,句方稳妥,未有上三字相连而下四字承接者。"他举出陆游的"白菡萏香初过雨,红蜻蜓弱不禁风"(《六月二十四日夜分梦范至能……》)以为变格②。宋代最努力写折句的是刘克庄,他有意识地创造了许多折句,如"三千客谩曾弹铗,十九人谁肯捧盘"(卷一二《道中读孚若题壁有感用其韵》)、"许奉太夫人以往,欣迎大君子而行"(卷三三《送欧阳上舍梦桂》)、"压尽晚唐人以下,托诸小石调之中"(卷三四《自题长短句后》)、"太平期恰当今日,嬉戏翁浑如小儿"(卷三五《乙丑元日口号十首》其三)、"活八十年头雪白,啖三百颗面桃红"(卷三

---

① (宋)胡仔纂集:《苕溪渔隐丛话·前集》卷三六,人民文学出版社1962年版,第241页。
② (清)王复礼:《放翁诗选》,陶元藻辑:《全浙诗话》卷一五,清嘉庆元年怡云阁刻本。

六《食早荔七首》其二)、"牛角书勘教村学,鱼羹饭胜食堂厨"(卷三七《再和宿囊山三首》其二)、"有客嘲扬雄拓落,无人问李白何如"(卷四二《汤熨》)等。① 程毅中以为刘克庄这许多奇特的句法,"无非是以文为诗的一种尝试"②。他把这种尝试也运用到帖子词的创作中,也算一种创新,但由于这种节奏不太符合人的审美习惯,因而并不多见。

从帖子词的用韵、声律、对仗特点可以看出,帖子词音韵和谐,节奏明快,对仗工稳,这也充分体现了帖子词作为应制诗典重工致的特色。

以上我们着重从四个方面分析了帖子词的艺术特征。需要说明的是,帖子词的成就高低不一,差别较大,不能一概而论;帖子词作为节日应制诗,其审美特征追求吉祥欢愉,整体上艺术成就偏低。韩愈说:"夫和平之音淡薄,而愁思之声要妙;欢愉之辞难工,而穷苦之言易好也。"③ 晚唐郑綮"有诗名,本无廊庙之望。昭宗时登庸,中外惊骇",或曰:"近有新诗否?"答云:"诗思在灞桥风雪中,驴子上,此何那得之。"④ "灞桥风雪中""驴子上"易有诗思,官居要职反而难有佳构,即韩愈所谓"欢愉之辞难工,而穷苦之言易好也"。这是普遍的文学现象,在帖子词的创作上体现得相当明显——那么多著名诗人参与了帖子词的创作,但成就均难以超出其他作品。究其原因,恐怕主要在于它在写作上所受的重重束缚吧。

---

① (宋)刘克庄:《后村先生大全集》,《四部丛刊》本。
② 程毅中:《中国诗体流变》,中华书局1992年版,第93页。
③ (唐)韩愈:《荆潭唱和诗序》,韩愈撰、马通伯校注:《韩昌黎文集校注》卷四,古典文学出版社1956年版,第153—154页。
④ (宋)黄彻:《䂬溪诗话》卷二,丁福保辑:《历代诗话续编》,中华书局2006年第2版,第355页。

第七章 宋代帖子词的价值

作为一种独特的节日门帖诗，帖子词是文学百花园中新增的一个品种，虽然不那么艳丽多姿、惹人怜爱，但毕竟是一道异样的风景。它的内容虽然以歌功颂德、应和节令为主，但是也反映了宋代的节日生活，尤其是宫廷节日生活和时事，也表达了士大夫的忧国忧民情怀，对我们了解宋代节日生活、宫廷生活以及宋代的思想、文化都有比较重要的认识价值；它是我们了解宋代立春、端午习俗，尤其是宫廷习俗的一扇重要窗口，在门帖文化的发展史上也有非常重要的意义。因此，作为宫廷诗，虽然帖子词的整体成就偏低，但其在文学、历史和风俗等方面的审美和认识价值还是值得关注的。

第一节 文学价值

帖子词是宋代适应节日需要而产生的一种新诗体，兼具实用性与审美性。与宋代翰林学士所撰写的制、敕、德音、敕、诏、批答、奖谕、蕃书以及青词、斋文、白话、上梁文、口宣、祝文、碑文、神道碑、乐章、诗颂等文体相比，帖子词是其中唯一表现为诗歌形式的文辞。帖子词产生于宋代宫廷节日审美娱乐的需求，在内容上以祈祝颂美为核心，虽然如徐师曾所说，它是一种"俗体"，但对诗歌的发展来说，无疑是一种新的探索和尝试，是宋人为诗歌百花园所增添的又一新类别，在诗歌史上应享有一席之地。

一、对古诗"颂美""讽谏"传统的继承

颂美和讽谏是古诗的两大功能。《毛诗·序》对此已有明确认识,"上以风化下,下以风刺上,主文而谲谏,言之者无罪,闻之者足以戒,故曰风";"颂者,美盛德之形容,以其成功告于神明者也"[①]。后世的文学批评虽重视文学的社会教化功能,忽略或批判其颂美功能,但颂美作为文学的基本功能之一,却从未断绝。《诗经》自不待言,或颂美德行,或祝颂长寿、福禄,或歌颂武功,或颂扬先祖等。汉时的郊庙歌辞中也有多首祝颂作品,如《安世房中歌》《练时日》《帝临》《青阳邹子乐》《朱明》等;汉赋"劝百而讽一",更是充满了对大汉王朝的歌颂,"美"有馀而"刺"不足。魏晋南北朝时期随着文学的觉醒,文学的娱乐功能也更加突显,在此时兴起的公宴诗中应制颂美的内容占到一半以上[②]。这些诗多直接题为"应制""应诏""应命""应教"等,内容充满了颂美之声。在南朝诗风影响下的初唐文学,以颂美娱乐为主的节日应制诗占据了重要地位,如崔日用等六人的《奉和立春游苑迎春应制》、赵彦昭等六人的《立春日侍宴别殿内出彩花应制》、阎朝隐的《奉和立春游苑迎春应制》、沈佺期《奉和立春游苑迎春应制》等应制娱乐之词,表达的都是祝福称颂之意。

从这种节日应制诗的产生来看,它本身就是君臣游乐的产物,据《新唐书·文艺传·李适传》:

> 初,中宗景龙二年,始于修文馆置大学士四员、学士八员、直学士十二员,象四时、八节、十二月。于是李峤、宗楚客、赵彦昭、韦嗣立为大学士,适、刘宪、崔湜、郑愔、卢藏用、李乂、岑羲、刘子玄为学士,薛稷、马怀素、宋之问、武平一、杜

[①] 《毛诗正义》卷一,阮元校刻:《十三经注疏》,中华书局1980年影印本,第271页、272页。

[②] 黄亚卓《汉魏公宴诗研究》以内容和风格特点将公宴诗分为应制颂美型、即景抒怀型、唯美表现型、体悟玄理型四类。《汉魏公宴诗研究》,华东师范大学出版社2007年版,第22页。

审言、沈佺期、阎朝隐为直学士。又召徐坚、韦元旦、徐彦伯、刘允济等满员。其后被选者不一。凡天子飨会游豫,唯宰相及学士得从。春幸梨园,并渭水祓除,则赐柳圈辟疠;夏宴蒲萄园,赐朱樱。秋登慈恩浮图,献菊花酒称寿;冬幸新丰,历白鹿观,上骊山,赐浴汤池,给香粉兰泽,从行给翔麟马,品官黄衣各一。帝有所感即赋诗,学士皆属和。当时人所钦慕,然皆狎猥佻佞,忘君臣礼法,惟以文华取幸。①

帖子词产生之初亦大致如此,纯然是一种颂美的诗体。

  颂美文学的盛行总是以稳定的社会环境作为基础的。纵观前代颂美文学,许多大量出现于太平盛世,与宫廷、贵族宴饮和各种仪式密切相关。北宋政权在建立过程中没有长年的征战和血腥的残杀。太祖、太宗两代,先后削平南北割据势力,结束了五代十国分裂割据的历史,基本实现了统一。经高梁河之役和雍熙北伐的失利,宋廷对辽采取守势,真宗景德元年辽伐宋,真宗亲征,最终订立"澶渊之盟",此后两国长期并立,边境相对安宁,经济文化交流频繁,时使臣往来不断,到大中祥符时期真宗大搞符瑞,营造"盛世"假象。于是,以文学来颂美便成为时代的需求。因此,宋初宫廷颂美文学观念盛行,应制诗作很多。帖子词的产生就是传统应制颂美与节日娱乐审美的需要相结合的产物,"所谓声容过盛之一端"②。

  从欧阳修开始,帖子词中出现了大量的讽谏内容,寓箴于美成了帖子词的写作传统。这表现了宋人对帖子词这样一种宫廷节日应制的"颂"类诗歌进行的"风"化改造。他们力图在颂美中融入讽谏,借颂美婉言劝谕,力所能及地发挥诗歌的社会教化功能。这一做法表现出宋人非常强烈的社会责任感。

  宋人普遍重视诗的教化功能。在欧阳修之前,田锡就有"美盛德之形

---

① (宋)欧阳修等:《新唐书》卷二〇二《李适传》,中华书局1975年版,第5748页。
② (明)徐师曾:《文体明辨序说》,人民文学出版社1962年版,第168页。

容谓之颂，抒深情于讽刺莫若诗"①的观点，西昆派诗人张咏对晚唐体"山僧逸民，终老耽玩，搜难抉奇，时得佳句"提出了批评，认为要发挥诗歌"直而婉，微而显"的特长，达到"感悟人心，使仁者劝而不仁者惧，彰是救过"②的功效。欧阳修之后，王安石、司马光、苏轼都是"文以明道"论的支持者，理学家更是走向了教化论的极端。宋人推崇杜甫，认为其杰出诗歌成就的取得在于忠义之气和道德修养。苏轼说："古今诗人众矣，而杜子美为首，岂非以其流落饥寒，终身不用，而一饭未尝忘君也欤？"③黄庭坚亦云："老杜虽在流落颠沛，未尝一日不在本朝。故善陈旧事，句律精深，超古作者，忠义之气，感发而然。"④在本用于应制颂美的帖子词中大量加入讽谏思想，正是宋人重视"美刺"诗教之风气的表现。后人对宋诗较唐诗多表现忠君忧国之情有着基本一致的看法，如明代何乔新指出"白乐天、柳宗元之放荡嘲怨，其诗非不美也，然夸耀烟云，无观政体，求其爱君忧国者，唐之杜甫而已。观其杜鹃之诗，忠爱之心见于言外。北征之诗，忧国之意见于终篇。又岂可与浮靡者例论耶？宋之以诗名世者固不可一二数，如杨大年之赋朝京，有致君尧舜之心；欧阳修之咏春帖，得以诗讽陈之旨，是皆有《三百篇》之遗意，而非后世骚人词客所可及也"⑤。

讽谏的加入，拓展了帖子词的表现范围，丰富了它的内涵，提升了它的品质。从宋人的评价来看，被称道的优秀帖子词都是"有美有箴"的作品。宋人对颂美类诗歌所作出的有益探索，对我们当代的创作也当有所启示。

---

① （宋）田锡：《进文集表》，《咸平集》卷二三，影印《文渊阁四库全书》本，第1085册，第498页。

② （宋）张咏：《乖崖集》卷八，影印《文渊阁四库全书》本，第1085册，第623页。

③ （宋）苏轼：《王定国诗集叙》，《苏轼文集》卷一〇，中华书局1986年版，第318页。

④ （宋）潘淳：《潘子真诗话》引黄庭坚语，郭绍虞辑：《宋诗话辑佚》（上），中华书局1980年版，第310页。

⑤ （明）何乔新：《椒邱文集》卷一《论诗》，影印《文渊阁四库全书》本，第1249册，第16页。

二、对诗歌题材的丰富

(一) 对古代节序诗的丰富和开拓

中国岁时节日萌芽于上古时期。岁时是中国传统社会特有的时间概念。"岁时,谓每岁依时。"① 英国人类学家埃德蒙·R.利奇说:"我们是通过创造社会生活的分隔来创造时间的。"② 中国古人基于独特的地理环境和人文条件创造了"岁时"这一独特的时间分割方式。"从岁时使用情形看,它有两重含义:一、年度循环周期;二、指一年中的季节以及与季节相关的时令节日。在传统中国的岁时观念中,岁时包含着自然的时间过程与人们对应自然时间所进行的种种时序性的人文活动。因此,岁时既具有自然属性,又具有人文属性。"③ 中国古人仰观天文、俯察地理,逐渐建立起的时令节气系统,是农耕社会的时间系统,服务于农事活动。由于古人认识水平的限制,对自然万物充满了神秘感,因此产生了顺应自然的种种原始巫教活动,愉悦天神、襄助人事的岁时献祭则形成了最早的礼仪,先秦文献中的春祠、夏礿、秋尝、冬烝便是四季祭礼,"岁时祭祀""岁时伏腊"也经常见诸经籍。正由于先秦时期岁时还没有形成独立的节日,服务于农事活动和原始宗教、祭祀活动,因此先秦诗歌中表现岁时的内容多集中在农事诗、祭祀诗,如《诗经·豳风·七月》对一年四季农事劳作的反映、《郑风·溱洧》对三月的祓除活动的表现等。

汉魏时期,是岁时节日的形成时期,出现了《四民月令》这样专记时令节日的书籍。诗歌直接反映岁时的还比较少,《四民月令》所引农语二章"二月昏。参星夕。杏花盛。桑椹赤""河射角。堪夜作。犁星没。水

---

① 《礼记正义》卷四八孔颖达疏语,阮元校刻:《十三经注疏》,中华书局1980年影印本,第15975页。
② 史宗主编:《20世纪西方宗教人类学文选》(下卷),上海三联出版社1995年版,第498页。
③ 萧放:《岁时——传统中国民众的时间生活》,中华书局2003年版,第7页。

生骨"①，主要反映的是时令特征，岁时节日习俗不见表现。《古诗十九首》"迢迢牵牛星"一章表现了牛郎织女故事的传说，但与七夕还没有关联。六朝时期，节日迅速发展，祭祀由时令向节日转移，由里社集体向家族家庭转移，岁时禁忌演变为民俗节庆②，节庆增多，节俗丰富，《荆楚岁时记》的记载是最好的证明。这时期表现岁时节令的诗作也逐渐增多，曹植的《元会》、张华的《正旦大会礼乐歌诗》等宫廷诗也是节序诗，刘孝威的《翦彩花绝句二首》、陈后主的《三善殿夕望山灯》等则直接吟咏节俗。唐宋节日进入繁荣期，吟咏节序由宫廷走向草野，除了大量宫廷应制的节序诗作外，反映普通人节日生活的诗作大量出现，杜甫就作有不少节序诗，仅《古今岁时杂咏》所收就有50余首。到宋代，节序诗便成为一个独立的诗类，宋初宋绶编《岁时杂咏》按节令编排前代岁时诗歌，就表现出宋人对岁时节日诗歌的明确分类意识。

宋人节序诗的创作呈现出更为繁盛的局面，帖子词是节序诗的一个新类别，是宋人对节序诗的新贡献。两宋帖子词今存数量1000余首，在岁时节令诗歌中占有重要的地位，以蒲积中《古今岁时杂咏》所收诗歌而言，立春诗共235首，其中宋前为50首，宋代185首中帖子词为132首，占到所有立春诗的56%，占到宋代立春诗的71%；端午诗共158首，宋前仅13首，宋代145首中帖子词为127首，占所有端午诗的80%、宋代端午诗的87%。这些数据虽然不能精确地反映古代立春、端午节诗歌创作的整体状况，但还是基本能够反映出帖子词在宋代节序诗中的地位。帖子词的创作，既丰富了古代节序诗，尤其是立春和端午两节的诗歌，促进了宋代节序诗创作的繁荣，同时也为节序诗增添了一个独特的新品类。

（二）确立了门帖诗的独特审美价值

帖子词是节序诗的一个小类。称之为帖子词，是由于其特殊的用途，通俗一点说，帖子词就是门帖诗。基于原始信仰，旨在辟邪的门帖在汉代就出现了，但多为图画（如鸡、虎、神荼、郁垒等），符箓或简单的文字

---

① 逯钦立辑校：《先秦汉魏晋南北朝诗·汉诗》卷八，中华书局1983年版，第243页。
② 萧放：《岁时——传统中国民众的时间生活》，中华书局2003年版，第92—97页。

(详见下章),以诗歌作为门帖的内容则晚至唐代才出现,日本正仓院所藏人胜残张上面的"令节佳辰,福庆惟新,变(当为燮字之讹)和万载,寿保千春"① 是我们所能见到的最早宫廷帖子诗。敦煌遗书斯坦因 0610 卷所录《岁日》和《立春》诗,则应当是晚唐民间帖子诗。这些帖子诗虽然还有祛邪被除等巫术思想的影子,但明显已转向祝福祈寿为主,如"三阳始布,四秩初开。福庆初新,寿禄延长""三阳回始,四序来祥,福延新日,庆寿无疆"(《岁日》)、"铜浑初庆轨,玉律始调阳。五福除三祸,十善消百殃""宝鸡能僻(辟)邪,瑞燕解呈祥。立春题户上,富贵子孙昌"(《立春日》)等。宋代帖子词以宫廷宴饮应制诗歌改造了民间被除之门帖诗,使得宫帖成为一种独立的具有节日仪式象征符号意味的诗歌类型,引起了时人和后人的重视和关注。

帖子词表现出宋人对日常生活的极端关注,具有独特的审美价值。在情感特征上,它追求喜悦欢乐、吉庆祥和;在题材内容上,以祈祝颂美为核心,然而也可以写景、状物、抒情、议论、纪事,甚至讽喻,比较广泛;在艺术表现上,讲求词彩之美、隶事之美、声律之美。多数帖子词固然格局不够恢弘,境界不够深远,气势不够阔达,但是它却格外突出地表现出鲜明的世俗精神。帖子词直接影响到当时和后世的门帖诗和门联,对中华节日文化和习俗做出了重要贡献。(详见下章)

(三)"帖子"成为诗歌意象

宋人创造了帖子词,又反过来吟咏它、描写它,使"帖子"成了一个富有意味的诗歌意象。

首先,"帖子"成为诗歌表现宫廷春、端节日特有的意象之一,如张公庠《宫词》"北斗回杓欲建寅,宫嫔排备立春时。镂花贴子留题处,只待金銮学士诗",以宫中等待学士供帖子为描写对象,表现了宫中生活的一个小小侧面,富有生活情趣;另一首"西苑池台驾幸时,内家朱毂尽陪

---

① 《杂财物实录》,傅芸子:《正仓院考古记》四三仓之概观(2)北仓上,辽宁教育出版社 2000 年版,第 39 页。

随。满宫学士多题咏，不减词臣应制诗"①，岳珂《宫词》其九"端辰帖子缕黄金，词苑题来禁御深"、周紫芝《再赋立春效王建三绝》其二"已进玉堂春帖子，六宫无事笑声多"②、史浩《满庭芳·立春词，时方狱空》"相将见，宜春帖子，清夜写金銮"③等，都将春、端帖子作为宫中节日的一道风景和标志物而屡屡诉诸笔端。

其次，撰写帖子词是学士院学士的工作，因此帖子成为一个与学士院以及学士相关的意象。最常见的是"玉堂帖子""供帖子""供春帖"。"玉堂"是学士院的美称，故称。如前文所引周紫芝"已进玉堂春帖子"句外，如王安中晚年贬谪象州，立春之日闻击鼓之声，见土牛出市，想起"二年白玉堂，挥翰供帖子。风生起草台，墨照澄心纸。三年文昌省，拜赐近天眷，红蓼颁御盘，金幡袅宫蕊"的辉煌岁月，生发"安得五亩园，种蔬引江水"④的归隐之梦。这里追忆学士院生活，以"挥翰供帖子"为代表，足见撰写帖子在他看来是他担任学士时颇具代表性的工作，在他心目中具有重要地位。李洪晚年所作《午日寓圆果院苦河鱼以诗纪节》⑤，忆往昔端午佳节，有过"细葛宫中曾被赐"的优待；视今朝"萧寺更同摩诘病"，想到"玉堂帖子要新诗"，感叹今非昔比，怅惘之情溢于言表。这里的"玉堂帖子"指端午帖子。刘辰翁《摸鱼儿·和中斋端午韵》亦将"玉堂帖子"摄入词中，写道："更闲却，玉堂端帖多多许。无人自语。把画扇鸾边，香罗雪底，题作午年午。"⑥方岳《烛影摇红·立春日柬高内翰》写立春供帖子："问谁天上，瑶帖初供，玉常归傫。"⑦其《次韵谢兄

---

① 傅璇琮等主编：《全宋诗》第9册，卷五一五，北京大学出版社1995年版，第6257、6259页。
② 傅璇琮等主编：《全宋诗》第26册，卷一五二三，北京大学出版社1998年版，第17323页。
③ 唐圭璋编：《全宋词》，中华书局1965年版，第1263页。
④ （宋）周辉撰，刘永翔校注：《清波杂志校注》卷六，中华书局1994年版，第244页。
⑤ 傅璇琮等主编：《全宋诗》第43册，卷二三六六，北京大学出版社1998年版，第27156页。
⑥ 唐圭璋编：《全宋词》，中华书局1965年版，第3251页。
⑦ 唐圭璋编：《全宋词》，中华书局1965年版，第2848页。按"常"当作"堂"。

立春戏拟春帖子》其三又有"晓供帖子琼幡重，携得韶风下殿来"①，都以对方供春帖的荣耀表达其尊重之情。林希逸《丁卯立春作》"却忆先朝供帖子，伤心白发旧词臣"②，以曾经在理宗朝撰写过帖子的旧词臣之身份表达了年老的感伤；刘克庄更是对其供帖子念念不忘，几次三番在诗中提及，如"忘却玉堂供帖子，牛栏西畔觅诗回"（《和方时父立春》）、"老农无复供春帖，题遍南村与北村"（《和陈生投赠二首》其一）③，都在晚年回乡闲居的生活中回味着往日的辉煌与尊贵。陈天麟《除夕偶成呈同舍兼简陈仲恕》"不解玉堂供帖子，双扉聊与换桃符"④，则又在民间与宫廷节日生活的不同中表现了普通人的闲适自由。孙应时《胡元迈集句作宫词二百求题跋为书两章》"宫体故宜供帖子，玉堂何日唤诗翁"⑤，赞美胡元迈集句所作宫词适宜供作帖子，产生了应当让他去学士院任职的想法。帖子的应制性使得帖子的撰写并不容易，不少才华横溢的诗人在帖子面前无法施展才华，作品平淡无奇，这让不少人以不供帖子为幸，杨万里《端午独酌》"一生幸免春端帖，可遣渔歌谱大章"⑥、刘辰翁《临江仙》"幸自不须端帖子，闲中一句如无。爱他午日午时书。惟应三五字，便是辟兵符"⑦，都表达了同样的庆幸。但是这种庆幸之词恐怕亦有不得入翰苑的酸葡萄心理作怪。

当然，帖子毕竟是一种颂美文学，它是太平时代的宫廷节日用物，因此它又是国家太平、安宁和平的标志。谢翱《五日观潇湘图》在宋亡后以

---

① 傅璇琮等主编：《全宋诗》第 61 册，卷三二二二，北京大学出版社 1998 年版，第 38279 页。
② （宋）林希逸：《竹溪鬳斋十一稿续集》卷二，《宋集珍本丛刊》本，第 83 册，第 385 页。
③ （宋）刘克庄：《后村先生大全集》卷三八、卷四〇，《四部丛刊》本。
④ 傅璇琮等主编：《全宋诗》第 37 册，卷二〇六二，北京大学出版社 1998 年版，第 23267 页。
⑤ 傅璇琮等主编：《全宋诗》第 51 册，卷二六九八，北京大学出版社 1998 年版，第 31799 页。
⑥ （宋）杨万里著，辛更儒笺校：《杨万里集笺校》，中华书局 2007 年版，第 2149 页。
⑦ 唐圭璋编：《全宋词》，中华书局 1965 年版，第 3204 页。

"明时内阁子,供奉进瑶帖"① 表达时移世易的感慨。

帖子本身也成为诗人吟咏的对象和借以抒情言志的工具。杨万里《立春日有怀二首》其二云:"玉堂著句转春风,诸老从前亦寓忠。谁为君王供帖子,丁宁绮语不须工。"② 全诗写帖子的写作,以当时帖子只见"绮语"不寓忠言表达了他对玉堂人士的不满。刘克庄《乙卯端午十绝》其六"时服颁周府,薰弦奏舜廊。未知新帖子,几首似欧阳"③,更是表现出对写作帖子者的期待,希望他们能像欧阳修那样寓含讽谏。汪晫的《贺新郎·开禧丁卯端午中都借石林韵》则为一首咏帖子之词:

> 帖子传新语。问自来、翰林学士,几多人数。或道江心空铸镜,或道艾人如舞。或更道、冰盘消暑。或道芸香能去蠹,有宫中、斗草盈盈女。都不管,道何许。　离骚古意盈洲渚。也莫道、龙舟吊屈,浪花吹雨。只有辟兵符子好,少有词人拈取。谁肯向、帖中道与。绝口用兵两个字,是老臣、忠爱知难阻。写此句,绛纱缕。④

作者以铺叙的手法,列举了学士们所写帖子词的经典内容,化用帖子内容入词,如"江心空铸镜"句用苏轼《端午帖子词·皇帝阁六首》其五"扬子江心空百炼","芸香能去蠹"句用王珪《端午内中帖子词·夫人阁》其六"袖中独有香芸草,留与君王辟蠹编"等,然后一句"都不管,道何许"批评了帖子词的空虚无物和作者们缺乏社会责任感。下阕转入议论抒情,认为帖子不但忘却了端午节的来源和本义,连辟兵符也少有人提及,更不用说"用兵"二字了。这首词写于开禧三年(1207)端午,正值韩侂胄北伐时期,作者借物言志,批评了不关心国事的苟且思想,抒发了抗战的爱国热情。

---

① 傅璇琮等主编:《全宋诗》第 70 册,卷三六九一,北京大学出版社 1998 年版,第 44313 页。
② (宋)杨万里著,辛更儒笺校:《杨万里集笺校》卷一,中华书局 2007 年版,第 28 页。
③ 傅璇琮等主编:《全宋诗》第 58 册,卷三〇五四,北京大学出版社 1998 年版,第 36426 页。
④ 唐圭璋编:《全宋词》第 4 册,中华书局 1965 年版,第 2287 页。

"秦郎帖"是本色帖子的代名词。苏轼写于元祐八年的《次韵秦少游王仲至元日立春三首》其三云:"词锋虽作楚骚寒,德意还同汉诏宽。好遣秦郎供帖子,尽驱春色入毫端。"①苏轼认为秦观语言优美,应当是帖子词最佳写手。虽然秦观无缘写作帖子词,但其《元日立春三绝》也能让我们感受到苏轼所言不差。刘克庄多次用苏轼这一典故。《和季弟韵二十首》其四"即今巾镜叹苍茫,但觉书痴胜酒狂。已怕词头趋坡老,更禁帖子累秦郎"反用之,表现自己对制词的厌烦情绪。而《诸人颇有和余百梅诗者各赋一首》赋方蒙仲和其梅诗"却疑彼相调金鼎,未召斯人试玉堂。便好去供春帖子,君才何止倍秦郎",用秦郎适宜供帖子赞颂方蒙仲梅诗之佳。晚年闲居时,既有"向来春帖子,残膏冒蛛丝。无复秦郎思,聊吟党进诗"(《病中杂兴五言十首》其九)之作,当看到挂满蛛丝的残帖,感慨自己年已老、才不再,只有吟诗而已;又有"老子从来宠利轻,于棋待诏昧平生。内中称赏秦郎帖,御笔批依不必更"(《记辛酉端午旧事二首》其一)②的追忆之作,则以"秦郎帖"代指自己当年所写端帖,满是自得之情。

南宋时期,随着诗歌在民间帖子中应用的扩大和普及,尤其是春帖在元日的逐渐盛行,春帖也成为除夕、元日节序诗歌的题材内容和经典意象,如李时《十二月立春》"劝了亲庭眉寿酒,旋裁春帖换新诗"③,喻良能《次韵季直弟春日雪》"鼠须正好书春帖,蟹眼偏宜试露芽"④,胡仲弓《次梅庄守岁韵》"屠苏不饮防心醉,春帖慵裁欠句书"、《元日》其一"大书春帖当桃符"⑤,春帖在南宋民间显然已成为除夕、元日之主要习俗。最有趣的当属洪咨夔《次李阆州禀议三首》其二《立春日风》,竟然说

---

① (宋)苏轼:《苏轼诗集》卷三六,中华书局1982年版,第1953页。
② (宋)刘克庄:《后村先生大全集》卷一九、卷二〇、卷三八、卷四四,《四部丛刊》本。
③ 傅璇琮等主编:《全宋诗》第24册,卷一三六九,北京大学出版社1995年版,第15720页。
④ 傅璇琮等主编:《全宋诗》第43册,卷二三五〇,北京大学出版社1998年版,第26993页。
⑤ 傅璇琮等主编:《全宋诗》第63册,卷三三三四、卷三三三五,北京大学出版社1998年版,第39786、39804页。

"凤"可以去供春帖,想象奇特,让人耳目一新,"千骑行春雪未消,早乘羊角问逍遥。明年好与供春帖,淑景祥飚近九霄"①。

宋以后民间春帖基本转移到除夕、元日,也成为除夕、元日节序诗中常见的内容和意象。元王冕《庚辰元旦》"试题春帖纪新年,霭霭青云起砚田"②以写春帖来表现节日特色,突出喜庆气氛;欧阳玄《渔家傲南词并序·十二月》"冻合灶瓢饧一碟,吴霜镊,换年懒写宜春帖"③、文肇祉《元旦不出》"春帖懒寻诗句写,辛盘钉候故人来"④则以"懒写春帖"表现愁闷的情怀。明清时期民间春帖诗变化为春帖联语,作为经典象征性符号,更是大量出现于除夕与元日诗文中,如清厉鹗《除夕宿德州》以"荒村已是裁春帖"⑤传达了临近年关的信息,透露出羁旅之人的惆怅;洪亮吉晚年追忆往事时,关于除夕的记忆便是"比邻一半迎春帖,乞取萧郎弱腕书",因为"岁除前数日,临溪三五小家,每将红笺乞书春帖子"(《南楼忆旧诗四十首》其十六)⑥,可谓举不胜举。

三、对联章体的开拓

帖子词绝句组诗的表现形态,也表现了宋人对绝句表现力的开拓。一般来说,体制短小的诗体不适合表达丰富的内容。为了突破此局限性,六朝时就有了联章体,如《子夜四时歌》分春、夏、秋、冬四组,每组有若干五言小诗构成,即其例。盛唐诗人有不少采用联章体的形式来有序地表达同一主题,如李白的《永王东巡歌》十一首、《横江词》五首、《上皇西巡南京歌》十首、《陪族叔刑部侍郎晔及中书贾舍人至游洞庭》五首、《清

---

① (宋)洪咨夔:《平斋文集》卷三,《本部丛刊》本。
② 《御选宋金元明四朝诗·御选元诗》卷五三,影印《文渊阁四库全书》本,第1441册,第233页。
③ (元)欧阳玄:《圭斋文集》卷四,影印《文渊阁四库全书》本,第1210册,第30页。
④ (明)文肇祉:《文氏五家集》卷一三,影印《文渊阁四库全书》本,第1328册,第577—578页。
⑤ (清)厉鹗:《樊榭山房集》卷二,影印《文渊阁四库全书》本,第1328册,第24页。
⑥ (清)洪亮吉:《洪北江诗文集》卷一〇,《四部丛刊》本。

平调词》三首，崔颢有《长干曲》四首，王维有《少年行》四首、《辋川集》二十首，王昌龄的《从军行》七首、《长信秋词》五首，岑参有《封大夫破播仙凯歌》六首，高氏有《九曲词》三首等。这种绝句组诗体制在杜甫及中晚唐诗人那里，规模更大，运用更为广泛，如杜甫有《漫兴》九首、《江畔独步寻花》七首、《承闻河北诸道解读入朝欢喜口号》十二首、《喜闻盗贼总退口号》五首、《解闷》十二首、《夔州歌》十首等。大型的绝句组诗则始自王建，其《宫词》百首，"乃绝句史上一大创获"[①]。五代花蕊夫人、和凝《宫词》均为百首或百首以上的巨制。罗虬的《比红儿诗》百首、胡曾等人的"咏史"等大型组诗，亦皆导源于此。宋代大型组诗就更多，有"咏史""宫词"等。以宫词而言，宋白、王珪、王仲修、宋徽宗、岳珂、张公庠等人的组诗数量皆在百首或百首以上。这些绝句每首可以独立存在，而合起来又成为一个整体，大大拓宽了绝句的表现领域。

帖子词的创制，受"宫词"影响极大，吕希哲认为前辈诸学士所撰帖子"但宫词而已"[②]。"但宫词而已"包含两方面的内涵：一是指题材内容，二是指诗歌体裁形式。《宫词》以反映宫廷生活为主，与帖子所表现的内容相近，其诗歌体裁为七言绝句。宋初夏竦、晏殊等人的帖子词全为七绝，至宋庠、宋祁等人方为五、七言兼用。在绝句的组合形式上，帖子词与《宫词》亦有相似之处：内容没有严格的排列顺序，每一首诗单独存在，合起来又成为一个整体。

帖子词选用五、七言绝句，借鉴宫词联章体之体制，主要是为了适应门帖的需要，方便作者写作。门帖文字不须太多，五、七言绝句当是较佳的选择；对写作者而言，绝句要比律诗简易一些；皇宫门阁多，需要较多数量的诗。对写作者而言，帖子词是完整的一组诗，或者至少是完整的一阁类诗，写作时要通盘考虑，既要照顾到不同的使用者，又要做到内容不

[①] 周啸天：《唐绝句史》，重庆出版社 2006 年第 2 版，第 238 页。
[②] （宋）吕希哲：《岁时杂记》，陈元靓编：《岁时广记》卷八，《丛书集成初编》本，第 82 页。

重复，而对当时的欣赏者而言，每一首帖子都是独立的，就如同今天不少农村地区人们过年贴对联，客房、厨房、大门等处都要张贴对联，写作者要将所有门上所需对联一次性写好，内容不能重复，而人们在欣赏时每一联都是独立的。因此，帖子词的组合很宽松，诗与诗之间没有严格的逻辑关系，这样既保留了每首绝句本身的自由，又充分发挥了合力的作用，可以表现更多的内容。这恰恰就是联章体最大的特色。由此看来，帖子词是宋人对绝句表现形式的又一种开拓，是联章体的又一种典型表现形式，在绝句史上应有一定的地位。

四、宋诗发展流变的缩影

帖子词的创作基本与两宋相始末，大量著名诗人参与了帖子词的创作。帖子词的发展演变史是一部微缩的宋代宫廷诗歌发展史，在某种程度上也反映了宋代诗歌的发展演变状况。通过帖子这一窗口，我们可以管窥宋诗特色，考察宫廷诗歌发展与宋诗发展的关系以及宋代宫廷诗人的流变。

（一）帖子词体现了典型的宋诗特征

帖子词尽管只是宋代诗歌中非常小的一个类别，而且整体成就不很高，但它还是反映了宋诗的典型特征，诸如在诗歌功能上注重政治教化和讽谏功能，表现出宋人对政治的关心；在题材内容上的小大不捐，反映了宋诗对诗歌体裁的全面开拓；尤其对节日生活的细致多样化表现，还反映了宋诗对日常生活题材的深入开拓。在艺术手法上，注重学识，好用典实；注重理趣，喜好议论；写景叙事，细节真实；讲究章法，声律和谐等，无不体现出典型的宋诗特色。整个两宋，无论是重才学、好用典的西昆派诗人，还是"至宝丹体"的王珪，抑或是追求平易流畅诗风的欧阳修、苏轼，还是重道德教化的理学家真德秀，以及江湖派代表人物刘克庄，他们笔下的帖子词总的特点是语言华美，典雅精工，重用典、显才学，与严羽对本朝诗歌"以文字为诗，以才学为诗，以议论为诗""且其作多务使事，不问兴致；用字必有来历，押韵必有出处"① 的评价无不吻合。

（二）帖子词的演变反映了宋诗流变的状况

虽然帖子词的文体特征对个人风格有很大的约束性，使得作者的个体特性难以明显地展露，但并未能完全束缚住富有才情的诗人们的创作个性，他们的个人风格还是有所表现的；而从史的角度来看，帖子词又反映了宋代诗风转变的状况。从夏竦、晏殊、宋庠、宋祁、胡宿、赵抃、王珪到欧阳修、司马光、韩维、苏轼、苏辙、苏颂再到南宋周必大、崔敦诗、真德秀、刘克庄，我们看到了一条从西昆体到欧、苏到江西派再到江湖派的诗歌流派演变图。后期昆体诗人夏竦、晏殊、宋庠、宋祁、赵抃、胡宿等写作的帖子词，多用典故，对仗工稳，写时景颂德美，语言典雅工丽，典型地体现了"凡昆体，必于一物之上，入故事、人名、年代及金、玉、锦、绣等以实之"② 的西昆诗风。然而他们同中存异，各具特色。欧阳修的帖子词一反前人做法，语言平易，少用典故，好议论，以小小帖子词寓含讽谏之意，开启了后来帖子词含规谏之写法，为帖子词的发展做出了巨大贡献，与他在诗史上"反西昆而形成平易诗风，以及学韩发扬光大的'以文为诗''以议论为诗'，奠定了以后以苏轼为代表的宋史主流的体制"③ 也是一致的。此后，司马光、韩维、苏轼、苏辙等众多诗人的创作，继承了欧阳修的帖子词风和写法，帖子词空前繁荣，与这一时期宋诗面貌完全形成、创作极度繁荣的诗坛是完全同步的。如果说著名诗人能居庙堂之高引领时代诗风之时，时代诗风与宫廷诗风基本一致的话，当倡导时代新风的人处江湖之远时，时代诗风与宫廷诗风就相距甚远了。宫廷诗风具有保守性、稳定性，变化较小。绍圣以后，虽然蔡京、周邦彦、王安中、李邦彦、赵野等的帖子词的创作难见全貌，从今存数首来看乃以歌咏时美为特征，与江西诗风不太一致。南宋中兴时代周必大、崔敦诗的帖

---

① （宋）严羽著，郭绍虞校释：《沧浪诗话校释》，人民文学出版社1961年版，第26页。
② （元）方回选评，李庆甲集评：《瀛奎律髓汇评》卷一八，上海古籍出版社1986年版，第717页。
③ 木斋：《宋诗流变》，京华出版社1999年版，第111页。

温雅自然，与南宋诗坛风格的多样有关。汪应辰、真德秀的帖子善于讽谏，体现了理学家诗的特色，但也重视文采。刘克庄虽为江湖诗派中人，但帖子却表现出他"资书以为诗"的特色。可以看出，帖子词与宋诗的发展轨迹在北宋基本保持了一致，而在南宋却出现不同程度的错位。这正与诗人群体的所在有关。帖子词是庙堂文学，北宋元祐之前的庙堂因众多文化巨匠的存在而几乎成为一个文坛和学界。自徽宗朝以后，宋朝的庙堂就失去了这样的文化巨匠，"嗣后，文学上的江西派、晚唐派、江湖派乃至遗民派，哲学上的理学派、心学派、事功派等，都托根于民间意义上的文坛和学界，与庙堂无干"①。帖子词史或直接或间接地反映了宋代文学发展的历史。

当然，更准确地说，帖子词史更是翰苑文学发展史的缩影，它有助于我们了解两宋翰苑与文学的关系，了解宋代的宫廷文学。

(三) 帖子词的存佚大体上反映了宋代诗歌的存佚情况

两宋帖子词留存至今的不足五分之一，由此可见，宋诗，尤其是一些中小诗人的诗，散佚是非常严重的，我们现在看到的宋诗可能仅仅是宋代所有诗歌创作中的一小部分。相对而言，仁宗、神宗、哲宗元祐时期、孝宗时期的帖子词得到了较好的保存，而其他时期的帖子词散佚非常严重，尤其是徽宗时期几乎散佚殆尽，与宋代其他文学作品的流传情况大体一致。从作者情况来看，著名作家的帖子词流存较多，不著名者的帖子词流传下来的很少，说明作品流传的首要条件是质量；有诗文集的作者的作品留存情况远远好于没有诗文集者，说明作品的结集对诗文保存具有重要意义；忠君爱国者的作品远比奸臣佞臣的作品流传久而广，也说明道德评价在文学批评中发挥了非常重要的作用。帖子词存佚的这些特点反映了文学传播的一些普遍规律。

---

① 朱刚：《吕本中政和三年帖与宋代文学整体观》，王水照、胡中行、朱刚、查屏球等编：《首届宋代文学国际研讨会论文集》，复旦大学出版社2001年版，第43页。

第二节 史料价值

帖子词是颂美文学，但其颂美并非虚妄的夸张和想象，而是基于基本的事实。由于每年两次撰写帖子，需要作者们不断开拓表现领域来求新出奇，所以出现了对现实、时事的普遍关注。两百年间大量的帖子词创作，对宋代宫廷生活有比较广泛的表现，而且具有相当的时效性。因此，帖子词无论是对宫廷人物的评价、宫廷生活的表现、重大事件的反映，还是对细枝末节的刻画，都有助于我们更加广泛深入地了解宋代宫廷生活乃至整个宋代社会，具有一定的史料价值。

一、帖子词具有史料价值

关于诗与史的关系，钱锺书先生分析道："诗者，文之一体，而其用则不胜数。先民草昧，词章未有专门。于是声歌雅颂，施之于祭祀、军旅、婚媾、宴会，以收兴观群怨之效。记事传人，特其一端。且成文每在抒情言志之后。……然诗体而具纪事作用，谓古诗即史，史之本质即是诗，亦何不可。"[①] 诗歌具有史的纪事功能，自古皆然。古代诗歌表现出的纪事功能古人也早有认识，而且有时诗人还表现出以诗记事、以诗传史的自觉性，如杜甫，其诗歌因对安史之乱前后一段历史的如实记录和反映而被称为"诗史"。即便是宫词，钱大昕也认为它"往往可补旧史之阙，非特供词人谈助而已"[②]。然而要说到帖子的史料价值，或许有人会有疑问：帖子的主要功能是颂美，它对历史有真实可靠的表现和反映吗？因此，我们首先要澄清的问题是帖子词的内容是否具有历史的真实性。

（一）从宋人的记载和评价看帖子词的纪实性

宋人就已经注意到帖子的纪实性了。叶梦得《石林燕语》对苏颂帖子

---

① 钱锺书：《谈艺录》（补订本），中华书局1984年版，第38页。
② （清）钱大昕：《吴香岩十国宫词序》，《潜研堂文集》，清嘉庆十一年刻本。

词的纪实性有两处记载，卷一云：

> 元祐垂帘，吕司空晦叔当国。元日，欲率群臣以天圣故事，请太后同御殿，行庆会称贺之礼。宣仁谦避不从，止令候皇帝御殿礼毕，百官内东门拜表而已。苏子容当制，作手诏云："顾惟菲凉，岂敢比隆于先后？其在典法，亦当几合于前规。"是岁，进《春帖子》，其一篇云："上寿春朝近外廷，诏恩不许会公卿。即时二史书谦德，只使群官进姓名。"①

同书卷七记载苏颂另一诗：

> 故事，太皇太后伞皆用黄，太妃用红，国朝久虚太妃宫。元祐间，仁宗临御，上元出幸寺观，钦圣太后、钦成太妃始皆从行，都人谓之"三殿"。苏子容《太妃阁春帖》云："新春游豫祈民福，红伞雕舆从两宫。"②

显然，叶梦得认为苏颂两诗都属于纪实，虽然前者旨在表现高后的"谦德"，后者旨在表现哲宗母亲朱太妃的地位尊荣。张邦基《墨庄漫录》认为春、端帖子"惟能道宫禁一时之事者为妙"，因此而抄录了王安中的四首春帖，并赞其"不惟才思清丽，皆纪当时事也"。③《武林旧事》卷七"乾淳奉亲"条记载孝宗尽心服侍上皇，修建北内后苑，建造冷泉堂，叠飞来峰，凿大池，造聚远楼等，同时引述了周必大和汪应辰的两首端帖，认为他们"皆纪实也"。如果说这些皆为他人对帖子记事纪实所作评论的话，周必大可谓是夫子自道了。他在《玉堂杂记》中记载自己写"聚远楼头面面风"一首便是纪实，而且交代其写作经验是"翰苑岁进春端贴子如大内，多及时事，太上则咏游幸之类"。④由此来看，宋人认为，部分帖子词是记事写实的。

---

① （宋）叶梦得撰，宇文绍奕考异：《石林燕语》卷一，中华书局1984年版，第7—8页。
② （宋）叶梦得撰，宇文绍奕考异：《石林燕语》卷七，中华书局1984年版，第98页。
③ （宋）张邦基：《墨庄漫录》卷九，中华书局2002年版，第244—245页。
④ （宋）周必大：《玉堂杂记》卷上，影印《文渊阁四库全书》本，第595册，第557页。

（二） 从帖子词内容本身看其纪实性和真实性

帖子词颂美多有据，纪事亦为实。这从第七章我们对帖子内容的分析就可以看出。这里我们不妨再来看几个例子。张邦基《墨庄漫录》卷四：

> 泰陵时，蔡元长为学士。故事：供贴子，皇太后、皇帝、皇后阁各有词，诸妃阁同用，四首而已。时昭怀刘太后充贵妃，元长特撰四首以供之，有"三十六宫人第一，玉楼深处梦熊罴"。①

按，泰陵为哲宗陵墓名，指哲宗。昭怀刘太后即哲宗皇后刘清菁，徽宗即位，尊为太后，谥号昭怀。贵妃当为贵妇。据《宋史》，刘氏"初为御侍，明艳冠后庭，且多才艺。由美人、婕妤进贤妃。生一子二女。有盛宠，能顺意奉两宫。时孟后位中宫，后不循列妾礼，且阴造奇语以售谤，内侍郝随、刘友端为之用。孟后既废，后竟代焉"②。张邦基重点在强调刘氏之尊，错记刘贤妃为"贵妃"。蔡京帖子"三十六宫人第一"写一贤妃，似有夸大僭越之嫌疑，其实不然，此诗是写实的。据《宋史》，哲宗孟后于绍圣三年（1096）年九月被废，刘氏于绍圣四年（1097）九月由婉仪册封为贤妃③，于元符二年（1099）九月册为皇后④，知蔡京帖子当为元符元年或二年春帖，而当时中宫无人，刘贤妃成为后宫身份最高者，故而才有"三十六宫人第一"之说。顺带要说的是，《全宋诗》将此断句题为"太后阁帖子"，显然有误，准确的题目应当是"贤妃阁春帖子"或"妃嫔阁春帖子"。

再如周麟之《春贴子词·皇帝阁六首》其六云："圣主清心仍寡欲，惟于笔砚未忘怀。彤廷仗下春朝散，独拥图书坐损斋。"帖子写高宗喜好书法，勤于读书，最后两句描写他下朝后独坐损斋读书自娱的情形。这一描写虽为艺术想象，但也是建立在事实基础上的。损斋为燕居之所，建于

---

① （宋）张邦基：《墨庄漫录》卷四，中华书局2002年版，第128页。
② （宋）脱脱等：《宋史》卷二四三《昭怀刘皇后传》，中华书局1977年，第8638页。
③ （宋）脱脱等：《宋史》卷一八《哲宗本纪二》，中华书局1977年版，第348页。《续资治通鉴长编》卷四九一同。
④ （宋）李焘：《续资治通鉴长编》卷五一五，中华书局1995年版，第12238页。

绍兴二十八年（1158）九月①，"上于禁中作损斋，又亲洒宸翰为之记"，十月"吏部尚书贺允中请推广损斋记节俭之意，诏谕中外"，上谓宰执曰"朕禁中尝辟一室，名为损斋，屏去声色玩好，置经史古书，朝夕燕坐于此，尝作记以自警"②。周麟之帖子所写正基于此。再如刘克庄为理宗太子赵禥所写帖子，有"朝退常临讲，春宫乐事稀。储君勤问寝，圣父尚求衣"（《皇太子宫（立春）》其二）、"听鸡而起严温清，践蚁虽微念发生。海内传闻皆色喜，宫中仁孝本躬行"（其三）、"与贵近言常严恪，待宾师礼极温恭。新年听得都人语，尽说储君肖祖宗"（其五）、"入朝寝门早，出对讲堂多"（《皇太子宫（端午）》其一）等描写，让人感到言过其实，然而读《宋史》便发现他们有惊人的一致性。《宋史·度宗本纪》载："（景定元年）七月丁卯，太子入东宫；癸未，行册礼。时理宗家教甚严，鸡初鸣问安，再鸣回宫，三鸣往会议所参决庶事。退入讲堂，讲官讲经，次讲史，终日手不释卷。将晡，复至榻前起居，率为常。理宗问今日讲何经，答之是，则赐坐赐茶；否则为之反覆剖析；又不通，则继以怒，明日须更覆讲。"③可见，理宗对度宗的教育非常重视，度宗表现也不错。虽然历史上的度宗荒淫无道，但那是后来的事，我们不能拿他后来的表现来臆断他初为太子时的表现，从而认为刘克庄所写为虚夸。刘克庄写作帖子时，赵禥册为太子不及半年，帖子手法是写实的，作者的感情也是真挚的。

另如对"太平天子"的体认问题。帖子词直接称"太平天子"者为三人：仁宗、高宗、孝宗。王珪《立春内中帖子词·皇帝阁》其三"太平天子未央朝"为仁宗，周麟之《春贴子词·皇太后阁六首》其四"太平天子是东皇"为高宗，崔敦诗《淳熙二年春帖子词·光尧寿圣宪天体道太上皇帝阁六首》其四"太平天子上瑶杯"为孝宗。当时人对皇帝的评价与历史上对他们的评价基本是一致的。仁宗在位四十二年，驾崩后，"讣于契丹，

---

① （元）陈桱：《通鉴续编》卷一七，影印《文渊阁四库全书》本，第332册，第801页。
② （宋）熊克：《中兴小纪》卷三八，《丛书集成初编》本，第441页。
③ （元）脱脱等：《宋史》卷四六《度宗本纪》，中华书局1977年版，第892页。

所过聚哭。既讣，其主号恸执使者手曰：'四十二年不识兵矣。'"①。据《能改斋漫录》《复斋漫录》《迂斋诗话》等记载，仁宗寝宫有一无名氏诗云"农桑不扰岁常登，边将无功更不能。四十二年如梦觉，春风吹泪过昭陵"②。"四十二年不识兵革""农桑不扰岁常登"与"太平天子"的评价是同样的。高宗建立南宋，孝宗为中兴之主，写于高宗绍兴二十九年（1159）和孝宗淳熙年间（1174—1189）的帖子，称他们为"太平天子"也基本符合历史的真实情况。

对孝宗"孝"的描写和赞颂，与史论亦同。周必大、崔敦诗帖子以多样的画面展示了孝宗皇帝的孝，我们前面多有引述，《宋史》赞其孝。李心传《建炎以来朝野杂记·乙集》卷一"壬午内禅志"亦云："唐人所谓'一月三朝，大明天子之孝；问安视膳，不改家人之礼'者，盖实录也。庙号孝宗，不亦宜哉！"③ 足见帖子所写皆非虚。

帖子词表现的很多内容在史书中可以找到印证，为什么会如此呢？原因也很简单，即宋代宫禁严密。参考哲宗时吕大方为侍讲时给哲宗讲的话，认为宋代"祖宗所立家法最善"，其中有"前代宫闱多不肃，宫人或与廷臣相见，唐入阁图有昭容位。本朝宫禁严密，内外整肃，此治内之法也"④。由于宋代宫禁严密，外人对宫内具体生活并不能详知。虽然翰林学士为"天子私人"，但宫闱生活隐秘，所能知者，耳闻目见而已，数量有限，即便得闻，也多不敢或不能写入帖子，这从周必大自叙"聚远楼头"帖子词的内容即可知。因此，帖子词所反映之事通常也是大臣所知晓之朝廷大事或者公开化了的朝廷私事，它们被史书记载是很自然的。相较于史书的记载，由于帖子词独特的撰写制度，所以它对历史的表现往往更具时效性，更详细，这就更增强了它的历史价值。

---

① （宋）陈师道：《后山谈丛》卷三，中华书局2007年版，第47页。邵博《邵氏闻见后录》卷一所载略同。
② 丁传靖：《宋人轶事汇编》，中华书局1981年版，第33页。
③ （宋）李心传：《建炎以来朝野杂记·乙集》卷一，中华书局2000年版，第511页。
④ （元）脱脱等：《宋史》卷三四〇《吕大方传》，中华书局1977年版，第10843页。

二、帖子词史料价值的表现

（一）记载宋廷生活

1. 观察后宫人物地位

帖子词的使用者是皇宫中享有极高身份地位的人，是否享有帖子词也就成了在宫中是否有地位的标志，因此帖子词的阁类一方面可以说明当时统治者家庭重要成员的数量，一方面也说明宫中人物身份的高低，尤其能看出宫中女性的受宠情况。北宋时期帖子词通常为皇帝阁、皇后阁、夫人阁三类，南宋时期通常只有皇帝阁、皇后阁两类，如果阁类有变化，就说明宫中人员有变动，如哲宗时期苏轼、苏辙、苏颂帖子有太皇太后阁、太上皇后阁、皇太妃阁，但没有皇后阁，就反映了哲宗即位初期的家庭重要成员状况：皇太后高氏为太皇太后，皇后向氏为皇太后，生母德妃朱氏为皇太妃，哲宗未婚配。孝宗时期周必大、崔敦诗帖子有太上皇后、太上皇帝阁，皇帝阁、皇后阁，宁宗时期真德秀的帖子有皇帝阁、皇后阁、太子阁，刘克庄帖子有皇帝阁、皇后阁、太子阁、公主阁等，都反映了当时宫廷重要人物的情况。单独享有帖子词者，皆为皇帝之直系亲属，长辈皆属于被尊者，皇子通常为已册封为太子者，公主无权享有帖子。刘克庄为理宗周汉国公主所写帖子属于极个别特例，故而可见其地位非同寻常。理宗无子，公主为独生女，贾贵妃所生，故"甚钟爱"，封号不断提升，"初封瑞国公主，改升国"，又封"周国公主"，再封"周、汉国公主"①，周汉国公主地位之高、受宠之深、出嫁之隆重在宋代文献中多有记载。以公主而享有专门帖子词的待遇确实是超乎寻常的。这个特例，一方面体现了周汉国公主在理宗心目中的地位，一方面则见出宋末礼仪制度崩坏的情形。

帖子中的贵妃阁最能折射出宋代宫廷女性得宠的状况。按常理，后宫低于皇后的女性，所有人同用四首"夫人阁帖子"，但个别极受宠者却能

---

① （元）脱脱等：《宋史》卷二四八《周汉国公主传》，中华书局1977年版，第8789—8790页。

享有单独撰写的帖子词。前引张邦基《墨庄漫录》所载蔡京为刘贤妃专门写有春帖。妃嫔阁并非仅此一例。真宗时期夏竦有淑妃阁,仁宗后期胡宿有贵妃阁,后来王珪、欧阳修还有温成皇后阁,南宋高宗时期李清照有贵妃阁,理宗时期许应龙、洪咨夔都有贵妃阁。结合宋代历史,这些女性都赫赫有名,地位虽仅次于皇后,而受宠程度往往为皇后所不及,故而有专享帖子词之特殊礼遇。真宗淑妃杨氏,十二岁入皇太子宫,"真宗即位,拜才人,又拜婕妤,进婉仪,仍诏婉仪升从一品,位昭仪上。帝东封、西祀,凡巡幸皆从。章献太后为修仪,妃与之位几埒。而妃通敏有智思,奉顺章献无所忤,章献亲爱之。故妃虽贵幸,终不以为己间,后加淑妃"[①]。仁宗被刘娥从李宸妃那里抢夺来后,就是交由她抚养的,足见其地位之崇。仁宗张贵妃"长得幸,有盛宠""巧慧多智数,善承迎,势动中外"[②]。更甚者,张氏卒后,仁宗仍不能忘怀,还要词臣为她撰写"温成皇后阁"帖子词,长达五年[③],可谓冠绝一时。高宗绍兴十三年(1143),宫中无皇后,贵妃吴氏最贵,故有帖子。理宗皇后谢道清很受冷落,而"贾贵妃专宠"[④],故而亦有专享帖子。据《宋史》卷一百六十三"职官志":"内命妇之品五:曰贵妃、淑妃、德妃、贤妃,曰大仪、贵仪、淑仪、淑容、顺仪、顺容、婉仪、婉容、昭仪、昭容、昭媛、修仪、修容、修媛;充仪、充容、充媛;曰婕妤,曰美人,曰才人、贵人。"皇后以下,以贵妃为最高,皇帝最宠爱的女人一旦没有被册为皇后,往往处贵妃之位,而受宠程度往往超越皇后。帖子中的贵妃阁往往就是后宫女性显贵的标志物。

2. 了解宫廷人物特点

帖子词写人具有针对性,因而有助于我们对所写宫廷人物加深认识和

---

① (元)脱脱等:《宋史》卷二四二《后妃传上·杨淑妃传》,中华书局 1977 年版,第 8617—8618 页。
② (元)脱脱等:《宋史》卷二四二《后妃传上·张贵妃传》,中华书局 1977 年版,第 8622 页。
③ 从欧阳修嘉祐四年(1059)端午帖子有《温成皇后阁》来看,则至少有五年。
④ (元)脱脱等:《宋史》卷二四三《后妃传下·谢皇后传》,中华书局 1977 年版,第 8659 页。

了解，如对英宗皇后高氏的描写，司马光《春贴子词·皇太后阁六首》其六"裁缝大练成春服，慈俭由来性所钟。肯使外家矜侈靡，车如流水马如龙"，写高太后生活俭朴，又能严格约束外家；苏辙《学士院端午帖子·太皇太后阁六首》其六"玉殿清虚过暑天，草庐烦促念民编。外家近许迁新宅，不遣司农费一钱"，写高氏心念百姓，外家新宅没有花费国家钱财；苏颂《春贴子·皇太后阁》其三"昼景添宫漏，慈闱念女功。常时浴蚕日，亲到濯龙宫"，写她身体力行，参与浴蚕。这些皆为颂美之词，但所记有事实根据。《宋史》载：高氏垂帘听政，"后弟内殿崇班士林，供奉久，帝欲迁其官，后谢曰：'士林获升朝籍，分量已过，岂宜援先后家比？'辞之。神宗立，尊为皇太后，居宝慈宫。帝累欲为高氏营大第，后不许。久之，但斥望春门外隙地以赐，凡营缮百役费，悉出宝慈，不调大农一钱"；"力行故事，抑绝外家私恩"；元宵观灯，怕母亲入宫僭越礼制引起不必要的麻烦，赐给灯烛在家欣赏；阻止侄子公绘和公纪晋升为观察使；生活节俭，"文思院奉上之物，无问巨细，终身不取其一。人以为女中尧舜"[①]。帖子词的描写与历史记载完全一致。而苏轼"小殿黄金榜，珠帘白玉钩。一声双日跸，春色满皇州"（《春帖子词·太皇太后阁》其二）、"五日占云十日风，忧勤终岁为三农"（其四）则表现的是哲宗时期高氏垂帘听政的情形。因为"哲宗即位，太皇太后权同听政"，"每朔、望、六参，皇帝御前殿，百官起居，三省、枢密院奏事，应见、谢、辞班退，各令诣东门进榜子。皇帝双日御延和殿垂帘，日参官起居太皇太后，移班少西起居皇帝，并再拜"[②]。前一首"双日跸"就是对太后御延和殿垂帘的描写，后一首则表现了她作为国家实际的最高领导者对三农的关注。前引苏颂"上寿春朝观外庭"还表现了高太后谦恭内敛、守本分、顾大体的品德。这样，通过帖子词，我们对高氏就有了比较深入的了解和认识。

[①] （元）脱脱等：《宋史》卷二四二《后妃传上·宣仁圣烈高皇后传》，中华书局1977年版，第8625—8627页。

[②] （元）脱脱等：《宋史》卷一一七《礼志》，中华书局1977年版，第2775页。

3. 认知宋代宫廷生活

帖子词比较集中而全面地表现了宋代宫廷的生活。从上朝到休闲，从日常生活到节日仪式，从宴饮歌舞、游戏娱乐到勤政听讲、读书写字，从朝见长辈、养老奉亲到教育子女、天伦之乐，都有所表现。写游乐，有"春日渐和风渐暖，不妨排比冷泉亭"（许及之《太上皇帝阁春帖子》其三）；写宫宴，有"驾言康寿殿中来，排备凉亭与月台。此去天中才半月，从今日日要花开"（许及之《圣寿阁端午帖子》其三）；写歌舞、嬉游，有"院院相过理管弦"（韩维《春贴子·夫人阁》其三）、"歌舞纤缔健，嬉游玉佩珊"（苏辙《学士院端午帖子·夫人阁》其二）；写游戏，有"尧阶无一事，象戏战斜尖"（周必大淳熙五年《端午帖子·太上皇帝阁》其三）；写侍宴，有"玉觞椒酒陪欢宴，总道今春胜旧春"（许应龙《贵妃阁春帖子》其三）；写闲适，有"弄水看花聊燕适，倚松餐菊偶经行"（崔敦诗《淳熙八年端午帖子词·太上皇帝阁六首》其五）；写忙碌，有"昕陛延贤日彻曛，金莲阁奏夜常分。馀闲手点《唐文粹》，春昼长时分外勤"（周必大淳熙六年《立春帖子·皇帝阁》其五）；写勤学，有"延英勤讲论，违恤汗沾衣"（许应龙《皇帝阁端午帖子》其二）；写勤政，有"日常浓墨挥宸翰，夜或留灯览谏书"（刘克庄《皇帝阁（端午）》其五）；写女红，有"裁成御服进君王，雾縠云绡叠雪香"（许应龙《贵妃阁端午帖子》其四）；写赏赐，有"却颁罗与葛，恩渥被群工"（许应龙《皇帝阁端午帖子》其一）；写进贡，有"山家有饵菖蒲者，采入瑶卮寿两宫"（刘克庄《公主阁（端午）》其三）；写问安，有"玉漏声残金殿开，乘舆清跸问安来"（司马光《春贴子词·皇太后阁》其五）；写贺春，有"可但六宫环佩响，重孙满眼贺春来"（周必大乾道七年《立春帖子·太上皇后阁》其五）；写弄孙之喜，有"弄孙时哺果"（司马光《春贴子词·皇太后阁》其二）；写子孙教育，有"闲引皇孙看学行"（韩维《春贴子·太后阁》其五）、"帝为储闱取友端，朋来黄绮伟衣冠"（《皇太子宫（端午）》其五）；写奢侈，有"明朝春仗当行乐，刻燕催花掷万金"（周邦彦《内制春帖》）；写节俭，有"却效葛覃躬节用，不忘浣濯旧衣裳"（许应龙《贵妃阁端午帖子其四);等等。这些让你感受到宫廷生活的丰富多彩,千姿百态。对节日生活的表现则更为突出,详见下节。

(二) 弥补史载之缺

有的帖子词含有宫廷人物的生平信息,可补史载之不足,如宁宗杨皇后"少以姿容选入宫,忘其姓氏,或云会稽人""有杨次山者,亦会稽人,后自谓其兄也,遂姓杨氏",其人"颇涉书史,知古今,性复机警",由夫人、婕妤、婉仪、贵妃而居中宫,享年七十一岁①。从史载看,她身份不明,不载其生辰,然帖子词却提供了大致的线索。真德秀《皇后阁端午贴子词》有三组提及其生日,一云"才过端辰又诞辰,天家风物镇长新",一云"梦月佳辰近,端阳令节新",又云"记得当年梦月符,浴兰节后恰旬馀",梦月指生日。古时迷信谓梦月而生的子女必贵,如汉元帝王皇后②、三国吴孙策母③、梁元帝母④等,都有梦月怀孕的传说。几处所言杨皇后生日虽不确,但当在五月十六至十九之间。无独有偶,理宗贵妃贾氏,《宋史》无传,生年不详,洪咨夔《端平三年春帖子词·贵妃阁》有"镜绶囊丝相映烛,探先半月庆流虹"句,可知贾氏生日在五月二十。另外,孝宗成肃皇后谢氏,宋代史书未载其生卒年,而周南《皇太后阁春帖子》其三有"三朝备福尊寿乐,七秩修龄古更稀"句,透露出谢太后七十高龄的信息。周南帖子我们初步断定写于嘉泰三年(1203),以此推断,则其生年为绍兴四年(1134)。像这样的记载,不见于史书记载,可补史缺。

对皇子的记载也有类似情况,如司马光熙宁三年《春帖子词·皇太后阁》其二曰"弄孙时哺果"、王珪熙宁三年《端午内中帖子词·太上皇后阁》其五曰"天人无限福,未老见曾孙",皆写神宗皇子的降生。王珪《集英殿皇子降生大燕教坊乐语口号》亦云:"忽觉祥烟绕禁门,宝慈宫里

---

① (元)脱脱等:《宋史》卷一四三《后妃传下·恭圣仁烈杨皇后传》,中华书局1977年版,第8656—8658页。
② 《汉书》卷九八《元后传》载其母李氏梦月入其怀而生后。
③ 《搜神记》卷一〇载孙坚夫人孕而梦月入其怀,既而生策。
④ 《南史》卷八《梁元帝本纪》载其母采女梦月堕怀中遂孕,天监七年八月丁巳生帝。

见皇孙。"神宗之子对高氏而言为孙，对曹氏而言为曾孙，从"未老见曾孙"可知此帖子为皇子生后不久所写。据《十朝纲要》，成王佾生于熙宁二年十一月。参以王珪《集英殿皇子降生大燕教坊乐语·教坊致语》"伏以鲁观占云，适纪新阳之应；震宫主鬯，早开皇序之祥"、《女弟子致语》"时及新阳之复"、《小儿致语》"今则阳生宝烛，阴谢穷郊。丽日重轮，已应千龄之瑞；条风入律，更萌万物之华"等，可知皇子生于冬至。按，王珪诗中新阳多指冬至，其《内中御侍已下贺皇帝冬节词三道》①、《贺冬至表四道》②中皆有新阳，而"阳生""阴谢"用张衡典。《养生要集》曰："南阳张平子云：冬至阳气归内腹中，热物入胃易消化。"③又据《续资治通鉴长编》卷二百十一，熙宁三年五月庚戌（廿一日），"皇城使开州团练使沈惟恭除名，琼州安置，进士孙棐处死。惟恭，贵妃沈氏之弟，故宰相伦之孙。棐，开封人，惟恭门下客也。惟恭以干请恩泽不得志觖望，尝为棐言：'皇子生必不久。'语涉咒诅；又假他人指斥乘舆之言以语棐。棐希惟恭意，每见辄诋时事，亦尝指斥乘舆"④，皇子似已卒。综合加以判断，知神宗长子生于熙宁二年（1069）冬至（十一月三十日），卒于五月端午之后。《宋史》卷二百四十六载神宗有十四个儿子，长子赵佾、次子赵仅因早夭而没有详细记载，上述帖子词的记载有助于对其生卒时间的判断。

有的帖子词对宫廷日常生活有较具体的描写，如皇家人物的喜好、特长等，亦可弥补历史记载的不足。比如高宗赵构对苏轼诗文极为喜欢，乾道间修建北内，将其中一座楼便命名为"聚远楼"，并且"自题其额"，又"大书东坡'赖有高楼能聚远，一时收拾与闲人'之诗于屏间"⑤。周必大帖子多次提及"聚远楼"，对高宗喜好苏诗有所暗示，淳熙五年《端午帖子·皇帝阁》其四则直接描写了孝宗对苏轼诗文的喜欢，"日长珠箔漏声疏，案上苏文恣卷舒"。陈岩肖《庚溪诗话》卷上载："上皇帝尤爱其文，

---

① （宋）王珪：《华阳集》卷一六，影印《文渊阁四库全书》本，第1093册，第115页。
② （宋）王珪：《华阳集》卷四二，影印《文渊阁四库全书》本，第1093册，第306页。
③ （唐）徐坚：《初学记》卷四，中华书局1962年版，第83页。
④ （宋）李焘：《续资治通鉴长编》卷二一一，中华书局1995年版，第5135—5136页。
⑤ （宋）周必大：《玉堂杂记》卷上，影印《文渊阁四库全书》本，第595册，第557页。

梁丞相叔子,乾道初,任掖垣,兼讲席。一日,内中宿直召对,上因论文问曰:'近有赵夔等注轼诗甚详,卿见之否?'梁奏曰:'臣未之见。'上曰:'朕有之。'命内侍取以示之。至乾道末,上遂为轼御制文集叙赞,命有司与集同刊之。"[1] 帖子对高宗喜读苏文的描写,可与此互证。景献太子赵询喜好《大学》《中庸》等理学书籍。赵询原名与愿,艺祖十一世孙,宁宗子兖王卒后被养于宫中,赐名曮;开禧三年(1207)十一月,立为皇太子,更名愭;嘉定二年(1209)八月,册立,更名为询;嘉定十三年(1220)八月卒,谥为"景献"[2]。由于早卒,赵询的生平事迹在《宋史》卷二百四十六仅有二百馀字的简单记载。赵询居太子宫十三年,为他所作帖子不少,但多散佚,今仅存真德秀10首,对了解他的思想有所补益。《春帖子词·东宫五首》其二云:"朝来资善议,犹自问穷民。"《端午贴子词·皇太子五首》其二云:"应怜耦耕者,曝背向农畴。"可见,景献太子比较关心百姓疾苦。《端午贴子词·皇太子宫》其三云:"只将底事销长日,《大学》《中庸》两卷书。"其五云:"焜煌八字彩毫书,铁画银钩照坐隅。"自注"八字"为"格物致知,正心诚意"[3]。这两首颇能反映赵询的读书喜好和思想。真德秀为朱熹同乡,是理学家,这里对理学的张扬有他自身的原因,但从自注及诗的内容来看赵询确实喜欢读《大学》《中庸》,而且将"格物致知、正心诚意"书于藏书室,足见他对理学的喜好。这一细节也向我们透露出嘉定时期理学在统治阶层的流行程度。虽然后来理学遭到韩侂胄的打压,一度被定为伪学,但它已然为上层所接受,此后继任的理宗表章朱熹《四书》,程朱理学获得空前大发展,乃是时代的必然。洪咨夔《端平二年端午帖子词·皇帝阁》其四"《大学》《中庸》翻咏久,金猊几度手添香"对理宗读书的描写,刘克庄《皇太子宫(立春)》其四"圣代尊经崇理学,讲堂燕子日初长"是对理宗崇奉理学的表现,也都反

---

[1] (宋)陈岩肖:《庚溪诗话》卷上,中华书局1985年版,第9页。
[2] (元)脱脱等:《宋史》卷二四六《景献太子传》,中华书局1977年版,第8734—8735页。
[3] 傅璇琮等主编:《全宋诗》第57册,卷二九二二,北京大学出版社1998年版,第34852—34856页。

映了理学的兴盛。帖子词中类似的细节描写，补充了史书记载的不足，为我们更深入地了解宫廷人物的生活和思想提供了可能。

帖子词对一些小事的记载也能补史之缺，如陆升之《皇后阁春帖子》对吴皇后"砚池浑不冻，端为写兰亭"的记载，具有史料价值，很受宋人关注，但帖子词对仁宗皇后曹氏擅长书法并善写"美"字的记载却少有人注意。韩维《太皇太后阁六首》其三云："定应彤管笔，书美系王春。"据《老学庵笔记》载："圣慈曹太后工飞白，盖习观昭陵落笔也。先人旧藏一'美'字，径二尺许，笔势飞动，用慈寿宫宝。今不知所在矣。"① 足见曹后确实善写"美"字。周必大淳熙四年《立春帖子·太上皇帝阁》其六"大巧都无迹可窥，春来物物自芳菲。不因亲御香山赋，谁识当年造化机"，自注云"太上皇帝近书白居易《大巧若拙赋》赐夏执中"，此事不见他处有载。周南《皇帝阁春帖子》其三"万里长城汉有人，羽书渐少捷书频。君王轸念春寒重，更解貂裘赐将臣"，皇帝以裘衣赐将臣这一细节也不见于史书。再如周必大淳熙五年《端午帖子·太上皇帝阁》其六"清晖亭畔吸光亭，入眼湖光分外明。岂是荷花似云锦，都缘宝墨照檐楹"，自注云"二亭在西湖，太上御书牌"。据《咸淳临安志》卷八十六，"清晖亭"在昌化县"水南道院东，旧名步虚，令钱启易今名"。按，"钱启"当为钱孜，《浙江通志》卷四十题为"钱孜"。据《万姓统谱》卷二十七载，"钱孜，嘉禾人，淳熙四年为昌化令"。"吸光亭"则不见载于史册。周必大对其亭名匾额为皇帝御书的记载，为我们留下了珍贵的资料。

帖子词对宫中名物的记载，有些不见或少见于史书记载，帖子所记可补史阙或与史互证。真德秀《春贴子·东宫五首》其三云"画堂金榜揭居仁，万物知关念虑深"，其《端午贴子词·皇太子宫五首》其四又云"居仁堂上薰风满，闲把骚章子细看"，则皇太子宫有"居仁堂"。关于居仁堂，《宋史》无载，《玉海》卷一百二十九"嘉定御书居仁堂"有"宁宗朝景定东宫讲堂名，新益'御书'二字"的记载，知"居仁堂"为东宫讲堂。

---

① （宋）陆游：《老学庵笔记》卷二，中华书局1979年版，第24页。

（三）订正文献讹误

帖子词的撰写惯例及其内容往往能帮助订正与帖子相关的文献记载的一些错误，这应该是帖子词的间接史料价值。比如对欧阳修和王珪撰写温成帖子一事，朱弁（1085—1144）《曲洧旧闻》卷七记载：

> 欧公与王禹玉、范忠文同在禁林，故事进春帖子自皇后、贵妃以下诸阁皆有。是时，温成薨未久，词臣阙而不进。仁宗语近侍，词臣观望，温成独无有，色甚不怿，诸公闻之惶骇。禹玉、忠文仓促作不成。公徐云："某有一首，但写进本时，偶忘之耳。"乃取小红笺，自录其诗云："忽闻海上有仙山，烟锁楼台日月闲。花下玉容长不老，只应春色胜人间。"既进，上大喜。禹玉拊欧公背，曰："君文章真是含香丸子也。"①

而释惠洪（1071—1128）《冷斋夜话》"立春王禹玉口占"则为：

> 欧公、王禹玉俱在翰苑，立春日当进诗贴子。会温成皇后薨，阁虚不进，有旨亦令进。欧公经营中，禹玉口占便写，曰："昔闻海上有三山，烟锁楼台日月闲。花似玉容长不老，只应春色胜人间。"欧公喜其敏速。禹玉，欧公门生也，而同局，近世盛事。②

欧阳修与王珪二人的帖子词保存完好，知此诗作者为王珪，朱弁所记有误，但问题是惠洪所记也不完全正确。朱弁误记诗为欧作，但事情本身却不误，温成薨后第一次春帖确为他所写，但说"欧公与王禹玉、范忠文同在禁林"又误，范镇任翰林学士与欧阳修任参知政事皆在嘉祐六年（1061）闰八月③，且早在十个月前，欧已由翰林学士除枢密副使了，二人没有同在翰苑的经历。惠洪的记载作者虽然是对的，但"会温成皇后薨，阁虚不进，有旨亦令进"的说法却值得怀疑，因为温成皇后卒于至和

---

① （宋）朱弁：《曲洧旧闻》卷七，中华书局2002年版，第180页。
② （宋）释惠洪：《冷斋夜话》卷二，中华书局1988年版，第21页。
③ （元）陈桱：《通鉴续编》卷七，影印《文渊阁四库全书》本，第332册，第568页。

元年（1054）元月，当年立春已过，至和二年立春是温成卒后的第一个立春，春帖为欧阳修所撰，欧阳修自注有具体的时间。如果至和二年按惯例未进帖子而皇帝"有旨"令进是符合实情的话，此后已无须下令，学士们都主动撰写了，欧阳修至和二年（1057）、嘉祐四年（1059）端帖都有温成阁即可说明这一点。两人记载此事时，距离欧阳修、王珪写作帖子词已半个世纪了，在流传中有些说法与事实就有了出入，因此对宋人笔记我们运用时需加以甄别。

  帖子词的撰写制度及帖子体制特点也有助于文学作品的辨伪。帖子词是制度化的写作，在作者身份、写作时间、作品体例等方面都有特殊要求，有助于解决文学研究中的一些问题，诸如作品的系年、归属、写作时间等，从而能更好地理解作品内容。比如赵湘《南阳集》与韩维《南阳集》录有相同的 27 首帖子，作者到底为谁，依据北宋帖子由翰林学士撰写的制度，根据二人生平，赵湘没有做翰林学士的经历，再联系诗作的具体内容，就可以肯定这组帖子非赵湘所作。载于周辉《清波杂志》中王安中的《象州上元》，在清王锦乾隆《柳州府志》卷中又收在王世则名下，题为《高岩立春日》，《全宋诗》重收。根据帖子词的撰写制度，结合诗歌内容"二年白玉堂，挥翰供帖子。风生起草台，墨照澄心纸。三年文昌省，拜赐近天咫。红蓼盼御盘，金幡袅宫蕊"所写，不难断定他的作者是王安中。再如关于王曾帖子词的问题，历代文献如《古今事文类聚》《记纂渊海》《山堂肆考》《宋元诗会》等，一直将"北陆凝阴尽"一诗归于王曾名下，《古今事文类聚》《岁时广记》引用王曾帖子有十馀条，《全宋诗》也辑在王曾名下。然从帖子写作制度入手，通过对二人生平的考察和帖子词的对比，就会发现所谓王曾的帖子均为王珪所作，王曾实无帖子。葛立方《韵语阳秋》载一首帖子作者为梁君觊，后被何汶《竹庄诗话》、阮阅《诗话总龟》、明李蓘《宋艺圃集》、清厉鹗《宋诗纪事》等不断转引，影响很大。然北宋翰林学士查无此人，则此姓名当有误。《古今岁时杂咏》录孙觌帖子词 16 首，考察孙觌生平历官，结合具体时代背景以及作品的形式和内容特色，可断定此诗并非他作。

帖子词的撰写制度还有助于对作品的正确注解。苏轼《春帖子词》有《夫人阁》4首，对夫人所指为谁，查注为"《宋史》：冯贤妃，东平人。初封郡君，养女林美人，得幸神宗，生燕、越二王，进婕妤。按，元祐初，二人俱在宫中，未详孰是？"他认为当时有冯贤妃和林美人二人，不知夫人具体指谁。合注则为"《宋史》：仁宗苗贵妃，元祐六年薨。周贵妃，徽宗时，年九十三薨。即神宗之武贤妃，亦大观元年薨。则元祐初皆在宫中，查氏何以专举冯、林二人也？"列举了当时在世的宫中妃子，对查氏专举冯、林二人提出质疑。而王文诰案语又云"以各内制考之，此是皇太后殿夫人，信为林婕妤也。余贤妃、贵妃皆非是"①，则认为专指林婕妤。以宋代制度而言，严格说来只有正一品的"妃"才能称为"夫人"②只要了解了帖子的体制特点，这一问题自然不难解决。再如苏轼《春帖子词·太皇太后阁六首》其五："共道十年无腊雪，且欣三白压春田。尽驱南亩扶犁手，稍发中都朽贯钱。"王文诰加按语曰："是年正月大雪，见本集奏状。"查注为按《宋史·本纪》："哲宗元祐三年春，正月，复广惠仓。雪寒，发京西谷五十馀万石，损其直以纾民。罢上元游幸。此首即记此事。"③由于注者对帖子词写作时间的忽略，想当然地以为此诗写于正月。事实上，元祐时期帖子词均提前一月撰写，三年立春在正月初四，苏轼春帖作于"二年十二月五日"④，诗中所写自然非正月之雪，而为元祐二年冬雪。据《宋史》，"元祐二年冬，京师大雪连月，至春不止"⑤，雪灾导致很多人被冻死，朝廷多次赈济，"十一月，乙亥（廿七日），大雪甚，民冻多死，诏加振恤，死无亲属者官瘗之""十二月乙酉（初六日），赐诸军

---

① （宋）苏轼：《苏轼诗集》卷四六，中华书局1982年版，第2483页。
② （清）徐松辑：《宋会要辑稿》后妃四之一至二："宋朝承旧制，皇后之下有贵妃、淑妃、德妃、贤妃、昭仪、昭容……。凡内命妇品，贵妃、淑妃、德妃、贤妃（夫人，正一品），太仪、贵仪、淑仪、淑容、顺仪、顺容、婉仪、婉容、昭仪、昭容、昭缓、修仪、修容、修媛；充仪、充容、充媛（嫔，正二品），婕妤（正三品），美人（正四品），才人（正五品），贵人（无视品）。"据此，只有正一品的妃才是夫人。
③ （宋）苏轼：《苏轼诗集》卷四六，中华书局1982年版，第2478页。
④ （清）张照等：《石渠宝笈》卷五，影印《文渊阁四库全书》本，第824册，第137页。
⑤ （元）脱脱等：《宋史》卷六二《五行志》，中华书局1977年版，第1342页。

及贫民钱""三年春正月,……庚戌,复广惠仓。……庚申,雪寒,发京西谷五十馀万石,损其直以纾民"①。作者所写为十二月五日前的事,所写赈济亦乃十一月之事,而非十二月五日以后或三年正月事。帖子中类似这样的情形较多,如果不解其写作制度,对作品的理解可能就会不够准确,甚至有误。

另外,帖子词的写作还反映出宋代翰苑馆阁人才的状况。帖子词特殊的写作机制,决定了作者特殊的写作身份。帖子词的写作贯穿两宋,大量优秀诗人参与其中,从纵向的角度,我们可以考察不同时代翰苑馆阁人才的状况。从帖子词的作者,我们可以直观地看到两宋馆阁的群体状况。北宋元祐之前,入翰苑者皆为一时才俊,大多是集文学家、政治家、思想家、学者于一身的文化巨匠,如夏竦、晏殊、宋庠、宋祁、王珪、胡宿、欧阳修、苏轼、苏辙、苏颂等,莫不如是。由这一长串的帖子词作者名单,我们就可以看到当时朝廷人才济济的盛况。入翰苑的大多数人后来多仕途通显,成为朝廷的栋梁。可见,翰苑馆阁作为储才机构,发挥了巨大作用。而元祐之后,翰苑馆阁的作用显然有所降低,不用说翰苑常员二人的设置,即使这二员也常常空缺,而代之以直学士、兼直学士、权直学士等,饱学之士或许可以进入馆阁,而难以进入翰苑,后来通显者也较少。翰苑门庭的冷落、朝廷诗才的匮乏,折射出朝廷用人的不当、政治的黑暗、文人地位的下降,也折射出走向衰亡途中的国家身影。

三、帖子词作为史料的特点

帖子词作为诗歌,确实具有以上提到的一些史料价值,但是它又表现出直接性、形象性、零碎性、模糊性等特点。我们在应用时,要充分地考虑到这些因素。

1. 直接性

帖子词反映宫廷生活、事件都很及时,写作者又都是"天子私人",

---

① (元)脱脱等:《宋史》卷一七《哲宗本纪一》,中华书局1977年版,第325—326页。

是距离宫廷最近的大臣,也是一些宫中事件的参与者,所写之事就很直接且可信度高。宋代历史文献较之前代要丰富细致得多,但即便如此,帖子词所写有些细节和事件不见于其他文献。从这个角度来看,帖子词自有其补史、证史的史料价值。

2. 形象性

帖子词是文学作品,而且属于颂美文学,对宫廷生活的表现和对人物的描写是经过艺术加工与创造的,它不是生活的完全照搬。它对宫廷生活的反映来自生活的真实,但又不完全等同于生活的真实。因为"艺术的真实性,一方面是对客观生活的历史性融合;另一方面,又是对人的心理的审美性融合。艺术的真实性是主客观的统一,是历史的真实性与心理的真实感的统一""从客观的角度讲,诗的形象的真实,不过是特征的真实、本质的真实""从主观的角度讲,诗的形象的真实,是幻觉的真实和想象的真实"。[①] 帖子对宋代宫廷生活的表现,是作者建立在现实真实基础上的艺术创造,有助于我们形象地理解宋代宫廷历史,但也要考虑到它本身的局限性。

3. 零碎性

帖子词对宫廷生活的表现是不全面的、有所选择的,也是零碎的。因为帖子词的本质特征是颂美,要为尊者讳,在内容上只选择那些有助于颂美或劝勉的方面,而很少出现无益于颂美的情况。无论是对生活的描写,还是对人物、事件的表现均显得不够全面、广泛和深刻,甚至显得偏颇、单调和浅俗。在体裁上,绝句的形式也限制了它内容的丰富性,虽然一首首帖子写了很多的内容,但非常零碎,不成体系。

4. 模糊性

帖子词对宫廷生活的描写有时也表现出模糊性的特点。这种模糊性一方面是由于对宫廷生活的不了解,一方面是因为帖子是一种诗歌艺术,它的重点不在纪事,而在颂美,为颂美而纪事,有时就显得简单、粗糙,或者点到为止,当时人都能明白所写为何,而我们读起来就感到很模糊了。

---

① 谢文利:《诗歌美学》,中国青年出版社1989年版,第163—165页。

见于帖子具有以上特点，在判断帖子的史料价值时，需要与历史文献联系起来看，在具体运用中要慎之又慎，以免由于诗篇本身记载的形象模糊而影响理解，导致错误的判断，得出不正确的结论。

第三节 风俗价值

帖子词展示了宋代宫廷丰富多彩的文化生活，包括仪式、饮食、服饰、游戏、娱乐、宴饮等诸多方面，尤为可贵的是它集中表现了宋代宫廷中立春和端午两个节日的习俗，所以具有极高的风俗价值。

一、全面展现了宋代宫廷的节日风俗

描写节日习俗是帖子的主要内容之一，在第六章里我们列举了不少例子讨论了这一问题。总的来说，帖子所写立春习俗包括仪式方面的东郊迎气、鞭土牛、进献赏赐幡胜，装饰习俗方面的贴春帖、立青旗、挂彩幡、彩燕、彩胜、簪戴春幡胜等，饮食习俗方面的试春盘、饮春酒，以及宴饮娱乐游戏等方面的设春宴、祝春宜、听歌赏舞等；端午习俗则包括饮食方面的食角黍、粉团、饮菖蒲酒，装饰方面的贴端帖、佩辟兵符、戴彩丝、簪艾虎，游戏方面的斗百草、采草药、竞渡、解粽、捕蟾蜍，以及宫廷端午宴饮、进献、赏赐衣服和扇子等。与《东京梦华录》《梦粱录》《武林旧事》等相互参照，帖子词对宫廷节日习俗表现得虽然零碎，但更为广泛丰富，非常有助于我们更加全面地了解宋代的立春、端午习俗，如《东京梦华录》卷六"立春"条仅写到开封府进春牛入禁中鞭春。开封、祥符两县打春及府前百姓卖小春牛花、以春幡雪柳各相献遗以及宫中赐宰执、亲王、百官金银幡胜，百官入贺戴归私第诸事，《梦粱录》记载南宋临安府立春内容基本相同。《武林旧事》多出"后苑办造春盘供进，及分赐贵邸

宰臣巨珰""学士院撰进春帖子"①的记载，而帖子词对这些习俗的综合表现显然更为广泛和全面。

　　帖子词所写节日习俗可弥补其他文献记载的不足，如王珪"明朝知是天中节，旋刻菖蒲好辟邪"（《端午内中帖子词·夫人阁》其九）所写端午刻菖蒲为人形或葫芦形而佩戴的习俗，不见于它处，后《岁时杂记》有记载，并以此诗为例②。再如元绛《端午帖子》"丝竹渐高桃鼓急，瑶津亭下竞凫车"中称"舟"为"凫车"，祝穆所编《古今事文类聚》前集卷九"治凫车"云"南方竞渡者治其舟，使轻利，谓之'飞凫'，又曰'水车'，又曰'水马'。州将父老土人悉临水而视之，盖越人以舟为车，以楫为马"③。其中，所举例子即为此诗。像这样被认为具有风俗价值而被时令类专书或类书时令类采录的很多，其中《岁时广记》《古今事文类聚》、清《月令辑要》采录帖子词最多。以《古今事文类聚》为例，书中戴春燕、贴宜春字、金银幡胜、羹枭鸟、九子粽、菖蒲酒、五彩丝、桃印符、赤灵符、画天师、结艾人、戴艾虎、斗草戏、浴兰汤等近二十馀条都引用帖子词为例。再如许将《端午帖子》"江中今日成龙鉴，苑外多年废鹭陂。合照乾坤共作镜，放生河海尽为池"，与苏辙《学士院端午帖子·太皇太后阁六首》其五"舟楫喧呼招屈处，禽鱼鼓舞放生中"都言及端午放生的习俗。宋代曾多次诏地方建放生池，西湖就是著名的放生处。放生多在四月初八浴佛日进行，许、苏二人所言端午放生具有独特性。

　　除了立春、端午习俗外，帖子对元日、元宵等习俗也有直接或间接的表现，如晏殊有一组《元日词》，写宫廷元日饮屠苏酒、门用神荼郁垒桃符、宴饮祝寿等习俗；王安中"夹城先试景龙灯"（《皇帝阁》）对徽宗时期预赏元宵的记载；苏轼"七种共挑人日菜，千枝先剪上元灯"（《春帖子

---

　　①　（宋）周密：《武林旧事》卷二，（宋）孟元老等：《东京梦华录》（外四种），古典文学出版社1956年版，第368页。
　　②　（宋）祝穆、（元）富大用、（元）祝渊：《新编古今事文类聚》前集卷九，宽文六年京都八尾勘兵卫刊本。
　　③　（宋）祝穆、（元）富大用、（元）祝渊：《新编古今事文类聚》前集卷九，宽文六年京都八尾勘兵卫刊本。

词·夫人阁四首》其三)、周必大"新年佳节喜相重,屈指元宵五日中。雪柳巧装金胜绿,灯球斜映玉钗红"(淳熙六年《立春帖子·皇后阁》其四)是对人日挑菜、上元放灯、人戴雪柳、灯球的元宵习俗的描写;周必大"节迓天申竞祝尧,官家重叠赐轻绡"(淳熙六年《端午帖子·太上皇帝阁》其六)、"便从端午节,排当过天申"(淳熙五年《端午帖子·太上皇后阁》)等对高宗天申节的准备、节日赏赐等的表现等,均不见载于其他宋代文献。

  帖子词对宫廷节日风俗的描写不仅非常广泛,而且具体细微。以端午饰品而言,帖子词所写名目极为繁多,式样极为丰富,有续命彩丝、续命丝、五色丝、金缕、长丝、彩丝、续寿长丝、五彩续命丝、双条达、五色丝、五色彩丝、朱索、宝索、朱丝、五丝、命缕、长命缕、彩缕、五色缕、条达、香缯、珠囊、赤灵符、灵符、宝符、丹篆、朱符、辟兵符、神篆辟兵符等。这些饰品,有的原属于同一物,但在宋代出现了更细的分类,如五彩丝,隋代杜台卿注曰"一名长命缕,一名续命缕,一名辟兵缯,一名五色缕,一名五色丝,一名朱索"①。但在宋代,辟兵符与五彩丝属于不同类别的佩饰。佩饰名称的不同是由于制作方法、所表达的寓意及用法的不同造成的。宋代宫廷端午佩饰的繁盛由此可见一斑。

  再如节日赏赐,立春日宫廷赐大臣春幡胜,帖子词就有非常形象的表现,可与文献互证。韩维《春贴子·皇帝阁六首》其五"晴日渐消宫瓦雪,和风微散御炉烟。千官拜舞皇恩罢,彩胜金幡下九天"、周邦彦《春贴子》"晓开鱼钥朝衣集,采胜飘扬百辟冠"等,是《东京梦华录》所载"春日,宰执亲王百官,皆赐金银幡胜,入贺讫,戴归私第"的最好注脚。而韩维《夫人阁》其四"宫娃拂晓已催班,拜谢春幡列御前"则补充了宫廷内部赏赐"宫娃"的立春习俗。端午赏赐多为蒲酒、夏衣,"御前酌罢菖蒲酒,回赐尧樽遍六宫"(刘克庄《皇帝阁(端午)》其六)、"重午宫衣赐百工,香罗叠雪葛含风"(许应龙《皇后阁端午帖子》其三)、"拂晓千门放金钥,玉阶还有谢衣人"(王珪《端午内中帖子词·皇帝阁》其七)

---

① (梁)宗懔:《荆楚岁时记》,山西人民出版社1987年版,第50页。

等,都表现了宫廷端午赏赐衣酒的习俗。与唐代不同,宋代赐扇很稀见,只有周必大乾道七年《端午帖子·皇帝阁》其三"皇恩隆宰辅,赐扇御书诗"提及孝宗以扇赐宰臣之事,倒是宫廷内部得到御书扇的机会较多,如许及之《圣寿阁端午帖子》其一所描写:"宫人晨起靓妆梳,艾叶菖花献颂馀。团扇裁成留不画,应时只乞圣人书"。

关于帖子,苏颂《春贴子·皇帝阁六首》其六"四时嘉节宴游稀,盛德先从学士知。每岁惟呈镞金帖,新春不和彩花诗"、真德秀《春贴子·皇帝阁六首》其六"微臣自愧无规谏,愿献元朝学士诗"等对宋代学士供帖子的由来提供了一种说法,"镞金帖"和卫泾《寿成惠圣慈祐太皇太后阁端午帖子》其六"学士大书金字帖,宫中巧篆绛绡缯"还写了帖子的制作方式和材料特点,其《寿成惠圣慈祐太皇太后阁春帖子》其四"岁岁词臣供帖子"则反映了供帖子的制度。这些描写对我们研究帖子词的写作和形制都具有一定的参考价值。

关于节日饮食,帖子也有详细的描写。宫廷中的节日饮食有其独特处,如立春时的春盘就显得珍奇贵重,材料为兰芽、紫茸、红蓼之类,如"一番宫柳黄烟重,百种盘蔬紫甲新"(宋祁《春帖子词·夫人阁》其九)、"脍肉纷银缕,兰牙簇紫茸"(司马光《春贴子词·皇太后阁六首》其三)、"玉盘翠苣映红蓼,捧案朝来献两宫"(司马光《春贴子词·皇后阁五首》其四)、"紫兰红蓼簇香盘,晓逐金壶下太官"(韩维《皇后阁春帖子》其一)、"兰芽蔬甲族盘新"(周必大淳熙五年《立春帖子·太上皇帝阁》其四)等,而不像普通人多为萝卜、白菜、韭菜、蔓青,甚至如苜蓿、荠菜、青蒿等野菜为之。再如"酥",亦为立春食品。刘才邵《立春内中帖子词·皇太后阁六首》其三云"酥盘花样新",其制作极为讲究,有的点作花,如"红酥旋点花"(王珪《立春内中帖子词·夫人阁》其一),有的点作字,如"红酥细字点宜春"(周麟之《春贴子词·皇后阁五首》其三),更复杂的还点为诗或者画,如"酥盘滴小诗"(苏轼《春帖子词·夫人阁四首》其一)、"绣户绿窗尘不到,凝酥点就辋川图"(王安中《妃嫔阁》)。通过帖子词的细致描写,我们看到了宫中"酥"的美妙和精致,看到了宫中节日饮食文化的特色。

总之，帖子词是宫廷文化的产物，其所表现的宫廷节日风俗正是其独特性所在，也是其价值所在。

二、间接反映了某些节日仪式和习俗的发展演变

由帖子词对宫廷立春、端午两节节俗的描写，我们可以看到其变化发展的踪迹。以迎气礼为例，北宋时期的帖子词中经常写到，如夏竦《御阁春帖子》其三"迎气东郊风乍暖，受釐中禁日初长"、晏殊《立春日词·御阁四首》其三"青辂迎春习习来，天泉池上晓冰开"、宋祁《皇后阁十首》其一"青郊迎淑气，华阙报芳辰"、胡宿《夫人阁春帖子》其五"迎气青幡猎晓风，九门佳气郁葱葱"、韩维《春贴子·皇帝阁六首》其二"迎气来归胙，宜春祝降祥"等，而南宋时期的帖子词仅周必大乾道七年《立春帖子·太上皇帝阁》其五写及"东郊何必舞云翘，太史休劳望斗杓"。

从《宋史·礼志》所载"岁之大祀三十，……四立及土王日祀五方帝"[①]来看，宋初承唐制，迎气礼仍为大祀。祭祀礼仪也基本与唐代相同，"各建坛于国门之外：青帝之坛，其崇七尺，方六步四尺""庆历（1041—1048）用羊豕各一，正位太尊著尊各二，不用牺尊，增山罍为二，坛上簠、簋、俎各增为二。皇祐（1049—1054）定坛如唐《郊祀录》，各广四丈，其崇用五行八七五九六为尺数。嘉祐加羊、豕各二""其祀仪，皇帝服衮冕，……立春祀青帝，以帝太昊氏配，勾芒氏、岁星、三辰、七宿从祀"[②]。可见，在仁宗之前，五郊迎气之礼正常举行，并且遵循唐代之制，所设坛的五行尺数与汉唐以来相同，皇帝亲自参加迎气活动。然而到了哲宗时期，朝廷对迎气礼的重视度下降，不但皇帝不参加迎气礼，还仅让级别较低的常参官行事，以至于元祐六年知开封府范百禄奏

---

① （元）脱脱等：《宋史》卷九八，中华书局1977年版，第2425页。
② （元）脱脱等：《宋史》卷一〇〇，中华书局1977年版，第2459—2461页。

曰"每岁迎气于四郊,祀五帝,配以五神,国之大祠也。古者天子皆亲帅三公、九卿、诸侯、大夫以虔恭重事,而导四时之和气焉。今吏所差三献皆常参官,其馀执事赞相之人皆班品卑下,不得视中祠行事者之例。请下礼部与太常议宜以公卿摄事"①,皇帝听从了这一建议。南渡初期,由于战争不断,社会动荡,迎气礼不得不中断,"绍兴三年(1133),司封员外郎郑士彦请以立春、立夏、季夏土王日、立秋、立冬祀五帝于四郊"②,才得以恢复。现在让我们回过头来看前面所举的帖子词,"迎气东郊""青辂迎春""迎气来归胙"等都是"皇帝阁"的内容,都强调皇帝亲自参加迎气活动,尤其是宋祁的"君王暂报出郊迎"写得非常明确。其他写给女性的帖子在表达上就有所不同,如"东郊候气",一"候"字就说明她们是被动的角色,并非参加仪式者;"东郊先报""华阙报芳辰""来报东郊淑气回"等,一"报"字即点出宫中女性参加迎气是被告知的。苏颂"东郊青幰拜春回"写皇太后"拜春",与皇帝之"迎春"还是有区别的。此诗写于元祐五年立春前,而此后南宋帖子中便没有东郊迎气的内容,周必大"东郊何必舞云翘"即是委婉说明朝廷没有举行迎春礼。可见,帖子所写与史书记载的情形非常一致。

简涛认为:"宋初对于迎气的重视程度不够,不仅皇帝不亲自参加,而且公卿一类的高级官员也不到场。"③这一说法是值得商榷的。从帖子词的记载来看,仁宗时期迎气礼皇帝还是亲自参加的,而且每年能够正常举行,包括宋祁《余在北门时每立春必前索宫中春词十馀解今逢兹日块坐州阁追怀旧题续作六章》其二追忆宫中立春,仍然写到"清晓东郊转翠舆,苍龙驱暖入储胥"④这样的场面。神宗时期迎气礼仍然有皇帝参加,真正的衰落开始于哲宗时期。这或许与哲宗年幼、皇太后执政有关。此后,皇帝便不再参加东郊迎气活动了。范百禄所言为元祐六年前几年的情况,以此认为北宋初期皇帝就不参加,则显然有误。从这个角度看,帖子

---

① (元)脱脱等:《宋史》卷一〇〇,中华书局1977年版,第2460页。
② (元)马端临:《文献通考》卷七,中华书局1986年版,第720页。
③ 简涛:《立春风俗考》,上海文艺出版社1998年版,第63—64页。
④ (宋)宋祁:《景文集》,《丛书集成初编》本,第311页。

词为我们研究宋代迎气礼提供了直接的证据,具有史料价值。附带要说的是,地方官的迎气活动一直持续不断,徽宗政和六年(1116)廖刚的《丙申春贴子八首》其一"北斗寅初建,东郊气乍迎。土牛敦岁事,彩燕动春情"便是很好的证明。

帖子词经常写竞渡,比如:

交飞寿罕长生殿,竞泛仙舟太液池。(孙抃《端午日帖子词·夫人阁》其二)

广殿回雕辇,沧池漾彩舟。(胡宿《夫人阁端午帖子》其五)

翠华初到玉池游,笑指宫人按棹讴。湘水英魂在何处,犹教终日竞龙舟。(王珪《端午内中帖子词·皇帝阁》十一)

御池风暖水如鳞,争看兰舟竞渡人。(王珪《端午内中帖子词·皇帝阁》十二)

共传太液龙舟稳,不似南方竞渡喧。(苏辙《皇太妃阁五首》其五)

丝竹渐高桡鼓急,瑶津亭下竞凫车。(元绛《端午帖子》)

玉阶斗采忘忧草,水殿临观竞渡舟。(周必大乾道七年《太上皇帝阁》其六)

对席瑶池宴,凭栏竞渡船。(周必大淳熙五年《太上皇后阁》其三)

龙舟阁岸何曾试,且向薰风和舜琴。(刘克庄《皇后阁(端午)》其三)

北宋时期写竞渡,基本都是正写、实写,无论是"竞泛仙舟太液池""彩舟人竞渡""沧池漾彩舟"还是"笑指宫人按棹讴""争看兰舟竞渡人""瑶津亭下竞凫车",都描写了宫中的"竞渡",虽然"共传太液龙舟稳,不似南方竞渡喧",但毕竟是一种宫中的竞赛活动,非常热烈,参观者众;南宋时期的帖子词写竞渡却没有竞渡之实,如"时从东皇御画舟""新荷香处且夷犹"等突出的都是悠闲的赏玩而非竞渡游戏本身,而"旗鼓双双竞渡船,湖堤杨柳绿如烟"(刘克庄《皇太子宫(端午)》其三)写皇室成员观看民间比赛,本身却并不参加,"当午犹闲竞渡舟""垂杨终日荫龙舟"(刘克庄《公主阁(端午)》其五)、"龙舟阁岸何曾试"等都说明当时皇室成员不再参加龙舟竞渡了。

高承《事物纪原》记载:"宋朝太祖建隆间,即都城之南,凿讲武池,始习水战,将有事于江南也。及太宗兴国中,得吴越钱氏龙舟。七年疏国城西,开金明池,于是每岁二月教池,遂为故事。"① 由此可知,宋初的端午竞渡活动由征讨南方的战备需要而起。《宋史》记载宋太祖观嬉水战有二十八次②;太宗开金明池,太平兴国九年(984)四月,"幸金明池习水战,帝御水殿,召近臣观之。谓宰相曰:'水战,南方之事也。今其地已定,不复施用,时习之,示不忘战耳。'"由于南方已定,水战变为水嬉,雍熙四年(987)四月幸金明池观水嬉;淳化三年(992)三月又"幸金明池,命为竞渡之戏,掷银瓯于波间,令人泅波取之。因御船奏教坊乐,岸上都人纵观者万计,帝顾视高年皓首者,就赐白金器皿"③,水嬉再变而为竞渡,成为宫廷娱乐游戏之一。南宋西湖竞渡最为热闹,"龙舟十馀,彩旗迭鼓,交舞曼衍,粲如织锦。……京尹为立赏格,竞渡争标。……都人士女,两堤骈集,几于无置足地。桥比如鱼鳞,亦无行舟之路,歌欢箫鼓之声,振动远近,其盛可以想见"④。孝宗奉养双亲,为避免频繁外出游览给百姓过多骚扰,"禁中及德寿宫皆有大龙池、万岁山,拟西湖冷泉、飞来峰。若亭榭之盛,御舟之华,则非外间可拟。春时竞渡及买卖诸色小舟,并如西湖,驾幸宣唤,锡赉钜万"⑤。而"茂陵(按,即宁宗)在御,略无游幸之事""理宗时亦尝制一舟,悉用香楠木抢金为之,亦极华侈,然终于不用。至景定间,周汉国公主得旨,偕驸马都尉杨镇泛湖,一时文物亦盛,仿佛承平之旧,倾城纵观,都人为之罢市。然是时先

---

① (宋)高承:《事物纪原》卷八,中华书局1989年版,第431—432页。
② (元)脱脱等:《宋史》卷一一三,中华书局1977年版,第2695页。
③ (元)脱脱等:《宋史》卷一一三,中华书局1977年版,第2696页。
④ (宋)周密:《武林旧事》卷三,(宋)孟元老等:《东京梦华录》(外四种),古典文学出版社1956年版,第376页。
⑤ (宋)周密:《武林旧事》卷四,(宋)孟元老等:《东京梦华录》(外四种),古典文学出版社1956年版,第390页。

朝龙舫久已沉没,独有小舟号小乌龙者,以赐杨郡王之故,尚在。其舟平底,有舵,制度简朴"①。不难看出,北宋的金明池竞渡非常热闹,皇族能观赏游览;南宋孝宗为高宗在宫内开辟的"小西湖",有时宣唤外人去竞渡,而此后宫廷内很少再有竞渡之事,也很少到西湖去观赏民间竞渡。帖子所写与史书及宋人笔记所载完全合拍,可见帖子由于对宋代宫廷风俗真实的再现而具有相当高的认识价值。

三、直接反映了宋人的风俗观

首先,帖子词表现了宋代统治者以上化下的思想。从帖子所表现的宋代宫廷节日生活来看,宋廷与民间一样过同样的节日、遵循同样的习俗,表现出同样的应时纳祜、辟邪求吉的心理。这些都充分说明宋代统治者非常重视节日,且能遵从习俗,与民同乐。有的帖子词就直接表达了这一思想,如欧阳修《端午帖子·皇帝阁六首》其二"宫闱九重乐,风俗万方同"、《夫人阁五首》其五"古今风俗记佳辰,乐事深宫日日新"、司马光《春贴子词·皇太后阁》其三"太官遵旧俗,岁岁与今同"。

宋代统治者非常注重风俗的引导作用。古人认为风俗会影响国家社会政治,故"为政之要,辨风正俗最其上也"②。历代统治者都很重视风俗,一方面要通过风俗考察政治得失,从而作为制定和调整统治政策的参考依据③;另一方面则要移风易俗,以上化下,因为他们深知"吴王好剑客,百姓多创瘢;楚王好细腰,宫中多饿死"④、"上有好者,下必有甚焉"⑤

---

① (宋)周密:《武林旧事》卷三,(宋)孟元老等:《东京梦华录》(外四种),古典文学出版社1956年版,第377页。
② (汉)应劭:《风俗通义·序》,应劭撰,王利器校注:《风俗通义校注》,中华书局1981年版。
③ 《汉书·艺文志》:"古有采诗之官,王者所以观风俗,知得失,自考正也。"中华书局1962年版,第1708页。
④ (南朝宋)范晔撰,(唐)李贤等注:《后汉书》卷二四《马援列传附马廖传》,中华书局1965年版,第853页。
⑤ (战国)孟轲:《孟子》卷五上《滕文公上》,(清)阮元校刻:《十三经注疏》,中华书局1980年影印本,第2701页。

的道理,明白他们自身在风俗形成中具有举足轻重的作用。宋代统治者非常注重从自我做起,躬行节俭、推行孝道,以移风易俗,化成天下,如苏颂《春贴子·夫人阁四首》其四"君王崇俭化邦家,禁掖承恩绝泰奢"、汪应辰《太上皇后阁端午帖子词》其二"仁心均动植,风化正邦家"、周麟之《春贴子词·皇后阁五首》其五"欲使后宫歌德化,试将彤管作春词"、周必大淳熙六年《立春帖子·皇后阁》其一"俭德闻中外,徽音继葛覃。化行人自劝,何待讲亲蚕"等都表现了皇太后、皇后等重视教化的自觉意识。

  从历史来看,提倡节俭、崇尚孝道是宋代统治者一贯所推行的,宋太祖"孝友节俭,质性自然,不事矫饰"。他提倡节俭,甘当表率,"宫中苇帘,缘用青布;常服之衣,浣濯至再",甚至"见孟昶宝装溺器,撞而碎之,曰:'汝以七宝饰此,当以何器贮食?所为如是,不亡何待!'"①,在其影响下,出现了"祖宗立国之初,崇尚俭素,金银为服者鲜,士大夫罕以侈靡相胜,故公卿以清节为高,而金银之价甚贱"②的良好局面。太宗也"以慈俭为宝,服浣濯之衣,毁奇巧之器,却女乐之献,悟畋游之非"③。吕大方说哲宗以前的宋代皇帝"不好畋猎,不尚玩好,不用玉器,不贵异味"④ 基本属实。宋代宫廷在宫室的宏伟、宫殿的数量、陈设的奢侈、粉饰的华美等方面也远不如前代。北宋宫室还较多,但"宫殿止用赤白"涂色,不尚奢华⑤。南宋建都临安,"服御惟务简省,宫殿尤朴",宫室不广,形同郡治,主要有崇政、垂拱二殿,遇事而摘换牌匾,遇朔受朝为紫宸殿,降赦为文德殿,临轩策士为集英殿,行册礼为大庆殿,阅武则为讲武殿,"其实垂拱、崇政二殿权更其号而已""二殿虽曰大殿,其修广仅如大郡之设厅"⑥。宋代宫廷之俭朴,确实有史为证。

---

  ① (元)脱脱等:《宋史》卷三《太祖本纪》,中华书局1977年版,第49—50页。
  ② (宋)王栐:《燕翼诒谋录》卷二《定迁秩之制》,中华书局1981年版,第14页。
  ③ (元)脱脱等:《宋史》卷五《太宗本纪》,中华书局1977年版,第101页。
  ④ (宋)王称:《东都事略》卷八九《吕大防传》,齐鲁书社2000年版,第754页。《宋史·吕大防传》同。
  ⑤ (元)脱脱等:《宋史》卷三四〇《吕大防传》,中华书局1977年版,第10843页。
  ⑥ (元)脱脱等:《宋史》卷一五四《舆服志》,中华书局1977年版,第3598页。

孝悌之道，也是宋代一贯所推崇的。宋代的皇位之争就没有前代那么激烈和残忍，太宗的上台虽然留下了"烛影斧声"的疑团，但留在正史中的却是兄弟友爱的美名。宋太祖也确实友爱兄弟，"太宗尝病亟，帝往视之，亲为灼艾，太宗觉痛，帝亦取艾自灸"①，留下"灼艾分痛"的佳话。仁宗、神宗、哲宗、高宗、孝宗都以孝著称。"神宗皇帝奉事两宫太后，尽心色养，有臣庶之所难能者。庆寿、宝慈宫在福庆之东、西，天子朝夕亲视服膳，至通夕不下关键。母弟荆、扬二王已冠，犹不许就第，往还如家人礼"②，宋史评其"天性孝友，其人事两宫，必侍立终日，虽寒暑不变"③。孝宗之孝更是著名，前面多有论述，此不赘述。帖子词中大量内容表现了宋代统治者能够厉行节俭、崇尚孝道，从而示范天下，移风易俗，表现出以风俗化下的自觉意识和行为。

其次，帖子词也表现了宋代士大夫的风俗观。帖子词的制词性质使得帖子词的思想表现出两重性：一方面是统治者的思想，一方面又是作者的思想。其内容一方面表现了对统治者的颂美，一方面又寄寓了词臣对统治者的期望。因此，帖子词所表现出的风俗观不单是统治者的风俗观，也是士大夫的风俗观，他们期望统治者能够从自身做起，发挥风俗化下的重要作用。从本质上来说，他们的风俗观是相同的、一致的。

宋代士大夫非常强调风俗的社会政治功能，认为风俗的好坏与国家的治乱兴衰有密切关系。王安石说："圣人上承天之意，下为民之主，其要在安利之。而能安利之要不在于它，在乎正风俗而已。故风俗之变，迁染民志，关之盛衰，不可不慎也。"④ 苏轼认为："人之寿夭在元气，国之长短在风俗。"⑤ 袁燮认为："风俗，国之元气也。元气枵然，则身随之；

---

① （元）脱脱等：《宋史》卷三《太祖本纪》，中华书局1977年版，第50页。
② （宋）朱弁：《曲洧旧闻》卷二，第100—101页。
③ （元）脱脱等：《宋史》卷一六《神宗本纪》，中华书局1977年版，第314页。
④ （宋）王安石：《风俗》，王安石撰，李之亮笺注：《王荆公文集笺注》卷三二，巴蜀书社2005年版，第1121页。
⑤ （宋）苏轼：《上神宗皇帝书》，《苏轼文集》卷五一，中华书局1986年版，第737页。

风俗既坏，则国从之。"① 楼钥曰："惟国家元气，全在风俗。"② 罗从彦亦曰："风俗者，天下之大事。"③ 因此，士大夫要求统治者重视风俗，辨正风俗，移风易俗。苏轼期望神宗"务崇道德而厚风俗""爱惜风俗，如护元气"④；崔敦诗强调移风易俗的重要性，"民俗之厚薄关乎天下之治乱。……自昔圣帝明王，所以移风易俗以寿天下之脉，知夫不可以法防而禁止，于是一以教化为先"⑤。

在帖子词的写作中就明显地贯穿了士大夫的这些风俗观，具体表现：在内容上，重在突出美行的颂扬和道德的劝勉；在对待风俗的态度上，既顺从风俗，又有理性认识；在风俗功能的认识上，既认可节日习俗的娱乐功能，又强调统治者的表率示范作用。这几点又常常结合在一起。欧阳修的帖子词非常典型地表现了宋代士大夫的风俗观，受到了上下一致的好评。他写道"五兵消以德，何用赤灵符"（《端午帖子词·皇帝阁六首》其二）、"嘉辰共喜沐兰汤，毒沴何须采艾禳。但得皋夔调鼎鼐，自然灾祲变休祥"（其五）、"畜药蠲疴虽故事，使民无疾乃深仁"（其六）、"五色双丝献女功，多因荆楚记遗风。圣君照物同天鉴，不用江心百炼铜"（《端午帖子词二十首·皇后阁五首》其五），对佩戴赤灵符辟兵、门悬艾草禳灾、采摘百药蠲疴、铸造宝镜除邪等端午习俗的传统含义提出了自己的理性认识，认为它们都是荆楚遗风，属于传统节日文化习俗，人们应当遵循；但作为统治者要意识到风俗的本质在于实现国家的长治久安、人民的安居乐业，因此又以节日习俗来讽谏皇帝从自我做起，重视自身道德修养，任用人才。其他人的帖子中随处可见的颂美和讽谏也都表现了士大夫期望统治

---

① （宋）袁燮：《代武冈林守进治要劄子·正俗篇》，《絜斋集》卷二，影印《文渊阁四库全书》本，第1157册，第24页。
② （宋）楼钥：《论风俗纪纲》，《攻媿集》卷二五，影印《文渊阁四库全书》本，第1152册，第538页。
③ （宋）罗从彦：《豫章文集》卷一，影印《文渊阁四库全书》本，第1135册，第746页。
④ （宋）苏轼：《上神宗皇帝书》，《苏轼文集》卷五一，中华书局1986年版，第737页。
⑤ （明）杨士奇：《风俗》，《历代名臣奏议》卷一一七，影印《文渊阁四库全书》本，第436册，第307页。

者能够自我约束、加强修养,从而移风易俗,使风俗淳厚的愿望。

在宋代皇帝中,生活最为侈靡的是宋徽宗,最为不孝的是宋光宗。徽宗时期的帖子词仅存王安中数首,表现了徽宗开延福宴、试景龙灯、求仙奉道、生活奢靡等事实;光宗时期的帖子词一无所存,对其行为表现我们无从详知,但我们或许可以这样认为,由于世人对徽宗、光宗的道德品行的否定和厌恶,因而没有留存写给他们的帖子词。

宋代士大夫与统治者在重视风俗、发挥风俗以上化下功能的认识上都是一致的,区别仅在于士大夫的说教对统治者而言是他律,统治者自我的意识则属于自律。

邓广铭先生认为:"宋代是我国封建社会发展的最高阶段。两宋期内的物质文明和精神文明所达到的高度,在中国整个封建时期之内,可以说是空前绝后的。"[1] 帖子词是宋代"造极"的物质文明和精神文明所孕育出的一朵小巧而奇特的花。虽然帖子词比较狭窄的内容让我们觉得有些缺憾,但它对宫廷节日生活的独特表现为我们考察宋代宫廷习俗、了解习俗的发展演变、考察宋人的风俗观念保存了重要的史料,因而具有较高的风俗价值。

---

[1] 邓广铭:《谈谈有关宋史研究的几个问题》,《社会科学战线》1986年第2期。

第八章 宋代帖子词的影响

帖子词作为宫廷节日里的应用性文字，对当时士庶的节日门帖和门帖诗产生了巨大影响，并延及国外。宋以后的帖子和帖子诗，尤其是明清以后的春帖（春联）的繁荣和兴盛，都与宋代帖子词有着密不可分的关系。

帖子词是帖子之词，帖子是帖子词的载体，帖子词的发展与帖子的发展密不可分，因此本章所论，既包括帖子词的影响，也涉及帖子的影响。

第一节 对民间帖子词的影响

一、对宋代民间帖子词的影响

宋代宫帖本由节日应制诗、民间春书、宜春胜、端午符等综合发展而来，当帖子格式、体制固定后，帖子词便成为一种独特的诗体，反过来它又影响到民间的门帖和门帖诗。首先，由于宫帖的巨大影响力，写诗作门帖在宋代非常盛行。北宋吕希哲《岁时杂记》云："学士院立春前一月撰皇帝、皇后、夫人阁门帖子……端午依然，或用古人诗，或后辈诸生拟撰，作为门帖。亦有用厌胜祷词之言者。"[①] 端午的情况与立春基本相同，"学士院端午前一月撰皇帝、皇后、夫人阁门帖子。……春日依然，民间以朱书诗或符咒作门帖"[②]。从中可以看出宋代门帖多样，其中"或用古人诗，或后辈拟撰"的春帖以及"以朱书诗"的春端帖，都说明在北宋时

---

① （宋）陈元靓编：《岁时广记》卷八，《丛书集成初编》本，第82页。
② （宋）陈元靓编：《岁时广记》卷二二，《丛书集成初编》本，第251页。

诗帖子已然非常普遍。以诗为帖子与以"厌胜祷祠"以及"符咒"为帖子显然不同,而这一点恰恰与宫帖的影响有很大关联。非常可惜的是,今天我们能够看到的宋代民间帖子极少,一是被历史无情地淘汰了,二是有些民间帖子并不称帖子,与其他诗混同,需要辨识。散佚的原因大致有二:一是多摘抄古人现成诗句;二是艺术价值低,不为人注意。今天我们能够见到的只有个别诗人的门帖诗,如廖刚的《丙申春帖子八首》①、范成大的《代门生作立春书门贴子诗四首》《代儿童作立春贴门诗三首》《代儿童作端午贴门诗三首》②,姜夔的《戊午春帖子》③一首,程珌的《春贴》④一首,方岳的《次韵谢兄立春戏拟春帖子》五首⑤等。廖刚春帖子作于北宋政和丙申年(1116),据诗中"风流太守最宜春"来看,当为任地方官时所作。范成大为代门生和儿童作,姜夔、程珌为自己所作,方岳为次韵他人春帖。这些作品有的是组诗,有的仅为一首,没有定规,是民间帖子的特色。民间帖子词虽然所存极少,但从宋人诗作来看,当时还是颇为流行的,读到崔鶠《再继立春韵》"辄莫更书春帖子"⑥、李时《十二月立春》"劝了亲庭眉寿酒,旋裁春帖换新诗"⑦、喻良能《次韵季直弟春日雪》"鼠须正好书春帖"⑧、刘克庄的《和陈生投赠二首》其一"老农无复供春帖,题遍南村与北村"⑨、王沂孙《高阳台·和周草窗寄越中诸友韵》词"小帖金泥,不知春在谁家"⑩以及《西湖老人繁胜录》城外瓦子宽阔

---

① (宋)廖刚:《高峰文集》,影印《文渊阁四库全书》本,第1142册,第415页。
② (宋)范成大:《范石湖集》卷二七、卷三二,上海古籍出版社1981年版,第381页、430—431页。
③ (宋)姜夔著,夏承焘校辑:《白石诗词集》,人民文学出版社1998年版,第50页。
④ (宋)程珌:《洺水集》卷二七,影印《文渊阁四库全书》本,第1171册,第480页。
⑤ (宋)方岳:《秋崖集》卷二,影印《文渊阁四库全书》本,第1182册,第145页。
⑥ (宋)蒲积中编:《古今岁时杂咏》卷四,辽宁教育出版社1998年版,第58页。
⑦ 傅璇琮等主编:《全宋诗》第24册,卷一三六九,北京大学出版社1995年版,第15720页。
⑧ 唐圭璋编:《全宋诗》第43册,卷二三五〇,第26993页。
⑨ (宋)刘克庄:《后村先生大全集》卷四〇,《四部丛刊》本。
⑩ 唐圭璋编:《全宋词》,中华书局1965年版,第3360页。

处"有百馀家赏春贴子"①的记载,就可以明白当时文人写作帖子是非常普遍的。

帖子词在宋代一直是宫廷帖子词的专称,北宋后期民间开始将宜春胜和端午符等称为"帖""帖子",也是直接受了宫帖的影响。春端帖子词一直是宫廷帖子词之专称,民间帖子词通常称作"春词"。欧阳修的《春日词》、郑獬的《新春词》,都属于"春日帖子"②,但当时都不称春帖。非宫帖而称为"帖",最早当为邵雍《谢商守宋郎中寄到天柱山户帖仍依元韵》诗中的"户帖",廖刚的《丙申春帖子八首》则是现存最早的宋代文人春帖。从这组春帖子写于"丙申"年,即徽宗政和六年(1116)来看,帖子之称大约在徽宗时期逐渐在民间普及,南宋时便成为一个泛称。不仅如此,凡门上所贴纸帛类物普遍以"帖"为名,也始于北宋末,大兴于南宋。像元日用的"天行帖子"③、"神荼帖"④、"元旦帖"⑤,端午用的"赤口白舌帖子"等,通常泛称为门帖,如吴泳《别岁》"灶涂醉司命,门贴画钟馗"⑥、陈杰《三朝书窗》"老人自写题门帖,稚子先尝得岁杯"⑦、方回《留吴田霜崖吴居士宅予仲女许其孙姻》"门帖句句佳,字画亦劲伟"⑧等中的门帖都是元日门帖;孙嵩《立春日》"门帖废忘梅柳句,乡傩倚阁

---

① 《西湖老人繁胜录》,(宋)孟元老等:《东京梦华录》(外四种),古典文学出版社1956年版,第124页。
② 陈元靓《岁时广记》卷八"戴春燕":"欧阳永叔云:'不惊树里禽初变,共喜钗头燕已来。'郑毅夫云:'汉殿斗簪双彩燕,并知春色上钗头。'皆春日帖子句也。"(《丛书集成初编》本,第81页)按,欧句出自其《春日词》,郑句出自其《新春词》,则诗皆为帖子用词也,另亦看出北宋中期以前民间帖子词多称"春词"。
③ (宋)陈元靓编:《岁时广记》卷三九,《丛书集成初编》本,第431页。
④ (宋)王迈《枕上复用道间乡字韵呈同人》:"欠书元日神荼帖。"《全宋诗》第57册,卷三〇〇六,北京大学出发社1998年版,第35785页。
⑤ (宋)胡仲弓《元日次韵》:"才书元旦帖,清事绕吟身。"《全宋诗》第63册,卷三三三三,北京大学出发社1998年版,第39776页。
⑥ 傅璇琮等主编:《全宋诗》第56册,卷二九四二,北京大学出版社1998年版,第35055页。
⑦ 傅璇琮等主编:《全宋诗》第65册,卷三四五二,北京大学出版社1998年版,第41128页。
⑧ 傅璇琮等主编:《全宋诗》第66册,卷三四九五,北京大学出版社1998年版,第41667页。

鼓鼙人"①中二门帖是立春门帖；项安世《次韵和黄江陵重午二绝》其一"门前贴子虫书小，壁上仙人虎脊高"②中早门帖则为端午帖子。

  通过不多的门帖诗，我们还是大致可以看出士大夫立春、端午门帖子的一些基本特点，并发现它们受宫帖影响非常深。首先，诗歌形式多为联章体，每组诗歌的数量以及五、七言绝句所占比例并不固定，偶尔也有单独一首的帖子。其次，从内容上来看，不外乎应时纳祜、游乐宴会、写景纪俗，只是场景有所不同。从艺术表现上来看，构思、意象、语言、情感等与宫帖同多异少，但抒情个性化，因而有些帖子较宫帖具有更高的艺术价值，如廖刚的帖子，其"北斗寅初建，东郊气乍迎。土牛敦岁事，彩燕动春情"（其一）纪写立春习俗，与宫帖有何异；"令节年光换，和风春令行。野塘初变柳，幽谷未迁莺"（其三），一"野"一"幽"方与宫帖有所区别；"碧波楼下银塘晓，丽日亭前瑶草新。和气满城催燕乐，风流太守最宜春"（其五），"风流太守"与宫帖的写法迥异，"太守"表明人物身份，"风流"二字极写太守之风貌，使人物灵动起来，但这个词不够雅重，是绝对不会出现在宫帖中的；"绣阁佳人拂晓妆，争持春酒贺春阳。鬓云总把梅花插，帘幕春风一种香"（其七），写"绣阁佳人"贺春的情景，"鬓云总把梅花插"描写出春幡胜之外，新颖可喜；"金裁宝胜翻珠髻，云染华笺贴绣楣。庭户春归何所觉，暖风吹雪下琼枝"（其八），构思新颖，意境清新，文采华美，只一"庭"字与宫帖意象有别。帖子词一旦脱离宫廷应制而成为个人抒情的工具，便表现出更大的自由度和更强的个性化特色，如姜夔的《戊午春帖子》"晴窗日日拟雕虫，惆怅明时不易逢。二十五弦人不识，淡黄杨柳舞春风"，抒发"明时不易逢"的惆怅之情，余玠《题客次春帖》"老子也曾来伺候，诸公聊复忍须臾"③无一点温柔敦厚

---

  ① 傅璇琮等主编：《全宋诗》第68册，卷三六〇三，北京大学出版社1998年版，第43153页。

  ② 傅璇琮等主编：《全宋诗》第44册，卷二三七四，北京大学出版社1998年版，第27322页。

  ③ 傅璇琮等主编：《全宋诗》第61册，卷三一七六，北京大学出版社1998年版，第38121页。

之风。

二、对金元门帖诗的影响

金元时期的帖子词主要有两种：一是立春帖子，一是元日帖子。端午帖子很少见。

金元时期民间立春帖子仍存在，从周权（1275—1343）《次韵子昂学士人日立春》"玉堂人醉梅花底，门帖新题羁宦情"[①]、朱德润（1294—1365）《立春》"土牛迎戏仗，门贴写斓斑"[②]、杨维桢（1296—1370）《甲申腊月廿五日初度》"今年生旦逢立春，座上簪花写春帖"[③]、乔吉（1280—1345）《乐调·小桃红·立春遣兴》曲"土牛泥软润滋滋，香写宜春字"[④]等，可以看出，立春写帖子贴门已成为文人普遍之俗。我们今天能看到的元代题为"春帖子"的作品只有虞集（1272—1348）作于1332年的《壬申芝亭春帖子》四首[⑤]。

不难看出，金元时期民间春帖呈现出衰退趋势，而元日帖子却非常兴盛。元日宫帖仅见于晏殊。至元代时，元日门帖诗较多，杨宏道、王恽、胡只遹等人都各有十馀首元日帖子，题名"门帖子""元日门帖子"，大多数诗题标有具体年份，如王恽《门帖子》《元日门帖子》《戊辰门帖子》《元贞三年门帖子》，杨宏道的《壬辰年门帖子》，胡祗遹《丁亥元日门帖子》；个别诗标有使用屋舍，如王恽《庖舍门帖子》，诗题较为明确。同时，这时的元日帖子也有称"春帖"者，如王旭《守岁》"偶书春帖未忘

---

① （元）周权：《此山诗集》卷八，影印《文渊阁四库全书》本，第1204册，第43页。
② （元）朱德润：《存复斋文集》卷一，《四部丛刊》本。
③ 《御选宋金元明四朝诗·御选元诗》卷三三，影印《文渊阁四库全书》本，第1440册，第428页。
④ （元）杨朝英：《朝野新声太平乐府》卷三，《四部丛刊》本。
⑤ （元）虞集：《道园学古录》卷四，影印《文渊阁四库全书》本，第1207册，第55页。

情"①、王冕《庚辰元旦》"试题春帖纪新年"②、欧阳玄《渔家傲南词并序·十二月》"换年懒写宜春帖"③、张昱《癸亥立春在壬戌十二月二十五日》"一岁两春应是闰,自题春帖自相怜"④ 等。许有壬则直接题名为《甲申元日春帖》⑤。由此可见,"春帖"这一名称在元代既指立春帖子,也指元日帖子,而且主要指的是元日帖子。

当然,以"春帖"指元日帖子在南宋已经出现了。南宋中后期,随着民间节日习俗的发展演变,春帖的运用逐渐向元日过渡,出现了"大书春帖当桃符"⑥ 的情形,胡仲弓《元日次韵》"才书元日帖"⑦、《次梅庄守岁韵》"春帖慵裁欠句书"⑧ 即以"元日门帖"为"春帖"。《梦粱录》所载"贴春牌"就与"换门神,挂钟馗,钉桃符"一样,成为除夕、元日习俗。立春帖子和元日帖子在相当长的时间内一直并存,南宋中后期民间立春帖子渐衰,而元日帖子兴盛,在有些地方元日帖子逐渐取代了立春帖子,"春帖"这一名称由最初专指立春帖子逐渐过渡到兼指立春和元日帖子,发展到明清基本成为元日帖子的专称了。

金元时期的元日帖子,以杨宏道(1189—?)和王恽(1227—1304)二人作品最为典型。他们的"元日帖子"多数诗题都标有具体年份,如杨宏道《小亨集》卷五所收《壬辰年门帖子》(1232)、《甲午年门帖子》(1234)、《戊戌年门帖子》(1238)、《己亥年门帖子》(1239)、《辛丑年门帖子》(1241)、《癸卯年门帖子》(1243)、《甲辰年门帖子》(1244)、《乙

---

① (元)王旭:《兰轩集》卷七,影印《文渊阁四库全书》本,第1202册,第797页。
② 《御选宋金元明四朝诗·御选元诗》卷五三,影印《文渊阁四库全书》本,第1441册,第233页。
③ (元)欧阳玄:《圭斋文集》卷四,影印《文渊阁四库全书》本,第1210册,第30页。
④ (元)张昱:《张光弼诗集》卷七,《四部丛刊》续编景明钞本。
⑤ (元)许有壬:《至正集》卷二八,影印《文渊阁四库全书》本,第1211册,第202页。
⑥ (宋)胡仲弓:《元日》,傅璇琮等主编:《全宋诗》63册,卷三三三五,北京大学出版社1998年版,第39804页。
⑦ 傅璇琮等主编:《全宋诗》63册,卷三三三三,北京大学出版社1998年版,第39776页。
⑧ 傅璇琮等主编:《全宋诗》63册,卷三三三四,北京大学出版社1998年版,第39786页。

巳年门帖子》（1245）、《丙午年门帖子》（1246）、《丁未年门帖子》（1247）、《戊申年门帖子》（1248）、《己酉年门帖子》（1249）等，王恽《清容居士集》所收《戊辰门帖子》（1268）、《壬申门帖子》（1272）、《甲戌岁门帖子》（1274）、《乙亥岁门帖子》（1275）、《甲申门帖子》（1284）、《乙酉元日门帖子》（1285）、《丁亥岁门帖子》（1287）、《己丑岁门帖子》（1289）、《甲午岁门帖子》（1294）、《丙申岁京师元日门帖子》（1296）、《元贞三年门帖子》（1297）、《己亥岁门岁门帖子》（1299）、《庚子岁门帖子》（1300）等。另外，胡只遹（1227—1293）也有《癸未元日门帖子》（1283）10首、《丁亥元日门帖子》（1287）2首、《戊子元日门帖子》（1288）1首；许有壬（1286—1364）有《甲申元日春帖》（1344）1首。在这些作者中，杨宏道由金入元，王恽、胡只遹、许有壬等皆为元人。杨宏道及其帖子具有一定的典型性。他于"哀宗正大元年（1224）尝监麟游酒税，后又仕宋，以理宗端平元年（1234）为襄阳府学教谕……端平二年（1235）清明后出襄阳，摄唐州司户，十二月上旬北迁寓家济源"[①]。他今存最早的帖子是写于金开兴元年（1232）的《壬辰年门帖子》，时恰值元兵攻金之际，他的帖子"不求高爵列王臣，不愿金珠坐绕身。但愿全家度灾厄，白头重作太平人"，正表达了乱世中祈求平安的心情。作于端平元年的《甲午年门帖子》云"儒馆庇身惭废学，官仓供米竟无功。授田倪复先王制，从此归耕畎亩中"[②]，反映了为襄阳教谕的生活和期盼归隐的想法。作于1241年的《辛丑年门帖子》则为其晚年归于故里所写，诗写道"生长般溪溪上州，一朝沧海忽横流。黍离麦秀悲歌里，华发归来万事休"。最晚的门帖是写于元道隆十一年（1249）的《己酉年门帖子》，诗云"己酉再逢鬓未皤，平生艰险饱经过。全家无恙自天祐，媢嫉之人如命何"。当年他六十岁，表达了历经乱世尚能活着的庆幸。杨宏道的帖子创作跨越了金、南宋、元三个朝代，说明在公元13世纪，无论是金、南宋还是

[①]（清）永瑢等：《四库全书总目》卷一六六《小亨集》提要，中华书局1965年版，第1429页。

[②]（元）杨宏道：《小亨集》卷五，影印《文渊阁四库全书》本，第1198册，第203页。下同。

元，民间帖子已经普遍使用于元日了，而且从他们的元日门帖来看，撰写元日门帖已经成为惯例。

在诗歌形式上，元日帖子仍为五、七言绝句，多数一题一首，偶尔两首。内容上，多应时纳祜，主要是对身体康健、五谷丰收、天下太平的期盼，如王恽《甲戌岁门帖子》云"不求富有金成穴，不羡官荣日九迁。但愿时和身健在，大家无事过今年"①、《丁亥岁门帖子》云"坐贾谋生计已痴，归田无力理耕穈。一家风雪浑闲事，四海丰穰是素期"②，胡祇遹《癸未元日门帖子》"陌上东风气渐和，墙阴残雪已无多。官仓粮足牛肥腯，伫听鸣鞭击壤歌"③，杨宏道《癸卯年门帖子》"儿子形躯似我长，新年祝尔愿康强。但能碌碌全门户，莫羡人家昼锦堂"。也有个人情怀的抒发，如王恽《元贞三年门帖子》"平生报国宦情疏，千里思归意未舒。只有暮年心健在，一灯清影课残书"④，前引杨宏道《辛丑年门帖子》表达了黍离之悲与年老之谈。虞集的《壬申芝亭春帖子》四首专为其"芝亭"所写，为七绝组诗，抒写了年老思归的心情和对归隐生活的向往，如其一云"只今江上无茅屋，何日成都有薄田。若荷圣恩归去蚤，东风击壤庆尧年"、其三云"东风吹雪着髭须，目力都妨读旧书。儿子总堪供稼穑，故人还许共樵渔"⑤。

值得关注的是元代帖子出现了对联形式的春帖。蒲道源《闲居丛稿》卷九有《春帖》十四对，其中《内府》《翰苑》各三对，《秋谷》八对。《内府》为宫帖，《翰院》为翰林学士院春帖，而"秋谷"为李孟之号，《秋谷》当为李孟所作春帖。李孟在元仁宗时期（1311—1320）任宰相，蒲道源与其多有来往，此当作于李孟任宰相时期。此组帖为现存最早明确

---

① （元）王恽：《秋涧先生大全文集》卷二六，《四部丛刊》本。
② （元）王恽：《秋涧先生大全文集》卷三〇，《四部丛刊》本。
③ （元）胡祇遹：《紫山大全集》卷七，影印《文渊阁四库全书》本，第1196册，第108页。
④ （元）王恽：《秋涧先生大全文集》卷三三，《四部丛刊》本。
⑤ （元）虞集：《道园学古录》卷四，影印《文渊阁四库全书》本，第1207册，第55页。

题为"春帖"的春联①。另外，一些笔记中也有零星的春帖，如杨瑀《山居新话》卷一载其元统间（1333—1335）为奎章阁所题春帖为"光依东壁图书府，心在西湖山水间"、浙江儒学提举余峻山为其山居所作春帖为"官居东壁图书府，家在西湖山水间"②、赵孟頫为扬州明月楼所题有"春风阆苑三千客，明月扬州第一楼"③等。明蒋一葵《尧山堂外纪》卷七七载昆山顾瑛（1310—1369）"筑别业于茜泾西，曰玉山佳处。其亭馆三十六，每处各有春帖一联，阿瑛手题也"④，可知在14世纪上半叶联语春帖相当盛行。这种对联式帖子成为明清以后春帖的主要形式。联语春帖在内容上有的应时纳祜，如蒲道源《春帖·秋谷》中的"阳进吉亨欣道泰，位陪燮理荷年丰""禄厚愿同人足食，身安期与物俱春"等，也有抒情言志的，如"岁月从他频往复，乾坤于我自生成""源远流长思世德，身闲年老结书缘""辞禄岂无躬稼念，读书仍有献芹心""祖宗培植厚，天地发生多"⑤等。春联形式为七言和五言两类。

总之，帖子发展到元代，端帖基本退出文学舞台，而春帖一枝独秀，且由立春转向了元日。宫帖对民间门帖的影响力逐渐减弱，虽然内容上仍以应时纳祜为主，形式上仍取五、七言绝句体，但已基本摆脱了程式化写作的影响；在题材内容的选择上更自由，情感抒写上更具个性色彩，艺术表现上更为多样化，形式上也出现了对联式的新样式。元以后，春帖子以元日为依托，显示出越来越强大的生命力。

---

① 《楹联丛话》引后蜀孟昶令学士辛寅逊所作"新年纳馀庆，嘉节号长春"乃桃符句。引明人戴冠《濯缨亭笔记》所记元世祖时令赵孟頫所作殿上春联"九天阊阖开宫殿，万国衣冠拜冕旒"、应门春联"日月光天德，山河壮帝居"已显为明人口吻而称"春联"，且赵氏联为集句（前联出自王维《和贾舍人早朝大明宫之作》，后联出自陈后主《入隋侍宴应诏》），非原创。此为明人所记，故名为"春联"。

② （元）杨瑀：《山居新话》卷一，影印《文渊阁四库全书》本。第1040册，第350页。

③ （明）戴冠：《濯缨亭笔记》卷六，明嘉靖二十六年化察刻本。《吴兴备志》《寓圃杂记》《坚瓠集》亦载。

④ （明）蒋一葵：《尧山堂外纪》，《续修四库全书》本，第1194册，第702页。

⑤ （元）蒲道源：《闲居丛稿》卷九，影印《文渊阁四库全书》本，第1210册，第649页。

三、对明清民间春联的影响

明代以后,帖子主要用于元日①。清代宫廷一度出现立春、端午帖子,甚至还有中秋帖子,但是民间帖子主要为元日帖子而称"春帖",且多用对语,故又称"春联"。清人陈尚古《簪云楼杂说》云:"春联之设,自明孝陵昉也。时太祖都金陵,于除夕忽传旨:'公卿士庶家,门上须加春联一副。'太祖亲微行出观,以为笑乐。"②除夕题写春联之俗的普遍化与明太祖的大力倡导有很大关系,但是设春联并不始于明初。明戴冠《濯缨亭笔记》载:"赵子昂(赵孟頫)善书,有文名,元世祖闻而召见之。……遂命为殿上春联,子昂题曰:'九天阊阖开宫殿,万国衣冠拜冕旒。'又命书应门春联,曰:'日月光天德,山河壮帝居。'"③按,此条《楹联丛话》卷二引,文字略异,所引春联内容相同。据文徵明所撰《戴先生冠传》,戴氏弘治四年(1491)"始以年资贡礼部"④,则其为明中期人,距元世祖已二百馀年,不知其所据为何。此所记事当可信,然"应门春联"之语极似明人说法。以联语为门帖,此非首例,然"春联"一词的出现,似以此记载为最早。

春联之来历,研究者多以为源自五代的桃符。清代纪昀认为:"楹帖始于桃符,蜀孟昶'馀庆''长春'一联最古。"清梁章钜《楹联丛话》开篇即引此观点,影响深远,几成定论。而敦煌研究院研究员谭婵雪发表于1991年第4期《文史知识》上的《我国最早的楹联》则认为敦煌莫高窟藏经洞出土的敦煌遗书中斯坦因劫经第610号所录联语为最早的楹联,这

---

① 清初纳兰性德《通志堂集》卷一四有《元日帖子》和《端午帖子》,皆为骈文。
② (清)陈尚古:《簪云楼杂说》,(清)梁章钜:《楹联丛话》卷一,中华书局1987年版,第12页。
③ (明)戴冠:《濯缨亭笔记》卷六,明嘉靖二十六年化察刻本。
④ (明)焦竑:《献征录》卷八五,《续修四库全书》本,亦见文征明《莆田集》卷二七。

一观点得到了很多学者的认可[①]。笔者认为，敦煌遗书中所载联语为立春门帖子和元日帖子，因其对仗工稳，也是最早的"春联"。

　　桃符确实是明清以后春联的源头之一，但宋代以来的立春帖子更是春联的前身。不少学者也注意到了宋代春帖子与春联的关系，如梁章钜在引述其师纪昀观点的同时也表达了他的疑惑，"但宋以来，春帖子多用绝句，其必以对语，朱笺书之者，则不知始于何时也"。近人曲滢生选编的《宋代楹联辑要》一书，选录宋代帖子词，认为帖子即后代之楹联。杨琳《春联起源考》与刘丽华、綦中明《春联考论》认为春联的源头不止桃符，还有刚卯、宜春帖的影响。关于宫帖对春联的影响，前人所论不足，故此对宋代以来的桃符和春帖做一简单的对比，以明确春帖对春联发展的重要影响。

　　据《岁时杂记》所载，宋代"桃符之制，以薄木板长二三尺，大四五寸，上画神像、狻猊、白泽之属，下书左郁垒，右神荼，或写春词，或书祝祷之语。岁旦则更之"[②]；而帖子则由学士院于立春前一月撰写，"送后院作院。用罗帛缕造，及期进入。……端午亦然。或用古人诗，或后辈诸生拟撰，作为门帖。亦有用厌胜祷词之言者"[③]。从材质来看，桃符以桃木板做成，或称"桃板""仙木"；春帖皇家用罗帛，普通人多用纸，故称"帖子"。形制上，桃板长二三尺，大四五寸；春帖形制不一，宋代称其为"春榜""春牌"，似以匾额状居多。颜色上，桃符板多漆色，上彩绘辟邪神兽或书写文字，另《西湖老人繁胜录》载南宋瓦子所卖"金漆桃符板"[④]、戴表元"桃板粉成神"[⑤]、释文珦"休画桃符郁垒神"[⑥]皆可证；春

---

① 杨琳《春联起源考》(《文博》1999年第6期)，《敦煌文献〈春联〉校释》(《中国典籍与文化》2011年第3期)，刘丽华、綦中明《春联考论》(《兰台世界》2011年第2期)都赞成此说。
② (宋)陈元靓编：《岁时广记》卷五引《岁时杂记》，《丛书集成初编》本，第58页。
③ (宋)陈元靓编：《岁时广记》卷八，《丛书集成初编》本，第82页。
④ (宋)孟元老等：《东京梦华录》(外四种)，古典文学出版社1956年版，第124页。
⑤ (宋)戴表元：《次韵苏教授立春书事》，《全宋诗》第69册，北京大学出版社1998年版，第43682页。
⑥ (宋)释文珦：《酬李贇房元日见寄韵》，《全宋诗》第63册，北京大学出版社1998年版，第39637页。

帖底衬早期多用青色，因其自春幡而来，迎春之物色配青，日本正仓院所藏春胜底色即为淡绿色。北宋时期春、端帖子以"罗帛缕造"，底衬当为红色。朱弁《曲洧旧闻》卷七记欧阳修与王珪撰写帖子故事，其中写到欧阳修"乃取小红笺自录其诗"的细节，录诗所取纸为"小红笺"，足见春帖用红纸书写是一种习惯。南宋宫帖则"绛罗金缕"，"绛罗"为底衬，与红纸类似。宋代帖子之所以用红色纸帛，其关键原因在于宋以火德王，色尚赤①，门饰的材质与颜色与阴阳五行有关。《后汉书·礼仪志》载汉代夏至之礼云："以朱索连荤菜，弥牟〔朴〕蛊钟。以桃印长六寸，方三寸，五色书文如法，以施门户。"刘昭补注说："代以所尚为饰。夏后氏金行，作苇茭，言气交也。殷人水德，以螺首，慎其闭塞，使如螺也。周人木德，以桃为更，言气相更也。汉兼用之，故以五月五日，朱索五色印为门户饰，以难止恶气。"②宋人火德，故推重五月，端帖多有表现，如胡宿"天风结桃实，火德盛榴花"（《夫人阁端午帖子》其三）、欧阳修"五行当火德，万寿续天长"（《端午帖子·皇帝阁六首》其三）、汪应辰"火德方居夏，端符帝运亨"（《端午帖子词皇帝阁》其七）、周必大"午节由来重，今符火德昌。炎图常有赫，圣寿共无疆"（淳熙六年《端午帖子·太上皇帝阁》其一）以及"此日天中节，它年赤伏符。只因昭火德，不为记荆吴"（乾道七年《端午帖子·太上皇帝阁》其一）等，周必大诗最为明了。火德对应赤色，故门帖用红色。从具体用法来看，桃符是悬挂安放在门两侧③；春帖是贴在门扉、门楣或帐等处。以使用时间而言，桃符用于除夕和元日；春帖在宋代宫廷主要用于立春，而民间在南宋后期已用于除夕和元日，元以后普遍用于除夕和元日。从具体内容来看，桃符与春帖都可以为春词，为诗，为压胜祷词，但桃符上多画神像或画狻猊、白泽等辟邪神兽，其上多书郁垒、神荼之名；春帖则纯粹为文字。两相比较，可以发

---

① 《宋史》卷一《太祖本纪》载，建隆元年三月"壬戌，定国运，以火德王，色尚赤，腊用戌"。
② （晋）司马彪撰，（梁）刘昭注补：《后汉书·礼仪志》，第3122页。
③ 宋代也有桃梗，"径寸许，长七八寸中分之，书祈福禳灾之词，岁旦插于门左右第二钉之"（《岁时广记》卷五，第58页），亦称桃符，较小，或置于门首。

现，从性质上来说桃符侧重于除岁的辟邪作用，春帖侧重于迎春的祈祝功能。明清春联在大小上与宋代桃板接近，但在材质、用法、内容上与春帖更为接近①，而且"春联"之名实来自春帖，这从明清时春联仍多称春帖即可见。而桃符、桃板至明清仍基本保持原制，不与春帖混同。②

  人们之所以认为春联源于桃符，是由于其对联形式。今存宋代桃符确实有不少表现为对联形式，因为桃符通常一副，对立于门两侧，故多用联语，但联语桃符仅是桃符的一种情形，诗形式的桃符也应不少，如"桃板得诗仍自书"③、"桃板欲题诗未稳"④、"不写桃符换旧诗"⑤ 所言，今存方蒙仲《学厅桃符》3首皆为七言律诗即可为证。同样，春帖多数为诗，也偶有联语，如真德秀越山新居"学易斋"春帖即为"坐看吴越两山色，默契羲文千古心"⑥。元代对联式春帖增多。在用法上，春帖也有对帖的情形，宋徽宗《宫词》"巧簇罗牌翰苑词，宜春相向贴门楣"⑦ 可证。明人即认为春联为春帖之变体，王夫之云"揭偶句于门庑柱壁，盖春帖之变体也。以简故益不易工"⑧，顾禄《清嘉录》亦云"居人更换春帖，曰春联"⑨，何以后人反以春联乃桃符之变体，甚是奇怪。事实上，明清桃符

---

① 如孔尚任《节序同风录》"正月·立春"载："写宜春帖子、口号致语，贴照屏上，左右二副。"又"十二月·除夕"："揭春联于门楹，贴春帖于屏壁，各二条。又贴'福''寿''吉''庆'等字于楣上。春联、春帖宜用训诫箴规之语，或感慨人情，欣赏时物。"又"五月·端午"："黄纸朱书诗句贴屏上，谓之'端午帖子'。"（浙江人民美术出版社2016年版，第130—131页）

② 孔尚任《节序同风录》所记桃符与桃板不同，"桃符豫取东南桃木，削六片，各长三寸、阔一寸、厚二分，状若飞帛，以硃涂之。又桃木版六片，作三副，各长五尺、阔三寸、厚一寸，粉涂洁白，首书'神荼''郁垒'二字，上画日月云霞，下画山海，中画桃树，下立神像，旁坐以虎，下各书'䲹'字，加桃符于首，钉之外门、内门、堂门两旁，以镇百鬼，曰'桃梗'，取更代之义，又谓之'仙木'。其去年桃符劈而焚之"。（浙江人民美术出版社2016年版，第131—132页）

③ （宋）陈造：《元日》，《全宋诗》第45册，北京大学出版社1998年版，第28145页。

④ （宋）杨公远：《除夜》，第67册，北京大学出版社1998年版，第42087页。

⑤ （宋）于石：《丁丑岁旦》，《全宋诗》第70册，北京大学出版社1998年版，第44152页。

⑥ （明）彭大翼：《山堂肆考》卷一七三，影印《文渊阁四库全书》本，第977册，第486页。

⑦ 傅璇琮等主编：《全宋诗》第26册，卷一四九一，北京大学出版社1996年版，第17043页。

⑧ （清）王夫之：《薑斋诗文集》卷三，《四部丛刊》本。

⑨ （清）顾禄：《清嘉录》，江苏古籍出版社1999年版，第235页。

和春帖区分比较明确,桃符专指用于除日的绘有图画的桃木板,以辟邪为主①;春帖是用于元日的书写有对联或诗句等文字的红笺帖,以祈祝迎新为主,所谓"书宜春,榜春联,以祈福。挂桃符,揭门神,以祓不祥"②。在民间,桃符为大户所用,普通人家只有春帖。明清时期的大量方志记载都很能说明这一问题,如乾隆《雅州府志》"贴门神,或有不画像者,以红纸书'神荼、郁垒'代之。门联、堂联及福禄寿、宜春、迎祥、迪吉等字,小民门额上同用,惟大家换桃符"③。当然,春帖与桃符互相影响,也出现了刻于门上的春帖,如文震亨《长物志》卷一记载"门用木为格,以湘妃竹横斜钉之,或四或二,不可用六。两傍用板,为春帖。必随意取唐联佳者刻于上"④,但春帖的主要形式还是以笺书写对联而贴于门屏左右。

从诗歌角度来说,春联是春帖的简化,由四句而精简为两句,且必用对仗,合乎粘对,无须押韵,以后又不限于五、七言。从体制来看,春联融合了春帖与桃符,这也可以说明为什么春联除了一副对联外还有横批。

明清时期的民间春帖主要是对联,即春联。其来源有三:一为创作,一为集句,一为古人诗。文人多自己创作,如明人钱宰(1299—1394)为五代吴越国国王钱镠后人,致仕后居家会稽,作一门帖云"一门三致仕,两国五封王"⑤,杨士奇有春帖为"世承良吏德,门倚素王宫"⑥。或集句为联,如明王直归乡集春联云"诏许归蓬荜,性本爱丘山"⑦,清郑瑞麒

---

① [日]中川忠英《清俗纪闻》载清乾隆时期桃符为"系于一对木板上彩画之龙虎、朝官、桃柳、平升三级之图。(龙虎之处亦有画龙熊者)挂于两门之左右两侧,以除邪气"。(中华书局2006年版,第55页)袁景澜编《吴郡岁华纪丽》卷一"正月"载"吴俗多以漆板画八卦形,或画苍龙形,钉门楣以镇宅"。(江苏古籍出版社1985年版,第32页)
② (清)杨祖宪等纂修:《(道光)博平县志》,清道光十一年刻本。
③ (清)曹抡彬、曹抡翰纂修:《雅州府志》卷五,清乾隆四年刻本。
④ (明)文震亨:《长物志》,影印《文渊阁四库全书》本,第872册,第33页。
⑤ (明)叶盛:《水东日记》卷四,影印《文渊阁四库全书》本,第1041册,第21页。
⑥ (明)叶盛:《水东日记》卷四,影印《文渊阁四库全书》本,第1041册,第56页。
⑦ (明)王直:《抑庵文库》卷四,影印《文渊阁四库全书》本,第1241册,第69页。按,此为集杜甫《北征》与陶渊明《归园田居》其一而成。

（字仁圃）为军机直房集句作春联为"春为一岁首，月傍九霄多"①。或改动古人成句而为之，如明杨慎《春帖》"海日衔规忽觉人间之晓，宫花剪彩恍疑天上之春"②。多数则抄录古人或时人作品为之，如康熙帝赐王鸿绪春帖"对语系程朱诗句"③。从梁章钜《楹联丛话》记载来看，清代最流行的春联是"日月光天德，山河壮帝居""天恩春浩荡，文治日光华"。前一联据传乃赵孟頫为元世祖所作，实为陈后主诗句，在清代几乎遍及间巷；后一联为雍正御赐张廷玉春帖，"相公及诸张氏家皆岁岁贴之，后来京官家度岁易桃符，多书此二语，近则比户皆然"④，此为乾隆时情形。嘉庆之后"外省亦比户皆然矣"⑤，只是"天恩"多作"皇恩"。另据顾禄《清嘉录》，民间春帖"还多写'千金百顺'、'宜春迪吉'、'一财二喜'及'家声世泽'等语为门联，或集《葩经》吉语、唐宋人诗句为楹贴"⑥。不难看出，这些春联或歌帝王之功德，或祈求福禄寿，内容吉祥喜庆，感情欢愉；形式上仍以五、七言为主。

当然，随着春联的普及化，从皇家仕宦到普通老百姓，都表现出对春联的重视，由此而推动了春联的应用和创作。春联由于对偶须工稳，写作难度高于诗帖，由此也激发了诗人的创作热情，因此佳作很多。明太祖朱元璋赐陶安的"国朝谋略无双士，翰苑文章第一家"⑦、赐徐达的"始余起兵于濠上，先崇捧日之心；逮兹定鼎于江南，遂做擎天之柱"⑧、为屠

---

① （清）梁章钜：《楹联续话》卷四，梁章钜：《楹联丛话》，中华书局1987年版，第230页。按，此为集朱熹"春为一岁之首"与杜甫《春宿左省》成句而成。
② （明）杨慎：《升庵集》卷四八，影印《文渊阁四库全书》本，第1270册，第400页。按，此改自宋珏《集英殿皇子降生大燕教坊乐语·放女弟子队》"宫花剪彩恍疑天上之春，海日衔规忽觉人间之暮"。
③ 王鸿绪《十二月二十七日蒙恩赐御书春帖二副……恭纪》其一"句自宋儒留翰墨"自注，见《横云山人集》卷二一，《清代诗文集汇编》本，第168册，第297页。
④ （清）阮葵生：《茶馀客话》卷一二，清光绪十四年刻本。
⑤ （清）梁章钜：《楹联丛话》卷一，中华书局1987年版，第11页。
⑥ （清）顾禄：《清嘉录》，江苏古籍出版社1999年版，第235页。
⑦ （清）钱谦益：《列朝诗集》，（清）梁章钜：《楹联丛话》卷一，中华书局1987年版，第12页。
⑧ （明）周晖：《金陵琐事》，（清）梁章钜：《楹联丛话》卷一，中华书局1987年版，第12页。

户所题"双手劈开生死路,一道隔断是非根"①等,既能切合人物身份,又显得大气磅礴,实为难得的佳作。文人春联则多表现个人情志,或明心志,如嘉靖末年南京城守门宦官高刚于堂中书春联云"海无波涛,海瑞之工不浅;林有梁栋,林润之泽居多"②;或写归田之乐,如明张羽为其弟和自己所作"才地惭良牧,恩波放老渔"与"廊庙重熙日,江湖后乐年"③;或自谦,如王稚登(字百谷)的"岂有文章惊海内,漫劳车马驻江干"④;或描写自我生活,表现个人情怀,如明相国福清公叶向高邸中"但将药裹供衰病,未有涓埃答圣朝"⑤、清朱彝尊"且将酩酊酬佳节,未有涓涘答圣朝"⑥。不过,应时纳祜仍是春帖的主要内容,只是更讲求技巧,常巧妙地嵌入干支生肖等信息,如"乙未"年有"乙近杏花袍曳紫,未匀柳色绶拖黄","丁酉"年有"丁岁观光惭国士,酉山探秘识奇书","戊寅"岁有"吉日维戊;太岁在寅"等。

明清时期的春帖有极少量的诗文,如明郑真《庚辛岁阔斋春帖子》2首、《辛酉岁春帖子》1首⑦,杨慎《春帖用宋人四句例三首》⑧皆为七绝,但皆对仗。《庚辛岁阔斋春帖子》其一云:"大道为公尊孔冕,斯文有喜祝尧天。山中要得平安信,客底宁夸富贵年。"《辛酉岁春帖子》云:"五十年过犹作客,二千里远只思家。春生书带窗前草,香蔼椒盘席上花。"《春帖用宋人四句例三首》其二"江国梅花头并白,高峣杨柳眼还青。八村烟水移春槛,九寺云山借景亭"、其三"丰年雪霏行天马,上日春还帖户鸡。天运盈虚与消息,吾生南北又东西",对仗都很工整,尤其是最后一诗中

---

① (清)梁章钜:《楹联丛话》卷二,中华书局1987年版,第13页。
② (清)梁章钜:《楹联丛话》卷一,中华书局1987年版,第14页。
③ (明)张羽:《送邑博寇君归廊坊序》,《东田遗稿》卷下,影印《文渊阁四库全书》本,第1264册,第303页。
④ (清)梁章钜:《楹联丛话》卷一,中华书局1987年版,第14页。
⑤ (清)梁章钜:《楹联丛话》卷一,中华书局1987年版,第13页。
⑥ (清)梁章钜:《楹联丛话》卷一二,中华书局1987年版,第149页。
⑦ (明)郑真:《荥阳外史集》卷八九,影印《文渊阁四库全书》本,第1234册,第510页。
⑧ (明)杨慎:《升庵集》卷三五,影印《文渊阁四库全书》本,第1270册,第246—247页。

通过镶嵌"天马"和"户鸡"形象,传达"戊午岁"与"元旦乙酉"的信息,颇具巧思。另外,纳兰性德《通志堂集》卷一四有《元日帖子》和《端午帖子》,皆为骈文,对仗工稳。

明清时期的春帖虽然在形式上以对联为主,但春帖最主要的特点仍基本得到保持。形式上仍然以五、七言为主,内容上仍以应时纳祜为主,风格上也仍以温柔敦厚、典雅庄重为主要特征,情感上以欢乐喜悦为主要特征,其语言、意象、表现手法、声律对仗等也都深受宫帖影响。另外,春联与宋代宫帖一样,也具有程式化的特点,大致相同的春联被众人年年使用,即使是清代紫禁城中各宫殿门屏楣扇的春联,虽然门门不同,但年年相同。在春联的写作上,最具艺术创造力的永远是文士们。

第二节 对后世宫帖的影响

元人的铁蹄踏破了南宋统治者辛苦经营了一个半世纪的美梦,公元1279年陆秀夫背负着年幼的帝昺投海而死,标志着南宋的灭亡。宫廷帖子词作为"太平节物",也在此前终结了它的生命。宋代遗民仇远在为苏轼《春帖子词》作跋时慨叹道"噫!元祐往矣,咸淳而后,不见春帖者四五十年矣",并且期望这一"太平典故"能再现,"黄金台下,白玉堂中。今挥翰手代不乏人,太平典故行当拭目"[①]。咸淳是宋度宗的年号(1265—1274),四五十年不见春帖,则元初数十年间宫中没有供帖子的习俗。然而袁桷《甲子立春》有"侍臣廿载题春帖,从此归休拾涧蒲"[②]句,写其多年为宫廷写春帖。诗题"甲子",即首句"泰定元年新甲子",为公元1324年。袁桷于元大德初年(1297)被荐举担任翰林国史院检阅官,南郊进十议,升应奉翰林文字、同知制诰,兼国史院编修官;历两考,迁待制;又再任,拜集贤直学士;后因疾去官,不久仍以直学士召入

[①] (清)张照等:《石渠宝笈》卷五,影印《文渊阁四库全书》本,第824册,第138页。

[②] (元)袁桷:《清容居士集》卷一二,影印《文渊阁四库全书》本,第1203册,第157页。

集贤,"未几,改翰林直学士、知制诰同修国史。至治元年(1321),迁侍讲学士。泰定初,辞归"。史载"桷在词林,朝廷制册、勋臣碑铭,多出其手"①,可见,袁桷具备撰写春帖的身份,诗中所写应属纪实。从公元1304年袁桷即写春帖可知,元代建国后不久仍有供春帖的习俗。由于《清容居士集》并不载其所撰春帖,春帖详情如何,不得而知。倒是蒲道源有十四对"春帖",其中三对"内府"帖从内容来看是为皇宫所写,分别为"日月大明黄道阔,星辰高拱紫垣深""一念守文崇谨戒,万年保祚愈尊安""敛福锡民春万国,考图数贡岁三朝"。②据《四库总目提要》,蒲道源"皇庆中征为国史院编修官,进国子博士,年六十矣。越岁,复引疾去"③。另有"翰院"和"秋谷"。"秋谷"二字为至大四年(1311)元仁宗赐中书平章政事、光禄大夫李孟之词。皇庆元年(1312)正月李孟授翰林学士承旨知制诰,兼修国史,仍平章政事④。蒲道源有为"翰苑"所写春帖,那么这些春帖很可能都是皇庆间所写。蒲道源写春帖距离南宋灭亡三十多年,写作时间与袁桷写春帖时间相近,则元代宫廷此时确实有撰春帖的习俗。然而由于文献乏载,元代宫廷撰写帖子具体情况如何、是否已经完全是联语的形式、具体时间在立春还是元日,这些问题都难以详知,但有一点可以肯定,即元代宫帖远不及宋代兴盛。

明代宫中春帖也没有成为惯例。王直《立春日分韵诗序》云:"昔宋之时,翰林以是日进春帖于禁中,写时景而美德意。今虽不行,因时纪事,以歌咏盛美而垂之后世者,本儒臣职也。"⑤王直诗写于永乐十二年(1403),可见春帖在永乐年间不行。而高启《端阳写怀》有"去岁端阳直禁闱,新题帖子进彤扉"⑥句,似偶尔亦有之。高启(1336—1373)为元末明初人,洪武初以荐参修《元史》,授翰林院国史编修官,进帖当为其

---

① (明)宋濂等:《元史》卷一七二《袁桷传》,中华书局1976年版,第4026页。
② (元)蒲道源:《闲居丛稿》卷九,影印《文渊阁四库全书》本,第1210册,第649页。
③ (清)永瑢等:《四库全书总目》卷一六七《闲居丛稿》提要,中华书局1965年版,第1443页。
④ (明)宋濂等:《元史》卷一七五《李孟传》,中华书局1976年版,第4088页。
⑤ (明)王直:《抑庵文集》卷四,影印《文渊阁四库全书》本,第1241册,第68页。
⑥ (明)高启:《大全集》卷一五,影印《文渊阁四库全书》本,第1230册,第198页。

任职时所为。吴宽《庚子立春朝贺》亦云："拟学宋臣题帖子，待看唐室进傩名。"① 这种帖子大概徒具帖子之名，实为纯诗而已。倒是郭正域《合并黄离草》卷五录有万历甲午（1594）元旦为大内所作应制春联，有五字、七字、九字、十一字共 119 对（除五字 29 对外，其馀均为 30 对），疑为宫中春帖，如"六宫迎凤辇，百辟扈龙旂""日月大明光八表，乾坤交泰协三辰""万国衣冠同归尧舜日，四时花鸟总见天地心""帝圃春长十二玉楼连绛阙，皇都风煖三十瀛海绕丹阙"等。②

宫廷帖子再次复兴是在清代。自乾隆初年开始至晚晴光绪末③，每年"立春前，内廷翰林等例进春帖子词"④，此惯例持续 160 馀年，众多要臣都写过春帖，今天留存者仍很多。清代帖子词在内容、体裁、风格上直接继承宋帖子词，同时又有所变化，主要表现在以下几个方面。

一、帖子类型有所变化

清代除春、端帖子外，还创立了"中秋帖子"，但是成为惯例的只有春帖。综观清廷宫帖，春帖非常多，写作数量应在 2000 以上。笔者目前仍未能做出完整统计，所见 700 馀首，其中数量最多的是乾隆，其自八年（1743）首次写下《立春日拟春帖子》⑤ 始，至嘉庆三年（1798）去世前一年止，持续撰写春帖长达 56 年，留下了 56 组 162 首春帖（包括 11 首拟春帖）和一组 40 首集张照所书千字文而作的春帖；其次则为长期任职

---

① （明）吴宽：《家藏集》卷七，影印《文渊阁四库全书》本，第 1255 册，第 50 页。

② （明）郭正域：《合并黄离草》卷五，明万历刻本。

③ 清代撰进春帖与乾隆倡导有关，然宫廷帖子当以梁诗正作于六年（1741）的《辛酉春帖子词》为最早，晚则至光绪末年仍有供帖制度。《醇亲王载沣日记》载光绪三十四年（1908）正月初二日其"至懋勤殿，跪春，恭进春帖子词两份，共六首"（群众出版社 2014 年版，第 272 页），知进献皇帝外，还要进献时为皇太后的慈禧。而光绪三十三年（1907）军机大臣世续、奕劻、林绍年、瞿鸿禨四人所进春帖折子故宫存有实物。（参《故宫经典：清宫生活图典》紫禁城出版社 2014 年版，第 224 页）

④ （清）爱新觉罗·弘历《上辛巳是后经句》"染翰词林进帖子"注，《御制诗集·五集》卷二，影印《文渊阁四库全书》本，第 1309 册，第 252 页。

⑤ （清）爱新觉罗·弘历：《御制诗集·初集》卷一二，影印《文渊阁四库全书》本，第 1302 册，第 237 页。

南书房的翰林和军机处大臣，如彭元端（81首）、钱陈群（54首）、金士松（54首）、汪由敦（45首）、潘世恩（45首）、王杰（39首）、钱维城（27首）等都有大量帖子存世。中秋帖子创于乾隆十一年（1746）。乾隆《八叠中秋帖子词命扈跸词臣和之·序》云"玉宇宵澄，月届秋中而愈皎；屏山云敛，地临塞上以弥清。不有新吟，何酬令节聿溯；宜秋彩帖，裁诗肇自丙寅。驻兹避暑仙庄，廖咏续成丁卯。嗣是碛山帐殿，载举前规；时当太液秋风，咸循成例。环周一纪，冰轮常映冰心；叠和八巡，胜赏仍于胜境。益广词林之典故，并增岁纪之华编"①，明言"宜秋彩帖，裁诗肇自丙寅"，丙寅即乾隆十一年。《御制诗集·初集》卷三四载有乾隆十一年所写《拟中秋帖子词并令内廷翰林等和之》诗。至乾隆二十五年，十五年间乾隆共写有10组40首中秋帖子。此间其要求翰林和之者不少，梁诗正、钱陈群、汪由敦、孙灏、陈兆伦、德保、钱维城等集中留存有和中秋帖之作。从2013年嘉德公司第三十六期拍卖会的一幅嘉庆作于丙子（1816）的行书中秋帖子词绢本镜心②来看，嘉庆帝亦作有帖子。端午帖最为少见，笔者仅见乾隆于二十五年（1760）所作1组6首及钱维城所和诗。乾隆自言"不必传宣学士院，阁门帖子试亲裁"③，端帖写作确实未成为宫廷惯例。据吴振棫《养吉斋丛录》记载："乾隆、嘉庆御制，又有端午帖子、中秋帖子。又每岁御制元旦、除夕诗，书为屏幅，亦悬东暖阁。"④御制元旦、除夕诗，一旦书为屏幅悬挂，则实与帖子相同矣。赵翼《陔馀丛考》卷二十四"帖子词"认为"宋时八节内宴，翰苑皆撰帖子词"，大概是以清人情形而推论之。要之，从有清历史文献来看，春帖年

---

① （清）爱新觉罗·弘历：《御制诗集·二集》卷七四，影印《文渊阁四库全书》本，第1304册，第392—393页。

② 此镜心尺寸为59×71cm，题为"丙子中秋帖子词御笔"，内容为3首诗，2首五绝，1首七绝，分别为"节纪中秋夕，瞻霄月有恒。始从东岭上，渐觉彩霞凝""河汉色清浅，冰轮烛四维。棘闱光正满，谁折最高枝""天衢常放大光明，云外香飘金粟英。万古高悬圆镜朗，除幽辉正彻寰瀛"。

③ （清）爱新觉罗·弘历：《御制诗集·三集》卷四，影印《文渊阁四库全书》本，第1305册，第346页。

④ （清）吴振棫：《养吉斋丛录》卷一三，中华书局2005年版，第178页。

年有,中秋帖较少,端午帖仅见一例。只有供春帖成为清宫制度。

二、撰写体制不同

撰进时间、作者身份、写作方式、帖子数量、呈进方式都发生了改变。吴振棫《养吉斋丛录》载:

> 立春制春帖子,乾隆初年,首数无定,庚辰后,以五绝二首、七绝一首为率。嘉庆间,每岁亦作三绝句如旧式,亲书小轴,悬养心殿东暖阁之随安室,易旧岁者藏之。……按:军机大臣、南书房供奉进春帖子,军机为一折,南书房为一折,人各五绝一、七绝二,书名于下。届时,同至懋勤殿,置折于案,行叩头礼。①

《国朝宫史》亦载:

> 进春帖子。每岁立春之前,南书房翰林等恭进春帖子词。岁内立春者在二十日以前进,新岁立春者在二十日以后进。交懋勤殿首领太监,恭呈御览后陈设乾清宫西暖阁温室内案上,将旧岁春帖子词换出收贮。②

按,清代春帖写作体制有一个逐渐完善的过程,此为定型后的规定。综合来看,首先,撰写时间依照立春时间的不同而不同,大概提前十天左右写作。其次,撰写者既包括南书房翰林,也包括军机大臣。再次,每次的撰写者不再只是一二人,而是由军机大臣与南书房翰林同时撰写③。从乾隆、嘉庆帝的实际写作看,皇帝有时也参与,人员较多。最后,每次所撰帖子数量自乾隆庚辰年(1760)后,通常为3首,皇帝自制多为五绝二、

---

① (清)吴振棫:《养吉斋丛录》卷一三,中华书局2005年版,第178页。
② (清)官修:《国朝宫史》卷八,影印《文渊阁四库全书》本,第657册,第144页。
③ 吴振棫《养吉斋丛录》记载"乾隆间,王文端杰尝直内廷,及督学浙江,仍进春帖子,当别有故",此属例外。

七绝一，大臣所撰则常是五绝一、七绝二。另外，大臣所作帖子以折子的形式呈上，军机为一折，南书房为一折，届时同至懋勤殿将折置于案上，还要行礼。据李俊卿所藏由清人赵秉冲小篆题签的《乾隆六十一年内翰春帖子词草稿》，上有王杰、董诰、彭元瑞、金士松、沈初、周兴岱、玉保、吴省兰、那彦成等九位作者所写27首春帖子词，《草稿》为九人字款诗翰合璧册页，共9开，每开纵27.4厘米、横29.2厘米。① 这是一份春帖草稿，上有不同程度的圈点和涂改，可知清代大臣共同撰写春帖之情况。进呈的帖子折也有实物遗存，今第一历史档案藏有黄纸黑字的《春帖子词册页》②。中秋帖子即使在乾隆时期也并非年年写作，丙寅年初创后，令内廷翰林等和之，此后或自撰，或命翰苑诸臣、扈跸词臣、梁诗正、蒋溥等和之，而且皆依元韵。与春帖不同，中秋帖子每组4首，皆七绝。端午帖子仅见于乾隆与梁诗正和诗，1组6首，为七绝。

三、帖子用法不同

从前引文献来看，帖子不再粘贴于宫中门帐，大臣所进奏折状帖子陈设于乾清宫内案上仅供御览，只有皇帝亲书小轴悬挂于所居之养心殿东暖阁，略有宋人春帖之意，这也是乾隆的首创。乾隆诗曰"岁岁随安室，亲挥帖子更。仍居养心殿，依例顺舆情"，自注云"随安室在养心殿冬暖阁中，每岁春帖子悬室内"③。清代春帖已经让位于春联，因此这种专为皇帝所写的春帖便成为奏帖诗，它们也兼具文学和书法价值。将春帖装裱悬挂，有的则制作为挂屏或座屏。邓之诚《骨董琐记》"乾隆雕嵌"条引《西清笔记》云："新正江南进挂屏，多横幅。陈设器嵌铜瓷、玉石片，肖其半面。器中染象牙为枝，玉石为花叶。或以玉石为果实，染象牙为小花

---

① 李俊卿：《清代〈丙辰春帖子词草稿〉议略》，《文物春秋》2000年第6期。
② 如中国第一历史档案馆"清代春帖子"，http://www.lsdag.cn/nets/lsdag/page/article/Article_236_1.shtml?hv=。
③ （清）爱新觉罗·弘历：《丁巳春帖子》，《御制诗集·馀集》卷九，影印《文渊阁四库全书》本，第1311册，第657页。

炮杂玩器之类,插细珠串为幡胜于瓶,剧有巧思。上命刻御制春帖子于上方。"① 笔者在搜集资料的过程中发现近年来拍卖公司拍卖的这种挂屏或座屏有很多。这种挂屏艺术、书法价值就更为突出,装饰性也更强。另外,旧岁帖子被收贮起来,亦与宋时迥异。

四、帖子形式、内容有所变化

在形式上,清代端午、中秋帖子词出现了"序",与宋帖迥异。乾隆皇帝的春帖子词无序,而中秋、端午帖子皆有序。从前文所引序例即可知,序交代写作缘由、写作时间等背景,且文字较长。此与宋帖不同,乃其名虽为帖子,实不张贴应用,仅供御览之故。

清代宫帖的内容风格与艺术表现与宋帖多同。内容为应时纳祜,歌咏升平,多切时事;风格典雅庄重;讲究对仗声律,如乾隆《戊寅春帖子》:

> 岁钥将回换,春旗引吉祥。楼头看积雪,台上迓青阳。
>
> 首春欣值甲是日甲申,纪岁恰逢寅。木德符滋养,熙熙纬耒人。
>
> 玉局龙图寻妙义,陶泓毛颖称清陪。北溟却盼佳音递,时正待俄罗斯缚送窜贼阿睦尔撒纳之信。愿共东风速到来。②

汪由敦《丙寅春帖子词》:

> 凤纪重开丙,璇枢首建寅。三阳一气转,六宇万年春。
>
> 风到梅梢第一番,九华灯影耀银幡。祈年才转青郊仗,恰报春光接上元。十四日值仲辛,是日立春,即以是日祈谷。
>
> 曙旭瞳昽启绣帘,露融金掌万方霑。共欣爱日瑶阶永,更喜

---

① 邓之诚:《骨董琐记全编》卷一,人民出版社 2012 年版,第 14 页。
② (清)爱新觉罗·弘历:《御制诗集·二集》卷七四,影印《文渊阁四库全书》本,第 1304 册,第 401 页。

春随闰岁添。①

清代帖子更注重反映时序，对立春的年、月、日、时等时间有更为详细准确的表现，又好附注。

中秋帖子以乾隆《拟中秋帖子词并令内廷翰林等和之》首倡，他人皆依韵唱和，此后所作韵皆同，主要为写时景而美德意，如乾隆"闾阎节物验嘉师，圆饼雕瓜入好诗。太液秋风潋金穀，不须重拓影娥池"②、汪由敦《恭和御制中秋帖子六叠前韵四首》其二"万里同开一镜光，西畴禾黍正舒香。人间到处堆金粟，村鼓家家击瓦缶"③。

不难看出，清代帖子词虽然出现了一些变化，但在诗歌形式、诗歌内容、语言风格、表现手法等方面都显然直接效法了宋帖子词。帖子词作为"太平节物"，在清代盛世之际也奏响了美妙的乐章，但只是皇帝的玩好而已，无关乎政教。

从帖子之用来看，清代的帖子词已经基本丧失了应用性功能，而真正的门帖则是后起的更具生命力的具有形式对称美的联语形式的春帖——春联。清代宫廷春联也是如此，"每年于腊月下旬悬挂，次年正月下旬撤去"④。由于清廷殿阁众多，门屏楣扇皆有春联，需一百二十多联⑤，因此春联并非年年新撰，而是由乾隆间词臣撰拟，稿本存清秘堂，此后年年照旧。宫廷春联与民间不同，民间"或用砑笺，或用红纸。惟内廷及宗室王公等例用白纸，缘以红边蓝边，非宗室不得擅用"⑥，宫中"门联用白绢墨书，辉映朱扉，色尤鲜丽"⑦、"或须更新，但易新绢，分派工楷法之翰

---

① （清）汪由敦：《松泉集·诗集》卷一二，影印《文渊阁四库全书》本，第1328册，第518页。
② （清）爱新觉罗·弘历：《拟中秋帖子词并令内廷翰林等和之》其三，《御制诗集·初集》卷三四，影印《文渊阁四库全书》本，第1302册，第525页。
③ （清）汪由敦：《松泉集》卷二一，影印《文渊阁四库全书》本，第1328册，第623页。
④ （清）梁章钜：《楹联丛话》卷二，第20页。
⑤ 据梁章钜《楹联丛话》、吴振棫《养吉斋丛录》等记载。
⑥ （清）富察敦崇：《燕京岁时记》，北京出版社1961年版，第90页。
⑦ （清）吴振棫：《养吉斋丛录》卷一三，中华书局2005年版，第251页。

林书之，而联语悉仍其旧"①。春联对仗工稳，声律谐美，长短不拘，但其核心内容仍然是迎春祝福，语言富贵华美，风格典雅庄重，情感欢庆愉悦，承袭了宋代春帖的典型特征。兹举几例以观：

> 日丽丹山，云绕旌旗辉凤羽；祥开紫禁，人从阊阖觐龙光。（太和左门）
>
> 帝座九重高，禹服周疆环紫极；皇图千禩永，尧天舜日启青阳。（乾清门）
>
> 六琯宣和，乐奏钧天回暖律；三阶拱极，图呈益地迓新祺。（保泰门）
>
> 春纪八千，和风祥寿宇；皇居九五，香露霭仙宫。（景仁宫）
>
> 红日初生，万户祥云临复道；青阳乍转，九天佳气敞重楼。（承乾宫）②

春联虽非完整的诗，然而它是由近体诗发展而来。对仗是近体诗很重要的特征之一，律诗要求中间两联对仗，不少缺乏才气学作律诗者往往先作中间两联，然后再写首尾，因此自晚唐以来诗人对联句非常重视，在众多的诗话、笔记中处处可见人们对某一"联"的赞赏。春帖适应门帖对称美观的需要而将诗帖子改为对联形式，但其平仄、对仗、押韵完全符合近体诗的格律要求。事实上，宋代春帖早就表现出对声律对仗的重视，不少对举单独提取出来就可作为春联，如"苇桃犹在户，椒柏已称觞"（苏轼《春帖子词·皇太妃》其一）、"光风浮玉琯，瑞霭映云旗"（周麟之《春贴子词·皇太后阁》其三）、"玉烛重开岁，璇杓复建寅"（周必大淳熙五年《立春帖子·太上皇帝阁》其一）等。由春联而及各种门联、堂联，以及喜联、贺联、寿联等，对联遂成为又一种文学样式了。

---

① （清）梁章钜：《楹联丛话》卷二，中华书局1987年版，第20页。
② （清）梁章钜：《楹联丛话》卷二，中华书局1987年版，第23—29页。

第三节 对国外帖子词的影响

帖子词不仅影响了我国的门帖和门帖诗，而且影响到国外，受影响最大的当属越南和朝鲜半岛，至今越南、韩国和朝鲜都有贴春帖的习俗。就笔者所见到的资料，以朝鲜半岛的资料最为丰富，故此着重论述对古代朝鲜的影响。

一、对高丽、朝鲜宫帖的影响

帖子词何时传入高丽，文献并无确切记载，据《宣和奉使高丽图经》所记：

> 广化门，王府之偏门也。其方面东，而形制略如宣义，独无瓮城，藻饰之工过之。亦开三门，南偏门榜仪制令四字，北门榜《周易》乾卦彖辞五字，仍有《春帖子》云："雪痕尚在三云陛，日脚初升五凤楼。百辟称觞千万寿，衮龙衣上瑞光浮。"①

宣和五年（1123）徐兢出使高丽时见到高丽王府东偏门之广化门贴有春帖。可见，帖子词早已传入高丽，撰用春帖已然成为高丽宫廷的节日风俗习惯。高丽自太祖建隆四年（963）即奉行宋年号，频繁入贡，太宗淳化五年（994）六月因辽入侵而请求宋出兵，宋未允，故绝交，不复朝贡。此后七十馀年，虽然民间商人来往颇多，但是官方直至神宗时方恢复，朝贡关系持续到南宋初。据笔者考证，宫帖最早出现于真宗时期②，传入高丽的时间似当在宋丽恢复交往之后。高丽使者来宋入贡以熙宁四年（1071）金悌为最早，以这时传入高丽的可能性最大，但是高丽时期的帖子词有元日帖子，这与真宗时期晏殊的帖子类目相同而与仁宗之后并无元

---

① （宋）徐兢：《宣和奉使高丽图经》卷四，《丛书集成初编》本，第13页。
② 张晓红：《宋代帖子词的始作及作者身份考论》，《重庆师范大学学报》（社科版）2010年第1期。

日帖子相别，疑帖子在熙宁前即传入了高丽。

高丽时期的帖子词存者较少，主要有金富轼、毅宗王晛、赵准、李奎报、闵思平、李崇仁、金九容等人的春帖，具体见表1。

表1 高丽时期的宫帖

作者	帖子名称	体裁与数量	出处	性质
金富轼 （1075—1151）	《东宫春帖子》	五言绝句1首	《东文选》卷一九	宫帖
	《内殿春帖子》	七言绝句1首	《东文选》卷一九	宫帖
赵准（？—？）	《御殿春帖子》	五言绝句1首	《东文选》卷一九	宫帖
毅宗赵晛 （1146—1170）	《春帖字》	五言绝句1首 七言绝句1首	《高丽史》卷一八	宫帖
李奎报 （1168—1241）	《御殿春帖子》	五言绝句1首 七言绝句1首	《东国李相国全集》卷一七	宫帖
	《大后殿春帖子》	五言绝句1首 七言绝句1首		宫帖
	《御殿春帖子》	五言绝句1首 七言绝句1首		宫帖
	《癸巳年御殿春帖子》	五言绝句1首 七言绝句1首		宫帖
闵思平 （1295—1359）	《戊辰年正旦迎祥诗》	五言绝句2首	《及庵先生诗集》卷二	宫帖
金九容 （1338—1384）	《殿春帖子》	五言绝句2首	《惕若斋先生学吟集》卷上	宫帖
李崇仁 （1347—1392）	《正朝宫门帖子》	五言绝句1首	《陶隐先生诗集》卷三	宫帖
	《拟宫门正朝帖字》	五言绝句1首	《陶隐先生诗集》卷三	宫帖

从这些宫帖的称名、体裁、作者身份、内容、表现方式等看，虽然有一些变化，但其受宋帖的影响很明显。诗题仍多称"春帖子"，偶称"春帖字"，略有不同；另有"迎祥诗"，实为元日帖子，称呼略异。就使用者而言，称"御殿春帖子""东宫春帖子""大后殿春帖"等，亦与宋帖类似。称"殿"不称"宫"，乃因高丽一度奉宋之年号，元代又为中国一行省，故其称谓严格遵循中国礼制，称君主为国王，尊称为"殿下"或"土上殿下"，故其宫帖名"某宫/殿帖子"，而非如宋帖般称"皇帝/皇后阁帖子"。诗歌体裁与宋亦同，每组的数量有所减少。通常一组以五、七言绝

各一首为常,盖不敢违制也。虽然《东文选》录金富轼《东宫春帖子》《内殿春帖子》、赵准《御殿春帖子》皆为五、七绝一首,但相对完整的李奎报《东国李相国全集》所载四组宫帖每组皆为五、七言绝句各一首,闵思平所作《戊辰年正旦迎祥诗》、金九容《殿春帖子》亦同,较宋代宫帖通常皇帝阁6首、皇后阁5首、夫人阁4首或5首,五、七言绝句者数量少。作者身份与宋基本相同,皆为词臣。闵思平《戊辰年正旦迎祥诗》自注为"翰林时作"①,与宋由学士所作同;所不同者,在于其国王偶尔参与写作。其内容以迎祥祝寿颂美为主,间及时事,与宋帖亦同。语言、意象、用韵亦与宋多同,如李奎报1233年的《癸巳年御殿春帖子》其一"丽日明珠殿,祥云绕紫微。梅随南使至,雁逐北胡归"②,其"丽日""珠殿""祥云"皆为应制诗之常语,因"时达且犹在",故后两句写及时事。毅宗十六年(1162)十二月所作"梦里明闻真吉地,扶苏山下别神仙。迎新纳庆今朝日,万福攸同瑞气连"春帖,前两句写梦,据说因其"酷信术士,改庆龙斋为仁智,开广增饰,日与嬖倖沉酗游戏,不恤国政。谏官或请毁之,王辄称梦报以拒之,故有是诗"③。

李朝时期宫帖大为兴盛,且经历了由沿袭到革新而定型的过程,比同时期的中国更为繁荣。李朝初期九十年间,宫帖写作基本沿袭高丽,创新很少。据《朝鲜王朝实录》,太宗八年(1408)因国丧而令停延祥诗,知宫帖并未废止。世宗七年(1425)十二月一日,世宗令"今后春帖子迎祥诗,每年新制",直至1482年成宗进行改革前未有大的改变。从类别来看,主要是为国王和王后所写的大殿和中宫帖,甚至有一段时期只有为国王所写的一种帖子,如成宗二十二年(1491)弘文馆直提学金应箕等言"我朝遵用古事,立春延祥,端午帖字,令知制教制五言绝句,择其尤者

---

① 〔高丽〕闵思平:《及庵先生诗集》卷二,《韩国文集丛刊》第3册,景仁文化社1990年版,第65页。
② 〔朝鲜〕李奎报:《东国李相国全集》卷一八,《韩国文集丛刊》第1辑,第478页。
③ 〔朝鲜〕郑麟趾:《高丽史》第10册,卷一八《世家十八·毅宗二》,韩国首尔大学校奎章阁本,第20页。

一首，刊贴宫门"①。世宗十二年（1430）十二月廿二日的所有宫殿门，包括祭祀祖宗的文昭殿所贴皆为大殿帖子，世宗以为"迎祥诗春帖子，词皆属予，而贴付祖宗之殿，未便"，下令"礼曹议闻"，但从成宗十三年（1482）元月九日"春帖子，每以一诗帖诸门"来看，仍未得到变革。从体裁来看，仍然以五、七绝为主，如姜硕德（1395—1459）《春帖字》、成侃（1427—1456）《中宫立春帖字》、权近（1352—1409）《元日帖字》《立春帖字》、崔淑精（1432—1480）《大殿春帖子》《大殿迎祥诗》等皆为五绝。这种情形在成宗时得到了彻底改变。成宗认为殿门多而宫帖少，诗与殿不符，"以一首诗贴诸门，不可"，于是"今后令文臣各制帖之"。由此发端，此后又经不断完善，形成了一整套帖子写作制度，使得朝鲜时期的宫帖在写作方式、作者、诗歌数量、体裁等方面有了一些调整和变化，而其内容、风格依旧。

　　写作制度上，成宗于1482年始令所有文臣参与制帖，并规定韵字和诗歌体裁及数量，此后又增加必须入阙集体写作及评定等级与奖惩规则，形成了别具一格的考试式帖子写作制度。《宣祖实录》光海君二年（1610）十二月廿四日政院回答礼曹所言春帖子规式云："前期十日制述，而堂下文官除服制式暇，无遗入制于阙庭。试官则嘉善以上二员，前一日单望注拟，史官一二员，亦同参。名纸则草注纸若干卷，该曹进排，而本院踏印分给。所制五七言律诗及绝句所押之韵，试官临时书启。科次入启，启下后，大殿帖子所制居首一人，内弓房所藏上弦弓一丁赐给。"这段文字大致概括了李朝写作帖子词的主要程序，有一些环节并没有交代，如仁祖以后前期承政院要请示国王是否制进，如同意，则抄录制述人名单，拟定主考官（通常由弘文提学或艺文提学担任，如不行，则由副提学或其他三品以上官员担任）入阙出韵；正祖以后阁臣、东宫侍从单独出韵进呈。作品经由考官科次（评定等级）后，居首者受嘉奖，不作或差误者也要批评，合格的作品被装订好后呈送国王御览，并被张贴于宫门。此外，具体细节

---

　　① 《朝鲜王朝实录》成宗二十二年（1491）十二月二十三日，韩国国史编纂委员会1970年影印本。

各时期也略有差异，如写作时间、地点、诗体、格式要求等不尽相同。大致而言，仁祖之后准考试化的帖子词写作由承政院负责，其整个过程包括请示国王、确定制述官名单、出牌请主考出韵、制述官写作、试官科次（评定等级）、奖罚，择优抄启制进以及帖子张贴或进读等环节。李朝宪宗时所编《银台便考》与高宗时所编《银台条例》等书中都有所记载，但较简略。从宋帖的应制写作发展为考试化写作制度，是朝鲜根据自身语言、文化特点做出的调整。

作者身份方面，朝鲜从学宋帖由学士撰写逐渐发展为广大文臣，范围扩大。李朝初期作帖人员少，"皆以玉堂与知制教制进"①，即弘文馆六品以上官员写作。成宗十四年（1483）不仅令"弘文馆、艺文馆诸儒及文臣能诗者"皆作②，此后"骑省（按，指六曹）、槐院（按，指承文院）诸官"也参与③，制述人范围逐渐扩大。光海君二年（1610）继续扩大，令正三品以下的"堂下"文官除服丧、出外、另有差拟等特殊情况外，都必须入阙庭写作④。英祖时进一步扩大，不但在职文官必须参与，而且离任文臣除被夺告身者外，也须参与。《承政院日记》英祖十一年（1735）十二月十九日吴命瑞所启春帖制述官有前应教3人、前正言6人、前司谏1人、前掌令1人、前献纳3人、前执义1人、前持平8人、前校理3人、前司果1人、前县监1人、前都事1人、前修撰1人。这些人因当时无职，朝廷考虑到"无职，则辄称下乡，故不得不以有实职及带军衔人"，故政院临时令礼曹口传赋予这些无职人员以军职，以便其参与写作。正祖又令奎章阁大臣单独制进大殿和元子宫帖⑤，东宫侍从官也单独撰写东宫帖。由于人数过多，英祖后期对每殿的作者人数有所规定。即便如此，朝鲜帖子作者既有儒臣、阁臣、曾经侍从人，还有东宫侍从官员，国王、世

---

① 《承政院日记》英祖十年（1734）十二月二十六日，韩国国史编纂委员会1974年翻刻本。《朝鲜王朝实录》成宗十三年（1482）正月九日。
② 《朝鲜王朝实录》成宗十四年（1483）十二月二十三日。
③ 《承政院日记》英祖十年（1734）十二月二十六日。
④ 《朝鲜王朝实录》光海君二年（1610）十二月十四日。
⑤ 《日省录》正祖五年（1781）正月九日，韩国首尔大学校奎章阁本。

子及王室成员也时有参与,其参与者众多。这一点主要出于提升文官汉语能力的考虑。

在诗歌形式上承袭宋帖有所变化。首先,诗题上更加固化。宋代宫帖有很多名称,帖子、春/端帖、春/端帖子、诗帖子、元日/立春/端午词、门帖诗、门帖子等,"帖""贴"通假,"帖"又可作"贴"。韩国宫帖诗题更为简单而规范,立春和端午帖称帖子,极少作"贴","帖子"或作"帖字",如李宜茂《立春日仁惠王妃殿帖字》、金安国《端午帖字》等,金宗直《立春五殿门帖字》等,亦属于不太规范者;元日帖子则别称"延祥诗"或"迎祥诗",如作"帖子",亦被视作不规范,盖因元日帖子不用于贴挂。《承政院日记》载英祖五十一年(1775)十二月廿七日进呈给国王的延祥诗中,李镇恒将延祥诗的"诗"字误书为"帖子",便被认为"揆以事体,殊欠敬谨",而且连同考官弘文提学赵𔐐也被认为有不察之失,一同被批评。可见,名称区分甚为清楚。

其次,体裁在沿袭宋帖以绝句为主的同时,有所突破,五、七言律也较为常见。成宗十三年(1482)正月亲为大王大妃殿所作帖子为2首七律①。十四年命文臣能诗者制四殿帖子,所作亦有律诗,如徐居正(1420—1488)的《立春五殿春帖字》与《迎祥诗》,皆包括《大王大妃殿》《仁粹王大妃殿》《王大妃殿》《大殿》与《中宫》各一首,前者皆为七律,后者皆为五律;金宗直(1431—1492)《立春五殿门帖字》五殿各2首七律;月山大君李婷(1454—1488)的《奉教制进两殿春帖字用命题诗韵》所作《仁粹王大妃殿春帖》与《仁惠王大妃殿春帖》亦为七律。几年后,成宗又命"分韵备成五、七言律绝以进,遂成格例"②,每次写作五、七言律绝各一首遂成为朝鲜帖子写作之常用体裁,现存金安国(1501—1543)、黄暹(1544—1616)、洪乐仁(1740—1777)等数十人帖子每殿皆五、七言律绝各一首亦可为证。在朝鲜中后期,帖子的体裁更为多样,出现了六言绝句、五七言排律以及五七言古体等形式。奎章阁曾编

---

① 《国朝宝鉴》卷一六,韩国首尔大学校奎章阁本。
② 《朝鲜王朝实录》成宗二十二年(1491)十二月二十三日。

有正祖、纯祖时期（1776—1834）的阁臣《春帖子》集，录 1566 首诗（见表 2），从中大致可以见出他们对体裁的选择及创作情况。

表 2　正祖纯祖时期（1776—1834）阁臣帖子

数量（首）体裁	春帖	端午帖	元日延祥诗	总计
五言古体	4	7	4	12
六言古体	3	0	0	7
七言古体	0	1	1	1
五言绝句	72	63	59	136
六言绝句	0	1	3	60
七言绝句	279	320	295	602
五言律诗	91	103	95	489
七言律诗	57	39	67	191
五言排律	0	1	1	68
总计	506	535	525	1566

另外，庄献世子还作有骚体《延祥辞》，正祖朝还有不少对联体，如李德懋 1789 年所作《壮勇营春帖》有 56 联，如"武艺十八般，春风廿四番""芙蓉幕府弓翻月，杨柳池塘剑洗虹"之类①；蔡济恭有《阙内各殿差备门柱春帖联句》4 组 50 联，前 3 组为五、七言，如大造殿的"琴瑟和声三昼暇，日星新曲六宫知""不息乃天道，无为惟圣人"②；而 1790 年所作则为杂言，有长达十七言的"无疆惟休无疆惟恤兢兢乎圣人临履之心，见尧于墙见尧于羹念念于先朝恢荡之政"等，与清代春联类似。但总体上还是与宋帖相类，以绝句为多。

最后，数量、类别与宋代宫帖一样有所限定，但不尽相同。朝鲜宫帖自成宗以后因作者众多，帖子总量大增，进呈给国王的是入格的作品，数

---

① ［朝鲜］李德懋：《青庄馆全书》卷二〇《雅亭遗稿》，《韩国文集丛刊》第 257 辑，第 291 页。
② ［朝鲜］蔡济恭：《樊岩先生集》卷五九，《韩国文集丛刊》第 236 辑，第 577 页。

量起初没有限定。英祖时期由于人数过多，对作者首先进行限定，后来对进呈的作品数量也进行规定。就每个制述人而言，由早期的写一两首到后来的五、七言律绝各一首，正祖之后阁臣通常作大殿帖 2 首，也都有限定。在具体类别上，由早期只作大殿帖到成宗时为大殿、中宫殿、大妃殿等皆作，再到英祖以后对各殿制作人进行分列而作，阁臣与春坊大臣的特殊制作等也都有所规定。我们今天看到很多人留存的作品数量类别有所不同，那是因为各时期的规定不同所致。另外，很多人今存仅一二首帖子，也有多方面的因素，诸如临时写作出韵，未成篇章，或成篇而被评为不入格，或入格却自认为不佳故而不录等。

朝鲜宫帖在内容上继承了我国宋代宫帖的写时令、纪节俗、写时事、颂君美、达讽谏等主要内容。由于应制诗的本质决定了宫帖多为程式化的歌功颂德，此不必详论。值得注意的是宋时因欧阳修寓含讽谏的帖子得到仁宗皇帝的肯定而被认为得体，后遂成为帖子的内容之一，而朝鲜君臣对此多认同，帖子多有表现，如孝宗在政院请求依例制进元日迎祥诗时说"制进诗中，切勿用称誉之言"[①]，英祖也较看重，三十二年（1756）因"东宫进献春帖子，宜有称庆规勉之辞，故有意觉［览］之"，并对有美刺的郑光汉予以嘉奖，因其七律中"离筵何日更亲书"之句被认为是在告诫国王前面所讲《心经》犹未结束，应当继续，可谓"勉戒切实，深得宫官之体"，故将主考官所评定的"三下"改为"三上"，还"特赐表里一袭，以示嘉尚之意"[②]；三十八年（1762）览端帖，认为"李德海、任珹，以宫官不为规谏，专为赞美，故斥而不选"[③]。正祖也批评"从臣近于宜春、延祥、端午诸帖，不能如古人举笔规谏，而反有谄意"[④]。即便是如燕山君之暴烈，1612 年郑麟仁端午帖有"宫人闲事捕蝇虎，玉上那生一点瑕"句，燕山君大怒曰"麟仁刺我信谗故欤"。当洪贵达解释说"人臣进戒自

---

① 《朝鲜王朝实录》孝宗三年（1652）十二月二十五日。
② 《承政院日记》英祖三十二年（1756）十二月十二日。
③ 《朝鲜王朝实录》英祖三十八年（1762）五月三日。
④ ［朝鲜］正祖：《弘斋全书》卷一六二《日得录二·文学［二］》，《韩国文集丛刊》第 267 辑，第 164 页。

古如此，非敢为讥刺也"时，他也只好假装惊讶地说"然则真爱我者"①。尽管后来另找借口杀了郑，但当面尚不能因此而罪大臣。大臣也多认同并有意识地寓含讽谏，如俞彦国以为"人君为治之道，专在于持大体而不在于察细务"，故"向于岁首延祥之帖，略以区区忧爱之意献规曰：'虚文绅节在深戒，刚克神功不大声。'"②英祖四十三年（1767）因"不欲闻诵美之事"而停来年春帖延祥诗，而大臣俞致仁则认为"延祥、春帖，虽曰颂祷之词，亦有规谏之语"，不当停。四十八年再停时大臣又言："延祥春帖，则其于送旧迎新之际，人臣所以寓祈祝而效箴戒者，实在于此，以欧阳修不忘规谏之意观之，此正古来之美事，而断不可无端废关也。"③正如申翼相《帖子献规》所言："知臣正值推诚日，爱主宁忘下笔时。"④李忔《大殿正朝诗》"佳气葱茏月下浮，龙袍高拱五云楼。吾王自切荒宁戒，克享无疆万世休"⑤便含讽谏意。另外，"欧阳帖"作为一个特殊意象，更是频繁出现于朝鲜诗人笔下，如赵观彬《立春》"恋君恨负欧阳帖"⑥、南公辙《端午帖》"惭乏欧阳帖"⑦、洪柱国《大殿端午帖》"讽蔑欧阳帖"⑧等，比比皆是。

朝鲜帖子也注重通过反映现实、时事来颂美。对事实的表现要合乎真实，否则也被认为不佳，如英祖认为金养心七律中"千官争贺春宫庆，临殿圣躬不惮劳"不符合其本欲临殿而后未临的事实，故不好。正祖看到尹行任的春帖有"宸心或恐朝仪晏，燕寝东头养报鸡"时很欣然，因为他说"予果少睡。烛下看奏状或古人文字，至夜分始就寝，而更鼓已尽，复窗

---

① ［朝鲜］金时让：《涪溪记闻》，1612年刊本。
② 《承政院日记》英祖十七年（1741）三月八日。
③ 《承政院日记》英祖四十三年（1767）十一月二十六日、十二月三日，四十八年十二月二十九日。
④ ［朝鲜］申翼相：《醒斋遗稿》卷一，《韩国文集丛刊》第146辑，第34页。
⑤ ［朝鲜］李忔：《雪汀集》卷三，《韩国文集丛刊》第15辑，第480页。
⑥ ［朝鲜］赵观彬：《悔轩集》卷七，《韩国文集丛刊》第211辑，第287页。
⑦ ［朝鲜］南公辙：《金陵集》卷二，《韩国文集丛刊》第272辑，第35页。
⑧ ［朝鲜］洪柱国：《泛翁集》卷一，《韩国文集丛刊》第36辑，第188页。

未明，不知日之将曙，故置鸡埘，闻鸡唱阑便起。尔诗非夸语也"①。这样，从事实出发的颂美是贴切的。

朝鲜宫帖的风格雅丽，与宋帖同。朝鲜日常交际口语为本国语，而高层贵族所用书面语皆为汉语，虽然有一定难度，但因其非常重视汉语教育，因此很多人的汉语诗歌也做得很好。以沈彦光五首诗为例，其《大殿端午帖字》云：

> 东风吹尽又南风，红绽榴花禁苑中。角黍缠时丝缕细，菖蒲荐字酒杯空。龙袍映日朝前殿，桂披飘香拜后宫。看取四门书宝篆，断知纯嘏永无穷。
>
> 南陆延修景，葭灰仲吕催。野黄知麦熟，声滑认莺回。灾逐灵符去，祥随玉粽来。宫中多乐事，蒲酒亚金杯。
>
> 禁掖森严日政长，黄梅时节好风光。香罗细葛宫衣赐，识得当年壶化昌。
>
> 鹤殿祥风动，榴花影透帘。香蒲期圣寿，得见海筹添。②

其《大殿立春帖字》云：

> 千家爆烬竹声残，白殿椒觞可饯寒。神禹惜阴常汲汲，放勋明德自安安。盈虚一气凭葭管，天地三元属菜盘。占得金穰期上瑞，六街鸠杖总成欢。③

诗中的语象主要与自然、宫闱、习俗和典故相关。自然，如东风、南风、榴花、黄梅、麦、莺；宫闱，如禁苑、龙袍、殿、桂披、禁掖、鹤殿；习俗，如角黍、玉粽、丝缕、菖蒲、蒲酒、爆竹、椒觞、灵符；典故，如南陆、葭灰、仲吕、香罗细葛、神禹、放勋、金穰、鸠杖等，语言得体、规范，同时也写实，如"白殿""鹤殿"正是针对其宫殿白色的特点。鸠杖

---

① ［朝鲜］正祖：《弘斋全书》卷一六二《日得录二·文学［二］》，《韩国文集丛刊》第267辑，第164页。
② ［朝鲜］沈彦光：《渔村集》卷二，《韩国文集丛刊》第24辑，第122页。
③ ［朝鲜］沈彦光：《渔村集》卷三，《韩国文集丛刊》第24辑，第131页。

之在用典，神禹之况喻也颇为新颖，在宋代宫帖中无人用及，足见他们对汉语文献是相当稔熟的。律诗的对仗也很工稳，整体诗风典重雅丽，不失为很好的应制作品。

朝鲜宫帖用法与宋帖大致相同，都是粘贴于门户以用，只是制作相对简单，不同于宋廷帖子"绛罗金缕，华灿可观"①的精心工致。朝鲜宫帖材料用纸，较为简省。具体而言，成宗时每年"择其尤者一首，刊贴宫门"，燕山君时挑选一部分佳作刊印，每年重复使用②，其馀时代则书写来帖。贴多少依殿门而定，英祖以后通常大殿160张，其馀各殿各60张，按照官员等级分别书写的张数。除本人书写之外，另由检校官及书吏用正书书写后，于前一日申时入达，以便张贴，如高宗时要求"宾客各大本四张，小本六张；辅德各大本三张，小本五张；弼善以下各大本三张，小本七张"③，张贴数量颇多。

二、对高丽、朝鲜民间帖子的影响

高丽宫帖的写作，也影响到民间私人帖子的写作。高丽时期所存帖子较少，《东文选》卷一九载姜硕德《春帖字》五绝一首，李奎报《东国李相国全集》卷一七有《私门春帖子》两首，五、七绝各一首，闵思平《及庵先生诗集》卷二有两组《春帖子》，一组是五、七言绝句各一首，而另一组则是五、七言律诗各一首，李崇仁《陶隐先生诗集》卷三有《癸丑年立春陶斋帖字》五绝一首，李集（1327—1387）《遁村杂咏》有《元日帖字》七绝一首。这些私帖受宫帖影响很明显，但是在体裁上已有所突破，如闵思平《春帖子》有律诗，而其语言风格、意象选择、典故运用、情感表现，更表现出与宫帖迥然不同的特征，极具个性色彩，如李奎报作于1251年的《私门春帖子》其一云"雪尽烟生瓦，冰销水溢塘。陶门五株

---

① （宋）周密：《武林旧事》卷二，（宋）孟元老等：《东京梦华录》（外四种），古典文学出版社1956年版，第29页。
② 《朝鲜王朝实录》燕山君八年（1502）正月二日。
③ 《御定离院条例》，韩国首尔大学校奎章阁本。

柳，随分亦摇黄"①，运用陶渊明五柳典故，表达其闲散怡乐的情怀。

朝鲜时期宫帖写作的制度化、考试化以及众多文官的参与，帖子为广大文士所熟悉。上行而下效之，文官将这种文体带到了民间、带向了家庭，成为众多文人自觉或不自觉参与的节日文化与文学活动。民间帖子因摆脱了考试化写作束缚而形式更为自由，情感更为真挚，表现力更强，取得了不同于宫帖的独特成就。

朝鲜私帖数量很多。据笔者目前所作的不完全统计，约有240多人作有近千首私帖，其中大多数人仅存一两首帖，少数作者保存了数量较多的帖子，作品最多的是金安国，有114首，其馀如金昌翕61首、李安讷37首、李瑞雨35首、鱼有凤34首、李廷馨20首、申靖夏和尹愭皆17首、金增寿15首、宋焕琪13首、金寿恒12首等。以金安国私帖来看，从其还家至去世前，几乎年年写春帖，其私帖写作状况的记录相对比较完整。当然，大多数文人并未每年新作帖子或者作而不录，也有一些实为而诗题并不作帖子，故实际的帖子数量应该更多。我国宋元时期的私帖保存下来的不到80首，后为联语，遂与诗脱离，不在此论之列。

在类型上，以春帖为主，诗题多样。与我国民间帖子类似，朝鲜私帖也以立春帖、元日帖为主，端午帖较为少见，不及10首。朝鲜私帖与宫帖名称相同，多称"（立）春帖（子/字）"，也称"（立）春祝"②"春辞""延春榜""新春祝语"等，个别诗作也不遵循此常规，如金欣《立春日书户扉》、李德懋《立春题门楣》、沈彦光《立春贴门》、金𬭎《题立春帖户》、俞彦述《癸巳立春》、俞肃基《余之来莅兹土，今已周岁有几，而尸居素餐，略无一事可观，每念陛辞日，七事勉饬之圣谕，不觉惶汗沾背。今当新春祝嘏之日，辄敢敷衍为词，庸寓自警之意云尔》等也是帖子，甚至有些题名为《除夕》或《立春》的诗也是帖子，这与我国宋时有一部分"春词"即为帖子的情形比较相似。朝鲜私帖也存在将元日帖与立春帖混称春帖的情形，如宋秉璿《元朝春祝》即为元日帖子。

---

① ［朝鲜］李奎报：《东国李相国全集》卷一七，《韩国文集丛刊》第1辑，第469页。
② 《韩国文集丛刊》中检索到的"春祝"有100多词条。

在体裁上，文人私帖主要以五、七绝为主，但是样式更为非常，有四言绝句，如李载亨《春帖》其一；六言绝句，如赵龟命《春帖》；五言排律，如金时敏《春帖》其三；六言排律、七言排律，如朴弥《甲申春帖》；四言古体，如金谨行《春帖子》、赵宪《春祝·萱闱》；五言古体，如宋焕箕《春帖》、金孟性《春帖》；六言古体，如李德胄《春祝》；七言古体，如李縡《春祝》；也有楚辞体，如黄胤锡《春祝》；杂言体，如李载亨《春帖》其二、李德胄《春祝》；进退格，如柳世鸣《癸丑立春日寝室帖子》其一；集句，如李运荣集《诗经·斯干》"式相好矣，无相犹矣"为帖，李仲牧集杜甫诗"鹅鸭宜长数""柴荆莫浪开"为帖；长短句，如南有常《钟岩春帖亦用小令》二首；铭文，如尹愭《戏为春帖》、赵任道《春祝》；散文，如杨应秀《先考丁卯春祝跋》等，当然还有对联、成语、词语等，形式极为丰富。

私帖的数量也无限定，自由灵活。少则1首，多则10余首。一次只作一首者很多，一次多首者也不少，如金龟柱（1740—1786）《春帖》、金南重（1596—1663）《丙申春帖》皆为10首，李安讷（1571—1637）一组《春帖字》有11首，申靖夏（1681—1716）《恕庵集》卷四录《春帖》有17首，但不详是否为一次所作。金安国有11年的春帖，但每次数量并不固定，少则1首，多为7首、8首，最多一次10首（见表3）。金昌翕（1653—1722）《三渊集》卷一六载有61首春帖，其中1721年所作《谷云春帖》竟达21首之多，俞肃基的一组春帖为7首，一组2至5首的就更多了。

表3 金安国私人帖子统计

写作时间	帖子数量	写作时间	帖子数量	写作时间	帖子数量	写作时间	帖子数量
1522年	4	1528年	8	1534年	6	1540年	0
1523年	4	1529年	7	1535年	7	1541年	0
1524年	7	1530年	10	1536年	7	1542年	0
1525年	8	1531年	6	1537年	7	1543年	1
1526年	6	1532年	5	1538年	7		
1527年	8	1533年	5	1539年	1		

私帖内容更为广博，情感真挚。虽然很多私帖作者曾经作过宫帖，加之帖子本身的文体规定性，其内容以迎祥颂祝为主，但是私帖的祝颂对象更为宽泛，祝颂内容也更为多样，如金龟柱《春帖》10 首，分别为祝圣寿、祝亲寿、自述（4 首）、属卯君、属细君、属豚儿、属人子。金昌翕《谷云春帖》21 首分别为其书堂（3 首）、博厚室、悠久、高明楼（2 首）、宛在亭（2 首）、楼东楹、楼西楹（2 首）、楼南楹（2 首）、堂楹、室楹、厨楹、厨间、库间、婢房、邻家，各有所祝。俞肃基的 7 首春帖则以地方官员的角色分别表达了"农桑盛""户口增""赋役均""学校兴""军政修""词讼简""奸猾息"等七个方面的愿望。大体而言，私帖内容着眼于国与家。于国而论，或表忠君情怀，或愿年丰国兴，或边关无患等；于家而论，或愿家庭和睦、子孝妻贤、兄弟友爱、健康长寿、子女众多，或表闲居之乐，悠悠情怀；或勉子读书进取；或明己行事准则等。较之宫帖，私帖个性化色彩浓厚，叙事更为具体，情感更为真挚。赵宪《壬辰春祝》二首分别从内庆和外庆表达对家与国的祝福，对家希望"……毋疾康宁妻病除。弟妹有田多菽粟，儿孙无事诵诗书。山蔬野菜登盘富。边患民虞入耳疏。四十九年非渐觉，不妨闲卧伴樵渔"；对国则期望"相得良平侍帷幄，将多颇牧倚边庐。东倭永折西渔楫，北房常摧南寇车。俗美岁丰民乐处，狂夫保族老耕锄"①，感情朴质。再如李弘有《春祝》"山家今日又逢春，我是优游作逸民。惟愿百年无患乱，祝君长拟华封人"②，从个体出发真诚地期盼国家常无患乱、君王美德如尧的祝福显得更为自然。柳宜健《春祝》"太上年奉无疾病，其次身闲免烦恼。日与村童课读书，时时醉卧眠芳草"③、徐圣耈《立春祝》"儿学诗书礼，家兴孝悌慈"④、吴守盈《斋家迎春帖》"莫将酒食为游戏，更把诗书教子孙"⑤、赵秉惪《春祝》"痴儿是日趋庭对，长子今春奉檄来。正逢枫陛调元烛，共上萱堂献寿杯。积

---

① ［朝鲜］赵宪:《重峰先生文集》卷二,《韩国文集丛刊》第 54 辑, 第 178 页。
② ［朝鲜］李弘有:《遁轩先生文集》卷三,《韩国文集丛刊》第 23 辑, 第 44 页。
③ ［朝鲜］柳宜健:《花溪先生文集》卷二,《韩国文集丛刊》第 68 辑, 第 175 页。
④ ［朝鲜］徐圣耈:《讷轩文集》卷二,《韩国文集丛刊》第 53 辑, 第 484 页。
⑤ ［朝鲜］吴守盈:《春塘先生文集》卷二,《韩国文集丛刊》第 3 辑, 第 177 页。

善应知馀庆在，分明天道验栽培"①、柳潚《丙辰春祝》"鹤发双亲兄弟三，人间至乐我能兼。儿童莫枉祈新福，不在经营只在谦"②、张维《凤林第春祝》"争似椒聊子满枝"③、权尚夏《春祝》"只愿春来兄弟会，满庭花树醉春风"④、崔锡鼎《春祝》"此身少罪戾，心体常广胖。浑舍少灾难，儿孙满眼前"⑤ 等，都非常具体而实在地表达了普通人的幸福与期盼、生活的理念与人生的经验，虽乃生活俗事但情感真切，也具有一定的认识价值。

  私帖表达更为自由，风格更多样。首先是语言忌讳少，直抒胸臆多。宫帖用词有诸多限制，朴弼琦春帖出现"担负荷"，英祖即"视之为野"⑥，私帖则不必拘束。郑相元《立春帖》曰："泣向东君诉一言，此生于此旷晨昏。须将地下平安信，归报阿儿枕上魂。"⑦ 诗所表达的是对亡亲的思念，如"泣""地下"之类也不忌讳。郑弘溟《丁巳春帖》"节候方看老阴退，幽人斗觉旧痾痊。茅斋日永无馀事，晒药编书懒更眠"⑧ 直写个人生活，其中的"旧痾痊""懒更眠"也无须避讳。许筠《戏题春帖》"半生郎署叹穷途。愿乞王乔叶县凫。从此有人来送我。今年方免鬼揶揄"⑨ 的游戏笔墨、"鬼"之用词，更是宫帖所不可想象的。其次是用典少，多白描。前面所举诗多可为证，如李敏求《春帖》"瓮有新醅案有书，村深观海道人居。扁舟已动江湖兴，碧水东风解冻初"⑩，直写生活，典少，或用而多常典，又能以景结情，含蓄蕴藉。用韵的自由更不待言，不过也有人闻宫帖韵而自押者，产生了不少拟帖、次帖诗。因此，私帖诗风

---

① [朝鲜] 赵秉悳：《肃斋集》卷一，《韩国文集丛刊》第 311 辑，第 21 页。
② [朝鲜] 柳潚：《醉吃集》卷二，《韩国文集丛刊》第 71 辑，第 36 页。
③ [朝鲜] 张维：《溪谷先生集》卷三三，《韩国文集丛刊》第 92 辑，第 549 页。
④ [朝鲜] 权尚夏：《寒水斋先生文集》卷一，《韩国文集丛刊》第 150 辑，第 56 页。
⑤ [朝鲜] 崔锡鼎：《明谷集》卷三，《韩国文集丛刊》第 153 辑，第 485 页。
⑥ 《承政院日记》英祖二十二年（1746）一月六日。
⑦ [朝鲜] 崔益铉：《寒溪处士郑公墓碣铭》，《勉庵集先生文集》卷二九，《韩国文集丛刊》第 326 辑，第 124 页。
⑧ [朝鲜] 郑弘溟：《畸庵集》卷八，《韩国文集丛刊》第 87 辑，第 85 页。
⑨ [朝鲜] 许筠：《惺所覆瓿稿》卷一〇，《韩国文集丛刊》第 74 辑，第 118 页。
⑩ [朝鲜] 李敏求：《东州先生诗集》卷二三，《韩国文集丛刊》第 94 辑，第 241 页。

也多样化，或含蓄蕴藉，或直白质朴，或典丽雅正，或自然清新，不一而足。

当然，由于朝鲜阶层分化明晰，两班贵族才有入仕的权利，文官需经科举，而参加科举必须熟读汉语文献，所以也只有文官才参与帖子词的写作。换句话说，写作帖子词是朝鲜贵族才具有的能力，是文官才能参与的活动，所以虽然宫帖影响到民间，但仅限于文人阶层、贵族阶层，普通百姓常用的春帖、对联、春条之类吉祥用语与我国明清民间亦相差无几。朝鲜有一句表示"格格不入"的谚语叫"店铺门前的立春帖"，说的就是这个事，而这也正是由于其源于宋代宫帖所致。在使用方式上，民间门帖与宫帖也略有不同，或贴于门，或贴于梁，有时直贴，有时对称斜贴呈尖角形。在纸张方面，韩国多用白纸书写，与我国有所不同。

综上所述，宋代帖自此对高丽、朝鲜的帖子词产生了很大影响，尤其是在李朝时期，不仅宫帖得以革新而发展，私帖也获得了很大发展，其兴盛程度反而超越了它的发源地。从汉语文学的角度看，高丽、朝鲜的帖子词写作是帖子词发展史上重要的一环，其独特的发展道路及所取得的成就对我们考察诗歌发展与制度、风俗、社会政治等有一定的典型意义。

第四节 对节序诗的影响

宫中帖子词是一种特殊的节序诗，凭借其宫廷节日文化的优势地位、翰林学士的特殊写作身份、独特的体制、特定的形式、内容和风格特色等，对普通的节序诗也产生了影响。

宫帖的影响首先表现在出现了一些模仿宫帖之作。目前，能看到最早的模仿宫帖而作的"春词"是宋祁的《余在北门时每立春必前索宫中春词十馀解今逢兹日块坐州阁追怀旧题续作六章》。这组诗正如诗题所言，是对他仕翰林学士时所写春帖的续写。由于它非为宫中门帖而写，失去了"帖子"的实用性，只是纯粹的诗，故而不称"帖子"。此诗虽为续写，亦属拟作，其内容、风格完全与宫帖同，而且还成组诗。兹举两例以观：

漠漠春从天际来，春旂已在望春台。寒销岭上容梅落，暖拂江南放雁回。（其一）

　　清晓东郊转翠舆，苍龙驱暖入储胥。便回天上阳和气，散作人间宽大书。（其二）

在宋代，由于立春门帖子所书诗有一类是春词，故而春帖子也被称为"春词"，宫中帖子词因称宫中春词。严格区分的话，春帖子是写有春词的立春门帖用品，而春词指写在春帖子上面的诗。换句话说，"春词"是春日诗歌作为纯诗时的称呼，写在门帖上之后就叫帖子词了。但是春词涵盖面广，举凡与春有关者皆为春词，从望春、迎春、惜春到留春、送春皆在内。因此，宋代以春词名题之诗作，从内容看只有部分与立春有关，即此部分之诗，我们亦不能断定其为纯诗抑或是帖子诗，但是其中部分春词、春日词与宫中帖子内容、格调相同。比如郑獬的《新春词》四首：

　　春色应随步辇还，珠疏玉几照龙颜。紫云殿下朝元罢，便领东风到世间。

　　春风细拂绿波长，初过层城渡建章。草色未迎雕辇翠，柳梢先学赭衣黄。

　　晴晖散入凤凰楼，一桁朱帘不下钩。汉殿闹簇双彩燕，并和春色上钗头。

　　小池春破玉玲珑，声触帘钩渐好风。闲绕栏干掐花树，春痕已著半梢红。

这几首诗与宋代春帖子词别无二致。风格的相同自不必说，表现的内容也是宫廷生活，真不知郑獬这些诗作何用。这组诗自内容看似夫人阁帖子，因为找不到这首诗就是宫帖的直接证据，就连宋人葛立方也认为他是久在翰苑而受到学士供宫中帖子的影响，"余观郑毅夫《新春词》四首，其一曰……。观此四诗，与帖子格调何异？岂久于翰苑而笔端自然习熟邪？"[1]

---

[1] （宋）葛立方：《韵语阳秋》卷二，（清）何文焕辑：《历代诗话》，中华书局2004年第2版，第498—499页。

欧阳修《春日词五首》也与宫帖风格相似，如其一"宫坛青陌赛牛回，玉琯东风逗晓来。不待岭梅传远信，剪刀先放彩花开"、其二"试粉东窗待晓回，共寻春柳傍香台。不惊树里禽初变，共喜钗头燕已来"①。毛滂有两组《春词》，一组为五绝组诗，共 17 首，一组为七绝组诗，20 首，皆载于其《东堂集》卷四，系四库馆臣从《永乐大典》所辑出，这些诗的形式、内容、风格与宫中春帖完全相同，如：

  云母春冰薄，甑甗晓气暾。尚垂宵旰意，加惠及元元。（其二）

  柏酒勤称寿，椒涂蚤却寒。静无游乐事，殊阔濯龙欢。（其八）

  春逐东风行地上，德随和气散寰区。圣人中正观天下，道本无言教已孚。（其一）

  冰开御水龙鳞细，日照宫梅麝炷烘。欲看人间花灼灼，不妨葛藟共春风。（其六）

  风来太液冰先泮，日照延和柳未知。翠辇不缘花事出，行看荇带绿参差。（其二十）②

毛滂"尝为武康令，崇宁初除删定官，未几言者论去，后知秀州"③，生平未历翰林学士之职。有《东堂集》十卷。观其《东堂集》卷三有《代人和御制上已锡宴诗》，卷五有《龙图阁直学士太中大夫知亳州王益柔可差知江宁府制》《承议郎直集贤院范育可权发遣凤翔府制》《朝议大夫守吏部尚书曾孝宽可资政殿学士知颖昌府制》《代人谢御制诗表》《代人谢殿监赐对衣金带表》等，可知毛滂曾有过制词和代人作应用性文字的经历。毛滂

---

① （宋）欧阳修：《欧阳修全集》卷五七，中华书局 2001 年版，第 816 页。
② 傅璇琮等主编：《全宋诗》第 21 册，卷一二四九，北京大学出版社 1996 年版，第 14122—14126 页。
③ （宋）苏轼：《次韵毛滂法曹感雨》施元之注，《苏轼诗集》卷三一，中华书局 1982 年版，第 1653 页。

这些春词极似宫帖，为何而写、写于什么时间，难以知晓。但这些春词受宫中春帖子词的影响是显而易见的。此外，张耒、释得洪、张良臣、方岳、柴随亨等人的《春词》风格内容也非常接近春帖，如柴随亨诗中有"采蘩春日咏迟迟，何事于今咏黍离。夜到子中分旦气，岁从寅上授人时"[①]语。后世《春词》明显减少，而其风格、内容与宫词更为接近，如元萨都刺《春词》"深宫尽日垂珠箔，别殿何人度玉筝。白面内官无一事，隔花时听打毬声"[②]、明林鸿《春词》"梦回明月隐银屏，香冷微风动翠绫。从此离心无处写，起来花下拜三星"[③]等。

帖子词还促进了宋代节序诗的繁荣，尤其对立春和端午诗影响最大。宋人时常提及的"好遣秦郎供帖子，尽驱春色入毫端"（苏轼《次韵秦少游王仲至元日立春三首》），是苏轼次韵秦观、王钦臣所作《元日立春三绝》，王作今不传，秦作仍在，分别如下：

> 此度春非草草回，美人休着剪刀催。直须残腊十分尽，始共新年一并来。

> 发春献岁偶然同，新历观天最有功。头上两般幡胜影，一时飞入酒杯中。

> 摄提东直斗杓寒，骤觉中原气象宽。天为两宫同号令，不教春岁各开端。[④]

秦观这三首诗与宫中春帖相同，而出以清新之笔，表现应时纳祜的内容别具一格。三首皆写立春在元日的时节之巧，又表现了立春习俗。第一首用剪彩催春，以"休着"写元日与立春的同日；第二首写簪戴幡胜，以"两般"写两节不同幡胜同日而戴之情形；第三首写天象，"天为两宫同号令，不教春岁各开端"取譬新颖而含双关意，耐人寻味，因为此诗写于元祐八

---

① 傅璇琮等主编：《全宋诗》第 65 册，卷三四四七，北京大学出版社 1996 年版，第 41075 页。
② （元）萨都刺：《雁门集》卷三，影印《文渊阁四库全书》本，第 1212 册，第 631 页。
③ （宋）林鸿：《鸣盛集》卷四，影印《文渊阁四库全书》本，第 1231 册，第 76 页。
④ （宋）秦观著，徐培均笺注：《淮海集笺注》，上海古籍出版社 1994 年版，第 446—448 页。

年（1093），时太皇太后垂帘听政。比起秦观被元好问称为女郎诗的"有情芍药含春泪，无力蔷薇卧晚枝"①，要显得轻健而较有气势。苏轼以为秦观此诗可供春帖，反过来理解，则秦观此诗显然受到宫帖的巨大影响。再如张镃《岁旦立春》：

> 天心历数本相同，何事偏窥造化功。苍震欲承乾健力，岁端春肇一时中。
>
> 授受须知道一同，机缄默运仰神功。重轮赫日当天照，万国阳和淑气中。
>
> 赞美平时万口同，笙观造化协天功。圣朝家法皆仁德，宽大应符帝诏中。
>
> 从此车书看混同，王春丕建四时功。八千岂但壮椿比，宸极光符万岁中。
>
> 宝翰钟王妙与同，虎龙腾跃更新功。诗成秦观如佳兆，适契青宫得意中。
>
> 结宇城隅野老同，只将歌咏纪元功。枯荄亦喜春回早，为在条风振拂中。②

全诗紧扣"岁旦立春"，多用典故，应时令颂德美，以皇宫为中心，多用典，其中的第五首还化用了苏轼"好遣秦郎供帖子，尽驱春色入毫端"。诗皆押同韵，风格典雅，完全是帖子词之格调。

宋代立春、端午两节节序诗的发达，与宫帖的影响不无关系。据笔者对《全宋诗》所收立春诗粗略的统计，题目中有"立春""春日""新春"字眼的诗近500首，且不包括"春菜""春盘""土牛""春幡胜"等实写立春的诗以及"宫词""春词"等中描写立春的诗，题目中有"端午""五日""端阳""重午""竞渡"等字眼的诗近300首，也不包括其他写端午

---

① （金）元好问：《论诗三十首》其二十四，狄宝心校注：《元好问诗编年校注》卷一，中华书局2011年版，第67页。

② 傅璇琮等主编：《全宋诗》第50册，卷二六八七，北京大学出版社1998年版，第31635页。

之作。宋代的立春、端午节序诗的兴盛,与皇家对节日的提倡和用帖子词有很大关系。因为从节日规格来说,立春、端午二节在唐代要高于宋代。唐代的立春仪式要比宋代隆重得多,东郊迎气是由皇帝亲自主持的,而宋代多由有关官员代行;端午在唐代属于三大节之一,宋代则非。立春、端午节在宋代皆属于八大节,假日通常一天,受重视程度远远不及唐代。但宋代写立春、端午两节的诗歌却远远超出唐代,这一方面反映了宋诗取材于日常生活的特色,一方面也有官方文化习俗对大众的影响。宋代承平日久,在官方提倡下,节日文化繁荣,习俗丰富,节味浓厚,节日吟咏基本成为宋代文人的习惯,洪皓《立春有感》"一卮寿酒何缘受,觅纸题诗死不休"①、武衍《立春》"金幡不用吴娃祝,自唱新词插鬓边"②、刘黻《立春》"无梦到金马,有诗迎土牛"③ 等可为证,而众多的节序诗更是最好的说明。无论是立春诗,还是端午诗,一旦与京城、宫廷有关,诗歌风格便表现出与帖子词的相似性,如元叶衡《都门立春》"歌彻青阳淑气回,凤城春色柳边来。万年枝上东风动,五色云中丽日开。内侍惟分银叶胜,近臣应进玉霞杯。上林已报花先发,不待伶官羯鼓催"④,完全是帖子词的风格。元代袁桷《翰林故事莫盛于唐宋聊述旧闻拟宫词十首》其四所写即为宋代翰林学士写春帖之事,"春帖分裁阁分多,宫娥争馈缬绡罗。青丝菜饼银盘送,幡胜新题墨旋磨"⑤。明代吴宽《庚子立春朝贺》仍以"拟学宋臣题帖子,待看唐室进傩名"⑥ 来表现立春习俗。综上所述,作为宋代太平时期产生的门帖诗——春端帖子词,尤其是春帖子词,以其宫廷文化习俗的特殊地位和影响力,对后世的门帖文化和门帖诗歌都产生了

---

① 傅璇琮等主编:《全宋诗》第 30 册,卷一七〇二,北京大学出版社 1996 年版,第 19178 页。
② 傅璇琮等主编:《全宋诗》第 62 册,卷三二六八,北京大学出版社 1998 年版,第 38970 页。
③ 傅璇琮等主编:《全宋诗》第 65 册,卷三四二三,北京大学出版社 1998 年版,第 40711 页。
④ (清)钱熙彦:《元诗选·补遗》,中华书局 2002 年版,第 37 页。
⑤ (元)袁桷:《清容居士集》卷一六,影印《文渊阁四库全书》本,第 1203 册,第 221 页。
⑥ (明)吴宽:《家藏集》卷七,影印《文渊阁四库全书》本,第 1255 册,第 50 页。

深远的影响。在我国，作为立春文化习俗的春帖最终演变为除夕、元日的文化习俗，春帖诗也最终演变为春联。春帖文化和春帖诗对韩国的立春习俗的影响也极为深远，今天春帖虽然也演变为春联形式，但一直是立春的习俗。帖子词的大量创作丰富了我国古代的节序诗歌。由于春帖明显的文化符号性特征，它也成了立春、除夕和元日诗歌的典型意象。

附 录

表 1 宋代帖子词作者作品与使用时间简表

作者	帖子类型	阁类	数量 完篇	数量 断句	使用时间	备注
夏竦	春帖	御阁	6		大中祥符九年（1016）	
		内阁	7			
		寿春郡王阁	4			
	端帖	御阁	12		约大中祥符九年（1016）	
		皇后阁	8			
		郡王阁	4			
		淑妃阁	4			
晏殊	端帖	御阁	4		天禧二年（1018）	题作"端午词"，为两组
		内廷	4			
		升王阁	2			
	端帖	御阁	4		约天禧三年至五年（1019—1021）间	
		东宫阁	2			
	元日帖	御阁	4		约天禧三年（1019）至乾兴元年（1022）间	题作"元日词"
		内廷	4			
		东宫阁	2			
	春帖	御阁	4		约乾兴元年（1022）	题作"立春日词"
		内廷	4			
		东宫阁	3			
宋庠	端帖	皇帝阁	6		宝元二年（1039）	
		皇后阁	5			
		夫人阁	4			

续表

作者	帖子类型	阁类	数量		使用时间	备注
			完篇	断句		
宋祁	春帖	皇帝阁	12		庆历四年（1044）庆历五年（1045）	为两组
		皇后阁	10			
		夫人阁	10			
孙抃	端帖	皇帝阁	6		约庆历五年至八年（1045—1048）间	《古今岁时杂咏》题作"孙觌"
		皇后阁	5			
		夫人阁	5			
胡宿	春帖	皇帝阁	6		皇祐六年（1054）	
		皇后阁	5			
		妃阁	4			
		夫人阁	5			
	端帖	皇帝阁	12		皇祐五年至嘉祐六年（1053—1061）间，其一组作于嘉祐四年（1059）	当为两组
		皇后阁	10			
		夫人阁	10			
欧阳修	春帖	皇帝阁	6		至和二年（1055）	
		皇后阁	5			
		温成皇后阁	4			
		夫人阁	5			
	端帖	皇帝阁	6		至和二年（1055）	
		皇后阁	5			
		温成皇后阁	4			
		夫人阁	5			
	端帖	皇帝阁	6		嘉祐四年（1059）	
		皇后阁	5			
		温成皇后阁	4			
		夫人阁	5			

续表

作者	帖子类型	阁类	数量 完篇	数量 断句	使用时间	备注
王珪	春帖	皇帝阁	6		嘉祐二年（1057）	
		皇后阁	5			
		温成皇后阁	4			
		夫人阁	5			
	端帖	皇帝阁	12		熙宁二年（1069） 熙宁三年（1070）	当为两组
		太上皇后阁	12			
		皇后阁	10			
		夫人阁	9			
司马光	春帖	皇帝阁	6		熙宁三年（1070）	
		太皇太后阁	6			
		皇太后阁	6			
		皇后阁	5			
		夫人阁	4			
元绛	春帖	（未详）		2	约熙宁四年至八年（1071—1075）间	
	端帖	皇帝阁	1	2		
		皇后阁		3		
		（未详）		14		
韩维	春帖	皇帝阁	6		熙宁七年（1074）	
		太皇太后阁	6			
		皇太后阁	6			
		皇后阁	5			
		夫人阁	4			
吕惠卿	端帖	皇帝阁		1	熙宁七年（1074）	
李清臣	端帖	（未详）	1		元丰三年至五年（1080—1082）间	
邓润甫	春帖	（未详）	1		元丰六年至元祐元年（1083—1086）间	

续表

作者	帖子类型	阁类	数量		使用时间	备注
			完篇	断句		
苏轼	春帖	皇帝阁	6		元祐三年（1088）	
		太皇太后阁	6			
		皇太后阁	6			
		皇太妃阁	5			
		夫人阁	4			
	端帖	皇帝阁	6		元祐三年（1088）	
		太皇太后阁	6			
		皇太后阁	6			
		皇太妃阁	5			
		夫人阁	4			
许将	春帖	皇帝阁	1		约元祐四年（1089）	
	端帖	（未详）		1	约元祐四年（1089）	
苏颂	春帖	皇帝阁	6		元祐五年（1090）	
		太皇太后阁	6			
		皇太后阁	6			
		皇太妃阁	5			
		夫人阁	4			
	春帖	（未详）	1		不详	
苏辙	端帖	皇帝阁	6		元祐五年（1090）	
		太皇太后阁	6			
		皇太后阁	6			
		皇太妃阁	5			
		夫人阁	4			
赵彦若	端帖	（未详）	2	1	元祐六年（1091）	
梁焘	春帖	（未详）	1		元祐七年（1092）	
蔡京	春帖	（未详）		2	绍圣五年（1098）	疑为"妃阁"
将之奇	春帖	（未详）	1		元符二年（1099）	疑为"皇帝阁"
无名氏	春帖	（未详）		1	大观间（1107—1110）	

续表

作者	帖子类型	阁类	数量 完篇	数量 断句	使用时间	备注
周邦彦	春帖	（未详）	1	2	约政六年至七年（1116—1117）	
王安中	春帖	皇帝阁	1		政和八年（1118）	
		妃嫔阁	1			
	春帖	皇帝阁	1		宣和二年（1120）	
		妃嫔阁	1			
李邦彦	端帖	（未详）		1	约政和八年至宣和三年（1118—1121）间	
赵野	春帖	（未详）		1	约宣和二年至五年（1120—1123）间	
傅墨卿	端帖	（未详）		1	约宣和六年至七年（1124—1125）间	
李清照	春帖	皇帝阁	1		绍兴十三年（1143）	
		贵妃阁	1			
	端帖	皇帝阁	1		绍兴十三年（1143）	
		皇后阁	1			
		夫人阁 1				
刘才邵	春帖	皇太后阁	6		绍兴二十七年（1157）	
		皇帝阁	6			
		皇后阁	5			
	端帖	皇帝阁	6		绍兴二十七年（1157）	
周麟之	春帖	皇太后阁	6		绍兴二十九年（1159）	
		皇帝阁	6			
		皇后阁	5			
	端帖	皇太后阁	6		绍兴二十九年（1159）	
		皇帝阁	6			
		皇后阁	5			
陆升之	春帖	皇后阁	1		绍兴三十二年（1162）	

续表

作者	帖子类型	阁类	数量 完篇	数量 断句	使用时间	备注
曹勋	春帖	德寿（太上皇帝阁）	8		隆兴元年（1163）	"德寿"即德寿宫，为太上皇帝宫
曹勋	端帖	（太上皇帝 太上皇后）	9		约隆兴元年（1163）	自注"德寿"或"康寿"，为太上皇帝、太上皇后宫
曹勋	（未详）	癸未御前	3		隆兴元年（1163）	
洪适	春帖	皇帝阁	6		乾道元年（1165）	
洪适	春帖	皇后阁	5		乾道元年（1165）	
汪应辰	端帖	皇帝阁	6		乾道五年（1169）	应为"两组"
汪应辰	端帖	太上皇帝阁	12		乾道五年（1169）乾道六年（1170）	应为"两组"
汪应辰	端帖	太上皇后阁	12		乾道五年（1169）乾道六年（1170）	应为"两组"
周必大	春帖	太上皇帝阁	6		乾道七年（1171）	
周必大	春帖	太上皇后阁	6		乾道七年（1171）	
周必大	端帖	太上皇帝阁	6		乾道七年（1171）	
周必大	端帖	太上皇后阁	6		乾道七年（1171）	
周必大	端帖	皇帝阁	6		乾道八年（1172）	
周必大	春帖	皇帝阁	6		淳熙三年（1176）	
周必大	春帖	太上皇帝阁	5		淳熙三年（1176）	
周必大	端帖	皇帝阁	6		淳熙三年（1176）	
周必大	春帖	太上皇帝阁	6		淳熙四年（1177）	
周必大	春帖	太上皇后阁	6		淳熙四年（1177）	
周必大	端帖	太上皇帝阁	6		淳熙四年（1177）	
周必大	端帖	太上皇后阁	6		淳熙四年（1177）	
周必大	春帖	太上皇帝阁	6		淳熙五年（1178）	
周必大	春帖	太上皇后阁	6		淳熙五年（1178）	
周必大	春帖	皇帝阁	6		淳熙五年（1178）	
周必大	春帖	皇后阁	5		淳熙五年（1178）	
周必大	端帖	太上皇帝阁	6		淳熙五年（1178）	
周必大	端帖	太上皇后阁	6		淳熙五年（1178）	
周必大	端帖	皇帝阁	6		淳熙五年（1178）	
周必大	端帖	皇后阁	5		淳熙五年（1178）	
周必大	端帖	太上皇帝阁	6		淳熙六年（1179）	
周必大	端帖	太上皇后阁	6		淳熙六年（1179）	

续表

作者	帖子类型	阁类	数量		使用时间	备注
			完篇	断句		
崔敦诗	端帖	皇帝阁	6		淳熙元年（1174）	
	春帖	太上皇帝阁	6		淳熙二年（1175）	
		太上皇后阁	6			
	春帖	皇帝阁	6		淳熙六年（1179）	
		皇后阁	5			
	端帖	皇帝阁	6		淳熙六年（1179）	
		皇后阁	5			
	春帖	太上皇帝阁	6		淳熙七年（1180）	
		太上皇后阁	6			
	端帖	皇帝阁	6		淳熙七年（1180）	
		皇后阁	5			
	春帖	太上皇帝阁	6		淳熙八年（1181）	
		太上皇后阁	6			
	端帖	太上皇帝阁	6		淳熙八年（1181）	
		太上皇后阁	6			
洪迈	端帖	（未详）		1	约乾道三年至五年（1167—1169）或淳熙十三至十四年（1186—1187）间	
许及之	春帖	太上皇帝阁	3		淳熙十四年（1187）	
		太上皇后阁	6			
		皇帝阁	3			
		皇后阁	3			
	端帖	太上（皇帝）阁	6		约淳熙十四年（1187）	
		圣寿（太上皇后）阁	6			
周南	春帖	皇帝阁	3		约庆元六年（1200）或嘉泰元年（1201）	
	春帖	皇太后阁	6		约嘉泰三年（1203）	
	春帖	皇帝阁	3		约开禧三年（1207）	

续表

作者	帖子类型	阁类	数量		使用时间	备注
			完篇	断句		
卫泾	春帖	皇帝阁	4		开禧三年（1207）	
		太皇太后阁	6			
	端帖	皇帝阁	5		开禧三年（1207）	
		太皇太后阁	6			
真德秀	端帖	皇帝阁	6		嘉定三年（1210）	
		皇后阁	5			
		皇太子宫	5			
	春帖	皇后阁	5		嘉定四年（1211）	
	端帖	皇后阁	5		嘉定四年（1211）	
	春帖	皇帝阁	6		嘉定五年（1212）	
		皇后阁	5			
		东宫阁	5			
	端帖	皇后阁	5		嘉定五年（1212）	
	春帖	皇后阁	5		嘉定六年（1213）	
	端帖	皇后阁	5		嘉定六年（1213）	
洪咨夔	端帖	皇帝阁	6		端平二年（1235）	
		贵妃阁	5			
	春帖	皇帝阁	6		端平三年（1236）	
		皇后阁	5			
		贵妃阁	5			
许应龙	春帖	皇帝阁	6		嘉熙三年（1239）	
		皇后阁	5			
		贵妃阁	5			
	端帖	皇帝阁	6		嘉熙三年（1239）	
		皇后阁	5			
		贵妃阁	5			

续表

作者	帖子类型	阁类	数量		使用时间	备注
			完篇	断句		
刘克庄	春帖	皇帝阁	6		景定二年(1261)	
		皇太子宫	5			
	端帖	后阁	5		景定二年(1261)	
		公主阁	5			
	春帖	皇后阁	5		景定三年(1262)	
		公主位	5			
	端帖	皇帝阁	6		景定三年(1262)	
		皇太子宫	5			
罗公升	春帖	皇帝阁	2		不详	
		皇后阁	1		不详	
		夫人阁	1		不详	
	端帖	皇帝阁	1		不详	
		夫人阁	1		不详	

说明：据拙著《宋代帖子词辑释》列表，个别帖子词的使用时间有所订正。

表2 《全宋诗》所载帖子词简表

姓名	册数	卷数	页码	备注
夏竦	第3册	第161卷	第1811—1814页	
晏殊	第3册	第172卷	第1948—1956页	
宋庠	第4册	第201卷	第2302—2303页	
胡宿	第4册	第185卷	第2126—2129页	
宋祁	第4册	第223卷	第2577—2578页	
欧阳修	第6册	第303卷	第3805—3810页	
元绛	第7册	第353卷	第4383页	
韩维	第8册	第430卷	第5276—5278页	
王珪	第9册	第496卷	第5992—5996页	
司马光	第9册	第507卷	第6169—6171页	
苏颂	第10册	第533卷	第6440—6442页	
邓润甫	第11册	第620卷	第7392页	

续表

姓　　名	册数	卷数	页码	备注
蒋之奇	第 11 册	第 687 卷	第 8020 页	
李清臣	第 11 册	第 721 卷	第 8336 页	
赵彦若	第 11 册	第 724 卷	第 8375 页	
吕惠卿	第 12 册	第 721 卷	第 8344 页	
苏　轼	第 14 册	第 828 卷	第 9589—9593 页	
许　将	第 14 册	第 840 卷	第 9728 页	
苏　辙	第 15 册	第 864 卷	第 10053—10055 页	
蔡　京	第 18 册	第 1043 卷	第 11946 页	
周邦彦	第 21 册	第 1188 卷	第 13421 页	
王安中	第 24 册	第 1393 卷	第 16013 页	
孙　觌	第 26 册	第 1489 卷	第 17023—17024 页	当为孙抃
赵　野	第 27 册	第 1537 卷	第 17448 页	
李清照	第 28 册	第 1602 卷	第 18006 页	
刘才邵	第 29 册	第 1682 卷	第 18866—18868 页	
李邦彦	第 31 册	第 1791 卷	第 19975 页	
曹　勋	第 33 册	第 1893 卷	第 21164—21165 页	
陆升之	第 37 册	第 2059 卷	第 23219 页	
周麟之	第 38 册	第 2089 卷	第 23569—23570 页	
汪应辰	第 38 册	第 2090 卷	第 23580—23582 页	
洪　迈	第 38 册	第 2123 卷	第 24012 页	
周必大	第 43 册	第 2331 卷	第 26809—26817 页	
许及之	第 46 册	第 2455 卷	第 28400、28421 页	
崔敦诗	第 48 册	第 2568 卷	第 29826—29832 页	
周　南	第 52 册	第 2739 卷	第 32262—32263 页	
卫　泾	第 52 册	第 2772 卷	第 32807—32808 页	
许应龙	第 54 册	第 2836 卷	第 33769—33770 页	
洪咨夔	第 55 册	第 2897 卷	第 34614—34615 页	
真德秀	第 56 册	第 2922 卷	第 34852—34856 页	
罗公升	第 70 册	第 3693 卷	第 44347 页	
梁君贶	第 71 册	第 3739 卷	第 45089 页	当为梁焘

参考文献

一、古代典籍

（春秋）管仲：《管子》，《四部丛刊》本。

（汉）司马迁撰，（唐）裴骃集解，（唐）司马贞索隐，（唐）张守节正义：《史记》，中华书局1982年新1版。

（汉）班固撰，（唐）颜师古注：《汉书》，中华书局1962年版。

（汉）班固：《白虎通义》，影印《文渊阁四库全书》本。

（汉）应劭撰，王利器校注：《风俗通义校注》，中华书局1981年版。

（晋）葛洪著，王明校释：《抱朴子内篇校释》，中华书局1980年版。

（南朝·宋）范晔撰、（唐）李贤等注：《后汉书》，中华书局1965年版。

（南朝·梁）刘勰：《文心雕龙注译》，郭晋稀注译，甘肃人民出版社1982年版。

（南朝·梁）宗懔著，（隋）杜公瞻注：《荆楚岁时记》，山西人民出版社1987年版。

（唐）段成式：《酉阳杂俎》，中华书局1981年版。

（唐）韩愈撰、马通伯校注：《韩昌黎文集校注》，古典文学出版社1957年版。

（唐）李商隐著、（清）冯浩笺注：《玉谿生诗集笺注》，上海古籍出版社1979年版。

（唐）欧阳询：《艺文类聚》，上海古籍出版社1982年新1版，

（唐）徐坚：《初学记》，中华书局1962年版。

（唐）元稹：《元稹集》，中华书局1982年版。

（五代）王定保：《唐摭言》，上海古籍出版社1978年版。

（宋）蔡正孙：《诗林广记》，中华书局1982年版。

（宋）曹勋：《松隐集》，影印《文渊阁四库全书》本。

（宋）晁端义：《贵耳集》，中华书局1985年版。

（宋）晁公武撰，孙猛校证：《郡斋读书志校证》，上海古籍出版社1990年版。

（宋）陈均：《九朝编年备要》，影印《文渊阁四库全书》本。

（宋）陈骙、佚名：《南宋馆阁录 南宋馆阁续录》，中华书局1998年版。

（宋）陈善：《扪虱新话》，《丛书集成初编》本。

（宋）陈师道：《后山谈丛》，中华书局2007年版。

（宋）陈世崇：《随隐漫录》，中华书局2010年版。

（宋）陈岩肖：《庚溪诗话》，中华书局1985年版。

（宋）陈元靓编：《岁时广记》，《丛书集成初编》本。

（宋）陈振孙：《直斋书录解题》，上海古籍出版社1987年版。

（宋）程珌：《洺水集》，影印《文渊阁四库全书》本。

（宋）崔敦诗：《崔舍人玉堂类稿》，《丛书集成初编》本。

（宋）杜大珪编：《名臣碑传琬琰之集》，影印《文渊阁四库全书》本。

（宋）范成大：《范石湖集》，上海古籍出版社1981年版。

（宋）方回著，李庆甲汇评：《瀛奎律髓汇评》，上海古籍出版社1986年版。

（宋）方岳：《秋崖集》，影印《文渊阁四库全书》本。

（宋）方岳：《秋崖先生小稿》，《宋集珍本丛刊》本。

（宋）费衮：《梁谿漫志》，上海古籍出版社1985年版。

（宋）高承：《事物纪原》，中华书局1989年版。

（宋）韩维：《南阳集》，影印《文渊阁四库全书》本。

（宋）何异：《宋中兴学士院题名》，《续修四库全书》本，上海古籍出版社 2002 年版。

（宋）洪觉范：《石门文字禅》，《四部丛刊》本。

（宋）洪迈：《容斋随笔》，中华书局 2005 年版。

（宋）洪适：《盘洲文集》，《四部丛刊》本。

（宋）洪咨夔：《平斋文集》，《四部丛刊》本。

（宋）洪遵辑：《翰苑群书》，《丛书集成初编》本。

（宋）胡宿《文恭集》，《丛书集成初编》本。

（宋）胡仔纂集：《苕溪渔隐丛话》，人民文学出版社 1962 年版。

（宋）江少虞：《宋朝事实类苑》，上海古籍出版社 1981 年版。

（宋）姜夔著、夏承焘校辑：《白石诗词集》，人民文学出版社 1998 年版。

（宋）李清照著，王仲闻校注：《李清照集校注》，人民文学出版社 1979 年版。

（宋）李焘：《续资治通鉴长编》，中华书局 1995 年版。

（宋）李心传：《建炎以来系年要录》，中华书局 1956 年版。

（宋）廖刚：《高峰文集》，影印《文渊阁四库全书》本。

（宋）林駉：《古今源流至论续集》，影印《文渊阁四库全书》本。

（宋）林栗：《周易经传集解》，影印《文渊阁四库全书》本。

（宋）林希逸：《竹溪鬳斋十一稿续集》，影印《文渊阁四库全书》本。

（宋）刘才邵：《樅溪居士集》，影印《文渊阁四库全书》本。

（宋）刘克庄：《后村诗话》，中华书局 1983 年版。

（宋）刘克庄：《后村先生大全集》，《四部丛刊》本。

（宋）刘时举：《续宋编年资治通鉴》，影印《文渊阁四库全书》本。

（宋）楼钥：《攻媿集》，影印《文渊阁四库全书》本。

（宋）陆游：《家世旧闻》，中华书局 1985 年版。

（宋）陆游：《老学庵笔记》，中华书局 1979 年版。

（宋）陆游：《陆放翁全集》，中国书店 1986 年版。

（宋）陆游撰，钱仲联校注：《剑南诗稿》，上海古籍出版社 1986 年版。

（宋）罗从彦：《豫章文集》，影印《文渊阁四库全书》本。

（宋）罗公升：《宋贞士罗沧州先生集》，《续修四库全书》本。

（宋）罗愿：《尔雅翼》，《丛书集成初编》本。

（宋）吕希哲：《吕氏杂记》，影印《文渊阁四库全书》本。

（宋）梅尧臣：《宛陵集》，《四部丛刊》本。

（宋）孟元老等：《东京梦华录》（外四种），古典文献出版社 1956 年。

（宋）欧阳修：《欧阳修全集》，中华书局 2001 年版。

（宋）欧阳修等：《新唐书》，中华书局 1975 年版。

（宋）庞元英：《文昌杂录》，中华书局 1985 年新 1 版。

（宋）彭乘：《墨客挥犀》，中华书局 2002 年版。

（宋）彭大翼：《山堂肆考》，影印《文渊阁四库全书》本。

（宋）蒲积中编：《古今岁时杂咏》，辽宁教育出版社 1998 年版。

（宋）綦崇礼：《北海集》，影印《文渊阁四库全书》本。

（宋）潜说友：《咸淳临安志》，影印《文渊阁四库全书》本。

（宋）秦观著、徐培均笺注：《淮海集笺注》，上海古籍出版社 1994 年版。

（宋）桑世昌：《兰亭考》，《丛书集成初编》本。

（宋）邵博：《邵氏闻见后录》，中华书局 1983 年版。

（宋）沈括：《梦溪笔谈》，辽宁教育出版社 1997 年版。

（宋）施宿：《会稽志》，影印《文渊阁四库全书》本。

（宋）史能之：《咸淳重修毗陵志》，北京图书馆藏明初刻本。

（宋）释惠洪：《冷斋夜话》，中华书局 1988 年版。

（宋）司马光：《传家集》，影印《文渊阁四库全书》本。

（宋）宋敏求：《春明退朝录》，中华书局 1980 年版。

（宋）宋祁：《景文集》，《丛书集成初编》本。

（宋）宋庠：《元宪集》，影印《文渊阁四库全书》本。

（宋）苏轼：《苏轼文集》，中华书局1986年版。

（宋）苏轼著，王文诰辑注：《苏轼诗集》，中华书局1982年版。

（宋）苏舜钦：《苏学士集》，影印《文渊阁四库全书》本。

（宋）苏颂：《苏魏公文集》，中华书局1988年版。

（宋）苏辙：《栾城集》，上海古籍出版社1987年版。

（宋）孙觌：《鸿庆居士集》，影印《文渊阁四库全书》本。

（宋）孙逢吉：《职官分纪》，中华书局1988年版。

（宋）田锡：《咸平集》，影印《文渊阁四库全书》本。

（宋）汪应辰：《文定集》，《丛书集成初编》本。

（宋）王安石撰，李之亮笺注：《王荆公文集笺注》，巴蜀书社2005年版。

（宋）王称：《东都事略》，齐鲁书社2000年版。

（宋）王珪：《华阳集》，影印《文渊阁四库全书》本。

（宋）王明清：《玉照新志》，影印《文渊阁四库全书》本。

（宋）王辟之：《渑水燕谈录》，中华书局1981年版。

（宋）王十朋：《梅溪王先生文集》，《四部丛刊》本。

（宋）王栐：《燕翼诒谋录》，中华书局1981年版。

（宋）王之望：《汉滨集》，影印《文渊阁四库全书》本。

（宋）王灼：《碧鸡漫志》，上海古籍出版社1988年版。

（宋）卫泾：《后乐集》，影印《文渊阁四库全书》本。

（宋）魏庆之：《诗人玉屑》，中华书局2007年版。

（宋）魏泰：《东轩笔录》，中华书局1983年版。

（宋）文天祥：《文山集》，影印《文渊阁四库全书》本。

（宋）文莹：《湘山野录续录》，中华书局1984年版。

（宋）吴曾：《能改斋漫录》，上海古籍出版社1960年版。

（宋）吴处厚：《青箱杂记》，中华书局1985年版。

（宋）吴子良：《荆溪林下偶谈》，影印《文渊阁四库全书》本。

（宋）夏竦：《文庄集》，影印《文渊阁四库全书》本。

（宋）谢深甫：《庆元条法事类》，黑龙江人民出版社2002年版。

（宋）熊克：《中兴小纪》，影印《文渊阁四库全书》本。

（宋）徐兢：《宣和奉使高丽图经》，《丛书集成初编》本。

（宋）徐梦莘：《三朝北盟会编》，上海古籍出版社1987年版。

（宋）许及之：《涉斋集》，影印《文渊阁四库全书》本。

（宋）许应龙：《东涧集》，影印《文渊阁四库全书》本。

（宋）严羽著、郭绍虞校释：《沧浪诗话校释》，人民文学出版社1961年版。

（宋）杨万里著，辛更儒笺校：《杨万里集笺校》，中华书局2007年版。

（宋）杨亿：《武夷新集》，《宋集珍本丛刊》本。

（宋）叶鏊：《爱日斋丛钞》，影印《文渊阁四库全书》本。

（宋）叶梦得：《避暑录话》，上海书店1989年版。

（宋）叶梦得：《石林诗话》，中华书局1990年版。

（宋）叶梦得撰，宇文绍奕考异：《石林燕语》，中华书局1984年版。

（宋）佚名：《锦绣万花谷·后集》，影印《文渊阁四库全书》本。

（宋）佚名：《绍兴十八年同年小录》，影印《文渊阁四库全书》本。

（宋）袁燮：《絜斋集》，影印《文渊阁四库全书》本。

（宋）岳珂：《棠湖诗稿》，线装书局2004年影宋临安陈宅书籍铺刻本。

（宋）岳珂：《桯史》，中华书局1981年版。

（宋）张邦基：《墨庄漫录》，中华书局2002年版。

（宋）张君房：《云笈七签》，影印《文渊阁四库全书》本。

（宋）张咏：《乖崖集》，影印《文渊阁四库全书》本。

（宋）赵令畤：《侯鲭录》，中华书局2002年版。

（宋）真德秀：《西山先生真文忠公文集》，《四部丛刊》本。

（宋）周必大：《文忠集》，影印《文渊阁四库全书》本。

（宋）周必大：《玉堂杂记》，影印《文渊阁四库全书》本。

（宋）周辉著，刘永翔校注：《清波杂志校注》，中华书局1994年版。

（宋）周麟之：《海陵集》，影印《文渊阁四库全书》本，

（宋）周密：《浩然斋雅谈》，中华书局2010年版。

（宋）周密：《齐东野语》，中华书局1983年版。

（宋）周密：《武林旧事》，浙江人民出版社1984年版。

（宋）周南《山房集》，《宋集珍本丛刊》本。

（宋）周应合：《景定建康志》，影印《文渊阁四库全书》本。

（宋）朱弁：《曲洧旧闻》，中华书局2002年版。

（宋）朱熹：《楚辞集注》，上海古籍出版社1979年版。

（宋）朱熹：《宋名臣言行录》，影印《文渊阁四库全书》本。

（宋）朱熹等：《五朝名臣言行录》，《四部丛刊》本。

（宋）朱彧：《萍洲可谈》，中华书局2007年版。

（宋）祝穆，（元）富大用，（元）祝渊：《新编古今事文类聚》，宽文六年（1666）京都八尾勘兵卫刊本。

（元）陈桱：《通鉴续编》，影印《文渊阁四库全书》本。

（元）马端临：《文献通考》，中华书局1986年版。

（元）马臻：《霞外诗集》，影印《文渊阁四库全书》本。

（元）欧阳玄：《圭斋文集》，影印《文渊阁四库全书》本。

（元）蒲道源：《闲居丛稿》，影印《文渊阁四库全书》本。

（元）萨都刺：《雁门集》，影印《文渊阁四库全书》本。

（元）脱脱等：《宋史》，中华书局1977年版。

（元）王旭：《兰轩集》，影印《文渊阁四库全书》本。

（元）王恽：《秋涧先生大全文集》，《四部丛刊》本。

（元）许有壬：《至正集》，影印《文渊阁四库全书》本。

（元）杨朝英：《朝野新声太平乐府》，《四部丛刊》本。

（元）杨宏道：《小亨集》，影印《文渊阁四库全书》本。

（元）杨瑀：《山居新话》，影印《文渊阁四库全书》本。

（元）佚名：《宋史全文》，黑龙江人民出版社2004年版。

（元）虞集：《道园学古录》，影印《文渊阁四库全书》本。
（元）袁桷：《清容居士集》，影印《文渊阁四库全书》本。
（元）张昱：《张光弼诗集》，《四部丛刊续编》本。
（元）赵汸：《东山先生存稿》，影印《文渊阁四库全书》本。
（元）郑真：《荥阳外史集》，影印《文渊阁四库全书》本。
（元）周权：《此山诗集》，影印《文渊阁四库全书》本。
（元）朱德润：《存复斋文集》，《四部丛刊》本。
（明）陈邦瞻：《宋史纪事本末》，中华书局1977年版。
（明）陈绎曾：《文说》，影印《文渊阁四库全书》本。
（明）戴冠：《濯缨亭笔记》，明嘉靖二十六年（1547）化察刻本。
（明）冯惟讷：《古诗纪》，影印《文渊阁四库全书》本。
（明）高启：《大全集》，影印《文渊阁四库全书》本。
（明）顾清：《松江府志》，明正德七年（1512）刊本。
（明）海瑞：《元祐党籍碑考》，《丛书集成初编》本。
（明）何乔新：《椒邱文集》，影印《文渊阁四库全书》本。
（明）胡应麟：《诗薮》，上海古籍出版社1958年版。
（明）蒋一葵：《尧山堂外纪》，《续修四库全书》本。
（明）焦竑：《献征录》，《续修四库全书》本。
（明）林鸿：《鸣盛集》，影印《文渊阁四库全书》本。
（明）毛晋辑：《三家宫词》，明末虞山毛氏绿君亭刻本。
（明）陶宗仪：《书史会要》，影印《文渊阁四库全书》本。
（明）田汝成：《西湖游览志馀》，上海古籍出版社1958年版。
（明）王鏊：《姑苏志》，影印《文渊阁四库全书》本。
（明）王鏊：《震泽长语》，《丛书集成初编》本。
（明）王文禄：《文脉》，《丛书集成初编》本。
（明）王直：《抑庵文集》，影印《文渊阁四库全书》本。
（明）文肇祉：《文氏五家集》，影印《文渊阁四库全书》本。
（明）文震亨：《长物志》，影印《文渊阁四库全书》本。

（明）吴宽：《家藏集》，影印《文渊阁四库全书》本。

（明）徐师曾：《文体明辨序说》，人民文学出版社1962年版。

（明）徐应秋：《玉芝堂谈荟》，影印《文渊阁四库全书》本。

（明）许学夷：《诗源辩体》，人民文学出版社1998年版。

（明）杨慎：《升庵集》，影印《文渊阁四库全书》本。

（明）杨士奇等辑：《历代名臣奏议》，影印《文渊阁四库全书》本。

（明）张羽：《东田遗稿》，影印《文渊阁四库全书》本。

（明）章懋：《枫山集》，影印《文渊阁四库全书》本。

（清）爱新觉罗·弘历：《御选宋金元明四朝诗》，影印《文渊阁四库全书》本。

（清）爱新觉罗·弘历：《御制诗集》，影印《文渊阁四库全书》本。

（清）爱新觉罗·载沣：《醇亲王载沣日记》，群众出版社2014年版。

（清）曹抡彬等纂修：《（乾隆）雅州府志》，清乾隆四年（1739）刻本。

（清）虫天子辑：《香艳丛书》，清宣统年间国学扶轮社排印本。

（清）段玉裁：《说文解字注》，江苏古籍出版社2006年版。

（清）鄂尔泰、张廷玉等修：《国朝宫史》，影印《文渊阁四库全书》本。

（清）富察敦崇：《燕京岁时记》，北京出版社1961年版。

（清）顾禄：《清嘉录》，江苏古籍出版社1999年版。

（清）何文焕辑：《历代诗话》，中华书局2004年第2版。

（清）洪亮吉：《洪北江诗文集》，《四部丛刊》本。

（清）嵇璜等：《钦定续通志》，影印《文渊阁四库全书》本。

（清）孔尚任：《节序同风录》，浙江人民美术出版社2016年版。

（清）李清馥：《闽中理学渊源考》，影印《文渊阁四库全书》本。

（清）李调元：《童山诗集》，清乾隆年间绵州李氏万卷楼刻本。

（清）厉鹗：《樊榭山房集》，影印《文渊阁四库全书》本。

（清）厉鹗：《宋诗纪事》，上海古籍出版社1983年版。

（清）梁章钜：《楹联丛话》，中华书局1987年版。

（清）彭定求等编：《全唐诗》，中华书局1960年版。

（清）钱大昕：《潜研堂文集》，清嘉庆十一年（1806）刻本。

（清）钱熙彦：《元诗选·补遗》，中华书局2002年版。

（清）阮葵生：《茶馀客话》，清光绪十四年（1888）刻本。

（清）阮元校刻：《十三经注疏》，上海古籍出版社1980年影印本。

（清）史梦兰：《全史宫词》，清咸丰六年（1856）刻本。

（清）陶元藻辑：《全浙诗话》，清嘉庆元年（1796）怡云阁刻本。

（清）汪由敦：《松泉集》，影印《文渊阁四库全书》本。

（清）王夫之：《薑斋诗文集》，《四部丛刊》本。

（清）王鸿绪：《横云山人集》，《清代诗文集汇编》本。

（清）王士禛：《带经堂诗话》，人民文学出版社1963年版。

（清）吴乔：《围炉诗话》，《丛书集成初编》本。

（清）吴振棫：《养吉斋丛录》，中华书局2005年版。

（清）吴之振等编：《宋诗钞》，中华书局1986年版。

（清）徐乾学：《资治通鉴后编》，清《文渊阁四库全书》本。

（清）徐松辑：《宋会要辑稿》，中华书局1957年影印本。

（清）永瑢等：《四库全书总目》，中华书局1965年版。

（清）张照等：《石渠宝笈》，影印《文渊阁四库全书》本。

（清）章学诚：《章氏遗书》，北京文物出版社1982影印嘉业堂本。

（清）赵宏恩修：《（乾隆）江南通志》，影印《文渊阁四库全书》本。

（清）赵翼：《陔馀丛考》，中华书局1963年版。

（清）赵翼：《瓯北诗话》，人民文学出版社1963年版。

（清）周拱辰：《圣雨斋诗集》，清顺治九年（1652）刻本。

（清）朱彝尊：《十家宫词》，清康熙二十八年（1689）贞曜堂刻本。

二、近、现代专著

陈新、张如安、叶石健、吴宗海等：《全宋诗订补》，大象出版社2005年版。

陈寅恪：《金明馆丛稿二编》，上海古籍出版社1980年版。

陈元锋：《北宋馆阁翰苑与诗坛研究》，中华书局2005年版。

程千帆、吴新雷：《两宋文学史》，上海古籍出版社1991年版。

程毅中：《中国诗体流变》，中华书局1992年版。

程章灿：《刘克庄年谱》，贵州人民出版社1993年版。

丁传靖：《宋人轶事汇编》，中华书局1981年版。

丁福保辑：《历代诗话续编》，中华书局2006年版。

丁世良、赵放编：《中国地方志民俗资料汇编》，书目文献出版社1995年版。

傅璇琮等主编：《全宋诗》，北京大学出版社1991—1998年版。

傅芸子：《正仓院考古记》，辽宁教育出版社2000年版。

高国藩：《敦煌古俗与民俗流变》，河海大学出版社1989年版。

龚延明：《宋代官制辞典》，中华书局1997年版。

顾易生、蒋凡、刘明今：《宋金元文学批评史》，上海古籍出版社1996年版。

郭绍虞：《宋诗话考》，中华书局1979年版。

郭绍虞辑：《宋诗话辑佚》，中华书局1980年版。

黄永武：《敦煌宝藏》，新文丰出版公司1981年版。

简涛：《立春风俗考》，上海文艺出版社1998年版。

孔凡礼：《苏轼年谱》，中华书局1998年版。

林正秋：《南宋都城临安》，西泠印社1985年版。

逯钦立辑校：《先秦汉魏晋南北朝诗》，中华书局1983年版。

木斋：《宋诗流变》，京华出版社1999年版。

浦江清：《浦江清文录》，人民文学出版社1958年版。

钱锺书：《宋诗选注》，生活·读书·新知三联书店2002年版。

钱锺书：《谈艺录》（补订本），中华书局1984年版。

乔继堂、朱瑞平主编：《中国岁时节令辞典》，中国社会科学出版社1998年版。

任半塘：《唐声诗》，上海古籍出版社1982年版。

尚秉和：《历代社会风俗事物考》，中国书店出版社2001年版。

孙望、常国武主编：《宋代文学史》，人民文学出版社1996年版。

唐圭璋编：《全宋词》，中华书局1965年版。

陶立璠：《民俗学概论》，中央民族学院出版社1987年版。

田哲益：《细说端午》，台湾百观出版社1994年版。

万依、王树卿、陆燕贞主编：《故宫经典：清宫生活图典》，紫禁城出版社2014年版。

王国维：《王国维遗书》，上海书店1983年版。

王水照、胡中行、朱刚、查屏球等编：《首届宋代文学国际研讨会论文集》，复旦大学出版社2001年版。

乌丙安：《中国民俗学》，辽宁大学出版社1985年版。

吴承学：《中国古代文体形态研究》（增订本），中山大学出版社2002年新1版。

萧放：《岁时——传统中国民众的时间生活》，中华书局2003年版。

谢文利：《诗歌美学》，中国青年出版社1989年版。

徐俊纂辑：《敦煌诗集残卷辑考》，中华书局2000年版。

许总：《宋诗史》，重庆出版社1992年版。

杨果：《中国翰林制度研究》，武汉大学出版社1996年版。

袁行霈主编：《中国文学概论》，高等教育出版社1990年版。

张培瑜：《三千五百年历日天象》，河南教育出版社1990年版。

张毅：《宋代文学思想史》，中华书局1995年版。

张紫晨：《中国民俗与民俗学》，浙江人民出版社1985年版。

赵东玉：《中华传统节庆文化研究》，人民出版社2002年版。

赵杏根：《中华节日风俗全书》，黄山书社1996年版。

周宝珠：《宋代东京研究》，河南人民出版社1992年版。

周啸天：《唐绝句史》，重庆出版社2006年第2版。

朱瑞熙等：《辽宋西夏金社会生活史》，中国社会科学出版社1998

年版。

祝尚书:《宋人别集叙录》,中华书局 1999 年版。

祝尚书:《宋人总集叙录》,中华书局 2004 年版。

三、期刊论文与学位论文

邓广铭:《谈谈有关宋史研究的几个问题》,《社会科学战线》1986 年第 6 期。

韩立平:《南宋三诗人生年考》,《文学遗产》2009 年第 5 期。

贾先奎:《论北宋前期的帖子词》,《常州大学学报》(社会科学版) 2010 年第 3 期。

孔凡礼:《陆游家世叙录》,《文史》第 1 辑。

李俊卿:《清代〈丙辰春帖子词草稿〉议略》,《文物春秋》2000 年第 6 期。

李效真:《中韩文化交流视角下的韩国柱联研究》,2013 年,山东大学博士论文。

刘丽华、綦中明:《春联考论》,《兰台世界》2011 年第 2 期。

任竞泽:《简论帖子词》,《文学评论》2008 年第 2 期。

孙刚:《夏竦帖子词研究》,《重庆师范大学学报》(哲学社会科学版) 2014 年第 2 期。

谭蝉雪:《我国最早的楹联》,《文史知识》,1991 年第 4 期。

唐春生:《学士院与宋代内廷帖子词》,《重庆邮电学院学报》(社会科学版),2006 年第 5 期。

陶然:《李清照南渡后行迹及戚友关系新探》,《文学遗产》2009 年第 3 期。

王育红:《中国宫词观念之嬗变》,《江苏社会科学》2007 年第 2 期。

徐利:《宋代帖子词研究》,2012 年,安徽大学硕士论文。

杨琳:《春联起源考》,《文博》1999 年第 6 期。

杨琳:《敦煌文献〈春联〉校释》《中国典籍与文化》2011 年第 3 期。

余恕诚:《宫体·宫词·词体》,《北京大学学报》(哲学社会科学版)

2009 年第 6 期。

张多姣:《宋代端午帖子词研究》,2012 年,湖南大学硕士论文。

四、国外文献

[朝鲜]《朝鲜王朝实录》,韩国首尔大学校奎章阁本,朝鲜王朝实录网 http://sillok.history.go.kr

[朝鲜]《承政院日记》,韩国国史编纂委员会 1974 年翻刻本。

[朝鲜]《日省录》,韩国首尔大学校奎章阁本。

[朝鲜] 蔡济恭:《樊岩先生集》,《韩国文集丛刊》本,景仁文化社 1990 年版。

[朝鲜] 崔锡鼎:《明谷集》,《韩国文集丛刊》本。

[朝鲜] 崔益铉:《勉庵集先生文集》,《韩国文集丛刊》本。

[朝鲜] 洪柱国:《泛翁集》,《韩国文集丛刊》本。

[朝鲜] 金时让:《涪溪记闻》,1612 年刊本。

[朝鲜] 李德懋:《青庄馆全书》,《韩国文集丛刊》本。

[朝鲜] 李弘有:《遁轩先生文集》,《韩国文集丛刊》本。

[朝鲜] 李奎报:《东国李相国全集》,《韩国文集丛刊》本。

[朝鲜] 李敏求:《东州先生诗集》,《韩国文集丛刊》本。

[朝鲜] 李忔:《雪汀集》,《韩国文集丛刊》本。

[朝鲜] 柳潚:《醉吃集》,《韩国文集丛刊》本。

[朝鲜] 柳宜健:《花溪先生文集》,《韩国文集丛刊》本。

[朝鲜] 南公辙:《金陵集》,《韩国文集丛刊》本。

[朝鲜] 权尚夏:《寒水斋先生文集》,《韩国文集丛刊》本。

[朝鲜] 申翼相:《醒斋遗稿》,《韩国文集丛刊》本。

[朝鲜] 沈彦光:《渔村集》,《韩国文集丛刊》本。

[朝鲜] 吴守盈:《春塘先生文集》,《韩国文集丛刊》本。

[朝鲜] 徐圣耈:《讱轩文集》,《韩国文集丛刊》本。

[朝鲜] 许筠:《惺所覆瓿稿》,《韩国文集丛刊》本。

[朝鲜] 张维:《溪谷先生集》,《韩国文集丛刊》本。

［朝鲜］赵秉悳：《肃斋集》，《韩国文集丛刊》本。

［朝鲜］赵观彬：《悔轩集》，《韩国文集丛刊》本。

［朝鲜］赵宪：《重峰先生文集》，《韩国文集丛刊》本。

［朝鲜］正祖：《弘斋全书》，《韩国文集丛刊》本。

［朝鲜］郑弘溟：《畸庵集》，《韩国文集丛刊》本。

［朝鲜］郑麟趾：《高丽史》，韩国首尔大学校奎章阁本。

［德］歌德等：《文学风格论》，王元化译，上海译文出版社1982年版。

［法］丹纳：《艺术哲学》，人民文学出版社1994年版。

［高丽］闵思平：《及庵先生诗集》，《韩国文集丛刊》本。

［韩］扈贞焕：《韩国的民俗与文化》，台湾商务印书馆2006年版。

［美］罗杰·M.基辛：《当代文化人类学概要》，浙江人民出版社1986年版。

［美］宇文所安：《初唐诗》，贾晋华译，生活·读书·新知三联书店2004年版。

［日］中川忠英：《清俗纪闻》，中华书局2006年版。

［苏］格·尼·波斯彼洛夫：《文学原理》，生活·读书·新知三联书店1985年版。

后　记

这本书是在我的博士学位论文的基础上完成的。光阴荏苒，今天距离博士毕业，已有九年的时间了。

当初之所以选择宋代帖子词作为博士论文的选题，一是自己老大方知读书，学养不足，只能选择比较小而易于把握的论题；二是那几年我对民俗很感兴趣，阅读了大量民俗学著作，发现中国古代诗歌与民俗关系密切，而这方面的研究还比较薄弱。2007年考入西北师范大学尹占华先生门下攻读博士学位，本想做节序诗词方面的研究，但由于已有同门在做，只好另觅他题。在翻阅《全宋诗》的过程中，发现了大量帖子词，而且尚无人研究。帖子词恰好与民俗相关，符合自己的研究兴趣。在和尹老师沟通后，他欣然同意了我的选题。

2008年初，在我尚忙于搜集整理资料时，看到了任竞泽发表于《文学遗产》的《简论帖子词》一文。乍见之初，我感到非常沮丧——对帖子词的研究已有了高水平的成果发表，自己的选题就没有太多价值了，然而细读之后，发现此文的相关资料主要是通过检索《四库全书》而获得，对帖子词作品本身则缺乏深入研究，因而一些观点还是因袭旧说，甚至是错误的，遂又坚定了研究的信心。宋代帖子词研究是一个小课题，只能做深度研究。我的研究工作从爬梳资料开始，然后细读所有现存的宋代帖子词作品，在此基础上，结合宋代政治、经济、职官礼仪制度和节日风俗文化，对其展开综合研究，顺利地完成了毕业论文。当年的论文虽然很谫陋，但还是得到了导师、评审专家和答辩组老师的好评和鼓励，这给了我此后不断从事研究工作的信心和勇气。毕业后来到厦门,一边教书,一边仍在继续着这一课题的研究。先是听从霍旭东先生的建议,以论文中帖子词作品作者作时的考证部分为基础,对搜集到的1000多首宋代帖子词作笺释,撰为《宋代帖子词辑释》一书,于2015年由中国社会科学出版社出版。在笺释过程中,我又查阅到大量高丽和李氏朝鲜的帖子词资料,发现宋代帖子词对古代朝鲜的诗歌创作产生过深远的影响。由此,这些从未引起学者重视的、似乎微不足道的宋代帖子词,就有了文化传播的重要意义与价值。于是撰写了《论宋代帖子词在高丽、朝鲜的接受与发展》和《李氏朝鲜节日帖写作体制考——兼论朝鲜节日帖对宋代宫帖的接受与创新》两篇长文,分别发表于《中国诗学》2016年第21辑和《域外汉籍研究集刊》2019年第19辑。在此基础上,我才着手对毕业论文进行修改。除了对每部分的观点、材料、论证及表述做修正、补充和删繁就简的润色工作之外,比较大的修改主要是两方面:一是删去博士论文中对帖子词作品作者作时的考证部分,只将主要观点整理为帖子词写作时间表附于书后;二是增改了帖子词的影响部分的内容。现在呈现出来的便是这十余年的研究成果。

  于我而言,从事这一研究最大的收获不只是一本书的呈现,更重要的是借此步入了学术研究领地,对学术研究有了些许感悟。感悟之一是蒐集资料尽可能做到竭泽而渔,才可能进行有效的研究。起初我只是通过《全宋诗》来整理帖子词,后来借助文渊阁《四库全书》和四部丛刊的电子版进行检索,发现《全宋诗》未收录刘克庄和洪适的帖子词。这一发现,不仅可补《全宋诗》之阙,同时知道了刘克庄的帖子词是现存最晚的宋代帖子,而且其类别的独特性对于考察帖子词的写作体制具有很重要的价值。另外还发现刘克庄不仅在其《后村诗话》中有对帖子词的评价,还作有好几首有关帖子的诗歌,把这些材料联系起来,可以看出他写作帖子词时的心态。这些发现和心得都陆续撰成论文而得以发表。另一方面,读博时由于条件所限,对清代和国外的文献资料未能搜索完备,造成了论证的不严谨、不完备,甚至还出现了错误。比如博士论文中在谈及帖子词的影响时，以为清代只有乾隆时代才有帖子词，后来随着文献资料蒐集的完备，才有了更为准确严谨的结论。

感悟之二是对材料不能盲从，需要详加辨析。如在整理资料后发现《岁时广记》《事文类聚》中题为章简公的帖子，在郑方坤《全闽诗话》中几乎全部录在章得象名下，题为章简公，个别改为章郇公；《月令辑要》则全部改作章得象，《岁时荟萃》亦作章得象；《全宋诗》则自祝穆《古今事文类聚》录断句五于元绛名下；而《全宋诗订补》又自《岁时荟萃》辑录断句十于章得象名下。通过对比，可以确定这些诗句为同一人所作。那么，它们的作者到底为谁呢？通过考查，最终确定章简公为元绛，而非被称为章郇公的章得象。诸如此类，不一而足。

感悟之三是研究文学不仅要懂得文学和文学理论，还要尽可能多的掌握相关的政治经济、历史地理、典章制度、风俗文化等方面的知识。比如《古今岁时杂咏》录有孙觌的《端午帖子词》，《全宋诗》也据此录入孙觌名下，然而通过对孙觌任职的考查，结合帖子词的写作体制，并结合帖子词作品形式与内容、孙觌诗文集的载录以及《古今岁时杂咏》不同版本对组诗的载录情况综合判断，此非孙觌所作，其作者当为孙抃。再如《全宋诗》卷58所录王世则《高岩立春日》与卷1393所录王安中《象州上元》实为一诗，《全宋诗订补》发现其为重收，校订其为王世则之作，然结合宋代历史地理、职官制度、节日风俗等来分析诗作内容和两位作者，就会发现皆与王世则不符，而恰与王安中相合，再结合此诗见诸文献记载的时间等综合判断，可以确定其作者为王安中；而且还会发现"高岩立春日"和"象州上元"这样的诗题其实是不确当的，应以《象州立春》或《象州立春日》为是。

书稿修改完成之时，北国已经入冬，而闽南仍然和暖。我感到非常累，因为对于喜欢探索新知的我而言，修改旧作似乎有诸多心理障碍。不过，现在总算划上了句号，对于这一课题的研究，可以告一段落了。夜深人静之时，面对书稿，当年求学的情景便情不自禁地涌上心头。34岁时，出于对读书的恒久喜好和调入高校工作后的学历压力，我选择了考博。读博期间，除了跟随尹先生学习之外，还聆听了赵逵夫、伏俊琏、郝润华、周玉秀等诸位先生的课。他们渊博的学识、宏阔的学术视野、严谨的治学精神、高尚的学人风范给我诸多示范；霍旭东、赵逵夫、伏俊琏、郝润华、张崇琛等先生都参与了我毕业论文的开题与答辩，提出了很多宝贵的建议，给了我诸多启迪。山东大学的郑杰文教授，国家图书馆的张廷银编审评阅了我的论文并提出了不少意见和建议；而当时年近八旬的霍旭东先生，更是花了近两个月的时间通读了我的论文，不仅详加批注，而且还建议我对帖子词进行笺释。他们对我这样一个愚笨后学的提携和关爱，令我永远感念。我还想起那时候我们一级七个博士生一起聚餐聊天、一起春游看花、一起K歌的情景，想起我爱人为了让我安心读书，带着7岁的女儿在厦门又当爹又当娘，想起尹老师那一副总是充满信任的、慈祥的面容……感谢命运的厚爱！生命中因为有了你们，才有了虽然渺小而不断进步的我。

人民出版社的王志茹编辑为本书的顺利出版做了大量细致而专业的工作，我所供职的集美大学及文学院为本书的出版提供了经费资助，在此一并致谢！

2019 年初冬于厦门集美